CHARLOTTE LYNE

Die Lilie von Palermo

Weitere Titel der Autorin:

Glencoe*
Kains Erben
Kinder des Meeres
Das Mädchen aus Bernau
Feuer über Brandenburg

* Titel auch als Hörbuch erhältlich

CHARLOTTE LYNE

Die Lilie von Palermo

Historischer Roman

LÜBBE EHRENWIRTH

MIX
Papier aus verantwortungsvollen Quellen
FSC® C083411
FSC www.fsc.org

Dieser Titel ist auch als E-Book erschienen

In diesem Roman enthaltene Übersetzungen stammen von der Autorin.

Originalausgabe

Ein Projekt der AVA international GmbH
Autoren- und Verlagsagentur
www.ava-international.de

Lektorat: Dr. Stefanie Heinen
Umschlaggestaltung: Johannes Wiebel | punchdesign, München, unter Verwendung von Motiven von © shutterstock: BestPix | Roberto Castillo | Tairy Greene | Marco Ossino | Vitalii
Satz: Dörlemann Satz, Lemförde
Gesetzt aus der Adobe Caslon
Druck und Einband: CPI books GmbH, Leck – Germany

Printed in Germany
ISBN 978-3-431-03965-8

5 4 3 2 1

Sie finden uns im Internet unter: www.luebbe.de
Bitte beachten Sie auch: www.lesejury.de

Für Lola

No man is an island.

John Donne

Ouvertüre

Neapel, 29. Oktober 1268

In cor' par ch'eo vi porti
Pinta come parete,
E non pare difore.

Im Herzen halte ich dich,
Dein Bild, wie es dir gleicht
Und wie es sich außen nicht zeigt.

Giacomo da Lentini, Begründer der Scuola Siciliana,
Schöpfer des Sonetts, um 1230

1

Ihre kleinen Sohlen klopften aufs Pflaster wie Hämmer, die Kupfer trieben. Emidio, der dem Tumult auf dem *Campo* zusah und in Gedanken eine Zeichnung machte, erschrak und hielt inne. Er musste sich täuschen. Im Brausen des Menschengetümmels konnte nicht einmal das von Sehnsucht geschärfte Gehör eines Verliebten einen einzelnen Schritt erkennen. Dennoch war er sich sicher. Die schnellen Schritte gehörten Marianna, und so wie er die Zeichnung im Geiste vor sich gesehen hatte, sah er jetzt sie: ihre fliegenden Röcke, die feinen Flechten, die sich aus dem Gebände lösten, den fast noch kindlichen Brustkorb, der sich mit ihren Atemzügen hob und senkte.

Im Frühjahr war sie oft so gerannt, im Zickzack durch halb Neapel bis auf den belebten Platz, wo Emidio an Markttagen seine Arbeit zum Verkauf anbot. Er hatte es ihr verboten. Der *Campo del muricino* galt zwar neuerdings als Herz der Stadt, doch gelegen war er an ihrer kalten Schulter, die die Verführerin Neapel all jenen zeigte, die mit ihrem atemberaubenden Höhenflug nicht mithalten konnten: den Gottlosen und den Gottverlassenen, den Entrechteten und jenen, denen jedes Mittel recht war.

Emidio wollte nicht, dass Marianna sich allein durch das Spinnennetz dieser Gassen schlug. Es war keine Gegend für eine wie sie, und allein der Gedanke, ihr könne etwas zustoßen, schnürte ihm die Kehle zu. Er hatte zornig auf sie sein wollen, doch sooft er das Getrappel ihrer Sohlen vernommen und ihr vom Laufen erhitztes Gesicht erkannt hatte, war sein Zorn verraucht wie das Feuer beim Amboss, und seine Arme hatten sich geöffnet wie von selbst.

Wenn sie sich hineinwarf, war sie wieder das Mädchen, das bei ihm alles suchte: Schutz und Liebe und den Duft des wahren Lebens. Statt sie zurechtzuweisen, hatte er lächeln und sie in seinen Armen einschließen müssen, so fest und sicher wie in ihres Vaters Haus.

Nicht so heute.

Heute war kein gewöhnlicher Tag, und Marianna hätte sein Verbot nicht missachten und herkommen dürfen. Sie war zart, und ihre Brust mochte kindlich wirken, aber der geschwollene Leib ließ keinen Zweifel daran, dass sie kein Kind mehr war. Sie kam schon in Hörweite, außer Atem rief sie nach ihm, doch zwischen ihnen toste das Menschenmeer. Köpfe schnellten wie Wellenkronen in die Höhe, und eine sich bäumende Woge aus Leibern versperrte Marianna den Weg.

»Midiú! *Ahime*, Midiú!«

Sie sprach seinen Namen anders aus als jeder sonst in Neapel. Mit ihrer Art, den Vokal am Ende zu verdunkeln und in die Länge zu ziehen, verriet sie, dass sie beide fremd waren, dass sie nur zueinander und sonst zu niemandem gehörten. Auch nicht zu dem, den Beamte des Franzosenkönigs gleich durch die Menschenmenge und die Stufen hinauf auf das Holzgerüst schleifen würden, um ihn hier, vor den Augen der Gaffer, ums Leben zu bringen.

Sie waren Sizilianer, echte, nicht solche vom Festland, die lediglich demselben König untertan waren, aber von Sizilien nichts verstanden. Sie kamen von der Insel, ihre Sprache war dunkel und abgeschliffen wie Küstenfelsen, und die Stadt, in der sie geboren worden waren, hieß in dieser dunklen Sprache Paliemmu. Wenn man sich nach ihr sehnte, duftete sie nach Pinienharz und vor Reife geplatzten Orangen, wenn man in ihr erwachte, stank sie nach Pisse und verfaultem Fisch. Rot war ihre Farbe – rot für Feuer, Wein und Blut.

Die Sizilianer, so ging das Gerede, waren wie Stacheln im Fleisch der französischen Besatzer, stählerne Stacheln, die sich nicht beugen ließen, sondern sich einfraßen und Gift ins Blut träufelten, als säße dem verhassten König, Karl von Anjou, ein Seeigel auf der Schulter.

Was man nicht beugen konnte, zerbrach man. Emidio war Schmied, er wusste, wie groß die Versuchung war, störrischem Material mit brachialer Gewalt zuzusetzen, es nicht geduldig zu recken und auszuschmieden, sondern ihm blindwütig Hammerschläge zu verpassen, bis das Werkstück für alle Zeit verdorben war. König Karls Bewaffnete, die in zwei Reihen das Gerüst umstanden, hielten statt der Hämmer Schwerter und Lanzen. Wenn sie einen Sizilianer sprechen hörten, der sich keine Mühe gab, seinen Zungenschlag zu verbergen, horchten sie auf und umfassten ihre Waffen fester. Ein Rest verhangener Sonne ließ ihre Klingen blitzen.

Wäre einer dieser Wachleute unbewaffnet vor seinen Scharren getreten, hätte Emidio sich mit ihm auf ein Gespräch eingelassen. *Glaubst du das wirklich, compagno?*, hätte er ihn fragen wollen. *Glaubst du wirklich, der kleine Deutsche, der Staufer, dem ihr den Kopf abschlagen wollt, wäre uns als König lieber als der Franzose, der uns knechtet? Schon recht, unter den Deutschen war unser Palermo eine strahlende Hauptstadt, während der Franzose es verkümmern lässt und seine Würde der Kurtisane Neapel vor die Füße wirft, doch warum sollte uns das scheren? Wir sind kleine Leute, wir knirschen unter der Steuerlast des Franzosen mit den Zähnen und haben genauso unter dem Deutschen geknirscht. Fremd sind sie uns beide, und wir auf Sizilien sind an Fremde gewöhnt. Byzantiner, Sarazenen, Juden, Griechen, Normannen, Deutsche – ihr Zeichen haben sie uns alle aufgebrannt. Der unglückselige Staufer gäbe nichts um uns – weshalb also sollten wir um ihn und sein Elend mehr als eine saure Feige geben?*

Aber um solche Gespräche zu führen, war jetzt nicht die Zeit. Vor Emidios Scharren stand kein Unbewaffneter, der Lust zum Schwatzen hatte, sondern eine dicht gedrängte Horde, die Marianna den Weg abschnitt. Ihre verzweifelten Rufe verloren schon an Kraft.

»Midiú, hilf mir! Ich muss doch zu dir, Midiú!«

Jemand versetzte ihr einen Stoß, sodass sie ins Taumeln geriet und um ein Haar gestürzt wäre. Mit einem Satz sprang Emidio hinter dem Scharren hervor und stieß wie ein Rammbock in die Menge. Die brach auseinander, kreischend und zeternd flohen die Gaffer beiseite.

Emidio machte von der Kraft, die in seinem Körper ruhte, nur am Amboss gern Gebrauch, doch wenn jemand Marianna anrührte, kannte er kein Halten. Sie war sein Liebstes, niemand durfte ihr ein Haar krümmen, und Opfer hatte sie um seinetwillen schon genug erbracht. Einen Kerl, der nicht schnell genug aus dem Weg floh, stieß er beiseite, dass ihm die Kiepe vom Rücken kippte und ein Hagel von Zitrusfrüchten sich über den hart gebackenen Boden ergoss. Es klang wie einer der Trommelwirbel, mit denen die Steuereintreiber in Paliemmu die Leute aus der Deckung ihrer Häuser scheuchten.

»Midiú!«

Mariannas Rufen ging in Weinen über, und im nächsten Augenblick lag sie in seinen Armen. Entsetzen schüttelte ihn, während er vergeblich versuchte, die Bilder niederzukämpfen, die ihm durchs Hirn schossen: Marianna, seine kindlich schmale *picciotta,* zu Boden gestoßen, von einer Heerschar trampelnder Sohlen überrannt, der Leib vornübergekrümmt, um das zu schützen, was darin heranwuchs – den Funken Leben, noch schmaler, noch wehrloser, noch zerbrechlicher als sie. Emidio war nicht zart besaitet. Er war ein Schmied, ein robuster Bursche, der sich nie gescheut hatte, dem Leben ins Auge zu blicken, auch da, wo es wenig appetitlich war. Seine Liebe zu Marianna aber machte ihn verletzlich, und seit sie sein Kind erwartete, fühlte er sich an manchen Tagen, als hätte jemand die Haut auf seinen kräftigen Schultern mit dem Schabeisen dünn gewetzt.

Er hielt sie fest und spürte, wie sie in seinen Armen zusammenfuhr, weil er ihr wehtat. »Geschieht dir recht«, murmelte er und hielt sie noch fester. »Wozu rede ich überhaupt mit dir? Wozu erkläre ich dir geduldig wie ein Esel, was alles passieren kann, wenn du dir denkst: ›Dem, was der Dummkopf schwatzt, brauche ich nicht zuzuhören, und meine Ohren habe ich ohnehin nur, weil ihre Muscheln hübsch sind.‹«

Zaghaft hob sie den Kopf und sah mit weiten Augen zu ihm auf. »Findest du das wirklich? Dass meine Ohrmuscheln hübsch sind?«

»Darüber reden wir nicht. Lass die Koketterie.« Das war Unsinn. Koketterie war ihr fremd, und er fand alles an ihr hübsch, jede Haarsträhne, jede helle Wimper.

»Ich habe noch nie gedacht, dass du ein Dummkopf bist«, sagte sie. »Du bist der klügste Mann, den ich kenne, ich höre jedes Wort, das du sagst, und bitte sei mir doch nicht mehr böse, Midiú.«

»Ich bin dir aber böse!«, herrschte er sie an. »Habe ich dir nicht gesagt, du sollst in der Wohnung bleiben und die Tür verriegeln, weil heute in dieser Stadt der Teufel los ist?«

Die flache Hand, mit der sie ihm über die Brust gestrichen hatte, hielt still. Unter ihrer Handfläche vernahm er sein Herz. So war es vom ersten Tag an gewesen: Seit er sie kannte, spürte er sich selbst.

»Ich hab's in der Wohnung nicht ausgehalten«, sagte sie. »Wenn der Teufel los ist, muss ich doch bei dir sein, *amuri.*«

Emidio empfand einen Anflug von Schwäche. Der Lärm um ihn schwoll an, der Tumult schien sich wie bei einem Wasserstrudel zur Mitte hin zu verdichten. Die Umschlingung, in der er Marianna hielt, wurde weicher, ohne sich zu lösen. Mit den Lippen zog er ihr das verrutschte Gebände, das sie von Rechts wegen nicht hätte tragen müssen, vom Kopf, ließ es fallen und küsste den milchblonden Schopf. »Nicht weinen, Marinuzza. Ist schon gut.«

»Wirklich, *amuri?* Bist du mir nicht mehr böse?«

»Aber ja doch. Was denn sonst?«

Er hatte ihr schließlich nichts vorzuwerfen. In dem Loch in *Napoli sotterranea*, das sie ihre Wohnung nannten, weil sie es unmöglich ihr Zuhause nennen konnten, ließ es sich nicht aushalten. Hätte er selbst den ganzen Tag über darin eingesperrt bleiben sollen, hätte er den Verstand verloren oder wäre ausgebrochen. Und dabei war Marianna viel weniger als er für einen solchen Ort gemacht.

Napoli sotterranea, Neapel unter der Erde, das war das Gewirr von Gängen, Kammern und Kanälen unter Neapels erhabenen Bauten, die zweite Welt, die sich unter der ersten verbarg wie das Reich eines dunklen Märchens, das man Kindern erzählt, um sie das Fürchten zu lehren. Es war schändlich, dass er Marianna kein angemessenes Heim bot, sondern sie in ein Nest für Ratten verbannte, seine Prinzessin, die für einen Palast geboren war. Eine Strandlilie, die man im Finstern hielt, verlor die zarten Blätter, und das Grün ihrer Stängel wurde grau.

Marianna aber beklagte sich nicht. Sie tat noch immer, als hätte sie nie einen Herzschlag lang bereut, ihrem behaglichen Heim, ihren fürsorglichen Verwandten, ihrer beschützten Welt entflohen zu sein, aus keinem Grund, nur weil sie Emidio Maniscalco liebte. Wann immer er in ihr Gewölbe zurückkehrte, flog sie ihm um den Hals. Sie hatten alles aufgegeben, sie viel mehr als er, und sooft er sie zögernd fragte, ob sie wahrhaftig ihre Entscheidung nie anzweifelte, hielt sie ihm den Mund zu.

»Sag nichts mehr, Midiú, sag kein Wort. Mir kommen solche Gedanken wie Sünde vor. Wo wir zusammen sind, wo uns das Kind geschenkt ist, wie kann es da etwas anzuzweifeln geben?«

Er grub das Gesicht in ihr Haar. Recht hatte sie, und sie beschämte ihn damit. Wie so oft. Sie war die gute, die zärtliche Hälfte von ihm, über die er manchmal lachen musste, weil er nicht an sie glauben konnte. Die Welt war nicht gut und zärtlich, sondern wild und gefährlich, sie zerbrach in Stücke: Der Heilige Stuhl in Rom, der Kaiserthron im Deutschen Reich – keiner der beiden Hüter, die dieser Welt Verlässlichkeit verliehen hatten, stand mehr fest auf seinen Beinen. Wer es heute mit dem einen hielt, schlug sich morgen auf die Seite des andern und half, seinem einstigen Herrn das Licht auszublasen. Emidio passte in diese Welt, er nahm es mit ihr auf. Er hatte stets gewusst, was er wollte, hatte an Stolpersteinen seine Kräfte erprobt und Unwägbarkeiten auf die leichte Schulter genommen.

Marianna war anders. Sie glich wahrhaftig keiner Lilie, dic wild und widerstandsfähig am Strand wuchs, sondern einer kostbaren Rose, die behütet wie unter einer Haube aufgezogen worden war. Emidio schloss sie ganz in seine Umarmung ein, damit ihr nichts, das um sie tobte, etwas anhaben konnte, und spähte über die Köpfe hinweg nach dem Meer, das trügerisch wie falsches Silber glitzerte. Wenn er den Kopf leicht wandte, sah er statt des Meeres den Berg Vesuvio, von dem die Weiber, wenn der Priester sie nicht hörte, munkelten, er sei ein Tor zur Hölle, eine Schmiede des Teufels wie Siziliens Ätna. Andere schworen Stein und Bein, im Ätna, den die Sizilianer ihren *Mungibeddu*, ihren »schönen Berg« nannten, liege der große Staufer, Federico, das Staunen der Welt, und schlafe bis zum Tag seiner Wiederkehr.

Emidio sah seinen Gedanken zu, die mit den bleigrauen Wolken über den Krater des Feuerbergs hinwegschweiften – über den Himmel und durch die Zeit zurück, bis zu dem Tag, an dem Marianna ihm geschenkt worden war.

2

Mariannas Onkel, Ruggiero Tusco, war einer der streitbaren sizilianischen Barone, dessen Geschlecht auf rätselhaften Wegen alle Machtwechsel und alles Gemetzel überlebt hatte. Seinem Normannenblut war der Franzose Karl sogar lieber als die gesammelte Brut von Friedrich, dem Staufer, und seit Karl vom Papst mit Sizilien belehnt worden war, hatte er Boden zurückgewonnen und sich dem neuen Herrn als Justiziar angedient. Vermögen war Ruggiero und seiner Sippe kaum geblieben, der Samt ihrer Kleider war räudig wie Hundefell, doch ihr Stadthaus am Cassaro, der breiten Hauptstraße hinauf zum Palazzo Reale, das sie nach Normannenart ihr Palais nannten, führten sie noch immer in Glanz und Gloria.

Ruggiero Tusco hatte eine Gattin nach der anderen in ein frühes Grab getrieben, war dabei kinderlos geblieben und hatte daher zu seiner Bequemlichkeit und in Hoffnung auf einen Erben seine Schwester und seinen verarmten Schwager ins Haus genommen. Der alten Familie war offenbar der Saft der Fruchtbarkeit verdorrt, denn auch Schwester und Schwager brachten nicht mehr als ein einziges Kind zustande, eine einzige kostbare Tochter – Marianna. Fein und süß und vollkommen, als wäre in Generationen alles Grobe und Hässliche aus dem edlen Blut herausgefiltert worden, um diese eine Perle hervorzubringen.

Aber auch alles Stabile, Lebensfähige, dachte Emidio. So, wie sie sich jetzt in seinen Arm schmiegte, kam sie ihm wieder einmal zu zart vor, um den leisesten Sturm zu bestehen.

Dabei war das Unsinn. Marianna, die Erbtochter der Tusco, hatte einen Sturm bestanden, vor dem viel Stärkere die Waffen gestreckt hätten. Ihr Weg war ihr vorgegeben worden wie in Eisen geschmiedet: Den Gatten hatte ihr Onkel ihr ausgesucht, als sie noch in der Wiege lag; er hatte für sie ein gültiges Verlöbnis mit einem Adelssohn aus Catania geschlossen, der Geld und Ansehen zurück ins Palais der Tusco bringen sollte. Stattdessen hatte die stille, gefügige Marianna sich in einen hergelaufenen Burschen verliebt, den Sohn des Helmers, der im Auftrag seines Vaters Eisenhüte für Ruggiero Tuscos Wachleute auslieferte.

Ein Helmer, der den unentbehrlichen Kopfschutz der Ritter schmiedete, war ein angesehener Handwerker, ganz anders als ein gewöhnlicher Schwarzschmied, der am Stadtrand zu hausen hatte und als Schoßkind des Teufels galt. Die Werkstatt von Emidios Vater florierte, sie hielt drei Lehrlinge und zwei Gesellen in Lohn und Brot. Dennoch blieb ein Handwerker eben ein Handwerker, einer, dessen Sohn man im Hof abfertigte, den man bestenfalls noch an die Tür des Küchenhauses schickte: »Na, geh schon, sag den Mägden, sie sollen dir vom Mandelgebäck ein bisschen Bruch zustecken.«

Emidio wollte kein Mandelgebäck. Und dass er das, was er nicht wollte, auch nicht schluckte, hatte er bewiesen, so lange er denken konnte. Er war ruhig, wirkte besonnen, niemand vermutete den Rebellen in ihm, doch er hatte von klein auf, vom ersten Tag, an dem sein Vater ihn mit in die Schmiede genommen hatte, gewusst, dass er kein Helmer werden wollte. Statt die Arbeit zu tun, die der Vater ihm auftrug, hatte er das teure Pergament vergeudet, um zu zeichnen. Hatte der Vater ihn erwischt, hatte er vor dem versammelten Haushalt den Hintern hinhalten müssen und wäre gern gestorben, doch den Bildern in seinem Kopf hatte selbst das nichts an. Sie halfen, es durchzustehen. Jedes Mal, wenn der Stecken auftraf, hatte er fest auf seine Hände gesehen, die schnellstmöglich weiterzeichnen wollten, so, als hätte der Körper, der unter dem Gelächter der Lehrlinge wie ein wertloses Ding verdroschen wurde, nichts mit ihm zu tun, als bestünde er nur aus dem Kopf, in dem die Bilder erstanden, und den Händen, die ihnen Wirklichkeit verliehen.

Der Vater erfasste, was vorging, zerrte Emidio in die Höhe und befahl ihm, seine Hände auszuliefern. Statt des Steckens nahm er das Halfter seines Gauls, dessen eiserne Schnallen er selbst geschmiedet hatte, und zielte auf Emidios Fingerknöchel. »Dich werde ich lehren, dich zu fügen, *bonu a nulla*. Ziegenhaut und Tintenhörnchen sind für Kunden, die einen Entwurf verlangen, nicht für Bürschlein, die sich zu fein sind, um brav ihr Handwerk zu erlernen.«

Emidio hätte sich gern gefügt und brav sein Handwerk erlernt. Die Schläge taten so weh, dass er sich die Hosen nass machte, und die Demütigung machte ihn sich selbst zuwider. Eine Wahl hatte er trotzdem nicht: Die Bilder waren in ihm gewesen, so lange er denken konnte, sie ließen ihn nur los, wenn er sie bannte, und seit er die Höhle in der felsigen Flanke des Pellegrino entdeckt hatte, war er besessen davon. Alles in ihm konzentrierte sich darauf, sie festzuhalten.

Solange seine Finger zu verschwollen waren, um eine Feder zu führen, lernte er, sich die Bilder ins Gedächtnis zu zeichnen. Das war ein Notbehelf, doch er sparte Pergament. Später stellte ihn der Vater an den Amboss, und er erkannte, dass sich Bilder aus Eisen schmieden ließen – Bilder, wie man sie niemandem schildern konnte, ja, wie man sie nicht einmal selbst erahnte, ehe das Metall erglühte und nachgab und der erste Hammerschlag ihm eine brandneue Form verlieh.

Die Sarazenen, die Paliemmus Gesicht nicht weniger gezeichnet hatten als die Christen, prägten Bilder in ihre Moscheelampen, Rauchgefäße, Wärmebecken. Ihr Glaube verbot ihnen, die Schöpfung ihres Gottes auf Papier zu bannen, wie sein Vater es Emidio verbot, doch in ihrer Schmiedekunst lebten sie ihre schillerndsten Visionen und ihre dunkelsten Träume aus. Ohne es zu bemerken, hatte Emidio, der in La Kalsa zur Welt gekommen und wie ein Köter durch die muselmanischen

Quartiere der Stadt gestreunt war, sich ihren Weg zu eigen gemacht.

Er lernte, das Eisen zu lieben, auch wenn er noch lieber Kupfer gehabt hätte, weil es weicher und formbarer war und weil die Farbe ihn an den rötlichen Wandstein in der Höhle erinnerte. Manchmal stahl er aus der Kasse der Schmiede eine Münze und kaufte eine Platte, trieb sie mit dem Hammer oder erwärmte sie und versuchte, in ihre schimmernde Oberfläche seine Bilder einzugraben.

Wenn er ganz und gar vermessen war, träumte er davon, Silber zu benutzen.

Es setzte härtere Prügel, Drohungen; am Ende hätte sein Vater ihn um ein Haar hinausgeworfen. Er schleuderte ihm ein Bündel auf die Schwelle und schlug ihm vor Lehrlingen, Gesellen und seinen drei Schwestern ins Gesicht. Dann aber, gerade als Emidio sich mit bleischweren Gliedern zur Tür schleppen wollte, besann sich der Vater und hielt ihn zurück. Ein respektabler Handwerksmann zerstritt sich nicht mit seinem Erben, schon gar nicht Pietro Maniscalco, der Helmer, der Siziliens Königshaus belieferte, und gewiss war kein Vater – nicht einmal der große Pietro Maniscalco – völlig frei von Gefühl für seinen Sohn, selbst nicht für eine Enttäuschung wie ihn. Emidio gab sich redlich Mühe, dem Vater gefällig zu sein, doch gegen die Bilder, die sich in seinem Kopf verbreiteten wie Pilze auf dem lehmigen Boden der Pinienwälder, vermochte er nichts auszurichten.

Seine Gefühle für die Nichte des Barons wollte er dagegen niederkämpfen, noch ehe sie in ihm Wurzeln schlugen. Sein Gewissen verlangte es von ihm. Bei allen Heiligen hätte er geschworen, dass er dem zauberhaften Mädchen, das an einem glutheißen Tag an die Küchentür des Palais gekommen war, um ihm einen Becher Wein zu geben, kein Leid tun wollte.

Mit dem schweren Eisenzeug, das er zu liefern hatte, war er die Anhöhe hinaufgerannt. Unter dem Hemd lief ihm der

Schweiß in Strömen, und doch wäre niemand auf den Gedanken gekommen, der grobschlächtige, linkische Sohn des Schmieds könne Erholung oder gar Erfrischung nötig haben.

Niemand außer Marianna.

»Wollt ihr unser Haus beschämen?«, hatte sie die Mägde angefahren. »Ihr lasst den Mann in der Hitze stehen, ohne ihm etwas zu trinken anzubieten? Bringt Wein! Auf der Stelle! Nicht von dem sauren Zeug zum Kochen, sondern vom Schwarzen, den der *barone* trinkt.« Ihre Stimme war fein wie Grillenzirpen, und Emidio hatte lachen müssen, weil dieses feine Stimmchen die Mägde zum Kuschen brachte.

»Hier. Nehmt das mit meiner Bitte um Vergebung, *Signur'*.« Ihre Hand schien zu klein, den schweren Becher zu halten.

»Ich bin kein *Signur.*«

Ihre hellen Augen hatten sich erstaunt geweitet. »Ihr seid ja wohl ein Mann, oder sehe ich schlecht?«

Mit Erschrecken hatte Emidio gespürt, dass er in der Tat einer war. »Aber kein Herr.«

»Für mich schon.« Sie schob ihm den Becher in die Hand. »Jetzt trinkt. Wein aus schwarzen Trauben von den Hängen des Pellegrino. Er ist tiefgründig, finde ich. Die Sonne bäckt seine Erde hart, und die Pinien geben ihm Schatten, Duft und Seele.«

Verblüfft umfasste Emidio das Gefäß. Er hatte drei Schwestern, von denen keine ein Blatt vor den Mund nahm, aber kein Mädchen, das er kannte, hätte von einem Wein gesagt, er habe Seele. Das Mädchen hatte blaue Augen. Nicht meerblau, sondern wie eine Schattierung in Perlmutt. Auch das kannte er nicht. Er trank einen Schluck und hätte ihn um ein Haar wieder ausgespuckt. »*Santa Matri di Diu!* Trinken Eure Leute dieses Bullenblut immer unverdünnt? Und einer kleinen Grille wie Euch geben sie es auch?«

Das Mädchen mit den Perlmuttaugen sah zu ihm auf. »Ich bin keine Grille, sondern ein Mensch, und dass ich kleiner bin als Ihr, macht mich nicht rechtlos. Wenn ich Wein trinken will, dann schenke ich mir welchen ein.«

Schwach lachte er auf. Er fühlte sich in die Schranken gewiesen und trank um Worte verlegen seinen Wein. Dabei sah er über den Becherrand nach dem Mädchen, dessen Haut so blass war wie der Wein voll Farbe, und doch schien in beiden gleich viel Kraft zu stecken.

Jetzt, wo er hier, auf Neapels belebtestem Platz mit ihr stand und sie an sich zog, um sie vor dem Ansturm der Menge zu bewahren, empfand er noch einmal dasselbe. Sie mochte zerbrechlich gebaut und unscheinbar sein, aber ihre Willensstärke konnte sich mit der seinen messen. Nein, das war falsch – ihre Willensstärke stellte die seine in den Schatten. Vielleicht, so versuchte er sich zu erinnern, hatte er sich damals in sie verliebt. Ohne Zögern. Er hatte sie angesehen und sich in seinem Kopf ein Bild von ihr gemacht, das unauslöschlich war.

Umso brüsker hatte er ihr den Becher zurückgegeben und war gegangen. Was hätte er sonst tun sollen? Sie war für ihn nicht bestimmt, daran ließ sich nicht rütteln. Kein Baron Siziliens gab seine Nichte im weißen Spitzenkleid dem Sohn eines Schmieds, schon gar nicht einem, der nichts taugte, schon gar nicht einem bilderspinnenden Verrückten, der in einer ungelenken Masse von Körper steckte. Marianna aber hatte darüber anders gedacht. Am Abend stand sie in Schwaden von stinkendem Qualm vor der Hintertür der Schmiede.

»Das war nicht nett«, sagte sie. »Einfach zu verschwinden und mich stehen zu lassen. Bei der Küche hast du mich so lange angesehen – also dachte ich, ich gefalle dir.«

Sein Vater war bei einem Herrn in Monreale, um dessen Reisigen Helme und Halsbergen anzupassen. Emidio hatte der Versuchung nicht widerstehen können und an einem Kerzenleuchter geschmiedet, obwohl Cammelú, der als Lehrling am längsten in der Werkstatt war, der Luft einen Hieb verpasst und ihn gewarnt hatte: »Gutes Schmiedeeisen verderben? Oh weh, ich fürchte, das setzt Saures, Midiú. Besser, du verkneifst es dir.«

»Willst du mich verraten?«

»Ich bin dein Freund«, gab Cammelú empört zurück. »Das hat man gerne – ich mache mir die Mühe, dich zu warnen, weil mich die Schläge, die du bekommst, am eigenen Leib schmerzen, und dafür muss ich mich als Verräter beleidigen lassen. Dabei habe ich mir eingebildet, du wüsstest, dass ich mir lieber selbst Prügel von deinem Alten einhandeln würde, als dich ihm auszuliefern.«

So war Cammelú. Wer mit ihm sprach, musste auf seine Worte achten, denn er fing die kleinste Bemerkung auf wie ein gegen sich gerichtetes Schwert. In jedem Winkel der Welt witterte er Feinde, die nichts anderes im Sinn hatten, als ihn zu kränken. Emidios Liebe zu ihm tat das keinen Abbruch. Sie waren Freunde, umso mehr, als sie beide zu verschlossen und unbeholfen waren, um im Kreis der Gleichaltrigen ihren Platz zu finden.

Zuweilen versuchte er, Cammelús Empörung zu besänftigen, doch an jenem Nachmittag hatte Emidio unbeirrt weitergeschmiedet. Jetzt hielt er das fertige Werkstück in der Hand, um es zu verbergen, bevor der Vater nach Hause kam. Er blickte auf das schlanke Gebilde aus Eisen, dann hob er den Kopf und sah das Mädchen, und auf einmal schämte er sich. Es war würdelos, sich wie ein kleiner Junge oder ein Verbrecher zu betragen und eine gute Arbeit zu verstecken.

Und seine Arbeit war gut. Nicht ganz, was er gewollt hatte, aber dem Bild in seinem Kopf doch ähnlich. Zu erkennen, woher das Bild stammte, trieb ihm die Hitze ins Gesicht: Der zierliche Leib des Leuchters war der ihre, ihre Grazie hatte ihm die Idee verschafft. Bemerkte sie es? Sein Herz jagte.

Sie sah ihn an, lachte, und er fuhr sich erschrocken an die Wange. In seiner Verlegenheit über den Leuchter hatte er vergessen, dass sein Gesicht schwarz vom Ruß sein musste und dass ihm die Kleider dreckig und verschwitzt am Leib klebten. Er wandte sich ab.

»Ach nein!«, rief sie. »Sieh nicht weg. Was habe ich dir denn getan?«

»Geh nach Hause«, sagte er, noch immer, ohne sie anzusehen. »Du beträgst dich dumm.«

»Willst du das wirklich? Dass ich gehe?« Sie streckte die Hand aus und strich ihm über die verdreckte Wange. »Bitte schick mich nicht weg.«

»Ich muss mich waschen«, murmelte er. »Ich stinke.«

Sie hörte nicht auf, ihn zu streicheln, und ihm kam es vor, als könnte er unter den Kuppen ihrer Finger seine Haut spüren.

»Für mich stinkst du nicht.« Sie reckte sich und roch an seinem Hals, da, wo Hemd und Haar einen Streifen Haut unbedeckt ließen. »Ich mag deinen Duft. Ich stelle mir vor, dass so das Leben duftet.«

War in dem Augenblick der Wunsch erwacht, sie zu beschützen? Sie war weich und offen und voll gutem Glauben – alles, was man nicht sein durfte in einer Stadt wie Paliemmu, die seit dem Tag ihrer Gründung umkämpft war, und in einer Zeit, in der Vertrauen Leichtsinn war und kein Stein auf dem anderen blieb.

Emidio schloss die Arme noch fester um Marianna, hier, auf dem Platz in Neapel, wie er es hinter seines Vaters Schmiede gern getan hätte. Sie hatten sich damals beide entschieden, aus der Ordnung auszubrechen, den Platz zu verlassen, an den ein göttliches Gericht sie gestellt hatte, und nichts mehr zu haben als einander. Für ihn war es leichter gewesen als für sie, er hätte diesen Weg ohnehin gehen müssen, denn in seines Vaters Haus konnte er das, was er wollte, nicht tun.

»Vergiss mich, häng dich nicht an mich«, hatte er zu Marianna gesagt, nachdem sie sich wochenlang wie zwei Besessene zueinandergeschlichen hatten und es längst kein Vergessen mehr gab.

»Warum nicht? Du bist der Sohn des Helmers, das ist ein angesehener Beruf, der einen Mann vielleicht besser ernährt als der Adelsstand meines Vaters.«

»Dein Vater wohnt in einem Palast.«

»Und hat im Winter kein Geld, ihn zu heizen.«

Das war der Augenblick gewesen, in dem seine Beherrschung den Kampf verloren hatte. Er hatte sie geküsst. Warum war Lippenaufeinanderpressen so anders als Händeschütteln oder Schulterklopfen? Warum war es, als hätten zwei Menschen nur noch einen Atem? Warum wurden Lippen zu Magneten, die fortan zu vernünftigem Sprechen kaum noch zu gebrauchen waren, weil sie beständig zueinanderstrebten? Damals hatte er sich trotzdem ein letztes Mal zusammengenommen und versucht, sie zur Besinnung zu bringen: »Du wärst eine Geächtete, Marinuzza. Wer seinen Platz in der Ordnung verlässt, wird gehetzt, bis Blut fließt, denn sonst käme womöglich die halbe Welt auf die Idee, dasselbe zu tun.«

»Und wenn ich es trotzdem will? Wenn mich das nicht schreckt?«

Emidio hörte sich bis heute stöhnen – es war ein Stöhnen, das verriet, wie süß und unwiderstehlich er die Vorstellung fand, sie bei sich zu behalten, und wie sie ihn quälte, weil sie um etwas kämpfte, das nicht sein durfte. »Marinuzza.« Er hatte die Hände um die kleine Halbkugel ihres Hinterkopfs geschlossen. »Ich weiß, du bist ein mutiges Mädchen …«

»Nein, ich bin keines, aber ich habe meinen schönen Mann sehr lieb.«

Sie presste ihm die Hand auf den Mund, und wieder einmal verblüffte ihn die Kraft, die in dieser kleinen Hand steckte. Er hatte Mühe, sich zu befreien und weiterzusprechen. »Du bist ein mutiges Mädchen, und du hast mich lieb. Das ist mehr wert als Augustalen in Gold, *griddu.* Aber davon können wir nichts kaufen. Wenn ich meinen Vater beerben und Helmer werden wollte, nähme ich dich beim Wort und würde mich die paar

Jahre bis zur Meisterprüfung ducken, damit ich dir ein Heim zu bieten hätte, aber …«

Ehe er weitersprechen konnte, landete ihre Hand wiederum auf seinem Mund. »Habe ich von dir verlangt, dich zu ducken? Du bist nicht wie andere Männer. Deshalb bin ich dir an diesem Tag im August nachgelaufen, und deshalb laufe ich dir nach, wohin du auch gehst. Ich bin stolz, Midiú. Als ich noch nicht über meines Onkels Tisch schauen konnte, habe ich schon beschlossen, nie zu heiraten und nichts zu tun, nur weil ein Mensch, der dümmer ist als ich, es mir befiehlt. Aber du bist nicht dümmer als ich. Wenn ich wollte, dass du dich duckst, hätte ich es selbst tun können. Sei so klug, wie du sein kannst, Midiú.«

»Ich kann nicht hierbleiben«, brach es aus ihm heraus. »Ich weiß nicht, warum, aber ich bin kein Schmied wie all die anderen. Ich habe diese Bilder in meinem Kopf, die mir keinen Frieden lassen.«

»Ich weiß«, sagte Marianna ruhig. »Du bist ihr Gefangener, wie die Gezeichneten in deiner Höhle am Pellegrino gefangen sind. Du bist ein Künstler und musst bei einem Künstler in die Lehre gehen.«

»Hier wird mir keiner die Tür aufmachen. Mein Vater ist Pietro Maniscalco; in der Schmiedezunft von Paliemmu ist sein Wort Befehl. Um Kunstschmied zu werden, muss ich nach Neapel oder noch weiter gehen, und vielleicht bin ich alt, bis ich wiederkomme. Und ich werde arm sein, *griddu.*«

»Ja, du wirst arm sein.«

»Begreifst du jetzt, dass ich kein Mann für dich bin, selbst wenn du tollkühnes Menschlein alles, was dir zusteht, in den Wind wirfst?«

»Nein.«

»*Santa Matri di Diu,* warum denn immer noch nicht?«

»Weil ich mit dir komme. Was immer du redest. Wenn ich dich nicht gewinnen kann, was habe ich dann zu verlieren?«

Einen Tag lang hatte er mit sich gerungen, hatte sich beschworen, er dürfe ihr unglaublich nobles Geschenk nicht annehmen. Sein Gewissen kämpfte. Im Herzen, in den Lenden und im ganzen Körper aber hatte er längst die Waffen gestreckt. Seit er Marianna kannte, seit sie ihn liebte und es ihm mit den Händen zeigte, konnte er seinen Körper nicht länger von sich wegdenken. Es war alles eins – Körper, Herz und Gedanken, es war alles er, Emidio Maniscalco, und keinen Teil davon wollte er sich mehr wegnehmen, misshandeln und entwürdigen lassen. Schon gar nicht den Körper, den Marianna berührte, als hätte sie einen Schatz entdeckt.

Sein Gewissen zog den Kürzeren, weil die Entscheidung längst gefällt war, vielleicht schon seit jenem Tag im August, als sie zum ersten Mal die Arme nacheinander ausgestreckt hatten. *Deine Augen sind mein Spiegel. Seit du mich ansiehst, sehe ich mich.* Er nahm ihr Geschenk an.

Sie flohen in der grauen Morgenstille, bezahlten mit Mariannas Armreif einen Schiffer, der sie nach Neapel übersetzte, ließen alles hinter sich und blickten nur nach vorn. Im ersten Licht des Tages schälte sich das trutzige Castel dell'Ovo aus den Nebeln, das der Normanne Roger zu seiner Residenz gemacht hatte und das Karl von Anjou nun nicht mehr gut genug war. Das Eiland Megaride und die Hafenanlagen, die Karl seinen provenzalischen Gefolgsleuten wie eine Morgengabe übergeben hatte, ragten abweisend auf, als wollten sie die Reisenden zurücksenden, zurück übers Meer, auf ihre Insel, die Rivalin, deren Blütezeit vorüber war. Neapel hieß die Stadt am Golf, doch die, die ihr verfallen waren, nannten sie Parthenope – nach der Sirene, die Odysseus mit ihrer süßen Stimme bezirzt hatte, ohne zu ahnen, dass seine Ohren verstopft waren. Neapel bezirzte niemanden und würde sich nicht vor Liebesschmerz in die sachten Fluten ihres Golfs stürzen. Ihre Stimme war kalt, ihre Ohren taub.

Die erste Zeit war hart wie Eisen, nur ließ sie sich nicht

schmieden, sondern blieb starr. Das bisschen Geld, das Emidio erspart hatte, war im Handumdrehen verbraucht, und die Hand musste man in Neapel allzu oft umdrehen. Anstelle ihr den Palast bieten zu können, den er Marianna gerne gebaut hätte, bezahlte er einen Wucherpreis für ein lichtloses Loch, dem der Lärm der Stadt aufs Dach hämmerte. Zum Kochen versammelten sich die Frauen von *Napoli sotterranea* an Feuerstellen vor dem Ausgang. Irgendwann würde irgendwer das Feuer zu hoch schüren oder nicht gründlich genug löschen, und das ganze Gewölbe würde ihnen um die Ohren fliegen.

Marianna war so stolz gewesen, weil sie sich von den Küchenmägden ihres Onkels hatte zeigen lassen, wie man *Farsumagru* zubereitete – ihr Gesicht hatte vor Begeisterung geglüht, als sie es Emidio erzählte: »Das essen die Armen von Paliemmu, nicht wahr? Sie füllen mageres, zähes Fleisch, das sonst niemand kaufen mag, mit allem, was die Speisekammer hergibt, und stellen am Ende doch noch ein Gericht, das sättigt, auf den Tisch.«

Emidio hatte sie halten und küssen müssen. Sie war ein solches Geschenk. Kein Mann verdiente sie. »Das ist schon richtig, *griddu.* Aber selbst wenn es aus deinen Kreisen niemand kaufen mag – das magere Fleisch wird nicht verschenkt. Und unsere Speisekammer, fürchte ich, gibt gar nichts her. Noch schlimmer: Wir haben keine und auch keinen Tisch, auf den du etwas stellen könntest.«

Dieses eine Mal war sie erzürnt und gab ihm so etwas wie eine Ohrfeige. »Mach dich nicht lustig über mich.«

Der Schlag – viel eher eine aufgebrachte Liebkosung – war der erste seines Lebens, der weder wehtat noch kränkend war. Sie hätte ihn niemals gekränkt, und in ihrem Zorn war sie so reizend, dass er lachen musste, auch wenn er dabei gegen die Tränen kämpfte. »*Farsumagru* ist kein Gericht für arme Leute, Marinuzza.«

»Aber du hast mir doch erzählt, wie oft deine Schwester Calogera es euch vorsetzt …« Sie brach ab und sah ihn an, als hätte sie ein Verbrechen begangen. »*Ahime,* Midiú. Ich bin so dumm, mir sollte verboten werden, den Mund aufzutun.«

»Darüber wäre ich traurig«, erwiderte er. »Du bist meine liebste Grille, die mit ihrem kleinen Grillenkopf arabische Bücher liest, und dass du dir ärmere Leute als die Familie eines gutgestellten Handwerksmeisters nicht vorstellen kannst, macht dich nicht dumm. Es tut mir nur leid, dass du selbst jetzt einer von diesen ärmeren Leuten bist. Das hast du nicht verdient, mein Menschlein – so ein Leben im Nichts.«

»Ich lebe doch nicht im Nichts.« Sie hielt sich an ihm fest. »Ich lebe in deinen Armen.«

»Vom Umarmen wirst du nicht satt.«

»Ich bin mein Leben lang satt geworden und hatte immer Hunger«, sagte Marianna. »Jetzt fehlt's mir an Essen, und ich habe keinen mehr. Und wenn wir spindeldürr werden wie die Gräten von gegessenem Fisch, so macht es mir auch nichts aus.«

Emidio lachte, obwohl er traurig war. »Spindeldürr werden kann nur ich. Du bist es ja schon.«

Sie schmiegte sich an ihn, legte die Hand auf seine Bauchdecke. »Du bist schön. So wie Queis.« Hell auflachend streichelte sie ihn weiter und zitierte aus ihrer liebsten Dichtung: »›Es wurde ihm ein Knabe geschenkt, der aussah wie das Lachen eines Granatapfels, wie ein Edelstein, der die Dunkelheit des Erdentags in lauteres Licht verwandelt.‹ Das bist du, mein Midiú. Wenn wir ein bisschen Geld haben, backe ich Küchlein aus Feigen und Mandeln und füttere dir jede Unze von deiner Schönheit, die du verloren hast, wieder an.«

Emidio hatte auch lachen müssen, denn außer seiner Mutter, die an seinem fünften Jahrestag gestorben war, hatte ihn nie ein Mensch schön genannt. Doch vor ihren Augen schmolz die Verachtung für seinen Körper und er konnte alles sein, was sie wollte. Zur Antwort gab er ihr ein Zitat aus derselben Dichtung, die sie ihn nachts, bei der Liebe, lehrte: »›Wer hätte gedacht, dass eine solche Fülle von Süßigkeit aus einem so kleinen Mund strömen könnte? Kann man mit Zucker denn Heere zerbrechen?«

Sie küsste seine Lippen und zerbrach mit ihrem Zucker, was immer in ihm auf Krieg gerichtet war. Die Zeit war hart gewesen, und dennoch fühlte sich alles in ihm weich an, wenn er daran dachte. Ihre Fibel, eine schöne Arbeit aus Silber und eines der letzten Geschenke ihres Onkels, die sie besaß, gab sie her, um einen Tisch zu kaufen, auf den sie ihm sein Essen stellen konnte. Zu Mandeln und Feigen reichte es so wenig wie zu zähem Fleisch, doch Bohnen, Zwiebeln und die mehligen Kichererbsen, die Sizilianer für alle Welt unaussprechlich *Ciciri* nannten, trieb Marianna an so gut wie allen Tagen auf. Das *Maccu,* das ihre kleinen Hände mit ein wenig Knoblauch daraus stampften, schmeckte Emidio so gut, dass er es ohne Ende hätte essen können.

Einmal, als sie gar nichts hatten, das zum Essen getaugt hätte, hatte Marianna ihm mit einem Stück Kohle Schüsseln und Platten voll Fleisch und Früchten, Gebäck und *maccaruni* auf das Holz des Tisches gezeichnet. Sie konnte nicht zeichnen. Was all die Kringel und Striche darstellen sollten, konnte er nicht erraten, aber sie erklärte es ihm, und davon wurde er satt.

Mit dem Tuffstein, der aus der Erde gehoben worden war, um Neapels Pracht zu errichten, ließ sich zur Not beinahe wie mit Kreide zeichnen. Emidio sammelte graue, gelbe und rote Brocken und zauberte Marianna Festmähler an die feuchten, nackten Wände. Ein wenig sah es bei ihnen jetzt aus wie in seiner Höhle am Hang des Pellegrino, nur dass es in ihrer Höhle, so elend sie sein mochte, keine Gefangenen gab.

Es gab dort nichts als zwei Menschen, die trotz der Bedrängnis, in der sie lebten, frei waren. Über die Kostbarkeit von Freiheit hatte Emidio nie nachgedacht, und wie sehr er sich danach gesehnt hatte, erfasste er erst, als er sie besaß.

Frei zu sein bedeutete, sich loszureißen wie eine Insel vom

Festland, keinen Halt mehr zu haben als den in sich selbst. Das war nicht einfach, es machte Angst, aber es rief die eigenen ungekannten Kräfte wach. An einem Morgen, ehe Emidio zur Arbeitssuche aufbrach, schob Marianna ihm einen abgegriffenen metallenen Gegenstand in die Hand, ein Pilgerabzeichen des heiligen Vito. »Wenn du hier bist, halte ich dich. Wenn du dort draußen bist, halte dich daran fest.«

Er hatte Arbeit als Lastenträger gefunden, brachte ein wenig Geld heim, und ihre Abende wurden schön. Ihre Nächte waren es ohnehin, auch wenn sie die Decken, in denen sie schliefen, kaum vor Schimmel schützen konnten. In den Armen der Frau zu liegen, die ihn so liebte, wie er gemacht war, verlieh Emidio ungeahnte Kräfte. Wenn er in der Frühe erwachte, lag er in völligem Dunkel und klammer Kälte, und doch kam es ihm vor, als könnte er diese ganze Stadt bewegen und aus ihren Angeln reißen, sodass sie sich über ihm und Marianna erhob und ihnen Luft zum Atmen ließ. Die Aussicht, am Abend in der Tür von ihr empfangen zu werden, beflügelte seinen Schritt.

Nach endlosen Streifzügen fand er im Stadtteil Pendino einen Kesselmacher, der ihn in seine Werkstatt nahm. Nicht als Lehrling, sondern als nicht viel mehr als einen Knecht, den er herumstieß und ausnutzte. Sobald er bemerkte, dass dieser Knecht bei Weitem der bessere Schmied war, legte er sich auf die faule Haut und ließ Emidio die bestellten Werkstücke fertigen. Er gab ihm wenig Geld, manchmal gar keines, sondern Reste von seinem Tisch. Marianna genügte es. Sie machte *Maccu* und *Farsumagru* aus nichts. Emidio genügte es ebenfalls, denn der Kesselmacher war ein Säufer vor dem Herrn, der Emidio am Amboss freie Hand ließ und nie nachwog, wie viel Kupfer gekauft und verwendet worden war.

Emidio nahm nicht mehr, als ihm seiner Meinung nach zustand, und er schmiedete an seiner eigenen Arbeit erst, wenn er die für den Kesselmacher erledigt hatte. Er hatte ohne Plan begonnen, einen Becher verwendet, der seinem Brotgeber misslungen war, und nach und nach die Bilder, die aus seinem Kopf herausdrängten, in die schillernden Wände des Werkstücks getrieben. Figuren entstanden. Gesichter, wie er sie in ihrem Gewölbe unter der Erde tagtäglich zu sehen bekam, gezeichnet von einer Lebenserschöpfung, die selbst von der Ewigkeit nur Schmerz und Mühsal erwartete. Und Mariannas Gesicht. Es war, als gäbe es kein Bild mehr ohne sie.

Am Ende hatte er aus dem Becher ein Ziborium gemacht und die Reihen von Figuren zu Szenen aus dem Leben der heiligen Agata erklärt, weil unweit der Schmiede eine Agata geweihte Kirche stand. Deren Geistlicher kaufte ihm das Ziborium ab und bestellte zwei Bilder für einen Reisealtar, die er im Voraus anzahlte. Auf dem Heimweg kaufte Emidio alles, was ihm in den Sinn kam: eine fette Taube und Mandeln und Feigen, um sie zu stopfen, einen Batzen faserigen weißen Käse aus der Milch von Wasserbüffeln, einen Tonkrug, den er mit schwarzem Wein füllen ließ, und eine samtene Schleife für Mariannas verschlissenes Kleid. »Von jetzt an bringe ich richtiges Geld nach Hause«, sagte er zu ihr. »Mehr als den Hungerlohn, den der Kessler mir bezahlt. Du musst dich nicht länger sorgen.«

»Ich habe mich nie gesorgt«, sagte sie. »Nicht mit einem Mann wie dir. Ich erwarte dein Kind, Midiú.«

3

Emidio liebte Bilder mehr als Worte, weil Worte nie genügten. So hätte es ein eigenes Wort geben müssen für den Schrecken, der nicht geschah.

Seit Mariannas viel zu schmaler Leib sich blähte, weil sein Kind darin wuchs, kam sie ihm noch schutzloser vor. Er hatte sich aus ein paar Brettern einen Scharren gezimmert und stellte sich an den wichtigen Markttagen mit seinen Arbeiten auf den *Campo del Muricino*. Ohne Lizenz war das verboten, aber der Marktmeister ließ sich mit einem Schwarzpfennig bestechen, und die Geldausgabe lohnte sich. Nicht nur verkaufte er stets alles, was er anbot, sondern er kam auf diese Weise auch an Auftraggeber, die ihm das Material im Voraus bezahlten. Der Kessler soff weiterhin seinen Branntwein, und solange die Arbeit beizeiten erledigt wurde, bemerkte er kaum, ob Emidio zur Stelle war oder nicht.

Alles war gut. Sie konnten ihr Leben bestreiten und Geld beiseitelegen. Noch ein Jahr oder zwei, dann würde er genug beisammen haben, um sich den Eintritt in die Zunft zu erkaufen und eine Werkstatt zu suchen, ein kleines Haus entlang der Hafenmauern mit einem luftigen, trockenen Zimmer im Obergeschoss, in dem ihr Kind es gut haben würde. Ein Dach, unter dem seine Familie geborgen sein würde, bis der Tag kam, an dem sie auf ihre Insel zurückkehren konnten. Nach Paliemmu.

Von dort wegzugehen war nicht so einfach gewesen, wie sie beide sich gegenseitig vorgegaukelt hatten.

»Du willst dein Erbe aufgeben?«, hatte Cammelú ihn gefragt, während Emidio ohne aufzublicken eine Handvoll Besitztümer in ein Bündel geschnürt hatte, um mit seiner todesmutigen Baronin von der Insel zu fliehen. »Du musst den Verstand verloren haben – weißt du überhaupt, was für ein gottverdammtes Glück du hast? So ein Erbe – eine angesehene Werkstatt, ein Vaterhaus und einen Platz unter den Ältesten der Zunft, das wirft man doch nicht achtlos weg, nur weil sich ein Mädchen eine Blume ans Kleid steckt und einem ein Lächeln gönnt!«

Dass Cammelú so dachte, war kein Wunder. Er hatte Marianna nie lächeln sehen, und ohnehin hatte er für Mädchen nicht viel übrig. Dafür umso mehr für das Erbe von Vätern. Seinen eigenen kannte er nicht, und dessen Familie war er nicht mehr als ein paar Pfennige Zehrgeld wert gewesen, damit er sich aus dem Haus scherte. Emidio hatte ihm den Arm um die Schultern gelegt. »Ich werfe mein Erbe ja nicht achtlos weg. Ich übergebe es meinem Freund zu treuen Händen.«

Cammelús Augen waren weit geworden, so weit, dass der rote Rand sich zeigte. »Meinst du damit mich?« Dieses eine Mal war der Freund nicht gekränkt, sondern schnappte vor Rührung nach Luft wie ein Frosch. Dann umarmte er Emidio. »Auf mich kannst du zählen, Midiú. Ich werde über diese Werkstatt wachen, als wäre es meine eigene.«

»Und über meine Schwestern auch?«

Cammelú nickte und reichte ihm feierlich die Hand. »Deine Schwestern *sind* meine eigenen. Von den meinen hat man mich schließlich ferngehalten wie einen Tunichtgut, für den eine Familie sich schämen muss. Ich habe gar keine Familie – nur die Deinen und dich.«

In die letzten Worte mischte sich wieder eine Spur der alten Bitterkeit. Cammelú war von seinen zwei Schwestern, die seine Mutter von anderen Vätern hatte, getrennt aufgewachsen und kannte sie kaum. Emidio hatte ihn noch gebeten, ein besonderes Auge auf Stidda zu haben, die Jüngste, den Springinsfeld, den er so sehr liebte, dass es wehtat, sich ihr Bild heraufzubeschwören. Aber er würde sie ja wiedersehen. »Sende mir Nachricht, wenn ich heimkommen kann«, hatte er zu Cammelú gesagt. Was er damit meinte, war ihnen beiden klar, auch wenn Emidio nicht fähig war, es auszusprechen: *Sende mir Nachricht, sobald mein Vater nicht mehr lebt.* Die Vergebung des Vaters, die er sich aller Wahrscheinlichkeit zum Trotz erhofft hatte, hatte er nicht erlangt, und damit stand außer Frage, dass er ihm nicht mehr unter die Augen kommen durfte.

Cammelú nickte. »Ich bin dein Freund. Was immer geschieht, um dein Erbe brauchst du keine Sorge zu haben.«

Er würde das Erbe mit ihm teilen. Er und Cammelú würden die Schmiede gemeinsam führen und ein Heim für ihre Familien schaffen, einen Platz für die, die sich mit der Ordnung der Welt schwertaten.

Im Lesen und Schreiben war natürlich keiner von ihnen unterrichtet worden, und Emidio hätte sich damals noch nicht zugetraut, dass er es lernen konnte. Auf jedem Marktplatz gab es jedoch Leute, die gegen Bezahlung Briefe aufsetzten oder sie den Empfängern vorlasen. Emidio machte sich nichts vor: Solange sein Vater lebte, war ihm sein Elternhaus verschlossen, also versuchte er, sich mit Gedanken daran nicht allzu sehr zu quälen. Immerhin wusste er es bei Cammelú in guten Händen, bis er eines Tages seine Liebste und seinen eigenen Sohn dorthin zurückbringen konnte.

Tagsüber, bei der Arbeit, erfüllte ihn jetzt oft eine tiefe Freude auf die Zukunft, auf den nahen Abend bei Marianna wie auf die fernen Jahre, die vor ihnen lagen. Sobald er sich jedoch auf den Heimweg machte, ergriff die Angst von ihm Besitz. Sein Kopf quälte ihn mit einer Folge sich jagender Bilder von dem Grauen, das Marianna zugestoßen sein könnte: Hatte jemand sie überfallen, ihr Gewalt angetan, die zu entsetzlich war, um sie beim Namen zu nennen? Hatte sich das Kind zu früh auf den Weg gemacht, und seine Liebste lag ohne Hilfe in ihrem Blut?

Er konnte nie ruhigen Schrittes nach Hause gehen. Spätestens nach der ersten Biegung begann er zu rennen, raste hakenschlagend durchs Gewirr der Gassen, bis er außer Atem den Einstieg ins Gewölbe erreichte. Wenn ihm Marianna dann durch den Gang vor ihrer Kammer entgegenlief, glaubte er, das Geräusch zu hören, mit dem die Last von seinem Herzen fiel. Hätte es ein Wort dafür gegeben, für den Schrecken, der nicht geschehen war, hätte er es zu seinem Lieblingswort erkoren.

Ein Wort, das stark genug war, um Bilder zu besiegen!

Gleich würde es auch die Bilder besiegen, die ihm an diesem schwarzen Morgen auf dem *Campo del Muricino* durch den Kopf jagten. Er hielt Marianna an sich gepresst und zwang sich, tief zu atmen. Auch heute war der Schrecken nicht geschehen, waren sie verschont geblieben, und das, was hier auf dem Platz bevorstand, was die geballte Menschenmenge mit angehaltenem Atem erwartete, hatte mit ihnen beiden nichts zu tun.

»Ist ja gut«, murmelte er und strich Marianna das Haar aus der Stirn, womöglich mehr, um sich selbst zu beruhigen als sie. Etwas in ihm war beständig auf der Hut und erwartete eine Strafe für die Unverschämtheit, mit der sie die gottgegebene Ordnung außer Kraft gesetzt hatten. Er senkte den Kopf, brachte seinen Mund an ihr Ohr. »Ich wollte so oder so bald zusammenpacken«, raunte er hinein. »Heute kauft niemand Kerzenhalter oder Türbeschläge. Sobald diese Rotten anfangen, sich zu zerstreuen, bringe ich dich in die Wohnung zurück.«

Mariannas Hände schlossen sich um seine Oberarme. Ihre Finger, so zart sie waren, gruben sich schmerzhaft in sein Fleisch. »Und bleibst du dann bei mir? Das wäre schön, Midiú. Ich will keine Last für dich sein, aber dieser Tag macht mir Angst.«

Emidio streichelte ihr über den gespannten Leib. »Ja, ich bleib dann bei dir. Wir zünden uns die große Kerze an, die der Priester mir für den Türklopfer bezahlt hat, nehmen meine Tafel mit ins Bett, und ich zeichne dir eine Geschichte, wenn du willst. Oder noch besser: Du nimmst eins deiner Bücher und liest mir vor.«

Mit all der Furcht in den Augen lachte sie zu ihm auf. »Du kannst doch die eine wie die andere Schrift längst besser lesen als ich. Und was in den Büchern steht, kannst du Zeile für Zeile im Kopf hersagen.«

»Aber nicht mit deiner Stimme«, gab er zurück.

Sie nahm seine Hand und gab ihm einen Kuss in die Handfläche. »Wenn es dir Freude macht, *amuri*, lese ich dir meine Bücher noch hundertmal vor.«

Die beiden Bücher, zwei schmale, mit delikater Ornamentik illustrierte Bände, waren die letzte Kostbarkeit aus Mariannas Besitz, die sie nicht veräußert hatte. Das in Arabisch gesetzte enthielt ihre Lieblingsdichtung, eine Übersetzung des persischen Dichters Nizami, und das in lateinischer Schrift versammelte Gedichte der sizilianischen Schule. Beider Schönheit machte Emidio glauben, es müsse in der Welt eine Harmonie geben, die sich durch nichts und niemanden erschüttern ließ. Ehe er Marianna begegnet war, hatte er keinen Menschen gekannt, der Gedichte las, und hatte nicht gewusst, dass Dichter Bilder mit Worten malten, in denen er seine eigenen erkannte. Marianna hatte begonnen, ein paar der Verse vor sich hin zu murmeln, wie sie es manchmal zur Beruhigung tat, wenn Emidio nicht in den Schlaf fand:

Geh jetzt, mein Liebster,
Auf dass sie dich nicht finden.
Die Morgenglocke hat geläutet,
Und mir scheint, es ist Tag.

Jäh unterbrach sie sich. »Wie kann ich das tun? Von Büchern schwatzen, von meinem warmen Bett, in dem ich mit dir liegen will, während hier auf dem Platz …«

Sie sprach nicht weiter, und er beendete ihren Satz nicht für sie. »Du musst dich nicht fürchten«, sagte er stattdessen und klang wie der Priester, dessen Latein inhaltslosem Wortgeklingel glich.

»Aber was wollen die denn?«, rief Marianna. »All diese Leute, die aus der Vorstadt zusammenlaufen, was haben die denn vor?« Sie reckte sich und zog sich an ihm in die Höhe, doch über das wogende Meer von Köpfen hinweg erhaschte sie keinen Blick.

»Nichts«, sagte Emidio und drängte sie sacht nieder. »Es geht uns nichts an. Die Mächtigen rangeln sich um ein Stück Land, das kommt alle naselang vor und ändert nichts an unserem Leben.«

»Aber es geht doch um unsere Insel, oder nicht?«

Wieder schloss er die Arme um sie und verschränkte die Hände wie zusammengeschmiedet in ihrem Rücken. »Wir zwei sind jetzt unsere Insel«, sagte er. »Das hast du gewusst, ehe wir aufgebrochen sind, und du hast gesagt, es ist dir genug.«

»Das ist es ja auch«, versetzte Marianna. »Wo du bist, ist Sizilien für mich. Aber das hier macht mir Angst.«

Mir auch, dachte Emidio, und im nächsten Atemzug erhob sich die Menge wie eine der haushohen Wogen, die das Meer formte, wenn auf der Insel die Erde bebte. Auch das Geräusch, das sich aus Hunderten von Kehlen befreite, glich dem Grollen unter den Sohlen, mit dem ein solches Beben sich den Weg zum Meer bahnte.

Marianna schauderte. »Was ist das, Midiú?«

An Hüften und Lenden spürte er ihren harten, geschwollenen Leib.

»Nichts, mach dir keine Sorgen.« Emidio hob sich auf die Zehenspitzen, fühlte, wie sich die Schenkelmuskeln anspannten, um sein Gewicht zu stemmen, und musste schreien, um sich Gehör zu verschaffen. Er war größer als die meisten im Süden geborenen Männer und erlangte ohne Schwierigkeiten Sicht. Das Meer aus Menschen platzte von Lanzen getrieben auseinander und gab eine allzu schmale Gasse frei. Durch sie zwängten sich die Diener der Gerichtsbarkeit in ihren gezaddelten Schecken, schwarze Masken mit Augenschlitzen über den Gesichtern. Zwei gingen voran und zwei hinterdrein. Ihren Gefangenen führten sie zwischen sich wie ein Kalb, das sich zum Fleischmarkt zerren lassen muss.

Er trägt Stricke um die Schultern! Der letzte Spross eines gottgewollten Herrscherhauses hängt in Stricken!

Dabei war bei dem Gefangenen gar nicht viel Gezerre nötig. Seinen Schritt hemmte kein trotziges Aufbegehren gegen das Schicksal, zu dem man ihn verurteilt hatte, sondern nur nackte Angst. Die Schaulustigen, die Plätze in der Nähe ergattert hatten, konnten vermutlich das Flackern in den aufgerissenen Augen und das Zittern der Glieder sehen, doch alle – auch die, die so weit entfernt standen wie Emidio – sahen sein Haar, das ihm in Locken über die Schultern fiel und eine Farbe zwischen Weizenähren und frisch gemolkener Milch aufwies. Hätte an jenem Tag die Sonne geschienen, hätte sie diesem Haar Glanzlichter aufgesetzt.

»*Dio mio, aiutami!*«, schrie eine Frau, dass die Worte gellend über den Platz hallten. »Das ist ja noch ein Kind!«

Einzelne Stimmen schälten sich aus dem Grollen und nahmen den entsetzten Ruf auf:

»Noch ein Kind, der König lädt Schuld auf uns alle, er mordet ein Kind!«

»Das Kind der Staufer! Der Erbe des Staunens der Welt!«

»Corradino!«

Dieser letzte Ruf – der Name des Blonden – pflanzte sich über den Platz fort, flog so schnell wie die Wolken, die am düsteren Himmel einander jagten, erhaschten und sich ballten.

»Corradino, Corradino – der kleine Konrad, das Söhnchen!«

Dabei war ein Großteil der Versammelten, Emidio eingeschlossen, nicht mehr als eine Handvoll Jahre älter als der Blonde. Es war seltsam, stellte er fest, dass man diese helle Farbe von Haar und Haut immer mit Kindlichkeit in Verbindung brachte, obwohl sie doch nur Menschen auswies, deren Ahnen aus einem anderen Teil der Welt stammten. Mit Marianna erging es Emidio nicht anders: Sie war so blond, dass sie unmöglich je erwachsen, geschweige denn alt werden konnte. Sein eigenes Haar hingegen war derart schwarz, als hätte er sich bereits in den Windeln den Bart scheren müssen.

Der Blonde, den die maskierten Gerichtsdiener Karl von Anjous durch die Gasse auf das in aller Hast zusammengezimmerte Podium zu führten, war kein Kind mehr, aber er war ohne Zweifel blutjung. Er war keine sechzehn gewesen, ein Milchgesicht noch, als er sich entschlossen hatte, über die Alpen zu ziehen, aus der Sicherheit seiner schwäbischen Heimat in ein fremdes, umkämpftes Land, von dem er unmöglich etwas verstehen konnte. Und dennoch nannte er es das seine, weil sein Großvater, *Federico Secondo*, dort der größte Herrscher aller Zeiten gewesen war.

Friedrich von Hohenstaufen, der Sohn des deutschen Kaisers, hatte seinen Anspruch auf das Königreich Sizilien von seiner Mutter abgeleitet, von Konstanze, der Tochter des Normannenkönigs Roger. Ihren Sohn hatte Siziliens Königstochter in einem Zelt, auf einem offenen Marktplatz wie diesem, zur Welt bringen müssen. Um zu beweisen, dass kein rasch untergeschobenes Wechselbalg, sondern der Erbe der Staufer zur Welt gekommen war, hatte ihr kaiserlicher Mann derart Unsägliches von ihr verlangt.

Wie konnte ein Mann seine Frau so demütigen? Flüchtig sah Emidio auf Marianna hinunter. Für alle Königreiche der Welt wäre er nicht in der Lage gewesen, sie zu zwingen, ihre Beine vor den Augen der lechzenden Gaffer zu spreizen, ihr Geschlecht zu entblößen und unter Schmerzensschreien ihr Kind zu gebären. Eine so tiefe Erniedrigung hätte Marianna umgebracht.

Auch die bedauernswerte Normannenprinzessin hatte die

Tortur nicht lange überlebt. Vier Jahre nach der Schandtat ihres Mannes, den schon zuvor das Zeitliche gesegnet hatte, war sie sang- und klanglos in ihrem geliebten Palermo gestorben. Ihren kleinen Sohn hatte sie dort zuvor noch krönen lassen, und sie hatte verfügt, dass er als Sizilianer in der alten Königsstadt erzogen werde. Für Sizilien, ihre bittere Orange, hatte sie den Anspruch des Jungen auf den römisch-deutschen Kaisertitel aufgegeben. Zu einer Vereinigung beider Reiche hätte ihr der Papst nicht seinen Segen gegeben, und die Insel, ach, ihre Insel, schien ihr das Opfer einer kalten Schimäre hinter den Alpen wert gewesen zu sein.

Ihr Sohn Friedrich aber – mit vier Jahren Waise und König in Palermo – hatte sich damit nicht begnügt. »Warum einen Teil nehmen, wenn ich geboren bin, um alles zu bekommen?«, mochte er sich gefragt haben, und vielleicht konnte man nicht anders denken, wenn man nie zu einem Menschen, sondern nur zu Ländern, Titeln, Besitz gehört hatte, wenn man niemandes Sohn, niemandes Geliebter war, sondern ein Pfand, das auf einem Marktplatz geboren und einer Fremden anvermählt werden musste, mit der ein Stellvertreter die Ehe vollzog.

Friedrich war wie der blonde Knabe in den Stricken »Kind« genannt worden, als er über die Alpen zog, um sich das Reich seiner väterlichen Ahnen zurückzuholen. Wenn einer nie einen Vater gehabt hatte, auf dessen Knien er reiten konnte, nie mit ihm zu zweit einen Bogen hatte schnitzen können – stand dem nicht wenigstens des Vaters Erbe zu? Als es ihm schließlich gegen jede Erwartung gelungen war, nannte ihn niemand mehr Kind, sondern *Stupor Mundi,* Staunen der Welt.

Er hatte Palermo nie vergessen. Vielleicht hatte er die Insel, auf der er sein einziges, winziges Stück Kindheit verlebt hatte, tatsächlich mehr als den Rest seines Reiches geliebt. Er hatte sie elendig geschunden und mit seinen Steuern ausgepresst wie alle Könige, die vor oder nach ihm kamen, aber er hatte ihr auch eine Rechtsordnung mit einer glasklaren, nie dagewesenen

Struktur gegeben, hatte seiner Königsstadt Palermo ein Füllhorn von Macht verliehen und ihr seinen Glanz geschenkt. Das vergaßen ihm die Sizilianer nicht – schon gar nicht die, die lange nach seinem Tod geboren worden waren und nur den Glanz, nicht das Elend kannten.

Der Papst hingegen vergaß nicht, dass der nach den Sternen greifende Staufer seinen Ratschluss missachtet hatte. Er wollte das Staunen der Welt von der Welt herunterwischen wie eine Lache Rotwein vom Schanktisch. Nicht nur das Staunen selbst, sondern alles, was ihm entsprang, seinem Geist nicht weniger als seinen Lenden. Die Krönung von Friedrichs Sohn Konrad, dem die Mutter bei der Geburt gestorben war, erkannte der Heilige Vater nicht an. Konrad musste deshalb den Weg über die Alpen, den sein Vater gegangen war, in umgekehrte Richtung gehen, musste nach Sizilien ziehen und sich das Reich erobern, das dieser Vater ihm hinterlassen hatte. Er starb, ohne es für den Sohn sichern zu können, den ihm seine Frau im fernen Schwaben geboren hatte. Sein eigener Halbbruder, Manfred, überging den Neffen und rief sich selbst zum König von Sizilien aus.

Seinen Sohn hatte der arme Konrad vor seinem Tod nicht einmal zu Gesicht bekommen.

Emidios Hand wanderte über Mariannas Leib. Diese Staufer schienen ein Geschlecht von Kindern ohne Eltern zu sein, als ruhte eine päpstliche Verwünschung auf ihnen. Der Gedanke, er selbst könne sterben, ohne seinem Sohn begegnet zu sein, schnürte ihm die Kehle zu. Immerhin hatte Konrads Sohn eine Mutter gehabt, von der die Frauen auf dem Markt behaupteten, sie habe ihn mit der innigsten Liebe aufgezogen. *Müsste ich sterben, wünschte ich meinem Sohn dasselbe,* dachte Emidio. *Dass er seine Mutter hat, diese kleine, von unglaublicher Kraft erfüllte Person, die ihm zu spüren geben wird, wie gut Liebe tut und wie stark sie macht.*

Hatte der Sohn des toten Konrad – der kleine Corradino – dasselbe gespürt? Und, wenn ja, spürte er es noch immer, machte die Liebe seiner Mutter ihn auch jetzt noch stark, wo er durch eine Gasse aus Gaffern auf ein Gerüst gezerrt wurde? Und wo war seine Mutter? In Schwaben? Wusste etwas in ihr, dass Angst ihrem Kind die Schritte lähmte und dass die Stricke der Schergen ihm ins magere Fleisch schnitten?

Emidio hielt Marianna in den Armen und wünschte sich, dass sein Sohn, der in ihrem Leib wuchs, von dieser festen Umarmung etwas fühlte. *Ich beschütze euch. Deine Mutter und dich. Ihr seid auf unserer Insel in Sicherheit, denn unsere Insel sind wir drei allein. Was diesem armen Jungen angetan wird, hat mit uns nichts zu tun. Es geschieht weit weg von uns, auch wenn wir dabeistehen. Lass uns hier stillhalten, bis das Getümmel sich auflöst, und dann nach Hause gehen. Du musst dich nicht fürchten. Würdest du je beschließen, über ein entferntes Gebirge zu ziehen, um in einem fremden Land um Macht zu kämpfen, deine Mutter und ich, wir würden es dir nicht erlauben, dusci picciriddu, wir würden dich in unseren Armen wie mit Ketten fesseln, mi figghiu.*

Dass er ein anderes Geschöpf wie von selbst bei solchen Namen nannte, verblüffte ihn. *Süßer Kleiner, mein Sohn*. Woher kamen ihm die Worte ausgerechnet hier, im aufgepeitschten Getöse, und noch dazu für ein Menschlein, das er nie gesehen hatte? Hatte sein Vater ihn bei diesen Namen genannt, ehe er geboren war, ehe er der Sargnagel, der Taugenichts, *bonu a nulla*, geworden war, dem Schläge und Beschimpfungen gebührten statt in Worte gefasste Zärtlichkeit? Jäh sehnte Emidio sich nach seinem Vater und wünschte, er hätte ihm erzählen können, dass er selbst Vater wurde, dass er hier, in der wie ein Erdbeben wogenden Menge, sein Kind mit Kosenamen ansprach und schon Vater war.

Die Liebe zu dem Sohn, den er noch gar nicht kannte, überfiel ihn mit einer Wucht, die fast unerträglich machte, was einem anderen Sohn vor seinen Augen geschah. Wenn man seinen Sohn verlor, verlor man dann alle Bedeutung? War man auf einmal kein Vater, keine Mutter mehr?

Die Versammelten, die den Platz schwarz färbten, schrien noch immer vor Empörung. Dabei war Neapel gar keine Stadt der Ghibellinen, wie sich die Anhänger der Staufer nannten, sondern eine, die von der Herrschaft des Franzosenkönigs profitierte. »Guelfen« war der Name derer, die es mit dem Papst und seinem Karl von Anjou hielten, und von solchen musste es in Neapel wimmeln.

Und genau wie Palermo war Neapel eine Stadt, die das blutige Spektakel einer Hinrichtung liebte, die dabei in Öl gebackene *Cuddureddi* mit Sultaninen und Walnüssen feilbot, fette Huren küsste oder in gesalzene Würste biss. Es war der Junge, der schlaksig aufgeschossene Blonde, der ihnen den Appetit verdarb. Man führte Kriege, bezahlte Soldaten, um sich gegenseitig abzuschlachten, und kerkerte die Söhne möglicher Thronrivalen hinter meterhohen Mauern ein. Aber man verurteilte keine Kinder zum Tode und brachte sie vor aller Augen um.

Auf der Insel hatte es seit drei Jahrhunderten Sarazenen gegeben, Muselmanen, denen man jedwede Grausamkeit unter dem Himmel nachsagte, doch einem christlichen König traute eine solche Untat niemand zu.

Karl von Anjou mochte sich mit seinen Plänen, Neapel zu einer pompösen Königsstadt auszubauen, zahlreiche Freunde in der Stadt geschaffen haben, aber heute verlor er welche. Er hatte Konrad wie auch den zweiten Staufersohn Manfred in offener Feldschlacht besiegt, was selbst die hinnahmen, denen er ein Dorn im Auge war. Was hier geschah, ließ jedoch selbst die schlucken, die ihn unter der Führung des Papstes auf den Thron gehievt hatten. Es schien ein dunkles Unbehagen aufzustören, das tief in ihnen allen zu lauern schien, eine Erinnerung, die ohne Namen war.

Das Grollen der Menge schwoll. Von ihren Worten war in dem Lärm kaum noch ein einzelnes auszumachen, geschweige denn zu verstehen.

»Mir ist so kalt, Midiú.« Marianna drängte sich an ihn, und

auf einmal spürte Emidio die Kälte selbst. Es war erst Oktober. Herrschte drüben auf der Insel je ein so klammer Wind, der unter die Kleider und in die Knochen fuhr?

Kurz erwog er, Marianna auf seine Arme zu heben und sich einen Weg durch die Menge zu bahnen, aber mit dem Kind im Bauch war sie schwerer, als sie aussah, und durchs Gedränge wären sie nicht weit gekommen. Außerdem hätte er den Scharren zurücklassen und Geld für neues Holz ausgeben müssen, statt es für ein Haus für seine Familie zu sparen. Es half nichts. Sie würden hier ausharren und den Schrecken mitansehen müssen, bis es vorüber war und die Menge sich auflöste.

Warum war es nicht möglich, wegzusehen? Warum reckte auch er sich wieder auf die Zehen und starrte über die Köpfe hinweg? Der Zug mit dem Gefangenen erreichte eben die Leiter, die auf die hölzerne Plattform führte. Der erste Scherge setzte seinen Fuß auf die Sprosse, und ein Mann, der hinter dem Podium stehen musste, sodass Emidio ihn nicht sehen konnte, begann, eine Trommel zu schlagen. Einige Atemzüge lang schlug die Trommel die Menge stumm.

Emidio sah Beamte des Königs, die sich mit gezogenen Waffen den Weg durch die Menge erzwangen und einzelne Unruhestifter vom Platz schleiften. Dann wandte er sich wieder dem Podium zu, auf dessen Mitte ein hölzernes Gerüst aufragte.

Das Blutgerüst.

Die welsche Falle, wohl mit diesem Namen belegt, weil sie so trügerisch harmlos wirkte, ein wenig wie ein Türrahmen, der zu keinem Haus gehörte, durch den man aber hätte schreiten können, ohne sich wehzutun.

Stattdessen würde der Augenblick, in dem der kleine Staufer hindurchschritt, die Geschicke der Welt verändern. *Nicht unseres!*, begehrte es in Emidio auf. *Wir drei sind eine Insel, und das Getöse auf diesem Platz ist für uns nur das Meer, das uns umgibt.*

Der kleine Staufer wusste, was sich hinter dem hölzernen

Dachbalken verbarg. Wenn es sein Hirn nicht wusste oder nicht wissen wollte, so wusste es sein Bein umso besser, denn es ließ sich nicht heben und vorwärtszwingen, seine Sohle klebte auf dem Platz wie angeleimt.

Emidio glaubte, mit seinen scharfen Augen das Rinnsal Schweiß zu erkennen, das dem Jungen erst Schläfe und Wange und dann den Hals hinunterlief. Angstschweiß, der selbst in der Kälte rann. Spürte Konradin von Hohenstaufen ihn auf Brust und Rücken? Dachte er daran, dass sein Körper zum letzten Mal fähig war, Flüssigkeit abzusondern, wie er es von seinem ersten Augenblick auf Erden an getan hatte – zu schwitzen, zu weinen, zu speicheln und zu pinkeln?

Nein, ganz das letzte Mal war es nicht. Noch eine Flüssigkeit würde der Körper von sich geben, ehe er erstarrte und Konradin von Hohenstaufen nicht länger gehörte, die kostbarste, unersetzlichste: Blut.

Die Henkersknechte, die jetzt zu zweit auf den Sprossen standen, rissen abrupt an den Stricken. Dem Staufer entfuhr ein rauer Laut, vielleicht eher vor Schrecken als vor Schmerz. Seine Stimme hatte noch kein männliches Volumen in der Tiefe, sie ließ sich leicht für eine Mädchenstimme halten. Vermutlich hatte er mit dieser hohen Stimme hübsch singen können. Von den zwei Schergen, die hinter ihm gingen, versetzte ihm einer einen weichen Stoß, der wohl zur Aufmunterung gedacht war. Das bis zum Äußersten gereizte Königskind fuhr entsetzt zusammen, bog den Rücken durch und bäumte sich. Das löste die Erstarrung der Menge. Lauter und viel bedrohlicher als zuvor hob das Gebrüll von Neuem an.

Die Henkersknechte schienen die Sache jetzt so schnell als möglich hinter sich bringen zu wollen, sie wirkten geduckt, als hätten sie Angst, die Menge könnte sie zerreißen. Am Fuß der Leiter hatten die Bewaffneten in der Tat Mühe, die Menschen zurückzudrängen, und das Getümmel wurde so dicht, dass Emidio vom Geschehen das meiste entging. Irgendwie zerrten oder schoben die Schergen ihr Stück Schlachtvieh die Sprossen hinauf. Der Junge schwankte, zitterte, suchte mit rudernden Armen nach Halt, doch keiner der vier Männer schien mehr bereit zu sein, ihn zu berühren.

Wie manche Menschen sich scheuen, eine Leiche zu berühren, als könnte der Tod auf sie übergreifen.

Der Junge wehrte sich nicht. Auch seine Beine sträubten sich nicht länger, sondern schleppten sein klägliches Gewicht in stolpernden Sätzen auf die Plattform. Die Menge brüllte und drängelte, als wollte sie ihm folgen. Emidio aber stand mit Marianna in den Armen still und starrte unverwandt auf das Viereck aus Holz, auf den jämmerlichen Überrest eines Menschen, dessen Schritte kleiner und kleiner wurden, je näher er dem gefürchteten Gerüst kam. Er glaubte zu sehen, wie das tückische Holzgestell sich vor den Augen des Jungen zu drehen begann, und vor seinen eigenen Augen drehte sich das Bild.

Der Junge krümmte sich vornüber, fasste sich an den Hals und würgte. Zuletzt bekam er die Füße nicht mehr gehoben, sondern schob sie um winzige Stücke voran. Als er endlich dennoch die Stufe vor dem Gerüst erreichte, wollte er sich zweifellos zwingen, wie ein Mann zu handeln, den letzten Schritt zu gehen und den Kopf ohne Zaudern auf den Block zu beugen. Aber er war doch noch kein Mann – und auch ein Mann wollte leben.

Wenn man sterben können muss, ohne dass sämtliches Leben in einem sich wehrt, um ein Mann zu sein, dann sind wir alle Kinder.

Statt sich vornüberzuneigen, schreckte der Junge zurück und schrie auf. »Mamma!«, schrie er, »Mamma, Mamma, Mamma!« Zumindest war es das, was Emidio verstand. Nannten Söhne in Schwaben ihre Mütter »Mamma« wie Söhne auf Sizilien?

Der Junge bog den Rücken hintüber, sodass er um ein Haar gestürzt wäre, dann warf er jäh und mit donnernder Wucht seinen Körper auf den Block. Statt jedoch liegen zu bleiben, bäumte er sich sofort wieder auf und tat dasselbe noch einmal. Der Aufprall hallte so laut, als würden Knochen brechen.

Zwei der Schergen überwanden ihre Scheu und packten den Jungen bei den Schultern. Es war kein Gewaltakt, eher einer der Gnade – da das Häuflein Elend ohnehin sterben musste, war es barmherzig, dafür zu sorgen, dass es schnell ging, möglichst schneller, als ein Menschenhirn denken konnte. Die Menge aber urteilte anders. Sie erhob sich und grollte auf wie ein Mann. Die Bewaffneten senkten die Lanzen und zogen ihre Schwerter und wurden dennoch der aufgebrachten Horden, die das Gerüst stürmen wollten, kaum Herr. Wäre einer der Henkersknechte den aufgebrachten Menschen in die Hände gefallen, hätten sie ihn zwischen sich zerfleischt.

Lanzen und Schwerter schwangen nach allen Seiten, um die Männer zu schützen, die den kleinen Staufer auf die Knie und seinen Oberkörper auf den Block zwangen. Sobald nur einer der Männer ihn losließ, schoss das schmächtige Bürschlein wieder in die Höhe, bis schließlich kein anderer Weg blieb, als ihm Fesseln anzulegen. Im letzten Zucken und Beben des Lebens gefesselt zu sein war grausam, fand Emidio. Aber das andere wäre grausamer gewesen – ein Fallbeil, das womöglich danebentraf, weil der Junge nicht stillhielt, und das aus dem Sterben eine lange Qual mit unerträglichen Schmerzen machte. So aber würde es in einem letzten halben Atemzug vorüber sein. Das Fallbeil war schnell, das war seine einzige Gnade.

Danach gehen wir in die Wohnung, in unser Gewölbe, und verkriechen uns. Danach küssen wir uns so lange die Augen, bis wir die Bilder vergessen.

»Das dürfen sie nicht!«, löste sich eine Frauenstimme aus dem ohrenbetäubenden Getöse. »Sie dürfen ihn doch nicht töten, den *picciriddu*, der nach seiner Mutter schreit!«

Mit dem nächsten Herzschlag geschahen so viele Dinge zugleich, dass Jahre vergehen würden, ohne dass Emidio sie in eine Ordnung bringen konnte, ohne dass er Antwort auf die

Frage fand: *An welcher Stelle hätte ich Einhalt gebieten und die Welle aufhalten können, die unsere Insel überrollt hat?*

Die Henkersknechte auf dem Podium waren mit der Fesselung fertig. Sie zogen dem Kleinen eine Kappe über, die am Kopf eng anlag, und stopften die leuchtenden Locken darunter, damit sie die Schärfe des Fallbeils nicht abfingen. Dann wichen sie nach beiden Seiten zurück.

Der Henker selbst, der in einer Ecke des Podiums so reglos auf seinen Einsatz gelauert hatte, als wäre er Teil des hölzernen Aufbaus, trat vor. Gleichzeitig stürzte sich ein Schwarm von Menschen mit Gebrüll auf die Wachen, um die Leiter zu stürmen. Im Nu gaben die Bewaffneten, die über den Platz verteilt gestanden hatten, ihre Posten auf und eilten den bedrohten Kumpanen zu Hilfe, um die wütenden Massen am Betreten des Podiums zu hindern.

Dort, wo nun kein Lanzenträger mehr für Ordnung sorgte, schloss sich die Gasse. Menschen wimmelten durcheinander, und wer nicht stark genug war, dagegenzuhalten, lief Gefahr, zu Boden gestoßen zu werden. Kinder weinten, Köter flitzten zwischen Beinen von dannen, Krüppel und Greise humpelten vergeblich im Zickzack, um an den Rand des Platzes auszuweichen.

Während all dies geschah, zog der Henker wie ein Glöckner am Strick. Mehr war nicht nötig. Das Fallbeil sauste so schnell in die Tiefe, dass man nicht mehr als einen metallenen Blitz in der Trübnis erkennen konnte. Die niederfahrende Klinge trennte den blond gelockten, mit der Kappe bedeckten Kopf des kleinen Konradin vom Hals, setzte dem Geschlecht derer von Hohenstaufen ein Ende und der Weltgeschichte ihr Siegel auf.

Emidio würde sich nie sicher sein, doch vermutlich hatte sich all dies bereits ereignet und der Kopf des Königskindes war hinter dem Gerüst ins Stroh gefallen, als er bemerkte, dass seine Oberarme kein schmerzlich fester Griff mehr umklammerte. Noch einen weiteren Augenblick lang lähmte ihn der Schrecken, erst dann war er fähig zu handeln. Marianna, die sich von ihm losgerissen hatte, war da schon mehrere Schritte von ihm entfernt und drängte sich durch das wogende Menschenmeer. Sie war die Frau, die geschrien hatte, und sie schrie noch immer: »Hört doch auf! Was seid ihr denn für Menschen? Was haben euch denn dieser *picciriddu* und seine Mutter getan?«

Sie war so klein und schmal, trotz des vorgewölbten Leibes, sie konnte in Lücken stoßen, in die ihr niemand zu folgen vermochte und die sich hinter ihr sofort wieder schlossen.

Emidio war groß und stämmig gebaut. Er hatte nicht die Spur einer Chance. Stattdessen brüllte er aus Leibeskräften, so laut, dass er glaubte, ihm würden die Lungen bersten: »Marianna! Komm zurück!«

Während er so mit allem, was er aufbringen konnte, schrie und zugleich weiter versuchte, sich durch die Leiber hindurch hinter ihr her zu schieben, während sein Herz vor Angst raste und sein Puls flog, blieb etwas in ihm in völliger Ruhe. Dieses Etwas, das Bilder sah, die ihm nicht vor Augen standen, wollte nicht brüllen, sondern auf zärtlichste Weise rufen und Marianna bei anderen Namen nennen: *Amuri, griddu, Liebe meines Lebens, ich habe dir doch so vieles noch nicht gesagt. Ich hätte nie für möglich gehalten, dass ein so kleiner, so zerbrechlicher Mensch einem anderen ein so großes Glück schenken kann.*

Dann verstummte die ruhige Stimme in ihm, der tosende Lärm überschrie sie, und die Bilder verblichen, weil die Wirklichkeit in ihren grellen Farben überhandnahm. Marianna drängte sich weiter durch die Menge. Offenbar hatte sie noch nicht erfasst, dass dem kleinen Staufer nicht mehr zu helfen war. Sie war selbst eine Mutter, und sie war entschlossen, den Sohn jener anderen Mutter zu retten. Ihre Kraft aber ließ allzu rasch nach. Ein Körper, der sie von der Seite her rammte, brachte ihr kleines Gewicht ins Taumeln. Noch einmal fing sie sich, doch auf der anderen Seite brach im selben Augenblick ein Trupp französischer Reiter durch die Reihen. Hatte der Befehlshaber den Verstand verloren? Wie konnte er schreckhafte Pferde, die ihre Reiter kaum beherrschten, in diese aufgewühlte Menge hetzen? War er ein Schwachkopf, oder war er geil auf Blut?

Kreischend und fluchend spritzten die Menschen nach den Seiten auseinander.

Marianna war nicht schnell genug. Eines der Pferde scherte nach der Seite aus, traf ihren Körper mit der Hinterhand und warf sie nieder. Emidio sah sie stürzen und schrie mit fremder Stimme auf. Dann sah er nur noch einem Fetzen vom hellgrauen Stoff ihres Kleides auf dem hart getretenen Boden, während die Nachstürmenden über sie hinwegtrampelten.

Wie er durch die Menge kam, wusste er nicht, und wen er zur Seite stieß, war ihm einerlei. Das kurze Stück Weges schien endlos. Als er Marianna erreichte, schlug er einen Mann, der nicht auswich, mit der Faust, damit er ihm Platz machte und er neben ihr auf die Knie fallen konnte. Er hatte sich nie gern geschlagen, und Cammelú hatte ihn oft damit geneckt: »Du bist zarter besaitet als ein Mädchen, dabei würde kein Gras mehr wachsen, wo du einmal hinschlägst.«

Jetzt war es so. Wo er hinschlug, wuchs kein Gras mehr. Mit zwei, drei Schlägen hatte er das Stück Boden um Mariannas Körper für sich allein.

Sie krümmte sich zusammen. Aus ihrem Mundwinkel rann eine dünne Spur Blut. Emidio umschlang ihre Schultern und zog ihren schlaffen Leib auf seine Knie. In seinen Armen kam sie ihm vor wie eine Puppe, die seiner Schwester Stidda vor Jahren zerbrochen war. Stidda hatte herzzerreißend geweint, und Emidio hatte sein Bestes getan, um die Puppe zusammenzuleimen, aber hinterher hatte Stidda sie beiseitegeworfen: »Die ist ja tot. Die will ich nicht mehr.«

Marianna war nicht tot, und Emidio wollte sie. Sie hatte doch eben noch gelebt und sich mit ihrem zerbrechlichen Grillenkörper an seinen Armen festgehalten, bis es wehtat, wie konnte sie da jetzt tot sein? Er begann, auf sie einzusprechen, er murmelte Silbe um Silbe, doch von dem, was er sprach, bekam er nichts mit.

Sie war nicht tot. Sie hing leblos in seinen Armen, aus ihrem Mund rann Blut, und ihre Augen waren zu einer seltsamen Starre verdreht, doch ihre Lippen zitterten, und sie versuchte, ihm etwas zu sagen. Der Lärm auf dem Platz machte es unmöglich, ein Wort zu verstehen.

»Nicht sprechen, Marinuzza, *griddu,* meine liebste kleine Grille. Keine Kraft vergeuden.«

Marianna schüttelte den Kopf. Es war nur eine winzige, matte Geste, doch er erkannte, was sie bedeutete: Sie musste sprechen, einerlei, was es sie kostete, und er musste um jeden Preis verstehen, was sie ihm zu sagen hatte. Er beugte sich zu ihr und versuchte, so gut es ging, Silben von ihren Lippen zu lesen.

»Das Kind, Midiú«, sagte sie.

Flüchtig glaubte er, sie meinte den toten, enthaupteten Staufer, doch dann erfasste er, warum ihr Leib sich in Krämpfen wand.

»Das Kind, Midiú. Unser Kind.«

Um sie brüllte ein Meer, das wahllos tötete, doch auf ihrer sturmverwüsteten Insel waren sie noch einmal miteinander allein.

Atto primo

Zehn Jahre später
Palermo, Februar 1279

Chi non avesse mai veduto foco
Non crederia che cocere potesse.
Anti li sembraria sollazzo e gioco
Lo so isprendore, quando lo vedesse.

Wer niemals Feuer gesehen hat,
Wird nicht glauben, dass es verbrennen kann.
Wie ein Vergnügen, wie ein Spiel wird ihm
Sein Glanz erscheinen, wenn er ihn sieht.

Giacomo da Lentini, Begründer der Scuola Siciliana,
Schöpfer des Sonetts, um 1230

4

Mit ihren Freundinnen Nunzia und Francesca ging Aita am Strand von Paliemmu spazieren. Es war nach Tagen des Sturms und der ungewohnten Kälte ein recht hübscher Morgen, selbst über dem Meer lag kaum Nebel, und die Freundinnen redeten vom Heiraten. Aita hörte mal zu und dann wieder nicht.

»Mit Turri habe ich keine üble Wahl getroffen«, sagte Francesca jetzt vielleicht zum dritten Mal. »Ja, ich weiß, er ist nur ein zweiter Sohn und nicht der Erbe, aber mein Vater handelt mit seinem Vater aus, dass sein Bruder ihn ins Geschäft nehmen muss. Und im Haus bekommen wir unsere eigene Kammer, wo ich haushalten kann, wie es mir gefällt.«

»Das ist so schön, Francé!«, rief Nunzia, die mehrere Jahre älter als die Freundinnen und im Grunde schon eine alte Jungfrau war, und nahm die andere beim Arm. »Wenn du nicht meine Freundin wärst, würde ich dich beneiden, weißt du das?«

»Was es da zu beneiden gibt, möchte ich mal wissen«, entfuhr es Aita. Sie hatte ihre Schuhe ausgezogen, obwohl der Strand von der Winternacht ausgekühlt war, und sah im Gehen ihren Füßen zu, weil es ihr gefiel, wie sich die weißen Füße in den weißen Sand gruben. Alle paar Schritte hob sie ihre Röcke, um den Beinen auch zuzusehen. Im Winter hatte die Haut an ihren Beinen eine wundervolle Farbe, und der Sand ließ sie noch weißer erscheinen.

Francesca riss sich von Nunzia los und fuhr herum. »Was bitte hast du gesagt?«

»Dass ich nicht weiß, worum Nunzia dich beneidet«, erwiderte Aita, ohne von ihren hübschen weißen Beinen aufzublicken. »Das Haus von Turris Vater ist uralt, und in allen Winkeln hockt der Geiz. Wie du da nach deinem Gutdünken haushalten willst, weiß ich erst recht nicht. Die Hexe, die du zur Schwiegermutter bekommst, wird es dir jedenfalls nicht erlauben, und ihre drei Vetteln von Schwestern sprechen ihr wie drei Papageien alles nach. Und wenn die Alten sterben? Dann sitzt dir deine Schwägerin vor der Nase, und die wird sich von dir nicht ins Handwerk pfuschen lassen.«

Francesca, die dünn und lang aufgeschossen war und ein ebenso dünnes, langes Gesicht hatte, öffnete den Mund und schnappte wie ein Fisch ins Leere, brachte jedoch nur Tröpfchen Spucke und kein Wort heraus.

Stattdessen sprach die zu klein geratene Nunzia, deren Gesicht an einen Klumpen Ton erinnerte, an dem der Töpfer herumprobiert, aus dem er aber noch nichts Fertiges geformt hatte. »Pfui, Aita!«, rief sie und legte den Arm um Francesca. »Wie kannst du denn die arme Francé so kränken? Du weißt, ich habe dich lieb wie nichts auf der Welt, viel lieber als meine eigenen Leute, aber das war gehässig, und ich kann noch immer nicht glauben, dass du so etwas zu deiner Freundin sagst, die sich auf ihre Hochzeit freut.«

»Das bin eben ich«, sagte Aita. Sie beugte sich nieder und strich sich ein bisschen festgeklebten Sand von der glatten Haut ihrer Wade. »Ich sage immer, was mir einfällt. Wenn ich das Meer sehe, sage ich: ›Es sieht aus wie ein Rieseneimer mit verdrecktem Putzwasser‹, nicht irgendwas Gedrechseltes über schillernde Türkise und Smaragde, über das man erst eine Stunde lang nachdenken muss.«

Nunzia sah sie an wie ein Mäuslein, dem die Nagezähne zitterten. Ehe sie auf eine Antwort sinnen konnte, schob Francesca sie beiseite. »Vergeude nicht deinen Atem, Nunzia. Du meinst es gut, aber ich weiß ja selbst, warum diese kleine Schlange gegen mich ihr Gift verspritzt. Das ganze *Quartiere* um Sant'Orsola weiß es. Sie und Turri galten schließlich als so gut wie verlobt.«

»Francé, lass das doch sein«, murmelte Nunzia, die es nicht haben konnte, wenn andere sich stritten, so wie Aitas Mutter von fetter Milch einen Druck auf dem Magen bekam.

Francesca beachtete sie nicht. »Aber es weiß doch wirklich jeder!«, rief sie triumphierend. »Ihre Mutter hat im Backhaus ja schon damit geprahlt, wie sie ihre Tochter zur Hochzeit ausstaffieren wird, auch wenn ihr der Turri natürlich nicht fein genug für ihren Goldschatz war. Würde es nach Mamma Santa gehen, wäre ja längst ein Prinz dahergekommen, um das holde Töchterchen zu ehelichen. Und wäre der Prinz ein Franzose, einer von den Handlangern des Kindermörders, würde es euch beiden, dir und deiner Mutter, auch nicht allzu viel ausmachen, solange er dir den Weg vor deinen Füßchen mit Goldstaub bestreut, habe ich nicht recht, Aita?«

Aita, die mit ihrem Bein beschäftigt war, mit einer kleinen Rötung der Haut, die das gefällige Bild störte, gab sich keine Mühe zu antworten. Francesca hätte ihr dazu auch gar keine Zeit gelassen, sie war so aufgeblasen vor Empörung, dass sie ihre Luft unbedingt herauslassen musste, ansonsten wäre ihr die flache Brust geplatzt.

»Es war doch alles vorbereitet!«, krakeelte Francesca unter Schnaufen weiter. »›Will mein zuckriges Töchterchen den Turri, dann soll sie eben den Turri bekommen‹, hat deine Mamma sich gedacht, und das Väterchen, der Pappalardu, sagt doch sowieso Ja und Amen zu allem, was ihr zwei Weiber ausheckt. Also hat er beim Vater vom Turri an die Tür geklopft, um sein Küken an den Mann zu bringen, und Don Michele wäre wahrhaftig aus dem Bett gesprungen, um das junge Paar zu segnen. Nur schade, dass der Turri, der Unverschämte, die Frechheit besessen hat, sich stattdessen für mich zu entscheiden, für die bescheidene Francesca, die dem Goldkind doch nie und nimmer ein Krüglein Wasser reichen kann.«

Aita blickte auf. »Bist du bescheiden, Francé?«

»Darf ich mal wissen, was du mit der Frage erreichen willst?«, fuhr Francesca auf. »Zwietracht säen, andere reizen, bis sie sich vergessen, dasselbe wie immer …«

Daran war etwas Wahres. Menschen zu reizen, damit sie etwas taten, das nicht langweilig war, machte Aita zuweilen Spaß. Aber die Langeweile kehrte allzu schnell zurück, und ihre Frage hatte sie nicht aus diesem Grund gestellt. »Ich wollte eigentlich nur gern wissen, warum es erstrebenswert sein soll, bescheiden zu sein.«

»Weil eine gute Tochter aus gutem palermitanischen Haus nun einmal bescheiden ist«, versetzte Francesca spitz.

Aita stöhnte. An Menschen störte sie am meisten, dass sie so durchschaubar waren und nie etwas von sich gaben, was man nicht erwartet hatte. »Ich möchte nicht bescheiden sein«, sagte sie.

»Du bist ja auch keine Tochter aus gutem palermitanischen Haus!«

»Warum denn nicht?«, fragte Aita in aller Unschuld. »Mein Vater ist reicher als eure beiden zusammen.«

»Ha!«, rief Francesca, die die Stirn in so scharfe Falten gelegt hatte, dass es Aita beim Hinsehen wehtat. »Darauf also redest du dich heraus – aufs Geld. Aber Geld ist kein Anstand, keine Tugend, keine Frömmigkeit, und Geld kannst du nicht mit ins Grab nehmen.«

»Das macht mir nichts aus«, bekundete Aita, die sich flüchtig fragte, ob man wohl Anstand, Tugend und all das in sein Grab mitnehmen konnte und ob man es da gebrauchen konnte. Sie setzte sich in den kühlen Sand und begann an den zerzausten Halmen einer Strandlilie zu zupfen, die dort wuchs wie das einzige Lebendige in wüstem Land. »Ich bin dann eben im Grab bescheiden. Aber hier auf der Welt will ich das Beste haben, was ich bekommen kann.«

»Das ist keine Bescheidenheit, sondern Gier«, belehrte

Francesca sie. Hätten Frauen in den geistlichen Stand eintreten dürfen, hätte sie einen ordentlichen Priester abgegeben. Sie redete wie Don Michele: Entweder sie sagte Dinge, die jeder wusste, oder solche, die kein Mensch verstand. »Das zeigt wiederum, dass du kein Mädchen aus gutem Haus bist, weshalb der Turri dich nicht als seine Frau haben wollte«, setzte sie ihre Predigt fort. »An deinem Vater liegt es nicht, der ist ein braver Mann und verscherbelt seine Ehre nicht an die Franzosen. Aber deine Mutter, die ist so gierig wie du, und damit hat sie sich den Ruf verdorben. Sie will alles, was ihre gierigen Finger erwischen können, und kriegt den Hals nicht voll. Genau wie du.«

»Ich will nicht alles«, murmelte Aita und zerrupfte das dünne Blatt der Lilie. Die Pflanze würde daran nicht sterben, sondern im Juli trotzdem blühen. Sie hielt sich die kalten Monate hindurch zäh wie Dünengras im Sand fest, um dann auf einmal regelrecht aufzuspringen und eine Blüte von verblüffend üppiger Schönheit hervorzubringen.

Aita wusste, dass die Burschen in den Gassen ihres Viertels Albergheria sie Paliemmus Strandlilie nannten und dass sie das höchstens zur Hälfte als Kompliment meinten.

»Was hast du gesagt?«, fragte Francesca.

»Nichts«, erwiderte Aita. Sie hatte zu sich selbst gesprochen und mochte über das, was sie wollte, mit den anderen nicht reden. Zum einen würden die es nicht verstehen, und zum anderen wusste sie es ja selbst nicht.

»Deine Mutter – darüber sprachen wir«, hob Francesca von Neuem an. »In ihrer Gier ist der gar nichts heilig, nicht mal ihre eigenen Kinder, und genau so hat sie dich erzogen. Ihr beide würdet euer unwiederbringliches Seelenheil den Franzosen in die Rachen stopfen, wenn es euch nur genug Beute in die gierigen Hände bringt.«

»Jetzt ist es genug!«, fiel ihr die kleine Nunzia ins Wort. »Francesca, Aita war hässlich zu dir, das bestreite ich nicht, aber über die Mutter einer Freundin herzuziehen, ist die böseste

Kränkung, die du ihr antun kannst.« Sie beugte sich nieder und legte Aita ihren pummeligen Arm um die Schultern. »Nimm es dir nicht zu Herzen, Aita. Francé war wütend, weißt du? Sie hat nicht gewusst, was sie sagt.«

Aita nahm es sich nicht zu Herzen. Die Umklammerung war ihr beim Betrachten der Lilie ein wenig lästig, aber nicht lästig genug, um Nunzia abzuschütteln. Im Grunde stand Francesca ihr näher. Ein Mensch wie Nunzia, der zu allen und jedem immer nur nett war, blieb ihr unbegreiflich, und überdies langweilte sie sich mit ihr.

»Ich hab sehr wohl gewusst, was ich sage!«, trumpfte Francesca auf. »Und dass ich recht habe, weißt du doch selbst, ich kenne keinen, der's nicht weiß. Aitas Mutter ist vom Stamme Nimm. Wenn ihr einer was hinhält, greift sie's. Ihre eigenen Kinder hat sie verlassen, eins nach dem andern, weil sie dachte, dass sie sich mit einer neuen Heirat besserstellt. Und wenn dein Vater gestorben wäre, Aita, was glaubst du, hätte sie dann gemacht? Meinst du, sie hätte brav bei dir und den Schwiegerleuten die Füße stillgehalten, weil sie sich von dir nicht hätte trennen können? Bilde dir bloß nichts ein! Deine Frau Mamma, die wäre mit jedem, selbst mit einem kindermordenden Dreck von Franzosen, losgezogen und hätte ihren Goldschatz im Regen vergessen, wenn sie sich davon was versprochen hätte.«

Aita zupfte an den zerfaserten Blättern der Lilie.

»Ich hätte nie gedacht, dass du so hässlich sein kannst, Francesca«, schimpfte Nunzia und klang, als würden ihr gleich die Tränen kommen.

Hat dich auch jemand im Regen vergessen?, fragte Aita stumm die Pflanze. *Und macht es dir etwas aus?*

Francesca und Nunzia stritten weiter, aber Aita hörte nicht mehr hin. Was Francesca von den Franzosen gesagt hatte, war vermutlich übertrieben. Ihre Mutter, die die Magd täglich die Straße vor der Haustür kehren ließ, legte Wert auf Wohlanständigkeit, zumindest da, wo andere sie zu sehen bekamen. Wer mit den Franzosen kungelte, verriet jedoch seine Vaterstadt, so was tat keine Palermitanerin. Die Käuflichen taten es. Natürlich. Die mussten ja von etwas leben, und die Einheimischen krümmten die Rücken unter der ständig wachsenden Steuerlast.

»Von den Unsrigen kann doch keiner mehr Geld für die Lust abzwacken«, hatte Aitas Vater gesagt.

»Für die Lust«, hatte Aita für sich wiederholt. Bei dem Wort lief ihr das Wasser im Mund zusammen. Sie wollte wissen, wie es schmeckte: Lust. Nicht das Wort. Sondern das, was drinnensteckte.

»So sprichst du nicht vor meiner Tochter, Fettfresser!«, hatte die Mutter ihn angefahren und eine Teigrolle, die sie sonst nie zur Hand nahm, weil sie das Kochen den Mägden überließ, nach ihm geworfen. Der Vater hatte oft Beulen am Kopf, weil die Mutter so gut zielte. Aita hatte dem Gezänk von ihrem Kinderstuhl, der ihr zu klein wurde, zugesehen und nichts mehr gehört, weil ihre Gedanken abschweiften. Sie wollte sich für die Lust etwas abzwacken, sie wollte das Zwacken spüren – auf der Haut, im Herzen, an Stellen, die vom Spüren noch nichts wussten.

Vor Jahren hatte ein Haufen Männer und halbgarer Burschen – alle von hier, aus den gewundenen Gassen von Albergheria – eine von den Käuflichen gepackt, hatte ihr mitten auf der Straße die Röcke über den Kopf geworfen und ihr einer nach dem andern mit dem Leibriemen das Hinterteil verdroschen. Als ihnen vom Prügeln die Arme lahm wurden, hatten sie ihr das Haar vom Schädel geschoren und sie zum Schluss aus der Albergheria hinausgejagt, derweil ihr Blut vom Hintern und vom Schädel troff.

Aita, damals nicht älter als zehn, war an der Hand von Giovanna, der ältesten Magd, vom Markt gekommen und hatte gefragt: »Was ist denn mit der? Warum dürfen die das mit ihr tun?«

Aita war kein mitleidiges Mädchen. Wenn ihre Mutter den

Hintern ihrer Mägde mit dem Besen zusetzte, hallte Gejammer durchs ganze Haus, und eine Magd verdiente eher Mitleid als eine Käufliche. Dennoch wäre es Aita nie in den Sinn gekommen, darüber in Tränen auszubrechen. Dieses andere aber, das Entblößen, das Scheren, Erniedrigen, das ertrug sie nicht. *Ich hätte lieber, dass sie mich umbringen,* hatte sie gedacht.

»Pst, pst«, hatte Giovanna gewispert. »So ergeht's einer, die sich an die Franzosen verkauft.«

Später machte die Geschichte unter den Spelunkenwirten die Runde, denen Aitas Vater seinen Wein verkaufte. Wenn sie ins Haus kamen, gab ihre Mutter sich manchmal alle Mühe, damit Aita nichts hörte, das für zarte Ohren nicht bestimmt war, und dann wieder vergaß sie es. Dieses Mal vergaß sie es, und Aitas zarte Ohren spitzten sich nach der Geschichte:

Die Käufliche war hübsch gewesen, hübscher als andere. Als sie noch Geld in den Beuteln gehabt hatten, waren die Männer in Scharen zu ihr gegangen, und jetzt waren sie wieder an ihre Tür gekommen und hatten sie bestürmt, sich ihnen ohne Geld hinzugeben.

»Das ist dem doch recht geschehen, dem Franzosenflittchen«, ereiferte sich Beppe, der Wirt vom *Bufalu mutu.* »Sollen wir uns von den Fremden unsere Frauen wegnehmen lassen?«

Die Fremden habt ihr aber weder gepeitscht noch kahlgeschoren, dachte Aita. *Den Fremden habt ihr nicht die nackten Hintern auf der Straße ausgestellt.*

Beppe wetterte weiter: »Eine Palermitanerin, die den eigenen Männern die Tür weist und trällernd mit den Franzosen geht, soll froh sein, wenn sie nichts Schlimmeres kriegt als einen windelweichen Arsch.«

Die hübsche Käufliche hatte Schlimmeres gekriegt, fand Aita, und ihr Arsch hatte auch nicht windelweich ausgesehen, nachdem sich sechs Männer mit ledernen Gurten darüber hergemacht hatten, sondern war übersät von blutigen Striemen. Aber sie glaubte, verstanden zu haben: Schlimmeres gebührte der Frau nicht etwa, weil sie mit den Franzosen ging, sondern weil sie dabei geträllert und den eigenen Männern die Tür gewiesen hatte.

Aita fand die Gleichung nicht ganz einleuchtend: Der *Bufalu mutu* war das größte Schankhaus am Ort, und nicht selten nahmen Männer, die dort einkehrten, eine Käufliche mit, um sich das fremde Bett anzuwärmen. Wäre nun ein Haufen Männer aus Paliemmu gekommen und hätte eine Mahlzeit und ein Bett für die Nacht verlangt, ohne das Geld dafür aufbringen zu können – hätte der Beppe dann auch auf offener Straße Prügel bezogen, weil er es ihnen verweigerte?

Oder ihr Vater, ein aufrechter Bürgers Paliemmus, dem gewiss keiner Liebedienerei bei den Franzosen nachsagen konnte – wäre dem der Schädel kahl geschoren worden, weil er seine Waren nicht ohne Bezahlung hergab?

Aitas Vater handelte mit Wein und Öl und Korn.

Beppe handelte mit Kost und Betten für die Nächte.

Und die Käuflichen handelten mit sich selbst.

Geld für seine Ware brauchte ein jeder von ihnen, denn andernfalls würde er sich wohl kaum die Mühe machen, sie zu verkaufen. Was also sollten die Käuflichen tun? Ausharren, bis ihre Ware nichts mehr wert war? Dem Vater verkam die seine auf den Lagern, weil er das Geld der Franzosen nicht nehmen mochte, und Aitas Ohren, die so zart nicht waren, hatten schon zu hören bekommen, wie ihre Mutter ihn anschrie: »Ein Händler wird ja wohl Händler genannt, weil er Handel treibt, Fettfresser! Glaubst du, dein Freund, der Beppe, setzt die Franzosen, die mit vollen Beuteln zu ihm zum Saufen kommen, wieder vor die Tür?«

»Das muss der Beppe mit sich ausmachen, mit wessen Geld er sich bezahlen lässt«, hatte ihr Vater versucht, sich zu retten, aber die Mutter hatte weitergeschrien.

»*Dio mio,* Handel heißt ja wohl Geld gegen Ware, oder nicht? Und wenn in diesem Land nur noch die Franzosen gutes

Geld für gute Ware zu geben haben, willst du dann verarmen? Deine Frau in Lumpen gehen lassen, deine Tochter um eine angemessene Heirat bringen?«

»Die Franzosen haben mir kein gutes Geld zu geben«, hatte Aitas Vater erwidert, der sonst in der Tat gern zu allem Ja und Amen sagte, wenn er sich dafür seine Ruhe erkaufen konnte.

An diesem Punkt des Gesprächs war die Teigrolle geflogen, und am Morgen rieb sich der Vater eine neue Beule auf dem Schädel. Nicht selten fragte sich Aita, warum ihre Mutter sich diesen Mann, der ihr nicht im Mindesten Respekt einflößte, sondern sich von ihr mit Küchenwerkzeug bewerfen ließ, eigentlich genommen hatte. Ausgerechnet ihre Mutter, die ihr ständig in den Ohren lag, ein Mädchen, das die Wahl habe, solle ihre Ehe weise schließen, denn kein Mensch mit Verstand würde sich in ein Bett voller Krümel legen?

Hatte sie den Pappalardu, ihren Fettfresser, wahrhaftig nur geheiratet, weil es hieß, er scheffele Geld, und stand jetzt enttäuscht mit ihm da, weil an seinem Scheffel nichts mehr hängen blieb?

Was der Vater meinte, wenn er sagte, der Franzose habe ihm kein gutes Geld zu geben, wusste Aita. Nicht nur, dass alles Geld, das von Franzosen kam, zu dreckig war, um seine guten palermitanischen Hände dranzulegen, denn damit hätte er sich wie jeder, der in Palermo überleben wollte, arrangieren müssen. Auch ihr Vater hatte sich stillschweigend arrangiert, und weil er keine Käufliche war, hatte die Stadt, in der ja alle dasselbe taten, ihn stillschweigend gewähren lassen. Seit Neuestem aber hatte der Franzosenkönig einen weiteren Weg ersonnen, seine Sizilianer zu demütigen: Er ließ die Händler und Handwerker des Inselreichs mit Geld bezahlen, das zu wenig wert war.

Der Augustalis, die Goldmünze, die der große *Federico Secondo* vor bald einem halben Jahrhundert mit seinem Bildnis hatte prägen lassen, war das Zahlungsmittel, das jeder gutgestellte Städter kannte. Im gesamten Fernhandel wurde sie mit

Freuden genommen, doch Karl von Anjou war sie ein Dorn im Auge. Aita verstand nichts von Handel und Politik, aber sie glaubte, ein bisschen von Männern zu verstehen. Und einem Mann, zumal einem König, der ständig auf das Bildnis eines beliebteren Rivalen blickte, wenn er seinen Gewürzlieferanten bezahlte, musste über kurz oder lang der Wutschaum aus Ohren und Nase quellen. Also hatte Karl von Anjou sich seine eigene Münze mit seinem eigenen Bildnis prägen lassen, mit der künftig die Preise für Spezereien, Seide und edle Metalle zu entrichten waren. Ärgerlich war nur, dass die Händler mit den begehrten Waren die neue Münze nicht als Zahlungsmittel entgegennehmen wollten. Sie betrugen sich wie Mädchen, die dem schönen Jüngling hofierten, den unscheinbaren trotz all seiner Macht aber links liegen ließen.

So etwas schluckte kein Mann.

Nicht einmal, wenn die Wahrheit profan war und auf der Hand lag: *Federico Secondo,* dessen Namen Aitas Vater nie ohne Seufzen aussprach, war ein Verschwender gewesen und hatte seinen Augustalis in massivem Gold prägen lassen. Karl von Anjou, den er lieber »den Franzosen« oder den »Kindermörder« nannte, statt seinen Namen auszusprechen, war hingegen ein Geizhals und nahm für seinen Carlino blasses Silber. Was dachte sich so ein Mann, so ein König, eigentlich? Dass das Volk, die ganz gewöhnlichen Leute, die zum Überleben das kleinste Geldstück dreimal umdrehten, Silber für Gold hinnehmen würden, weil sie seine Nase hübsch fanden?

Karls Nase war nicht hübsch, fand Aita. Aber der Gedanke, Männer hübsch zu finden, lag ihr ohnehin ziemlich fern, und was hübsche Nasen mit Geld zu tun haben sollten, wollte ihr nicht in den Kopf.

Hübsch oder nicht – da die Leute den silbernen Carlino keineswegs um der Königsnase willen eins zu eins gegen den goldenen Augustalis tauschten, ja nicht einmal einen Halb-Augustalis dafür hergeben wollten, hatte der König sie per Dekret dazu verdonnert. Einem Händler, der den Carlino nicht im selben Wert wie einen Augustalis als Zahlungsmittel akzeptierte, drohten drakonische Strafen. Brandmarkung, Einzug des Vermögens, sogar über den Verlust von Gliedmaßen gab es Gemunkel.

Aita musste an die Männer denken, die die Käufliche auf der Straße geschoren und verprügelt hatten. Mit einem abgewiesenen, in seiner Eitelkeit verletzten Mann, ob König oder armer Schlucker, war offensichtlich nicht zu spaßen.

»Du bringst uns noch alle in Teufels Küche!«, jammerte auch ihre Mutter und schleuderte einen Stößel nach ihrem Mann, der ihn aber nicht traf, sondern an der Wand zerschellte. Der Pappalardu, diese weiche, nachgiebige Masse von einem Mann, war einen Schritt zur Seite getreten und blieb hart. Anderntags schickte er von Neuem einen Kunden, der ihm mit einem Carlino kam, ohne Ware seines Weges.

Wenn ihre Mutter ihren Vater wegen seines Geldes geheiratet hatte, dann sorgte sie sich jetzt wohl, demnächst in einem Bett mit Krümeln zu liegen.

Aita sorgte sich nicht. Falls die Vorräte in der Kammer des Handelshauses knapper wurden, bemerkte sie davon nichts. Die Tafel bog sich noch immer, und Aita brauchte nur zu essen, was ihr schmeckte: Süßes, blumig Duftendes, Kandiertes, Mandeln mit teuerstem Zuckerüberzug, die auf einen Biss ihr Geheimnis preisgaben.

»Iss nur, *Palummella*«, sagte die Mutter, »es ist genug da. Du bist schließlich kein Arme-Leute-Kind.«

Sie trug schöne Kleider vom Feinsten, dafür hatte ihre Mutter gesorgt, solange sie denken konnte, und seit sie ins Heiratsalter kam, sorgte sie dafür umso mehr.

Morgen, zu ihrem Namenstag, würde sie wieder ein neues Kleid bekommen, dazu einen Stoß bestickte Leinentücher für ihr Heiratsgut. Sie hatte an Geld nie als etwas gedacht, um das sie sich sorgen musste – aber auch nie als etwas, das ihr verschaffen konnte, wonach sie sich sehnte. Die Leere in ihr, von der sie nicht wusste, womit sie zu füllen war, blieb vom Geld unberührt.

Aita schreckte aus dem Gedankenstrom, als ein Tropfen ihren Handrücken traf. Kein Regen. Eher ein Spritzer vom Meer, den der Wind überraschend weit getrieben hatte. Nunzias Arm lag noch um ihre Schultern. »Jetzt sei doch nicht so traurig, Aita. Morgen ist dein Namenstag, da wirst du bestimmt mit Geschenken überhäuft und hast Grund zur Freude.«

Inzwischen hatte Aita längst vergessen, worüber sie nicht traurig sein sollte. Ach ja, darüber, dass Francesca gesagt hatte, ihre Mutter würde sie im Stich lassen wie ihre anderen Kinder. Aita war darüber nicht traurig. Im Gegenteil. Es mochte Sünde sein, aber manchmal wünschte sie sich, es wäre so. Wünschte, sie wäre der Mutter ein wenig gleichgültiger, denn tief im Innern wusste sie: Sie war auf der Suche. Hätte sie gewusst, wo zu finden war, was ihre Leere füllen konnte, wäre sie losgezogen, um es sich zu holen, und wenn es am Ende der Welt gelegen hätte. Nach ihrer Mutter hätte sie sich dabei vermutlich nicht noch einmal umgedreht.

»Francé hat es nicht so gemeint«, beteuerte Nunzia. »Sie war nur wütend, weil du dich nicht mit ihr über ihr Glück gefreut hast. Und das musst du doch auch – dich mit ihr freuen. Ihr seid schließlich Freundinnen, auch wenn es dir wehtut, dass der Turri nicht dich genommen hat.«

»Mir ist das gleichgültig, ob sie sich mit mir freut oder nicht«, behauptete Francesca. »Ich weiß, dass mein Turri gut zu mir ist. Was will ich mehr?«

Genau, dachte Aita, *was will ich mehr?* »Leben«, sagte sie, obwohl sie nicht gefragt worden war.

Schrill, wie erschrocken, lachte Francesca auf. »Und was soll das heißen?«

Ich weiß es nicht, dachte Aita. *Als ich mich mit deinem Turri verloben sollte, dachte ich: »Wenn ich in dieses Haus und zu diesem netten harmlosen Bübchen ziehen muss, gehe ich vor Langeweile ein.«*

»Du wirst sehen«, sagte Nunzia. »Schon bald findest du auch noch deinen Bräutigam, und dann bist du so glücklich wie Francesca.«

»Vielleicht will ich gar nicht heiraten«, sagte Aita, mehr, weil ihr das Gespräch zum Hals heraushing, als weil sie je darüber nachgedacht hätte.

»Ach doch, das will jedes Mädchen«, sagte Nunzia und strich sich ihr graues verschossenes Kleid über der Brust zurecht. »Der Allmächtige hat die Frauen schließlich geschaffen, damit sie den Männern Gefährtinnen sind, und in der Welt alleinzustehen ist nicht schön.«

»Aita gefällt es vielleicht«, mischte Francesca sich ein. »Manchmal denk ich, die ist wie dieses krause Kraut, an dem sie die ganze Zeit rupft. Das wächst hier mitten im Wind, mit nichts drumherum, da braucht es auch auf niemanden Rücksicht zu nehmen.«

»Jetzt sei nicht schon wieder gehässig«, mahnte Nunzia im Tonfall einer weisen Großmutter. »Aita ist doch so hübsch und kein bisschen kraus und zerrupft. Sie findet ihren Liebling schon noch.«

Aita stand auf. Wieder traf sie ein Tropfen. Vielleicht regnete es doch, oder es begann sogar zu schneien. »Woher wollt ihr denn wissen, dass ich ihn nicht längst gefunden habe?«, versetzte sie und fand sich lächerlich in ihrer Wut. Warum sagte sie das? Wozu ließ sie sich reizen?

»Sag an!«, rief Nunzia. »Wer ist es? Das musst du uns doch erzählen.«

»Niemand ist es«, spuckte Francesca aus. »Sie ist eine Angeberin, sie hat es sich eben ausgedacht.«

»Davide, der schöne König der Fischer?«, drang Nunzia in sie und verdrehte verklärt die Augen. »Allzu große Sprünge kann ja ein Fischhändler nicht machen, aber im Hafen hört alles auf seinen Befehl, und er ist doch so hübsch!«

Aita dachte nicht nach. Sie wollte nur irgendetwas sagen,

das den beiden ihre dummen Mienen vom Gesicht fegte – Nunzia das einfältige Lächeln und Francesca die unsägliche Selbstgefälligkeit. »*Diavúlu*, der Schmied, ist es«, rief sie. »Der beim Haus von meiner Tante Rosa wohnt. Den heirate ich.«

Damit drehte sie sich um und rannte ohne ihre Schuhe über den Strand zurück, die Augen blind vor Zorn über sich selbst. Warum redete sie solchen Unsinn? Warum gab sie etwas darauf, was die beiden schwatzten? Warum hasste sie es auf einmal so, allein zu sein, wo sie sich doch ständig nach dem Alleinsein sehnte?

Francesca und Nunzia würden über sie lachen, und recht hatten sie. *Die arme Aita*, würden sie höhnen. *Jetzt redet sie schon wirr. In ihrem Kummer, weil der Turri sie verlassen hat, muss sie glatt den Verstand verloren haben.*

Weshalb hatte sie ausgerechnet mit Tante Rosa und ihrem Teufelsschmied angefangen? Weil Leute, die diese Namen hörten, Grimassen zogen, als hätten sie Albträume oder mindestens Hühneraugen?

Ihre Tante Rosa bekam sie kaum je zu Gesicht. Zu der ging man nicht. Es war, als könnte man sich schmutzig machen, wenn man im Vorbeigehen ein schwarzes Schaf streifte. Ihre Mutter ging natürlich trotzdem zu ihr. »Sie ist meine Schwester, in Gottes Namen«, sagte sie, aber sie tat es unauffällig und nahm Aita nicht mit. »Rosa ist keine üble Seele, aber seit sie sich diesen grässlichen Menschen ins Haus geholt hat …«

Bevor Rosa sich den grässlichen Menschen, den die Leute im Viertel *Diavúlu*, Teufel, nannten, ins Haus geholt hatte, war ihre Mutter allerdings auch nur mit Aita zu ihr gegangen, wenn es sich nicht vermeiden ließ. Dabei war Rosa zu jener Zeit noch eine respektable Gattin und dann eine respektable Witwe gewesen, aber damals hatte Cammelú noch bei ihr gewohnt. Dass Aita und Cammelú sich allzu nahekamen und allzu viel miteinander sprachen, war der Mutter nicht recht. Doch die Sorge war unnötig: Cammelú war zehn oder mehr Jahre älter als Aita und gab sich mit Grüngemüse wie ihr gar nicht ab.

Aita erreichte die befestigte Straße und rannte auf bloßen Füßen über die holprigen Pflastersteine. Dass es wehtat, geschah ihr recht, weil sie sich so albern benommen hatte. Sie wünschte, sie hätte sich ihr dummes Gerede in den Hals zurückstopfen oder es zumindest vergessen können. Es war aus ihr herausgesprudelt, als hätte es lange dort gelauert, und sie wusste nicht, wie es dort hingekommen war. Sie kannte *Diavûlu*, den Schmied, doch gar nicht! Nur das Gerede über ihn, das Getuschel, die vorgehaltenen Hände. Dass sie ihn *Diavûlu* nannten, war dabei nicht weiter bemerkenswert. Mit dem Teufel im Bund standen alle Schmiede, denn wer sonst hätte ihnen gestatten sollen, mit den Händen dem Feuer zu gebieten? Wer eine Schmiede betrat, dem gab der Schwefelgestank einen Vorgeschmack auf das, was armen Sündern blühte. Das war niemandem neu, und schon deshalb waren die Schmiede mit ihren schwarzen Gesichtern und den verqualmten Werkstätten an die äußersten Ränder der Wohnviertel verbannt. Wer einen brauchte, ging trotzdem hin, und anders als einem Bader oder Henker verweigerte einem Schmied auch niemand einen Platz in der Schänke. Ein Helmer war sogar ein hoch angesehener Mann und hätte sich unter Umständen über seinem Stand verheiraten dürfen.

Ein kleines Stück über seinem Stand. Ein sehr kleines.

Aber der Schmied, der bei Rosa wohnte, war kein Helmer. Und er war anders. War das der Grund?

Aita vernahm das Brausen des Flusses, der hinter der Stadtmauer und dem Friedhof von Sant'Orsola verlief, und musste außer Atem stehen bleiben. Der Oreto war ein unhaltbarer Fluss, immer reißend, immer auf der Jagd und bis an die Ränder gefüllt, so wie sie sich im Innern fühlte. Jetzt, wo sie den Unsinn über das Heiraten ohnehin gesagt hatte, konnte sie es sich genauso gut eingestehen: Sie hatte den Mann zwar nur ein paarmal flüchtig durch Schwaden von Qualm gesehen, wenn sie sich ohne Erlaubnis vor der Schmiede herumgetrieben hatte, aber er beschäftigte ihre Gedanken. Weil er anders war? Nicht durchschaubar, nicht langweilig, nicht wie die Leute von Albergheria, die wie Schafe ihren Trott lebten und die Aita ihr Leben lang kannte?

Sie hatte den Schmied genannt, weil er etwas besaß, das sie mit ihm teilen wollte, etwas, nach dem sie sich sehnte und das anderen verschlossen blieb: ein Geheimnis.

Er war kein Helmer und beschlug auch keine Pferde, sondern missbrauchte die Gewalt, die er über das Feuer hatte, um Dinge zu formen, wie kein Mensch sie je gesehen hatte. »Schändlich«, hatte die Mutter gesagt, als Rosa ihr einen seiner Schürhaken geschenkt hatte. »Wirf den weg, Pappalardu. In meinem Haus dulde ich den nicht.«

Der Stiel des Schürhakens bestand aus verschlungenen, aus schwarzem Eisen geschmiedeten Ranken und Ornamenten, von denen sich schwerlich sagen ließ, was sie darstellten. Oder was sie nicht darstellten. Es mochten fremdartige, auf Sizilien unbekannte Pflanzen und Blattgewinde sein oder eine Schrift, die kein Mensch lesen konnte. Gab es so etwas? Gab es noch ganz anderes, das Aita nur für sich allein und mit heftig klopfendem Herzen aussprechen konnte?

Sie musste die Ranken immerfort ansehen, weil sie sich unter ihrem Blick wieder verflüssigten und neue Formen annahmen. Ihr schien es, als hätte einer der Geschichtenerzähler auf dem Wochenmarkt seine Geschichte in fremder Sprache erzählt und sie mit ihrem Klang gefesselt. Sie wollte vor den Mann hintreten, ihm ihren Blick senden, der Männer verwirrte, und von ihm fordern: »Sag mir, was diese Formen bedeuten. Erzähl nur mir allein, was in deinem Kopf vorgeht.«

Hinter all den Gebilden, das spürte sie, ohne es greifen zu können, ruhte ein einziges. Ein Erinnerungsbild. Die Gestalt eines schönen Mädchens.

Der Vater hatte den Schürhaken nicht weggeworfen, und die Mutter hatte ihn schließlich neben das Feuer gehängt. Er mochte schändlich sein. Aber er war schön.

Der Schmied, den Rosa in ihr Haus genommen hatte, hatte Teufelshände, die der Schönheit geboten. Aber das war beileibe noch nicht alles. Dem Gerede nach hatte er in seiner Jugend eine goldhaarige Prinzessin entführt und sie am Monte Pellegrino in einer Höhle, die einen Einstieg zur Hölle bildete, seinem satanischen Gebieter geopfert. Mit solchen Gerüchten war es wie mit den verflochtenen Ranken des Schürhakens: Je länger man sich in sie vertiefte, desto wilder tanzte die Vorstellungskraft. Inzwischen behauptete manch einer, der Schmied habe Dutzende Jungfrauen im Licht des Vollmonds auf den Berg verschleppt, um sie ins Feuer seines Höllenschlunds zu stoßen. Und wenn ein Mädchen nicht achtgab, sondern ihm zu nah kam, würde es die Nächste sein.

Aita wäre gerne vor den Mann hingetreten, hätte ihm ihren Blick gesendet und von ihm gefordert: »Erzähl mir, wie das mit der Prinzessin war. War ihr Haar wirklich golden? War sie hübscher als ich? Hast du nichts anderes getan, als sie in diesen Schlund zu stoßen? Hast du dir nichts anderes gewünscht?«

Dass der Schmied seltsame Dinge schmiedete und Prinzessinnen in Höllenschlünde stieß, war schlimm genug. Aber es war nicht das Schlimmste. Was wirklich bewies, dass der Schmied unter den Jüngern des Teufels der verworfenste sein musste, war Rosa. Ihre ehrpusselige Tante, die Witwe eines begüterten Fernhändlers, die älter war als ihre Mutter und vermutlich nie hübsch gewesen war.

Rosa hatte er nicht in den Höllenschlund gestoßen. Mit Rosa hatte er viele Jahre in Sünde gelebt. Die wackere Rosa hatte um seinetwillen ihren Ruf hergeschenkt, ihr Ansehen, die Achtung des Viertels und die Liebe ihrer Freunde. Um dieses Mannes willen war sie in den Häusern ihrer Verwandten nicht länger willkommen und würde ihr Alter geächtet und in Einsamkeit verbringen. Aus der Ordnung brach niemand aus, ohne bestraft zu werden. Rosa musste also gewusst haben, dass ihre

Entscheidung sie teuer zu stehen kommen würde, und sie hatte sie dennoch gefällt.

Aita war sich nicht sicher, ob sie vor den Mann hintreten, ihm ihren Blick senden und von ihm fordern wollte zu erzählen, was er mit Rosa gemacht, womit er sie dazu gebracht hatte, ihm alles zu opfern, als hätte sie es in den Höllenschlund gestopft. Auch ihr Seelenheil hatte die Tante in den Höllenschlund gestopft, und sie würde es nun nicht mit ins Grab nehmen. Was nahm sie stattdessen mit? Die Erinnerung an die Umarmung eines Schmiedes mit rußgeschwärztem Gesicht? Wärmte die, wenn man in der kalten Grube lag? War sie so köstlich, dass sie alles wettmachte?

Ein Teil von Aita wollte es wissen, ein Teil von ihr wollte es nicht: »Hast du sie … geliebt? War das, was ihr zusammen hattet … Lust?«

Es war so schwer zu begreifen, dass ihre ältliche, unansehnliche Tante besessen hatte, wonach Aita, die alle Jungen auf der Gasse Lilie nannten, sich so sehr sehnte. Und was sie doch nicht einmal zu beschreiben wusste.

Langsam, mit schmerzenden Sohlen und flirrenden Gedanken ging Aita weiter. Ihr wurde kalt, es war erst Februar, aber es war einer dieser Tage, an denen sie glaubte, sie könne das immer gleiche Geplänkel in ihrem Elternhaus nicht ertragen. Eben noch hatte sie ihre Einsamkeit gehasst, jetzt wünschte sie, sie hätte allein bleiben können. Träumen mit halb geschlossenen Augen. Schändliche Gedanken hegen. Hätte ihr ihre Mutter jetzt gegenübergestanden, wäre Aita sicher gewesen, dass sie ihr einen jeden von der Stirn las.

5

Mit einem beladenen Korb an jedem Arm kehrte Assunta Pappalardu, die alle Welt »Santa« und nur ihre Schwester noch immer »Santuzza« nannte, in ihr Haus zurück. Die Körbe baumelten mit jedem ihrer Schritte, die Einkäufe darin wogen schwer, und die aus Weide geflochtenen Henkel schnitten ihr tiefe Kerben ins Fleisch.

Santa Pappalardu war eine dicke Frau, bald schon dicker als ihr Mann, und darauf war sie stolz. Als sie jung gewesen war – in ihrem Innern noch ein Kind, nur für die Augen der Welt eine Frau –, war sie mager wie ein Strich gewesen und hatte ständig Angst gehabt, sich eines Tages nicht mehr satt essen zu können. Stattdessen setzte sie sich jetzt gern in ihren Badezuber und hätte am liebsten aller Welt – vor allem aber ihrer eigenen Familie – gezeigt, wie das Wasser von ihrem prallen Fleisch perlte, ohne dass ein Tropfen hängen blieb. Sie war beileibe kein Kind mehr, schon gar kein hungriges, sondern eine würdige Matrone, und sie stand einem Haus vor, in dem man sich dick essen konnte.

Umso mehr erschreckten sie die Furchen von den Henkeln. Wie auf einen Schandfleck starrte sie auf ihren Arm. Wurde sie alt, dass ihr Fleisch nicht mehr prall war, oder wurde sie mager? Sah ihr jetzt jeder an, dass sie seit heute eine von denen war, die ihre Körbe selbst vom Markt nach Hause schleppten?

Santa rechnete nach, während sie ihre Einkäufe auf dem Tisch in der Stube schichtete. Lange zu rechnen brauchte sie nicht: Morgen war der Namenstag ihrer Tochter, der Tag der heiligen Agata, deren Bildnis aus dem Seitenschiff von Santo

Spirito hinaus und in festlichem Umzug nach Albergheria hineingetragen werden würde. Hinterher würden die Mädchen, die Agata hießen, in ihren Häusern Geschenke erwarten. Es war der achtzehnte Namenstag, den Santa mit ihrer Tochter beging. Agata. Aita gerufen. Ihr kostbarstes Gut. Keinen Augenblick, der ihr mit dem Schatz ihres Lebens geschenkt worden war, hätte sie vergessen können. Achtzehn und dazu die sieben, die sie auf Aita gewartet hatte, ergaben fünfundzwanzig Jahre, die sie als Frau des Weinhändlers Iacopo Pappalardu ihre Einkaufskörbe nicht mehr selbst getragen hatte.

Iacopo Pappalardu handelte mit dem spritzigen, wie Sonnenlicht glitzernden Wein von den Hängen des Monte Pellegrino und mit dem schweren Roten vom feuerspeienden Berg. Doch weil Wein wetterwendisch wie ein junges Mädchen war und Sizilien von alters her als Kornkammer Europas galt, handelte er zugleich mit Getreide und obendrein mit grüngoldenem Öl, das er seinen Honig nannte. Die Mischung zeugte von Klugheit. Auf diese Weise hatten schon sein Vater und sein Großvater ihr Schiff durch Siziliens wechselvolle Zeiten gesteuert, und als der plumpe, schläfrige Iacopo das Ruder übernahm, konnte er sich rühmen, das erste Handelshaus am Platz zu führen.

Den will ich nicht, hatte Santa gedacht, als sie das rote Gesicht mit den hängenden Schweinsbacken zu sehen bekam. *Alle, nur nicht den.*

Santa, die jüngste von fünf Töchtern eines entlassenen Syndikus, war mit vierzehn Jahren verheiratet worden. Sie hatte sich bei einem sogenannten Fehltritt erwischen lassen, von dem niemand fragte, ob sie ihn gewollt hatte, und musste anschließend froh sein, dass die Eltern ihres bartlosen Verführers sie ins Haus nahmen. Mit fünfzehn hatte sie ihr erstes Kind, mit sechzehn war sie zum ersten Mal Witwe und mit siebzehn zum zweiten Mal verheiratet. *Schlimmer als bei den Schwiegerleuten kann es nicht werden*, hatte sie gedacht und sich geirrt. Das Kind, einen mageren Jungen, hatte sie natürlich nicht mitnehmen dürfen. Wenn sie ehrlich war, hatte sie daran vor allem erschreckt, wie leicht es ihr fiel.

Mit achtzehn hatte sie das zweite Kind, mit neunzehn den zweiten Mann auf Sant'Orsolas Friedhof und am Hals das zweite Paar Schwiegerleute, die greinten, sie fräße ihnen die Haare vom Kopf. Als der schweinsbackige Pappalardu gekommen war, hatte sie gedacht: *Nur nicht den.* Dann aber hatte er ihr sein Haus gezeigt und sie wissen lassen, was sie als seine Gemahlin zu erwarten hatte: zum ersten Mal eine Kammer für sich. Nicht eine. Ein ganzes Obergeschoss voller Kammern. Einen Namen, vor dem sich die Leute auf dem Weg in die Messe verbeugten. Eine Geldschatulle, über die sie als Hausfrau allein zu verfügen hatte, und Mägde, die ihr die Körbe vom Markt nach Hause trugen. Also ging sie doch. Das Kind, dieses Mal ein Mädchen, das sie nie wiedersah, blieb bei den Schwiegerleuten zurück.

Weh tat es erst, als sie begonnen hatte, sich an ihr Leben als respektable Bürgerin zu gewöhnen. Nicht, dass ihre Kinder ihr fehlten, schmerzte sie, sondern dass sie ihr nicht fehlten, dass sie zwei Kinder hatte, die sie gar nicht kannte und die ihr so gleichgültig waren wie die Bettlerkinder auf der Straße.

Rosa, ihre älteste Schwester und die Einzige, die sich während all der Jahre mit rühriger Beständigkeit um sie gekümmert hatte, kümmerte sich jetzt auch um ihren Sohn, Carmelo. Sie wollte dafür sorgen, dass Mutter und Sohn einander nicht verloren. »Er braucht uns, seine Großeltern sind nicht gut zu ihm«, behauptete sie und hatte damit ohne Zweifel recht. Dass diese Leute zu irgendwem gut waren, vermochte Santa sich nicht vorzustellen. Wenn aber der Junge, der zu allem Unglück nicht liebenswert geraten war, von jemandem Hilfe erhoffen durfte, dann von Rosa, nicht von ihr.

Santa spielte Rosa wie Carmelo eine Mutter vor, so gut es ging. Es ging nicht sehr gut. Falls Carmelo litt, so tat er Santa leid, wie ihr ein Bettelkind leidtat: Sie hätte ihm gern einen halben Schwarzpfennig in die klebrige Hand gedrückt und ihn weggeschickt. Sie hatte keine Angst davor, ihn zu verlieren. Sie hatte ihn ja nie besessen.

Ich bin kein Mensch, dachte sie. *Ich kann meine eigenen Kinder nicht lieben. Solange ich denken kann, haben andere über meinen Kopf entschieden und mich hierhin und dorthin geschoben, und jetzt ist in mir nichts Eigenes mehr. Mein Leben hat mich zu einer leeren Hülle gemacht.*

Vom Pappalardu bekam sie sieben Jahre lang kein Kind. Das war kein Wunder. Er ließ ihr in den meisten Nächten ihre Ruhe. Sie erholte sich, genoss, dass niemand mehr über sie bestimmte. Ihr Leben war öde, aber voller Frieden, und als dann doch noch ein Kind kam, Aita, war es gänzlich ihres. Ihrer Tochter brauchte sie keine Mutterliebe vorzuspielen, die Liebe stürzte über sie herein wie eine Sturmflut, und sie hätte sie nie im Leben einem anderen Menschen überlassen.

Sorgsam faltete sie die Betttücher, die sie als Geschenk zu Aitas Namenstag hatte besticken lassen – weichstes, schmeichelndes Leinen, um den Leib ihrer Tochter zärtlich einzuhüllen. Ihr Leib war so vollkommen. Natürlich wusste Santa, dass es Sünde war, sich an leiblicher Schönheit derartig zu berauschen, aber es war ihr gleichgültig. Sie fand sonst nichts schön. Nur Aitas winziges Körperchen, das sie in den Armen gehalten hatte und nie hatte loslassen wollen. Ein Teil von ihr nahm nicht hin, dass dieser Körper gewachsen war, dass er sich verändert hatte, üppiger, stärker, fraulicher geworden war, dass er aus den Kinderkleidern regelrecht herausplatzte wie die Blüten der Strandlilie aus ihren grünen Kapseln. Dieser Teil von ihr sah ihr Kind noch immer als Kind, das so verletzlich wie kostbar und einzig war. Man durfte mit solcher Wucht keinen Menschen lieben, nur Gott, bei einem Menschen war es Sünde. Aber das war Santa gleichgültig.

Kante auf Kante faltete Santa den edlen Stoff. Morgen war Aitas Namenstag, und die Truhe mit ihrem Heiratsgut würde beinahe voll sein. Ihre Aita hatte von allem das Beste haben sollen, genau das hatte sie ihr gegeben, und das würde sie sich von niemandem verderben lassen. Nicht von Pappalardu, der auf Kosten seiner Familie seinen alten Dickschädel durchsetzen musste und seit Wochen kein Geld mehr heimbrachte, um es ihr in die Schatulle zu legen. Und genauso wenig von Giovanna, die am Morgen einfach nicht mehr da gewesen war.

War das Treue? Die Magd war länger im Haus als Santa selbst und war immer gut behandelt worden. Sie hatte ihr bequemes Lager im Küchenhaus, ging fast wie ein Mitglied der Familie gekleidet und bekam so reichlich zu essen, dass ihr Hinterspeck beim Gehen schwabbelte. Und dennoch lief sie einfach davon, ein altes Weibsbild, das es besser wissen müsste, und das ausgerechnet jetzt, wo sie die Einzige war, die Santa zur Hand gehen konnte?

Als Santa als Braut in dieses Haus gekommen war, hatte es drei Mägde und den Knecht gegeben, und wenn es nottat, hatte Pappalardu ihr obendrein einen seiner Lehrjungen überlassen. Im vergangenen Jahr aber war einer nach dem anderen seines Wegs geschickt worden, weil so viele Mäuler in ihrem Haushalt nicht mehr gestopft werden konnten.

Der Giovanna hatte Santa gesagt, sie solle sich an Pasta aus Hartweizen halten, und als sie feststellen musste, dass die Magd trotzdem am *Farsumagru* herumgeschnetzelt hatte, bekam ihr fetter Schinken nicht zu knapp seinen Pfeffer serviert. So war das Menschenleben nun einmal: Wer seinen Platz nicht kannte, handelte sich blaue Flecken ein. Dafür hatte der Allmächtige den Mägden den gepolsterten Hintern gegeben und ihren Herrinnen das ungeschützte Herz. War das ein Grund, sich wie eine Ratte davonzustehlen? Wenn das Geld aus dem Geschäft immer weniger wurde und die Steuern immer weiter stiegen, wie sollte Santa da noch ihre Magd mit Fleisch verwöhnen?

Zu allem Unglück war sie also jetzt auf sich gestellt, wie sie es ihr halbes Leben lang nicht mehr gewesen war.

Aita sollte davon nichts merken; ihr durfte es an nichts fehlen. Santa würde sich selbst darum kümmern, dass morgen ein festliches Essen auf dem Tisch stand. *Zuckermandeln*, fiel es ihr siedend heiß ein. Sie hätte Zuckermandeln besorgen müssen, denn ohne Aitas Lieblingssüßigkeit wäre es für sie kein Fest. Schon der kleinste Beutel der süß überzogenen Mandeln kostete ein Vermögen, doch für Aita war nichts zu teuer. *Du sollst haben, was du dir wünschst,* hatte Santa ihr versprochen, als sie rosig, neu und schutzlos in ihren Armen lag. *Sprich es aus, und du bekommst es. An dir mache ich alles gut.* Sie würde rasch zum Süßbäcker laufen und die Mandeln für ihr Mädchen kaufen.

Santa stand schon auf der Straße und fröstelte, weil zwischen die Fronten der hohen Stadthäuser kaum ein Strahl Wintersonne drang, als ihr einfiel, dass ihr das Wichtigste fehlte: Geld. Zwar kaufte der Süßbäcker von Pappalardu seit Jahrzehnten feines Getreide, und Santa kaufte bei ihm von jeher jede Nachspeise, die nicht in ihrem Haus bereitet wurde. Er hätte ihr sicher eine Schale *Cobaita,* nach Orangen duftende Sarazenenküchlein, überlassen, wenn sie versprochen hätte, dass ihr Mann ihm der Tage sein Geld brächte, aber doch keine Zuckermandeln, für deren Herstellung er selbst eine Unsumme aufbringen musste.

Santa blieb stehen und sandte einen saftigen Fluch in Richtung Pappalardu. Das war mehr als schändlich. Trotz der dicht stehenden Häuser und der Stadtmauer sah man von hier das Kreuz auf dem Dach von Santo Spirito, und in Sichtweite der Kirche durfte man wahrlich nicht fluchen, aber was sollte man sonst tun? Platzen? Pappalardu war ein solcher *idiota!* Wem schadete er denn mit seinem Geziere? Etwa den Franzosen, die ihren Wein eben anderswo kauften, oder viel eher seinem eigenen Fleisch und Blut?

Sollte seine einzige Tochter eine Enttäuschung erleiden? Gar an ihrem Namenstag? Als die Entscheidung damals auf

Agata gefallen war, war Santa nicht glücklich gewesen, weil die heilige Agata gar zu grausam hatte leiden müssen: Irgendein Statthalter, der Sizilien besetzt hielt wie jetzt die Franzosen, hatte sich in sie verliebt, und als sie ihn zurückwies, hatte er ihr die Brüste abgeschnitten. Santa schauderte. Dennoch hätte sie inzwischen für ihre Tochter keine andere Patronin haben wollen. Diese passte: Auch ihre Aita war so hübsch, dass es kein Wunder war, wenn ein Mann den Kopf verlor. Aber sie war auch tugendsam und hatte mit Männern nichts im Sinn.

Santa seufzte. Ginge es nach Aita, würde sie zweifellos wie die heilige Agata ledig bleiben, aber leider ging es nie nach dem, was Frauen wollten. Immerhin würde sie als Erbin eines Handelshauses und mit ihrer lilienhaften Schönheit unter den Heiratskandidaten wählen können. Dem kleinen Turridu, dem zweiten Sohn von Pappalardus Gildebruder, hatte sie die kalte Schulter gezeigt, und Santa war ihr deswegen alles andere als gram. Was immer Pappalardu in seinem Bart brummte – das blasse Bübchen ohne Erbteil hätte ihrer Aita als Laufbursche, jedoch gewiss nicht als Ehemann getaugt.

Aus dem *Bufalu mutu* drang der übliche Lärm der Zecher. Flüchtig erwog Santa, in die Spelunke zu gehen und dort einen von Pappalardus Kunden, die ihm gewiss alle noch etwas schuldeten, um Geld anzugehen, doch sie verwarf den Gedanken. Wenn sich erst herumsprach, in welche Enge ihr Handelshaus getrieben worden war, mochte das Verhängnis seinen Lauf nehmen, ohne dass sie es aufhalten konnte.

Just in diesem Augenblick lenkte einer von König Karls provenzalischen Rittern sein Pferd in die Gasse, einen jener massig gebauten Neapolitaner, die dem Franzosenkönig angeblich so gut gefielen, dass er jegliche Einkreuzung mit anderen Rassen verboten hatte. Die sich windende Gasse war für ein solches Tier zu eng. Der Braune tänzelte wie einer der abgefüllten Säufer, die aus dem *Bufalu* torkelten, von einer Seite zur anderen, ohne dass sein Reiter ihm Einhalt gebot. Stattdessen lachte er und ließ die Zügel baumeln. Santa musste bis an die Hauswand zurückweichen, wollte sie keinen Tritt abbekommen.

Das war unfein. Würde König Karl sich um Sizilien scheren, dann würde er im Normannenpalast residieren und darauf achten, dass seine Leute sich bei den Bürgern seiner Königsstadt nicht unfein betrugen. War man ehrlich, so musste man jedoch bekennen, dass es Unfeine unter den Palermitanern genauso gab wie unter Karls Franzosen und wie gewiss unter allen Männern auf der Welt.

Natürlich mochte niemand die Franzosen, natürlich ging man an die nicht näher heran, als man musste, aber genauso hielt man es ja auch mit dem *Mungibeddu*, dem feuerspeienden Berg. Hätte man gekonnt, hätte man den Berg, der flüssige Glut ausspuckte und den Schlund zur Hölle aufriss, von der Insel heruntergeschafft, da man aber nicht konnte, arrangierte man sich. Solange der Berg nicht spie, wirkte er ja kaum anders als der Pellegrino, und wer sich arrangiert hatte, lernte auch die Vorteile kennen: Der Rücken des Feuerbergs war der fruchtbarste Flecken der Insel, und der Wein, der dort wuchs, besaß Gehalt genug, um Tote aufzuwecken.

Mit den Franzosen war es nicht anders. Von der Insel bekam man sie nicht weg, in ihren zweiundvierzig Burgen überwachten sie das Land. Sie waren schon so lange da, dass die Zeit ohne sie wie eine Legende erschien, und viele von ihnen – die dunklen, drahtigen Provenzalen – waren von Einheimischen kaum zu unterscheiden. Eher stachen die scharfen Züge der Sarazenen heraus, aber die gehörten zu Paliemmu wie der Pellegrino, der Normannenpalast und Santo Spirito, deren Dächer über die Stadtmauer ragten. Zwar hatte der große Stauferkönig ganze Horden von ihnen aufs Festland umgesiedelt, doch die verbleibenden waren ins Geflecht der Stadt verwoben. Ihre Minarette zwischen den Glockentürmen fielen nur den Reisenden auf, und unter den roten Kuppeln hätten Christen wie Muselmanen beten können. Auf den Duft ihrer Gewürze, ihren

Markt Ballarò, wo man an dicht gedrängten Ständen ein Stück vom Zauber sämtlicher Weltenden zu kaufen bekam, und auf ihre vor Sirup triefenden Kuchen mit Anis und Aprikosen wollte niemand verzichten.

War das nicht ein Zeichen dafür, dass der Mensch sich gewöhnte, dass das Fremde sich irgendwann ins Eigene mischte und dann nicht länger zum Fürchten war? Wenn man sich mit den Franzosen arrangierte – im Stillen natürlich, in besonnenen Schritten –, mochte man selbst an denen einen Vorteil entdecken, genau wie am *Mungibeddu*.

Santa sah dem Pferd nach, das im Traben mit dem Schweif schlug. Am Ende der Gasse verschwand es, aber sie stand weiterhin hier und wusste noch immer nicht, woher sie Aitas Zuckermandeln nehmen sollte. Die Last der Steuern – sie war es doch, was die Franzosen in Verruf brachte. Die Gildebrüder, die zum Pappalardu zum Saufen kamen, zeterten, für den Franzosenkönig sei Sizilien nicht mehr als eine Blutorange, die er für irgendwelche Kriege am Ende der Welt auspressen konnte. Aber wie sollte es auch anders sein? Dieser König war ja nie hier, er nannte Sizilien zwar sein Eigen, aber wie konnte er wissen, wie es auf der Insel zuging, wenn er niemals hier war?

Hätte er ein Auge auf Sizilien oder wenigstens gute Berater gehabt, hätte er bestimmt erkannt, dass er mit seiner Unmäßigkeit das Land erdrückte, dass der Handel zum Erliegen kam und das blühende Palermo im Elend versank. Gewiss hätte er dann lieber die Steuern gesenkt und auf seine Kriege irgendwo auf der Welt verzichtet, als in Kauf zu nehmen, dass gute palermitanische Häuser daran zuschanden gingen.

Das war es! Der Einfall vertrieb Santa die Kälte aus dem Leib. Das Geld für die Steuer lag noch in der Schatulle, sie hatte es aufs Rathaus tragen wollen, doch bei all dem Ärger mit Giovanna war sie nicht dazu gekommen. Wenn sie es noch ein paar Tage aufschob, würde man ihnen gewiss nicht gleich den

Eintreiber schicken, nicht der Familie von Iacopo Pappalardu, einem der ersten Bürger der Stadt.

Santa eilte in ihr Haus zurück. Ehe sie den Spind in der Stube öffnete, sah sie sich nach allen Seiten um, als hätte sie Angst, dass jemand sie beobachtete. Dabei war sie allein im Haus, zum ersten Mal seit Jahren, und selbst wenn jemand da gewesen wäre – wer hätte ihr vorschreiben wollen, wie sie ihr eigenes Geld ausgab? Hastig riss sie die Tür des Spindes auf, zog die schwere Schatulle heraus und entnahm den Beutel mit den abgezählten Münzen für die Steuer. Kurz flammte Hoffnung auf, der Pappalardu könnte etwas dazugelegt haben, doch gleich verflog sie wieder. Wo in der Frühe kein Geld gewesen war, war jetzt auch keines, und dem Pappalardu würde eher die Hand abfaulen, als dass er sie an einen Carlino legte.

Sie durfte nicht daran denken, wofür das Geld bestimmt gewesen war. Wer mehr als zwanzig Jahre lang ein rechtschaffenes Leben geführt und jede noch so überhöhte Forderung sofort beglichen hatte, dem drehte kein Justiziar einen Strick daraus. Selbst ein Franzose hatte sich schließlich an die Verordnungen zu halten, die Pappalardus geliebter Kaiser Friedrich für Siziliens Beamtentum erlassen hatte.

Nimm das Geld, und lauf. Denk an deine Tochter, an ihr süßes, glückliches Gesicht, wenn sie morgen die Zuckerkruste um die Mandel zerbeißt.

Das half. Santa rannte los. Die Worte »meine Tochter«, *ma fia* im tiefsten Dialekt ihrer Heimat, waren ihr Glaubensbekenntnis. Wenn Don Michele in der Messe die lateinischen Formeln murmelte, um in Vertretung der Gemeinde den Glauben an den Allmächtigen Schöpfer zu bekennen, murmelte Santa ihre zwei Worte vor sich hin: *ma fia, ma fia.* Das war keine Sünde, auch wenn sie es Don Michele nicht hätte erklären können. Vor Aita war sie in die Messe gegangen, weil ein Christenmensch das eben tat, doch sie hatte nichts begriffen. Erst seit sie die neugeborene Tochter in den Armen gehalten hatte, wusste sie mit ihrem ganzen Sein, dass Leben ein Geschenk war und Schöpfung ein Segen und dass ein Mensch an jedem Abend und Morgen Gott dafür zu danken hatte.

Sie kaufte ihre Mandeln, ließ sich keinen kleinen Beutel füllen, sondern den großen, in dem zuvor das Geld gesteckt hatte, und eilte mit gesenktem Kopf den Weg zurück. Sonst mochte sie es gern, unterwegs Bekannten zu begegnen und ein bisschen Zeit mit Geschwätz zu vertrödeln, aber heute wollte sie niemanden treffen.

Die Rufe schlugen ihr entgegen, sobald sie den ersten Fuß in ihre Gasse setzte, schrille Jungenstimmen, vor Erregung kindlich: »Signora Assunta! Signora Assunta! *Dio aiutaci*, ein Segen, dass Ihr endlich kommt.«

Wie von selbst fiel Assunta in Laufschritt. Die beiden Burschen standen vor ihrer Haustür, Nicola und Luca, ihres Mannes Lehrjungen, die letzten, die das Geschäft hatte halten können. Ihr Herz raste bis in den Hals. Sie war zweifache Witwe. Um den Tod eines Mannes zu fürchten, brauchte man ihn nicht zu lieben, nur zu wissen, dass man ohne ihn rechtlos den Schwiegerleuten ausgeliefert war. Die Eltern des Pappalardu waren tot, aber er hatte Brüder, Vettern und Neffen. Ein ganzes Heer von männlichen Verwandten, die versuchen würden, Santas Tochter ihre Rechte streitig zu machen. Aita war das einzige Kind des Pappalardu, aber sie war kein Sohn, und sie hatte keinen Ehemann, der für sie eintrat. Santa wollte keinen Sohn, sie wollte nur Aita, aber mit einem Sohn hätte sie es tausendmal leichter gehabt.

»Was ist denn los, weshalb macht ihr denn solch ein Geschrei?«, rief sie weit munterer, als sie sich fühlte.

Der Pappalardu durfte nicht tot sein. Nicht, ehe ihre Aita so gut verheiratet war, dass kein Mensch sie jemals erniedrigen durfte.

»*Il Signur'* …«, stotterte Luca.

»*Il Signur'* Pappalardu«, stotterte Nicola.

Santa blieb stehen, verschränkte die Finger, bis die Knochen knackten, und schluckte hart an einem Fluch. »*Per l'amor di Diu,* jetzt benutzt eure Münder gefälligst wie Menschen, nicht wie Affen! Was habt ihr mir vom Herrn Pappalardu denn zu sagen? Tot ist er doch nicht? Nicola? Luca? Euer Herr Pappalardu ist doch nicht tot?«

»Er ist verhaftet worden«, murmelte der dürre Nicola und senkte den Kopf. »Der Justiziar und seine Leute waren dreimal bei uns im Kontor und haben ihn verwarnt, aber heute in der Frühe hat er einem Herrn vom Festland, aus Benevento, gesagt, er könne seine Waren in Florinen bezahlen. Andernfalls berechnet er ihm drei Carlini für einen Augustalis, oder er nimmt das wertlose Zeug überhaupt nicht an. Der Herr ist ohne ein Wort seines Wegs gezogen, aber er muss aufs Rathaus gegangen sein, um ihn anzuklagen. Oder er war einer von denen, als Kaufmann verkleidet.«

»Rede keinen Humbug!« Luca, der sein Zwillingsbruder hätte sein können, stieß ihm den Ellenbogen in die Seite. »Warum sollten sie sich solche Mühe machen – wen sie verhaften wollen, den verhaften sie.«

»*Porco Dio!*« Die beiden Burschen schreckten zusammen. Von der properen Gattin ihres Herrn waren sie alles andere als die Flüche des Gassenvolks gewohnt. »Wer dieser Mensch aus Benevento ist oder nicht ist, schert mich einen Käse! Ich will wissen, wo sie den Pappalardu hingebracht haben und was sie verlangen, damit sie ihn wieder herausgeben. Er hat Familie. Sie können nicht den alten palermitanischen Familien die Väter rauben.«

Und wenn sie es doch konnten? An ihren Schläfen klopfte ein Schmerz. Sie ritten auf ihren Pferden durch die Gassen, sie schwangen Lanzen und Schwerter, sie waren wie der *Mungibeddu* und konnten alles, was sie wollten.

Die beiden Jungen schüttelten die Köpfe.

»Hoch zum Palazzo wohl«, sagte Nicola.

»In den Kerker?«

Die zwei zuckten wie Zwillinge die Schultern.

Endlich kam in Santas Kopf an, dass diese beiden schlotternden Kinder ihr nicht helfen konnten. »Geht auf eure Kammer!«, herrschte sie sie an. »Für euer Nachtmahl müsst ihr heute selbst sorgen, um alles andere kümmere ich mich. Habt ihr die Tore zum Kontor verriegelt, damit uns nicht noch Plünderer die Lager leeren?«

Sie sahen sich an, als wollten sie mit den Augen auswürfeln, wer von beiden sprechen musste. Santa wurde übel. Ihre Faust umklammerte den Beutel mit den Zuckermandeln.

Nicola verlor. »Sie haben die Lager ausgeräumt«, murmelte er mit dem Blick zum Boden. »Alles Getreide und die meisten Fässer beschlagnahmt. Eines haben sie an Ort und Stelle angestochen, und was sie nicht aussaufen konnten, haben sie laufen und im Boden versickern lassen. Es sind Steuerschulden zu begleichen«, haben sie gesagt.

»Das ist eine Lüge!«, fuhr Santa auf. »Das Geld war gestern fällig, ich hätte heute die Magd damit aufs Rathaus schicken wollen …« Entsetzt brach sie ab. Was fiel ihr ein, sich vor den Lehrjungen ihres Mannes zu rechtfertigen?

»Der Justiziar hat gesagt, ein Vertreter soll morgen vor Roger LeFouet erscheinen und die Schulden begleichen«, sagte Luca leise. »Gut möglich, dass man den Herrn und auch die Ware gegen ein Strafgeld herausgibt, wenn er gelobt, künftig die Gesetze über den Zahlungsverkehr einzuhalten. Wir haben gedacht, wenn wir den Karren gleich anspannen und ordentlich zufahren, können wir vor Einbruch der Dunkelheit beim Bruder des Herrn in Caltabellota sein.«

»Der Bruder des Herrn hat hier nichts zu schaffen!«, bellte Santa, denn der Toniu, der Bruder des Pappalardu, war der Letzte, den sie jetzt hier brauchen konnte. Wenn er die Gelegenheit bekam, würde er nicht zögern, ihre Tochter um das Handelshaus zu bringen und es seinem Sohn zuzuschanzen.

»Inquisitor LeFouet suche ich morgen selbst auf und bringe ihm sein Geld aufs Schatzamt.«

Niemand, den Santa kannte, hatte Roger LeFouet, den Inquisitor Curiae, je leibhaftig gesehen, aber alles tuschelte von ihm. Er war der höchste Beamte, den König Karl in Paliemmu eingesetzt hatte, wenn Santa auch nicht recht begriff, was seine Befugnisse waren. Diese Franzosen hatten allesamt Namen und Titel, bei deren Aussprache man sich die Zunge brechen konnte, was ihr gesamtes System noch verwirrender machte. Roger LeFouet jedenfalls saß mit seinem obersten Justiziar Jean de Saint-Remy im Normannenpalast und führte die Aufsicht über sämtliche Justiziare und Vikare. Ihm oblag offenbar der Befehl über das gesamte Stadtgebiet, und nur der Statthalter Karls, Herbert d'Orléans, der jedoch weit weg von hier, in Messina, saß, stand noch über ihm. Wenn der Vertreter des Pappalardu vor diesen Mann zitiert wurde, stand fest, dass die Sache nicht zum Spaßen war.

Von LeFouet hieß es, er sei käuflich wie ein ganzes Hurenhaus, und auch das sogenannte Strafgeld würde dem Erpresser in den Beutel wandern. Aber da Santa keine andere Wahl blieb, war es verlorene Liebesmüh, darüber nachzudenken. Sie würde das Geld in den Wind schreiben, und der Pappalardu, dieser Trottel, würde schuften müssen, um es wieder hereinzuholen.

Dann stockte sie. Sie hatte doch dieses Geld überhaupt nicht! Zur Bestechung des Inquisitors besaß sie nicht einen Pfennig, und von der Summe für die Steuer hatte sie einen Teil soeben ausgegeben.

Für Zuckermandeln.

Sie zerdrückte den Beutel in der Hand, bis es wehtat. Ihre Aita, ihre Lilienblüte, würde keinen schönen Namenstag haben.

Sie schickte die Jungen endgültig in den Hof, wo sie im Schuppen ihre Schlafstellen hatten, und ging mit schleppenden Schritten zur Tür. Erst als sie den Schlüssel einschob, erst als sie bemerkte, dass ihr vor Kälte die Zähne klapperten, fiel ihr auf, dass Aita nicht daheim war. Es dämmerte schon. Nach Caltabellota hätten die zwei es mit dem altersschwachen Gaul nie und nimmer geschafft.

Die Angst war eine kalte Faust, die sich um Santas Nacken schloss. Im Haus hing noch Wärme, doch das Feuer war ausgegangen, weil keine Magd es geschürt hatte. Ihr Blick streifte den Schürhaken. Sie hatte vergessen, wie man ein Feuer anfachte, und es graute ihr davor, das Ding zu berühren. Dabei war es nicht hässlich. Santas Vater war Syndikus gewesen, verarmt, aber ein gelehrter Mann, der eine Anzahl Bücher besaß. Santa konnte nicht lesen, doch sie hatte als Kind die Bücher gern angesehen, vor allem die Anfangsbuchstaben auf den Seiten, die mit verschlungenen Ranken, Ornamenten und Blüten verziert waren, wie Santa sie in der Natur nie gesehen hatte.

»Wir haben das von den Sarazenen gelernt«, hatte ihr Vater ihr erklärt. »Die Muselmanen verehren ihre Bücher, weil es ein Buch war, das ihnen Gottes Wort überbrachte. Deshalb schmücken sie ihre Bücher wie wir unsere Altäre.«

Santa dachte nicht mehr oft daran, weil der Vater, der so verträumt über die Schönheit von Büchern gesprochen hatte, und der, der sein heulendes Kind an einen groben Mann verschachert hatte, nicht zusammenpassten. Der geschmiedete Schürhaken jedoch rief ihr die Bilder in Erinnerung.

Und dazu war an dem Ding etwas anderes, etwas Verbotenes, unter all den Pflanzenteilen: eine Menschengestalt. Natürlich war es einem Christen nicht verboten, einen Menschen darzustellen, sie waren ja keine Muselmanen, und in ihren Kirchen gab es Madonnen mit Kindern, Heilige in den bluttrünstigsten Arten von Prüfungen und über allem den Heiland in seinem Leiden am Kreuz. Aber es gab keine Bilder, die diese unheimliche Lust weckten, sie zu berühren. Einen menschlichen Körper zu berühren. Keine Bilder, die Santa in Erinnerung riefen, dass sie die Sehnsucht nach solcher Lust einmal gekannt hatte, ehe ihr Körper missbraucht und als Ware gehandelt und auf seine Funktionen zusammengestaucht worden war.

Zu alledem war jetzt keine Zeit. Sie brauchte keinen Schürhaken, ob mit den Bildern verbotener Lüste oder ohne, denn das Feuer würde sie nicht wärmen. Sie musste klare, scharfe Gedanken fassen, doch in ihrem Kopf schwappte alles durcheinander. War denn im Haus nicht noch irgendwo Geld? War nicht dem Pappalardu jemand etwas schuldig? Gab es keinen Menschen, der ihr helfen konnte?

Santa setzte sich mitten auf den Boden und schlang die Arme um ihren Leib. Seit einem halben Leben oder mehr hatte sie sich nicht mehr so allein gefühlt.

Früher, in ihren ersten zwei Ehen und Witwenzeiten, hatte sie auch keinen Menschen gehabt, aber dann war sie Pappalardus Frau geworden, und wer Geld hatte, brauchte keinen Menschen.

Santa hielt inne. Doch, einen Menschen gab es, der ihr damals geholfen hatte, und dieser Mensch würde ihr auch heute die Hilfe nicht verweigern. Darum zu bitten würde Santa den Stolz kosten, den sie so mühsam gepflegt hatte, aber das war besser, als würde es Aitas Glück kosten. Alles war besser, als ihre Tochter verscherbeln zu müssen, wie ihr Vater sie verscherbelt hatte.

Die Idee war ihr gerade gekommen, als es an der Tür polterte. Sie musste, ohne nachzudenken, den Riegel vorgelegt haben, und nun versuchte Aita unter lautem Fluchen, ins Haus zu gelangen. Santa sprang auf und riss den Riegel zurück.

»Wo bist du gewesen?«

Ihr Blick fuhr wie ein rasendes Tier an ihrem Kind hinauf und hinab. Aita war unversehrt. Dem Himmel sei Dank.

»Überall und nirgends.«

»Was soll das heißen? Du hast gesagt, du willst mit Francesca und dieser anderen Freundin ein Stück spazieren gehen, weil du hier drinnen nicht mehr atmen kannst.«

»Ich habe ja nicht gesagt, wie groß das Stück ist, das ich gehen will«, sagte Aita und zuckte die Schultern.

Jede andere Tochter hätte für so viel Frechheit ein paar an die Ohren bekommen, aber Aita bekam etwas anderes. Santa ergriff ihre Hände und drückte den Beutel mit den Zuckermandeln hinein. *Wann werde ich dir das nächste Mal ein Geschenk machen können?,* dachte sie, und das Herz tat ihr weh. Sie spürte, dass ihre Knie nachgeben wollten, dass der furchtbare Tag seinen Tribut forderte. Der ganze Schrecken kam nach, das Begreifen.

»Wofür ist das?«, fragte Aita und sah auf den Beutel. »Willst du mich nicht ins Haus lassen? Hier draußen ist es kalt. Ist der Vater noch nicht da?«

»Aita, *palummella,* du musst dich nicht sorgen. Du weißt doch, dir kann gar nichts geschehen, weil ich es dir schon wieder richte. Habe ich dir das nicht versprochen? Komm ins Haus, setz dich ans Feuer, wärm dich auf.«

»Es brennt ja gar keines!«

Santa zog Aita an den Händen, die die Mandeln hielten, ins Haus. Sie sah die Leinentücher auf dem Tisch liegen, wo sie sie vorhin gefaltet hatte, als sie noch geglaubt hatte, mit ein paar kräftigen Stößen ließe sich ihre Welt wieder geraderücken. »Ich bringe dir eine Decke.« Sie drückte Aita in den Lehnstuhl des Pappalardu, rannte, um Decken zu holen, wickelte die Tochter ein und wünschte, sie hätte sich dazuwickeln können.

»Warum kann Giovanna das Feuer nicht schüren?«

»Hör zu, Täubchen, ich muss rasch noch einmal weg. Wenn ich wiederkomme, schüre ich es dir, oder wir zwei zünden uns das Kohlebecken an und machen es uns schön.«

»Wo musst du denn hin?«

»Ich bin gleich wieder da.«

Aita sprang auf, ließ die Decken an sich heruntergleiten. »Ich will jetzt wissen, was los ist. Wo ist Giovanna, wo ist der Vater, wo willst du jetzt noch hin?«

Santa sträubte sich vergeblich. Ihre Tochter lief an ihr vorbei und verstellte ihr die Tür. »Ehe du mir nichts sagst, lasse ich dich nicht weg.«

Hätte Santa dennoch gehen wollen, hätte sie Aita aus dem Weg stoßen müssen. Das kam nicht infrage. »Die Giovanna hat ihren Platz vergessen, da hat es ein Dutzend hintendrauf geben müssen«, probierte sie, sich herauszuwinden. »Und statt es sich eine Lehre sein zu lassen, hat sie sich feige davongemacht.«

»Nur ein Dutzend?«, versetzte Aita. »Giovanna bekommt ja wohl oft genug das Dreifache, dann hockt sie sich heulend in die Speisekammer und schlägt sich zum Trost den Bauch voll, aber sie rennt nicht mitten im Winter aus dem Haus. Und was ist mit dem Vater? Ist der etwa weggelaufen, weil du ihm dein Nudelholz an den Kopf geworfen hast?«

Santa stöhnte. Auf Aitas Gewitztheit war sie immer stolz gewesen, aber heute hätte sie sie recht gern ein wenig dümmer gehabt. »Ich muss zu Rosa«, rang sie sich ab. »Ich will nicht, dass du dir Sorgen machst.«

»Ich mache mir nie Sorgen«, erwiderte Aita. »Ich will nur Bescheid wissen. Warum gehst du zu Rosa, das tust du doch sonst im besten Fall an ihrem Namenstag?«

»Es waren Beamte beim Vater«, sagte Santa, senkte den Kopf und fühlte die Wucht ihrer Niederlage wie einen Schlag. »Vom *Palazzo.* Weil er doch den Carlino nicht im selben Wert wie den Augustalis nehmen will.«

»Und wo ist er jetzt?«

Sich zu winden hatte keinen Sinn. Santa erklärte es ihr, so gut sie konnte, ohne das Geld für die Steuer zu erwähnen. »Jetzt, wo sie uns das Lager beschlagnahmt haben, ist es ein bisschen schwierig mit dem Strafgeld, aber Tante Rosa wird es mir leihen. Wenn der Vater wieder da ist, bringe ich es ihr zurück. Jetzt lass mich gehen, ja, *palummella?* Umso schneller bin ich wieder hier bei dir.«

Aita nickte und zog in ihrem Rücken die Tür auf. »Ich komme mit dir«, sagte sie.

6

Zwischen ihrem Haus und dem, das ihre Tante Rosa von ihrem Mann geerbt hatte, erstreckte sich das gesamte Viertel. Nicht weit hinter Rosas Gasse begann La Kalsa, der Bezirk, den die Sarazenen sich um ihren befestigten Hafen gebaut hatten und den Aita kaum kannte.

In der schwarzen, sternenlosen Kälte, die aus dem schönen, fast frühlingshaften Tag geworden war, hatten sie ein gutes Stück zu gehen und den im Tageslicht so belebten Ballarò zu durchqueren, der jetzt verlassen dalag. Die Unbarmherzigkeit dieses Winters, die in Palermo kein Mensch zuvor erlebt hatte, war zurückgekehrt. Bis sie vor Rosas Tür standen, war Aita bis auf die Knochen durchgefroren und zitterte an allen Gliedern. Ihrer Mutter klapperten die Zähne. Sie sah trotzdem aus, als hätte sie überallhin lieber gewollt, nur nicht in dieses Haus.

Den Türklopfer musste Aita ergreifen. Im Dunkeln konnte sie ihn nicht gut erkennen, doch er kam ihr vor wie zwei schmale, miteinander verschlungene Hände, geschmiedet aus Eisen. Es dauerte nicht lange, und die Tante selbst machte ihnen auf. Jedes Mal, wenn Aita ihr begegnet war, hatte ihr Gesicht sich auf der Stelle in Kummerfalten verzogen. Die Tante sah aus, als trüge sie das Leid der Welt auf den Schultern, und die Quelle des größten Leides schien ihre Schwester, Aitas Mutter, zu sein.

»Santuzza«, sagte sie. »Und Agata. Ist etwas passiert?«

»Kannst du uns nicht hineinlassen?« Aita bemerkte, wie patzig sie klang, aber ihr war kalt und aus der Stube lockten der Lichtschein und das Prasseln eines Feuers.

»Ja, natürlich.« Rosa trat zur Seite und ließ Aita und ihre Mutter in ihr warmes Haus, in die weite Stube, die die Länge des gesamten Geschosses einnahm. Lichtinseln zähmten die Dunkelheit. Außer dem lodernden Feuer glühten die Kohlen in der Braciere, und neben dem Lehnstuhl, in dem die Tante offenbar gesessen hatte, stand ein hoher Kandelaber, in dem drei Kerzen brannten.

Der Leuchter war unglaublich schön: ein schlanker Baum aus schimmerndem Rotmessing, die Zweige gen Himmel gerichtet, wo sie sich teilten und verloren. Und der Stamm war vielleicht gar kein Stamm, sondern ein Menschenleib, der die Baumkrone auf mit aller Kraft gereckten Armen trug.

Ein Mädchen.

Sie dachte an den Schürhaken in ihrem Haus. Die Arbeit war völlig anders, doch das hatten beide gemein: Hinter einem Füllhorn von angedeuteten Schöpfungen und höchstens gestreiften Gedanken lauerte das Bild eines Mädchens wie der Schatten einer Erinnerung.

Aita wollte an ihren Vater denken, der womöglich in einem Kerker fror, sich fürchtete oder hungrig war. Aber sie starrte den Leuchter an. Je länger sie hinsah, desto mehr Einzelheiten offenbarten sich, Schlingpflanzen, Schlangen oder Fabelwesen, die sich um die Zweige wanden, Blätter und Blüten, die genauso gut Schriftzeichen hätten sein können, und die nicht greifbare Gestalt des Mädchens blieb doch immer da. Wie konnte ein Mensch, selbst einer mit des Teufels Hilfe, dem Metall ein solches Zauberwerk abringen?

»Kerzen«, sagte ihre Mutter. »Am Werktag.« Es klang nach einem Tadel, dabei wurden auch in ihrem eigenen Haus an Werktagen Kerzen angesteckt.

»Ich weiß, es ist Verschwendung«, bekannte Rosa. »Aber ich sehne mich im Winter so sehr nach Licht. Im Sommer lässt sich alles Erdenkliche ertragen, aber der Winter ist keine Jahreszeit, um ganz allein zu sein.«

Bildete Aita es sich ein, oder glitt der Blick der Tante zum Fenster? Jetzt, bei Nacht, war es nicht mehr als ein schwarzes Viereck aus Marienglas, doch bei Tag hätte man das Haus ausmachen können, das am Ende des Hofes stand. Rosas Mann hatte es für die Familie seines Verwalters bauen lassen, und als nach seinem Tod sein Handelshaus aufgelöst wurde, war der Verwalter ausgezogen und das Haus hatte eine Zeit lang leer gestanden. Rosa brauchte das Geschäft nicht, ihr Mann hatte sie mit zwei Leibrenten reichlich versorgt. »Die hat Glück«, hatte Aitas Mutter gesagt. »Die hat keine Schwiegerleute, die ihr die Butter auf dem Brot nicht gönnen, die muss nicht wieder heiraten.«

Vielleicht hätte die Tante das aber gern getan, überlegte Aita. Hatte sie deshalb einen Mann, einen vagabundierenden Schmied, in ihr Haus genommen, weil sie insgeheim hoffte, der so viel Jüngere würde es ihr danken, indem er bei ihr blieb? Sie hatte ihn in die Zunft eingekauft, hatte ihn mit Amboss und Werkzeug ausgestattet und ihm das Haus am Ende ihres Hofes überlassen, damit er sich eine Werkstatt einrichten konnte. Träumte sie immer noch von ihm, dieses kleine Frauchen mit den Kummerfalten? Hatte sie seine Geheimnisse geteilt?

Aitas Mutter räusperte sich. »Carmelo«, krächzte sie und räusperte sich gleich wieder, »Carmelo besucht dich wohl nicht mehr.«

Rosa gab einen kleinen verneinenden Laut von sich. »Selten. Nur wenn ihn sein Gewissen drückt. Er mag sich hier nicht gern blicken lassen.«

»Das ist kein Wunder, weißt du?« Kurz schien ihre Mutter wieder Herrin der Lage zu sein. »Er kann sich das nicht erlauben, schon gar nicht einer wie er. Wer es mit einem Geächteten hält, der ist bald selbst geächtet und hat keinen mehr, der von ihm kauft.«

»Ich werfe dem Jungen nichts vor«, sagte Rosa traurig. »Ja, ich habe es anfangs getan, aber das ist lange her. Es ist ihm im

Leben nie gut gegangen, er hatte immer ein ganz spitzes Gesicht wie ein kleiner Marder, mein *donnolino*, der überall hineinlugt, ohne je zu ergattern, wonach es ihn so sehr verlangt. Wenn es jetzt anders ist, wenn er endlich zur Ruhe kommt, dann sei es, wie es sei.«

Wann immer Carmelo erwähnt wurde, verspürte Aita einen Stich, von dem sie nicht sicher war, wohin er sie traf. Carmelo war ihr Bruder, aber diese Behauptung enthielt nichts. Sie war ein Teil der Leere in ihr, die ihr so oft den Atem nahm. War ein Bruder nicht einer, mit dem sie etwas hätte teilen müssen, eine Geschichte wie Rosa und ihre Mutter? »Du würdest ihn nicht mögen«, hatte die Mutter behauptet, aber war ein Bruder nicht einer, auf den sie ein Anrecht hatte, selbst das Anrecht, ihn nicht zu mögen?

Sie spürte etwas im Rücken. »Setz dich doch hin, *bimba.*« Rosa legte ihr einen Schal um und streichelte sie.

Aita wollte sich nicht setzen und konnte von dem blinden Fenster nicht wegsehen. Zugleich hörte sie ihre Mutter schnaufen und erkannte, dass sie die Worte, die sie zu sagen hatte, nicht herausbringen würde. »Wir sind hier, weil wir von dir Geld borgen müssen, *zia* Rosa«, sprang sie ein. »Unseres ist beschlagnahmt worden, und wenn wir dem Inquisitor nicht bringen, was er verlangt, gibt er uns den Vater nicht heraus.«

Einige Augenblicke verstrichen mit Rosas entsetzten Fragen und den wirren Erklärungen der Mutter, die sich endlos zierte, ehe sie die benötigte Summe preisgab. Aita starrte dabei unbeirrt weiter auf das Schwarz des Fensters, als sei sie eine Unbeteiligte, die zufällig in ein Gespräch geraten war.

Sie wusste, sie hätte sich um ihren Vater sorgen müssen, aber auch dieser Ort in ihr, an dem bei gewöhnlichen Töchtern die Liebe zu ihren Vätern wohnen musste, schien leer zu sein. Was war sie für ein Christenmensch? War sie überhaupt einer, der im Himmel erschaffen worden war, oder vielleicht ein Konstrukt aus Eisenstreben wie die schönen Schöpfungen des Schmiedes?

Ihr Vater war ein guter Mann. Er schlug sie nicht und kommandierte sie nicht herum, wie andere Väter es mit ihren Töchtern taten, sondern überließ alles, was sie betraf, der Mutter. Er zwang sie in keine Heirat, und als sie den Turri nicht hatte haben wollen, hatte sie ihn nicht nehmen müssen. Er hätte ihre Sorge verdient, und sie war entschlossen, das Geld für ihn aufzutreiben. Sie wünschte ihm nicht, dass er litt, doch von Sorge verspürte sie nichts.

Sie war nicht einmal sicher, ob sie das Gefühl kannte.

Endlich herrschte Schweigen. Aita hörte Rosa atmen und die Mutter den Atem anhalten. Dann ging Rosa zur Mutter, schloss ihr die Hände um die Wangen und sagte, als spräche sie zu einem Kind: »Meine arme Santuzza. Armer Iacopo. Arme *bimba*. Ich kann dir doch das Geld nicht geben, Liebes. Nicht so schnell. In Gütern betragen meine Renten viel mehr, als ich verbrauche, aber in Geld bekomme ich nur ein paar Pfennige, und was Lucio mir hinterlassen hat, habe ich gebraucht.«

»Für deinen Teufelsschmied!«, spuckte die Mutter aus.

Rosa zuckte flüchtig zusammen, dann sprach sie weiter, als hätte die Mutter nichts gesagt: »Ich habe Schmucksachen, Zierrat und Möbel, ich kann Emidio bitten, sie für mich zu verkaufen, aber es wird Tage, wenn nicht Wochen dauern, solch eine Summe aufzutreiben.«

Die Mutter zitterte. Mit einem Ruck warf sie den Kopf auf und befreite sich aus Rosas Griff. »Heißt das, du willst mir nicht helfen? Und Aita, deiner Patentochter, auch nicht? Weiß ich denn, was sie mit dem Pappalardu machen, wenn ich erst in ein paar Wochen mit dem Geld ankomme? Weiß ich, was sie mit *uns* machen? Und obendrein nimmst du noch den Namen von deinem *Diavúlu* in den Mund, sprichst vor meiner Tochter über deine Schande, als wären wir im Hurenhaus!«

»Arme Santuzza«, wiederholte Rosa, wollte wieder nach dem Gesicht der Mutter langen, besann sich aber eines Besseren. »Wie kannst du denn glauben, ich wollte dir nicht helfen?

Du bist mein jüngstes Schwesterchen. Bleib hier mit der *bimba* sitzen. Ich gehe nach hinten zu Emidio.«

»Jetzt willst du zu dem?«, schrie die Mutter auf. »Gerade jetzt, wo deine Schwester dich braucht?«

Rosa streichelte ihr über den Kopf, obwohl die Mutter ihr die Hand wegschlug. »Emidio kann uns womöglich das Geld geben. Deshalb gehe ich.«

»Der? Woher hat der Geld? Den Teufelslohn von dem nehme ich nicht, um meinen braven Ehemann freizukaufen.«

»Doch«, schnitt ihr Aita das Wort ab. »Der Vater braucht das Geld, und wenn der Schmied es hat, dann nimmst du es.«

Sie trat neben Rosa. »Ich gehe mit dir, *zia*. Statt der Mamma kann ich im Namen des Vaters darum bitten.«

Sie widersprachen beide – die Tante, indem sie beteuerte, das sei nicht nötig, und die Mutter, indem sie ein lautes Gejammer anstimmte, weil ihr Töchterchen in ihr Verderben ging. Aita aber hörte gar nicht hin, sondern machte sich auf den Weg zur Hintertür. So hatte sie es schon als Kind gehalten, sooft die Mutter versucht hatte, ihr etwas zu verbieten, und hatte damit in schönster Regelmäßigkeit erreicht, was sie wollte.

An der Tür holte die Tante sie ein. Schweigend traten sie hinaus in die Nachtkälte, die ihnen den Atem wolkig machte. Im Hof roch es tatsächlich nach der Hölle, zumindest nach Rauch von einem Feuer, das gerade erst erloschen war. Oder von einem, das nie ganz erlosch. Durch das Marienglasfenster hatte man nichts davon sehen können, doch jetzt war der Lichtschein unverkennbar, der durch die Türritzen des fensterlosen Hauses auf ihren Weg fiel. Der Mann, der hinter diesen Wänden hauste, saß nicht im Dunkeln.

Statt an die Tür zu klopfen, rief Rosa seinen Namen. »Emidio!«

Aita war sicher, nie ein Wort gehört zu haben, das mit so viel Sehnsucht und Traurigkeit ausgesprochen wurde.

Die paar Herzschläge, ehe geöffnet wurde, erschienen ihr

endlos. Der Mann zog die Tür langsam auf, als hätte er sich aus dem Bett schleppen müssen. Aber er war wach, stand gerade und war vollständig angekleidet, trug über den Hosen ein helles Hemd, auf dem selbst im spärlichen Lichtschein Spuren von Ruß oder Kohle prangten. Er war recht groß und ein stämmiger, fast grobschlächtiger Bursche mit schweren Schultern, die das Hemd spannten. Ein wenig bedrohlich, wie man sich einen Schmied vorstellte. Das Gesicht war von keinem Bart bedeckt, doch in den Schatten schwer erkennbar, das Haar zerrauft, als hätte er keinen Kamm.

»Rosa«, sagte er.

Sie legte die Hände um seine Wangen, wie sie es zuvor bei Aitas Mutter getan hatte, zog sie aber sofort wieder weg. »Wir brauchen deine Hilfe, Emidio. Das ist meine Nichte Agata, Santuzzas Tochter und Cammelús Schwester. Erinnerst du dich an sie?«

Der Mann sah Aita ins Gesicht. »Nein.«

»Können wir drinnen sprechen?«

Hörbar verlegen lachte er auf. »Ich bitte um Verzeihung. Wie es aussieht, habe ich meine Manieren wieder einmal mit dem Kreuzschlaghammer erwischt.« Er trat zur Seite, um sie einzulassen.

Der Raum war zweigeteilt, vorn erhellt und hinten tief dunkel. Im dunklen Teil erahnte Aita die Umrisse des Ambosses. Im hellen standen ein Tisch und ein Schemel, auf dem Tisch eine kupferne Öllampe, in deren verschlungener Schönheit sie sofort seine Arbeit erkannte, und daneben Krug und Becher, umringt von mehreren Büchern und einem Durcheinander aus Schreibgerät. An der Wand gegenüber erhob sich eine grob gezimmerte Kiste, und am Boden war eine Bettstatt aus hohem, frisch duftendem Stroh und einem Berg von Decken aufgeschlagen. Sonst war das Zimmer leer.

Der Raum schien Aita zu kalt, um nur im Hemd umherzugehen, doch von der dunklen Hälfte her wehte noch ein Rest von Wärme. Der Mann rückte Rosa den Schemel hin, sah dann zu Aita und wies mit dem Kopf auf die Kiste. Zögernd setzte sie sich.

Er kehrte zum Tisch zurück und hob fragend den Krug. »Wein?«

»Mach dir keine Mühe«, sagte Rosa.

Der Mann lachte. »Ich mache mir ja keine. Also, willst du?«

»Ich finde es schön, mit dir Wein zu trinken«, sagte sie. »Aber du warst bei der Arbeit, und Santuzza kommt in einer dringenden Angelegenheit. Ich kann sie nicht warten lassen.«

Der Mann schenkte Wein in den Becher und gab ihn Rosa. »Dann beeil dich mit dem Trinken.«

Er wandte den Kopf zu Aita. »Ich habe nur einen Becher. Ihr müsst ihn teilen.«

Als Aita zu einer Antwort ansetzen wollte, fiel ihr auf, wie gedämpft die beiden gesprochen hatten. Gleich darauf erschrak sie, weil die Decken auf der Bettstatt sich rührten. Ein Laut des Erstaunens entfuhr ihr. Unter der Wolle schaute ein heller Haarschopf hervor, der sich tiefer ins Stroh grub und dann wieder stilllag.

Der Blick des Mannes war dem ihren gefolgt. »Arabella hat einen festen Schlaf«, sagte er. »Solange wir leise sprechen, wacht sie nicht auf.«

Aita sah auf das helle Haar, das sich vom Stroh kaum abhob. Jetzt begriff sie, warum die Tante umherging, als drücke sie eine Last nieder. Dieser Mann, dem sie alles geopfert hatte, lebte noch immer auf ihrem Grund und Boden, doch er teilte ihr Haus mit einer anderen. Mit diesem durchscheinenden Geschöpf, fast noch einem Kind, dem Gegenteil der plump verblühten Rosa.

Er hatte Rosa den Becher abgenommen und hielt ihn Aita hin. Ohne es zu wollen, starrte sie auf seine Hände. Sie waren groß und grob. Aita konnte sie sich am Amboss vorstellen, wie sie ein Stück Eisen bezwangen, und die Vorstellung erregte sie.

Aber sie sah sie nicht mit einem Punziereisen, das zierliche Blütenranken in Messing trieb, und schon gar nicht in diesem Kinderhaar, bei einer Zärtlichkeit.

War er zu Rosa zärtlich gewesen? Hatten diese klobigen Hände ihr Gesicht berührt?

»Wollt Ihr nicht trinken?«, fragte er.

Ich will meine Frage stellen und gehen, wollte Aita antworten, doch sie bemerkte, dass das nicht möglich war. Sie konnte diesen Mann nicht um Geld für ihren Vater bitten, zumal seine Wohnung nicht wirkte, als hätte er welches. Sie war nicht deshalb gekommen, gestand sie sich ein, und sie konnte jetzt wieder gehen, weil sie das, was sie hier gesucht hatte, nicht finden würde. Noch schlimmer: Sie schämte sich, weil sie es überhaupt gesucht hatte, und bei allem wusste sie nicht einmal, was dieses Etwas war.

Er hielt ihr noch immer den Wein hin. Leuten, die so lange still ein Gewicht stemmten, zitterte der Arm, doch der seine regte sich nicht. Sie wollte seinen Wein nicht und griff trotzdem zu. Ehe sie den Ton des Bechers zu fassen bekam, spürte sie seine Finger, und ihr fiel ein, wie sie an diesem Morgen vor Nunzia und Francesca behauptet hatte, sie wolle ihn heiraten. Hitze schoss ihr in die Wangen. Sie führte den Becher an die Lippen, als könnte sie dahinter ihr Gesicht verstecken, und trank so hastig, dass sie sich verschluckte.

Der Mann nahm ihr den Becher ab, stellte ihn irgendwohin und klopfte ihr den Rücken. Ruhig und gleichmäßig schlug er die flache Hand auf, wie bei einer Verrichtung, die er jeden Tag an seiner Arbeit tat. Aita erschrak, weil sie ihn so heftig wahrnahm: wie er roch, wie er sich bewegte, wie sein Körper sich dicht bei ihrem anfühlte. *Er ist so lautlos für einen schweren Mann,* dachte sie. Dann war der Hustenanfall vorüber, er ließ sie los, und ihr Blick fiel auf das blonde Mädchen, das am Boden schlief. Sie wünschte es sich weg. Sie wünschte sich Rosa weg. Sie bekam eine seltsame Angst.

»Emidio, ich würde dich nicht bitten, aber Santuzza ist in Not«, sagte Rosa.

»Mich musst du nicht bitten«, sagte der Mann. »Sag mir, was du brauchst, und wenn ich es habe, gebe ich es dir.«

»Das hat keinen Sinn!«, rief Aita. »Wir brauchen sehr viel Geld, um meinen Vater aus dem Stadtgefängnis auszulösen, und selbst wenn Ihr es hättet, warum solltet Ihr es mir geben?«

»Wie viel?«, fragte er.

Aita sagte es ihm nicht. Es war Rosa, die ihm die Summe nannte. So, wie die Zahl in die Stille des halbdunklen Raumes fiel, kam sie Aita noch höher vor als zuvor.

»Ja«, sagte der Mann zu Rosa, »das ist kein Problem. Ich gehe und hole es, ja?«

»Aber du und die Kleine …«, begann sie und brach ab. Ihre Oberlippe zitterte.

Der Mann trat zu ihr, legte ihr die schwere Hand auf die Schulter und streichelte ihr den Arm hinunter. »Ich habe letzthin so viel verkauft, dass ich kaum nachkomme. Ich habe ohnehin keine Zeit, Geld auszugeben.«

»Wirklich, Emidio?« Rosas Stimme hellte sich augenblicklich auf und klang freudig erregt. »Was hast du verkauft? Woran arbeitest du?«

»Nichts Besonderes«, wehrte er ab. »Ein Paar Hochleuchter für San Giovanni, Grapen, Kessel und Mörser für die Abtei in Monreale und eine Schwertscheide mit Beschlägen aus Messing.«

»Das nennst du nichts Besonderes, du Halunke?« Sie gab ihm einen Nasenstüber, den Aita neckisch und ihrem Alter nicht angemessen fand. »Die Schwertscheide musst du doch für jemanden von Adel machen, und dann bedeutet das ja wohl, dass man dir …«

»Dass man mir *was?*«

»Dass man dir endlich verziehen hat.«

»Wohl eher, dass ich billiger bin als die anderen«, erwiderte er. »In jedem Fall sieht es nicht so aus, als müssten wir in absehbarer Zukunft hungern. Und wenn doch, dann kommen wir zu dir.«

Im Halblicht sah Aita ihn lächeln.

Rosa lächelte zurück. Sie standen einfach da und lächelten einander an. »Du weißt, ihr seid mir immer willkommen.«

»Ja, das weiß ich. Aber irgendwann muss auch ein verlauster Köter, den du von der Straße aufgelesen hast, mit seinem Leben wieder selbst fertigwerden.«

Er ging und verschwand im Dunkel der Werkstatt. Kurz darauf tauchte er daraus wieder auf, hielt einen ledernen Beutel in der Hand und brachte ihn Rosa.

»*Dio mio!*«, stieß sie hervor. »Du weißt nicht, was du für uns getan hast, und wie ich fürchte, bekommst du kein Wort des Dankes dafür. Möge der Himmel es dir vergelten.«

»Es ist nichts, Rosa. Nur Geld, das ich nicht brauche und für das kein Dank nötig ist. Es wiegt nichts auf, das du für mich getan hast.«

»Und ob du es brauchst! Irgendwann wirst du ein besseres Haus haben wollen, und du musst ja auch der Kleinen ein Heiratsgut stellen.«

»Willst du uns loswerden?« Er lächelte wieder. »Wenn nicht, würden wir gern in diesem Haus bleiben. Und die Kleine ist noch ein Kind, das mit dem Heiraten hat Zeit.«

Erschrocken sah Aita zu dem blonden Kopf auf dem Strohlager. Was war mit ihr los, dass sie das Mädchen für seine Geliebte gehalten hatte? Es lag jetzt auf der Seite, das Haar war zurückgefallen und entblößte die runde Wange eines Kindes von nicht mehr als zehn Jahren.

Als Aita wieder aufblickte, stand der Mann in einem Schritt Abstand vor ihr. »Meine Tochter«, sagte er. Dann deutete er eine kleine Verbeugung an, die ihr unbeholfen vorkam. »Gute Nacht, *Signurina*.«

»Bis wann müssen wir Euch das Geld zurückzahlen?«, fragte sie.

»Das überlasse ich Euch«, erwiderte er. »Wie schon gesagt: Arabella ist noch ein Kind, und wir beide brauchen nicht viel.«

Sie hätte ihm den Dank erweisen müssen, von dem er so großspurig behauptet hatte, er hätte ihn nicht nötig. Sie wollte ihm sagen, dass er sich das Haar kämmen sollte. Sie sagte ihm gar nichts mehr, nur sehr leise »Gute Nacht«, ehe sie mit Rosa sein Haus verließ.

7

Karsamstag, 1. April 1279

Wir gehen da nicht hin«, sagte Carmelo. »Ich habe es dir gestern gesagt, und was ich sage, hat in diesem Haus ja wohl noch Gültigkeit.«

Vor Zorn ließ er den Kreuzschlaghammer so auf das Werkstück niedersausen, dass die Finne, obwohl gerundet, sich in die glatte Fläche des Brustpanzers grub. Funken stoben. Er hatte die Esse zu hoch angefacht, und den Panzer hatte er jetzt verbogen, sodass er Stunden brauchen würde, um die Scharte wieder auszuwetzen. Im Augenblick aber scherte ihn das nicht. Für den Beruf des Schmiedes hatte er sich einst entschieden, weil er es ihm erlaubte, den maßlosen Zorn aus seinem Körper herauszuschlagen, ehe der ihn umbrachte.

Carmelo war ein äußerst magerer Mann, an dem vom Essen kein Fleisch blieb und von harter Arbeit kaum ein Muskel. Schläge wie dieser, die dem Eisen Narben beibrachten, kosteten ihn mehr Kraft, als sein zaundürrer Körper besaß. Es war allein sein Zorn, der ihn über sich hinauswachsen ließ, und es tat ihm gut zu spüren, was die Gewalt dieses Zornes bewirkte. Er war nicht machtlos. Er war ein Mann, der Metall in Scherben schlug, wenn es ihm passte.

Warum stand dieses Weib noch immer in der Tür, dass das Feuer der Esse aufwehte, statt sich dem zu fügen, was er angeordnet hatte? Er hätte ihr den Herrn zeigen müssen. Die Kerle, mit denen er in der Zunftstube trank, obwohl sie ihn nie als einen der Ihren akzeptieren würden, hatten ihm erklärt, wie man störrischen Weibern Gehorsam beibrachte. Hätte er eine andere geheiratet, hätte er womöglich dasselbe getan: beim ersten Widerwort eine Tracht Prügel, dass sie den frechen Mund nur noch zum Heulen aufbekam. Früher, wenn er Mädchen in seinem Rücken zischeln und kichern hörte, hatte er sich manchmal ausgemalt, dergleichen zu tun.

Aber er hatte keine andere geheiratet. Die Frau, die in der Tür seiner Schmiede stand und sich weigerte, sich seinem Wort zu fügen, war Stidda Maniscalco, und er, der Mann, der Metall in Scherben schlug, war Wachs in ihren Händen.

Wenn er sie ansah, schmolz etwas. Selbst jetzt noch, wo sie seit bald zehn Jahren seine Frau war, ihm drei Kinder geboren hatte und vermutlich nicht einmal mehr sonderlich hübsch war. Aber das galt für andere Augen. In den seinen blieb sie die Schönste. Die Vorstellung, er könne ihr zumuten, sich wie eine Dienstmagd prügeln zu lassen, kam ihm vor wie ein Sakrileg. Sie war die schöne, freche Stidda, des großen Pietro Maniscalcos Tochter. In all den Jahren, die er sein Eheleben mit ihr führte, hatte er nie das Gefühl überwunden, dass sie meilenweit über ihm stand.

Er wollte ihrem Körper keine solche Entehrung antun, er wollte ihn in den Armen halten. Er liebte sie. Das war die Krux. Er wünschte sich, dass sie ihn auch liebte, nicht, dass sie in die Albergheria rannte, wann immer sich die Gelegenheit bot, weil sie lieber ihren sturen Bruder liebkost hätte als ihren Mann. Aber zu ihm gehörte sie doch! Sein Weib war sie, sie stand seinem Haus vor und hatte Kinder von ihm.

»Lass diese Sache jetzt ruhen!«, befahl er ihr und sah nicht sie an, sondern richtete den Blick in die Glut, dass ihm die Augen brannten. »Wir gehen nicht nach Santo Spirito, dazu ist alles gesagt, und du wagst besser nicht, noch einmal davon anzufangen.«

»Es ist Ostern«, erwiderte sie ohne den leisesten Anflug von Furcht. »Warum sollten wir nicht einmal ein Fest begehen können wie andere Familien auch?«

Weil wir nicht sind wie andere Familien.

Carmelo schluckte den Gedanken hinunter. Das war es eben: Ein Mann, der liebte, flößte seiner Frau keine Furcht ein, sondern war als Ehemann ein Witz. Was aber hätte es ihm genützt, wenn er die Rute geschwungen und Stidda Furcht eingejagt hätte? Womöglich hätte es sie dazu gebracht, von dieser Besessenheit mit Santo Spirito endlich zu schweigen, doch es hätte sie niemals veranlasst, ihm zu sagen, dass sie die kleinste Spur Liebe für ihn empfand. Dass sie ihn nicht nur genommen hatte, weil sie sich von ihrem Bruder verlassen fühlte und ihr nichts Besseres eingefallen war.

Überdies erschien es ihm fraglich, ob sie sich von der Rute überhaupt hätte einschüchtern lassen. Diese Maniscalcos waren trotzig wie altes Brot. Emidio, den sein Vater mit allem, was ihm in die Hände gefallen war, gnadenlos durchgeprügelt hatte, ohne das Geringste zu erreichen, bot das beste Beispiel dafür, und seine zartere, doch umso frechere Schwester Stidda war in dieser Hinsicht sein weibliches Ebenbild.

Wenn sie nicht gerade besessen von dem Gedanken war, sich mit ihrem Bruder zu versöhnen, erfüllte sie ihre Pflichten als Ehefrau nicht schlecht. Die Söhne gediehen, der Haushalt war leidlich geführt, und wenn er sich zu ihr legte, wies sie ihn nicht ab. Aber ihn zu lieben – ganz, mit dem Herzen, so, wie Carmelo sie liebte – gehörte nicht zu den Pflichten, die ein Mann von seiner Frau erzwingen konnte. Carmelo warb um Stidda seit mehr als zehn Jahren, und sie nahm es hin, als wäre nichts Besonderes daran. Es brannte. Schlimmer als Schläge. Sein Essen, das sie ihm in einem Topf in die Werkstatt gebracht hatte, würde ihm nicht schmecken, denn sein Mund war gefüllt mit Bitterkeit. Ganz La Kalsa tuschelte noch immer, der hergelaufene Carmelo habe sich in ein gemachtes Nest gesetzt, doch in Wahrheit ging er auch diesmal im Leben leer aus.

»Wenn du nicht mitkommen willst, gehe ich mit den Jungen alleine«, sagte Stidda. »Es ist Ostern. Was für ein Verbrechen habe ich eigentlich begangen, dass ich auf ewig ausgeschlossen bleibe? Warum soll ich nicht wie alle meine Freunde an einem Ostermontag zur Vesper gehen und die Auferstehung des Herrn feiern dürfen?«

Du weißt, was für ein Verbrechen du begangen hast!

Auch an diesem Gedanken schluckte Carmelo, so hart er konnte. *Weil dein Mann dir mehr zählen sollte als deine Freunde,* hätte er ihr stattdessen entgegenschleudern wollen. *Mehr als deine heilige Familie, dein Bruder, der mit seinem blaublütigen Liebchen auf und davon gezogen ist, ohne sich auch nur nach dir umzudrehen.* »Wir feiern unser Ostern hier«, sagte er schließlich. »Wir gehen zur Vesper in Santissima Trinità della Magione wie alle Leute aus unserem Viertel. Santo Spirito ist für die aus der Albergheria, aber wir wohnen nun einmal in La Kalsa. Du hast doch dein ganzes Leben hier verbracht, in der Albergheria hast du nie auch nur einen Tag gewohnt.«

»Aber der Vater ist trotzdem mit uns zur Vesper nach Santo Spirito gegangen«, erwiderte Stidda. »In der Magione gibt es keine Feier, sondern nur eine Messe wie an jedem gewöhnlichen Tag.«

In ihrem Trotz klang sie wie ein Kind, das mit dem Fuß aufstampfte. Die Kirche zum Heiligen Geist – Santo Spirito – auf dem Kirchhof von Sant'Orsola war von Zisterziensern erbaut wie die Magione, und das strenge, steinern nackte Innere der beiden Gotteshäuser unterschied sich kaum. Auf dem Platz vor Santo Spirito aber fand zur Vesper am Ostermontag von jeher ein Volksfest statt, auf dem die Leute aus halb Paliemmu zusammenliefen, um ihre Erlösung auf ekstatische Weise zu feiern. Carmelo, der in der Albergheria aufgewachsen war, wusste nur zu gut, wie es dort zuging: wilde Gesänge und Tänze zu immer schnellerer Musik, ganze Ferkel an Spießen, von denen der Duft nach Rosmarin und Knoblauch in Schwaden aufstieg, Wein, der in Strömen floss, und in Honig gebackene Orangenviertel, die an Holzspänen verkauft wurden.

Die Bruderschaft der Zisterzienser galt als der strengste, asketischste aller religiösen Orden, und immer wieder wurden Proteste gegen das sündhafte weltliche Treiben zur Auferstehung des Herrn laut. Im Grunde wussten die frommen Brüder jedoch nur zu gut, dass sie gegen diese Aufwallung dunkler Triebe machtlos waren; es sagte schließlich auch niemand zum Feuerberg: »Brich nicht aus«. Also verschlossen sie die Augen, übten sich einmal mehr in Duldsamkeit, und das Fest auf dem Platz vor dem Kirchhof fand weiter Jahr für Jahr statt. Es hatte sich eingebürgert, war ein Teil der Stadt geworden, den sich die Leute nicht nehmen ließen, so wenig wie ihre Sprache, die vom Festland niemand verstand.

Seine Großeltern waren ein paarmal mit Carmelo in Santo Spirito zur Vesper gegangen, doch gleich nach der Messe hatten sie ihn wieder nach Hause gezerrt. Als Erinnerung war ihm nur geblieben, was ihm immer blieb: der Duft in der Nase, ein sehnsüchtiger Blick, das Wissen, dass das, was andere genießen durften, ihm nicht zugedacht war. Ihn zog nichts dorthin. Frohsinn und Zärtlichkeit, mit denen die Maniscalco-Kinder überschüttet worden waren, hatte es in seiner Kindheit nicht gegeben.

Carmelo zwang sich, den Hammer beiseitezulegen. Er hatte dem Werkstück bereits mehrere tiefe Dellen zugefügt, die sich schwerlich ausbessern lassen würden. Der Brustpanzer war für Giacomo Chiaramonte bestimmt, einen der wenigen sizilianischen Barone, die sich ein Leben in Saus und Braus und eine stattliche Zahl gerüsteter Wachen noch leisten konnten. Der Palazzo Steri, das Anwesen seiner Familie, war der prächtigste private Wohnsitz von La Kalsa. Jetzt, wo der königliche Palast Carmelo die Treue aufgekündigt hatte und den Kopfschutz für seine Gerüsteten anderswo in Auftrag gab, war ein Kunde wie Chiaramonte der reinste Segen, selbst wenn Brustpanzer und andere Korpusstücke weniger brachten als Helme. Seine Schwägerin Calogera, das hochnäsige Biest, hatte ihn letzthin schon gefragt: »Darf man erfahren, was du vorhast, Cammelù?

Willst du uns zeigen, wie du alle überflügelst und das Geschäft, das mein Urgroßvater begründet hat, in einem einzigen Jahrzehnt zugrunde richtest?«

Er konnte sich wahrlich nicht erlauben, einen Auftrag zu verpatzen, weil er wütend auf Stidda war. Entschlossen trat er vom Amboss weg und versuchte es noch ein letztes Mal im Guten: »Sag der Köchin, sie soll uns ein besonderes Nachtmahl bereithalten, wenn wir aus der Messe kommen. Schwertfisch, wenn du willst. Wachteln in Süßwein und Rosinen und zum letzten Gang eine Cassata mit echtem *marzapane*.«

Stidda lachte nur. So sehr er sie liebte – wenn sie auf diese Art lachte, verspürte er so etwas wie Hass. »Ich will ein Fest feiern, Carmelo. Nicht über deinem *marzapane* Trübsal blasen. Meine Familie will ich sehen. Ist es ein Frevel, dass ich mich nach meinen Geschwistern sehne?«

»Wenn ich es dir verbiete, ist es eines. Eine Frau ist ihrem Mann Gehorsam schuldig. Und deine Familie ist hier.«

Sie lachte wieder. »Calogera und Angela kommen beide nach Santo Spirito.«

»Calogera und Angela kannst du dir in dein Haus einladen, wann immer du willst.« Carmelo waren die beiden Schwägerinnen samt ihren Männern, die hohe Ämter in der Zunft innehatten, zwar zuwider, aber natürlich hätte er nicht gewagt, ihnen die Tür ihres Elternhauses vor den hohen Nasen zuzuschlagen.

»Aber Emidio nicht«, versetzte Stidda.

»Emidio wird auch zur Vesper nach Santo Spirito nicht kommen«, hielt Carmelo dagegen. »Einerlei, wie ihr Jahr für Jahr darauf brennt.«

»Oh doch, in diesem Jahr kommt er!«, trumpfte Stidda auf. »Calogera hat zu ihm gesagt, er kann die Kleine nicht um jede Vergnügung bringen, und letzten Endes hat er versprochen, mit ihr hinzugehen.«

»Was denkt ihr euch eigentlich?«, entfuhr es Carmelo. »Dass ihr dem Mädchen etwas Gutes tut?«

Er mochte Stidda lieben, aber er hatte die Hochnäsigkeit, mit der die drei Maniscalco-Schwestern glaubten, sie wüssten, wie es in der Welt zuginge, gründlich satt. Sie waren die verwöhnten, behüteten Kinder von Pietro Maniscalco, dem Wunder-Helmer, gewesen, Erben des angesehensten Handwerkshauses der Stadt. Auf Volksfesten hatten sie Süßigkeiten in die klebrigen Händchen gedrückt bekommen, waren geherzt und im Kreis herumgewirbelt worden, bis ihnen vor Liebe schwindlig war. Sie hatten keine Ahnung davon, wie es sich anfühlte, ein Kind zu sein, das keiner brauchte, ein lästiger Zaungast, der auf ewig nur zuschauen durfte. Carmelo hingegen hatte es so oft erlebt, dass es ihm wie Gift in Fleisch und Blut saß. Emidio tat gut daran, seine Tochter, die wie einst Carmelo von niemandem gewollt wurde, im Verborgenen zu halten.

»Weißt du was? Ich finde, du hast recht: Über diese Sache ist alles gesagt.« Auf einmal sprach Stidda in dem hohen, gönnerhaften Ton, den sie Calogera nachahmte, obwohl sie mit ihrer ältesten Schwester oft genug in Streit lag. So waren sie, dic Kinder der Maniscalcos: untereinander wie Hunde und Katzen, aber wehe, ein Fremder, einer, der nicht zur geheiligten Familie gehörte, erdreistete sich, ein Wort gegen einen von ihnen zu sagen. Sogleich schlossen sie dann ihre Linie und schossen mit Schnäbeln wie Raubvögel auf den Ruchlosen los.

Schmerzlich war dabei, dass Carmelo nie die Ehre zuteil geworden war, zum erlauchten Kreis der Familie zu zählen. Er hatte eine von ihnen geheiratet, hatte das Haus übernommen, und die Zunft hatte ihm das Recht zugesprochen, die Helmschmiede als Meister weiterzuführen. Er trug ihren Namen, weil in seiner eigenen Sippschaft niemand Wert darauf gelegt hatte, ihm den seinen zu geben. Er bemühte sich redlich, jeden einzelnen Tag, ohne sich jemals zu entspannen. Aber das genügte nicht.

»Ich nehme also hin, dass du nicht mit uns zur Vesper nach Santo Spirito kommst«, sprach Stidda weiter. »Zu meinem

Glück habe ich ja meine Familie. Ich werde Enzu bitten, mich und die Jungen auf dem Wagen mitzunehmen.«

Ja, zu deinem Glück hast du deine Familie, nur ich habe keine, ich habe keinen als dich. Enzu war Zunftältester und Calogeras Mann. Er wurde nach seinen Wünschen gefragt. Carmelo hingegen wurde vor Tatsachen gestellt.

»Du bleibst hier«, sagte er.

Stidda schnaufte. »Sei nicht albern! Ich gehe, um meinen Bruder zu sehen. Du wirst mir wohl kaum verbieten wollen, meinem Bruder an einem Feiertag Segen zu wünschen. Es gab eine Zeit, da hast du behauptet, er wäre auch dein Bruder. Schon vergessen?«

Wie konnte sie so grausam sein, so wenig gerecht? *Für dich!*, hätte er gern geschrien. *Für dich habe ich den Mann, der mir ein Bruder war, verloren, den einzigen Freund, den ich je hatte. Dich wird er schon irgendwann in Gnaden wieder an sein Herz drücken, und ausliefern würde er dich nie. Ihr seid aus demselben Stall, aber dafür muss ich euch den Sündenbock geben. Wirst du ihm das ins Ohr flüstern? Dass dich keine Schuld trifft, dass ich allein der Verräter bin, obwohl du weißt, ich habe alles nur für dich getan?*

»Meine Söhne wirst du nicht aus diesem Haus schaffen.« So scharf hatte er sich nie zuvor mit ihr sprechen hören. »Und wenn du dich mir widersetzt und selbst fährst, werde ich dich bestrafen, Stidda. Glaube nicht, es wäre mir diesmal nicht ernst. Du lässt mir keine Wahl.«

Einen Herzschlag lang glaubte er, sie lachen zu hören. Dann schluckten Hufschlag und Stimmen vom Hof das verhasste Geräusch. Vermutlich hatte er es sich nur eingebildet. Stidda fuhr ebenso herum wie Carmelo. Gleich darauf sah er durch dünne Rauchschwaden und über ihre Schulter hinweg zwei Männer von ihren Pferden steigen, die Alfio, sein Knecht, ihnen abnahm. Der kleine Bursche war den Umgang mit den schweren neapolitanischen Herrenpferden nicht gewohnt und hatte alle Mühe, sie am Kopfzeug zu halten, während er gleichzeitig den Ankömmlingen Auskunft gab. An der dunklen Schecke des Mannes, der der Tür am nächsten stand, erkannte Carmelo die drei goldenen Lilien auf blauem Grund. Das Wappen Karls von Anjou.

Die Steuereintreiber.

Sein Herz wurde schwach.

Aber es war doch Karsamstag – wie konnte ein christlicher König einem christlichen Untertanen in der heiligsten Woche des Jahres die Eintreiber ins Haus schicken? Was war daran besser als jüdische Wucherer in Jerusalems Tempel?

Als die Beamten sich von ihren Pferden abwandten und wie im Gleichschritt auf die Tür der Werkstatt zustapften, sah er, dass ihnen ein weiterer Mann folgte, der zu Fuß gekommen war. Er trug Schwert und Dolch – ein Bewaffneter in einem friedlichen Handwerkshof!

»Geh ins Haus!«, herrschte er Stidda an. Als sie nicht gehorchte, sondern mit sichtlicher Neugier den Männern entgegenblickte, sprang er zu ihr, packte sie grob am Arm und zerrte sie bis vor die Zwischentür, die die beiden Gebäude – die Schmiede und das Wohnhaus der Familie – verband.

Er erschrak vielleicht noch mehr als sie. Nie zuvor hatte er sie hart angefasst. Als er sie losließ, zeichneten sich auf dem Ärmel ihres Kleides rußschwarz seine Finger ab.

»Du bist ja verrückt!«, keuchte sie und rieb sich den Arm. Ihr Gebände, das sie ohnehin stets schlampig umschlang, löste sich und gab die Flut von glänzend schwarzen Locken frei, von denen Carmelo bis heute träumte.

»*Porca miseria*, du sollst ins Haus gehen!« Seine Stimme klang weit weniger drohend als flehend, fand er. Er wollte alles lieber, als dass sie hier, in der Schmiede ihres unfehlbaren Vaters, stehen blieb und mit anhörte, was ihr Versager von Ehemann getan hatte: Er war mit der Steuer in Rückstand geraten. Eine Wahl hatte er nicht gehabt, da für den Auftrag des Chiaramonte so viel Material hatte angeschafft werden müssen. Es war nur eine Leihgabe, hatte er sich gesagt – der Auftrag würde die Schmiede aus der Talsohle herausholen, und sobald der Chiaramonte bezahlte, bekäme er Geld genug für die Steuer des ganzen nächsten Jahres herein.

Dass die Schmiede in Schwierigkeiten steckte, war nicht seine Schuld. Karl von Anjou hatte seinen Hof nach Neapel verlagert, das ganze Leben, das Herz des Fernhandels verlagerte sich nach Neapel. Aber der große Pietro Maniscalco wäre in solch eine Bredouille natürlich trotzdem nie geraten. Vermutlich hätte er sich eher das Herz aus der Brust gerissen, als seiner Familie solche Schande anzutun.

Stidda hob die Brauen, wie um ihn zu rügen, weil er fluchte wie ein Gassenjunge. Einen einzigen Augenblick lang war die Versuchung übermächtig, sie in die Arme zu reißen und ihr zu gestehen: *Ich bin nicht dein überlebensgroßer Vater. Ich bin auch nicht dein Bruder, der ihm das Wasser hätte reichen können. Ich bin nur Carmelo, das Ärgernis, und das Gewicht, das ich zu schleppen habe, drückt mir langsam, aber sicher den Rücken krumm.*

Carmelo kniff die Augen zu, während er sie noch einmal, diesmal an beiden Armen packte und herumdrehte. Dann versetzte er ihr einen Stoß in den Rücken, der sie gegen die Tür prallen ließ. Die sprang auf, und Stidda stolperte über die Schwelle. Das Poltern mochte bedeuten, dass sie stürzte, doch Carmelo zwang sich, nicht hinzusehen. Er zog die Tür wieder zu und schob den Riegel vor. Dann schwang er herum und blickte den Männern entgegen, die inzwischen die Schmiede betreten hatten. Der Bewaffnete, der sich im Hintergrund hielt, hatte eine Hand an der Schwertscheide.

»Carmelo Maniscalco.« Der zur Linken, dem der Saum der Bundhaube ins Fleisch der Wangen schnitt, ließ sich von dem zur Rechten ein Pergament reichen und rollte es aus. Er sprach mit einem Akzent, der klang, als bereite er ihm Schmerzen, doch vielleicht lag es auch an der zu engen Haube. »Wir sind gekommen, um Euch Gelegenheit zu geben, Eure ausstehende Schuld zu begleichen.«

»Es ist Feiertag.« Carmelos Stimme krächzte.

»In der Tat, das ist es. Sicher wollt Ihr Euch gleich mit Eurer ganzen Sippschaft zu Tisch setzen und zur Feier des Tages schaufelweise Eure *chicri* vertilgen.«

»Unsere was?«

»Ah, *nom de Dieu*, was weiß denn ich? *Chicri* oder *chickiri* … diese seltsamen muselmanischen Erbsen, die bei Euch Sizilianern als Festtagsessen durchgehen.«

Carmelo wusste nicht, ob ein Lachen von ihm erwartet wurde. Kichererbsen waren es, die der Beamte meinte, *ciciri* – für einen Franzosen zweifellos eine Lautfolge, um sich die Zunge zu brechen. »Wir servieren an den meisten Tagen *ciciri* zu einem Hartweizengericht als eine der Beilagen«, erwiderte er. »Zudem dient es uns als Fastenspeise, aber auch im Haus eines gutgestellten sizilianischen Handwerksmeisters werden an Feiertagen Fleisch und Fisch und Süßspeisen aufgetischt, wie es dem Anlass geziemt.«

Carmelo war mit seiner Antwort zufrieden, der Franzose aber hatte kaum hingehört. *»Bien sûr«*, bemerkte er obenhin. »Und damit Euch der fette Braten nicht entgeht, weil Ihr Eure Steuer noch zu besorgen habt, dachten wir uns, wir ersparen Euch fürsorglich einen Weg.«

Carmelo verschränkte die Finger so hart, dass sie knackten. Die Hoffnung, dieser Kelch könne in Geplänkel an ihm vorübergehen, zerstob, wenn es sie überhaupt gegeben hatte. »Ich bringe es in der nächsten Woche aufs Schatzamt«, murmelte er. »Oder spätestens in der Woche darauf. Ich bin mit einem großen Auftrag für das Haus Chiaramonte beschäftigt und entrichte alles bis auf den letzten Pfennig, sobald mein Auftraggeber die Ware bezahlt hat.«

»Das wird leider nicht möglich sein, *compar.* Ein Staatswesen kostet Geld. Jetzt ist Ostern. Sollen wir uns vielleicht bis

Pfingsten die Beine in den Bauch stehen, falls Eurem Auftraggeber der Beutel klemmt?«

»Natürlich nicht. Es kann sich wirklich nur noch um ein paar Tage handeln.« Seine Unterwürfigkeit machte ihn krank. Wo war der Carmelo hin, von dem seine Großmutter gesagt hatte, sie lege lieber die Hand an einen Dornenzweig? Er zwang sich, den Rücken zu straffen. »Das Königreich wird wohl nicht gleich dem Untergang geweiht sein, wenn ein Bürger sich ein, zwei Tage Aufschub erbittet«, sagte er fest. »Seid lieber froh über jeden, der Eure Wuchersteuer anstandslos zahlt. Wir Sizilianer sind kein zahmes Schlachtvieh wie die Euren, wir lassen uns nicht endlos schikanieren. Wenn Ihr den Leuten keine Luft zum Atmen lasst, kann es leicht sein, dass bald gar nicht mehr gezahlt wird, sondern eine Revolte ausbricht.«

»Hört, hört.« Der Franzose mit der zu engen Bundhaube verdrehte beim Sprechen den Kiefer, um das Band zu weiten. »Möchtet Ihr das gern vor dem Inquisitor Curiae wiederholen? Ich bin sicher, der Comte LeFouet empfängt Euch gern zu einer kleinen Feiertagsunterhaltung. Dass er vom König beauftragt ist, gegen Aufrührer mit strengsten Strafen an Leib wie Vermögen durchzugreifen, ist Euch sicher bekannt.«

»Was soll das heißen? Ihr werdet wohl ehrbare Handwerksmeister nicht wegen einiger Tage Verzug an die Staupsäule binden!«

»Ach was, *compar.*« In der zu engen Haube wirkte das Lächeln des Mannes wie eine Maskenfratze zum Narrenfest. »Reine Zeitverschwendung. Meint Ihr, der Heilige Feldzug des Königs hat Zeit, bis zum Jüngsten Gericht zu warten? Ihr seid doch zäh wie Eure Braten, Ihr Sizilianer. Bis sich einer von Euch zum Zahlen prügeln lässt, hat der Palaiologe Byzanz längst zugrunde gerichtet.«

Daher also wehte der Wind. Der Palaiologe – Michael VIII. aus dem Geschlecht der Palaiologos – war Kaiser des Byzantinischen Reiches, das Karl von Anjou sich gern einverleibt hätte.

Zugleich träumte dieser Karl von der Krone Jerusalems, von einem geeinten Weltreich unter seiner Herrschaft. Die Männer, die in der Zunftstube soffen, schimpften, er solle sich lieber um Sizilien scheren, statt den Reichtum der Insel für seine verrückten Fantasien zu vergeuden. Carmelo hingegen empfand ein gewisses Verständnis für Träume, die jedes Maß verloren und den Himmel selbst herausforderten. Diesen König Karl, den sie den Kindermörder nannten, mochte kein Mensch leiden, dem gab niemand etwas aus freiem Willen. Vielleicht hatte er anfangs nicht mehr gewollt als eine in Honig gebackene Orangenscheibe, aber weil sie ihm verwehrt worden war, war er jetzt entschlossen, alles zu nehmen.

Durchkommen würde er damit trotzdem nicht, sondern er würde demnächst dorthin verschwinden, wo er hergekommen war. Der Papst, der ihn auf den Thron gehievt hatte, war längst gestorben und durch einen ersetzt worden, der dem König so wenig Liebe entgegenbrachte wie der Rest der Welt. Außerdem hatte Karl noch ganz andere Sorgen, denn immer wieder hörte man, er habe trotz des Kindermordes gar nicht mit allen Staufern ein Ende gemacht. Eine Enkelin des großen Friedrich sei noch am Leben: Konstantia, verheiratet mit Peter von Aragonien, einem mächtigen Herrscher irgendwo im Spanischen. Karl gab also besser acht, dass ihm nicht sämtliche Felle davonschwammen.

Der Kerl mit der zu engen Haube hatte die Arme vor der Brust verschränkt und schien darauf zu warten, dass Carmelo etwas sagte. Gewiss versuchte er nur, ihn einzuschüchtern, würde noch ein bisschen zetern und sich dann trollen. Sobald er samt seinem Gefolge verschwunden war, würde Carmelo Stidda suchen und sich mit ihr versöhnen.

»König Karl wird keinen Feldzug gegen Byzanz führen«, sagte er zu dem Mann. »Papst Nikolaus hat sich dagegen ausgesprochen, und das Bündnis zwischen dem Heiligen Stuhl und der Ostkirche bleibt bestehen.«

»Hört, hört! Da dachte sich unsereins, unser Freund hier wäre ein ganz gewöhnlicher Steuerschuldner, und in Wahrheit ist er einer von den Neunmalschlauen, was?« Der Eintreiber sah nicht zu Carmelo, sondern zu seinem Begleiter, der wie Zierrat neben ihm stand. Seine Finger fuhren unter das Band der Haube, knoteten es in aller Gemütsruhe auf und streiften den Stoff von einem wie mit Öl polierten Kahlkopf. Gleich darauf fuhr er geschwind wie eine Peitschenschnur zu Carmelo herum. »Jetzt hör mir mal zu, du Weisheitszahn. Wir sind nicht hier, weil wir deinen Rat in Fragen der Kriegsführung einholen wollen. Wir wollen des Königs Geld, sonst nichts. Und weil du doch wissen wolltest, was dir blüht, wenn du, statt es herauszurücken, aufrührerische Reden schwingst …«

Er griff in seinen Gürtel, zog sein Tischmesser heraus und hieb es sich mit einer scharfen Bewegung aufs Handgelenk. Carmelos Blick senkte sich wie von selbst zu Boden, als müsste die abgetrennte Hand dort zappeln. Meineidigen hackte man die Hände ab, machte sie überdies mit vierzig öffentlich erteilten Staupenschlägen ehrlos und peitschte sie aus der Stadt. Unzählige Male war er aus seinen Albträumen erwacht, just bevor die Strafe an ihm vollstreckt wurde. Die Bilder wirbelten ihm durch den Kopf, und ihm wurde so übel, dass er auf den Boden hätte spucken wollen.

Als er wieder aufblickte, hatte der Mann die Lippen zu einem bösen kleinen Lächeln verzogen. »So schnell geht das. Wie ein Blitz, und fortan heißt es, mit der Linken zu schmieden. So wie es jenen blüht, die falsch schwören, blüht es seit Neuestem allen, die zur Aufruhr anstiften, sei es, weil sie des Königs Münze nicht achten oder weil sie rebellische Reden schwingen.«

Carmelos Herz drosch gegen seine Rippen wie ein Treibhammer. Er versuchte, es zu beruhigen: Um Meineide ging es gar nicht. Des Königs Münze, damit war ohne Zweifel der minderwertige Carlino gemeint. Ja, er hatte ein paarmal darüber geschimpft, aber das tat ganz Paliemmu, und es schwatzte auch jeder nach ein paar Bechern Wein mal großspurig von Aufstand daher. Wollte König Karl sämtlichen Bürgern die Hände abhacken lassen? Das war lächerlich. Genau wie dieses ganze Gewese um ein paar Tage Verspätung mit der Steuer.

Carmelo wollte nicht vor Angst den Schwanz einklemmen und sich hinterher dafür verachten, aber sein Herz hämmerte weiter und seine Linke umklammerte das Gelenk seiner Rechten so fest, dass beide zitterten. »Ich kann heute am Feiertag das Geld wirklich schwer auftreiben«, sagte er mit geduckter Stimme. »Wenn Ihr mir vielleicht wenigstens Aufschub bis nach Ostern gewähren wolltet? Ich würde es Euch danken.«

Die Männer tauschten einen Blick, dann sah der Kahlkopf auf sein Pergament. »Also schön«, sagte er. »Am Dienstag bringst du das Geld eigenhändig aufs Schatzamt, haben wir uns verstanden?«

Carmelo konnte nur nicken, derweil er fieberhaft überlegte. So schnell konnte er den Auftrag unmöglich fertigstellen, zumal der erste Brustpanzer verdorben und jegliche Arbeit an den zwei höchsten Feiertagen verboten war. Noch weniger konnte er den Chiaramonte über die Ostertage um Geld angehen. Er würde es sich leihen müssen. Aber von wem?

Andere Leute hatten Familie. Er hatte nicht einmal einen Freund. Gewiss, Stiddas Schwäger hätten die Summe zusammenbringen können, aber dann hätte Carmelo ihnen sein Versagen eingestehen müssen. Das kam nicht infrage, er hätte der gesamten aufgeblasenen Sippschaft nie wieder unter die Augen treten können.

Und Rosa? Sie hatte Emidio aus dem Elend aufgelesen und ihm alles in den Schoß geworfen, was ein Mann in seiner Lage sich wünschen konnte. *Hier, mein Honigsüßer. Nimm nur, es ist alles dein.* Ein Teil von Carmelo würde nie aufhören, Emidio zu lieben, doch bei der Vorstellung, wie er sich seiner eigenen Tante wie eine männliche Hure angedient hatte, wurde ihm übel. Noch mehr schmerzte, dass Rosa sich für ihren Buhlen verausgabte, während sie ihren leiblichen Neffen leer ausgehen ließ. Carmelo hatte sie nie auch nur mit einem Wort angeboten, ihm zu einer eigenen Werkstatt zu verhelfen. Hätte sie es getan, hätte er Stidda als Meister im eigenen Recht gegenübertreten können, wäre er heute womöglich ein anderer Mann.

Rosa aber wäre aus freien Stücken nie auf den Gedanken gekommen, ihr Geld in Carmelos Hände zu legen. Sie hatte zwar ein Herz wie Ziegenbutter, las räudiges Viehzeug von der Straße auf und hatte auch dem ungeliebten Neffen ein paarmal über den Kopf getätschelt, aber sie glaubte nicht an ihn. So wenig wie irgendwer sonst.

Und was war mit seiner Mutter? Die schwamm im Geld, ohne je etwas für ihn getan zu haben. Inzwischen hatte sie noch ein nachgeborenes Töchterlein, das sie gewiss in Goldbrokat gehüllt hätte, wäre das Bürgerstöchtern nicht verboten gewesen. Ihre anderen Blagen hingegen hatte sie verloren wie der Esel im Galopp. Carmelo hatte immer geglaubt, er sei zu stolz, um Geld von ihr auch nur in Erwägung zu ziehen, aber hatte er keinen Anspruch darauf? War er kein Sohn? Selbst einem missratenen, ungewollten Abkömmling stand sein Erbe zu, und da Rosa nie Kinder bekommen hatte, war Carmelo der einzige männliche Spross. Er hätte vor seine Mutter wie vor seine Tante nicht als Bettler treten müssen, sondern als Mann, der sein Recht einforderte.

Es mochte der einzige Weg sein. Und einen Weg brauchte er, damit er sich darauf konzentrieren konnte, Stidda zu versöhnen. Er hatte ihr nicht wehtun wollen, sie war gewiss nicht gestürzt, und sie musste immerhin eingestehen, dass sie an dem Vorfall nicht ganz unschuldig war. Andere Frauen, die ihre Männer derart in Wut brachten, hätten sich weit Schlimmeres als den kleinen Stupser eingefangen.

»Ehe ich es vergesse …«

Carmelo zuckte zusammen.

Der Kahlkopf hatte seine Handlanger vorausgeschickt und drehte sich in der Tür noch einmal um. »Falls Ihr Euer Versprechen brecht …«

»Ich breche es nicht!«

»Nur für den Fall.« Der Kahle lächelte. »Ihr wisst, es würde Euch teuer zu stehen kommen. Zumindest müssten wir Eure Werkzeuge und Materialien beschlagnahmen, um den König für den Verlust zu entschädigen, und damit kämt Ihr noch billig davon.«

»Aber wie soll ich denn dann meine Werkstatt führen? Die Helmschmiede Maniscalco war die angesehenste in ganz Palermo, bis …«

»Ist mir bekannt.« Noch immer lächelnd winkte der Kahle ab. »Bis Euer Schwiegervater das Zeitliche gesegnet hat. Liegt schon ein paar Jährchen zurück, sehe ich das richtig?«

Carmelo verbiss sich eine Erwiderung.

»Für Euch tut's mir ja von Herzen leid, *Compar*«, fuhr der Kahle fort. »Aber wenn Ihr schon die gewöhnliche Steuer nicht pünktlich zahlt, was soll dann erst werden, wenn für die bedeutsamen Aufgaben eine neue erhoben wird?«

»Eine neue bekommt der König nie durchs Parlament!«, rief Carmelo. »Und die Geistlichkeit, die er ja mitbesteuern müsste, würde sich gleich ganz verweigern.«

»Wenn Ihr es sagt.« Der Kahle wiegte den Kopf. »In jedem Fall brauche ich Dienstag in der Frühe von Euch das Geld. Ansonsten wird mir leider nichts anderes übrig bleiben, als die Beschlagnahme Eures Besitzes in die Wege zu leiten. Es sei denn …«

»Es sei denn *was?*«

»Es sei denn, Ihr hättet uns einen anderen Ersatz anzubieten. Vorhin habt Ihr ja den Mund nicht übel voll genommen, was? Um irgendwelche Aufrührer ging es da, um Gerede, man solle dem König nicht mehr zahlen, was des Königs ist. Vielleicht wäre Roger LeFouet ja interessiert zu erfahren, wer solche

Reden schwingt. Wer weiß, vielleicht wäre er im Gegenzug sogar bereit, Großmut zu zeigen und eine kleine Schuld unter den Tisch fallen zu lassen.«

»Aber solche Reden schwingen doch alle und jeder«, protestierte Carmelo. Er konnte nicht fassen, was er zu hören bekam: Sie wollten ihn zum Verräter machen, der seine eigenen Zunftbrüder ans Messer lieferte!

Die Zunft war ein Schutz in einer Welt, die zerbrach. So wie die Familie. Für Carmelo hatte weder das eine noch das andere besonders gute Dienste geleistet, doch sie aufzugeben, bedeutete, von der Insel zum Treibgut zu werden, das die nächste Woge ins Nichts riss.

Das Lächeln des Kahlen wurde noch eine Spur breiter. Dann tat er so, als zöge er einen Hut, den er nicht trug. »Wenn alle und jeder einen Namen tragen, ist es gut möglich, dass wir handelseinig werden«, sagte er, drehte sich um und verschwand durch die Tür.

8

Das Mädchen war seltsam, fand Rosa. Der war nicht zu trauen. Ja, gewiss, sie war die Herzenstochter ihrer kleinen Santuzza, das Kind, das Rosa selbst an den Taufstein hatte tragen dürfen, und sie war von einer schweren, schönen Süße wie Wein vom *Mungibeddu.* Aber ebendiese Süße war es, die Rosa ängstigte, denn sie ging wie der Wein ins Blut. Die Geschichtenerzähler auf dem Ballarò besangen Frauen von solch dunkler Süße in tieftraurigen Weisen von bedauernswerten Burschen, die ihnen verfielen, ihren Platz in der Welt in den Wind warfen und eher starben, als von den Sirenen loszukommen. Rosa hatte gesehen, wie Männer ihrer Nichte Agata nachstarrten, als diese nicht älter gewesen war als ihr Herzliebchen Arabella jetzt, und Beklommenheit hatte ihr die Kehle zugeschnürt.

Sie war häufig mit Emidio auf den Ballarò gegangen, ins Herz der Albergheria, und einmal hatten sie dort gemeinsam einer solchen Erzählung gelauscht. Der Erzähler war einer jener dunkelhäutigen schmalgesichtigen Männer gewesen, denen man das sarazenische Blut ansah, und auch die Geschichte stammte aus dem Orient.

»Aus Persien«, hatte Emidio gesagt, die Lider gesenkt und sich einen Herzschlag lang in einer Zeile verloren: »*Wessen Herz hätte beim Anblick dieses Mädchens nicht Sehnsucht gefühlt? Der junge Queis war ertrunken im Liebesmeer, noch ehe er wusste, dass es Liebe gibt.*«

Von dem Mann namens Queis handelte die Geschichte, die ihn jedoch anders nannte, nämlich Madschnūn, *den von Leila*

Besessenen. Das Mädchen mit dem Namen Leila war mit ihm zur Schule gegangen, berichtete Emidio, doch ein Mädchen, das mit Männern in eine Schule ging, war natürlich ein Unding in Palermo, weshalb der Erzähler die Geschichte abwandelte. Bei ihm waren sich Leila und Queis auf einem Fest begegnet, wo er für sie und ihre Freundinnen ein Kamel hatte schlachten sollen. Er war ein einfacher Mann, und die Mädchen beachteten ihn nicht mehr als ihre Lasttiere; Leila aber wandte sich ihm freundlich zu und sorgte dafür, dass er vom Fleisch sein Teil bekam. Dem Burschen Queis blieb das Fleisch im Halse stecken, und er verliebte sich in sie.

»Ob in der Schule oder auf dem Kamelfest – sie war nett zu ihm«, hatte Emidio mit seinem Lächeln gesagt, für das Rosa ihn jedes Mal hätte streicheln wollen. Sie wusste, er sah in der Geschichte jenen verborgenen Teil seines Lebens, über den er nie sprach, weil der Schmerz ihm die Worte nahm. Rosa selbst allerdings glaubte nicht, dass jenes Mädchen Leila nett zu Queis hatte sein wollen. Vielmehr war sie überzeugt, sie müsse eine jener Frauen gewesen sein, die keinem Mann seinen Frieden lassen können, nicht einmal einem, der dafür mit seinem Seelenheil bezahlte.

Queis, ein braver Kerl, der sich sein Leben ordentlich eingerichtet hatte, warb mit all seinem Feuer um Leila, aber sie nahm einen anderen zum Mann. Darüber verlor Queis, der von Leila Besessene, den Verstand. Für den Rest seines Lebens irrte er in der Wüste umher, und in den wenigen klaren Momenten, die ihm noch beschieden waren, sang er voll Wehmut Lieder auf Leila. Sie, seine Schöne, die ihn zerstört hatte, bekam er nur noch ein einziges Mal zu Gesicht.

Wann immer Rosa an die Leila dieser Geschichte dachte, sah sie im Geiste ihre Nichte Agata vor sich. Dass Emidio die Geschichte liebte, wie er überhaupt die Fülle seiner aus aller Welt zusammengesammelten Geschichten liebte, war nicht zu übersehen. »Es gehört zum Zauber dieser Erzählungen aus dem

Orient«, hatte er gesagt, »dass sie erfüllt von verzehrender Leidenschaft und keusch zugleich sein können.«

»Findest du, es gehört sich, dass du mit mir so sprichst?«, hatte sie gefragt und ihn am Ohr gezupft.

Aber sie mochte es, dass er mit ihr darüber sprach, und seine Worte kamen ihr vor, als beschriebe er sich selbst. Es gab jedoch etwas, das sie unter keinen Umständen wollte: dass er zu den Männern gehörte, die ihrer Nichte Agata verfielen und nicht mehr von ihr loskamen. Er hatte sich einmal verliebt, wo er es sich hätte versagen müssen, dafür hatte er eine Strafe verdient, aber die, die er bekommen hatte, war ohne jedes Erbarmen. Für sein Kind, seine süße Arabella, hatte er sich den Verstand bewahrt, doch er trug seine Wüste um sich, war von ihr umfangen wie eine Insel vom Wasser. Wenn er sich je wieder hinauswagte, brauchte er eine Frau, die ihn behutsam empfing, keine Agata, die ihn wund schlagen und blutend liegen lassen mochte, ohne es auch nur zu merken.

An all das dachte Rosa, als sie Agata am Morgen des Karsamstags wieder vor ihrer Tür stehen sah. Ihre Nichte, die alle Welt Aita rief, trug ihr Haar sehr ordentlich geflochten, und ihr Haar war dunkel und schlicht. So wie Santuzza sie verwöhnt hatte, war sie im Grunde noch ein Kind, doch mit den orientalischen Geschichten hatte sie nur die Hälfte gemein: die verzehrende Leidenschaft. Aber nichts von Keuschheit.

Rosa rief sich zur Ordnung. Das Mädchen hatte ihr Mitgefühl verdient. Aita war so sehr verhätschelt worden, so sehr von allem Übel abgeschirmt, sie war gar nicht gewappnet, um der aus den Fugen geratenen Welt die Stirn zu bieten. Ihr schönes Gesicht wirkte völlig verstört.

»*Bimba*«, sagte Rosa. »Ist die Mamma nicht mit dir gekommen? Ist zu Hause etwas nicht im Lot?«

Aita presste die Lippen aufeinander und schüttelte den Kopf. »Ich muss den *Diavúlu* sprechen«, rang sie sich ab. »Den Schmied.«

»Emidio«, sagte Rosa, wohl wissend, dass sie in den Wind sprach. »Worum geht es denn? Um das geliehene Geld? Willst du, dass ich mit ihm spreche, dass ich ihn frage, ob es noch ein wenig warten kann?«

Erneut schüttelte das Mädchen den Kopf. Aitas Haar, das bereits begann, sich aus dem Flechtwerk zu befreien, war glatt und schimmerte wie Emidios dunkelstes Kupfer. Auf die Idee, sich zu bedanken, kam sie nicht. »Ich muss selbst mit ihm reden. Wo finde ich ihn?«

»Da, wo man ihn immer findet«, sagte Rosa. »Bci der Arbeit in seiner Schmiede.« Dann fiel ihr ein, dass er dafür belangt werden konnte, und hastig verbesserte sie sich: »Immer, wenn die Kirche es gestattet, natürlich. Am Karsamstag ist ja dringende Arbeit nicht verboten.«

Aita hörte gar nicht hin. Sie sandte Rosa die Spur eines Nickens, schob sich an ihr vorbei und marschierte schnurstracks durch das Haus, um durch die Hintertür in den Hof zu treten. Mit schweren Schritten folgte ihr Rosa und sandte ihr einen Gedanken hinterdrein: *Sei gut zu ihm, oder zeig wenigstens ein bisschen Gnade.*

Das Mädchen warf die Tür geräuschvoll hinter sich zu, doch Rosa zog sie wieder auf und schob sich in den Spalt. Durch das Marienglas des Fensters ließ sich kaum etwas sehen und gar nichts hören. Sie hielt sich für keine neugierige Frau, und es war ihr nicht anständig vorgekommen, wenn ihre Schwestern oder Freundinnen einander belauschten. Etwas aber gab ihr das Gefühl, dieser Fall liege anders, sie habe nicht nur das Recht, sondern sogar die Pflicht zu verfolgen, was zwischen den beiden geschah. Damit sie zur Stelle sein konnte, falls Hilfe gebraucht wurde, wie ein Feldscher in der Schlacht, der sich der Verwundeten annahm.

Du alberne, dümmliche Gans!, schalt sie sich. *Wer hätte denn gern ein hässliches altes Weib, um sich seine Wunden verbinden, die Schmerzen lindern, sich den Schweiß von der Stirn streichen zu las-*

sen? Worte wie Fausthiebe, knüppelhart, als ließe sich ihr damit die Torheit austreiben. Rosa spürte Tränen in den Augenwinkeln, blinzelte sie weg und lehnte ihren schlaffen Körper an den Türstock.

Es war ein so schöner Tag. Zartgolden, kostbar und selten für eine Insel, wo auf einen nassen, unwirtlichen Winter beinahe über Nacht sengende Hitze folgte. Dieser Winter aber war anders gewesen. Er hatte eine Kälte gebracht, für die Siziliens Häuser nicht gebaut waren, und er hatte so lange angedauert, dass bereits Gerüchte durch die verschneiten Gassen hallten, der Himmel bestrafe König Karl, den Kindermörder, an seinem Volk. Jetzt aber, rechtzeitig zu den hohen Feiertagen, hatte sich scheu und tastend doch noch der Frühling in die Ebene der Conca d'Oro gewagt.

Arabella saß auf dem Schemel, den ihr Vater ihr vor die Tür gestellt hatte, und las in einem Buch. Neben sich, auf einer umgedrehten Kiste, hatte sie ihren Napf mit einem Gericht aus *maccaruni*, Zwiebeln und Pinienkernen stehen, das in der blassen Sonne austrocknete. Rosa kämpfte gegen ein Lächeln. Sie war viel zu dünn, ihre kleine Arabella, obwohl ihr Vater sich alle Mühe gab, gut für sie zu sorgen. Wenn er ihr befahl zu essen, nahm sie den Löffel und gehorchte. Sie war ein liebes, wohlerzogenes Mädchen, solange sie mit ihrem Vater in der kleinen Welt, der sie vertraute, allein war, obwohl er ihr kein hartes Wort und erst recht keine Schläge gab.

Eher hätte der Feuerberg Wein gespuckt, als dass Emidio seinem Mädchen ein Leid getan hätte. Stattdessen kochte dieser große, muskelbepackte Mann seiner Tochter winzige Zwiebelchen aus und pinselte ihr mit deren Saft den Rachen, wenn ihr Hals entzündet war.

Bei aller Mühe aber war ihr Vater ein Mann, keine Mutter. Zudem verbrachte er jede Stunde des Tageslichts bei der Arbeit und war ständig zerstreut, als lebe er mit dem Kopf in den Wolken. Oft vergaß er, seine Tochter zum Essen anzuhalten, und dachte erst recht nicht daran, dass er selbst gut essen musste, um bei Kräften zu bleiben. Rosa hätte nichts lieber getan, als den einen wie den anderen zu ermahnen und ihnen ein Gericht mit reichlich Fleisch hinzustellen, aber sie wusste, nichts davon stand ihr zu.

»Guten Morgen, *Signurina*«, sagte Arabella, aber Agata beachtete sie nicht, schlug sogar einen Bogen, als wäre das Mädchen nicht recht appetitlich, und riss die angelehnte Tür des Hauses auf. Schwaden schwarzen Qualms wallten ihr entgegen. *»Compar Firraru!«*, rief sie, nicht bereit, seinen Namen zu verwenden. »Hier ist Aita Pappalardu. Ich muss Euch sprechen. Es ist dringend.«

Sie hatte nach ihm gerufen wie eine Herrin, die ihren Knecht zur Eile antrieb, doch falls sie noch etwas hinterherschicken wollte, erstickte es in einem Hustenanfall. Eben noch sieghaft aufgerichtet, musste sie sich vornüberbeugen und sich die Hände auf den Mund pressen. Emidio tauchte aus der Werkstatt auf, griff ohne Federlesens ihren Arm und schlug ihr auf den Rücken wie in der eisigen Februarnacht, als sie sich zum ersten Mal begegnet waren. Als sich der Husten beruhigte, nahm er sie fest um die Schultern und führte sie ins Freie. Dort half er ihr, sich gegen die Hauswand zu lehnen, und wartete nahe bei ihr, bis es ihr besser ging.

Sie blickte auf, und er trat zurück.

»Was ich zu sagen habe, ist für Euch allein bestimmt«, krächzte sie. »Nicht für das Kind.«

Emidio zögerte. Dann wandte er sich seiner Tochter zu. »Geh ins Haus, Arabella.«

»Ich will aber nicht!«, rief das Mädchen. »Drinnen brennen mir die Augen, und hier draußen ist heute endlich wieder Licht, da kann ich ganz leicht lesen.«

Er trat zu ihr und ging vor dem Schemel, auf dem sie mit ihrem Buch saß, in die Hocke. »Geh trotzdem, *cipuddina*. Es dauert nicht lange – ich verspreche es dir.«

Sie sandte ihm einen giftigen Blick, der ganz so tödlich wohl nicht gemeint war, und streckte ihm die Zunge heraus. Dann sprang sie auf und flitzte mit wehenden Röcken ins Haus, ohne seinem Besuch die flüchtigste Beachtung zu schenken. Er schaute ihr nach und verlor sich dabei wie so oft, wenn er seiner Tochter zusah.

Aita musste ihn daran erinnern, dass sie da war. »*Compar Firraru?*«

Er drehte sich um, neigte kurz den Kopf und begegnete dann ihrem Blick. »*Signurina?*«

Sie reckt den Hals, versuchte standzuhalten, doch nach ein paar Augenblicken schlug sie die Augen zu Boden. »Ich hätte Euch Euer Geld bringen sollen. Schon längst.«

»Ist es das, was Euch Sorge macht?«

Sie gab keine Antwort, stocherte mit der Spitze ihres Schuhs in der lehmigen Erde des Bodens.

»Wenn es das ist, vergesst es«, sagte er.

Mit einem Ruck warf sie den Kopf hoch, dass eine der Spangen sich löste und eine kupferfarbene Strähne ihr über Schläfe und Wange fiel. »Was wollt Ihr damit sagen? Seid Ihr so reich, dass Ihr Euer Geld verschenken könnt, oder macht es Euch lediglich Vergnügen, auf jemanden in Not herabzusehen?«

Emidio überlegte. »Ich bin so reich«, sagte er dann.

»Aber Ihr habt doch nichts als diese Hütte, die Euch meine Tante aus Güte überlässt …« Aita brach ab, suchte nach Worten und gab auf.

»Vielleicht macht mich das reich«, sagte er leichthin. »Die Güte Eurer Tante. Es fühlt sich sehr reich an, wenn Leute gut zu uns sind, oder nicht?«

Rosa schmiegte sich so fest an den Türstock, dass das Holz sich ihr in die Wange grub.

»Nein!«, rutschte es Aita heraus. »Es fühlt sich überhaupt nicht reich an, sondern widerlich, ich will Eure Güte nicht nötig haben, aber meine Lage lässt mir keine andere Wahl.«

Nur einen Herzschlag lang flog ein Ausdruck der Verwunderung über sein Gesicht.

»Euch macht es nichts aus, Ihr seid es gewohnt, Euch mit Wohltaten bedenken zu lassen!«, wütete Aita weiter. »Für mich aber fühlt es sich an …«

»Wie fühlt es sich für Euch an?«, fragte Emidio.

»Als wenn …« Die Augen des Mädchens wurden schmal, und sie sah ihm geradewegs ins Gesicht. »Als wenn Ihr mich auf der Gasse entblößen und schlagen würdet.«

»*Santa Matre di Diu*«, murmelte Emidio. Auf eine Fremde musste er vollkommen ruhig wirken. Das leise Zucken bemerkte nur Rosa. »Ich möchte Euch nicht entblößen und schlagen. Es liegt mir fern, Euch etwas derart Scheußliches anzutun.«

»Aber für mich ist es so!«, rief sie. »Ich bin die Tochter des Weinhändlers Pappalardu, eine Patrizierin, und muss mich zur Bettlerin machen vor einem Schmied, der von meiner Tante Gnaden lebt!«

Ich wünschte, jemand hätte es nur ein einziges Mal getan, zischte eine Stimme in Rosa, die sonst niemals einem Lebewesen Schmerzen wünschte. *Dich hergenommen und dir auf der Gasse deinen Teil auf dein hochnäsiges Hinterteil gezählt, um dich Achtung vor deinem Nächsten zu lehren!*

Dann aber rann durch Aitas Körper ein Zittern. Der Zorn schrumpfte in sich zusammen, sie sah auf einmal jung aus und so, als hätte sie gerne geweint. *Ich habe sie noch nie weinen sehen*, fiel es Rosa ein.

»*Signurina Agata*«, begann Emidio in dem Ton, nach dem Rosa sich sehnte, weil er ihr endlos gutgetan hatte. »Ihr braucht Euch vor mir nicht zur Bettlerin zu machen.«

»Aber ich muss doch das Geld haben!«, rief sie. »Noch mehr Geld, als Ihr uns schon geliehen habt. Es ist nicht unsere Schuld, der Mutter ist der Beutel, der für die Steuer bestimmt war, gestohlen worden, und der Inquisitor hört uns nicht mehr an, ehe wir ihm nicht die volle Summe bringen.«

»Ihr habt Euren Vater nicht auslösen können?«

»Den Vater schon«, erwiderte Aita. »Auch wenn dieser Roger LeFouet gedroht hat, er lässt ihn wieder holen und ins Schuldgefängnis werfen, falls wir den Ausstand nicht begleichen.«

»Inquisitor LeFouet ist der höchste Beamte der Krone«, sagte Emidio. »Warum befasst der sich mit der Steuerschuld Eures Vaters in Person?«

»Ist das jetzt von Bedeutung?«, herrschte Aita ihn an. »Woher soll ich das wissen? Es ist noch kein Vierteljahr her, da habe ich wie auf meiner eigenen Insel gelebt, auf der ich mich mit nichts von alledem befassen musste. Vermutlich hat dieser Fouet es auf meinen Vater abgesehen, weil der den Carlino nicht eins zu eins umtauschen will. Damit gilt er als Unruhestifter, sagt der Gildenälteste, dabei ist das ein Unsinn, der zum Himmel schreit. Mein Vater ist viel zu träge, um Unruhe zu stiften. Er hat vielleicht im *Bufalu mutu* den König mal den Kindermörder genannt, aber das ist doch nicht mehr als ein Wort, das alle benutzen, die dort saufen!«

»Ist Euer Vater ein Verehrer der Staufer?«, fragte Emidio.

»Von Federico Secondo?«, fragte Aita zurück. »Das ist in dieser Stadt doch jeder. Dieser Kaiser Friedrich, der angeblich im *Mungibeddu* schläft und eines Tages wiederkommt und sein Sizilien befreit – manchmal frage ich mich, ob es den überhaupt gab.«

»Keine schlechte Frage«, erwiderte Emidio. »Wie er gewesen ist, als es ihn gab, ist inzwischen ohne Belang. Das verklärte Bild von ihm leistet bessere Dienste.«

»Zum Schwatzen bin ich nicht hier!«, platzte Agata heraus. »Ich bin auch nicht vor die Gilde gegangen, um mir Geschwätz anzuhören, sondern um die Hilfe im Unglück einzufordern, die die Herren jedem Mitglied zusichern.«

»Dem, der Forderungen stellt, wird selten geholfen«, sagte Emidio wie zu sich selbst. »Bettler, die ihnen die Füße küssen, sind den Leuten lieber.«

»Das braucht Ihr mir nicht noch vorzuhalten!«, fauchte Aita, doch die Verzweiflung raubte ihrer Stimme die Spitze. »Ich bin von einem Ende der Albergheria zum andern gelaufen, habe jeden Kunden, jeden Lieferanten, jeden Freund beschworen, der meinem Vater einen Gefallen schuldet, und was habe ich bekommen? Keinen Schwarzpfennig. Ein jeder wäscht sich die Hände wie Pontius Pilatus, als wären wir plötzlich Dreck, der an den Fingern klebt.«

Emidio ging, hob Arabellas Schemel auf und stellte ihn vor Aita hin. »Setzt Euch.«

»Warum?«

»Ihr seid so viel herumgelaufen. Ihr müsst erschöpft sein.«

»Wollt Ihr Euch über mich lustig machen?«

»Nein«, sagte Emidio. »Ich will Euch das Geld geben, wenn das, was ich habe, genügt. Wie viel braucht Ihr?«

»Ihr wollt …« Schwäche ließ sie schwanken. Sie musste tatsächlich seit Tagen wie von Sinnen durch die Stadt gelaufen sein.

Ach, meine kleine Santuzza, dachte Rosa, *vielleicht wäre es besser gewesen, du wärst niemals Mutter geworden. Ich weiß, du kannst nichts für diesen Schlamassel, du konntest für gar nichts etwas, aber es gibt diese Menschen, bei denen zahlen am Ende immer die Kinder den Preis. Selbst dieses letzte Kindchen, bei dem ich sicher war, du würdest nie erlauben, dass ihm Leid geschieht.*

Emidio berührte Aita nicht, er wies nur mit einer Kopfbewegung noch einmal auf den Schemel. Aita setzte sich hin. »Jeder, der überhaupt bereit war, mich anzuhören, hat eine Sicherheit verlangt«, sagte sie, ohne ihn anzusehen. »Der König führt gleich nach Ostern eine neue Steuer ein, haben sie behauptet, da brauchen sie ihr Geld leider selbst und können dem geschätzten *compar* Pappalardu nicht aus der Patsche helfen. Der König kann doch gar keine neue Steuer erheben, es hat in der ganzen Stadt ja kein Mensch mehr Geld!«

»Ich fürchte, in den Augen des Königs hat das eine mit dem anderen nicht viel zu tun«, sagte Emidio.

Aita blickte auf. »Jetzt erzählt Ihr mir dasselbe, ja? Dass Ihr vor dieser angeblichen Steuer zittert und mir ohne Sicherheit nichts geben könnt. Um ehrlich zu sein, ich habe nichts anderes erwartet. Ich kann keine Sicherheit aufbringen. Der Inquisitor hat unsere Waren beschlagnahmt und gibt sie nicht wieder frei. Mein Vater hat Außenstände, doch Beweise habe ich keine dafür.«

»Ich will keine Beweise«, sagte Emidio.

»Was wollt Ihr dann?« Ihre Stimme war schrill. »Dass ich Euch die Füße küsse wie die Bettler? Oder genügen Euch die Füße nicht?«

Die Leute nennen sie Lilie, dachte Rosa, *aber sie ist eine Pflanze, die Fleisch frisst.* Es war genug, Emidio brauchte nicht dazustehen und sich von ihr beleidigen zu lassen. Sie selbst würde etwas unternehmen müssen, um Santuzza und ihre Familie vor dem Fall ins Bodenlose zu bewahren, aber sie wusste beim besten Willen nicht was.

Sollte sie ihr Haus verkaufen und fortan bei Santuzza wohnen? Sie war nicht sicher, ob sie dazu die Stärke aufbrachte – ihre Schwester zu lieben und sie zu ertragen, war zweierlei. Vielleicht konnte sie einen der beiden Kaufleute, die ihr die Leibrente schuldeten, bitten, sie auszuzahlen. Aber Aita hatte leider recht: In der Stadt vermochte kaum noch jemand Geld aufzubringen. Die Hände des Königs schienen um Paliemmus Hals zu liegen und der Stadt die Luft abzudrücken. Die Familie ihrer Schwester war nicht das einzige alteingesessene Bürgergeschlecht, dem von heute auf morgen der Atem ausging.

»Was soll ich denn wollen?«, fragte Emidio verwirrt. »Was soll mir nicht genug sein?«

Rosa entfuhr ein Lachen. Sie hätte ihn furchtbar gern umarmt.

Die zwei Köpfe wandten sich zu ihr. Erschrocken hob Rosa die Hände und suchte fieberhaft nach einer glaubhaften Erklärung, doch das Hämmern des Türklopfers erlöste sie. Flugs wandte sie sich um und enteilte durchs Haus. Die Hast war unnötig. Anna, ihre Magd, hatte bereits geöffnet, und der Besucher schob sich unaufgefordert durch den Raum. Er war sehr gut gekleidet, in einen der neuen, auf den Körper geschnittenen Röcke, die schön gewachsenen Männern standen. Bei allen übrigen wirkte das Kleidungsstück jedoch, als hätte der Träger vergessen, einen Teil davon anzuziehen, und der Träger, der vor ihr stand, brachte es in jeglicher Kleidung fertig, verwahrlost zu wirken.

Es gab Menschen, die zogen sich jedermanns Abneigung zu, ohne dass ersichtlich wurde, was sie eigentlich taten. *Der Umstand mag daher rühren, dass diese Menschen einem ewig und drei Tage auf dem Gewissen liegen,* vermutete Rosa. Sobald man sie ansah, fühlte man sich wie ein Lump, und das zahlte man ihnen heim, indem man sie von ganzem Herzen nicht mochte.

Carmelo war schon als Junge so gewesen. Soweit Rosa wusste, war er stets ordentlich genährt und gekleidet worden, und dennoch hatte er von klein auf etwas Hungriges, Verwildertes an sich, das anderen den Appetit verdarb und dafür sorgte, dass sie in ihren warmen Kleidern fröstelten. Sein Blick war der des lebenslang zu kurz Gekommenen, als wäre die ganze Welt ihm etwas schuldig geblieben. Natürlich war sie das auch. Aber wie löste ein Mensch diese Schuld ein, wenn alles in ihm sich sträubte, ihm nur einen Krumen von dem zu geben, was er dem anderen gern fuderweise hinterhergeworfen hätte? Bei dem Gedanken musste Rosa sich zwingen, sich nicht zur Hintertür und zu Emidio umzudrehen.

»Carmelo«, sagte sie und bemühte sich um ein herzliches Lächeln. »Wie schön. Kommst du, um mich zum Kreuzweg zu begleiten? Ich wollte gerade los – ich glaube, ich höre sie vorn am Kirchhof schon trommeln.«

In Wahrheit hatte Rosa nicht vorgehabt, an der Prozession, mit dem der Karsamstag begangen wurde, teilzunehmen. Von allen Kirchen der Stadt aus zogen die Bewohner durch die Gassen und machten an vierzehn Orten halt, um das Leiden Christi auf dem Weg nach Golgatha nachzustellen. Es war eine Feierlichkeit, dem die jubelnde Erlösung des Ostersonntags erst noch bevorstand, doch auf dem Gang lastete nicht mehr so viel schweigendes Gewicht wie am Karfreitag, an dem jeder Schmuck, der mitgetragen wurde, schwarz verhüllt war. Die Kirchenältesten waren als römische Soldaten oder jüdische Beamte in leuchtende Mäntel gewandet, es gab Wein und Süßigkeiten, und es wurde wieder gesungen, gedämpft sogar gelacht und über Pläne für die rauschenden Festlichkeiten der zwei folgenden Tage geschwatzt.

Früher hatte Rosa wie all ihre Nachbarn keine dieser Feiern ausgelassen. Sie war beliebt gewesen, hatte Wochen vorher begonnen, mit den anderen Frauen der Gasse Früchte zu kandieren und Konfekt zu bereiten, und ihr Mann hatte der Kirche ein Fass Süßwein gestiftet. Nach seinem Tod hatte sie den Feiertagen regelrecht entgegengefiebert, weil die Geselligkeit Licht in ihre dunklen Tage brachte und gegen die Stille im Haus half. Jetzt, wo die Gespräche verstummten, sobald sie sich dazugesellte, ging sie nicht mehr hin.

Lieber blieb sie hier und bereitete eine winzig kleine Cassata zu, um sie später zu ihrem süßen Zwiebelchen Arabella zu tragen. Sie wusste nicht, warum sie zu Carmelo gesagt hatte, sie sei auf dem Sprung, um zu dem Umzug zu gehen. Mit Carmelo ging es ihr von jeher so: Sie hatte ihn immer wieder eingeladen, denn er war ihr Neffe und sie wollte ihm etwas Gutes tun, aber mit ihm zu reden konnte so furchtbar anstrengend sein. Besser, sie verbrachten ein paar Stunden miteinander auf dem Fest, und vor allem war er dann aus dem Haus.

Fort von Emidio.

Carmelo ging auf ihren Vorschlag nicht ein. Er ging auf gar nichts ein. »Ich brauche Geld, *zia* Rosa«, war alles, was er sagte.

Rosa entfuhr ein überrumpeltes Lachen. »Wer nicht, *Me-*

luzzu? Gibt es in dieser Stadt überhaupt noch einen Menschen, der keines braucht?«

Dann sah sie sein Gesicht. Es war ein mageres, hungriges Wolfsgesicht, bespannt mit bleicher Haut, die jetzt von rötlichen Flecken übersät war. Seine Forderung mochte so unverschämt geklungen haben wie die seiner ihm kaum bekannten Halbschwester, aber in seinen Augen flackerte nichts als Verzweiflung.

»Was ist denn los?«, fragte sie und nahm seine Hand. Es musste schlimm um ihn stehen. Seine Werkstatt war eine Goldgrube, und das Haus, das er sich erheiratet hatte, war bestens bestellt. Anfangs hatte es Rosa entsetzt, wozu er fähig gewesen war, um diesen Preis zu erlangen. Ihr hatte um Emidios wegen das Herz geblutet. Irgendwann jedoch war sie zu der Einsicht gelangt, dass Carmelo so vieles ohne seine Schuld entgangen war, dass es seine Richtigkeit hatte, wenn er dieses eine Mal etwas ohne sein Verdienst errungen hatte und es ihn endlich zufrieden machte.

Warum aber brauchte er jetzt so dringend Geld, dass er jeden Rest von Umgangsform vergaß? Es konnte nur bedeuten, dass er wie als Junge irgendwo hineingeraten war, sich eine Suppe eingebrockt hatte, in der er ertrank und die er allein nicht auslöffeln konnte.

Er zog seine Hand weg. »Es ist mein Recht«, sagte er. »Ihr habt mich nie behandelt, wie es einem Sohn aus guter Familie gebührt hätte, sondern wie einen, an dem ein Makel klebt.«

»Doch kein Makel«, versuchte Rosa, ihn zu unterbrechen, »es war einfach Pech, Meluzzu, mit dir hat es nichts zu tun.«

»Mit wem denn sonst?« Seine ungewöhnlich hellen, beinahe gelben Augen funkelten. »Ich habe eure Missachtung hingenommen und mir meinen Weg allein erkämpft, aber jetzt brauche ich, was mir von Rechts wegen zusteht. Alles, was ich mir aufgebaut habe, hängt daran, meine Familie, meine drei Kinder. Es ist ein Engpass entstanden, an dem mich keine Schuld trifft.

Ich benötige hier und jetzt einen Teil des Geldes, den ihr mir in Jahren vorenthalten habt.«

»Geld, das wir dir vorenthalten haben?«, rief Rosa bestürzt. Wer gab diesem Jungen, der längst kein Junge mehr war, solche Gedanken ein? Ja, sie hatten ihm alles Erdenkliche vorenthalten, doch gewiss kein Geld. In der Familie seines Vaters, die ohnehin von nicht viel mehr als der Hand im Mund lebte, war er der Sohn der ungeliebten Schwiegertochter gewesen. Sobald seine Großeltern von ihren anderen Söhnen Enkel gehabt hatten, waren sie nur noch darauf bedacht gewesen, den überflüssigen Esser loszuwerden. Seine Mutter war mit nichts und wieder nichts in ihre weiteren Ehen gegangen, und das Geld des Pappalardu stand Carmelo nicht zu.

Das Geld des Pappalardu.

Davon hatte Santuzza, wie es aussah, ohnehin nicht einmal genug übrig gelassen, um die eigene Haut zu retten.

Rosa riss sich zusammen. »Meluzzu«, sprach sie ihn an. »Wenn ich dir unter die Arme greifen kann, werde ich es gern tun, ich hoffe, dass du das weißt. Um Geld ist es jedoch bei mir selbst schlecht bestellt. Das wenige, das im Haus ist, gehört dir, wenn du es willst, aber ich fürchte, mit ein paar Pfennigen ist dir nicht geholfen.«

»Mit ein paar Pfennigen?«, rief er von seinem Zorn übermannt. »Hast du Emidio, mit dem du keinen Tropfen Blut teilst, wirklich samt und sonders alles in den Arsch gesteckt, sodass du das Kind deiner eigenen Schwester mit Pfennigen abspeisen musst? Und wofür solche Großzügigkeit? Ist das Ding, das er zwischen seinen Schenkeln baumeln hat, vergoldet, dass es dir jeden Preis wert ist?«

Rosa schossen Tränen in die Augen, die ihr die Sicht raubten. Sie erlebte das nicht zum ersten Mal, sondern kannte es, seit er ein Dreikäsehoch von vier Jahren gewesen war: Wenn ihm Unrecht geschah, fing er nicht an zu weinen, sondern schlug blindlings um sich, ergriff die erstbeste Waffe und beschmutzte sich mit seinen Worten selbst. Rosa hingegen weinte und wusste nicht, um was oder wen – um sich selbst, um ihre Zeit mit Emidio, die unzählige Male durch den Dreck gezerrt worden war, oder um den Jungen, um den sich nie jemand bemüht, dem niemand zu spüren gegeben hatte, wie süß die Zärtlichkeit des Lebens sein konnte.

Das Geräusch schneller Schritte bestätigte ihre schlimmste Befürchtung: Sie hatten zu laut gesprochen, man hörte sie bis in den Hof. Rosa drehte sich um und sah Emidio und Aita, die nebeneinander das Zimmer durchquerten. *Wie ein Paar*, schoss es ihr durch den Kopf und durchs Herz. Aitas Flechtfrisur hatte sich völlig aufgelöst, und über ihrem Gesicht lag eine zarte Röte. Zwischen ihnen allen wirkte Emidio größer und raumgreifender, als er war. Sogar bedrohlicher.

»Sag das noch mal«, wandte er sich an Carmelo, trat vor den anderen hin und ließ Aita hinter sich. »Das über das Ding, das mir zwischen den Schenkeln baumelt, Cammelú.«

»Nein!«, rief Rosa, lief auf ihn zu und streckte die Arme aus. »Tu euch beiden das nicht an, lass dich dazu nicht hinreißen. Er weiß nicht, was er sagt, er ist in Not, da redet ein Mensch doch so viel.«

Emidio sandte ihr einen Blick, unter dem sie die Arme sinken ließ. Dann wandte er sich wieder dem anderen Mann zu. »Sag das noch einmal, Cammelú. Auch das über meinen Arsch und das, was darin steckt.«

Carmelos weißes Gesicht wurde noch weißer, regelrecht kalkig, sodass die roten Flecken darin wie Wunden wirkten. Über seiner Oberlippe sammelte sich ein dünnes Rinnsal Schweiß. Dreimal öffnete er den Mund und schloss ihn wieder, dreimal krampfte er die Hände umeinander, dass es Rosa wehtat, und ließ sie wieder los.

»Midiú«, sagte er endlich. »Midiú.«

Es klang schön. Rosa hatte sich innig gewünscht, Emidio bei dieser Koseform seines Namens zu nennen, aber als sie es einmal versucht hatte, hatte er sich weggedreht und gesagt: »Das nicht.«

Zu Carmelo sagte er: »Ich höre.«

Der krampfte die Hände noch fester umeinander. »Um dich geht es bei dieser Sache doch gar nicht! Du tust, was du für richtig hältst, mich soll es nicht kratzen, nur auf mein Erbteil habe ich ja wohl ein Recht!«

Seine Stimme war wie eine Wassersäule, die senkrecht in die Höhe sprudelte und dann auf einen Schlag kippte und sank. Er löste die Hände voneinander und schlug sie sich beide über den Mund. Etwas flüsterte er noch, das Rosa jedoch nicht verstand, dann drehte er sich um und wollte die Tür aufziehen, um zu fliehen. Die hatte der Wind jedoch inzwischen zugeworfen, sie klemmte ein wenig und bedurfte einer besonderen Art des Drucks, ehe sie sich öffnete.

»*Managgia al demonio!*«, fluchte Carmelo und rüttelte an der Klinke. »Lasst mich hier raus, ich habe keine Zeit, mir steht das Wasser bis zum Hals!«

Ehe Rosa sich aus ihrer Starre lösen konnte, war Emidio an ihr vorbeigetreten, nahm Carmelo beiseite und befreite die verklemmte Tür.

Carmelo sprang einen Schritt weit ins Freie, dann hielt er sich am Türrahmen fest und rief in den Raum zurück. »Und was macht die hier – Agata Pappalardu, die ich ja wohl meine Schwester nennen sollte? Der steht dein Haus offen, ja, *zia*? Obwohl sie von ihrer Mutter, die vergessen hat, dass sie noch mehr Kinder in die Welt geworfen hat, schon alles bekommt?«

»Dir steht mein Haus doch auch offen!«, rief Rosa. »Bei Gott, mir tut es in der Seele weh, dass du nicht so glücklich geworden bist, wie ich es dir gewünscht hätte, und wenn ich Geld hätte, ich würde es dir geben. Aber ich habe nun einmal keines, und daran tragen weder Emidio noch Agata Schuld.«

»Vor allem trägt Rosa daran keine Schuld«, sagte Emidio.

»Und wer trägt sie dann?«, hielt Carmelo dagegen. »Wenn

ich alles verliere, was ich mir errungen habe, kann doch nicht wieder kein Mensch daran schuld sein! Auch nicht die wohlanständige Frau Mutter, die ich ein einziges Mal in meinem Leben gebeten habe, sich zu erinnern, dass sie einen Sohn hat? Diese Mutter ist nicht schuld, die ihr Töchterchen in Samt und Seide hüllt und ihren Sohn vor die Hunde gehen lässt?«

Das Schweigen entstand, weil sie alle Luft holen mussten. Dann sprach Aita: »Unsere Mutter kann dir nicht helfen.«

»Was mischst du dich ein? Was soll das heißen: ›Sie kann mir nicht helfen‹? Sie will nicht, mcinst du wohl, und um mir das zu sagen, brauche ich nicht dich.«

»Sie kann nicht«, wiederholte Aita ungerührt. »Uns steht das Wasser nicht weniger bis zum Hals als dir, und ich bin ebenso wie du als Bettler hier.«

Carmelos Blick flog von einem zum andern, als könnte er in ihren Gesichtern lesen, wem und was er glauben durfte.

»Ihr habt gehört, was Euer Bruder gesagt hat«, sagte Emidio zu Aita. »Wenn Eure Tante mir ihr Geld gegeben hat, seid Ihr keine Bettlerin, sondern habt ein Recht darauf, dass ich es Eurer Familie zurückerstatte.«

Rosa wollte seinen Namen schreien, wollte ihn am Hemd packen und ihn so lange schütteln, bis er zu seiner Verteidigung antrat, aber sie schwieg still. Er war, wie er war. Um ihn schloss sich die Wüste, und Gewalt würde ihn nicht daraus befreien.

Aita sah zu ihm auf. »Wenn es so ist«, begann sie mit bebender Stimme, »dann hat Carmelo nicht weniger ein Recht darauf als ich.«

»Falls meine Ansicht von Interesse ist, habe ich meine Schuld bei Carmelo bereits beglichen«, erwiderte Emidio. »Aber das soll meine Sorge nicht sein. Ich gebe Euch, was ich habe, und wie Ihr es aufteilt, entscheidet Ihr selbst.«

Ehe die Geschwister dazu das Wort erheben konnten, wandte er sich zum Gehen. Gleichzeitig verstellte etwas dem Sonnenlicht den Weg, und ein Schatten warf sich in den Raum.

Rosa wandte den Kopf und sah das Mädchen, ihre süße Arabella, in der Hintertür stehen.

»Ich mag nicht mehr im Haus sitzen«, maulte sie. »Du hast versprochen, dein Gerede mit der Frau dauert nicht lange, und mir tun die Augen weh.«

»Setz dich wieder nach draußen«, sagte Emidio. »Ich muss noch schnell etwas holen, dann sind wir mit dem Gerede fertig. Hast du gegessen?«

»Nein«, erwiderte Arabella trotzig. »Es war zum Essen zu dunkel, und geschmeckt hat es mir auch nicht.«

Hilflos lachte er auf. »Nun gut. Dagegen lässt sich nichts sagen. Wären Honigorangen und Haselnüsse als Wiedergutmachung annehmbar?«

Arabella überlegte, dann nickte sie gnädig, und ihr Vater verließ mit ihr das Haus. So, wie sie nebeneinander hergingen, gehörten sie bar jeden Zweifels zusammen, auch wenn sie sich nicht berührten. Als Emidio zurückkam, standen sie alle noch unbewegt, wie sie gestanden hatten, als er gegangen war: Aita und Rosa mitten im Raum und Carmelo einen Schritt weit vor der Tür. Emidio trug das Geld in einem wie eine Blüte geöffneten Milchtopf aus Kupfer, der in seinen Handteller passte.

Er hielt Aita den Topf hin, und zaudernd streckte sie die Hand danach aus. »Ich zahle es Euch zurück«, sagte sie kaum hörbar. Dann drehte sie sich hastig um und trug den Topf am Henkel zu Carmelo, als hätte sie Angst, das Geld darin in die Finger zu nehmen.

Carmelo nahm es auch nicht in die Finger, sondern steckte den Kopf noch einmal in den Raum. »Was ich gesagt habe, tut mir leid, Midiú«, murmelte er. »Aber einer muss doch einmal schuld sein, verstehst du das nicht? Mein Leben lang bricht mir alles in Stücke, und wenn es so weit ist, dreht ein jeder sich weg und erklärt, er kann nichts dafür.«

Atto secondo

Palermo, Ostermontag 1279

Dennoch fand sich der Seiyed mit seinem Schicksal nicht ab. Um des einen willen, was ihm versagt blieb, achtete er alles gering, was der Himmel ihm sonst gewährt hatte. Aber so sind wir Menschen beschaffen! Bedenken wir denn, dass unsere Begehren oft zu unserem Heil unerfüllt bleiben?

Nizami, persischer Dichter des 11. christlichen Jahrhunderts, *Leila und Madschnūn*

9

Die Glocken, die in sämtlichen Kirchen der Stadt zur Vesper riefen, schienen Paliemmu in den Armen zu wiegen, dass Aita schwindlig wurde.

Santo Spirito, die Kirche der zisterziensischen Mönche, die einer der Erzbischöfe der Stadt begründet hatte, lag samt Kloster und Kirchhof in der Senke, die der Fluss Oreto mit einer Schleife umschloss. Sie hatte keinen Turm, doch ihre Dächer überragten die Mauer der Stadt. In der hohen, steinernen Kargheit ihres Schiffs hallte jedes Wort, als würde es an einen weltentfernten Ort getragen und dort auf seinen Gehalt geprüft. Als sie Kinder gewesen waren, hatten Francesca und Nunzia sich vor der Wucht dieses schmucklosen Kirchenschiffs gefürchtet und die kleine, beschauliche Kirche ihrer Gemeinde bevorzugt. Aita hingegen hatten die Düsternis und der hallende Raum von jeher zu sich gezogen.

Es war einer der Orte, an denen sie zu spüren glaubte, dass das Wenige, was sie kannte, nicht alles sein konnte, dass es noch etwas geben musste, ein Geheimnis, für das vielleicht noch kein Wort erfunden worden war. Manchmal hatte sie mitten in der Messe die Hände ausgestreckt und hätte laut aufschreien wollen, weil sie sicher war, es zu streifen, und es doch nicht greifen konnte.

Als sie an diesem Ostermontag zwischen den Gräbern des Kirchhofs von Sant'Orsola auf den Komplex aus Kirche und Klostergebäuden zuschritt, hatte sie Mühe, nicht im Gehen zu springen, weil sie sich dem Geheimnis so nahe fühlte wie nie zuvor. Sie ging im Pulk ihrer Freunde und Verwandten, deren

Festtagsstimmung wie von einer Decke aus Blei gedrückt zu werden schien, und hätte ihnen davonlaufen wollen, rennen, bis ihr der Atem ausging, um ihrer Erregung Herr zu werden.

Es war Frühling.

War ihr je aufgefallen, dass Frühling war?

Drei Wege führten zwischen den Grabsteinen zum Portal der Kirche, und über alle drei Wege strömten Menschen zusammen. Aitas Familie war beileibe nicht die einzige, die in diesem Jahr Sorgen quälten. Die Steuerlast brach den Händlern und Handwerkern der Albergheria das Genick, das Gerücht, es werde noch eine weitere Steuer erhoben, versetzte alle in Schrecken, und die sinkenden Einkünfte aus dem Fernhandel, der sich nach Neapel verlagerte, erstickte die Hoffnung auf eine hellere Zukunft. Am tiefsten niedergeschlagen schien Francesca, die mit vom Weinen kleinen Augen zwischen ihren Eltern ging. Ihre Hochzeit, die bereits in der letzten Märzwoche hätte stattfinden sollen, war im letzten Augenblick abgesagt worden, weil ihr Vater das Heiratsgut, das Turris Vater mit ihm ausgehandelt hatte, nicht aufbringen konnte.

Aita kam es vor, als würde sie ein Stück über alledem schweben, sodass es sie nicht packen und in die Tiefe ziehen konnte. Was war mit ihr geschehen? Eben noch hatte sie zum ersten Mal Angst gespürt, und sie hätte sie immer noch spüren müssen – die Angst, von ihrem hohen Pferd gerissen und erniedrigt zu werden, die Sicherheit zu verlieren, in die sie bisher eingelullt gewesen war. Angst und Verzweiflung aber waren wie weggeblasen. Kaum war die Steuer bezahlt, erschien ihr der ganze Wirbel darum nicht mehr wirklich und weit von ihr entfernt. Stattdessen erlebte sie etwas, das ohne Unterlass in ihr flatterte und das sie ihr »Nuss-Gefühl« nannte: Als Kind hatte sie es geliebt, eine Nussschale aufzuknacken, weil sich darin ein Gegenstand versteckte, den noch nie ein Mensch berührt hatte.

Dieses Nuss-Gefühl gehörte ihr allein, und es war so frisch und unverbraucht wie ein neugeborener Tag.

Am Morgen war sie schon einmal alleine hier hergelaufen, weil ihre Mutter darauf bestand, dass sie vor der Vesper zur Beichte ging. Vor dem Trenngitter war sie niedergekniet und hatte regelrecht gejubelt: »Ich bin glücklich, Pater, obwohl alle anderen verzweifelt sind. Ich bin glücklich und kenne keinen Grund.«

Don Michele hatte sie getadelt. Sie gebärde sich leichtfertig und ohne Ernst, sie gebe sich weltlichen Freuden hin, statt der Leidenszeit des Herrn und seinem Sterben um der Menschen willen zu gedenken, sie lache an Tagen, an denen jeder fromme Christ über seine Sünden weinen sollte. Eines aber legte er ihr mehr als alles andere zur Last: »Du zeigst keine Reue.«

»Nein«, gab Aita zu. Wie konnte Reue in ihr sein, wenn sie sich lebendig wie nie zuvor fühlte? Ihr war, als würde sie im nächsten Augenblick erfassen, warum sie hier auf dieser Welt herumlief – wie konnte sie das bereuen und es sich wieder wegwünschen?

»Wenn du nicht bereust, kann ich dich nicht lossprechen«, sagte Don Michele.

Er erlegte ihr Bußgebete auf und ermahnte sie strengstens, in sich zu gehen. Vor dem Trenngitter, als er sie von den Knien aufgehoben hatte, sagte er: »Ich warne dich, Mädchen. Du wirst Unglück über dich und über viele bringen, wenn du nicht lernst, dir Wünsche zu versagen, sondern dich weiter ganz deinen Leidenschaften hingibst.«

»Aber ich will doch nur leben!«, rief Aita und hätte es gerne auf der Stelle zurückgenommen. Was sollte ein Zisterzienserpater, der sich in diesem Gemäuer von der Welt abschirmte, davon verstehen? Er würde sie weiter tadeln und Formeln hersagen, die sich für sie nicht mit Inhalt füllten; er war ein mickriger Mann mit dünnem Haargekräusel um die Tonsur, als wäre er am Mangel von Sonnenlicht ein wenig verkümmert.

»Was denkst du dir eigentlich, was das ist, Leben?«, fragte er sie. »Was soll es mehr sein als aufstehen, für sein Brot kämpfen, sein Brot verzehren und sich schlafen legen, dabei so getreulich wie möglich die Gebote des Herrn befolgen und keinen Menschenbruder verletzen?«

»Natürlich ist es mehr!«, antwortete Aita, ohne zu zögern. »Viel mehr!«

»Und was?«

Sie überlegte. »Ich weiß es nicht«, gestand sie endlich. »Aber es muss etwas geben. Was Ihr aufgezählt habt, ist doch nicht genug.«

»Für die meisten Menschen ist es das«, sagte er. »Lerne Demut, Mädchen. Wenn dir ein goldener Becher beschert ist, lerne, ihn in Demut und Zufriedenheit anzunehmen, statt nach dem goldenen Ring obendrein zu gieren.«

»Ringe scheren mich nicht«, entfuhr es Aita. »Ich giere nach dem, was anders, was nicht gewöhnlich, was anderen Menschen verborgen ist!«

»Nach dem Geheimnis der untersten Tiefe.« Er schlug sie. Mitten in der Kirche und quer über die Wange. Aita war noch nie ins Gesicht geschlagen worden, und der kleine Pater hatte nicht zimperlich zugelangt, aber weh tat es ihr kaum und sie vermochte nicht, es ihm übel zu nehmen. Etwas in ihr begriff, dass der alte Zisterzienserpater, der sie mit der heiligen Taufe in der Welt willkommen geheißen hatte, nicht anders konnte. Dass ihm die Hand ausrutschte, war ein Zeichen dafür, dass er sie ernst nahm und sich um sie sorgte wie um keins seiner anderen Beichtkinder.

»Vergiss den Meeresgrund, der ist für dich nicht bestimmt«, sagte er. »Hier, auf der trockenen Erde, wird nur äußerst selten ein Menschenkind so vom Glück verwöhnt wie du. Wenn das für dich nicht ausreicht, dann gnade dir Gott – und all denen, die um dich sind.«

Bangemacher, hatte Aita nicht ohne spöttische Wärme gedacht, und sie dachte es jetzt, wo die Kirche und die Feier der Vesper schon ganz nah waren, noch einmal. Mühsam hielt sie sich zurück, um sich den langsamen Schritten ihrer Eltern anzupassen. Am Portal der Basilika sammelten sich die Ströme wie Wasser am Damm, während sich dröhnend das Geläut der Glocken erhob. Hier war der geeignete Ort, um den ersten Schwatz mit Bekannten zu beginnen.

»*Signura Tardelli,* wie schön, Euch zu sehen, ist denn alles wohlauf?«

»Ach, wohlauf, meine Beste – was heißt das schon? Wer dieser Tage seinen Lieben noch gebutterte *maccaruni* hinzustellen hat, darf ja nicht klagen.«

Aita hatte Mühe, nicht loszuplatzen. Früher hatten diese Nachbarn, die tagtäglich ihre Floskeln austauschten, als hätten sie sich seit Wochen nicht gesehen, sie in den Wahnsinn getrieben, aber heute fand sie sie hinreißend komisch. Das Geschnatter setzte sich fort, während die Menschenmasse sich nach und nach durch das Tor in die Kirche wälzte. Dicht vor ihnen sah Francesca sich um, um Turri zu entdecken, bekam von ihrer Mutter einen Katzenkopf und sah sich weiter um. Andere Mädchen sahen sich ebenfalls um und kassierten Katzenköpfe, ohne sich davon abhalten zu lassen. Die Katzenköpfe fielen lächerlich mild aus, sie hatten gewiss schon die Mütter von ihren Müttern eingesteckt, weil sie die Hälse nach Burschen verdrehten, mit denen sie nach der Messe auf dem Festplatz tanzen wollten.

Aita hatte daran in jedem Jahr ein etwas müdes Vergnügen gehabt, das halb von Mitleid und halb von Neid erfüllt war. Heute ertappte sie sich, wie sie sich auf die Zehenspitzen reckte. Sie bekam nichts als die bekannten, schafsfreundlichen Gesichter aus der Albergheria zu sehen und reckte sich noch ein Stück weiter, so weit, dass sie um ein Haar das Gleichgewicht verloren hätte.

»Agata!«, rief ihre Mutter so ergrimmt, als stünde sie kurz davor, ihrer Tochter einen Katzenkopf zu verpassen.

Aita drehte sich um und musste bei der Vorstellung lachen. Erst der Wangenstreich von Don Michele, jetzt ihre Mutter mit erhobener Hand – offenbar begann die Welt um sie herum zur Kenntnis zu nehmen, dass in Aita Pappalardu etwas lauerte, dass sie mehr und Gefährlicheres zu sein vermochte als das mit Schleifen frisierte, vergötterte Töchterlein.

»Was ist denn komisch? Und wonach verdrehst du dir den Hals und machst Stielaugen?«

»Nach *zia* Rosa«, hörte Aita sich sagen. »Ich hatte gehofft, sie würde heute kommen.«

»Was liegt dir denn an Rosa?«, fragte die Mutter verwundert. »Aus meiner Schwester hast du dir doch sonst nie etwas gemacht.«

»Sie ist meine Tante«, erwiderte Aita, was nicht einmal der Ansatz einer Antwort war. »Und ich finde, es ist an der Zeit, dass sie zurück zur Familie kommt.«

»Das kann sie nicht«, verwies die Mutter sie so scharf, wie sie mit dem Vater und Rosa, mit Lieferanten und Mägden, aber nie mit Aita sprach. »Wer seinen Platz verlässt, muss wissen, dass er ihn nicht wiederbekommt, und von solchen Dingen spricht man nicht vorm Kirchentor.«

»Jetzt geht schon zu, geht zu«, brummte ihr Vater. »Der Gang ist frei, und mein Rücken bekommt schon Stöße ab, weil ihr zwei Weibsbilder stillsteht und schwatzt.«

»Geschieht dir ganz recht!«, zischte die Mutter. »Wer ist es denn in dieser Familie sonst, der nicht in Bewegung kommt, etwa ich oder du?«

Aita überfiel von Neuem die unbändige Lachlust. Hatte sie ihren Vater in den ersten Tagen, nachdem er aus dem Kerker befreit worden war, von Grund auf verändert gefunden, so war zwischen ihren Eltern bereits wieder alles beim Alten. Er brummte in seinen Bart, sie beschimpfte ihn, und beide erreichten damit nichts. Warum teilten sie ihr Leben, legten sich miteinander in ihr Bett, in dem es vor Krümeln wimmeln musste? Weil er ihr ein Dach über dem Kopf gab und sie ihm das Haus darunter bestellte? Aus keinem anderen Grund?

Sie betraten die Kirche, und wie ein Rauschen und Tosen setzte der Gesang aus Hunderten aufgesperrter Kehlen ein. Er war lauter als das Meer an stürmischen Tagen, hallte von den steinernen Mauern wider und wurde an einen unbekannten Ort davongetragen. Neben den Mönchen der Gemeinschaft und den Besuchern aus der Stadt hatten sich auch die Laienbrüder eingefunden, die auf dem Gelände des Klosters Land und Vieh bestellten, und die meisten von ihnen trieben Ziegen, Hühner, Gänse mit sich in das Kirchenschiff. Blöken und Gackern verschmolzen mit dem Singen, und die herbsüßen Dämpfe aus der Weihrauchglocke mischten sich mit dem Gestank nach Ziegenscheiße.

Alles zusammen umnebelte Aita den Kopf.

»Mamma«, flüsterte sie zu ihrer Mutter hinüber. »Was ist mit den Leuten, die ihren Platz gar nicht verlassen können, weil sie nie einen hatten?«

»Was soll das denn heißen?« Die Mutter flüsterte viel lauter als Aita, und die ersten Köpfe drehten sich, während Don Michele die Eingangsformeln der Liturgie auf die Gemeinde niederdonnern ließ. »Wen meinst du damit?«

»Carmelo«, flüsterte Aita. Das alles war so aufregend: Sie hatte einen Bruder. Sie hatte eine Tante, die hinter ihrer zerknitterten Maske verruchte Geheimnisse verbarg. Sie wusste nicht einmal, was sie noch alles hatte, und konnte es nicht erwarten, dass die Messe zu Ende ging und alle hinaus auf den Platz vor dem Portal strömten. Dort würden sie umgeben von Gräbern das Leben feiern. Die Auferstehung.

»Carmelo geht uns nichts an!«, zischte ihre Mutter. »Für das, was seine Großeltern an ihm versäumt haben, werde ich mir nicht die Schuld aufladen lassen.«

Noch mehr Köpfe drehten sich, die Mutter verstummte, und Aita dachte nicht mehr allzu lange darüber nach.

Als Don Michele endlich die Worte des Aussegnens gesprochen hatte, sank draußen bereits die Sonne, und eine Handvoll Helfer steckte rund um den Platz die Kienfackeln an. Süßer Duft nach sich bräunendem Sirup, nach Anis und Zimt machte die Luft so schwer wie eine Speise. Familien teilten sich – die Alten gingen, um ihren Austausch von Floskeln wiederaufzunehmen, die Jungen, um zu tanzen, zu tuscheln und einander zu umschwänzeln. Nunzia nahm Aita und Francesca jeweils an einem Arm und zog die beiden mit sich zur Seite, dorthin, wo der Wein ausgeschenkt wurde. Früher hatte sich hier regelmäßig ein Fass ans andere gereiht, aber in diesem Jahr war nur ein einziges gespendet worden, von Beppe, dem Wirt des *Bufalu mutu*.

»Besser, wir holen uns unseren Teil, bevor die Schluckspechte nichts mehr übrig lassen«, rief Nunzia mit der ihr eigenen aufgesetzten Munterkeit. »Mir ist heute nach Trinken zumute und nach Ausgelassenheit, euch etwa nicht, ihr zwei?«

»Wonach mir ist, weißt du ja wohl!«, blaffte Francesca.

Aussehen tust du nach drei Tagen Regenwetter, dachte Aita und wunderte sich über sich selbst. Ihr altes Ich, das noch vor einer Woche mit den Freundinnen umhergezogen war, hätte die Bemerkung ohne Skrupel ausgespuckt. Das neue Ich aber dachte: *Warum soll ich sie kränken? Es geht ihr ja elend genug, und am Ende glaubt sie noch wieder, ich wäre neidisch, mir läge etwas an dem albernen Turri.*

Wie konnte irgendein Mensch, der sie kannte, so etwas von ihr glauben?

Niemand kennt mich, befand sie. *Auch ich kenne mich noch nicht.*

»Ach, meine arme, süße Francé«, sagte Nunzia und legte den Arm um die Freundin. »Um deinetwillen habe ich es doch gesagt: All das mit deiner Hochzeit ist so traurig und betrüblich, da möchte ich erst recht feiern und dich für diesen einen Abend alles vergessen lassen.«

Die Musik setzte ein. Francesca hielt inne wie ein Pferd, das die Ohren spitzte. »So etwas vergisst ein Mädchen nicht«, murmelte sie verloren. »Jedenfalls kein Mädchen wie ich. Der Turri und ich hatten uns schon ausgemalt, wie wir heute hier als Eheleute tanzen würden.«

»Nun je«, sagte Aita, »dann tut ihr's eben im nächsten Jahr, da ist es noch neu und umso schöner.«

Francescas Gesicht hellte sich auf, als wäre ein Fackelschein daraufgefallen. »Glaubst du das wirklich, Aita? Dass der Turri auf mich wartet, bis mein Vater sich aus der Talsohle herausgearbeitet hat?«

»Warum denn nicht?« Aita zuckte die Achseln und sann mühsam auf etwas, das sich zu dieser öden Angelegenheit noch sagen ließ. »Wo ihm doch so viel an dir liegt, wird ihn das eine Jahr ja wohl nicht kopfscheu machen.«

»Soll ich dir mal was sagen, Aita?«, fragte Francesca. »Du bist heute, als hätte deine Mutter dich ausgetauscht. Das Biest ist weg, und die neue Aita ist richtig nett.«

»Das finde ich auch.« Nunzia strahlte und nahm von dem Jungen, der am Weinfass ausschenkte, einen gefüllten Becher entgegen, den sie sich wie im letzten Jahr teilen würden. »Und deshalb bekommt unsere nette Aita heute auch den ersten Schluck, einverstanden, Francé? *Salute,* Aita! Auf wen möchtest du gern den Becher heben?«

Nunzia wollte Aita das Getränk reichen, doch der Junge vom Ausschank drängte sich dazwischen. »Oh nein!«, rief er. »Die Lilie der Albergheria bekommt heute Nacht ihren Wein von mir.« Er hatte runde Augen, deren Blick er in ihre zu senken versuchte. Dabei übergab er ihr den hohen Becher, den er bis zum Rand vollgeschenkt hatte. Wein schwappte ihr über die Finger. Der junge Mann ließ nicht los, sondern hielt den Becher mit ihr zusammen fest und half ihr, ihn zum Mund zu führen. Vorsichtig trank sie, saugte Wein ein wie im Frühsommer Nektar aus Orangenblüten.

Die Wirkung warf sie beinahe hintüber. Der Wein war unverdünnt und aufs Schwerste gewürzt. Aita hatte vorhin vor Erregung kein Essen heruntergebracht, ihr Magen war leer, und der erste Schluck stieg ihr sofort zu Kopf.

»Und?«, fragte der Junge erwartungsvoll, als sie über den Rand hinweg aufblickte. »Bekomme ich für den Wein einen Kuss?«

Aita überlegte. Ihre Finger klebten. Während sie einen nach dem anderen sauber leckte, versuchte sie, sich den Jungen anzusehen, doch es fiel ihr schwer. Stattdessen sah sie fasziniert auf die Tropfen Wein an ihren Fingern, über die ihre Zunge glitt wie ein träges, kleines Tier. Der Junge war nichts Besonderes. Sie würde ihn morgen vergessen haben, und einem Teil von ihr gefiel es, die Unerreichbare, die Kostbare, Stolze weiterzuspielen.

Der andere Teil trumpfte trotzig auf: *Ich will einen Kuss. Hier und heute Nacht.*

Gegen den Jungen war nichts einzuwenden. Er war hübscher als die meisten, jung und schlank und wie frisch geschrubbt. Fast possierlich, fand sie. Der Turri hatte angefangen zu schwitzen, wenn er versucht hatte, Aita nahezukommen, davor hatte sie sich geekelt und weggedreht. Der hier hatte sich mit sichtbarer Sorgfalt gekämmt, und er schwitzte nicht.

»Antoniu heiß ich.«

Antoniu hieß jeder Dritte. Andere Namen hingegen hörte man selten oder nie. Sollte sie, oder sollte sie nicht? Vielleicht doch lieber nicht. Er hatte dicke, wie aufgequollene Lippen, und während er auf seine Antwort wartete, sahen seine Augen aus, als fielen sie ihm gleich aus dem Kopf.

Über die Musik hinweg ertönten begeisterte Rufe, und in der Mitte des Platzes flammte Lichtschein auf. Er stammte nicht von einer der Fackeln, sondern von einem Feuerschlucker, der mit zwei lodernden Spänen jonglierte. Um sein Podium aus ein paar Holzkisten hatte sich ein Kreis von Zuschauern gebildet, und mehr und mehr Tänzer unterbrachen ihre Runden, um sich dazuzugesellen. Unter ihnen entdeckte Aita den Mann, nach dem sie Ausschau gehalten hatte, ohne es sich einzugestehen. In der Messe war er nicht gewesen, nicht einmal an Ostern, und hinterher stand er hier, als sonne er sich regelrecht in seinem teuflischen Ruf. Er hatte das Kind bei sich, das blutleere, maulige Blondchen, das Aita sich weit weg wünschte. Das Kind sah dem Feuerschlucker zu, und der Mann, der hinter dem Kind stand, sah dem Kind auf den Kopf, als gäbe es dort etwas Bemerkenswertes.

Neben ihm stand eine schön gewachsene Frau in einem teuren Kleid, die Aita sich noch weiter weg wünschte. Von Zeit zu Zeit sagte sie etwas zu ihm, und er bewegte die Lippen, auch wenn er sie kaum ansah. Sie trug das Gebände der verheirateten Frauen, aber das machte es nicht viel besser. Einmal hob sie die Hand und strich ihm über die Schulter, was er sich gefallen ließ, ja, vielleicht sogar genoss.

Na warte, dachte Aita.

Sie holte so tief Atem, wie sie konnte, setzte den Becher an und trank ihn ohne Unterbrechung leer.

»Holla, holla!«, hörte sie die umstehenden Burschen johlen. Sie lachten und applaudierten, lauter als der Kreis um den Feuerschlucker.

»Paliemmus Lilie hat einen Zug am Leib, den soll ihr ein schwachbrüstiges Franzosenmädchen erst einmal nachmachen.«

»He, Aita, komm her zu mir, hol dir noch einen ab!«

»Und zu mir komm, wenn dein Zünglein etwas mit mehr Würze will, süße Zuckerkirsche!« Das war Davide, ein lohblonder Bursche aus dem Hafen, den sie den schönen König der Fischer nannten. »Habt ihr gesehen, wie ihr das Hälschen gezuckt hat? Habt ihr gesehen, wie dieser kleine Gierschlund sich die Finger leckt?«

Aita ließ den Becher zu Boden fallen. Sie war eine Feuerschluckerin. Fertig zum Auftritt, bereit, mit brennenden Fackeln zu jonglieren. Langsam, beinahe schläfrig trat sie vor und legte dem rundäugigen Jungen die Arme um den Hals. Wie man küsste, wusste sie nicht, weder, wo die Hände hingehörten, noch, ob die Nasen im Weg sein mochten, aber so schwierig konnte das schließlich nicht sein. Lippen gehörten auf Lippen, das wusste jedes Kind. Ihr Haar, aus dem sie unauffällig eine Nadel zog, ehe sie ihm das Gesicht entgegenhob, fiel ihr über den Rücken. Sie hatte ein Band hineingeflochten, rot für Palermo, rot wie Feuer und Blut. Ihre Hüften wiegten sich wie von selbst mit den Wellen der Musik. Als sie ihren Mund auf seinen drückte, sah sie aus dem Augenwinkel, dass der arme Kerl kaum wusste, wie ihm geschah.

Es war ein bisschen unappetitlich, vor allem, als er die Lippen öffnete, ein bisschen schleimig, aber nicht so ekelerregend wie beim Turri. Er schwitzte nicht, sondern roch nach ordentlicher Seife. Es ließ sich aushalten, und der Applaus war es wert. Die Blicke, die auf ihrem Fleisch zu brennen schienen. Sie war Aita, die mit dem Feuer spielte. Als sie seine Hände bemerkte, die ihren Rücken hinunterkrochen, wurde es unangenehmer, doch zugleich genoss sie, dass er sie so sehr wollte. Dass sie in Männern etwas auslöste, hatte sie oft genug gesehen, jetzt aber spürte sie es am eigenen Leib.

Aita schloss die Augen, und etwas an der Szene wechselte. Ihre Hände, von denen sie nicht gewusst hatte, was sie mit ihnen anfangen sollte, schienen sich um einen allzu starken Nacken zu schließen und sich in schwarze Locken zu vergraben. Wie fühlte sein Haar sich an? Drahtig und dicht? Verfilzt, weil ihm Striche mit dem Kamm fehlten? Die Hände zerrten, rauften, die Ohren lauschten und sehnten sich danach, von dieser Stimme, die nichts aus ihrer verfluchten Ruhe brachte, einen heiseren, halb wohligen Schmerzlaut zu vernehmen.

In ihrem Kopf wirbelten Farben, Formen und Geräusche durcheinander. Seine Lippen würden nicht weich und kindlich sein, sondern fest, seine Schultern viel höher als ihre, breit und zu kräftig für sein Hemd aus dünn gewetztem Stoff, unter dem jede Bewegung sich abzeichnete. Er war nicht possierlich. Er war verboten. Sie biss ihm in die Lippen, weil sie wissen wollte, wie Gefahr schmeckte.

Aita taumelte. Sie und der Bursche vom Weinausschank hatten sich voneinander gelöst, und der Applaus brandete noch einmal auf. Die Jungen johlten:

»Für mich auch so einen, Schöne, schenk mir deinen Ostersegen!«

»Was hat der Toninu, was ich nicht habe?«

»So macht man's in Paliemmu, wo Berge Feuer speien. Welche vom Festland kann da mit?«

Der Bursche rieb sich die Äuglein. Alle Forschheit, mit der er ihr vorhin den Wein kredenzt hatte, war verflogen, er war wachsweich, verletzlich und verstört. Vermutlich überlegte er, was er lieber wollte: Aita auf Knien um einen weiteren Kuss anbetteln oder in die Arme seiner Mamma flüchten.

Aita musste sich ebenfalls die Augen reiben. Lichtfunken tanzten im blanken Schwarz der Nacht umeinander.

»Aita, Süße, was lässt du dir denn einfallen!« Nunzia und Francesca schoben sich zu ihr durch, bedachten sie mit geradezu ehrfürchtigen Blicken und führten sie zwischen sich aus dem Pulk.

»Wer hätte das gedacht?«, murmelte Francesca. »Eher hätte ich dir den König der Fischer zugetraut.«

»Ich an Aitas Stelle würde ihn nehmen.« Nunzia lachte atemlos. »Aber für sie ist er nicht gut genug.«

»Warum nicht? Er ist der Ansehnlichste von allen, und ein Fischhändler mit eigenen Booten hat dieser Tage kein schlechtes Auskommen.«

»Aber er stinkt nach Fisch. Dafür ist unsere hübsche Lilie nicht gemacht.« Damit wandte Nunzia sich zu Aita um. »Was, wenn dein Vater dich gesehen hat?«

»Was soll dann sein?«, fragte Aita gelangweilt zurück. Sie wollte nur eines wissen: Was, wenn *er* sie gesehen hatte? *Dia-*

vúlu, der Schmied. Stand er dort drüben in der verschwimmenden Dunkelheit, hatte die Schlanke im blauen Kleid vergessen und suchte sie?

»Bei meinem könnte ich mich auf was gefasst machen«, sagte Francesca und verzog schmerzlich das Gesicht.

Such mich, dachte Aita. *Tu etwas mit mir, auf das ich nicht gefasst bin!*

»Du musst es uns genau erzählen.« Nunzia kicherte.

»Was denn?«

»Na, das von dir und Toninu Ragosta!«, rief Francesca. »Wie es so schnell kommt, dass der jetzt dein Liebster ist.«

»Toninu Ragosta? Wer ist das?«

Die beiden glotzten sie an, die eine von links und die andere von rechts, als hätte man zwischen zwei Büffelkühe ein andalusisches Pferd gestellt.

»Ich muss jetzt gehen«, sagte Aita, ohne abzuwarten, dass sie sich wieder fingen. »Dahinten ist meine Tante, der will ich gesegnete Ostern wünschen.«

»Aber wir wollten doch zusammen tanzen!«, rief Nunzia mit ihrer enttäuschten Kleinmädchenstimme. »Jetzt gleich beginnt die *Curdedda*, dabei wirst du ja gerade heute Nacht wohl mittun wollen!«

Wie auf ein Zeichen hoben Pfeifen, Trommeln und Tamburine im fliegenden Takt an zu spielen. Aita fiel der Wein ein, der ihr ins Blut gegangen war, und sie spürte, wie die Musik ihr ebendort hinging. *Nein*, dachte sie, *ich will nicht. Nicht heute Nacht und nie wieder will ich mit meinen Freundinnen aus der Kindheit eine Tarantella tanzen.*

Die Tänzer drängten sich um den hohen Pfahl und balgten sich um die farbigen Bänder, die von dessen Spitze herunterhingen. Wer ein Band erwischt hatte, durfte mittanzen, wer nicht, musste warten, bis der Tanzmeister, der am Rand ein Tamburin schlug, das Zeichen zum Wechsel gab. Dann hatte die erste Gruppe abzutreten und den Wartenden die Plätze zu überlassen. Kaum waren alle zu einem Stern – Männer im äußeren, Frauen im inneren Kreis – aufgestellt, begannen sie zu hüpfen, zu springen und sich aufeinander zuzubewegen. Sodann tanzten zwei Partner in immer wilderen Sätzen umeinander und wechselten dabei die Plätze.

Die *Curdedda* – wohl deshalb so heiß geliebt – war ein Tanz für alle. Kinder konnten mit arglosen Hüpfern ihre Kameraden umkreisen, alleinstehende Mädchen mit ihren Freundinnen tanzen und durch Zufall zusammengeratene Paare respektvollen Abstand wahren. Männer und Mädchen aber, die es aufeinander abgesehen hatten, zogen ihre Kreise enger und enger, bis ihre Körper sich beinahe berührten, die Hüften sich streiften, die Hände wie zufällig über Schultern und Flanken glitten und die Blicke sich lockend ineinander verfingen. Alles war gestattet, nur eines nicht: Im Spiel der Verführung durfte keiner der beiden sein Band verlieren oder es mit dem des anderen verwirren. Geschah dies, so stellten die Anwesenden sich im Kreis um die Missetäter und verhängten eine Strafe, die unter Gekreische auf der Stelle vollzogen wurde.

Aita verspürte ein Kribbeln in einem Teil ihres Körpers, dessen Namen sie nicht kannte. Wenn sie sich eingestand, wohin sie den tanzenden Männern starrte, überschritt das Kribbeln die Grenze des Erträglichen.

Francesca hielt den Weinbecher, den Nunzia vorhin für sie alle geholt hatte, noch immer in der Hand. Sie war immerhin verlobt gewesen, wenn auch nur mit dem Turri – ganz so ein Kindskopf wie Nunzia war sie vielleicht doch nicht mehr. Misstrauisch musterte sie Aita von der Seite. »Deine Tante Rosa? Die sich mit dem *Diavúlu* eingelassen hat? Die ist nicht da, und die kommt auch nicht her.«

Nunzia warf den Kopf zurück und brach in ein aufgesetztes Lachen aus. »Weißt du noch, Aita? Wie du uns am Strand einen Schrecken einjagen wolltest und uns erzählt hast, du nähmst dir den Schmied zum Mann?«

»Ich wollte euch keinen Schrecken einjagen«, sagte Aita, obwohl sie genau das gewollt hatte.

»Hahaha.« Nunzia ließ noch immer nicht von ihrem kindischen Gelächter. »Du wirst uns ja wohl nicht erzählen wollen, du hättest das ernst gemeint.«

»Es gibt ja solche Mädchen«, bemerkte Francesca. »Die stört es nicht, ob sie mit einem im Brautbett liegen, der ihr Großvater sein könnte, solange er nur Geld hat, um ihnen Haarschleifen zu kaufen. Aber der *Diavúlu* hat ja gar kein Geld, der ist ein Schmied, der nach Schwefel stinkt, das ist schlimmer als Fisch. Und er ist nicht nur alt, sondern obendrein der Gespiele deiner noch viel älteren Tante.«

Gespiele.

Francesca hatte das Wort verwendet, um den Schmied zu beschimpfen, doch es besaß eine Macht, die das Kribbeln in Aitas Tiefe verstärkte.

»So alt ist der Schmied nicht!«, quietschte Nunzia. »Sein Haar ist noch schwarz wie Pech.«

Aita beachtete sie nicht, sondern suchte Francescas Blick, der ihr noch immer voll Argwohn die entscheidende Frage stellte. Mit einem Satz sprang sie vor, riss der Freundin den Becher mit dem Wein aus der Hand und eilte damit davon.

10

Hätte Carmelo unter den schwarzen Tagen, von denen es in seinem Leben wimmelte, einen als den schwärzesten auswählen müssen, so hätte er, ohne zu zögern, den Karsamstag des Jahres 1279 gewählt.

Es war nicht so, dass er sich nicht schon oft wie Unrat in der Gasse gefühlt hatte, um den Leute in guten Schuhen einen Bogen schlugen. Er konnte ein Lied über Erniedrigungen singen, und es war kein schönes. Als er jedoch Meister in der Helmschmiede geworden war und Stidda Maniscalco geheiratet hatte, war in ihm die Hoffnung erwacht, das Leben könne sich wahrhaftig wenden und aufhören, ihm immer wieder Tritte zu verpassen.

Er wusste, dass die Männer der Zunft ihn für einen Eindringling hielten, dass die Familie auf ihn herabsah und dass Stidda ihn nicht liebte. Aber er erlebte auch, dass Menschen dem Namen, den er jetzt trug, Respekt erwiesen. Er wurde Vater, er stand einem Hauswesen vor, und er kämpfte unablässig darum, sich die Achtung seiner Leute und die Liebe seiner Frau doch noch zu verdienen. Die Zeit der gröbsten Erniedrigungen, so hatte er zu hoffen gewagt, war vorbei.

Wenn aber einer wie Carmelo etwas zu hoffen wagte, drehte das Leben ihm eine Nase und feixte. Wieder einmal hatte er sich getäuscht und zu früh gefreut. In den schwärzesten Tagen seines Lebens hatte er sich nicht so erniedrigt gefühlt wie an diesem vom Teufel geschickten Karsamstag, an dem ein Tritt in den Bauch dem anderen gefolgt war.

Zuerst widersetzte sich Stidda seinem Befehl und zeigte ihm

geradeheraus, was er für sie war: ein Hanswurst. Noch weniger. Ein Hanswürstchen.

Die nächste Demütigung hatte er sich selbst beigebracht: Er hatte die Kontrolle über sich verloren und sich an Stidda vergriffen. Nichts Schwerwiegendes. Ein leichter Klaps in den Rücken, der unglücklich auftraf, sodass sie gestolpert und vornübergestürzt war. Carmelo hatte erst erfahren, was geschehen war, als er von der Werkstatt hinüber in sein Haus geeilt war, um sich mit seiner Frau zu versöhnen. In der Zwischenzeit hatte der Eintreiber des Königs ihm eine weitere Demütigung beigebracht: Er hatte ihm zu verstehen gegeben, dass er ihn für einen Mann hielt, der sich für den Verrat an seinen eigenen Leuten kaufen ließ.

Was wussten diese Männer des Franzosen von seinem Leben? Wie kamen sie ausgerechnet auf ihn? Es gab schließlich etliche, die die horrenden Steuergelder nicht mehr aufbringen konnten, die halbe Stadt ächzte, wenn nicht gar die ganze. Bezahlte der Inquisitor Leute, die Carmelo ausspioniert hatten, wie er andere ausspionieren sollte? Sie mussten von seiner Schandtat erfahren haben, und weil er solch eine Tat begangen hatte, trauten sie ihm jetzt alles zu – eine einzige Tat vor mehr als zehn Jahren, in denen er alles darangesetzt hatte, ein rechtschaffenes Leben zu führen.

Versunken in derlei düstere Gedanken und krank vor Sorge um das Geld, das ihm fehlte, war er in sein Haus gegangen, um mit Stidda zu sprechen. Vorgefunden hatte er jedoch Calogera, das Biest mit dem Raubvogelschnabel, das in seinem Haus ein und aus ging, als wäre es das ihre.

»Wo ist Stidda?«, hatte er sich um einen gefälligen Ton zwischen Schwager und Schwägerin bemüht.

Sie aber war herumgeschossen und auf ihn losgegangen wie auf einen Verbrecher am Pranger. »Wo meine Schwester ist? Das wagst du zu fragen? Meine kleine Schwester, die du zu Boden geprügelt hast, dass sie sich die Braue blutig gerissen und die Stirn blau geschlagen hat?«

»Ich habe Stidda niemals geprügelt!«, rief Carmelo entsetzt, starrte auf seine Hände und sagte die Wahrheit: »Sie ist mein Ein und Alles, meine Königin. Glaub mir, mir hat schon so mancher geraten, ihr mit der Rute zu zeigen, wer der Herr im Haus ist, aber mir würde eher die Hand abfallen, als dass ich ihr so viel wie eine Maulschelle gebe. Nicht meiner Stidda. Die Herrin in meinem Haus ist sie.«

Warum hatte er das gesagt, hatte sich vor dieser Frau, die in ihm eine Art Laus im Pelz der Familie sah, derart entblößt? War er ein solcher Idiot, ein *pirla,* dass er sich einbildete, er könne sich damit bei ihr einen Stein im Brett erschleichen? Dreck blieb Dreck für die erhabene Sippe der Maniscalcos. Warum besaß er nach zehn Jahren noch immer nicht Hirn und Erfahrung genug, um das zu begreifen?

Sie hege nicht den Wunsch, sich das länger anzuhören, hatte Calogera ihn wissen lassen. Ihre ärmste kleine Schwester habe sie mit Angela, der Mittleren, in ihr Haus geschickt, damit sie sich dort erholen konnte.

»Und die Kinder?«

»Die Kinder?«, hatte Calogera gebellt. »Die Kinder sind bei Stidda, was denkst du denn? Ich warne dich, Carmelo *Senzanome.* Bilde dir nur nicht ein, wenn meine Schwester gezwungen wäre, in die Obhut ihrer Familie zurückzukehren, ließen wir ihre Söhne bei dir. Versuch, sie an dich zu bringen, und du lernst, dass du die schlechteren Karten hast, wenn du gegen Pietro Maniscalcos Kinder spielst. Jungen brauchen Zucht, das steht außer Frage, aber einem Schinder, der seine Familie blutig schlägt, werden wir gewiss keinen Enkel meines Vaters überlassen.«

Carmelo war jede Erwiderung in der Kehle gefroren. Er durfte keine Zeit verlieren, hätte unverzüglich aufbrechen müssen, aber ihm war so übel, dass er sich eine Zeit lang vornübergekrümmt auf den Boden setzen und nach Luft ringen musste. Wer glaubte, mit Worten könne man einem Menschen nicht den Atem rauben, der kannte Calogera Maniscalco nicht.

Sosehr er es wünschte, sosehr es Wichtigeres, Drängenderes gab, er konnte sich nicht hindern zu denken: *Warum ist damals niemand für mich eingestanden? Warum hatte ich keine Tanten, Onkel, keine* Mutter, *die aufsprang und erklärte: »Einem Schinder, der seine Familie blutig schlägt, überlassen wir kein Kind?«*

Weil du kein Enkel von Pietro Maniscalco bist, gab er sich selbst seine Antwort und schluckte, ohne der Bitterkeit Herr zu werden.

Der andere Stich ging noch tiefer, war schmerzhafter und machte verständnisloser: Er liebte Stidda. Er liebte seine drei kleinen Söhne. Er hätte ihnen nie ein Leid getan. Im Gegenteil: Alles, was er tat und was ihn den letzten Tropfen Kraft kostete, war darauf ausgerichtet, diesen dreien ein guter Gatte und Vater zu sein. Was, um alles in der Welt, hatte von einem Augenblick zum andern *einen Schinder, der seine Familie blutig prügelt,* aus ihm gemacht?

Er musste das aufklären! Er musste Stidda begreiflich machen, dass er nichts von dem, was geschehen war, vorgehabt hatte, dass es ein Unglück gewesen war. Zuvor aber musste er das Geld auftreiben, das ihres Vaters Erbe außer Gefahr brachte. Auch das – dessen war er sicher – würde man ihm ankreiden. Dass die Zeiten übel waren, dass die Steuern noch ganz anderen den Hals brach, würde als Entschuldigung für Carmelo *Senza-nome* nicht gelten. Sicher waren sie überzeugt, Emidio hätte die Werkstatt als die Goldgrube weitergeführt, die sie unter den Staufern gewesen war. Zwar hatten sie Emidio geächtet und von ihrer Schwelle gejagt, doch er blieb ein Maniscalco. Wenn es darum ging, den Versager Carmelo in die Schranken zu weisen, war er in Gnaden wieder aufgenommen.

Es tat so weh.

Warum wurde manchen alles zu Gold, was sie anfassten, während es anderen unter den Händen zerbrach? Und wie war es möglich, dass nie ein Mensch auch nur den kleinsten Teil der Schuld trug – immer nur Carmelo allein?

Konnte ein einzelner Mann wahrhaftig ein solcher Nichtskönner sein?

Nicht ich!, hatte er sich selbst zugerufen. *Ich habe etwas aus mir gemacht, und ich lasse das auf mir nicht sitzen.* Die Frau, die er Mutter nennen musste, konnte ja wohl niemand von Schuld freisprechen. Wenn sie als Christenmensch nur eine Spur von Gewissen besaß, würde sie ihren Erstgeborenen, dem sie nichts mit auf den Weg gegeben hatte, nicht noch sehenden Auges zugrunde gehen lassen.

Mit diesen Gedanken hatte er sich auf den Weg zum Haus von Iacopo Pappalardu gemacht. Die Erniedrigung, die ihm dort zuteilwurde, hätte ihm nach all dem Erlebten nichts mehr anhaben sollen, denn er kannte sie sein ganzes Leben: Seine Mutter wollte ihn nicht. Nicht nur ihr Geld verweigerte sie ihm, sondern sogar ihren Handschlag. Alles, was sie für ihn übrighatte, war ihre Rechtfertigung, die sie ihm bis auf die Straße nachrief: »Klage nicht mich an, mich trifft keine Schuld – ich war schließlich selbst noch ein Kind!«

Was für ein Monstrum musste ein Mann sein, den die eigene Mutter nicht einmal anfassen konnte? Einer, vor dem die eigene Frau samt den Kindern zu Verwandten floh.

Als Carmelo das Haus seiner Mutter verließ, kam ihm seine Haut so dünn vor, als müsse sie bei der leisesten Verletzung zerreißen. Als letzter Weg war ihm Rosa geblieben, die weichherzige Rosa, die daran gewöhnt war, den Dreck aufzukehren, den andere weggeworfen hatten. Auf dem Weg zu ihr hatte er ein wenig Sicherheit zurückgewonnen: Rosa war anders als der Rest der Welt. Zwar empfand auch sie keine Liebe für ihn, und was sie getan hatte, war skandalös, aber sie war beseelt von dem absonderlichen Wunsch, anderen Menschen nicht wehzutun. Bei ihr, so versicherte er sich, würde er zumindest nicht noch einmal erniedrigt werden.

Stattdessen hatte er in ihrem Haus die tiefste Erniedrigung von allen hinnehmen müssen: Er hatte sich vergessen, hatte mit

Unrat um sich geschleudert und am Ende Emidio beschuldigt, ihm das Erbe gestohlen zu haben. Das war eine solche Verkehrung der Wirklichkeit, dass Emidio nicht einmal widersprochen hatte. Die kleine Kröte, seine Halbschwester, war dabei gewesen, und weil die Kuh bekanntlich immer auf den Haufen schiss, war die zu allem, was sie hatte, auch noch schön. Auf keine süße Art wie Emidios kleine Gräfin, auf keine vornehme wie seine Stidda, sondern auf eine liederliche, gewaltsame, der kein Mann widerstehen konnte. Höchstens Emidio, der Carmelo mit seiner überheblichen Ruhe bis zur Weißglut reizte.

Er hatte sie beide beschimpft, Emidio ebenso wie seine sogenannte Schwester, und am Ende hatte er sich von beiden beschämen lassen müssen. Emidio hatte einen Topf voll Erspartem geholt wie ein Klosterbruder, der bei der Armenspeisung Suppe austeilte. Aita Pappalardu ihrerseits hatte dafür gesorgt, dass Carmelo eine Kelle mehr erhielt. Dass Rosa kein Geld hatte, glaubte er ihr nicht. Sie würde ihrem Liebling schon wieder etwas zuschanzen, damit der keine Not litt, und für die Tochter, die nicht aussah, als hätte die Gräfin Emidio die Treue gehalten, kam vermutlich die hochherrschaftliche Familie auf. Dennoch hatte Carmelo kein Recht, von Emidio Geld zu nehmen, einerlei, woher es stammte. Von jedem. Aber nicht von ihm.

Er hatte das Geld nicht auf das im Palast eingerichtete Schatzamt getragen, sondern vor den privaten Räumen des Justitiars Saint-Remy gewartet, um es ihm persönlich in die Hand zu legen. Sobald dies erledigt war, hatte er getan, was er konnte, um seine Familie zurück in sein Haus zu holen. Er wollte sich vor Stidda auf die Knie werfen und ihr versprechen, dass sich alles ändern würde. Er wünschte sich, seine kleinen Jungen in die Arme zu schließen. Erst vor Calogeras, dann vor Angelas Haus hämmerte er wie ein Berserker an die Tür. Vergeblich. Weder die eine noch die andere ließ ihn ein. Er war ein Aussätziger, dem niemand nahe kam und mit dem niemand sprach.

Nicht nur den Karsamstag, auch den heiligsten Ostersonntag verbrachte Carmelo vor verschlossenen Türen. Er wollte die Familie auf dem Weg in die Messe abfangen, doch sie musste aufgebrochen sein, bevor er eintraf, und er bekam seine Kinder nicht einmal aus der Ferne zu sehen. Erst heute, am Ostermontag, hatte sich Eduardu, Angelas Mann, erbarmt. Er zog seine Tür einen Spaltbreit auf und richtete das Wort an die Persona non grata: »Wie siehst du denn aus, Cammelú? Bist du krank?«

»Ich habe nicht schlafen können. Ich will nichts als meine Frau und meine Kinder zurück. Hilf mir, Edu, sag Stidda, dass sie mich anhören muss.«

»Als Erstes hör auf mit diesem Lärm«, erwiderte Eduardu. »Damit, dass du mit deinem Geschrei die Nachbarn anlockst, nimmst du das Weibsvolk nicht für dich ein. Besser, du gehst nach Hause, wäschst dich, legst dich aufs Ohr. Mach die Dinge nicht schlimmer, als sie ohnehin schon stehen.«

»Aber Stidda ist meine Frau. Es steht mir zu, sie zu sehen.«

»Das sieht von meiner Warte aus anders aus«, erwiderte Eduardu. »Eine Frau, die angibt, von ihrem Mann misshandelt zu werden, hat ein Anrecht darauf, dass ihr Bruder ihr Schutz gewährt.«

»Ich habe sie nicht misshandelt! Sie ist gestürzt, Edu.«

»Uns erzählt sie etwas anderes. Und du warst ja schon immer einer, der vom Pech verfolgt ist und an nichts selbst Schuld trägt, nicht wahr, Cammelú?«

»Im Gegenteil!«, begehrte er auf. »Einen Sündenbock braucht jede Familie, und der eure bin ich. Aber Stidda soll mir zumindest ins Gesicht sagen, dass sie glaubt, ich habe sie misshandeln wollen – und dass sie ihren Mann und ihr Haus verlassen will.«

»Ihr Haus wohl kaum«, sagte Eduardu. »Mein Schwiegervater hat entschieden, dir an Haus und Werkstatt ein Nutzungsrecht zu gewähren, weil Stidda seine Lieblingstochter war …«

»Nur deshalb?« Vom Ende der Straße hallte der Gesang der

Osterprozession herüber und verschluckte Carmelos Stimme. »Hältst du es für völlig ausgeschlossen, dass unser Schwiegervater die Werkstatt mir lassen wollte, weil er Vertrauen in mich setzte, weil er etwas von mir hielt?«

Das kleine schnaufende Lachen, das Eduardu ausstieß, war kränkender als jedes Wort. »Das beantworte dir selbst, Cammelú. Ich habe jetzt keine Zeit mehr. Es ist Ostern. Gehst du nicht zur Kirche?«

»Ich will meine Frau sehen!«

In seinen Ohren dröhnte der Satz: *Das beantworte dir selbst, Cammelú.* Was er auch tat, immer wieder fiel die längst verjährte Tat auf ihn zurück. Sie war sein Gespenst, sein Schatten, der ihm an den Fersen klebte und seine Schritte bleischwer machte. Hatte Stidda ihn deshalb verlassen? Weil sie als Einzige wusste, wozu er in Wahrheit fähig war?

Als Einzige?

Das beantworte dir selbst, Cammelú.

Wusste Eduardu auch Bescheid? Wussten sie es alle? Hatten sie bis jetzt gewartet, um zuzuschlagen und ihn zu zerschmettern? Und Stidda? Wählte sie ausgerechnet das Osterfest, um ihre Hände in Unschuld zu waschen?

»Ich will meine Frau sehen«, sagte er noch einmal.

»Betrag dich nicht wie ein Kind. Ich habe dir erklärt, ich werde ihr den Schutz eines Bruders nicht verwehren.«

»Aber du bist doch gar nicht ihr Bruder!«

»Solange ihr Bruder nicht zur Stelle ist, bin ich es«, versetzte Eduardu zweideutig, drückte die Tür zu und ließ Carmelo stehen.

Es war ihm nichts anderes übrig geblieben, als sich übernächtigt und zerschlagen, wie er war, hierherzuschleppen, auf die Vesper von Santo Spirito, die ihm seit seiner Kindheit verhasst war. Es war noch alles wie damals: die Lichter, die Düfte, die Musik. Der hohe Pfahl mit den bunt gefärbten Bändern, an denen Junge, Alte, Kinder und Greise immer rundherum die

Curdedda tanzten. Und Carmelo stand wieder als Zaungast am Rand, wie gebannt von dem Treiben, bei dem er nicht mittun durfte. Die meisten, die sich hier vergnügten, waren ihm von klein auf bekannt, und doch waren sie alle wie Fremde, so sehr, dass sie ihn nicht einmal als ihresgleichen erkannten. Legte denn jeder außer ihm den Kopf in den Nacken und lachte in den sternenklaren Himmel? Gab es denn außer ihm keinen, der das Leben zu schwer zum Tanzen fand?

Er würde hier ausharren und darauf hoffen müssen, dass Stidda sich blicken ließ. Mit ihrem Entschluss, die Vesper in Santo Spirito zu feiern, hatte schließlich diese ganze Misere begonnen. Der Tanzmeister hatte eben dreimal auf sein Tamburin geschlagen, um bekannt zu geben, dass die Gruppe der Tänzer ihre Plätze freigeben musste, damit die zum Zuge kamen, die schon gierig darauf warteten. Carmelo hielt Ausschau nach Stidda. War sie unter denen, die jetzt die Bänder ergriffen? War sie unbeschwert genug, um Tarantella zu tanzen, während ihm das Herz zerriss?

Der Wechsel fand ohne Pause stand. Kein Paar der ersten Gruppe hatte seine Bänder zum Knoten verschlungen und damit das Strafgericht auf sich herabbeschworen. Das war eine Enttäuschung – in Wahrheit warteten die Versammelten nur darauf, dass sich zwei Missetäter ertappen ließen, damit sie ihnen unter Gejohle eine der frivolen Strafen auferlegen konnten. Drei Schläge für jeden war dabei noch das Harmloseste – die Delinquentin, zumeist eine blödsinnig Verliebte, durfte den Körperteil wählen, auf den ihr Liebster seine Strafe erhalten sollte, durfte genüsslich den Stoff von der empfindsamen Haut streifen und ihn alsdann mit der bloßen Hand für seine Sünden büßen lassen. Anschließend bekam sie dasselbe Maß von ihm. Was dabei ausgeteilt wurde, hatte mit Schlägen nichts gemein. Es war schamlose Tätschelei.

Je weiter die Nacht voranschritt, je üppiger der Wein floss, desto wüster wurden die Ideen, die das selbst ernannte Gericht ausheckte. Cammelú erinnerte sich: Einst waren zwei dazu verdonnert worden, mit den Rücken aneinander gefesselt drei Runden um den Platz zu laufen, eine Gelegenheit, sich nach Herzenslust aneinander zu reiben. Zwei andere kamen in einen Sack, der ihnen um die Taillen zugeschnürt wurde, und mussten auf derselben Strecke hüpfen.

Ein Paar wurde in einen frisch gezimmerten Sarg verbannt und hatte darin die Nacht zu verbringen. Und zwei besonders hübsche heimlich Liebende wurden am nahen Ufer in den Fluss getaucht und mussten triefend, mit auf den Körpern klebenden Kleidern, wieder herauswaten.

In jedem Fall diente dieses ganze Strafgericht nur einem einzigen Zweck: So viele Großväter und Kleinkinder auch bei der *Curdedda* mittun mochten, in Wahrheit blieb sie ein Werbetanz, bei dem niemand die Bänder aus Versehen verwirrte. Ein Mann, der ein Mädchen für sich gewinnen wollte, versuchte, sie beim Tanzen zu umgarnen, und wenn er ihr gefiel, ließ sie sich von ihm einwickeln. Am Ende standen die beiden aneinandergeknotet vor der Versammlung und machten keinen Hehl daraus, dass sie der süßen Bestrafung entgegenlechzten.

Die bedauernswerten frommen Brüder verzogen sich währenddessen hinter ihre Mauern und verschlossen Augen und Ohren, bis der Sturm des Lasters im Grau des Morgens versiegte und sie für den Rest des Jahres davon verschont blieben. Es war nur diese eine Nacht, die die Fesseln von Moral und Sitte sprengte, in der es keine Verbote gab und ein Mensch vor nichts gefeit war.

Schon gar nicht vor sich selbst.

Carmelo hätte sich gern ebenfalls in eine der Mönchszellen verkrochen. Er war zu schüchtern, um ein Spiel zu genießen, das die Schranken zwischen Mann und Frau niederriss, da half alle Sehnsucht nichts. Einmal – vor einem halben Leben – hatte er um ein Haar gewagt, Stidda zu bitten: *Lass es uns auch tun, so, als wären wir wie all die anderen sinnlos und selig ineinander verliebt. Sternenäugig und lüstern. Lass mich einmal nicht Zaungast sein.* Er hatte sich vorgestellt, wie er mit ihr vor dem Strafgericht stand und jeder sah, dass das schönste Mädchen von Paliemmu dem bedeutungslosen Carmelo gehörte.

Stidda. Ach, Stidda.

Die Menge johlte. Endlich hatten zwei sich schuldig gemacht: Giovanni, der schmächtige Sohn des Wundarztes, und seine gut doppelt so dicke Magd. Kein Paar, das im Brautbett enden würde, und umso mehr eines, das die Zügellosigkeit dieser Nacht genoss. Die beiden hatten aus ihren Bändern ein so hoffnungsloses Flechtwerk gewickelt, dass diese sich von der Spitze des Pfahles lösten und einer der Helfer eine Leiter hinaufsteigen und sie wieder befestigen musste.

Das verlangte nach einer drakonischen Strafe.

»Ins Wasser tauchen!«

»Arm in Arm auf einen Esel binden!«

»Das arme Vieh, das bricht unter dem dicken Arsch ja zusammen.«

»Ganz richtig – warum soll der Esel leiden, wenn der Giovanni doch die Bänder vom *Curdedda*-Pfahl gerupft hat?«

Am Ende wurde Giovanni verurteilt, sich seine beleibte Buhlin über die Schulter zu werfen und einmal mit ihr um den Platz zu traben. Carmelo tat er in der Seele leid – der Kerl war ein Hanfstängel wie er selbst, solche Männer gefielen keiner Frau, und obendrein würde er sich zum Narren machen. Giovanni aber schien sich nicht daran zu stören. Er lud sich die schwergewichtige Maid auf die kümmerliche Schulter und stolperte ächzend mit ihr an den johlenden Horden vorbei, die der Dicken aufs Fleisch patschten. Nach halber Strecke klappte er zusammen, und unter schallendem Gelächter purzelten sie übereinander.

Die Menge war kaum noch zu halten. Je mehr Not ein Mensch zu vergessen hatte, desto ausgelassener schien er sich dem Feiern hinzugeben. Es kam Carmelo vor wie ein Tanz um den Schlund des Feuerbergs. Er hatte dergleichen nie gekonnt.

In der Zwischenzeit hatten sich rund um den Pfahl neue Paare formiert. Wieder reckte sich Carmelo, um im Licht der Fackeln Gesichter zu erkennen, aber die eine, die er suchte, konnte er unter den Tanzenden nirgends entdecken.

Stattdessen entdeckte er sie gleich darauf am Podium des Feuerschluckers, auf dem jetzt allerdings ein Jahrmarktsschreier seine traurigen Kuriositäten ausstellte: Ein Monster von Mann, das nur einen halben Kopf und ein einziges Auge hatte. Eine im ganzen Gesicht behaarte Frau. Einen Zwerg. So etwas zu sehen tat seltsam wohl. Man fühlte sich beim Anblick der scheußlichen Kreaturen so wunderbar in Ordnung, dass man aufatmete und dachte: *Dem Himmel sei Dank – so sehr anders, so sehr ausgesondert bin ich nicht.*

Stidda und ihr Begleiter hatten der Bühne jedoch den Rücken zugedreht und sahen nicht hin. Ein Laut des Erstaunens entfuhr Carmelo: Die Schwestern hatten recht behalten, Emidio war tatsächlich gekommen. Mit dem schmalen Mädchen, das unmöglich das leibliche Kind dieses Kraftbolzens sein konnte, stand er an Stiddas Seite und schwieg, während sie auf ihn einredete. *Ein schönes Paar,* durchfuhr es Carmelo, *vollkommen harmonisch, als wäre zwischen ihnen nie ein Tropfen böses Blut geflossen.*

Emidio war wie immer ohne jede Sorgfalt gekleidet, und er war auch sonst nicht das, was man einen hübschen Burschen nannte. Aber er musste etwas an sich haben, etwas Stiernackiges, Animalisches, das auf Frauen wirkte. Seine Tusco-*baronessa* hatte sich für ihn ins Verderben gestürzt, und die biedere Rosa hatte ihm ihre Tugend geopfert. Wenn eine Frau solch einen Teufelskerl zum Bruder hatte – hatte ein Ehemann überhaupt eine Chance, neben ihm zu bestehen?

Nicht zu übersehen war, dass Stidda mit Emidio allein sein wollte. Was plante sie, ihm ins Ohr zu wispern? Die Wahrheit oder eine Lüge, die sie reinwusch? Beides war nicht auszudenken, doch noch bekam Carmelo eine Schonfrist. Emidio und Stidda waren nicht allein. Das Kind zerrte ihm an der Hand und am Hemd, weil es zu den Tänzern wollte, und noch eine weitere Person stand dabei, ein junges Mädchen, dem das Haar fast gänzlich gelöst bis auf die schmalste Stelle des Rückens fiel. Agata Pappalardu. Carmelos Halbschwester.

Weshalb durfte die bei den beiden stehen? Was hatte die mit ihnen zu schaffen, während er selbst ausgeschlossen blieb? Gleich darauf aber kam Carmelo ein Gedanke: Emidio und Stidda mochten ihn ausschließen, aber niemand durfte ihm verwehren, seiner eigenen Schwester gesegnete Ostern zu wünschen. Kurz entschlossen bahnte er sich seinen Weg, am Gehüpfe der Tanzenden vorbei.

»Guten Abend!«, grüßte er lauter als vonnöten. »Gesegnete Ostern wünsche ich.«

Die vier Köpfe wandten sich ihm zu, und augenblicklich spürte er, dass die Harmonie, die er zu sehen geglaubt hatte, Illusion gewesen war. Stattdessen herrschte eine Spannung, als knistere die Luft.

»Guten Abend, Cammelú«, sagte Emidio.

»Gesegnete Ostern«, sagte Aita.

Stidda wich zurück und versteckte sich hinter Emidios ausladendem Kreuz, als hätte sie wahrhaftig Angst vor ihm. »Ich will ihn nicht sehen, Midiú. Sag ihm, er soll gehen.«

»Er wird dir wohl kaum hier auf dem Platz etwas antun«, sagte Emidio. »Aber wenn du darauf bestehst …«

»Ich werde ihr gar nichts antun!«, rief Carmelo empört. Was für ein Spiel spielte Stidda, in was für ein Licht versuchte sie ihn zu stellen? »Ich möchte nur mit ihr sprechen. Wo meine Kinder sind, will ich wissen, sie soll mit meinen Kindern zurück zu mir nach Hause kommen.«

»Versuch, dich zu beruhigen«, sagte Emidio. »Deine Kinder sind in meinem Haus, es geht ihnen gut.«

»In deinem Haus?«, höhnte Carmelo blind vor Zorn. »Im Haus meiner Tante Rosa, meinst du wohl.«

»Ja, natürlich«, erwiderte Emidio gelassen. »Im Haus deiner Tante Rosa. Umso besser weißt du, dass sie dort gut aufgehoben sind.«

»Ich habe sie nicht herbringen wollen«, versetzte Stidda. »Ich habe befürchtet, dass du hier auftauchen würdest, und ich will nicht, dass meine Kinder in diesen Streit hineingeraten.«

»*Porca miseria*, es sind auch meine Kinder!«, rief Carmelo. »Kinder gehören zu ihrem Vater, du kannst sie mir nicht einfach wegnehmen.« Er selbst hatte auch zu seinem Vater gehört, obwohl der tot gewesen war. Auf den Gedanken, zu Verwandten zu flüchten, um ihn nicht herzugeben, wäre seine Mutter nie gekommen.

Er holte Atem und betrachtete Stiddas Gesicht. In ihrer linken Braue klaffte ein Spalt. Scham überfiel ihn. »Du bist gestürzt«, murmelte er. »Ich hatte nie vor, dir wehzutun.«

Stidda ließ jenes leise schnaufende Lachen hören, auf das ihre ganze Sippe sich verstand. »Du hast mich zu Boden geschlagen, aber du hattest nicht vor, mir wehzutun? Und wofür? Weil ich fand, es sei endlich Zeit, dass einer von uns mit meinem Bruder spricht?«

Carmelo konnte kaum fassen, was er hörte. Wer wusste besser als sie, dass es nicht möglich war, mit ihrem Bruder einfach zu sprechen? Er glaubte zu begreifen: Jetzt, wo sie ihn nicht mehr brauchte, wo die guten Jahre in der Schmiede vorüber waren, führte sie diese Farce auf, um sich seiner zu entledigen. Im selben Zug versöhnte sie sich mit ihrem Bruder und schanzte die Schuld an ihrer gemeinsamen Tat Carmelo allein zu. Hatte sie es Emidio schon erzählt? Wusste sie, was ihrem Mann drohte, wenn ihr Bruder gegen ihn Klage erhob? Sie würden ihm die Zunge herausschneiden. Nahm Stidda das in Kauf? War es ihr sogar recht?

»Ich habe sie nicht zu Boden geschlagen«, wandte er sich in seiner Verzweiflung an Emidio. »Du kannst das doch nicht glauben, du müsstest mich doch kennen.«

»Nein«, sagte Emidio in dem verfluchten Ton, als ginge ihn das Ganze nichts an. »Ich fürchte, ich kenne dich nicht, Camelú. Wir verkehren seit Jahren nicht mehr miteinander, und glauben tue ich gar nichts.«

»Wenn du ihr nicht glaubst, warum erlaubst du ihr dann, sich hinter deinem Rücken zu verstecken? Warum stellst du dich auf ihre Seite und lässt sie meine Kinder in dein Haus verschleppen?«

Emidio zuckte die Schultern. »Sie ist meine Schwester.«

»Und deshalb ist sie unschuldig?«, brach es aus Carmelo heraus. »Was hat sie dir erzählt? Dass ich ein Verbrecher bin und sie an ihren Händen keinen Flecken hat?«

»Sie hat mir gar nichts erzählt«, schnitt ihm Emidio das Wort ab. »Und ich will auch nichts hören. Stidda ist meine Schwester, und solange es ihr Wunsch ist, werde ich ihr Unterschlupf gewähren. Das ist meine Pflicht, so wird es auf dieser Insel gehandhabt. Den Rest eurer Angelegenheiten regelt bitte ohne mich.«

Carmelo atmete auf. Zumindest hatte Stidda ihm nichts verraten, und es musste noch nicht alles verloren sein.

»Ich denke, dieses Fest ist für uns zu Ende«, fuhr Emidio fort. »Ich bringe Stidda und Arabella jetzt nach Hause.«

»Aber du hast mir doch versprochen, dass wir tanzen gehen«, mischte sich das Mädchen ein, dessen nörgelnder Tonfall Carmelo an den Nerven zerrte. »Du hast gesagt, wir tanzen in diesem Jahr die *Curdedda*, wir bekommen jeder ein Band, ich ein rosafarbenes und du ein blaues.«

»Das habe ich nicht gesagt«, erwiderte Emidio verblüfft. »Kein einziges Wort davon.«

»Habt Ihr doch. Ich habe es mit eigenen Ohren gehört.« Das war Aita. Sie strich sich das Haar zurück und lächelte ihn an.

»Mir habt Ihr schließlich auch versprochen, dass Ihr mit mir tanzt.«

Obwohl das Gerede so belanglos war, hätte Carmelo ihr um ein Haar Beifall geklatscht. Sie hatte es tatsächlich geschafft, Emidio aus seiner elenden Ruhe zu bringen. »Das ist gelogen«, stammelte er, als könne er nicht fassen, dass dem Herrn Maniscalco so etwas geschah.

Aitas Lächeln war süß, sie senkte die Lider halb und blickte darunter zu ihm auf. »Das ist schon möglich«, sagte sie. »Aber Ihr könnt es nicht beweisen.«

»Doch, das kann er!«, rief das vorlaute Mädchen dazwischen und fuhr zu ihrem Vater herum. »Sie lügt dich an, *babbo*. Das ist schlecht. Lügen darf man nicht.«

Carmelo traute seinen Ohren nicht. Dieses zerbrechliche Kind von blauem Blut war eine Intrigantin vor dem Herrn!

»Oho!«, platzte Aita heraus. »Ich wollte für dich in die Bresche springen, und du reitest mich in den Sumpf, du kleines Biest? Dabei hast du doch genauso gelogen wie ich.«

»Habe ich nicht«, versetzte die Kleine, den Tränen nah. »Er ist mein Vater, nicht deiner. Wenn ich ihn anlüge, darfst du es noch lange nicht.«

»Du darfst es erst recht nicht!«, fuhr Stidda ihr über den Mund. »Du bist nämlich noch ein Kind und ein furchtbar ungezogenes dazu.«

»Das ist sie nicht.« Emidios Stimme war wieder fest wie sein Schlaghammer. »Und ob wir lügen dürfen oder nicht, spielt keine Rolle, denn wir tun es sowieso.«

»Aber wie kannst du ihr das denn durchgehen lassen?« Stidda, die einmal selbst ihren Spaß daran gehabt hatte, das ungezogenste Mädchen von ganz La Kalsa zu sein, wirkte verunsichert. Unter der aufgeplusterten Dame, der Maniscalco-Tochter, kam wieder die freche Stidda zum Vorschein, in die Carmelo sich verliebt hatte. »Noch dazu auf dem Kirchhof? Du musst ihr doch beibringen, Gottes Gebote zu achten.«

»Ich kann ihr mit ein bisschen Glück vielleicht beibringen, Paliemmus Adler in ein Stück Kupfer zu treiben«, sagte Emidio. »Falls sie das lernen möchte. Auf etwas anderes verstehe ich mich nicht, also tauge ich wohl schwerlich als Lehrer.«

Die Blicke der Geschwister trafen sich. Stidda streckte die Hand aus und berührte Emidios Schulter. »Du bist ja noch da, Midiú«, sagte sie leise. »Weißt du, wie sehr ich dich vermisst habe?«

Emidio sah sie an und rührte sich nicht. »Manchmal«, sagte er dann noch leiser und scheinbar weit weg, »manchmal vermisse ich mich auch.«

»Und jetzt gehen wir tanzen!«, rief Aita, nicht bittend, nicht einmal fragend, sondern so, als hätte sie ein Recht einzufordern. »Eure Tochter will es, Eure Schwester will es, und was mich betrifft, ich will es schon seit Stunden.«

Du hast seine Schale geknackt, zollte Carmelo ihr verwundert Beifall. *Dieser Eisenhans, der vor der Brust die Arme kreuzt, als ginge ihm die ganze Welt am Arsch vorbei, ist geschmolzen und glüht, als hinge er über seiner eigenen Esse.* Emidio rieb sich mit der Faust die Stirn. Emidio trat fahrig von einem Fuß auf den andern. Der große Sohn der Maniscalcos hatte völlig die Fassung verloren, weil ein Mädchen mit kecker Klappe einen Tanz von ihm wollte.

»Ich will nicht«, brachte er endlich heraus, um sich gleich darauf geradezu flehend an Stidda zu wenden: »Was ist mit dir? Willst du auch tanzen?«

»Schon«, sagte Stidda. Nachtwind kam auf und wehte ihnen beiden schwarze Locken in die Stirn. »Ich finde, ich habe es mir nach alldem verdient.«

»Nimmst du Arabella mit?«, bat er sie. »Ich warte auf dem Friedhof. Wenn ihr genug habt, bringe ich euch nach Hause.« Dann drehte er den Kopf wieder zu Aita. »Wenn Carmelo nicht tanzen will, finden sich für Euch zweifellos mehr Tänzer, als Ihr zählen könnt.«

»Humbug!«, blaffte sie ihn an, brachte ihr Gesicht so nahe an seines, dass ihr Atem seinen Mund traf, und schenkte ihm gleich darauf wieder ein Lächeln. »In der einen Nacht, in der alles erlaubt ist, will Eure Schwester wohl kaum mit einem Kind tanzen. Ich habe einen besseren Vorschlag: Wir sind zwei hübsche Mädchen mit zwei hübschen Brüdern, wir wollen ein bisschen Spaß – warum tanzt also nicht Eure Schwester mit meinem Bruder und ich mit ihrem? Für das Kind wird sich schon etwas ergeben.«

Mit meinem Bruder. Hatte sie das wirklich gesagt? Während Carmelo noch ungläubig starrte, wandte sie einen Herzschlag lang ihr Gesicht zu ihm und zwinkerte ihm zu. Ihre Augen unter den langen Wimpern waren dunkel, jedoch mehr grün als braun.

»Nein«, sagte Stidda.

»Nein«, sagte Emidio.

Aita beachtete nur ihn. »Sterbt Ihr davon? Eurer Schwester und ein paar anderen Mädchen in einer Osternacht eine Freude zu machen?«

Emidio rieb sich die Faust über die Stirn, dass die Knöchel rote Spuren hinterließen. Dann öffnete er die Lippen, aber es kam kein Wort heraus.

Gut gemacht, Schwesterchen, dachte Carmelo und hätte ihr seinerseits zugezwinkert, hätte sie das Gesicht noch einmal von Emidio abgewandt.

»Also schön.« Aita seufzte. »Wenn Ihr gar so viel Angst vor mir habt, dass Euch die Backen schlottern, tanzt eben eine jede von uns mit ihrem eigenen Bruder. Die Kleine nehmen wir zwischen uns.«

»Ich tanze nicht«, sagte er eingeschüchtert.

»Ach doch«, sagte sie. »Ihr tanzt.«

An ihm vorbei sandte sie Stidda ein Lachen, ehe sie auf einem Fuß um sich selbst wirbelte und sich bei Carmelo unterhakte. Emidio hatte keine Wahl. Stidda hakte sich ebenfalls bei ihm unter, und kein Mann, nicht einmal einer, der seine Ehre verspielt hatte, tat seiner Schwester die Beleidigung einer Abfuhr an. Er hätte damit seine Familie und seinen eigenen Namen beleidigt.

Sie kamen genau im richtigen Moment, als hielte dieses unglaubliche Geschöpf, das mit ihm verwandt sein sollte, einen unsichtbaren Taktstock in der Hand, mit dem es allen gebot. Der Tanzmeister schlug das Tamburin zum Wechsel, kaum dass sie in den Kreis der Wartenden traten. Daran, dass auch er wie so viele Männer Agata Pappalardu zu Füßen lag, hegte Carmelo keinen Zweifel. Er war sich der Blicke nur allzu bewusst, die über sie und alsdann über ihn hinwegglitten. Jeder Einzelne stellte dieselbe Frage:

Warum tanzt die süßeste Lilie, die in dieser Stadt blüht, mit dieser Nachtmütze Carmelo, nicht mit mir?

Nur allzu gern hätten sie ihn von ihrer Seite gestoßen, hätten ihm klargemacht, dass einer wie er sich gefälligst fernzuhalten hatte, weil er nicht in ihren Kreis gehörte. Stattdessen mussten sie ihn zähneknirschend dulden, weil das Mädchen, das sie alle begehrten, unbeirrt an seinem Arm ging. Agata Pappalardu schämte sich nicht, dieser ganzen tuschelnden Versammlung zu zeigen, dass er ihr Bruder war.

»Ich kann gar nicht tanzen«, murmelte er.

Sie lachte, dass es durch die Nacht hallte. »Kann das irgendwer, der *Curdedda* tanzt?«

»Mir täte nur leid, wenn du enttäuscht wirst«, sagte Carmelo.

Aita lachte wieder. »Wieso ich? Um mit mir zu tanzen, bist du doch wohl nicht hier.«

Sie gingen, um ihre Plätze einzunehmen. Die letzten Schritte musste Stidda Emidio zerren. Carmelo war so auf sie konzentriert gewesen, dass er kaum bemerkt hatte, wer sonst noch an der Tanzrunde teilnahm. Es war schon spät, außer Emidios Tochter war kein Kind und kein Greis mehr zu sehen, und von den Jungen, die auf die *Curdedda* brannten, waren die meisten schon an der Reihe gewesen. Somit gab es in beiden Kreisen Lücken, eine Anzahl Bänder hing lose herab, und des Mädchens Arabella, das ohnehin nörgelte, sie wolle keinen Fremden, erbarmte sich kein Tänzer.

»Was macht das schon, sie braucht ja auch noch keinen«, befand Stidda. »Soll sie eben zwischen uns an ihrem Band auf und ab hüpfen.«

Sie schob Arabella auf den Platz zwischen sich und Aita, während der Tanzmeister die Paare weiter auseinanderdirigierte, damit der Stern nicht aussah, als fehle ihm ein Zacken. Arabella zog zwar ein mürrisches Gesicht, doch sie schien endlich bereit, sich zu fügen, da herrschte Aita sie an: »Nicht hier, das ist mein Platz! Und du wolltest doch ein Band in Rosenfarbe.«

Flugs riss sie der Kleinen das grüne Band weg, schubste sie nicht eben sanft zur Seite und drückte ihr ein anderes in die Hände. Dann nahm sie das grüne selbst und stellte sich dicht neben Stidda auf, als könnte sie kein Wässerchen trüben.

»Das geht so nicht!«, protestierte Emidio und reckte sich nach seiner Tochter.

»Ach doch, das geht schon«, erwiderte Aita ungerührt. »Wenn sie wie eine Große tanzen will, kann sie ja nicht ihrem *babbo* am Rockzipfel kleben. Und jetzt steht endlich still. Wegen Eures Gezappels muss die ganze Runde warten.«

Aber es war nicht der perplexe Emidio, der die Tanzenden noch immer auf ihr Vergnügen warten ließ, sondern der Pulk von sechs Männern, der sich jäh in die Runde drängte, um mitzutun. Ihr Grölen und ihre schwankenden Schritte verrieten, dass sie mehr als nur die paar Becher Wein aus dem gespendeten Fass getrunken hatten, und die blauen Schecken mit dem Lilienwappen verrieten noch etwas anderes: Sie waren Ritter der Krone. König Karls Kriegsleute, die er sich in Scharen aus seinem Frankreich herüberschicken ließ, um das halsstarrige

Paliemmu in Schach zu halten. Carmelo hatte es bereits am Ostersamstag bei seinem Weg hinauf zum Palast bemerkt: Innerhalb wie außerhalb der Mauern wimmelte es von diesen Uniformierten, als hätte das Blau der Anjous Paliemmus Rot verdrängt.

Wie die hässlichen Wachtürme, die zwischen den Häusern der Stadt aus dem Boden wuchsen, hatten diese Männer sich zwischen ihr Volk geschlichen – Pilzbefall, den man erst bemerkte, wenn er in allen Ritzen wucherte und nicht mehr aufzuhalten war. Zehntausend sollten in Paliemmu bereits hausen und noch einmal das Doppelte oder mehr auf ganz Sizilien. Sie versuchten, sich die Insel zu stehlen, indem sie sich überall einnisteten.

Das Murren, das unter den wartenden Tänzern anhob, zeugte von weit mehr als Unwillen über die neuerliche Verzögerung. Es war offen feindselig. Paliemmu war ja im Grunde gar nicht halsstarrig. Obgleich die Stadt einen Adler mit weit ausgebreiteten Schwingen im Wappen führte, glich sie viel eher einer großen Katze, die träge in ihrer goldenen Bucht lag und sich sonnte, solange man ihre Ruhe nicht übermäßig störte. Sie war dabei sogar genügsam: Einen Fuß, der im Vorbeigehen ihren Bauch streifte oder ihr auf den Schwanz trat, nahm sie hin, weil es meist viel zu warm war, um Kraft auf Streit zu vergeuden. Wenn man sie aber allzu sehr reizte, wenn man den Bogen überspannte, sprang sie ohne Vorwarnung auf und fuhr ihre Krallen wie Dolche aus.

Und dieser Haufen betrunkener Franzosen stand im Begriff, genau das zu tun. Er überspannte den Bogen. Die Kriegsleute konnten auf ihren schlecht eingerittenen Pferden durch Paliemmus Gassen sprengen, den Palermitanern mit ihren Vorschriften zusetzen und sie mit ihren Steuern wie reife Zitrusfrüchte auspressen, aber sie konnten nicht in die uralten Bräuche ihrer Feste eindringen, als wären sie ein Teil der Stadt.

Das waren sie nicht, und sie würden es nie sein.

Die Männer, die auf den Tanz gewartet hatten, verließen ihre Plätze, um sich drohend wie knurrende Hunde vor den Franzosen aufzubauen.

»Fort mit euch, was stört ihr den heiligen Feiertag!«

»Habt ihr eure Sperrstunde vergessen? Na los, macht, dass ihr in eure Löcher kommt.«

»Was habt ihr hier zu suchen? Dies ist ein Fest für die Bürger von Paliemmu.«

Ohne Absprache formierten sie sich zu einer Reihe, bildeten eine Mauer, die die Eindringlinge ausschloss, und ehe Carmelo es sich versah, nahm auch er seinen Platz ein. Er hatte den Blick bemerkt, mit dem der hochgewachsene Anführer der Wachleute Aita musterte, und war dazwischengetreten, ohne nachzudenken. Kein Franzose durfte es sich herausnehmen, seiner Schwester mit solch einem Blick die Kleider vom Leib zu schälen!

Der Kerl baute sich vor ihm auf und grinste, das Gesicht so dicht vor dem seinen, dass Carmelo die Pockennarben hätte zählen können. »Ist die da deine, Kamerad?«, fragte er mit seinem lächerlichen Akzent, mit dem sich niemals ordentlich *Ciciri* sagen ließe. »Dann nichts für ungut – nehme ich eben die andere, der Tisch ist ja reichlich für alle gedeckt.«

Er verpasste Carmelos Schulter wie spielerisch einen Stupser, der ihn zur Seite taumeln ließ, und langte an ihm vorbei nach Stidda. »Ein gesegnetes Osterfest, meine Zuckerpflaume. Die Nachtluft ist kühl. Wollen wir zwei uns da nicht bei einem hitzigen Tänzchen wärmen?«

Wiederum, ehe er begriff, wie ihm geschah, stürzte Carmelo auf den viel Größeren los und schlug ihm die Faust ins Gesicht. »Du Franzosendreck fasst meine Frau nicht an! Du gehörst hier nicht her, verstanden? Du gehörst hier verdammt noch mal nicht her!«

Gut gezielt hatte er nicht. An den Knöcheln spürte er, wie der Schlag den Wangenknochen des Gegners höchstens streifte.

Der Franzose rieb sich dennoch verdutzt das vernarbte Gesicht und blinzelte, um die Fassung wiederzuerlangen.

Carmelos Herz raste.

Das hättest du nicht erwartet, was? Dass einer von den unterdrückten Palermitanern sich zur Wehr setzt und dir was auf die Nase gibt, wenn du dich an seiner Frau vergreifst?

Der Mann blinzelte noch einmal, dann hatte er sich gefangen. Mit dem Satz eines Raubtiers warf er sich auf Carmelo und packte ihn vor der Brust am Hemd. »Bist du von allen guten Geistern verlassen, du mickriger Tropf?« Mit nur einer Hand schüttelte er ihn wie ein Köter seine Beute. »Wenn mir ein Weib gefällt, nehm ich's mir, und so ein Knäblein wie du hält seine Finger bei sich!«

Carmelo sah, wie der große Mann die Faust ballte und über die Schulter ausholte, doch im nächsten Augenblick drängte sich ein anderer Körper dazwischen. Emidio. Seine Kraft und sein Gewicht genügten, um den Franzosen von Carmelo zu trennen und zurückzuschieben. Mehr tat er nicht. Er sagte auch nichts.

Stattdessen sprang ihnen Davide, der König der Fischer, zur Seite, kein Hänfling wie Carmelo, sondern ein prächtiger Bursche und einer, auf dessen Kommando das gesamte Hafenviertel hörte. »Du bist es, der deine Finger bei sich lässt, Saukerl!«, tönte er über den beachtlichen Schutzwall von Emidios Schulter hinweg. »Mein Kumpan hat nämlich ganz recht: Ihr gehört hier nicht her, und von unseren Frauen lasst ihr eure dreckigen Pranken, oder es gibt Saures zur Osternacht.«

Der Franzose schüttelte die Faust, musste aber einsehen, dass er mit seinem Häuflein hoffnungslos in der Unterzahl war. Wo Davide auf den Plan trat, schlossen sich im Nu sämtliche Fischer und Fischhändler an:

»Recht so, verschwindet – das ist unser Fest!«

»Lass deine Pranken von der Frau vom Cammelú!«

»Wartet nur, wenn der Peter von Aragonien kommt, stampft er euch in seinem Mörser zu *Maccu.*«

»Wir gehören hierher, ihr verzieht euch dorthin, wo ihr hergekommen seid! An der ganzen Misere in der Stadt ist doch keiner schuld als ihr.«

Wir gehören hierher!, sang es in Carmelos Ohren. *Wir, wir, wir.* Dieses eine Mal war nicht er es, der fehl am Platz war und ausgeschlossen blieb, sondern *die anderen,* die Franzosen, die Fremden, die hier keiner wollte. Wie hatte er sich für einen Niemand halten können? Wenn er auch sonst nichts war – er war ein Mann aus Paliemmu!

Der Lump gab Emidio einen Stoß, als wollte er prüfen, ob er aus Fleisch war oder aus Stein. Emidio war aus Stein.

Einer der übrigen Franzosen, der halbwegs nüchtern zu sein schien, nahm seinen blamierten Anführer am Arm. »Nun lass schon gut sein, Mathieu. Eins von den Lockenköpfchen ist doch keinen Ärger wert.«

Flüchtig wagte Carmelo, den Kopf zu drehen. Hinter ihm, in keinem Schritt Entfernung, drängten sich die Frauen und warfen ihren Männern bewundernde Blicke zu. In vorderster Reihe stand Aita und neben ihr ein Mädchen mit einem spitzen Mausgesicht, das ihn wahrhaftig betrachtete, als wäre es in ihn verliebt. Gleich dahinter entdeckte er seine lockenköpfige Stidda. Sie war alles wert.

Das Wunder geschah. Der Franzose gab ein grunzendes Schnauben von sich, doch er ließ sich von dem anderen zur Raison bringen. Im Gehen wandte er sich noch einmal um und sah Carmelo direkt ins Gesicht. »Ich bin der Vicomte Mathieu de Guibours«, erklärte er ihm düster. »Den Namen merkst du dir besser, Bürschlein, er begegnet dir heute nämlich nicht zum letzten Mal.«

Carmelos Magen zog sich zusammen. *Ciciri,* flüsterte er, um sich Mut zu machen. *Mit diesem dummen Akzent kann der da nicht einmal* Ciciri *sagen.* Die Franzosen zogen ab, und er sah zu, wie sie in der Nacht verschwanden. Sein Atem beruhigte sich. Und wenn der Franzosenhauptmann sich noch so aufplusterte, er, Carmelo, hatte sich nicht einschüchtern lassen.

»*Mala pasqua!*«, schrie eine der Frauen den Männern, die sich entfernten, hinterher. »Auf euch die blutigen Ostern!«

Einen Atemzug lang war die Luft ganz still. Es war ein uralter Fluch, den die meisten von ihnen nur aus Legenden und finsteren Balladen kannten. Benutzt werden durfte er nur in einem äußersten Fall, denn wer am höchsten Feiertag des Herrn auf einen Menschen das Böse beschwor, der brachte Tod und Verderben auch über sich selbst.

Gleich darauf löste sich die Spannung. Im Grunde war der *Mala-pasqua*-Fluch nicht mehr als ein Aberglaube für Weiber am Spinnrad. Der König der Fischer, ein Bild von Mann, der einen wie Carmelo nie beachtet hatte, schlug ihm krachend auf die Schulter. Dann wandte er den Kopf und verneigte sich vor Stidda. »Meine Verehrung, *beduzza*. Was bilden diese Froschgesichter sich ein? Dass wir hier in Paliemmu zwar die weltschönsten Frauen, aber keine Männer mit Mark in den Knochen haben? Nun, zumindest in Eurem Cammelú hier und in mir haben sie sich getäuscht – wir passen auf Euch schon auf.«

Carmelo hätte diesen Kerl, der nach scharfem Männerschweiß und Fisch stank, gerne umarmt. Er war kein Versager. Er war ein Mann mit Mark in den Knochen, der auf seine Frau, auf seine Familie aufpasste. Hätten die Fremden ihm mit ihren Steuern, der Verlagerung des Handels und ihrem wertlosen Geld nicht die Luft abgedrückt, wäre seine Werkstatt nicht in Not geraten und er hätte nie und nimmer Stidda geschlagen. Nichts davon hatte er sich selbst zuzuschreiben – an der Misere der ganzen Stadt waren die Franzosen schuld.

Mit einem dunklen, gurrenden Lachen stürmte seine Schwester durch die Reihen, riss dem Tanzmeister das Tamburin weg und schlug dreimal auf: »Jetzt aber genug mit dem Geplänkel! Wir wollen endlich tanzen.«

11

Den ganzen Abend über hatte Aita mit ihm gespielt. Jetzt war aus dem Abend eine Nacht geworden, und aus dem Spiel wurde Ernst.

Als Aitas Vater jünger und beweglicher gewesen war, hatte er Handelsreisen unternommen, und von einer dieser Reisen hatte er sich einen Satz schlanker Spielfiguren aus schimmernden Edelhölzern mitgebracht. Schach. Das Kriegsspiel der Sarazenen. Iacopo Pappalardu hatte keinen Sohn, also spielte er gegen sich selbst, und eines Tages hatte Aita sich zu ihm gesetzt und gesagt, sie wolle es lernen. In Gesellschaft ihres behäbigen Vaters langweilte sie sich für gewöhnlich zu Tode, aber Schach wurde zu ihrer beider Lieblingsspiel. Mit jeder Figur boten sich andere Möglichkeiten. Es gab solche, die sich mit leichter Hand überall hinverschieben ließen, und solche, die Widerstand leisteten, sich ein wenig sträubten, ehe sie sich schließlich fügten. Ihr neu gewonnener Bruder Carmelo gehörte in die erste Gruppe. Das war praktisch. Mit der zweiten aber war das Vergnügen größer.

Ehe Aita sich von Carmelo gelöst hatte, um ihren Platz im Kreis einzunehmen, hatte sie ihm noch einmal zugezwinkert. »Warum hat mir eigentlich niemand erzählt, dass mein Bruder ein Held ist?«

Dann setzte die Musik ein, und Aita gab sich der Folge aus Hüpfern und Sprüngen hin, die sie dem Gipfel dieser berauschenden Nacht entgegentragen würden. Der arme Carmelo konnte wirklich nicht tanzen, nicht einmal eine *Curdedda,* und die Figur hatte er erst recht nicht dazu. Während des einen

Taktes, in dem Mann und Frau sich während des Rundtanzes von Angesicht zu Angesicht gegenüberstanden, mussten sich die Männer im Sprung links und rechts auf die hochgezogenen Schenkel klatschen, und das Geräusch lenkte den Blick selbst des züchtigsten Mädchens in verbotene Tiefen. Nicht selten lief eines mitten in der Bewegung brandrot an, doch gewiss nicht beim Tanz mit Carmelo. Seine Hand klatschte auf seinem Schenkel nicht lauter als auf einem mit Haut bespannten Hühnerknochen.

Aita machte sich die Mühe, ihn einmal in kleinen Sätzen zu umrunden, und schenkte ihm ein Lächeln. Als sie die zweite Runde begann, warf sie die Beine jedoch mit mehr Schwung und steuerte statt zur Rechten zielsicher nach links.

Jetzt galt es, wie beim Schachspiel alle übrigen Figuren im Blick zu behalten. Carmelo war ein Bauer. Aita konnte sich darauf verlassen, dass er zurückblieb, wie sie es von ihm wollte. Schwieriger war die Sache bei seiner Frau, die unglaublicherweise die Schwester des Schmiedes war. Wie befürchtet, war sie ganz und gar nicht bereit mitzuspielen, sondern weigerte sich, ihren Platz an Aita abzutreten. Hatte Aita gehofft, sie mit ein wenig Gedrängel aus dem Gleichgewicht zu bringen, so hatte sie sich getäuscht. Diese Stidda war eine Dame, die beweglichste Figur des Spiels, und sie konnte tanzen. Während die meisten zu dieser nächtlichen Stunde Gefahr liefen, nicht nur über die Bänder, sondern über ihre eigenen Beine zu stolpern, meisterte sie die Schrittfolge leicht und wich keinen Schritt aus ihrer Bahn. Aita blieb nichts übrig, als sich wie ein Schatten an ihre Fersen zu heften und auf ihre Gelegenheit zu warten.

Die ergab sich, als Stidda ihren Tänzer fast erreicht hatte und es galt, eine halbe Drehung um die eigene Achse zu vollführen. Eine Dame mochte wendig sein, doch der Springer durfte über sie hinwegziehen. Außerdem hatte Aita früh gelernt, dass ein guter Schachspieler mehr können musste, als nur Züge gemäß der Regel auszuführen. Ihren trotteligen Vater hatte sie damit schon als Kind von acht Jahren an die Wand gespielt.

Sie vollzog die vorgeschriebene Drehung nicht mit, sondern nutzte den halben Herzschlag Zeitgewinn, um in einem weiten, leider wenig eleganten Sprung an Stidda vorbeizusetzen. Als die andere ihre Drehung beendet hatte, fand sie Aita vor ihrer Nase. Deren Vorteil war, dass Stidda nicht einmal erahnt hatte, was sie plante.

Die Musik war wild und schön und laut, sie verschluckte alle anderen Geräusche. Der Lauf der Pfeifen über dem Dunkel der Trommeln schien sie beide, Aita und ihren gestohlenen Tänzer, auf eine Insel zu heben und davonzuschwemmen, während Stidda, Carmelo und sämtliche anderen Figuren auf dem Brett zurückblieben. Hart und heftig spürte Aita ihren Atem. Der Augenblick war da. Ihr war der Zug bis vor den König geglückt, und nun galt es, ihn schachmatt zu setzen und aufs Brett zu werfen.

Etwas in ihr jauchzte. Die jähe Hemmung, die sich ihr in den Schritt legen wollte und mit spitzen Schlägen ihres Herzens einherging, kannte sie nicht. Umso mehr zwang sie sich, darüber hinwegzutanzen. Sie kam ihm so nahe, rückte ihm so dicht auf den Leib, dass sie zu fühlen meinte, wie sein Brustkorb mit den Atemzügen sein Hemd hob, wie ihm darunter der Schweiß lief, wie sein Herz sein Blut pumpte. Er hatte sie gereizt, weil er verboten, verfemt und anders war, aber jetzt war er noch viel mehr. Sie war sicher, sie hatte noch nie einen Mann erlebt, der aus so viel Körper bestand. *Du bist ein so köstliches Ziel. Gib nicht zu schnell klein bei.*

Nur einen einzigen kostbaren Takt lang würde er ihr gegenüber tanzen. Den galt es zu nutzen. Während sie die Linke in die Hüfte stemmte und mit der Rechten das Band schwenkte, hatte er zwei hohe Sprünge zu bestehen und sich dabei einen Klaps auf die an den Leib gezogenen Schenkel zu geben, wie um ein saftiges Stück Fleisch zum Verkauf anzupreisen. Insgeheim hatte Aita befürchtet, er könne so kläglich wie der arme Carmelo herumstolpern und den ganzen Zauber zerstören, indem er einen Narren aus sich machte. Stattdessen schlug er sich prächtig. Einen so schweren Mann so geschmeidig springen zu sehen bereitete das reinste Entzücken.

Sie dachte an das Eisen, das sich unter der Stärke dieses Körpers bog, und ihr Blick stahl sich einen Vorgeschmack. Mit einem Hühnerknochen hatten seine Schenkelmuskeln in den blank gewetzten Hosen nicht das Geringste gemein. Sie strotzten vor Kraft. Vor Erregung verspürte Aita einen Anflug von Übelkeit, und in Erwartung des Höhepunktes hätte sie um ein Haar geseufzt.

Der Taktschlag erfolgte und ging vorbei. Enttäuscht schnappte Aita nach Luft. Wie konnte der Kerl es wagen? Die Regeln brechen durfte sie, nicht er! Er hatte sich schlicht geweigert, sich wie alle anderen aufs Fleisch zu klatschen, hatte die Schenkel sinken lassen und tanzte längst wieder mit beiden Füßen auf dem Boden. So hatten sie nicht gewettet! Sie hatte sich für ihn ins Zeug gelegt, hatte nicht an Reizen gespart, um ihn zu ködern, und er brachte sie um den Genuss? Und warum? Männer waren doch eitler als Hähne, sie liebten es, sich aufzuplustern und selbst den kleinsten ihrer Vorzüge zur Schau zu stellen!

Das wirst du mir büßen, mein störrischer Fremder! Was du nicht selbst vollführst, werde ich für dich erledigen müssen, und wenn die halbe Albergheria dabei zuschaut, hast du es dir selbst zuzuschreiben.

Die Vorstellung machte ihr den Mund trocken. Wusste außer ihr noch jemand, wie wohlig Übelkeit sich anfühlen konnte? Die Schrittfolge sah vor, dass sie zur Seite von ihm wegtanzte. Gewiss rechnete er damit und freute sich schon über seinen Sieg. Aita aber spielte nach eigenen Regeln, und der Schachzug, zu dem sie jetzt ansetzte, hieß Fesselung: Einerlei, wie weit eine Figur hätte vorziehen dürfen, solange die wendigere Figur des Gegners vor ihr hin und her sprang, kam sie nicht vorbei.

Die Hand, die ihr in den Rücken stieß, gehörte zweifellos Stidda, und aus den Rufen, die sich um sie erhoben, sprachen Entrüstung und verstohlene Bewunderung. Aita aber kümmerte sich nicht darum. Sie befand sich noch immer auf ihrer Insel und schickte sich an, den ersten Gegner schachmatt zu tanzen, der ihr einen properen Kampf geliefert hatte. Er trat nach links, sie war flinker und schnitt ihm den Weg ab. Er wich schräg nach hinten aus, sie setzte im Schwenk an ihm vorbei und war wiederum vor ihm da. Das Schwierigste war, nicht laut aufzulachen. *Schach, mein Freund! Na, komm schon, halt noch ein wenig stand und verlängere das Vergnügen, ehe die weiße Dame dir den Garaus macht und den schwarzen König hintüberwirft.*

Inzwischen hatten die übrigen Paare ihre zweite Runde hinter sich gebracht. Es war an der Zeit, die Jagd zum Abschluss zu bringen und das erlegte Wild in Fesseln zu schlagen. Keinen geweihlosen, halbwüchsigen Bock, sondern einen wilden Stier in der Blüte seiner Kraft. *Was soll ich dir denn antun, mein Hübscher, um mir meine Trophäe zu verschaffen? Dir die Ohren abschneiden, alle beide auf einmal?*

Aita drehte sich im Schritt, um ihm erneut den Weg abzuschneiden, und hob dabei die Hand mit dem grünen Band. Jetzt hatte sie wahrlich Mühe, nicht wie Nunzia loszukichern. *Bist du jemals eingewickelt worden? Von dem alten Tantchen Rosa gewiss nicht und erst recht nicht von der, die dir das blutleere Kind geboren hat.*

Aita tanzte zur Seite, und das Band legte sich wie eine Schlange um die mächtigen Schultern. Im Vorbeispringen sandte sie ihm einen Blick des Triumphes, aber auch der Komplizenschaft. Es war ein Spiel. Sie hatte ihn bezwingen und als Siegerin hervorgehen wollen, doch natürlich gewannen sie in Wahrheit beide. Die Qual, die sie ihm bereiten wollte, war eine süße, und wenn sie danach gierte, so würde er sich regelrecht verschmachten. Sie wollte das Verlangen in seinen Augen flackern sehen, und in ihrer Vorfreude fiel ihr auf, dass sie seine Augen schön fand.

Sie waren dunkel, samtig und ein bisschen seltsam für einen Burschen, der mit seinen klobigen Händen Eisen verbog. Als sie in ihrem Satz an ihm vorbei jedoch sah, was darin stand, schlug alles um. Sooft sie einander begegnet waren, hatte er sie mit seiner Kühle und Seelenruhe bis aufs Blut gereizt, und sie hatte sich brennend gewünscht, diese unerschütterliche Fassade zum Einsturz zu bringen. Jetzt hatte sie ihr Ziel erreicht, aber ihr gegenüber tanzte kein Mann, der vor Begehren zitterte. Der Mann, den sie vor sich hatte, war vollkommen hilflos und hatte Angst.

Wenn ein Mädchen einen Burschen, der es mit seinem Band umgarnen wollte, nicht mochte, hatte es das Recht, aus seiner Reichweite zu tanzen und ihm damit zu verstehen zu geben: *Du hast deine Unwiderstehlichkeit überschätzt, mein Bester. Zieh Leine, und versuch dein Glück anderswo.* Wie aber konnte ein Mann, der ordentlich erzogen worden war, dasselbe mit einem Mädchen tun? Eine Palermitanerin lehrte ihren Sohn mit der Muttermilch: *Fügst du einer Frau aus dem eigenen Volk eine Kränkung zu, dann kränkst du mich und ich muss mich deiner schämen.*

Aita hatte nie darüber nachgedacht. Die Männer, die sie kannte, hätten Jahre ihres Lebens dafür gegeben, beim *Curdedda*-Tanzen in ihr Band zu geraten, und der Gedanke, dass es diesem anders erging, stieß ihre Figuren vom Brett.

Warum?

Was hatte sie falsch gemacht?

Hatten ihr nicht die ganze Nacht hindurch Kerle geschworen, sie sei schöner denn je?

Er war nur ein Schmied, ein *Diavúlu,* schlecht gekleidet, grobschlächtig und nicht ganz sauber, aber sie konnte nicht länger leugnen, dass er ein äußerst ordentlich erzogener Mann war. Trotz der peinlichen Umstände, in denen sie einander begegnet waren, hatte er sein Bestes gegeben, um sie nicht zu kränken. Er würde es auch jetzt nicht tun; er sah ihr nur angsterfüllt entgegen, und seine Augen flehten sie an, von ihm abzulassen.

Aita war kein mitleidiges Mädchen. Ob eine Magd Prügel bezog, ob ein Tölpel mit Hohn überschüttet wurde, ob einem Missetäter am Pranger verfaulte Orangen um die Ohren flogen, das gehörte zum Leben und war kein Gejammer wert. Noch weniger Mitleid gebührte einem Mann, der sich wie der letzte Feigling betrug und vor einem Mädchen zitterte. So einem geschah es – im Gegenteil – recht, wenn er sich obendrein Gelächter einfing. Zudem hatte sie ihn nicht mit einem Übel bedroht, sondern ihm in Aussicht gestellt, worum sämtliche Männer auf dem Platz ihn beneiden würden.

Dennoch tat sie, was sie selbst kaum für möglich hielt: Sie ließ von ihm ab. Mit einem Sinn, den sie an sich nicht kannte, erfasste sie, dass das, was in ihm vorging, über den läppischen Anlass hinausreichte. Er quälte sich. Und einen Herzschlag lang tat seine Qual ihr weh. Sie blieb stehen, sodass das grüne Band an seinem Körper hinunterglitt, an dem breiten Brustkorb und den kräftigen Schenkeln. Er war ein Mann, kein Junge mehr, und seltsamerweise machte ihn das noch verwundbarer.

»Ist ja schon gut«, sagte sie und wischte ihm flüchtig über die Schulter. Nur seinen Blick konnte sie nicht freigeben, sein Gesicht, auf dem noch immer ein unerklärlicher Schrecken stand.

Ich will dich haben und lasse dich los. Was stimmt nicht mit mir? Von allem, was mir in den Schoß fiel, hat mir nichts viel bedeutet, ich habe mir immer etwas gewünscht, das ich mit aller Kraft will, und jetzt, wo ich es finde, lasse ich es ziehen?

Sie nickte ihm zu und wollte im Tanzschritt zurückweichen, doch es war zu spät. Die Musik setzte aus, und stattdessen erhob sich das Grölen der Menge wie ein Orkan.

»Aita, so seht doch, es ist Aita!«

»Paliemmus Lilie hat mit dem *Diavúlu* getanzt und aus ihren Bändern ein Spinnennetz gemacht!«

»Greift sie, bindet sie! Aita und der Schmied müssen vor das Strafgericht.«

Von allen vier Enden des Platzes strömten Gaffer zusammen. Das Schauspiel, das sich jetzt bieten würde, wollte sich niemand entgehen lassen.

»Aita, *beddissima*«, säuselte Davide, der schöne König der Fischer, doch das Geschmeichel hatte einen bedrohlichen Unterton. »Wenn du einem Menschenfischer im Netz landen wolltest, warum hast du statt diesem Höhlenmenschen da nicht mich gefragt?«

Aita sah ihre Eltern durch die Menge schneiden, ihre Mutter, die den Vater hinter sich her zerrte und etwas schrie, das im Lärm jedoch unterging. Sie sah die Helfer des Tanzmeisters, die feixend auf sie zutollten und ihnen die Bänder – das grüne wie das rote des Schmiedes – um Schultern, Rippen und Flanken schlangen. Sie drängten sie zusammen, Aitas Schulter gegen seinen Arm, seine Hüfte nah an ihre Taille. Er richtete sich auf, als hoffte er, er könne der seidenen Fesselung entfliehen.

»Stidda!«, rief er, und Aita spürte an ihrem Körper, wie der seine sich bäumte und spannte. »Bitte, Stidda, bring Arabella von hier weg.«

Aita hatte Mühe, sich zu besinnen, wer Arabella war.

Er zitterte. Sie zitterte auch. Derweil beratschlagte das Strafgericht, an dem sich alle und jeder beteiligten, unter Salven von Gelächter.

»Gnade vor Recht, lasst es mit drei Schlägen getan sein – wenn die Schöne den Unhold nur anlangen muss, ist es hart genug.«

»Im Gegenteil! Wer die freie Auswahl hat und sich den wählt, hat eine Lehre nötig.«

»Sie hätte jeden von uns haben können und beleidigt damit uns alle.«

Flüchtig sah Aita gen Himmel und glaubte, nie Sterne gesehen zu haben, die in solcher Schärfe funkelten. Sie hatte es vermieden, ihn anzusehen, doch als sie den Kopf wieder senkte, trafen sich ihre Blicke.

»Ich tu's nicht«, sagte er, die Stimme mühsam beherrscht.

Nachtwind zerrte an seinem Haar. »Macht Euch keine Sorgen. Wenn sie mir sagen, ich soll Euch entblößen und schlagen, werde ich es nicht tun.«

»*Diu aiutami!*«, rief Aita erschrocken. Erinnerte er sich an das, was sie ihm im Hof bei Rosas Haus gestanden hatte – dass sie es nicht ertragen könnte, entblößt und erniedrigt zu werden? Glaubte er, das hier sei dasselbe für sie, weil es für ihn so war? »Es ist doch nur ein Spiel«, versuchte sie, ihn zu beruhigen.

Unter seinem Auge zuckte ein Muskel. »Ich tu's nicht.«

»Wir alle tun es«, sagte Aita und hätte sein Haar mit den Händen glatt kämmen wollen. »Jeder Mann und jede Frau aus Paliemmu. Es ist nichts dabei, nur ein Spaß, der nach dieser Nacht vergessen ist, und wer dazugehören will, spielt eben mit. Ihr braucht die Leute aus der Stadt, weil sie Euch Aufträge geben, oder etwa nicht? Bitte schadet Euch nicht, indem Ihr Euch um meinetwillen ausschließt.«

Schaden war ihm durch sie schon allzu viel entstanden. Sie war eine, die Schachfiguren stahl, weil es ihr Vergnügen machte, aber dass er dafür hier stehen und sich beschimpfen lassen musste, hätte sie liebend gern rückgängig gemacht.

»Die Stadt schert mich nicht«, sagte er. »Ich rühre Euch nicht an, und ich werde jetzt gehen.«

»Bleibt!«, schrie sie auf. Die Leute waren betrunken. Womöglich vergaßen sie, dass das alles nur Spaß war. Womöglich war die Grenze zum Ernst allzu dünn und sie taten ihm wahrhaftig etwas an.

Was das Gericht beriet, wogte an ihren Ohren auf und ab. Die, die sich für die erlittene Abfuhr mit einer besonders peinlichen Prozedur rächen wollten, stritten mit jenen, die ihre Lilie gern geschont hätten.

»Man sollte sie einmal rund um die Stadt treiben, Brust an Brust gebunden.«

»Und wenn sie weint? Das hält das härteste Herz nicht aus.

Soll sie mit einer Anzahl Schläge davonkommen und es sich eine Lehre sein lassen.«

»Hört mich an!«, rief ein Mädchen, deren Stimme Aita ungläubig erkannte. Es war die mausgesichtige Nunzia, die noch nie vor solch einer Schar von Leuten das Wort ergriffen hatte. »Wofür soll der Schmied überhaupt bestraft werden? Aita hat es doch getan, und ihr alle habt es gesehen.«

»Mitgefangen, mitgehangen«, tönte einer, während Aita noch immer glaubte, sie könne ihren Ohren nicht trauen.

»So lautet eben die Regel.«

»Der Kerl wird sich wohl kaum gewehrt haben – der hat geglaubt, er hat den Fisch erwischt, der den goldenen Ring verschluckt hat.«

Wie auf ein Stichwort löste sich der hochgewachsene König der Fischer aus der Menge, baute sich neben dem Tanzmeister auf und wies auf Nunzia: »Das Mäuslein hat recht. Aita Pappalardu ist schuld. Sie hat Paliemmus Männer zu Hanswursten gemacht, indem sie uns gezeigt hat, dass sie sogar den *Diavúlu* lieber nimmt. Jetzt soll sie die Suppe auslöffeln! Steh zu deinem Wort, *bedezza!* Zeig uns, dass der da dir besser gefällt als wir. Tu mit ihm, was du willst, solange Haut auf Haut trifft. Lass uns sehen, wovon du mit deinem Untier träumst.«

Gebrüll brach los. Gelächter und Rufe der Anfeuerung schwammen ineinander.

Aita und der Schmied standen weiterhin durch die Bänder aneinandergefesselt, aber nicht mehr Seite an Seite, sondern einander zugewandt. Sie hätten sich leicht befreien können, doch sie standen beinahe reglos. Noch immer kam es Aita vor, als glitte der Lärm, das ganze Treiben wie Wellen am Ufer der Insel von ihnen ab.

»Dazu bist du somit verurteilt, Agata, Tochter von Iacopo Pappalardu!«, schrie der Tanzmeister über alles Getöse hinweg. »Ein Geschenk, keine Strafe – oder etwa nicht? Tu mit dem Prachtburschen, den du dir da erkoren hast, was du dir am meisten wünschst. Es gibt nur eine Bedingung – deine Haut muss die seine berühren ohne einen Schutz.«

Aita begriff. Das Urteil war tückisch: Das sogenannte Gericht, das von der gesamten Stadt getragen wurde, gab ihr die Möglichkeit, ihre Ehre doch noch zu retten. Wenn sie dem Schmied wie einen aufdringlichen Verehrer ins Gesicht schlug, war dem Urteil Genüge getan, und sie hatte die Schuld, die Nunzia ihr zusprach, von sich abgewendet. Zudem hätte gewiss die gesamte Versammlung vor Vergnügen gekreischt, hätte der Unverschämte, der nach dem griff, was sie alle begehrten, mit der Schmach einer schallenden Ohrfeige dafür bezahlen müssen.

Sie war die Lilie der Albergheria, da drückte man gern das eine oder auch das andere Auge zu. Nur ein rascher Streich über die Wange, von dem so ein Klotz von Kerl schon nicht umkippen würde, und alles wäre wieder geradegerückt. Gab sie ihm den jedoch nicht, so bekannte sie, dass sie selbst sich mit dem verrufenen Mann in diese Lage manövriert hatte, und kein Mensch konnte dann für ihren Ruf noch etwas tun.

Fackelschein tanzte über sein Gesicht und legte seine Verletzlichkeit bloß. Seine Augen waren weit und schwarz glänzend, an seiner Stirn trat vor Anspannung eine Ader hervor. *Ich tue dir kein Leid mehr, nicht das kleinste,* dachte Aita und hoffte inständig, ihre Gedanken könnten ihn erreichen. *Ich wünsche mir etwas ganz anderes. Bitte hab keine Angst. Bitte wünsche es dir auch.*

Sie formte ihre Hände zu Schalen und schloss seine Wangen darin ein. Langsam tasteten ihre Finger sich über seine Schläfen und Ohren nach hinten, pflügten durch sein Haar, bis sie sich in seinem Nacken verschränkten. Dann reckte sie sich, legte mit einer Behutsamkeit, die zugleich siegelnd und gewaltsam war, ihre Lippen auf seine und küsste ihn.

12

Über die Jahreszeit sangen die Leute auf Sizilien Lieder:

Wie zärtlich ist die Nacht
In der Mitte des Monats April.
Der Himmel ist blau,
Der Mond ohne Schleier, aber du –
Warum kommst du noch immer nicht zu mir?

Man hörte solche Lieder sein ganzes Leben, man sang sie mit, aber man erfasste nicht, dass die tausendmal wiederholten Worte einst eine Bedeutung gehabt haben mussten. Jetzt hatte alles Bedeutung. Jedes kleinste Ereignis, jede Einzelheit – die Farbe des Lichts am Morgen, ein Wort, das auf dem Fischmarkt fiel, eine Rhododendronblüte auf dem Weg – ließ sich dem immer gleichen Sinn zuordnen. Im Hafen, wo sie jetzt selbst ihren Fisch einkaufen mussten, hörte Aita einen Bänkelsänger, und in ihrem Kopf sang das Lied weiter, während sie den Hafen verließ:

Wie grausam du bist
Willst du mich sterben sehen?
Wenn ich dann aber gestorben bin,
Wirst du weinen,
Derweil du mich im Leben vergisst.

Würde der Schmied weinen, wenn sie gestorben wäre? Würde er es überhaupt erfahren? Würde er jemanden danach fragen?

Rosa würde es ihm gewiss nicht sagen. Aita hatte sie besucht, sie hatte gehofft, ihm dort über den Weg zu laufen oder zumindest das Gespräch auf ihn zu bringen und mehr zu erfahren, aber die Tante hatte sich wie ein Zerberus aufgebläht und ihr jeden Weg zu ihm verstellt. Gern hätte Aita ihr ins Gesicht geworfen, dass sie ihre Absicht durchschaute und dass ein altes Weib eine lachhafte Figur abgab, wenn es glaubte, es könne seinen jungen Liebhaber zurückgewinnen, indem es ihn vor aller Welt abschirmte. Aber sie war nicht länger in der Lage, an den Schmied als Liebhaber der verblühten Rosa auch nur zu denken.

Was soll die haben, das ich nicht hundertmal habe?

Über das eifersüchtige Gebaren von Mädchen wie Francesca hatte sie gelacht. Jetzt aber war sie eifersüchtig auf alle und jeden, nicht nur auf Rosa, sondern auch auf das blasse Kind, weil es in seiner Nähe sein durfte, und sogar auf Nunzia, die in der Nacht der Vesper gewagt hatte, ihn zu verteidigen.

Sie traf sie nicht mehr – weder Nunzia noch Francesca oder einen ihrer anderen Freunde. Mit einem von ihnen über den Schmied zu sprechen war unvorstellbar, und ein anderes Gesprächsthema ertrug sie noch viel weniger.

Was bildete diese Nunzia sich überhaupt ein, und was in Gottes Namen war ihr eingefallen? Sie war eine Waise, die bei einem kinderreichen Onkel aufwuchs, ein wenig Geld zu ihrem Unterhalt von einer weiteren Verwandten erhielt und sich ansonsten mit dem begnügen musste, was von den leiblichen Kindern abfiel. Da sie obendrein nicht hübsch war, hatte sie wenig Aussichten, und sie hatte sich immer höchst dankbar dafür gezeigt, dass Mädchen wie Francesca und Aita mit ihr befreundet waren. Tatsächlich war es Aita gewesen, die sie in ihren Kreis gezogen hatte – etwas hatte ihr daran Vergnügen bereitet, mit diesem unterwürfigen Mäuslein umherzuziehen, das über jeden Schritt, den sie tat, in Bewunderung ausbrach.

Und jetzt das!

Es erzürnte Aita weniger, dass die Freundin sich gegen sie gewandt und eine Strafe für sie allein gefordert hatte, als dass sie sich überhaupt erdreistete, sich in diesen Teil von Aitas Leben einzumischen. Ihre Verbindung zu dem Schmied ging niemanden etwas an, weder Nunzia noch Rosa, sie gehörte ihr allein.

Aber es gab ja gar keine Verbindung!

Das Band, das sie zwischen ihnen gespürt zu haben glaubte, hatte er zu Boden geworfen und vergessen. Sie war allein mit dem Gefühl, seine Lippen noch auf ihren zu haben, ihre Hände noch um seinen starken Nacken, die Finger streichelnd in sein Haar vergraben. Nie zuvor hatte sie sich gewünscht, einen Menschen zu streicheln, nicht einmal ein Tier und schon gar kein kleines Kind. Höchstens die Blätter der Strandlilie. Sie bezahlte den Fischhändler und machte sich auf den Weg.

Als ein paar Burschen ihr hinterherriefen, drehte sie sich nicht um. Einer von ihnen war der König der Fischer, der meinte, er dürfe sich jetzt Anzüglichkeiten herausnehmen. »Wohin so eilig? Zu zieren brauchst du dich nicht länger, in dieser Stadt weiß jeder, dass du heißer als die tollste Hündin bist.«

Statt ihm eine passende Antwort vorzusetzen, lief Aita schneller. Jene Nacht nach der Vesper, in der sie sich selbst begegnet war, hatte sie verletzlich gemacht.

Sie würde nicht durch die Stadt, sondern über den Strand zurück nach Hause gehen. Seit sie begonnen hatte, sich nach einem Menschen zu sehnen, hielt sie die Nähe der anderen kaum aus. Die ihrer Eltern am wenigsten – die fordernden Blicke ihrer Mutter, die unausgesprochenen Fragen, die spürbare Hoffnung, Aita möge mit ein paar Worten das Geschehene ungeschehen machen. Es kam ihr gelegen, dass ihr Leben sich so stark verändert hatte, dass die Mutter andere Sorgen plagten, die sie von dem ewigen Tanz um ihre Tochter ablenkten.

Aitas Vater, der sein Handelshaus immer halb im Schlaf durch eine stetige Kette von einträglichen Geschäften geführt zu haben schien, musste jetzt um jeden mickrigen Abschluss kämpfen. Die beste Ware war beschlagnahmt worden, und was er an Außenständen hatte eintreiben können, war minderwertig und ließ sich zu keinem guten Preis losschlagen. Hinzu kam, dass der Vater offenbar den Glauben an sich selbst verloren hatte. Er kam Aita vor wie ein Schiffer, der sich nicht länger zutraute, sein Gefährt sicher zurück an Land zu steuern, und der darum begann, mit dem Wellengang zu treiben und zu kreisen. Ihre Mutter hatte aufgehört, Teigrollen und Stößel nach ihm zu werfen, als hätte sie Angst, das Wrack, das von ihm übrig war, könne dabei zerschellen.

Als wäre das alles nicht genug, hatte sich ein Weinhändler, der gar nicht nach Paliemmu gehörte, am Ende der Gasse niedergelassen. Der Mann stammte aus der Toskana, er war einer in einem ganzen Schwarm von Kaufleuten, die König Karl mit Vergünstigungen in die Stadt gelockt hatte, ohne sich um die Proteste der Gilde zu scheren. Der Tuskanier hatte sich zwei Schiffe der königlichen Flotte verschafft, die der König zu horrenden Preisen, vermietete, und war somit in der Lage, im großen Stil Fernhandel zu treiben. Die wenigen begüterten Kunden, die Paliemmus Hafen noch ansteuerten, fing er dem Vater weg, und da er den Carlino in Zahlung nahm, unterbot er ihn um Etliches im Preis. Der Vater hatte das Nachsehen, und er schaute tatenlos zu, wie auch niemand versucht hätte, einen Ausbruch des Feuerbergs aufzuhalten.

Wie Aita befürchtet hatte, war Giovanna nicht geflohen, weil Santa Pappalardu wie eh und je ihre Launen an ihrer Kehrseite ausgelassen hatte, sondern weil nichts mehr in der Kammer gewesen war, woran sie sich dafür hätte schadlos halten können. Somit war keine Magd mehr im Haus, und die Familie musste sämtliche Einkäufe selbst erledigen. Auch konnte Aitas Mutter nicht mehr kaufen, wonach ihr der Sinn stand, sondern musste die paar Münzen, die ihr der Vater brachte, wie einen Pastateig strecken. Aita erbot sich beständig, ihr die Gänge auf die Märkte abzunehmen. Sie war froh, wenn sie etwas zu tun hatte, einen Grund, um zu laufen und allein zu sein.

Das Meer lag glitzernd, weit und still, und da, wo sie über ihre Schulter sah, erhob sich der Monte Pellegrino. Ob sie den Hang des Berges hinauflaufen und dort nach dem Schmied suchen sollte? Wenn es den Höllenschlund samt der ins Feuer geworfenen Prinzessin wirklich gegeben hätte, hätte es Aita nichts ausgemacht. *Besser, er hat diese gottverfluchte Prinzessin entführt, um sie dem Teufel zu opfern, als dass er sie bei sich hatte, weil er sie geliebt hat.* Sie musste ihren Lauf verlangsamen, als sauge der Gedanke ihr jegliche Kraft aus. Jäh fühlte sie sich nicht nur verstört, sondern elend: Wie konnte das eine, das sie sich wünschte, sich ihr so gänzlich entziehen? Der Schmied ließ sie hungern, während er Rosa und fremde Prinzessinnen gefüttert hatte, und Aitas üppige Reize verfielen, weil sie keine andere Speise mehr schlucken konnte.

Seine Kälte war boshaft und ungerecht. Sie hatte ihn geschont, hatte ihren Ruf geopfert, um den seinen, der ohnehin nichts wert war, zu schonen. Statt ihn mit einer Ohrfeige als verschmähten Verführer bloßzustellen, hatte sie ihn vor aller Augen mit einem Kuss ausgezeichnet. Und was tat er? Er ließ sich nicht einmal herab, ihr ein Nicken zu schenken, sondern versteckte sich hinter ihrer Tante, wenn sie ihm einen Besuch abstattete.

Es ist jetzt genug, beschwor sie ihn, als spräche sie ein Gebet. Dabei sah sie aufs Meer, das ebenso wie der Mensch, der ihr fehlte, nicht verriet, wo seine Grenzen und Untiefen waren. *Wenn du dir und mir beweisen musstest, dass mein Verlangen nach dir keine rasch verfliegende Grille ist, dann gib dich zufrieden. Sprich mit mir, gib mir wenigstens die Möglichkeit zu begreifen, quäl mich mit allem, aber nicht noch länger mit Schweigen.*

Als sie sich zurück zum Strand wandte, kam das Gewicht ihres Körpers ihr unendlich schwer vor, doch ihre Verzweiflung war nicht ungehört verhallt. Wo das Weiß des Strandes in eine

Kette niedriger Felsen überging, saß wie aus dem Boden gewachsen der Schmied. Er hatte die Beine dicht an den Leib gezogen und hielt den Kopf gesenkt. Wenn Aita noch Zweifel daran gehegt hatte, ob dieser rätselhafte Mann ihr zugedacht war, so zerstoben sie an seinem Bild. Sie lief zu ihm und ließ sich vor ihn in den Sand fallen. Ohne die geringste Scheu lehnte sie den erschöpften Kopf auf seine Knie.

»Ich bin so froh.«

»Ich weiß nicht, worüber.«

»Doch, das wisst Ihr, spielt nicht den Ahnungslosen. Ich habe Euch in der ganzen Stadt gesucht. Habt Ihr mich denn nicht gesucht? Seid Ihr nicht deshalb hergekommen, wo Ihr doch sonst jede Stunde des Tages bei der Arbeit verbringt?«

»Ich bin bei der Arbeit«, sagte er.

»Hört auf, mich zu verspotten!«, fuhr sie ihn an. »Das ist grausam.« Dass sie selbst vor dieser Grausamkeit nie zurückgeschreckt war, schien ihr mit dem, was er trieb, nicht vergleichbar zu sein.

»Ich verspotte Euch nicht«, erwiderte er. »Ich muss für meine Arbeit manchmal stillsitzen und lange einen Gegenstand betrachten oder an einen Ort gehen, an dem sich manches zusammenfügt. Für Euch ist das nicht sonderlich interessant.«

Klammheimlich war Aita derselben Ansicht, aber weil es um ihn ging, wollte sie zumindest Interesse vorgeben. »An was für Orte geht Ihr?«, fragte sie.

Mit einem Kopfschwenk wies er nach dem Hang des Pellegrino.

»In den Höllenschlund?«

Lange gab er ihr keine Antwort. Dann sagte er: »Da fragt Ihr den Falschen. Für mich war es einmal der Eingang zum Paradies.«

Als er wieder zwischen seine Beine in den Sand starren wollte, packte sie blitzschnell sein Kinn und zwang ihm den Kopf in die Höhe. »Sprecht mit mir. Helft mir, Euch zu verstehen!«

»Besser nicht«, sagte er beinahe sanft, befreite sein Kinn und schüttelte den Kopf.

»Warum nicht?«

»Ich möchte das nicht gern beantworten«, erwiderte er.

Ehe sie weiter in ihn dringen konnte, entdeckte sie den Gegenstand, der zwischen seinen Beinen im Sand lag und den er betrachtet haben musste, ehe sie gekommen war. Es war eine große weiß-rosa schimmernde Muschel mit zahlreichen Schwüngen, Zacken und Erhebungen. Flüchtig glaubte sie, von seinem Gerede etwas zu begreifen: In den Linien der Muschel erkannte sie einige, die er dem Metall aufzwang. Die Schönheit und der Formenreichtum seiner Arbeit, die nicht irdisch und darum teuflisch wirkten, schaute er der Natur ab und empfand sie ihr nach.

Aita schob seine Hand zwischen seine Waden, hob die Muschel auf und hielt sie an ihr Ohr. »Das Rauschen des Meeres ist darin!«, rief sie. Nunzia tat das immer, sie geriet über rauschende Muscheln regelrecht in Verzückung. »Die Muschel ist schon vom Meer getrennt, aber sein Rauschen ist noch in ihr gefangen.«

Sooft Nunzia dergleichen bekundet hatte, hatte Aita sie albern gefunden, jetzt aber hoffte sie, der Schmied möge den Gedanken für geistreich und empfindsam halten.

»Das glaube ich nicht«, sagte er.

»Was glaubt Ihr nicht?«

»Dass es das Meer ist, das wir rauschen hören, wenn wir uns eine Muschel ans Ohr halten«, erwiderte er. »Ich glaube, es ist etwas in uns, das schon da ist und das die Muschel zum Klingen bringt. Ist das nicht oft so? Dass wir glauben, wir vernehmen ein weltbewegendes Geheimnis, und in Wahrheit nur uns selbst hören?«

Wie kam es, dass ein Schmied, der in abgewetzten Kleidern steckte und den ganzen Tag stumpfsinnig über Rauch und Ruß am Amboss stand, so redete? »Wer hat Euch solche Gedanken in den Kopf gegeben?«, fragte sie.

Er zuckte die schweren Schultern. »In einer Stadt wie dieser fließt seit Jahrhunderten zusammen, was Menschen an allen Enden der Welt erdacht und ersonnen haben, und es ist leicht, an Bücher und Schriften zu gelangen. Ich vermute, wenn man tagein, tagaus liest, was andere denken, kommt man irgendwann nicht mehr umhin, es selbst zu tun.«

Das Durcheinander auf seinem Tisch fiel ihr ein. Ihr Vater, der aus einem reichen Handelshaus stammte und schon als Junge die Schrift erlernt hatte, besaß nicht halb so viel beschriebenes Papier. »Und weshalb tut Ihr das: lesen, was andere schreiben?«, platzte sie heraus. »Wie kommt es, dass Ihr es könnt, Ihr seid doch nur …?«

Erschrocken hob sie den Kopf von seinem Knie. Er aber wirkte eher belustigt als erzürnt. »Nur ein grober Kerl, der mit seinen dreckigen Händen bei seinem Leisten bleiben sollte?«, fragte er und furchte seine Brauen über der Nasenwurzel. »Damit habt Ihr zweifellos recht. Wer sich keinen Ärger einhandeln will, ist mit diesem Rat gut bedient. Dasselbe gilt übrigens auch für Euch.«

»Was soll das heißen?«

»Dass Ihr Euch mit derlei groben Kerlen besser nicht abgebt. Die sind für Euch nämlich nicht bestimmt.«

»›Die sind für Euch nämlich nicht bestimmt‹«, äffte sie ihn nach und sandte ihm einen blitzenden Blick. »Wisst Ihr, wie Ihr Euch anhört? Wie der vertrocknete Pater Michele, mein Beichtvater bei den Zisterziensern von Santo Spirito. Vom Meeresgrund soll ich lassen, der sei für mich nicht bestimmt, hat er mir gepredigt. Und warum nicht? Könnt Ihr mir das sagen? Wenn ich vom Meeresgrund etwas wissen will, warum soll ich ihn mir dann nicht anschauen?«

Er zögerte. Dann schenkte er ihr unvermittelt einen Blick und ein schiefes Lächeln dazu. »Vielleicht, weil Ihr nicht schwimmen könnt?«

Aitas Herz vollführte kleine Sätze. Um ihn nicht auf der

Stelle zu umfassen und ihm einen Kuss in den verzogenen Mundwinkel zu drücken, schlug sie ihm zart auf die Wange. »Ich könnte es lernen, oder nicht, mein Herr Spötter?«

Er fing ihr Gelenk und zog ihre Hand von seinem Gesicht weg, wo ihre Finger gerade entzückt begonnen hatten, sich auf der Sichel des Wangenknochens zurechtzutasten. Fest legte er sie zurück auf ihr Knie. »Nicht anfassen, *babazza.*«

»Ich will aber!«, fauchte sie, riss ihre Hand los und gab ihm noch einen Klaps.

Er versuchte, die Hand zu fangen, aber sie entwischte ihm, und er hatte – *patsch!* – den nächsten Streich auf der Wange sitzen, noch ehe er sie packen konnte. Dann wieder einen rechts und noch einen links, den ersten hübsch fest, den zweiten geradezu zärtlich, und dann sprang sie auf und rannte ein paar Schritte weit über den Strand. »Fang mich, wenn du kannst! Ich fasse dich an, wann es mir gefällt. Hast du das verstanden, *babazzu*, oder braucht's noch ein bisschen Geklopfe an die Ohren?«

Er machte keine Anstalten, ihr zu folgen, sondern blieb im Sand sitzen und sah zu ihr auf, das Gesicht, das sie umso schöner fand, je länger sie es betrachtete, umrahmt von wildem Haar. »Warum muss ich dazu herhalten? Kann Euer Vater Euch nicht ein anderes Spielzeug kaufen?«

Das tat weh. So sehr, dass Aita stillstehen und den Blick auf die Weiße des Sandes senken musste. »Warum sagt Ihr so etwas?«

»Weil ich das Spielzeug, nach dem es Euch offensichtlich verlangt, nicht abgeben will. Ihr seid noch ein Kind. Aber nicht meines.«

Aita stand tatsächlich da wie ein Kind, und zwar wie eines, das vor aller Augen gemaßregelt worden war. Ihre Wangen glühten, und vor Scham brachte sie kein Wort heraus. Zudem wallte ihr Zorn in die Kehle: Warum war er so grausam? Und warum war sie so linkisch? Warum verfing bei ihm nichts, was bei anderen ein Kinderspiel war? Was sollte sie jetzt anfangen? Ihn aufzugeben und nach Hause zu gehen, nachdem sie ihn endlich gefunden hatte, war ganz und gar undenkbar. Doch zu ihm zurückzugehen oder auch nur vor seinen Augen stehen zu bleiben, verbot ihr der Stolz, der ohnehin eine empfindliche Schlappe zu verkraften hatte.

Schwerfällig erhob er sich von seinem Platz, klopfte sich den Sand von den Schenkeln und kam zu ihr. Ehe sie glauben konnte, was ihr geschah, schloss er seine großen Hände um ihren Hinterkopf und hob ihr Gesicht. Seine Augen schimmerten.

Er will mich!, triumphierte es in ihr. Kein Mann, der nicht wild nach einer Frau war, entblößte sich vor ihr und gab ihr einen solchen Blick.

»Die Legende, an die Euer Beichtvater Euch erinnern wollte, stammt aus diesem Teil der Stadt«, sagte er rau.

»Erzähl sie mir.«

Er seufzte. »Ja, ich fürchte, ich komme nicht umhin. Siehst du den lang gestreckten Felsen?« Er wies auf die steinige Zunge, die ins Wasser hineinragte und auf der im Sommer leichtsinnige Burschen Mutproben absolvierten, um sich ihren Mädchen zu beweisen. Sie sprangen von der Spitze des Felsens ins Wasser und ließen sich von ihren Kameraden in Netzen herausfischen, oft kurz bevor ihnen die Luft wegblieb.

»Dort unten soll einst der Lieblingsplatz des Königs gewesen sein«, sagte der Schmied. »An schönen Tagen ließ er sich seinen Thron bis an den Rand des Felsens tragen, um das Meer zu überblicken, wenn er ihm schon nicht gebieten konnte.«

»Was für ein König war das? Der immerwährende Federico Secondo?«

»Vielleicht. Wer weiß? Von dem wäre immerhin vorstellbar, dass er glaubte, er könne lernen, dem Meer zu gebieten, nicht wahr?«

Aita wusste es nicht, und es war ihr gleichgültig. Sie wollte, dass er weitersprach, damit sie zusehen konnte, wie seine Lippen sich beim Sprechen bewegten.

»Es muss ihn in Wut gebracht haben, dass er zwar glaubte, das Meer sei sein Besitz, aber nicht einmal wusste, was dort unten vor sich ging«, fuhr er fort. »Als ihm daher zugetragen wurde, unter den Fischern im Hafen lebe ein elternloser Bursche, der sich aufs Tauchen verstand, ließ er ihn zu sich rufen. Er gab diesem Jungen, der außer den Lumpen am Leib nichts besaß, aus seinem eigenen Becher Wein zu trinken. Von dem Geld, das der Becher wert war, hätte der Junge bis ans Ende seiner Tage leben können. Der König nahm ihm den Becher jedoch wieder fort, warf ihn, so weit er konnte, ins Meer und versprach ihm: ›Er ist dein, wenn du ihn von dort unten wieder heraufholst und mir erzählst, was du gesehen hast.‹«

Aita stand atemlos vor ihm und sah sich an seinem Gesicht nicht satt, sondern hungrig. »Und der Junge?«

»Der sprang von der Kante des Felsens ins Meer und verschwand. Die Leute stimmten ein großes Geschrei an, allen voran die Tochter des Königs, die womöglich ein zu weiches Herz hatte. Kurz darauf aber tauchte der Bursche mit dem Becher in der Hand wieder auf. Der König bedrängte ihn mit Fragen, und der Junge berichtete ihm so gut, wie es eben ging, was er in den paar Augenblicken auf dem Meeresgrund gesehen hatte. Der goldene Becher gehörte nun von Rechts wegen ihm, aber der König hatte Blut geleckt. Er wollte nicht nur dieses Wenige über den Meeresgrund wissen, sondern alles, und vor allem wollte er, dass sein Spiel mit dem Tod nicht schon zu Ende ging.«

Es ist kein Spiel, dachte Aita, *es ist Gier nach Leben vor dem Tod.* Der Schmied schwieg still und furchte zweifelnd die Brauen, doch Aitas Augen verlangten unerbittlich, dass er ihr den Rest erzählte.

»Der König zog seinen Siegelring vom Finger«, sagte er schließlich. »Und zugleich langte er nach dem ersten Geschöpf, das er zu fassen bekam, nach seiner eigenen Tochter. Er zerrte sie am Handgelenk zu sich und zeigte beides dem Burschen: den Ring wie das Mädchen. ›Das alles ist dein, wenn du noch einmal für mich auf den Meeresgrund tauchst‹, sagte er. Seine Tochter musste am Ende wohl noch dankbar dafür sein, dass er nur den Ring und nicht auch sie ins Wasser warf.«

Aita lachte erstickt, der Schmied lachte noch erstickter, und ihre Blicke trafen und streichelten sich. »Ist der Junge gesprungen?«, fragte Aita. Dabei wusste sie es längst. Natürlich war er gesprungen. Ein Mensch, der nicht im Innern längst gestorben war – welche Wahl hätte der gehabt?

Der Schmied nickte. »Das Meer, das dieses Auf und Ab vermutlich gründlich satthatte, hatte zu toben begonnen, und die Leute beschworen den Jungen, sich mit dem Becher zu begnügen und seines Weges zu ziehen. Aber wann erfüllt solch ein Gerede schon mal seinen Zweck? Ja, er ist gesprungen, kopfüber in den Kamm der Welle, die ihm entgegenschlug.«

»Und dann?«

»Dann nichts mehr, *Signurina*.«

»Er ist …«

»In den verklärten Worten der Legende hat das Meer ihn behalten«, erwiderte der Schmied. »Was in schlichtem *Sicilianu* bedeutet, dass er jämmerlich ersoffen ist.«

Aita glaubte zu spüren, wie sein Bild sich ihr in die Netzhaut prägte, jede Kerbe seiner Haut, jede Locke, die der Aprilwind ihm aus dem Gesicht strich. »Und jetzt?« Ihre Stimme war ein Flüstern. »Willst du mir etwa wie der Priester erzählen, dass ein Ring und eine Königstochter keinen Sprung wert seien? Willst du behaupten, dass du nicht gesprungen wärst?«

Er ließ sie los und wandte sich ab. »Ja«, sagte er zum Meer hin. »Das will ich behaupten. Königstöchter sind alles wert, aber wenn ich ein zweites Mal die Wahl hätte, würde ich nicht springen.«

»Du hast sie aber nicht!«, rief Aita. Sie verstand nicht einmal die Hälfte, aber die genügte ihr vollauf. »Ich lasse sie dir nicht. Wenn mein Taucher zu feige ist, springt die Königstochter eben selbst.«

Sie packte sein Haar, zerrte ihn daran zu sich herum und küsste ihn. Er schmeckte nach Salz. *Nach Leben,* dachte sie. Sie presste sich an ihn, bis ein harter, metallener Gegenstand, den er unter dem Hemd tragen musste, sich ihr schmerzhaft in die Brust grub. Die Kraft, mit der sein Herz Blut pumpte, brachte ihren Körper zum Beben. Als sie endlich von ihm abließ, standen sie schwer atmend voreinander.

»Midiú«, keuchte Aita. Seinen Namen wie ein Kosewort. »Midiú.«

In ihren Armen wurde sein Körper hart und entzog sich. Er gab ihr noch einen Blick, den sie nicht deuten konnte, dann drehte er sich um und ging.

13

Wenn Santa als Kind nicht mehr ein und aus gewusst hatte, war sie in Rosas Arme geflüchtet. Rosa, die älteste der Schwestern, hatte sie an ihren Leib gedrückt und gehalten, und etwas in Santa hatte gewusst, dass jetzt die Welt auf irgendeine Weise wieder in Ordnung kommen würde. Rosa rückte sie für sie gerade. Wie sie das anfing, war gleichgültig.

Die Erinnerung an jene Zeit, an den Trost in den fleischigen Armen ihrer Schwester, war so stark, dass Santa nicht darüber nachdachte, wohin sie lief. In ihrem Haus war sie kopflos von einem Zimmer ins nächste gerannt und hatte auf leere Spinde, aus den Angeln gerissenen Türen und verstreute Scherben gestarrt, bis sie es nicht länger ertragen hatte und hinaus auf die Gasse geflohen war. Die Frühlingssonne, die auf dem hartgebackenen Lehmboden kurze Schatten tanzen ließ, schien Santa zu verhöhnen. Sie hatte gerade auf den Ballarò zum Einkauf gehen wollen, als die Männer in ihr Heiligstes, in die Kammern ihres Hauses eingedrungen waren; jetzt schlug sie um das wimmelnde Gedränge des Marktplatzes den weitesten möglichen Bogen.

Sie wollte überall lieber sein als dort. Das Labyrinth der Marktgassen, in dem sich ein Stand an den anderen reihte und jede Köstlichkeit unter der Sonne feilgeboten wurde, war für die gedacht, denen der Beutel schwer von Münzen am Gürtel hing. Für die übrigen aber, die in ihrem Beutel nur Stoff und Leere ertasteten, war der Markt eine grausame und ausgeklügelte Folter. Über dem gesamten Gelände hing eine Wolke aus lockenden Düften, und die Händler priesen ihre Waren an, wie eine

Grille den Sommer anzirpte oder ein schmachtender Sänger ein schönes Mädchen umwarb. Solange Santa zu den Hausfrauen gehört hatte, denen ein oder auch zwei Mägde Geld und Waren hinterhertrugen, hatte sie häufig nach den bemitleidenswerten Gestalten Ausschau gehalten, die sich in den Schatten um den Ballarò herumdrückten. Jetzt gehörte sie selbst zu ihnen und hatte sich doch geschworen, dass ihr dies nie wieder geschehen würde.

Ihr Vater hatte sein unter den Staufern erwirtschaftetes Vermögen verloren, und ihr erster Mann, ein Jüngelchen, das im Elternhaus nichts zu sagen hatte, hatte ihr knappe Summen für das Nötigste in die Hand gezählt. Bei ihm hatte Santa geglaubt, sie müsse sich schämen, doch erst der zweite hatte ihr beigebracht, was Scham wirklich war. Er hatte mit Wein gehandelt wie der Pappalardu, nur war er selbst sein bester und bald darauf sein einziger Kunde gewesen. Die Armut in der Hütte, die sie ihr Haus hatten nennen müssen, hatte eine Bitterkeit auf Santas Zunge hinterlassen, die sich nur mit den teuersten Gewürzen übertünchen ließ.

Teure Gewürze aber gab es nicht mehr und auch kein Fleisch, das sie hätte würzen können. *Meine Aita, ma fia*, hallte der einzige Gedanke, zu dem sie fähig war, durch ihren Schädel. Was sollte aus ihrem süßen Mädchen werden? Ohne das Heiratsgut in ihrer Truhe und den Namen des Handelshauses als Pfand würde sie die Heirat, die ihr gebührte, nicht machen können, sosehr ihr Liebreiz mit jedem Tag wuchs. Wenn kein Wunder geschah, wenn ihre Mutter kein Wunder aus dem Boden stampfte, würde ihr nichts anderes als eine übereilte Heirat übrig bleiben.

Eine Heirat unter ihrem Wert – das Schicksal, das Santa selbst widerfahren war und das sie ihrer Tochter um jeden Preis hatte ersparen wollen. »Du wirst nie erfahren müssen, wie es sich anfühlt, verscherbelt zu werden«, hatte sie dem winzigen Geschöpf in ihren Armen geschworen. »Um nicht viel mehr als ein Stück Fleisch und Büffelkäse von denen verkauft zu werden, denen du vertraust.«

Wenn aber kein Fleisch und kein Käse mehr im Haus waren, stellte sich die Frage, was eine Frau leichter hinnehmen konnte: zu hungern oder mit einem Mann zu gehen, der ihr zuwider war. Santa spürte die verhasste Folge von Schaudern, die ihr über den Rücken jagte, während sie an ihren zweiten Mann dachte. Zugleich zog sich ihr leerer Magen schmerzhaft zusammen, und umgeben von Düften, die vom Ballarò herübertrieben, wurde ihr schlecht vor Hunger. Manche Übel waren von einer Größe, die es lächerlich machte, entscheiden zu wollen, welches das kleinere war.

Santa ging schneller, obwohl ihre Beine sich vor Erschöpfung sträubten. In ihrer Furcht, Bekannten in die Arme zu laufen, kam sie sich vor wie eine Verbrecherin. Zwei französische Bewaffnete kamen ihr entgegengeschlendert. Sie wollten zweifellos zum Palast und nahmen die ganze Breite der Gasse für sich ein. Santa wich gegen die Wand aus wie damals, als der Reiter sie um ein Haar umgeworfen hatte, und tappte mit einem Fuß in einen Jauchegraben. Längst waren die Franzosen Herren der Stadt, nahmen wie selbstverständlich Straßen und Plätze für sich ein, und manche waren auf herablassende Weise sogar ganz manierlich. Der eine tippte sich sogar entschuldigend an die Kappe, als er bemerkte, wohin er Santa abgedrängt hatte. *Den Sieger erkennt man am Gang,* dachte Santa. *Und wer es mit den Verlierern hält, der ist selbst verloren.*

Nein, sie wollte keinen Kollaborateur zum Mann, auf den ihre eigenen Nachbarn mit dem Finger zeigten, aber von ein wenig Geschmeidigkeit, damit es seiner Familie an nichts fehlte, wäre dem Pappalardu kein Zacken aus der Krone gebrochen. Ein Anflug des vertrauten Ärgers auf ihn sprudelte in ihr hoch. Seit er so zerbrechlich und zittrig aus der Kerkerhaft zurückgekommen war, hatte dieser Ärger geschwiegen und der seltsamen Angst Platz gemacht, sie könnte diesen tatterigen, auf einmal abgemagerten Schmerbauch mit dem spärlichen Haarschopf, den sie nie geliebt hatte, verlieren, sie könnte nach all den Jahren ohne ihn sein. Jetzt aber regte sich aufgebracht die alte Santa in ihr, die dachte: *Und wenn schon? Ohne den Fettfresser und seinen Starrsinn wären mein Kind und ich eher besser als übler dran.*

Unweit von Rosas Haus kam das Tor der heiligen Agata in Sicht, und sogleich kehrten Santas Gedanken zu ihrer Tochter zurück. Sie hatte nie angenommen, das Zauberwesen, das unter ihrer Obhut heranwuchs, könne ihr ähnlich sein. In ihren Augen war ihre Aita überhaupt keinem Sterblichen ähnlich und war von keiner der endlosen Schwächen und Unzulänglichkeiten gezeichnet, an denen die Leben von anderen zerbrachen. Nach der grauenhaften Nacht der Vesper aber hatte sie sich bei dem Gedanken ertappt: *Sie hat mehr von mir, als mir jemals lieb sein könnte.* Ihre vollkommene, unerreichbare Tochter fingerte dem erstbesten Flegel am Hemd, wenn er nur ordentlich nach Mann stank. Ihre Wahl war dabei noch weit törichter gewesen als die ihrer Mutter, sie war geradezu idiotisch, und am liebsten hätte Santa sie auf der Stelle annehmbar verheiratet, ehe Aita an ihrer Torheit noch mehr zu leiden bekam als einst sie selbst.

Jetzt jedoch war dieser Weg versperrt und alle anderen ebenso, es sei denn, Rosa wüsste Rat. *Aber Rosa wird ja Rat wissen,* versuchte Santa, sich zu beruhigen. Die letzten Schritte bis zum Haus ihrer Schwester rannte sie trotz ihrer Leibesfülle, und sie hämmerte mit beiden Fäusten an die Tür. Wenn sie sich Rosa in die Arme werfen, wenn Rosa ihr geliebtes Schwesterchen so verzweifelt sehen würde, musste Rosa einfach einen Rat wissen.

Ein kurz geratenes spitznasiges Mädchen, das Santa vage bekannt vorkam, öffnete. So knapp, wie sie behauptete, konnte das Geld in Rosas Schatulle nicht sein, wenn sie sich eine neue Magd ins Haus nahm, denn ihre alte, die Anna, die sie wie ein Töchterchen verhätschelte, hatte sie gewiss nicht vor die Tür gesetzt.

Rosa kam vom Hof her ins Haus, ehe Santa etwas sagen konnte. Gewiss war sie bei diesem Kerl gewesen, hatte gehört, dass ein Besucher kam, und war vor Schreck in seinem Lumpenbett erstarrt. *Hast du keine Scham?*, hatte Santa so oft gedacht. *Wie tief muss eine Tochter des Syndikus Giuseppino gesunken sein, um sich aus freien Stücken mit einem ungehobelten Schmied in dreckstarren Laken zu wälzen und sich von groben, gierigen Pranken begrapschen zu lassen?*

Jetzt war die Vorstellung noch um einiges ekelerregender. Sooft sie an den widerlichen Burschen denken musste, sah sie die weißen Glieder ihrer süßen Aita daneben, die sie in Milch gebadet und mit Honigsalbe zart gehalten hatte.

»Ach«, sagte Rosa. »Mein Schwesterchen, meine kleine Santuzza.«

Santa lief los und lag mit dem nächsten Herzschlag an Rosas Brust. Die fiel fast hintüber. Einst war Rosa ein robustes, proper gefüttertes Mädchen mit prallen Armen gewesen und Santa ein filigranes Wesen, das an der Härte des Lebens zu zerbrechen drohte. Jetzt schien es nahezu umgekehrt zu sein. Santas Gewicht prallte schwer gegen die wie in sich zusammengeschrumpelte Rosa, sodass diese mehrere Schritte weit zurücktaumelte. Einen Sturz fing sie jedoch ab.

Sie schlang die Arme um Santa. »*Ahime,* meine ärmste kleinste *picciotta!* Was, um alles in der Welt, setzt denn meiner süßen *picciotta* so zu?«

Auf Kinderart, von einem Augenblick zum andern, brach Santa in Tränen aus und wunderte sich einmal mehr, wie leicht das in Rosas Armen vonstattenging, wo es doch sonst so gut wie unmöglich zu sein schien. Rosa ließ sie weinen, seufzte nur von Zeit zu Zeit und wiegte sie, als wäre sie noch ein kleines Mädchen, wobei sie vor Anstrengung ein wenig zitterte. Es tat unendlich gut, in einer Welt, die verrückt spielte, und mit einer Last, die die Schultern krümmte, nicht mehr allein zu sein.

»Du musst mir helfen, Rosa«, sagte sie, sobald sie sich ein wenig beruhigt hatte.

»Aber ja doch. Gewiss doch. Wenn ich kann, helfe ich dir, das weißt du doch.«

»Geld«, platzte Santa heraus. »Ich brauche um jeden Preis Geld!«

»Schon wieder?«

Dieselbe Frage, im selben Tonfall gestellt, war ihr entschlüpft, als Santa ihr erzählt hatte, dass sie wieder ein Kind haben würde, obwohl sie kurz zuvor noch beteuert hatte, sie könne ihre Ehe nicht länger ertragen, sondern müsse aus dem Haus ihres Mannes flüchten und sich bei Rosa verbergen.

»Ich kann nichts dafür«, beteuerte Santa. »An allem ist allein der Pappalardu schuld, der uns um Kopf und Kragen bringt. Der Inquisitor hat ihm ein Papier zustellen lassen und einen Mann mitgeschickt, der dafür sorgen sollte, dass der Pappalardu begreift, was darin geschrieben steht, auch wenn er nicht lesen kann. Der Pappalardu hat gewütet wie der Feuerberg, er hat diesem Beamten ins Gesicht gespien, er könne besser lesen als alle Giftzwerge von Frankreich zusammen und er werde ihnen jetzt beweisen, dass er weiß, was in dem Papier steht, indem er es ins Feuer wirft.«

»Tatsächlich? Das hat er getan?«

»Wo denkst du hin? Wir haben Mai, und wir sind keine reichen Leute mehr, somit hatten wir kein Feuer an. Der Fettfresser hat stattdessen den Bogen in kleine Fetzen gerissen und vor den Füßen der Königlichen ausgestreut wie einer, der seine Kapaune mästet.«

»Also weißt du gar nicht, was drinstand?«, fragte Rosa.

»Doch«, erwiderte Santa. »Ich kam ja gar nicht umhin, es zu wissen, denn er hat es Wort um Wort vor sich hin geschimpft. In dem Papier stand, dass es ihm fortan verboten ist, in des Königs Stadt Palermo Handel zu treiben, da er gegen die Regelung des Zahlungsverkehrs verstoßen hat. Damit ist natürlich ewig und drei Tage dieser vermaledeite Carlino gemeint, den er nicht zum vorgeschriebenen Wert nehmen will. Aber das kennt er ja zur Genüge, das geht ihm am Hintern vorbei und hätte ihn nie so aufgeregt.«

»Was dann?«

»Die Gilde«, antwortete Santa dumpf. »Sein goldenes Kalb. Er hat dem Beamten vorgehalten, ihm dürfe in dieser Stadt niemand verbieten, Handel zu treiben. Dieses Recht hätten einzig und allein die Ältesten der Gilde, die zum Schutz der Mitglieder begründet worden sei, und deren Oberhoheit dürfe nicht einmal ein vom Papst gesalbter König verletzen.«

»Wie mutig«, bemerkte Rosa und klang wie ein schmachtendes Mädchen, das unter den Achseln schwitzt.

»Mutig?« Santa schnaufte. »Du redest vom Pappalardu, der sich den Hintern im Lehnstuhl platt sitzt, nicht von einem Helden mit Goldhaar wie Federico Secondo. Findest du es etwa auch mutig, dass er diesen Männern irgendwelche zusammengeheftete Bögen unter die Nase gehalten, darauf geklopft und erklärt hat, die neue Steuer, diese *Collecta generalis* oder wie die heißen soll, wäre rechtswidrig, weil das Parlament ihr nicht zugestimmt hat?«

»Das finde ich mehr als mutig«, antwortete Rosa mit verklärtem Blick.

»Und was hat ihm das eingetragen?«, schoss Santa zurück. »Wovon träumst du eigentlich? Von einem schlanken Streiter, der tollkühn das Schwert zieht und drei auf einen Streich niedermäht? Der Pappalardu hat kein Schwert, und wenn er eines hätte, wäre er zu schwammig und schläfrig, um es aus dem Gurt zu nesteln. Ein paar aufs Maul hat er bekommen, mit dem Handrücken, wie ein dummer Rotzjunge. Mehr Anstrengung war er denen nicht wert.«

Die letzten Worte hatte sie regelrecht herausgestoßen, weil die Erinnerung ihr Innerstes umpflügte. Die Demütigung, die dem Pappalardu zugedacht war, ging ihm am breitgesessenen

Hintern vorbei und traf sie. Keine Frau sollte ihren Mann so würdelos erleben müssen, einen Mann, mit dem sie das Bett geteilt hatte und den ihr Kind Vater nennen musste.

Santa schüttelte sich. »Was ist denn so mutig daran, seine Tochter unversorgt zu lassen und seine Frau solcher Schmähung auszusetzen?«, bellte sie Rosa an. »Glaubst du etwa, damit war die Sache abgetan?«

Rosa zögerte, dann rieb sie sich flüchtig die Wangen und schüttelte den Kopf.

»Die Franzosen sind zwar abgezogen, aber mir war gleich klar, dass das nicht das Ende ist«, fuhr Santa fort. »›Fettfresser‹, habe ich gesagt, ›du tust besser eine Zeit lang, was sie von dir wollen, verhältst dich ruhig, gefügig – und nach ein paar Wochen gehst du dann in den Palast, bittest LeFouet untertänig um Verzeihung und fragst ihn unter euch Ehrenmännern, ob er nicht so gnädig sein und dir deine Lizenz zurückerstatten könnte.‹«

Rosa musterte sie aus zweifelnden runden Augen. »Darauf hat er sich nicht eingelassen, richtig?«

»Der Pappalardu? Nie im Leben.« Wieder schnaufte Santa. »Er hat noch am selben Tag das nächste Geschäft getätigt und den Preis in Augustalen berechnet, als hätte der ganze Spuk nicht stattgefunden. Sogar gerühmt hat er sich. Weil er diesen Speichelleckern die Stirn geboten habe, wolle jetzt jedermann bei ihm kaufen, hat er mir überm Fisch zum Nachtmahl erzählt. Und den Carlino nehme er jetzt überhaupt nicht mehr in Zahlung, er gebe schließlich seine gute Ware auch nicht für ein Stück hartgebackener Scheiße von Kötern her.«

Rosas Seufzen klang, als kämpfe sie gegen ein Lachen. »Der Hanswurst, als den du ihn mir sonst schilderst, kann dein Mann kaum sein.«

»Und ob er das kann!«, rief Santa. »Was glaubst du denn, wie lange das gut gegangen ist mit seiner Großsprecherei? Keine Woche. Nur die paar Tage bis heute in der Frühe, als König

Karls Männer zurückgekommen sind, wie ich es ihm von Anfang an prophezeit habe.«

»Santuzza!« Rosa war das Lachen vergangen. »Sag mir um der Heiligen Jungfrau willen, was geschehen ist.«

»Sie waren zu sechst«, sprach Santa tonlos weiter. »Drei von ihnen waren bewaffnet, und das Einzige, wofür ich dem Allmächtigen danke, ist, dass meine Aita schon ausgegangen war. Den Pappalardu haben sie mitgenommen, die Lehrjungen vom Hof geprügelt und das Haus kurz und klein gehauen. Kein Stück Wäsche, das ich auf meinem Leib getragen habe, haben die Hände dieser Grobiane nicht angelangt. Was ihnen wertlos erschien, haben sie zerfetzt, in Trümmer geschlagen, überall verstreut. Was sie aber gebrauchen konnten, haben sie wie elende Plünderer aus dem Haus geschleppt. Alles, Rosa! Auch das, was deiner Patentochter Aita gehörte, den Altar ihres Großvaters und die Truhe mit ihrem Heiratsgut!«

Santa hätte am liebsten aufgeheult. Noch immer war sie außerstande zu fassen, dass verloren sein sollte, was sie ihr Leben lang gehortet hatte, um ihrer Tochter ein besseres Leben zu erkaufen.

»Mach dir darum jetzt keine Sorgen«, sagte Rosa. »Das Heiratsgut hat Zeit, an erster Stelle geht es jetzt um deinen Mann.«

»Es hat Zeit?«, brach es aus Santa heraus. »Und ich soll mir darum keine Sorgen machen? Aber das muss ich doch, und manchmal frage ich mich, in was für einer Welt du eigentlich lebst. Aita ist achtzehn Jahre alt, sie wird völlig mittellos in der Welt stehen, und dass Männer aus ordentlicher Familie ihr damit verwehrt bleiben, wissen wir ja wohl nur zu gut.«

»Wir beide haben Männer aus ordentlichen Familien geheiratet«, wagte Rosa mit schmalem Stimmchen zu widersprechen.

»Was weißt denn du?«, fuhr Santa sie an. »Von dem Leid, das ich durchgemacht habe, kannst du doch nicht einmal den kleinsten Teil ermessen.«

»Nein«, gestand Rosa zu. »Mir ist nie ein Kind geschenkt

worden, also kann ich auch nicht ermessen, was es bedeutet, eines zu verlieren. Aber seit ich Arabella in meinem Leben habe und in meinem kleinen Rahmen an ihrem Wachsen Anteil haben darf, beginne ich zu begreifen –«

»Ich werde meine Aita nicht verlieren!«, fuhr Santa ihr scharf ins Wort. »Ich werde nicht zulassen, dass mir alles genommen wird, was ich mir für einen so hohen Preis erkämpft habe.«

»Ich hatte nicht von Aita gesprochen«, bekundete Rosa so leise, als hätte ihr jemand die Stimme zerdrückt.

»Aber ich spreche von ihr!« Dass Rosa von diesem Balg des Schmieds faselte, während sie sich um Aita halb zu Tode sorgte, peitschte ihre Erregung noch auf.

Rosa nickte. »Daran zweifle ich nicht.«

»Sie ist mein Ein und Alles!«, rief Santa. »Du musst mir Geld leihen, Rosa. Wer weiß, wie viel sie mir diesmal wieder aus den Rippen schneiden werden, ehe sie mir meinen Mann herausgeben. Diese neue Steuer müssen wir in jedem Fall begleichen, und allmählich kommt es mir vor, als wäre es einerlei, ob man seine Steuern bezahlt. Man läuft immerfort im Kreis und fängt wieder von vorne an. Aber was soll ich denn tun? Den Fettfresser bei den Franzosen im Kerker schmoren lassen? Verdient hätte er es, aber was soll aus meiner *bimba* werden, wenn der Ruf des Handelshauses zum Teufel geht und niemand mehr da ist, der für uns sorgt?«

»Aber ich habe dir doch erklärt, dass ich selbst kein Geld habe!«, rief Rosa verzweifelt.

»*Per l'amor di Diu*, dann lass es dir eben von deinem verdammten Liebhaber geben!«

Rosa, die gerade wieder die Arme um sie geschlungen und ihr den Rücken gestreichelt hatte, ließ sie los. »Muss ich wissen, wen du damit meinst?«, fragte sie geradezu hoheitsvoll, was sich zu ihrem traurigen Hundegesicht lachhaft ausnahm.

»Ich habe keine Zeit für Spiele, Rosa. Wir wissen beide, wen ich damit meine, und du wirst mich nicht dazu bringen, den Namen dieses Menschen auszusprechen.«

»Dieser Mensch hat dir bereits Geld geliehen«, versetzte Rosa. »Viel Geld – und deiner Tochter drei Tage später noch mehr. Er hat für sein Kind zu sorgen. Statt ihn um weiteres anzugehen, musst du ihm die Summe zurückzahlen, Santa, oder er gerät samt seiner kleinen Tochter selbst in Not.«

»*Per l'amur di Diu!* Was geht mich die Tochter von dem Kerl an?«, rief Santa. »Ich habe um meine eigene zu fürchten.« Dann stockte sie. »Du sagst, Aita hat sich von ihm noch mehr Geld geliehen? Sie ist hierhergekommen und hat mit dem Mann über Geld gesprochen? Aber für diese Dinge sorge doch ich – weshalb sollte sie denn so etwas tun?«

»Weil dir das Geld für eure Steuerzahlung gestohlen worden ist«, erwiderte Rosa sonderbar fremd und kühl. »Jedenfalls hat sie das Emidio erzählt.«

Die gottverfluchten Zuckermandeln!

Den Diebstahl hatte Santa erfunden, weil sie es nicht über sich gebracht hatte, sich vor Aita bloßzustellen. Aita ihrerseits hatte behauptet, ihre Freundin Francesca, die Tochter eines Gildebruders, der dem Pappalardu verpflichtet war, habe die Summe für sie auftreiben können.

»Und dieser Schmied hat Aita das Geld …?« Santa hatte das Gefühl, vor der Antwort auf die nur halb gestellte Frage zu beben.

»Ja, er hat ihr gegeben, was er hatte«, antwortete ihre Schwester.

»Ist es deines?«, fragte Santa und klammerte sich an diesen letzten Fetzen Hoffnung. »Das Geld … Hätte er es eines Tages ohnehin dir oder deiner Familie zurückerstatten müssen?«

»Es ist seines«, versetzte Rosa. »Nur er hat ein Anrecht darauf.«

»*O dolce amur di Gesu!*« Santas Schädel schmerzte, als würden ihr feine Nadeln rundum in die Kopfhaut gebohrt, und sie hätte um sich schlagen wollen, um dem Herr zu werden. »Hat meine Aita – hat sie ihn deshalb angefasst, auf diesem unsäglichen Fest nach der Vesper? Hat das arme Herz angenommen, sie sei ihm das schuldig, sie müsse ihm gestatten, sich Freiheiten herauszunehmen, weil ihre Familie von ihm Geld gebraucht hat?«

Rosa antwortete nicht sofort, obwohl Santa darauf brannte, sondern trat zum Fenster und starrte durch das milchige Glas. »Es gibt Tage, da macht ihr beide, du und deine Tochter, mir Angst«, sagte sie endlich. »Würdet ihr auch über Leichen ins Himmelreich stiefeln, weil ihr glaubt, ihr hättet ein Recht darauf und jeder andere müsse um euretwillen darauf verzichten?«

»Ich habe keine Ahnung, was du damit sagen willst, und ich habe keine Zeit zum Rätselraten.«

»Natürlich nicht.« Rosa wandte sich ihr wieder zu, lehnte sich mit dem Rücken ans Fenster und kreuzte die Arme vor der Brust. »Ich weiß nicht, was auf dem Fest nach der Vesper geschehen ist. Ich gehe schon seit Jahren nicht mehr hin, und Emidio wollte auch nicht gehen, aber er hat es nicht über sich gebracht, Arabella den Wunsch abzuschlagen. Dass du ihm unterstellst, er würde die Lage deiner Tochter ausnutzen, um seine Gelüste zu befriedigen, raubt mir beinahe den Atem. Dass du trotzdem erwägst, noch mehr Geld von ihm zu nehmen, raubt ihn mir ganz. Manchmal frage ich mich, ob dich überhaupt jemand erzogen, dir beigebracht hat, wie man Menschen behandelt.«

»Für mich hatte doch nie jemand Zeit!«, fauchte Santa, doch im nächsten Augenblick brach all die aufgebauschte Entrüstung zusammen. »Ich habe solche Angst, Rosa. Ich brauche um jeden Preis Geld, und ich komme mir vor, als würde ich von allen Seiten umzingelt und bedroht. All das Schreckliche, das uns geschieht, hat Aita völlig verstört. Mein kleines Mädchen tut Dinge, die ich nicht begreife, und ich weiß nicht mehr, wie ich sie beschützen kann.«

»Nicht, indem du sie lehrst, sie könne andere Menschen benutzen oder ihr Spiel mit ihnen treiben, wie es ihr gefällt«, sagte Rosa. »Ich werde tun, was ich kann, um Geld für dich aufzutreiben, zusehen, dass ich jemanden finde, der mir mit ein paar Verkäufen behilflich ist, falls nicht diese ganze Stadt an ihren Vorurteilen erstickt. Ich schicke dir meine Magd, sobald ich etwas erreicht habe.«

»Die Kleine mit der spitzen Nase? Die habe ich irgendwo schon mal gesehen.« Warum fiel ihr das jetzt ein, als hätte sie keine anderen Sorgen?

Rosa ging nicht darauf ein. »Ich möchte, dass ihr beide, du und deine Tochter, künftig Emidio aus dem Spiel lasst«, sagte sie.

»Wie sich das anhört, *du und deine Tochter*!«, rief Santa. »Als drohe dem Kerl durch uns Gefahr, nicht umgekehrt. Bildest du dir etwa ein, eine von uns hätte es nötig, irgendeinen Schwarzschmied zu verführen, noch dazu einen, von dem jeder weiß, in was für Machenschaften er verstrickt ist? Wenn du fürchtest, er könne dir streunen gehen, warum legst du dann nicht deinen Liebhaber an die Kette, statt mich zu bedrängen, ich solle es mit meiner wunderschönen Tochter tun, die jeden Burschen in dieser Stadt haben könnte?«

Rosa zuckte zusammen, als hätte Santa sie geschlagen. »Es ist so seltsam«, sagte sie nach einer kleinen Weile des Schweigens. »Ausgerechnet die Menschen, die selbst abgeurteilt worden sind, ohne dass ihnen jemand auch nur eine Frage gestellt hat, sind so schnell dabei, anderen dasselbe anzutun. Schützt dich das, Santa? Glaubst du, wenn du Emidio und mich ausschließt, läufst du selbst nicht länger Gefahr, die Ausgeschlossene zu sein? Und deine Sehnsucht dazuzugehören – ist die wirklich so groß, dass du alles dafür in Kauf nimmst? Uns kann es gleichgültig sein, wir haben das alles hinter uns, und doch tut es jedes Mal aufs Neue weh.«

Mir auch, dachte Santa. *Und ich weiß nicht einmal, was für ein Schmerz das ist.*

»Geh nach Hause, Santuzza«, fuhr Rosa fort. »Kümmere dich um deine Tochter. Ist sie eigentlich der einzige Mensch auf der Welt, den du liebst?«

Santa musste darüber nachdenken und zählte die Menschen, die ihr hätten nahestehen müssen, an den Fingern ab. »Ja«, sagte sie dann verblüfft, »ja, ich glaube, das ist so. Hast du vergessen, wie hübsch sie war, als sie geboren wurde? Wie ein jeder die Hände zusammenschlug und rief: ›Seht euch doch dieses Engelswesen an, was ist die Mutter darum zu beneiden!‹«

»Ja«, murmelte Rosa, »ich erinnere mich.«

»Durch Aita bin ich ein einziges Mal nicht mit der schäbigen zweiten oder dritten Wahl abgespeist worden, sondern habe die Krone davongetragen«, sagte Santa. »Das lasse ich mir nie wieder nehmen. Als die Leute auf dem Weg von diesem verfluchten Fest zurück in die Stadt gelacht und gespottet haben …« Sie musste sich räuspern, weil ihre Stimme zu brechen drohte, und setzte noch einmal neu an: »Als sie uns hämisch hinterhergerufen haben ›Holla, Mamma Santa, das Fräulein Tochter ist ja gehörig von seinem hohen Ross geplumpst‹, hätte ich ans Ende der Welt fliehen wollen oder mich umdrehen und einen von ihnen töten.«

»Ich wünschte, du würdest so etwas nicht sagen.«

»Ich auch«, gestand Santa. »Aber mein Zorn war wie weiße Glut und hat mich blind gemacht.«

Rosa nickte, ohne sie anzusehen. »Geh jetzt. Sieh daheim nach dem Rechten. Sobald ich etwas erreiche, hörst du von mir.«

Der Gedanke, in ihr zerstörtes Haus zurückzugehen, packte ihr Herz wie eine Faust. Sie würde warten müssen, bis Aita von einem ihrer endlosen Streifzüge nach Hause kam, und ihr dann schonend beibringen, was geschehen war. Aber wie sollte sie das anfangen? Ihr Kind entglitt ihr, das Vertrauteste wurde ihr fremd.

Und warum bringt nie jemand mir etwas schonend bei?

Sie spürte noch einmal Tränen, die ihr in den Augen brannten, weil sie so allein war.

»Soll ich mitkommen?«, fragte Rosa. »Dir helfen, dein Haus wiederherzurichten?«

Erstaunt blickte Santa auf. »Ja, bitte komm«, wisperte sie dann. Noch vor Tagen hätte sie sich gescheut, sich mit Rosa auf der Gasse zu zeigen, da sie auf Aitas Ruf zu achten hatte, doch brauchte sie Trost, und Rosa war der einzige Mensch, der je versucht hatte, sie zu trösten.

»Ich sage nur rasch der Magd Bescheid, damit sie Arabella ein Nachtmahl richtet. Stidda ist mit den Jungen ihre Schwester besuchen gegangen, und Emidio musste Waren nach La Kalsa bringen, also hat er mich gebeten, ein Auge auf sein Zwiebelchen zu haben …«

»*Dio mio!* Begreifst du nicht, dass ich von dem, was du mit diesem Mann treibst, nichts hören will? Dass es mir lieber ist, so zu tun, als hätte es den Kerl nie gegeben?«

»Doch, natürlich begreife ich das.« Rosa ging, um der Magd ihre Anweisung zu geben. Dann machten sich die beiden Schwestern auf den Weg.

14

Die Stadt war noch die ihre, dieselbe, in der sie geboren worden war und in der sie ihr gesamtes Leben verbracht hatte, doch sie war zugleich neu, wie nie gesehen. In immer weiteren Kreisen streifte Aita durch unvertraute Gassen, verirrte sich in Vierteln, in die sie nie einen Fuß gesetzt hatte, und blickte in nicht zu deutende Mienen. Sie war rastlos, süchtig nach dem Fremden. Die unbekannten Wege, die ihre Füße einschlugen, entsprachen denen, auf denen ihre Gedanken umherjagten.

Auf den Heimweg machte sie sich nur, damit ihre Mutter nicht vor Sorge die halbe Albergheria alarmierte. Zumindest versuchte sie, sich das einzureden. In Wahrheit ging sie, weil sie auf etwas wartete. Sie hätte nicht benennen können, auf was, aber etwas in ihr war all die Tage sicher gewesen, dass es ihr bevorstand, dass es nur eine Frage der Zeit war, bis es so weit war.

Sie hatte den Schmied noch einmal gesehen. Noch zweimal, noch dreimal. Längst wusste sie, wo er sich herumtrieb, um sein Werkzeug besorgen zu lassen, Ware auszuliefern und für sich und die kleine Kröte einzukaufen. Sie hatte ihn vor dem Stand des Schleifers abgefangen, und er hätte sich lächerlich gemacht, wenn er ihr vor allen Leuten ausgewichen wäre. In seine Nähe aber ließ er sie nicht, nicht mit Worten und mit anderem noch weniger, sosehr sie sich auch abrackerte.

Wenn sie vor ihm stand, musste sie ihm auf den Mund starren. Er war kein schöner Mann, sondern schwer und dunkel, aber er hatte ohne Zweifel den hübschesten Mund von ganz Paliemmu. In ihren Lippen prickelte es, wenn sie auf die seinen blickte, in ihren Beinen regte sich ein Drang zu zappeln, und dann zerstörte er ihr das Vergnügen, indem er seinen Mund mit der Hand bedeckte.

»Du bist ein so dummes, kindisches Mädchen«, sagte er hinter der Hand.

Wie grausam er war! Einen Herzschlag lang wiegte er sie in Entzücken, weil er sie endlich mit Du ansprach, und dann schlug er alles entzwei. Niemand sonst hatte je gewagt, zu Aita grausam zu sein.

»Und du bist der schlechterzogenste Mann der Stadt!«

»Richtig«, sagte er. »Das macht dich so dumm.«

»Warum?«

»Weil man sich von solchen Männern fernhält. Das sollte selbst dein Flohverstand dir sagen.«

»Mein Flohverstand sagt mir, dass du ein vor Angst schlotternder Feigling bist und nicht wagst, mit mir allein zu sein, weil du dann für deine Unverschämtheit die saftigste Ohrfeige deines Lebens bekämst.«

»Wieder richtig«, versetzte er kühl und unwiderstehlich. »Nur jagt mir dein Mund noch mehr Angst ein als deine Hand. Sei so gnädig, und geh mir aus dem Weg, bevor ich hier vor Tizio, Caio und Sempronio in Ohnmacht sinke.«

Hatte er das wahrhaftig gesagt? Hatte er Aita Pappalardu ins Gesicht gehöhnt, er wolle lieber von ihr geschlagen als geküsst werden? Mit einem kleinen Schrei hatte sie sich auf ihn gestürzt, ihn an den Ohren gepackt und sein Gesicht zu sich hinuntergezogen. »Dir werde ich's zeigen, *Diavùlu!* Dein Spiel ist nicht übel, aber du hast deine Meisterin gefunden.«

Das Treiben des Markttags schien um sie stillzustehen. Blicke flogen wie Pfeile und bohrten sich in ihre Rücken. Niemand wollte sich entgehen lassen, wie die Lilie der Albergheria den Unhold von Neuem küsste. Es mochte ihrem faden Alltag eine Prise Pfeffer verpassen, einen kurzen verbotenen Kitzel. Ehe jedoch ihre Lippen die seinen berührten, machte er sich mit erschreckender Schroffheit frei und stieß sie weg.

»Du willst dir um jeden Preis den Ruf ruinieren, richtig?«

»Ja, ja, ja!«, rief Aita. »Nichts anderes will ich mehr!« Sie fand ihn jetzt doch schön. Wie er dort stand mit seinen wirren Locken, dem Brustkorb, der sich hob und senkte, und dem blitzenden Blick, war er ein prächtiges wildes Tier.

Er wandte sich ab. »Warum bist du so töricht?«

Weil ich dich bändigen will, bis du mir aus der Hand frisst. Weil du nicht langweilig bist, nicht zahm wie all die anderen.

Sie wandte sich ebenfalls ab und trat zu einem Stand, an dem ein Mann die ersten, noch herben Orangen verkaufte und Viertel zum Kosten aufschnitt. »Zuckersüß, doch mit bitterer Schwere, wie unsere schönen Mädchen aus Sizilien«, sagte er.

Auflachend schnappte Aita sich eines der Viertel, wirbelte wieder zu dem Schmied herum und hielt es ihm auf der flachen Handfläche hin. Ein Tropfen Saft quoll aus dem leuchtenden Fleisch, rann ihr über die Haut und hinterließ eine Spur. Aita spitzte den Mund und flüsterte: »Schau nur, wie saftig. Hol es dir, wenn du dich traust.«

Er sah auf das Viertel der Orange, dann in Aitas Gesicht, und schließlich schüttelte er den Kopf. »Ich traue mich nicht. Bring das Obst deinem Bruder und sag ihm, er soll besser auf dich aufpassen. Wenn du meine Schwester wärst …«

»Was wäre dann?«

Abrupt senkte er den Kopf. »Dann hätte ich Angst, dass du dir das Leben zerstörst, für das du geschaffen bist.« Seine Stimme klang nicht länger kühl und spöttisch, sondern schwer von einer zärtlichen Traurigkeit, die Aita von keinem Mann erwartet hätte. Ein Schwall Eifersucht auf die schwarz gelockte Stidda stürzte über sie ein.

»Ich habe keinen Bruder«, sagte sie und besann sich im nächsten Atemzug darauf, dass das nicht zutraf.

»Du hast Carmelo.«

»Den schert nicht, was ich tue.«

»Schert dich, was er tut?«

Über die Frage wollte Aita nicht nachdenken, sie hatte ganz anderes im Sinn. »Wenn Carmelo mir ein richtiger Bruder wäre, hätte er ja wohl schon am Morgen nach der Vesper vor deiner Tür gestanden, um dir nach Strich und Faden die Leviten zu lesen.« Atemlos lachte sie auf. »Bei einem guten Bruder, mein Lieber, hättest du mich am Ende gar heiraten müssen!«

Er suchte ihren Blick und hielt ihn fest. Seine schwarzen Teufelsaugen bekamen etwas lächerlich Sanftes. »Dafür gab es am Morgen nach der Vesper keinen Grund«, sagte er. »An deiner Stelle würde ich beten und dafür sorgen, dass es nie einen gibt.«

Aita horchte auf. Er war so grob und kalt zu ihr, er gab ihr nicht den kleinsten Krumen, der ihr doch zugestanden hätte, aber seine Stimme war ein Streicheln, unter das sie ihren Körper hätte schmiegen wollen. »Könnte es den denn geben, du spröder Stoffel ohne Grazie? Einen Grund, aus dem du nicht nur ein wenig netter zu mir wärst, sondern mich sogar heiraten würdest?«

Seine Augen blinzelten, als wäre es Nacht und er wäre müde. »Dass ein Mann eine Frau heiratet, heißt ja nicht, dass er nett zu ihr ist.«

»Jetzt kein Herausreden!«, rief sie. »Den Grund will ich wissen, nichts als den Grund!«

Er hatte ihr noch einen einzigen Blick geschenkt, dann hatte er sich das Bündel mit dem frisch geschliffenen Werkzeug über die Schulter geworfen, dass es dumpf auf seinem Rücken aufprallte. Er war schon gegangen, war schon drei Schritte weit von ihr fort, als er den Kopf noch einmal zu ihr gedreht hatte. »Wenn dir kein besserer Ausweg bliebe, hätte ich kaum eine Wahl«, sagte er. »Aber das wäre alles. Andere Gründe gibt es nicht. Und jetzt geh heim.«

Aita hatte sich dreingeschickt und den Heimweg angetreten, hatte die Blicke im Rücken gespürt, die sie schmähen sollten, die ihr jedoch wie kleine Trophäen erschienen. Nein, sie hatte noch immer keinen Sieg über diesen eisenbezwingenden Burschen errungen, aber in der flirrenden Frühlingsluft schmeckte sie Gewissheit: Er wollte sie. Wie all die anderen sah er sie meilenweit über sich, auch wenn er sich sträubte, sich ihr zu Füßen zu werfen. Das machte ihn interessant. Er war zu stolz, um sich ihr zu ergeben, weil er glaubte, sie könnte unter etlichen Besseren wählen, doch er hatte ihr praktisch gestanden: Gäbe es keinen anderen mehr, so wäre er für sie da.

Babazzu. Dummkopf! Im Gehen flog ein Lächeln über Aitas Lippen. *Hast du in der Nacht nach der Vesper nicht gespürt, dass nicht nur du in meinen Händen schmilzt, sondern auch ich ein bisschen in den deinen? Die anderen, die besseren, langweilen mich. Mich reizt deine Verruchtheit, das süße Wissen, dass du der Falsche bist, die Angst sämtlicher Nachbarn, du könntest mich in den Schlund der Hölle stoßen.*

Sie würde ihn schon noch lehren, dass Sitte und Moral ihr gleichgültig waren, wenn das Geheimnis, das große Abenteuer lockte. Es war nicht mehr als eine Frage der Zeit. Ihr Dasein würde nicht eintönig und bis zur Salbung auf dem Totenbett vorhersehbar dahinsickern, sondern etwas würde geschehen. Sie brauchte nur Geduld, jene härteste und lästigste Übung, aber das Leben, das wilde, reizvolle, teuflisch-himmlische, das die zu engen Grenzen sprengte, lauerte schon vor ihrer Tür.

Als sie jetzt im ersten graurosa Dämmerlicht in ihre Gasse einbog und die Dächer von Santo Spirito über der Mauer aufragen sah, wusste sie, dass sie nicht länger zu warten brauchte.

Über der Straße schien ein Bannspruch zu liegen, als hätte jemand ein wimmelndes Bienenhaus in Glas gegossen. Kein Karren rumpelte, kein Eseltreiber trottete mit seinem beladenen Tier vom Markt nach Hause, und nicht einmal aus dem *Bufalu mutu* drang der gewohnte Radau besoffener Großmäuler, die wussten, wie man die Welt regiert. Die Tür, die sonst immer offen stand, war heute mit einem Brett verschlossen, und vor den Fensterläden lagen Riegel. Für gewöhnlich spielten Kinder auf dem Weg, die Mädchen kratzten mit gespitzten Zweigen Quadrate in den Boden, hüpften über Linien hinein und hinaus und sagten dazu Zaubersprüche auf. Wenn eines es richtig anfing, sollte das Hüpfspiel ihm den Namen seines Bräutigams verraten, doch Aita hatte bei solchen Spielen nie mitgetan.

Bei den Jungen wurden aus denselben Zweigen Reittiere. Sie waren die furchtlosen Ritter des großen Federico Secondo, der zurückgekommen war, um sein geknechtetes Sizilien zu befreien. Auf ihren gerüsteten Zeltern jagten sie die schändlichen Franzosen, und sobald sie einen erwischten, verwandelten sich die Zelter in Knüppel, mit denen der Halunke ordentlich Prügel bezog. Den Franzosen hatte grundsätzlich Marco, der schiefnasige Sohn des Abdeckers, zu spielen, und wenn er sich beklagte, weil er nicht schon wieder Dresche einstecken, sondern selbst einmal in die Rolle eines edlen Ritters schlüpfen wollte, verwiesen die übrigen ihn an seinen Platz: »Halt den Mund, Schiefnase. Seit wann kann ein Abdecker als Ritter daherkommen? Es nimmt sich ja auch keiner einen Ziegenbock zum Reitpferd! Du machst uns den stinkenden Franzosen, für den du taugst, oder du spielst nicht mit!«

Von solchem Gezänk hallte die Gasse für gewöhnlich wider, heute jedoch spielte auf der langen Strecke kein einziges Kind – kein Mädchen, das sich einen Bräutigam erhüpfte, und kein Junge, der Paliemmu von Marco *Naso-storto* befreite. Die kleinen Plagegeister drückten sich hinter abgestellten Karren und in Hauseingängen herum und starrten Aita aus weiten Augen schamlos entgegen.

»Bin ich grün angelaufen?«, fragte sie einen der Bengel, den rotohrigen Jüngsten des Grobbäckers, der sich tagtäglich hier herumtrieb. »Oder habe ich auf einmal zwei Nasen im Gesicht?«

Für gewöhnlich hätte der Bengel ihr eine freche Antwort gegeben und wäre davongeflitzt, aber heute schüttelte er nur den Kopf und drückte sich unter das niedrige Vordach zwischen seine Gefährten. Etwas war geschehen. Vor ihrem Haus, auf der anderen Seite der Straße, sah sie einen kleinen Pulk von Menschen stehen. Palermitaner waren die Neugier auf Beinen, wo sie etwas von Interesse witterten, drängten sie sich hemmungslos hinzu und langten alles an. Die hier aber standen wie eingeschüchtert still. Aita fiel in Laufschritt.

Die Tür war halb aus den Angeln gerissen und hing schief im Rahmen. Aita konnte sich nicht erinnern, für dieses Haus je etwas empfunden oder auch nur darüber nachgedacht zu haben, aber jetzt, wo sie auf einen Schlag erfasste, dass das Haus nicht unzerstörbar und nicht länger ihre schützende Muschelschale war, raste ihr Herz vor Angst. Aus dem Haus hinaus auf die Gasse führte eine breite Spur von Abfall – Scherben, Stofffetzen, Reste von Eingemachtem. Erst auf den zweiten Blick erkannte sie einzelne Stücke und begriff, dass es sich bei dem, was sie für Abfälle gehalten hatte, um den Besitz ihrer Familie handelte, um die Gegenstände, mit denen sie aufgewachsen war.

Scherben des grünlich lasierten Milchkrugs, mit dem ihre Mutter sie durchs Haus scheuchte, wenn Aita ihrer Ansicht nach nicht genug getrunken hatte.

Fetzen des Wandbehangs mit einer Szene aus dem Leben der heiligen Agata, die mit ihren abgeschnittenen Brüsten über jede ihrer Mahlzeiten gewacht hatte.

Verbeulte Überreste des Kessels, in dem Giovanna Pasta weich gekocht hatte, um sie mit golden zerlaufener Butter an den Tisch zu tragen.

Aita glaubte, das Hecheln und Zischeln der Gaffer auf ihren Schultern zu spüren, während sie zaghaft einen Schritt in ihr zerstörtes Heim setzte. Gleich darauf vernahm sie ein Wehgeschrei, als würde ein Mensch wie ein Stück Vieh geschlachtet.

»Mamma?«, rief sie durch die Stube und hatte auf einmal zu viel Angst, um auch nur einen Schritt weiterzugehen.

Aita hatte mit Angst keinerlei Erfahrung. Noch einmal rief sie nach ihrer Mutter wie ein kleines Kind. »Mamma, Mamma!«

Etwas brachte sie dazu, den Blick zu senken, was sie auf der Stelle bereute. Von den Trümmern der Haushaltsgegenstände war gut die Hälfte mit einer dicklichen roten Flüssigkeit beschmiert. Blut. Kein Zweifel war möglich. Die rote Spur führte zur Treppe und die Stufen hinauf ins Obergeschoss, wo die Familie ihre Schlafkammern hatte.

»Mamma, Mamma, Mamma!«

Ein Poltern ertönte, und eine Gestalt mit zerwühltem Haar stürmte die Treppe hinunter. Als sie sich aus den Schatten löste, erkannte Aita ihre Tante Rosa.

»Agata. Setz dich irgendwohin, und versuch, zur Ruhe zu kommen. Ich hätte dich abfangen sollen, ehe du das hier zu sehen bekommst, aber wie hätte ich das denn zustande bringen sollen? Zudem konnte ich deine Eltern nicht alleinlassen. Sie haben mich gebraucht.«

»Aber wo sind sie denn?«, rief Aita. »Meine Eltern, warum kommt denn die Mutter nicht herunter wie sonst, sobald sie mich an der Türe hört?«

»Sie hat dich nicht gehört, Agata«, sagte Rosa, und Aita bemerkte die gerötete Haut um ihre Augen, die wundgeweint und entzündet aussah. »Vielleicht beginnt jetzt eine Zeit, in der du dich daran gewöhnen musst, dass deine Mutter nicht beständig springt und rennt, um deinen zarten Füßchen jeden Kiesel aus dem Weg zu räumen.«

Rosa hatte so noch nie mit ihr gesprochen. Auch sonst mit niemandem, soweit Aita wusste. Sie war womöglich der letzte Mensch, dem man einen derart ätzenden Tonfall zugetraut hätte, und unter anderen Umständen hätte Aita das nicht wenig amüsant gefunden. In diesem verwüsteten Raum, in dem es nach Blut stank wie in der Hitze des Fleischmarkts und in dem weder Lampe noch Feuer brannten, schien ihr Humor jedoch vor Schreck erstarrt.

»Was ist?«, fragte sie ganz leise. »Mit der Mutter, mein' ich – was ist mit ihr passiert?«

»Setz dich hin«, sagte Rosa.

Aita wollte widersprechen, doch der Ton der Tante machte deutlich, dass sie damit nicht zum Ziel kommen würde. Also ließ sie sich von ihr auf einen Schemel drängen, den sie zuvor aus den Trümmern auflas. Rosa trat vor den halb zerhackten Tisch und kehrte mit einer Kanne aus Kupfer zurück, die Aita noch nie gesehen hatte, in der sie aber sofort die Handschrift des Schmieds erkannte. Dieses Stück hatte etwas vom Meer: Ein Gewirr aus Muscheln, Tang und Seegetier mündete in eine sich brechende Woge, doch vielleicht, wenn man nur lang genug hinsah, war auch alles ganz anders.

Flüchtig fiel ihr die Geschichte vom Taucher ein. Hatte der Schmied sie ihr tatsächlich erzählt, um ihr zu bedeuten, man dürfe nicht in gefährliche Strudel hinabspringen, wo er selbst es ganz offensichtlich tat?

»Ich habe Wein aus meinem Haus mitgebracht«, sagte Rosa. »In eurem eigenen gab es keinen Tropfen mehr. Nichts. Deine Mutter ist zu mir gekommen, weil ihr die Männer des Inquisitors die Habe zerschlagen und verschleppt haben, was ihnen irgendwie von Nutzen zu sein schien. Ich dachte, ein wenig Wein könnten wir vielleicht gut brauchen. Wie sehr wir jeden Tropfen davon brauchen, habe ich allerdings nicht gewusst.«

Sie schenkte Aita einen Becher randvoll. »Als Lucio, mein Mann, der gut zu mir war, von einem Fass aus seiner eigenen Ladung erschlagen worden war, hat meine Schwägerin zu mir gesagt: ›Du musst jetzt stark sein, Rosa.‹ Nur wie man das macht, hat sie mir nicht gesagt, und ich habe sie nicht gefragt. Emidio dagegen habe ich gefragt, viele Jahre später: ›Wie konntest du so stark sein?‹, und er hat mir zur Antwort gegeben: ›Überhaupt nicht. Ich war ein Haufen Elend, ich hatte nicht noch Kraft aufs Starksein zu verschwenden.‹«

»Was ist passiert?« Aita schrie fast. Das Gerede war ohnehin kaum auszuhalten, doch nichts war so schlimm wie ihre verschrumpelte Tante, die sprach, als hätte sie ein Recht auf den Schmied.

Amuri. Midiú. Ich bin jung, du bist alt. Der schöne Wilde ist mein.

»Es wäre gut, wenn du stark sein könntest, Agata«, sagte Rosa, »auch wenn ich dir nicht zu sagen weiß, wie man das macht, und nicht einmal sicher bin, was es bedeutet. Es geht um deinen Vater. Er ist vor das Blutgericht der Stadt gestellt und verurteilt worden.«

»Vor das Blutgericht? Weil er diesen albernen Carlino nicht nehmen will und mit der neuen Steuer säumig ist wie die halbe Stadt?«

»Er ist wegen Aufruhrs verurteilt worden«, erwiderte Rosa.

»Mein Vater?« Aita entfuhr ein ungläubiges Lachen. »Aber der trottet doch nur an seine fade Arbeit, und wenn er heimkommt, sitzt er in seiner Nachtmütze im Lehnstuhl!«

Ehe Rosa antworten konnte, ließ ein Geräusch sie beide herumfahren. Es war bereits fast dunkel, und Aitas Mutter, die das Geländer umklammerte und sich die Treppe hinunterschleppte, wirkte in dem, was einmal ein helles Hemd gewesen sein musste, wie ein Geist. Ihr Fass von Bauch ließ das Gewand wie all ihre Kleider vorn zu kurz erscheinen und den Saum um ihre Waden zipfeln. Von jenem Saum bis hinauf zu den Rüschen am Kragen war das Kleidungsstück von Blut durchtränkt.

Das schreckliche Geschrei war verstummt, nur das leise, nicht recht menschliche Gewimmer ihrer Mutter war zu hören. Aita wusste, dass eine gewöhnliche Tochter zu ihrer Mutter hingelaufen wäre und sie umschlungen hätte, aber ihr war bange davor. Sie konnte sich nicht vorstellen, die Frau im blutbeschmierten Hemd zu berühren. »Mamma.« Mehr brachte sie nicht heraus.

An ihrer Stelle trat Rosa zu der Mutter und strich ihr das schweißnasse Haar aus dem Gesicht wie einem Kind. *Ich habe sie ewig nicht ohne Gebände gesehen,* fiel Aita auf. Das Haar ihrer Mutter war grau wie das Meer an Regentagen.

»Geht es, Santuzzina?«, fragte Rosa. »Na komm. Setz dich hier auf die Stufe, du darfst mir doch nicht zusammenbrechen.«

»Es geht schon«, sagte Aitas Mutter, ließ sich aber doch von Rosa hinunter auf die Stufe helfen. »Es bleibt mir ja keine Wahl.«

»Dein Mann?«

»Liegt jetzt auf der Seite und schnarcht, das ist gewiss das Beste für ihn«, antwortete die Mutter.

»Das Bluten hat aufgehört?«

»Für den Augenblick sickert es nur noch, aber wer weiß, wann es wieder zu strömen anfängt. Giovannis Vater war als Feldscher in Benevento, der hat im *Bufalu mutu* mal von Männern erzählt, die beim Kämpfen, ganz ehrenhaft, Glieder verlieren. ›Es hört nie richtig auf‹, hat er gesagt, ›bis alles Blut aus einem Mann herausgelaufen ist.‹ Nur haben die Krieger eben den Feldscher, der es ihnen ausbrennt, während sich einer, dem sie dabei auch noch die Ehre abhacken, den Arzt nicht leisten kann.« Die Mutter stöhnte. »Hast du noch Wein für mich, Rosa? Mir dröhnt der Kopf, und meine Zunge ist wie ein Stück Holz.«

Rosa ging, um die Kanne zu holen. Die Mutter folgte ihr mit den Augen und entdeckte Aita. *»Palummella«*, murmelte sie. »Meine süße, kleine Taube. Was sind das nur für Menschen? Wie können die meinem schuldlosen Täubchen denn so etwas antun?«

»Agata hat niemand etwas angetan«, sagte Rosa, die mit dem Wein zurückkehrte. »Sie ist ganz heil und gesund.«

Die letzten Worte hatte die Mutter schon nicht mehr gehört, denn sie hatte das Gesicht in die Hände geworfen und bitterlich zu schluchzen begonnen. »Meine Aita, meine zuckersüße *bimba*. Was soll nur aus meinem armen kleinen Mädchen werden, wenn das Heiratsgut flöten ist und niemand mehr für ein neues sorgen kann?«

»Ist das alles, was dich kümmert?«, rief Rosa. »Wir müssen

sicherstellen, dass dein Mann nicht verblutet, alles andere ist doch jetzt ohne Bedeutung.«

»Ohne Bedeutung?«, schrie Aitas Mutter. »Ich werde mein Kind an den Nächstbesten verscherbeln müssen! Ich werde zulassen müssen, dass er sie quält und schändet, wie ich geschändet worden bin, weil ich ihr sonst kein Dach überm Kopf und nicht einmal einen Napf *maccaruni* auf dem Tisch bieten kann.«

Aita sprang auf. »Mutter«, schnitt ihre Stimme scharf in das Geheul. »Was ist mit dem Vater, woran verblutet er?«

Rosa, die zwischen ihnen stand, drehte sich zu ihr um, hielt den Blick jedoch gesenkt. »Das Urteil, das die Stadtrichter ausgesprochen haben, ist sofort vollstreckt worden«, erklärte sie. »Die Knechte des Henkers haben deinem Vater auf dem Cassaro die rechte Hand abgehackt wie einem Meineidigen, weil es heißt, er habe sie in Rebellion gegen seinen König erhoben.«

Wie von selbst fuhr Aitas Linke um ihr Handgelenk. Sie war kein mitleidiges Mädchen, war es nie gewesen, aber der Schmerz, der ihr den Arm hinaufschoss, war so heftig, als wäre ihr eigener Körper auf derart unaussprechliche Weise verstümmelt worden.

Ihre Mutter weinte auf, und Rosa trat wieder zu ihr, um ihren bebenden Leib zu sich zu ziehen. »Man muss nicht daran sterben, mein Kleines«, sagte sie. »Wenn die Blutung zum Stillstand kommt, bleibt dein Iacopo bei dir, und wir pflegen ihn gesund.«

»Aber er kann doch nicht mehr arbeiten!«, rief die Mutter aufweinend. »Nur als nutzlosen Esser habe ich ihn am Hals. Handel treiben darf er nicht wieder, denn nach einer Ehrenstrafe schließt die Gilde ihn aus, und sonst taugt er zu nichts mehr, nicht einmal als Wasserträger oder Netzeflicker wie ein Weib. Selbst dem Abdecker wäre er nichts mehr nütze, denn auf dessen Schindanger gehört er jetzt ja selbst.«

»Santuzza, versündige dich nicht!«, fuhr Rosa auf.

»Versündigt haben doch die sich!«, schrie die Mutter gegen sie an. »Ich habe gedacht, das sind im Grunde Menschen wie wir auch, die sprechen nur komisch und kennen sich mit uns nicht gut aus, aber in Wahrheit ist es, wie der Beppe und die anderen sagen: Tiere sind das, samt und sonders Tiere! Die haben doch den kleinen Kindern der Stauferkönige die Köpfe abgeschlagen und den Kindern von denen, die's mit den Staufern hielten, in ganz Neapel gleich mit.«

»Ich weiß davon nichts«, sagte Rosa. »Ich war noch nie in Neapel, und Emidio spricht darüber kein Wort. Aber das alles hilft uns jetzt doch nicht weiter.«

Aita hörte den beiden nicht länger zu. Andere Worte jagten ihr im Kopf herum, andere Möglichkeiten, andere Schlüsse. Sie starrte in die Fläche ihrer Hand, deren Gelenk die Linke noch umklammert hielt, und glaubte, den Tropfen Orangensaft darin zu spüren. Als Rosa und ihre Mutter eine Atempause machten, mischte sie sich ein: »Was braucht es, um die Blutung zum Stillstand zu bringen?«, fragte sie. »Einen Wundarzt, der sie ausbrennt, ja?«

Verwundert blickte Rosa auf und nickte: »Wir haben Tücher auf die Wunde gepresst, allen Stoff, den wir im Haus noch finden konnten, und wenn der Allmächtige deinem Vater gnädig ist, kommt er damit durch. Aber er ist schwach, er hat schon furchtbar viel Blut verloren. Ich würde lieber gehen und Hilfe holen, es macht mir Angst, ihn so liegen zu lassen.«

»Wir holen ihm Hilfe«, sagte Aita und sah sich in dem verwüsteten Zimmer nach einem Tuch oder einer Decke um, die sie sich um die Schultern legen konnte. Sie fröstelte ein wenig, obwohl der Abend mild wie Balsam gewesen war, vermutlich eine Nachwirkung des Schreckens. Der Rest des zerfetzten Behangs, der aus dichtem Wollstoff gewebt war, würde für ihre Zwecke genügen. Sie hob ihn auf und wickelte sich wie in eine Rüstung darin ein.

»Wohin willst du?«, rief ihre Mutter. »Du kannst nirgendwohin gehen, die Schweine sind doch noch da draußen, wer weiß, was die mit dir tun!«

»Die Schweine werden da draußen wohl auch bleiben«, versetzte Aita. »Soll ich deswegen nicht mehr aus dem Haus gehen? Der Vater braucht Hilfe. Und ich gehe nicht sehr weit.«

»Welchen Sinn hat das denn? Wir haben für einen Arzt doch nicht das Geld!«

»Ich werde jemanden bitten, mir welches zu geben«, erwiderte Aita.

»Wen denn?«, riefen die beiden Schwestern wie aus einem Mund.

»Den Schmied«, antwortete Aita.

Eine von ihnen schrie auf. Vielleicht stammte der Schrei auch aus beiden Mündern zugleich.

»Das darfst du nicht, *Palummella!*«, rief ihre Mutter. »Nie, nie, nie. Du verschacherst dich an diesen Kerl, er wird dich schändlich behandeln wie ein Kerl, der zu einer Käuflichen steigt, und kein Mann, der das Mindeste taugt, wird dich danach noch zur Frau nehmen. Einer aus guter Familie kann es ja schon jetzt nicht mehr tun. *O dolce amur di Gesu*, zu was für einem Schicksal ist mein Töchterchen verdammt!«

»Emidio hat ein Kind«, platzte Rosa in ihre Tirade. »Sollen er und die kleine Arabella Not leiden, weil er beständig das Geld, das er sich mühsam mit seiner Hände Arbeit verdient, für euch hergibt?«

Menschen sind so grässlich vorhersehbar, dachte Aita. *Warum sagen sie immer genau das, was man von ihnen erwartet? Haben sie keine Ahnung, was für ein Heidenspaß es ist, stattdessen mit etwas herauszuplatzen, das einen ganzen Raum zum Beben bringt?*

Der Schmied – Midiú – hatte etwas gesagt, was Aita nicht erwartet hatte und was sie auch jetzt noch zum Beben brachte: *Wenn dir kein besserer Ausweg bliebe, hätte ich kaum eine Wahl.*

»Mir ist egal, ob der Not leidet!«, herrschte die Mutter ihre Schwester an, während ihr weiter Fluten von Tränen über das

Gesicht strömten. »Aber er kann uns ins Schuldgefängnis bringen, als hätte der Fettfresser nicht schon Schande genug auf uns gehäuft.«

»Er bringt uns in kein Schuldgefängnis«, sagte Aita ruhig.

»Und ob er das tun wird! Wir haben doch schon Geld von ihm geliehen, und wenn Rosa nicht nachweist, dass es im Grunde das ihre war, müssen wir es ihm zurückzahlen. Ich weiß nicht einmal, wovon ich meinem Kind morgen früh einen halben Laib Brot kaufen soll!«

Aita zog sich den Rest des Wandbehangs fester um die Schultern und watete durch die blutigen Scherben zur Tür. »Ich bin kein Kind mehr«, sagte sie. »Und du brauchst mir kein Brot zu kaufen. Der Schmied wird es tun, er wird auch die Summe für den Arzt aufbringen, und zurückzahlen müssen wir ihm nichts.«

Sie starrten sie beide an, Rosa und ihre Mutter, die Augen kreisrund, und auf einmal war unverkennbar, dass sie Schwestern waren. »Warum denn nicht?«, fragte Rosa, aber es hätte auch ihre Mutter sein können.

»Weil ich ihn heiraten werde«, antwortete Aita, zog die Tür zurück, die halb in den Angeln baumelte, und trat hinaus in die sternenhelle Nacht.

Atto terzo

Palermo, März 1280

Sage nicht Nein! Oder zürnst du mir wohl? Wenn es so ist, dann lösche mit dem Wasser meiner Tränen den Zornbrand. Ich bin ein Stern, der nach deinem Anblick verrückt ist, mein Neumond. Mir blieb als Gefährte nur mein eigener Schatten, und selbst ihn wage ich nach dir nicht zu fragen, denn ich fürchte, er könnte mein Rivale sein in der Liebe zu dir.

Nizami, persischer Dichter des 11. christlichen Jahrhunderts
Leila und Madschnūn

15

Es ist ein allzu absonderliches Land«, erklärte Antoine. »Auf den ersten Blick vom Klima begünstigt, höchst fruchtbar und nicht viel anders als unseres, doch auf den zweiten ist es eine Welt, wie du sie nie gesehen hast, und zugleich ein Tiegel, in dem alle uns bekannten Welten miteinander verschmelzen. Das liegt daran, dass es in Wahrheit kein Land, sondern eine Insel ist. Ein Brennglas, das von allem etwas einfängt und auf kleinstem Raum konzentriert. Hier gibt es nichts Laues, nichts Halbes, kein Mittelmaß. Das Wetter ist entweder heiß wie die Hölle oder zu kalt, um einen Fuß vor die Tür zu setzen; aus dem Erdreich wuchert es entweder so üppig, dass kein Bauer mit der Ernte nachkommt, oder so karg, dass außer zottigem Kraut nichts gedeiht, und jede Leidenschaft ist entweder ein Füllhorn aus Wonne, oder sie bringt dich um.«

Thierry lachte. An dem Freund – seinem Kinderfreund Antoine, mit dem er die lange zurückliegenden Spiele kleiner Jungen und die harten Jahre der ritterlichen Ausbildung geteilt hatte – war ein Prediger oder Philosoph verloren gegangen. Nichts konnte der Sohn eines Barons betrachten und schlichtweg hinnehmen, selbst eine Kanne Vulkanwein oder eine Schüssel der seltsamen Teigwaren brachte ihn ins Grübeln.

»Aber die Mädchen«, neckte Thierry den Gefährten und boxte ihn gegen den Arm. »Um die steht's nicht ganz so kompliziert, verschlungen und verschmolzen, oder etwa doch?«

»Treib deine Scherze besser in unseren harmlosen Gefilden«, sagte Antoine. »Nicht in Sizilien.«

»Nun lass schon gut sein. Ich habe eigentlich nur wissen

wollen, wie man sich hier an den langen Abenden die Zeit vertreibt. Was meinst du? Sitzen wir auf und reiten noch ein Stück?«

Thierry war am flachen Land nichts gelegen, er hatte sich nach den tausend Möglichkeiten einer großen Stadt gesehnt, aber die Ebene, die sich weit vor ihnen erstreckte, lud dazu ein, die Kräfte in einem halsbrecherischen Galopp zu messen. Es war ungewohnt kalt, und auf den Feldern lag Reif, doch der hitzige Ritt hatte ihr Blut in Wallung gebracht. Ihre Pferde hatten sie sogar so heftig ins Schwitzen geritten, dass Thierrys Vater, der für seinen Apfelschimmel ein Vermögen ausgegeben hatte, die Hände über dem Kopf zusammengeschlagen hätte.

Jetzt führten sie die Tiere gewiss schon seit einer halben Stunde Seite an Seite, damit ihr Fell, das in der kalten Luft dampfte, trocknete und sie keinen Schaden nahmen. Ein Pferd wie der Apfelschimmel war eine Kostbarkeit, wenn auch nicht ganz so teuer wie die in Neapel gezogene Lieblingsrasse des angevinischen Königs. Es durch Leichtsinn zu verlieren wäre einer Katastrophe gleichgekommen, zumal für den letztgeborenen Sohn eines unbedeutenden Landadligen kein Ersatz bezahlbar gewesen wäre. Ohne Pferd wäre Thierry als Ritter und Kriegsmann der Krone erledigt gewesen, noch ehe er seinen Dienst auch nur angetreten hatte, und überdies mochte er den Schimmel gern.

Antoine warf einen prüfenden Blick zum Himmel, dann schüttelte er den Kopf. »Du bist schon spät dran, *mon ami.* Der Vicomte ist übler Laune und schätzt es ganz und gar nicht, wenn man ihn warten lässt. Wir reiten besser zurück.«

Wieder lachte Thierry. Auch das war Antoine, wie er leibte und lebte: Er machte sich beständig Sorgen, er könne irgendwo anecken, obwohl er mit einem Erbteil aus der Familie seiner Mutter viel besser gestellt war als Thierry und solch ängstlich bedachten Gehorsam nicht nötig hatte.

»Weshalb ist denn Monsieur le Vicomte so übellaunig?«,

fragte er heiter, während sie sich in ihre Sättel schwangen. »Ich an seiner Stelle wäre im Gegenteil blendend gestimmt. Der Herr ist reich, der Herr trägt einen prächtigen Titel, und ich wette, der Herr hat unter den süßen Blumen der Stadt die freie Wahl, auch wenn er nicht eben einen Wappenschild für die Schönheit des französischen Mannes abgibt.«

Antoine, der seinen Dunkelfuchs scharf zügelte, lachte ebenfalls, aber ohne Freude. Er konnte ein rechter Griesgram sein, dieser vom Glück begünstigte Freund. »Als ein solcher Wappenschild würdest du dich in deinen Augen besser eignen, habe ich recht?«, fragte er.

»Nun ja.« Thierry, der es liebte, ohne Kopfbedeckung in die Stadt einzureiten, fuhr sich durch das lockige Haar und glaubte die Wintersonne zu spüren, die sich darin fing. »Ich will nicht eitel sein, aber …«

»Aber du bist es.«

Sie lachten beide. Dann aber wurde Antoine auf einen Schlag ernst. »Nimm dich ein bisschen in Acht, hörst du? Du bist hier nicht zu Hause, und wenn du dir keinen Ärger einhandeln willst, passt du dich besser den Gegebenheiten an.«

Thierry wollte sich ganz und gar keinen Ärger einhandeln. Im Gegenteil. Er hatte seine Heimat im provenzalischen Vaucluse, die enge Burg seines Vaters, um die sich die Handvoll Häuser eines Bergdorfs scharten, verlassen, um sich als Ritter König Karls nach Sizilien einzuschiffen, weil er hoffte, sich hier auszuzeichnen. Im Schatten von vier älteren Brüdern war er lange genug verkümmert, jetzt war es Zeit, sich etwas Eigenes zu schaffen. Sizilien war sein Land der Verheißung, hier würde er beweisen, dass mehr als ein zwar geliebtes, aber gänzlich überflüssiges Anhängsel der Familie in ihm steckte. Und wenn der Papst endlich seinen Widerstand aufgab und es zum Kreuzzug ging, wie Thierry es sich innig wünschte, stünde er schon vor Ort bereit. Sizilien war schließlich seit jeher der Knotenpunkt, an dem die Wasserwege der Kreuzfahrer zusammenliefen – vom Hafen der bergumsäumten Bucht ginge es auf nach Konstantinopel und von dort ins Heilige Land!

Natürlich war es dazu vonnöten, sich mit seinen Oberen gutzustellen, und der Vicomte – Mathieu de Guibours – war der Befehlshaber der Zwanzigerschaft, der Antoine angehörte und in die auch Thierry eingefügt werden sollte. Er sollte heute nach Mittag bei dem Mann vorstellig werden, und daran würde er sich halten. Wenn er selbst eines Tages als Befehlshaber jungen Männern vorstand, würde Thierry jedoch gewiss nicht um winzige Verspätungen mit seinen Untergebenen feilschen. Und erst recht würde er nicht die Speichellecker lieben, sondern Kerle, die Traute hatten und ihren Mund aufmachten. Im Grunde war er recht sicher, dass es Mathieu de Guibours nicht anders erging.

»Mit diesen Gegebenheiten, denen ich mich anpassen soll, meinst du wieder die üble Laune des Monsieur le Vicomte, ja?«, erkundigte er sich bei Antoine.

»Die ist kein Witz«, unkte sein Freund wie ein Waschweib. »Zu Beginn des Winters hat er zwei von uns barfuß vom Palast bis nach San Giovanni degli Eremiti und zurück gehen lassen, und die Gassen waren gesäumt von johlendem Volk, das seinen Spott wie Jauche über sie ausgekübelt hat.«

»Oho«, bemerkte Thierry durchaus beeindruckt, auch wenn er nichts zu befürchten hatte. Er war ein guter Mann und hatte nicht vor, seinen Oberen auch nur Anlass zum kleinsten Tadel zu geben, doch er musste eingestehen, dass die Bestrafung drastisch war. »Wofür hat er die armen Kerle denn so grausam büßen lassen?«

»Für weniger als nichts«, erwiderte Antoine grimmig. »Eine kleine Verspätung, einen zerschlagenen Krug – am ehesten wohl dafür, dass sie zur Hand waren, als er seine Laune an jemandem austoben musste.«

»Und darf man fragen, warum der hohe Herr gar so übellaunig ist?«, fragte Thierry.

Sie hatten die Porta Sant'Agata erreicht und zügelten ihre Pferde, um im verhaltenen Schritt in die Stadt einzureiten, wie die Verordnung von Herbert d'Orléans, dem Statthalter des Königs, es vorsah. »Wir herrschen mit Strenge über diese Leute, aber wir lassen uns ihnen gegenüber nichts zuschulden kommen«, lautete seine Maxime. »König Karl wünscht, gefürchtet und geliebt zu werden, nicht gehasst.«

Auf Thierrys Lippen stahl sich ein Lächeln. Nichts anderes wünschte auch er sich als Ritter des Königs, der über dessen Stadt Palermo wachte: Ein wenig gefürchtet wollte er sein und innig geliebt wie ein strenger, aber gütiger Vater. Wenn er durch das mächtige Tor aus graugelbem Stein in die Straßen der einstigen Hauptstadt ritt, die so gar nichts mit seinem weltvergessenen Heimatdorf zu tun hatte, erfüllten ihn ein Gefühl von Erhabenheit und ein Anflug von Erwartung. Städte waren Zauberschachteln, die nicht verrieten, welche Geschenke sie ihrem Besitzer als Nächstes in die Hände spielen würden.

Antoine dagegen unterdrückte einen Fluch, als ein kleiner Junge seinem Fuchs eine faulige Frucht vor die Brust warf und unter seinem Gertenhieb wie eine Eidechse davonflitzte. Mit einiger Mühe brachte er das scheuende Tier wieder unter Kontrolle. »Was dem Vicomte die Laune verdirbt, willst du wissen?«, zischte er. »Vielleicht, dass er diese Stadt und dieses ganze gottlose Inselland genauso satt hat wie ich.«

»Palermo? Gottlos?« Thierry hob die Brauen, von denen er wusste, wie hübsch sie waren. *Fast hübsch genug für ein Mädchen*, hatten seine Brüder gespottet, doch darin schwang nur ein wenig Neid. »Wenn du mich fragst, ist Gott in keiner Stadt so sehr zuhause wie hier«, erklärte er Antoine. »Ich zumindest habe noch nie an irgendeinem Ort so viele und so prächtige Gotteshäuser gesehen.«

»Ist das dein Ernst?«

»Und ob. Denk nur einmal an die Cappella Palatina, die Hofkapelle im Palast – hast du je eine andere Kirche betreten, von deren bloßer Schönheit du derart geblendet und überwältigt warst? All der Marmor und der wunderbare rote Porphyr! Und erst die Mosaiken an den Wänden, dieser tausendfache Glanz von Gold, als stünde man schon im Paradies, umgeben von himmlischem Bildwerk …«

»Aha«, versetzte Antoine, »und wie ist dieses von dir so bewunderte Bildwerk angeordnet?«

»Wie soll es denn angeordnet sein?«, fragte Thierry verwirrt zurück.

»Die dargestellten Szenen aus dem Leben des Herrn«, erwiderte Antoine und hielt auf eine Frau mit einer Kiepe zu, die erst im letzten Augenblick zur Seite sprang. Ein Rest von schmutzigem Schnee wirbelte aus einem Straßengraben auf. »In welche Richtung musst du sie eins ums andere betrachten, um Gottes Wort zu erfassen?«, erläuterte er seine Frage. »Dazu sind sie von ihren Künstlern ja schließlich geschaffen worden – und nicht, damit du dich mit Schaum auf den Lippen dran ergötzt.«

Thierry überlegte. »Die Wand entlang von vorne nach hinten«, sagte er schließlich. »Gerade wie in Notre-Dame de Sénanque, nur um etliches herrlicher. Und dann noch einmal aus der Kuppel heraus, von oben, von Christus als Herrscher der Welt aus, bis nach unten auf den Boden …«

»Und findest du solche Bilder auch in Notre-Dame de Sénanque?«, fragte Antoine mit einem lauernden Unterton. »Bilder, die von oben nach unten verlaufen?«

»Nein, solche nicht«, gestand Thierry zu und kam sich wie ein dümmlicher Junge vor.

»Natürlich nicht!«, trumpfte der Freund auf. »So etwas gehört ja auch nicht in ein geweihtes Gotteshaus der römischen Kirche. Das von oben nach unten angeordnete Bildwerk ist ein Hokuspokus der Ostkirche, der Byzantiner, die Feinde unseres Königs und damit auch die unseren sind. Um ehrlich zu sein, wundert es mich, dass du diese Cappella mit ihrem Hexenwerk überhaupt eine Kirche nennst.«

»Aber wie soll ich sie denn sonst nennen?«, setzte sich Thierry zur Wehr. »In dieser Kirche feiern sämtliche Bewohner des Palastes die Messe, und das Bündnis mit der Ostkirche hat Papst Nikolaus bestätigt und erneuert, vergiss das nicht.«

»Pah. Papst Nikolaus!« Antoine machte ein Geräusch, als wollte er ausspucken. »Du meinst wohl den Schacherer aus der Vetternwirtschaft Orsini, der König Karl das Amt des Senators von Rom entzogen hat?«

Thierry zuckte zusammen. *Der Stellvertreter des Herrn ist unantastbar,* hatte sein Vater ihn gelehrt. *Genau wie der Kaiser, den er von Gottes Gnaden zu unserem Herrscher krönt.* Einen gekrönten Kaiser aber hatte es nun schon seit einer Ewigkeit nicht mehr gegeben, und seit Papsttum und Kaisertum wie balgende Buben im Streit lagen, gab wohl keiner mehr einen Pfifferling auf ihre Unantastbarkeit.

Antoine sprach weiter: »Gäbe es diesen Papst Nikolaus nicht, der vergessen hat, dass Karl der erwählte Herrscher seiner Vorgänger ist, herrschten auf dieser Insel andere Sitten. Vor allem wäre ein Mann wie ich keine solche Ewigkeit lang hiergeblieben, sondern stünde längst mit seinem König im Krieg in Byzanz.«

Thierry seufzte. Den Kreuzzug nach Byzanz, den Krieg gegen den von eigenen Gnaden ernannten Kaiser Michael Palaiologos, sehnte ja auch er sich herbei, aber gegen den Willen des Papstes war nun einmal nicht daran zu denken. »Gar so ewig bist du doch noch gar nicht hier«, sagte er zu Antoine. Damals, vor zwei Jahren, als sie beide achtzehn gewesen und der Freund nach Palermo aufgebrochen war, hatte sich Thierry gegen einen Anflug von Neid nicht wehren können, obwohl er seinem Freund nichts missgönnte. Er wäre nur selbst gern sofort mitgesegelt, statt Zeit zu vergeuden, weil sein Vater das Geld für seine Ausrüstung nicht auf einen Schlag hatte zusammenbringen können.

»Für mich war es lange genug«, bekundete Antoine, während sie ihre Pferde in den breiten Cassaro lenkten, auf Palermos Halsschlagader, die hinauf zum Kopf, zum Palazzo Reale, führte. »Ich habe die Hoffnung aufgegeben, dass der Heilige Stuhl doch noch zu Sinnen kommt und dem Haus Anjou die Treue hält wie einst, als er es zur Auslöschung der Stauferherrschaft brauchte. Einen Krieg mit dem Palaiologen wird es demnach nicht geben und so auch nicht das Weltreich ums Mittelmeer, nach dem wir mit König Karl gestrebt haben.«

Diese Aussicht schmeckte herb. Das Imperium, der geeinte mittelmeerische Reichtum aus Gewürzen, Edelmetallen, Seiden und Juwelen, wie sie ihm hier in Sizilien wahrhaftig wie in einem Brennglas entgegenglitzerten, unter dem Lilienwappen von Frankreich vereint – das war ein Traum, dessen Schönheit und Größe Thierry berauschten. Er hatte nie ein besserer Bauer mit einer Burg werden wollen wie sein Vater oder seine Brüder, er wollte nie dagewesenen Glanz! Um den Traum aber aufzugeben, war er zu jung – zu viele Jahre lagen noch vor ihm ausgebreitet, in denen sich dieser Traum möglicherweise erfüllen ließ, und Sizilien schien in vielerlei Hinsicht der perfekte Ausgangspunkt dafür zu sein.

Beileibe nicht nur in der, die ihm jetzt entgegenkam und ihn von der Antwort ablenkte, die er Antoine geben wollte: Zwei Mädchen! Ach, diese Mädchen, diese Palermitanerinnen! Wie sollte ein Mann, der Blut in den Adern hatte, bei solch einem Anblick ein bedeutsames Gespräch fortführen? Die zwei, die den von Straßenhändlern, Bettlern und Gauklern gesäumten Cassaro herunterkamen, waren Prachtexemplare, vor denen es Thierry den Atem verschlug.

Auch in seiner Heimat waren die Mädchen dunkel, kokett und vernascht, aber sie hatten kein glänzendes Haar in den Farben der Nacht, dessen Fülle aus jeglichem Flechtwerk quoll und einen Mann lockte, sich darin einzuhüllen, um die seidige Flut auf bloßer Haut zu spüren. Sie vermochten nicht, wie die Unschuld auf Beinen auf die andere Seite der Straße zu wechseln und die viel zu großen Augen niederzuschlagen, dabei jedoch aus dem Augenwinkel einen Mann im Blick zu behalten und jede seiner Regungen abzuschätzen. Die Mädchen in Thierrys Heimatstadt mochten niedlich sein, wenn sie sich eine Olive ins Mündchen schoben, aber sie waren nicht üppig und gierig, dass ihnen über Brust und Hüften die Kleider aus den Nähten platzten. Ihre Lippen glänzten nicht, als hätten sie an der Butter geleckt, und einem Mann rutschten nicht die Zügel durch die Hände, weil er seine Augen nicht von dem lösen konnte, was es gar nicht zu sehen gab.

Provenzalische Mädchen lächelten hell wie Sommertage und schlossen eine kleine Sünde im Zwielicht nicht aus. Sizilianische Mädchen versprachen eine Welt, die im Dunkel der Nacht verborgen lag, und verzogen dabei nicht einmal den Mund.

»He, du!« Antoine bohrte ihm den Knauf seiner Gerte in die Seite, während Thierry noch der Schwarzhaarigen nachsah. Ihr Kleid mochte von einer schmächtigen Schwester stammen, aber sie schwang ihre fülligen Hüften, als hätte sie sich den Stoff wie eine Haut daraufgenäht, um Thierry de Rossillon den Kopf zu verdrehen. Diese Frauen waren wie die Früchte, die man sich hier von den Bäumen pflückte, irgendwie saftiger als die in der Heimat, stellte Thierry fest und bekam heiße Wangen. »Da hast du deine Cappella Palatina«, vernahm er Antoines Stimme. »Bei dem Thema sind wir doch vorhin unterbrochen worden, oder nicht?«

Mit Mühe zwang Thierry seinen Blick in die Richtung, die der Knauf der Gerte ihm wies. Sie hatten die Biegung hinter sich, und zum ersten Mal kam der Palast in Sicht. Über seine Mauern ragten die eigentümlichen Bögen und die mit rotgoldener Schrift verzierte Kuppel der Hofkapelle. Verunsichert betrachtete Thierry die Pracht, die ihn in den Tagen zuvor so berauscht hatte. Antoine lebte schon seit zwei Jahren hier – wenn Thierrys Freude an dem Sakralbau ihm unangebracht erschien, hatte seine Ansicht sicher einen guten Grund.

»Du hast mir erzählt, wie wundervoll du die Mosaiken an den Wänden des Kirchenschiffs findest«, hob Antoine von Neuem an, »obgleich sie etwas zusammenbringen, das nicht zusammengehört, schon gar nicht in einer Kirche, in der der Hof des Königs seine Messe feiert. Wo es nur einen einzigen, allmächtigen Gott gibt – wie können da zwei Arten, diesen Gott zu verehren, nebeneinander geduldet werden? Muss nicht zwangsläufig die eine richtig und die andere falsch sein? Und ist, wo es um den Dienst an Gott geht, nicht alles ketzerisch, was falsch ist?«

Thierry konnte auf keine Antwort sinnen. An seinem Freund Antoine mochte ein Philosoph oder sogar ein Priester verloren gegangen sein, aber er selbst war einfach ein Kerl, der gut ritt und ein Schwert führte, dem das Waffenhemd des Königs hübsch zu Gesicht stand und dem vom Denken manchmal der Kopf schmerzte.

Glücklicherweise vergaß Antoine seine Frage und stellte schon die nächste: »Ist es das, was dir im Innenraum der Hofkapelle am besten gefällt, *mon ami?* Die Bildarbeit mit den Mosaiksteinen aus vergoldetem Glas?«

»Oh nein!«, rief Thierry, obwohl er die Mosaiken wunderschön fand und an dieser Schönheit, die in den erdbraunen Kirchen seiner Heimat unbekannt war, so viel Freude hatte. »Das Schönste ist die Decke, diese Schnitzereien, die ineinanderfließenden Spitzbögen, die wirken, als wären sie nicht aus starrem Holz, sondern ein Abbild des Meeres, das immer in Bewegung ist … Oder noch einmal Nein, das Allerschönste sind die sechs geschmiedeten Altarleuchter. Diese Grazie. Weißt du, was ich meine, Antoine? Die sind nicht nur aus Holz, sondern sogar aus Metall, und trotzdem glaube ich, Bewegung wahrzunehmen, den Leib einer Nixe, die mit den Wellen schwimmt. Ich kann es schlecht in Worte fassen, doch sooft ich sie ansehe, denke ich: Etwas so lebendig Schönes kann nicht vom Eisen, sondern nur vom Leib eines Menschen stammen.«

Dass er nicht *Leib eines Menschen,* sondern *Leib eines schönen Mädchens* meinte, verschwieg er dem Freund, denn zum einen sprachen sie über Kunst in einer Kirche, und zum andern berührten die Altarleuchter ihn in einer Weise, über die er gar nicht zu sprechen wusste.

Antoine sandte ihm einen Seitenblick. »Das wäre dann Teufelswerk, richtig?«

Leicht erschrocken lachte Thierry auf. »Aber nicht doch! Wären sie ein Werk des Teufels, dürften sie wohl kaum in einem Gotteshaus stehen, und außerdem sind sie für eine Schöpfung des Bösen viel zu schön.«

»Sie sind erst seit Kurzem hier«, erwiderte Antoine. »Bei irgendeinem ortsansässigen Kunstschmied in Auftrag gegeben, einem Sizilianer, für den es eben nichts Ruhiges, nichts Gemessenes gibt, sondern nur Gewaltsames, das den Betrachter überrollt.«

»Aber die Leuchter sind doch zart!«, protestierte Thierry. Dann zuckte er die Schultern. Was ging es ihn an? Er mochte die Leuchter, er mochte das Meer, er mochte die hohen Tore der Stadt, und er mochte die Mädchen, deren Brüste und Hüften in den Kleidern ihrer schmächtigen Schwestern steckten. Darüber mit Antoine zu streiten, der mit Worten eben der Geschicktere war, war nicht nötig. Leuchter aus glattem Metall, Wellen, die über Sand leckten, und wohlgerundete Mädchenbacken waren ohnehin zum Genießen und zum Schweigen gemacht, nicht aber, um darüber zu schwatzen.

»Bleiben wir bei der Decke«, sagte Antoine. »Dieses Gewirr von Spitzbögen, das dir so gut gefällt – hast du so etwas vielleicht schon einmal in einer unserer eigenen Kirchen gesehen?«

Thierry schüttelte den Kopf und hätte sich dem unbequemen Gespräch gern entwunden. »Ich bin ja sonst keiner, der viel auf das Innere von Kirchen achtet«, murmelte er.

»Muquarnas«, sagte Antoine.

»Wie bitte? Was?«

»*Muquarnas*«, wiederholte Antoine. »So heißen deine angesammelten Spitzbögen. Klingt das lateinisch? Französisch? Oder nach der wie vergorenen Mundart, die diese Insulaner ihre Sprache nennen?«

»Ich weiß nicht«, antwortete Thierry, der nicht einmal wusste, was für eine Art von Antwort Antoine von ihm erwartete.

»Arabisch«, erwiderte der Freund. »Das sind deine Muquarnas, deine Spitzbögen in deiner römisch-christlichen Hofkapelle; sie sind ein Merkmal muselmanischer Architektur. Wer sie dort hingebaut hat, weiß niemand genau. Die normannischen Könige. Die sarazenischen Eroberer. In dieser wirren Stadt lässt man das alles nebeneinanderstehen, solange es nur betörend schön und tödlich leidenschaftlich ist. Bittersüß bis zum Tod wie die Früchte, die von ihren Bäumen hängen.«

Dass der Freund sprach, als diktiere er einem Schreiber ein Gedicht, war Thierry gewohnt, aber dieser Ausbruch war selbst ihm zu viel. »Was willst du damit überhaupt sagen?«, fragte er. »Dass die Decke in der Cappella Palatina von Muselmanen gemacht worden ist, nicht von Christen? Dass wir uns versündigen, wenn wir dort beten und den Leib des Herrn empfangen?«

»So ist doch die ganze Stadt«, erwiderte Antoine. »Ein Mischmasch wie die ewigen Teigwaren, über die sie sämtliche Überreste ihrer Küchen werfen, um sie dann über lodernder Flamme zu rösten. Sieh einmal dort!« Er wies zur Seite, wo sich an den Hang gebaut ein schmales Palais hinter hohen Mauern erhob. Die Mauern und die dunkle Fassade des Gebäudes waren von kräftigen, jetzt blattlosen Ranken überwuchert. Von Leben gab es auf dem Gelände kein Zeichen, doch trotz der Ranken wirkte das Anwesen zu gepflegt, um unbewohnt zu sein.

»Das Palais der Tuscos«, erklärte Antoine. »Einst unter dem Staufer eine der großen Familien der Stadt, dann in Rebellionen verwickelt und in Ungnade gefallen, und doch noch immer ein Name, der Respekt gebot. Vor etlichen Jahren aber hat der alte *barone* das Tor zumauern lassen, und seitdem ist niemand mehr hinein- und er selbst nicht herausgekommen. Diener kaufen ihm ein, was er zum Überleben braucht, und lassen es an Seilen über die Mauer hinab. Versucht jemand einzudringen, so feuert der Bewaffnete, der dem Alten treu geblieben ist, eine Armbrust ab, die jeden vertreibt.«

»Aber warum denn?«, rief Thierry erschrocken. Hätte er dieses reizende Palais sein Eigen genannt, hätte er sämtliche Türen aufgerissen, um ein Fest nach dem anderen zu feiern. »Hat der Kerl den Verstand verloren?«

»Er nur ein wenig, aber sein Bruder und dessen Weib wohl vollkommen«, erwiderte Antoine. »Hinter dem Ganzen steckt irgendeine tieftraurige Geschichte über ein vom Teufel entführtes, hingemordetes Mädchen, dessen Eltern an ihrem Kummer verrückt geworden sind, während der Onkel ihr Andenken hinter den steinernen Mauern hütet. Du siehst, es ist eine Mär, wie sie in eine unserer Canzonen gehört, aber hier, in Palermo, gehört sie ins Leben. Die ganze Stadt atmet zu schnell, kocht ihr Blut zu hoch und hat ein Herz, das sich selbst zerfrisst.«

Im Weiterreiten konnte Thierry den Blick nicht von den hohen Mauern und den dunklen Fenstern im Palais der Tuscos wenden. Etwas machte ihn traurig, wie es seiner vertrauensvollen Natur nicht entsprach, und er wusste nicht, was es war. »Bist du eigentlich gar nicht gern hier?«, fragte er den Freund. »Gibt es in Palermo nur Dinge, die dir missfallen?«

»So ist es nicht«, antwortete Antoine. »Dass ich es unerträglich finde, muss nicht heißen, dass es mir nicht gefiele, wenn ich hier geboren wäre. Als Fremde aber stehen wir vor verschlossenen Toren, auch wenn Palermo einen Sog hat wie sein Meer, das einen Mann auf den Grund ziehen kann. Als ich dich vorhin vor den Gegebenheiten warnte, an die du dich besser anpasst, wenn du dir nicht den Hals brechen willst, habe ich nicht nur die schlechte Laune des Vicomte gemeint, sondern vielmehr die Stadt.«

»Was soll denn mit der Stadt sein, dass du mich immerfort vor ihr warnen musst?«

»Sie ist anders«, erwiderte Antoine. »Hier beweisen sich Männer ihren Mut, indem sie sich um ein Haar ersäufen, und Mädchen erhören den, der dem Tod nah genug kommt, um von ihm gezeichnet zu bleiben. Bei uns daheim nimmt sich ein Mann von Adel eine Tochter aus dem Volk, wenn er Lust auf sie hat, und sie freut sich, wenn sie dafür ein großzügiges Geschenk bekommt. Hier aber hast du ihre Brüder, Vettern, Neffen an der Kehle. Bei uns daheim schlägt ein Mann, dem die Tochter entführt worden ist, ein wenig Lärm, und dann dreht er sich um und führt sein Leben weiter. In Palermo dagegen, das sie in ihrer Verschwörersprache Paliemmu nennen, mauert er im Trauerwahn seine eigenen Tore zu und wird nie wieder gesehen.«

»Übertreibst du es nicht ein bisschen?«, fragte Thierry, nachdem sie das letzte Stück zum Palast und durch das Tor in den Vorhof geritten waren. »Leute, die ihr Essen heißer verschlingen, als wir anderen unseres kochen können, gibt es doch überall.«

Der Freund lachte wieder sein freudloses Lachen. »Hier gibt es nur kaum einen, der Vernunft walten lässt«, entgegnete er. »Vielleicht irre ich mich auch, und ein Land, das so anders ist als das eigene, kann einfach keiner verstehen, der als Bezwinger kommt und nicht als Gast. Ich wollte dir nur erklären, warum ich nicht länger bleibe.«

»Was soll das heißen, du bleibst nicht länger?«

Antoine schwang sich vom Pferd. »Ich schiffe mich am Montag in der Frühe ein und reise zurück ins Vaucluse. Ich habe Christines Vater geschrieben und sein Einverständnis erhalten. Wir werden heiraten. Mein Gut in Gourdes verwalten. Unser Leben führen wie andere auch.«

»Aber wie kannst du denn gehen?«, rief Thierry. »Jetzt, wo ich da bin!«

Antoine hatte ihm in Briefen geschrieben, dass er sich auf sein Kommen freute, er hatte ihm die Kammer im Wohntrakt beschrieben, die sie sich teilen würden, die zum Palast gehörigen Gärten und die Vergnügungen, die auf einen jungen Ritter warteten. Thierry war ein geselliger Kerl, der das Alleinsein hasste und mit sich selbst wenig anzufangen wusste. Sein Latein war dürftig, er verstand kaum Sizilianisch und war umso froher gewesen, mit Antoine seine Muttersprache sprechen zu können. Er war zum ersten Mal in der Fremde, erst seit wenigen Wochen in der Stadt, und beim Gedanken, ab Montag hier niemanden mehr zu haben, den er kannte, fühlte er sich jäh viel zu jung.

So verletzlich und zu jung wie mit sieben Jahren in der stockdunklen Scheune, in der er als Knappe, der zum Ritter ausgebildet wurde, hatte schlafen sollen. Damals war Antoine da gewesen. Heute ging er fort und ließ seinen Freund in der Finsternis zurück.

Kindisches Heimweh packte Thierry. In jener bösen ersten Nacht in der Scheune hatte er einen schwarz gefleckten, halb verhungerten Welpen entdeckt und seine Milch mit ihm geteilt. Der Welpe, Pelleas, entwickelte sich zu einem herrlichen Jagdhund, der ihm viele Jahre lang nicht von der Seite gewichen war. Auch jetzt, lahm und blind und dreizehn Jahre alt, sprang er noch von seinem Platz am Feuer auf, sobald er ihn kommen hörte, und humpelte ihm entgegen. Jäh wurde Thierry bewusst, dass er Pelleas nicht wiedersehen würde. Wie hatte er seinen Hund zurücklassen können? Er wäre ihm ein besserer Freund gewesen als der Mann vor seinen Augen.

Antoine reichte ihm die Hand, um ihm vom Pferd zu helfen, aber Thierry stieß sie weg. »Ich kann nicht glauben, dass du mich im Stich lässt! Kannst du nicht wenigstens bleiben, bis ich mich ein wenig eingelebt habe, ein paar Leute kennengelernt und die Sprache gelernt habe?«

Betrübt schüttelte Antoine den Kopf. »Ich will fort sein, wenn das alles zu einem Ende kommt«, sagte er. »Mir ist nicht wohl, ich schlafe schlecht, und etwas in mir hört nicht auf, darauf zu beharren, dass unsere Arbeit hier zum Schluss nicht sauber, sondern bar jeder Ehre sein wird. Du kannst eine Stadt zwingen, dir ihre Tore zu öffnen, du kannst sie sogar zwingen, dir bis zum Ersticken Steuern zu zahlen, aber wenn du sie zwingen willst, dich zu lieben, schlägt sie irgendwann zurück. Jetzt fass dich, und steig ab, Thierry. Ich bringe die Pferde dem Burschen. Du musst zum Vicomte.«

»Ich steige ab, wann es mir passt«, beschied ihn Thierry wie ein patziges Kind. »Und um mein Pferd kümmere ich mich selbst, dazu brauche ich nicht dich.«

»Wenn es dich so hart ankommt«, sagte Antoine. »Warum fährst du dann nicht am Montag mit mir nach Hause? Ich habe ein wenig gespart, ich könnte dir die Überfahrt bezahlen.«

Kurz überlegte Thierry. Dann schüttelte er den Kopf. Auf Antoine warteten daheim sein Gut und seine Braut, aber er selbst musste sich ein solches Gut erst verdienen, ehe er auf die Hand einer passenden Braut hoffen durfte. Sollte er als Habenichts dorthin zurückkehren, von wo er als Habenichts gerade erst aufgebrochen war? Sich dem Spott der Brüder aussetzen? Nie im Leben, eher wollte er sich dieses Palermo erobern. Er warf die Zügel über den Sattelknauf und sprang so heftig ab, dass es ihm die Beine stauchte. Wenn Antoine de l'Esterel diese Stadt nicht zwingen konnte, ihn zu lieben, so hieß das noch lange nicht, dass Thierry de Rossillon es nicht fertigbrachte!

Wenig später stand Thierry im vorderen der beiden Privaträume, die der Vicomte de Guibours im Wohntrakt des Palastes bewohnte. In diesem Palast residierte schon seit Langem kein König mehr, stattdessen munkelte man, König Karl hielte es auf der Insel, um die er so erbittert gerungen hatte, keine zwei Tage lang aus. Dennoch mussten Räumlichkeiten, einschließlich einer großen Halle, die sich für Bankette eignete, für ihn bereit- und freigehalten werden, sodass kaum genug Platz für die Scharen von Menschen blieb, die den Ablauf des Haushalts sicherstellten.

Auch dieser Raum, in dem er zu warten hatte, glich eher einer Pagenkammer als der Empfangsstube, die man bei einem provenzalischen Hochadligen vermutete. In Wahrheit waren auch die Schlösser und Burgen provenzalischer Adliger meist eng und zugig, und hinter der Zwischentür, hinter die er jetzt gerufen wurde, tat sich immerhin eine in Kerzenschein getauchte Kemenate auf. Kalt war es. An den Wänden hingen Behänge von überbordender Pracht, die so fein, wie ihr Garn war, keinen pfeifenden Wind abhalten würden. In sizilianischen Häusern schien auf einen so harten Winter kein Mensch vorbereitet zu sein.

So wenig wie bei uns zu Hause, dachte Thierry. Etwas Unheimliches, Sinisteres war an diesem Wetter, das Europa seit etwa drei Wintern heimsuchte und die Ernten des Wintergetreides vernichtete. Wenn das Essen knapper wurde, waren die Leute mürrisch, das wusste selbst Thierry, den die Verwaltung des väterlichen Guts zu Tode langweilte. Er mochte sie nicht gern mürrisch. Thierry war ein von Grund auf heiterer Mann, der am liebsten Menschen um sich hatte, die sich wie er seines Lebens freuten.

Mathieu de Guibours war ein sehr großer Mann, der vornübergebeugt und in Felle gehüllt an dem zu kleinen Kamin saß und die Füße auf eine mit Glut gefüllte Braciere stützte. An der Flanke seines ausgepolsterten Stuhls standen zwei Tischchen. Auf dem einen fand sich ein Objekt von einer solchen Schönheit und Seltenheit, dass Thierry den Atem anhielt: Es war eine kugelförmige Darstellung der Welt, reich und kunstvoll, doch allein durch Prägung mit den Darstellungen der Länder und Kontinente verziert. Das Werk war auf eine Achse montiert und ließ sich drehen, was der Vicomte unaufhörlich tat. Dabei gab die Kugel in ihren Angeln ein zartes, zirpendes Geräusch von sich. *Wie Grillen im Sommer*, fand Thierry, der noch immer nicht wieder ausgeatmet hatte. Das runde Abbild der Welt war aus purem, schimmerndem Silber.

Auf dem zweiten Tischchen standen deutlich banaler eine Karaffe mit Wein und eine Platte mit Süßigkeiten, in Sirup eingelegte Orangen und kandierte, mit Mandeln gespickte Feigen. Der Vicomte bot Thierry nichts an, nicht einmal einen Platz im Warmen.

»Ihr kommt zu spät, *Chevalier*.«

»Ich bitte um Vergebung. Mir sind die Wege in der Stadt noch nicht vertraut, ich habe einen Erkundungsritt gemacht und mich in der Zeit verschätzt.«

»So etwas kann ich nicht brauchen«, versetzte der Vicomte. Was Thierry für ein Schattenspiel der Flammen auf seinen Wangen gehalten hatte, waren die entstellenden Krater einer Pockenerkrankung, und seine vornübergebeugte Haltung wirkte, als habe er Schmerzen. »Sich in der Zeit verschätzen ist etwas, das man kleinen Jungen durchgehen lässt. Ihr seid hier im Krieg. Ein so törichter Fehler kann tödlich sein. Ich verlange Verlässlichkeit und Präzision.«

»Im Krieg?«, wiederholte Thierry verständnislos.

»Wenn man umgeben von Feinden lebt, nenne ich das Krieg. Ich könnte auch sagen, ihr seid in die Hölle geraten.« Guibours blickte auf, schickte die silberne Welt mit einem Stoß in einen Wirbel und sah dabei aus, als fletsche er die Zähne. »Diese Sizilianer sind Teufel, die es in jedem wachen Augenblick zu bekämpfen gilt. Ihr dürft hier niemandem trauen. Keinem alten Weib, das Betelnüsse kaut, und keinem kleinen Rüpel, der Euch Granatapfelkerne verkaufen will. Sie sind alle gleich, stecken alle unter einer Decke. Wenn Ihr hier bestehen wollt, dürft Ihr niemandem trauen. Ihr seid von Feinden umzingelt.«

Thierry wusste damit nichts anzufangen. »Aber die Sizilianer sind doch König Karls Untertanen«, protestierte er. »Und König Karl ist der Onkel von Philipp von Frankreich. Sizilien ist also sozusagen ein Teil Frankreichs, die Sizilianer so gut wie Untertanen von Frankreichs Krone, und –«

»Habe ich es nötig, mich von einem Grünschnabel belehren zu lassen?«, blaffte der Vicomte. »Hört mir mal gut zu, Ihr neunmalschlauer Schwätzer! Eure Untertanen von Frankreichs Krone würden sich lieber heute als morgen den Aragonier ins Land holen und uns zum Teufel jagen, das könnt Ihr Euch hinter Eure feuchten Ohren schreiben.«

»Welchen Aragonier?«, platzte Thierry heraus und bereute es sofort. Aber er war nun einmal ein Ritter, kein Justiziar, der in einer Schreibstube vor sich hinsäuerte und sich auf Politik verstand.

Mathieu de Guibours legte den Kopf schräg und lächelte ihn zum ersten Mal an. »Das habe ich befürchtet«, bekannte er. »Mir schanzen sie die ahnungslosen Milchbübchen zu, die keinen Befehlshaber, sondern die dicken Brüste einer Amme brauchen. Also hergehört, *mon petit morveux*: Man nennt uns in diesem Drecksland die Kindermörder. Und wollt Ihr mir vielleicht auch erklären, warum?«

»Die Kindermörder?« Das war lächerlich! Thierry liebte Kinder, er hatte daheim in Rossillon ein halbes Dutzend Neffen und Nichten, mit denen er als Lieblingsonkel durch sämtliche Gänge der Burg tollte und die er schmerzlich vermisste.

»Man nennt uns so, weil unserem König daran gelegen war, die Stauferbrut mit Stumpf und Stiel auszurotten«, gab der Vicomte, der an der Achse der Weltkugel spielte, sich seine Antwort selbst. »Leider hat er eine einzige Ratte in ihrem Loch vergessen. Ein Weib. So geht es ja immer: Mit den Weibern rechnet man erst, wenn sie ans Licht gekrochen kommen und es längst zu spät ist. Konstantia, Manfred von Hohenstaufens einziges Kind und des verfluchten Friedrichs Enkelin. Wie schon gesagt: Eine Tochter hat niemand auf der Rechnung, aber Töchter heiraten Männer, und diese hat einen aragonesischen König geheiratet, der leicht eine Flotte von hundertfünfzig Schiffen und ein Heer von fünfzehntausend Mann ausheben kann. Wisst Ihr jetzt, auf welchem Höllenschlund wir hier sitzen? Den feuerspeienden Berg da drüben, den braucht es gar nicht mehr.«

Thierry fiel keine Erwiderung ein. Es war nicht das erste Mal an diesem Tag, dass er sich dümmlich vorkam.

»So langsam dämmert Euch, was für eine *zuppa* Ihr Euch hier eingebrockt habt, was? Und glaubt mir: Es ist noch weit ärger, als Ihr denkt. Der Aragonier scheut sich nämlich nicht, seine Unterwanderer und Aufrührer hierherzuschicken, damit sie sich unters Volk mischen und im Geheimen gegen uns ihre Hetze treiben. Er hat diesen Giovanni da Procida angeheuert, ihm die passenden Leute zu rekrutieren, Brandstifter, die so lange fackeln, bis die Ordnung der Welt in Flammen aufgeht.«

»Wer ist Giovanni da Procida?«, wagte Thierry, der nichts mehr zu verlieren hatte, zu fragen.

»Ja, das wüsste so mancher gern«, knurrte der Vicomte. »Irgendein Tausendsassa von ghibellinischem Diplomat, der sich ebenso wie sein verdammter Herr, der Staufer, immer wieder aus dem Grabe erhebt und neue Unruhe stiftet. Manche glauben, er ist überhaupt kein Mann mehr, sondern nur noch ein Geist, eine Legende, weil er überall zugleich sein kann. Der Mann ist ein Eiferer, der lieber einen Vulkan entzünden als die Sache der Staufer aufgeben würde, und gegen seine Gabe des Menschenfangs wird die tollste Hure blass. Hier hat er überdies leichtes Spiel, weil der Sizilianer schon seiner Natur nach der geborene Verräter ist. Den scheren nur er selbst, die Haut auf seinem Arsch und seine Insel. Sonst nichts.«

»Aber es sind doch Christenmenschen wie wir!«, brach es aus dem fassungslosen Thierry heraus.

»Ha, Christenmenschen!« Der Vicomte rieb sich die pockennarbigen Wangen. »In einer Stadt, in der mehr Minarette als Kirchtürme blühen? Auf die Christlichkeit dieser Herrschaften setzt Ihr besser keinen Halbpfennig. Ich brauche Leute, die scharfäugig wie Luchse sind. Hier im Palast werdet Ihr übrigens nicht bleiben, sondern Ihr werdet in einen Wachturm in La Kalsa übersiedeln, wo Ihr die Leute besser unter Beobachtung habt. Vor allem will ich, dass Ihr Euch ihnen anbiedert. Trinkt ihren Teufelssud von Wein mit ihnen, lasst Euch in ihre verderbten Spiele ziehen, und schmeichelt ihren hurenhaften Weibern! Dabei haltet Augen und Ohren offen, und erstattet mir sofort Bericht, wenn einer tönt, als hätte er das Gift des Aragoniers im Blut.«

»Aber ich bin doch kein Spitzel!«, rief Thierry.

»Seid Ihr keiner?« Der Vicomte de Guibours lächelte. »Nun, was nicht ist, *mon petit morveux,* das kann ja immerhin noch werden.«

»Meine Waffe ist das Schwert.« Vor Entrüstung geriet er ins Stammeln. Glaubte dieser Mann wahrhaftig, er, Thierry de Rossillon, ein Ritter aus provenzalischem Adel, gäbe sich zu einer derart unehrenhaften Art des Kampfes her?

»Mit Männern des Schwertes können wir inzwischen jede schlammige Gasse in dieser verdammten Stadt pflastern«, erwiderte Guibours. »Was ist, wenn wir keinen mehr brauchen? Wollt Ihr Euren Entschluss, König Karl zu dienen, dann rückgängig machen? Nur zu, zieht Euren mickrigen Schwanz ein! Solange das Meer schiffbar bleibt, geht am Montag in der Frühe ein Schiff nach Aigues-Mortes, auf dem auch Euer Kumpan, der Jammerlappen d'Esterel, sich eingebucht hat.«

Wieder glaubte Thierry das Bild vor sich zu sehen: den unbefestigten Weg, der zur Burg seines Vaters führte und den er mit hängendem Kopf würde hinaufschleichen müssen. Der Vater hatte sich gewunden wie ein Aal, ehe er sich dazu hatte bewegen lassen, für Thierry den Apfelschimmel und die Halbrüstung zu kaufen, weil er überzeugt war, sein Jüngster habe nicht das Zeug zu einem Ritter. Sollte er damit recht behalten? Und wovon sollte Thierry dann ein standesgemäßes Leben führen? Wie sollte er jemals eine hübsche Braut und ein Haus voller kleiner Thierrys sein Eigen nennen?

Er sagte nichts.

Mathieu de Guibours winkte ihn mit einem Finger heran und schenkte ihm nachlässig einen Becher Wein ein. Dann schob er ihm durch die Pfützen auf dem Tischchen einen Bogen Pergament zu. »Ihr könnt flüssig lesen?«

Nicht so ganz flüssig, dachte Thierry, doch er beeilte sich, zu nicken.

»Dort findet Ihr ein paar Namen und Einzelheiten.« Der Vicomte wies auf das Pergament. »Nicht nur Männer, sondern ganze Familien, in deren Häusern wir Schlangennester der Rebellion vermuten, bezahlt von Peter von Aragon. Der Kopf der Verderbnis ist ein Helmer aus La Kalsa, ein kleiner Erbschleicher, der seit Jahren dabei ist, ein angesehenes Handwerkshaus zugrunde zu wirtschaften. Ehe er seinen Ruin schluckt, verdingt er sich bei dem Aragonier und stiftet das ganze von Muselmanen verseuchte Viertel zum Aufstand an. Er ist derjenige, um dessentwillen ich Euch nach La Kalsa schicke.«

»Und was habe ich dabei zu tun?«, fragte Thierry.

»Das, was ich Euch erklärt habe«, erwiderte Guibours. »Macht Euch mit dem Kerl bekannt, sauft mit ihm, leiht ihm Euer Ohr. Sizilianer sind ein Volk von Schwätzern, seht Euch nur ihre Marktplätze an, wo sich geschminkte Laffen sogar für ihr Geschwätz bezahlen lassen. Und sie heulen wie Mädchen, allesamt. Euer Mann wird Euch gewiss in Länge und Breite sein Herz über die bittere Ungerechtigkeit ausschütten, die ihn ereilt. Wir stellen nämlich sicher, dass bei einem so wenig vertrauenswürdigen Handwerker kein Herr von Rang mehr kauft.«

»Ihr zerstört diesen Leuten die Geschäfte?«, fuhr Thierry auf. »Aber damit treibt Ihr sie doch in den Aufstand, während sie sonst womöglich friedlich ihr Leben fristen würden.« Thierrys Vater hatte stets dafür gesorgt, dass die Leute im Dorf ihr

Auskommen hatten. *Ein dicker Bauch ist zu schwer zum Rebellieren,* pflegte er zu sagen.

»Das lasst unsere Sorge sein«, verwies ihn der Vicomte. »Soweit ich weiß, hat König Karl Euch nicht als Minister bestellt, also tut schlicht, was man Euch sagt. Kauft dem Kerl eine Kanne Wein und danach eine zweite, und wenn er noch immer das Maul nicht aufmacht, schmeichelt Euch bei seinem Weibsvolk ein.«

»Bei was für einem Weibsvolk?«

»Was weiß denn ich.« Guibours' wegwerfende Geste stieß den Weinkrug um, was er nicht beachtete. Stattdessen sandte er die silberne Welt ein letztes Mal rasend schnell um ihre eigene Achse. »Diese Sizilianer haben doch alle Horden von Schwestern, Töchtern und Nichten – samt und sonders kleine Huren, aber die Kerle betragen sich, als leuchte ihnen die Sonne aus den Arschspalten. Da könnt Ihr ansetzen, an der Stelle sind sie verwundbar. Sobald Ihr etwas erfahrt, erwarte ich Eure Meldung, und Euer Schaden soll es nicht sein.«

16

Bringt die Truhe dort hinüber«, rief Aita und wies auf die Längsseite der Kammer gegenüber dem Fenster. »Und dann verzieht euch, geht nach unten in die Küche. Die Magd schöpft euch ein Nachtmahl auf und zahlt euch aus.«

Mit einem Knall, der die Dielen erzittern ließ, stellten die Burschen, die Aitas Mann zum Schleppen ihrer Habe angeheuert hatte, die Truhe an ihren Platz. Dann nickten sie Aita zu und trollten sich. Aita ließ sich zu Boden gleiten, lehnte den Rücken an die Wand und atmete durch. Der Tag war anstrengend, aber erfüllend gewesen, und sie sehnte sich danach, allein zu sein und sich für das bereit zu machen, was sie von der Nacht erhoffte.

Sie zogen in Rosas Haus. Es war tatsächlich wahr: Nach einem endlosen Winter, in dem sie einen einzigen Raum mit einem Rudel lärmender, nörgelnder, sich aufdrängender Leute geteilt hatten, würde von heute Nacht an diese behagliche Kammer mit dem leeren, frisch aufgeschlagenen Bett ihnen beiden allein gehören.

Flüchtig fühlte Aita sich wie die jung vermählte Braut, die sie nicht mehr war. Verheiratet war sie schon seit dem Ende des Sommers. Ihre Trauung war ohne jeden Aufwand vollzogen worden, sobald alles geregelt war: die Schulden beglichen, der Vater halbwegs wiederhergestellt und ein Kleinhandel mit Hausgemachtem eingerichtet, den die Mutter als Ackerbürgerin im eigenen Namen führen durfte. Die Mutter hätte froh sein müssen, dem Schlimmsten entronnen zu sein, doch sie war am Boden zerstört.

Das Verhängnis, so nannte sie Aitas Eheschließung, und bis zum letzten Moment, bis zum Abend vor der Hochzeit, hatte sie versucht, es abzuwenden:

»Noch ist das Verhängnis nicht besiegelt, wisst ihr? Wir könnten einen Weg finden, den Kerl auszubezahlen.«

Aitas Vater aber hatte davon nichts hören wollen. »Und wovon zahlst du ihn aus? Von dem Ertrag deiner Schweinezucht, die er dir mit seinem Geld eingerichtet hat? Und selbst wenn du mit dem Verkauf von Schinken ein Vermögen scheffeln würdest – aus der Heiratssache kämen wir nicht raus. Wir sind dem Mann im Wort.«

»Ein Wort, das man in höchster Not gibt, weil man sich sonst keinen Rat weiß, ist ohne Wert«, hatte es die Mutter von Neuem versucht. »Dieser Mensch hätte unsere Lage nicht ausnutzen dürfen, und ohnehin ist man einem, der kein Ehrenmann ist, zu nichts verpflichtet.«

»Manchmal frage ich mich, was das eigentlich für ein Wesen ist, das ich geheiratet habe«, hatte der Vater gesagt, derweil er die Mutter von Kopf bis Fuß gemustert hatte. »Dieser Mann hat uns nicht nur Kopf und Kragen, sondern obendrein das Haus gerettet. Er hat uns gegeben, was er hatte, weil er unsere Tochter zur Frau wollte, und jetzt, wo wir ihn wie eine Herbstorange ausgepresst haben, willst du ihn um den Preis betrügen?«

»Der Preis ist dein einziges Kind!«, hatte ihre Mutter geschrien und war wieder einmal in Tränen ausgebrochen. Sie weinte jetzt ständig. Von der Frau, die stark wie Eisen gewesen war und sich durch nichts hatte erschüttern lassen, schien nichts mehr übrig zu sein. »Meine arme Aita, ach, meine arme, arme verkaufte *palummella,* der der eigene Vater nicht zu Hilfe eilt.«

Aita hatte den Blick zu ihrem Vater gewendet, der wie ein Schatten seiner selbst in seinem Lehnstuhl hing. Wem hätte dieses Häuflein Elend zu Hilfe eilen sollen? Von den Fleischmassen, die ihm einst den Namen »Fettfresser« eingetragen hatten, war nichts mehr übrig, er schien zusammengeschnurrt und rissig wie der *Prosciutto crudo* zu sein, den ihre Mutter fortan über dem Rauch trocknen würde. Die Mutter selbst blieb wohlgenährt wie eh und je, doch die Haut der prallen Wangen wirkte grau. Sie hatte immer ein beträchtliches Quantum Wein vertragen, aber jetzt trank sie mehr und schneller als ein Mann und füllte sich den Becher ständig nach.

Aita kannte sich als kaltschnäuzig, doch auf einmal empfand sie ungewohntes Mitleid mit ihr. Sie selbst würde gehen, in ihr Abenteuer, ihren erregenden Traum, und die Mutter würde zurückbleiben, ihre Mutter, die ihre Nase auf so formidable Weise hoch trug – mit einem Schweinekoben im Hof und dem Pappalardu, dem Kleider und Haut um die Knochen schlackerten, als einzige Gesellschaft.

Sie ging zu ihr und legte die Arme um sie. Weder ihre Mutter noch Aita waren zärtliche Frauen, doch seit sie davon träumte, zärtlich mit einem Mann umzugehen, fiel ihr die Geste fast leicht. »Es gibt nichts, wobei der Vater mir helfen muss, *Mammina*«, sagte sie. »Und er hat mich auch nicht verkauft. Ich will gern heiraten.«

»Aber doch nicht dieses Ungeheuer!«

»Doch«, sagte Aita. »Genau das.«

»Und leben sollst du in dieser nach Schwefel stinkenden Hütte!«, greinte ihre Mutter weiter. Dann wurde ihre Stimme grabesschwer und leise: »Tür an Tür mit Rosa, an der er sich mit seinen dreckigen Pranken auch vergriffen hat.«

Sie alle zuckten zusammen, wie sie es jetzt immer taten, wenn jemand Hände erwähnte, selbst wenn er sie Pranken, Tatzen oder Pfoten nannte. Der Pappalardu starrte auf den Ärmel in seinem Schoß, in dem sich der Stumpf verbarg.

Aita fasste sich. »Das treibe ich ihm schon aus«, sagte sie und lachte, weil die Freude auf den kommenden Hochzeitsabend so köstlich war. *Und ob ich es dir austreibe, mein Eisenbezwinger, alle Gedanken an alte Tanten – und die an obskure Prinzessinnen und Kindesmütter erst recht. Kein Fünkchen Erinnerung an eine andere*

Frau dulde ich mehr in deinem Kopf. Stattdessen träume ich davon, deinen Körper, diese geballte Kraft, vor mir in die Knie zu zwingen und zusehen zu dürfen, wie du dich nach mir verzehrst.

Sie hatte nicht vorgehabt, ihn lange leiden zu lassen, nur ein bisschen, einen süßen Herzschlag lang, ehe sie ihm die Hand in den Nacken legen und zugleich ihn und sich selbst erlösen würde.

Ihre Mutter sandte ihr einen Blick, als hätte sie bekundet, sie wolle Hostienfrevel begehen.

»Und dann dieses Kind …«, murmelte sie.

Auf das Kind hätte Aita allerdings auch gern verzichtet, ebenso sehr wie auf die Schwester mit ihren drei lauten Jungen, die ihr Bräutigam beherbergte. Aber gewiss war es nur eine Frage der Zeit, bis Stidda und ihre Kinder zu Carmelo zurückkehren würden, und konnten sie dann nicht die bösartige kleine Kröte mit zu sich nehmen? Die Kleine war das Überbleibsel einer vergangenen Geschichte, eins dieser Kinder, die niemand brauchte, und an jenem Abend vor ihrer Hochzeit hatte Aita noch gehofft, sie demnächst loszuwerden.

Auch auf Nunzia hätte Aita mit Freuden verzichtet. Um ein Haar wäre sie rückwärts wieder aus der Tür gestolpert, als sie die Freundin im Haus ihres Bräutigams stehen und das Nachtmahl servieren sah. Nunzia aber erklärte ihr, ihr Onkel sei durch die *Collectio generalis* ebenso ruiniert wie Aitas Vater, das Geld der fern lebenden Tante sei weggefallen, und er könne nun nicht länger eine arme Verwandte durchfüttern.

»Im Grunde habe ich dasselbe tun müssen wie du«, hatte Nunzia mit einem kleinen traurigen Unterton gesagt. »Nur verdingst du dich bei Signur' Maniscalco als Hausfrau und ich mich als Magd.«

Aita hatte nie zuvor jemanden den Schmied wie einen Herrn beim Namen nennen hören, sie hatte seinen Namen nicht einmal gekannt.

Natürlich konnten sie Nunzia, die in solche Not geraten war, nicht auf die Straße werfen. An ihrer Arbeit war auch nichts auszusetzen, sie ging in Rosas Haus der alten Anna zur Hand und besorgte in ihrem den gesamten Haushalt, ohne sich zu beklagen. Aita hätte froh sein sollen, als Frau eines Schmieds überhaupt eine Magd zu bekommen und dazu keine womöglich schlampige Fremde, sondern ihre Freundin mit ihrer Beflissenheit und ihrer ewigen Nettigkeit. In Wahrheit aber wollte sie mit dem Schmied, der von morgen an ihr Mann sein würde, allein sein. Sie wünschte sich eine Insel, auf der er ihr allein gehörte und auf der sie endlos Zeit hätte, ihm seine Geheimnisse zu entlocken.

Sie hatte um ihn gerungen wie um nichts zuvor, und jetzt, wo sie die Trophäe davontragen würde, wollte sie sie mit niemandem teilen.

Ihre Mutter war in jener Nacht vor ihrer Vermählung mit ihr zusammen die Treppe hochgestiegen und vor der Kammer stehen geblieben, in der Aita zum letzten Mal schlafen würde. »*Ma fia*«, hatte sie geflüstert, damit der Vater nichts hörte. »Glaube nur nie, dass du allein und ohne Schutz in der Welt bist. Deine Mutter mag nur noch eine abgerissene Schweinezüchterin sein, aber sie täte alles für dich. Wenn der Kerl jemals Hand an dich legt …«

»Er wird mein Mann, da wird er ja wohl Hand an mich legen«, hatte Aita erwidert, der diese Gespräche an den Nerven zerrten. *Und ich kann es kaum noch erwarten,* hätte sie am liebsten hinzugefügt.

Ihre Mutter hatte sich geschüttelt. »Allein der Gedanke daran lässt mich schaudern. Warum kann man seinem Kind nicht ersparen, was einem selbst angetan worden ist? Aber wenn er sich mehr herausnimmt als das, mehr, als einem Ehemann zusteht, wenn er dir Schmerz zufügt, dich in Not bringt … Komm zu mir, *ma fia,* ich werde dich vor ihm schützen. Und wenn ich ihn töten muss. Es macht mir nichts aus.«

Aita stöhnte auf. Damals hatte sie gelacht, weil sie sich vorstellte, wie ihre Mutter mit ihrem Besenstiel in ihr eheliches Heim eindrang und dem Schurken zusetzte, der ihr zartes Töchterlein plagte. *Diu aiutami, Mamma. Kannst du nicht lieber mit deinem Besen zur Stelle sein und ihn Mores lehren, weil er seine Hand eben nicht an mich legt?*

Sie zwang sich, von Neuem zu lachen, was ihr in der Nacht nach ihrer Hochzeit vergangen war. Von irgendwoher hatte ihr Bräutigam sich für den Gang ans Kirchentor gute Kleider besorgt, doch sie waren nicht für ihn gemacht, und in dem engen Hemd konnte er kaum atmen. Er gefiel Aita so gut, wie er neben ihr vor Don Michele stand, dass sie am liebsten mit ihm davongerannt wäre. Ans Meer wäre sie mit ihm gelaufen, um sich in den herbstwarmen Sand des Strandes zu werfen und sich umschlungen mit ihm bis an den Saum des Wassers zu rollen.

Stattdessen standen sie beieinander, ohne einander zu berühren, und willigten ein, einander das Sakrament der Ehe zu geben – das einzige unter den himmlischen Heilszeichen, das kein Priester, sondern nur zwei Menschen einander schenken konnten. Aita hatte über dergleichen nie nachgedacht und wunderte sich über sich selbst. Auf die Segnung am Kirchentor hatte sie bestanden. Etliche Leute besiegelten ihren Eheschluss mit nicht mehr als einem Handschlag, gerade wenn ihre Verhältnisse nicht waren, wie sie hätten sollen, und auch ihr Schmied hatte sich gegen jegliche Zeremonie gewehrt.

»Das geht zu weit. Du bekommst mich in keine Kirche.«

»Ich weiß, dem Teufel tut's am ganzen Leib weh, wenn er seinen Bocksfuß über die Schwelle setzt.« Sie hatte gelacht, ihn ins Ohr gezwickt und eine Zärtlichkeit verspürt, die alles in ihr weich machte, nachgiebig wie den Sand, in dem sie saßen. Es war der einzige Tag vor der Hochzeit gewesen, an dem er sich dazu hatte bewegen lassen, ihr eine Stunde Zeit zu schenken, ein Spätsommertag mit zerfließendem Licht, das das Meer in Gold tauchte. »Du sollst ja auch gar nicht bis in die Kirche hinein, mein Teufel, der das Weihwasser fürchtet. Ehen schließt man vor dem Tor. Du wirst ein tapferer Teufel sein und diese kleine halbe Stunde lang für mich ertragen, nicht wahr?«

»Und wenn ich nicht vor dieses Tor trete, sondern einfach beginne, mit einer Frau zu leben, wie es ihr und mir einfällt? Wenn wir uns nach unseren Kräften bemühen, einander gutzutun – zählt unsere Ehe dann weniger als eine, die vor dem Kirchentor gesegnet ist?«

»Das vielleicht nicht«, hatte Aita noch immer lachend gerufen. »Aber ich hätte nichts gegen dich in der Hand, keinen Zeugen, keinen Eintrag im Kirchenbuch, und du Feigling könntest mir jederzeit entwischen, wie du es ja schon etliche Male versucht hast.«

»Das kann ich ohnehin, egal, was der Priester dazu sagt. Wenn ich gehen will, gehe ich.«

»Aber das Sakrament!«

»Was ist damit? Glaubst du, der Teufel hat Angst, in der Hölle zu enden?«

Aitas Herz jagte bei der Erinnerung daran. In jenem Augenblick war ihr klar geworden, dass sie ihn nicht besaß, dass er sich ihr noch immer entzog, auch wenn er neben ihr stillsaß und nicht mehr zur Seite zuckte, sobald sie ihn berührte. Er gehörte ihr nicht, sondern hatte sich nur von ihr bewegen lassen, seine seltsame Zusage einzuhalten: »Ich und die Meinen sind in Not, ich habe kein Heiratsgut und keinen anderen Ausweg mehr. Also heirate mich.«

Er hatte sich gefügt und teilte doch keine Insel mit ihr, sondern blieb auf der seinen allein. Sie würde ihn erobern und fesseln und nach ihr verrückt machen müssen, und genau das hatte sie in der Nacht nach ihrer Hochzeit vorgehabt.

An jenem Tag am Strand hatte sie noch einmal gelacht. »Nun gut. Dann pfeif also auf das Sakrament, du Bocksbein. Aber vor der Kirche geheiratet wird trotzdem, denn ich will schließlich Don Michele zeigen, dass seine Mühe umsonst war und ich mir trotzdem meinen Goldring vom Meeresgrund geholt habe.«

Darüber hatte auch er gelacht, und wenn er lachte, sahen seine Augen fast dreieckig aus und sein Gesicht wirkte auf einmal jung. »Ich fürchte, auf dem Meeresgrund liegt nur das Gold, das wir hineinwerfen. Der Rest sind Schlamm und toter Fisch.«

Es war schön mit ihm. Reden, lachen, in die Augen schmachten. Und das Schönste stand ihr erst noch bevor. Dieser klotzige Kerl, den sie sich in ihrem *Curdedda*-Spinnennetz gefangen hatte, steckte voller Überraschungen und bot ihr alles Erdenkliche, nur nicht das, was sie erwartete.

»Wer weiß, was sich unter Schlamm und totem Fisch so alles verbirgt.« Sie hatte sich an ihn gelehnt, er war reglos sitzen geblieben, aber damals war sie noch voller Zuversicht gewesen. Sie würde ihn zu seinem Glück schon zwingen, und zwar schneller, als er es sich versah.

Dann aber, in der Nacht, die sie wie im Fieber herbeigesehnt hatte, hatte sie allein in einem fremden Bett gelegen und hätte vor Hilflosigkeit gern wie ein Kind geheult. Der Mann, den sie sich in den Armen wünschte, legte nicht einmal die Kleider ab. Seine Schwester wollte irgendetwas mit ihm bereden, dann quengelte das unsägliche Balg, es könne nicht schlafen, wenn sein Vater sich nicht zu ihm lege. Stiddas ältere Söhne zankten sich wie Straßenkater, und Matteo, der jüngste, hatte sich zu viele Hochzeitsmandeln eingestopft und erbrach sich über Bett und Boden. Es war nicht das Fegefeuer. Es war der glühende Einstieg zur Hölle: Der Mann, den sie wollte, nach dem alles in ihr schrie und verlangte, taperte im Hemd durch den halbdunklen Raum und behandelte seine Braut wie einen seiner lästigen Verwandten:

»Kannst du nicht schlafen, Agata? Ich gehe nach vorn an den Brunnen. Wenn du willst, bringe ich dir einen Krug Wasser mit.«

Er brachte ihr Wasser, er brachte ihr eine rotbraune Decke, die rau aussah, aber weicher war als Seide, er löschte sein Talglicht und tastete sich durchs Dunkel, damit der Schein der Flamme sie nicht störte. Er war fürsorglich und unermüdlich, aber sie nannte ihn in Gedanken zum ersten Mal bei Namen, mit denen ihre Mutter ihn bedachte: *du Unhold, du Scheusal, du Ungeheuer. Ich wünschte, meine Mutter würde dieses sogenannte Brautbett stürmen und dir mit ihrem Besenstiel ein paar Gehörige überziehen, weil du ihrer schönen Tochter das Hässlichste antust, das eine, was unverzeihlich ist – weil du sie links liegen lässt.*

Bei Tag war es nicht anders. Er verschwand zu seiner Arbeit, er kümmerte sich um die Horde im Haus, war für Aita nicht greifbar. Sie hätte todunglücklich sein müssen und war es, und doch – sie war mehr als das.

Einmal traf sie zwischen den Ständen des Ballarò Francesca, die noch immer ledig war und sie erst vorsichtig, dann unverblümt fragte: »Bist du nicht schrecklich enttäuscht? Du und deine Mamma, ihr habt euch doch einen Prinzen für dich ausgemalt, der Turri war dir nicht gut genug – und jetzt lebst du Tag und Nacht mit *dem*? Wünschst du dir nicht, es wäre anders gekommen?«

»Nein«, sagte Aita zu ihrer eigenen Verblüffung. Sie hatte lügen wollen, aber das war nicht nötig. »Nein, ich bin nicht enttäuscht, ich wünsche mir nicht, dass es anders wäre.«

Ihr Traum war unerfüllt, das machte sie rastlos und gereizt. Und doch gab es vieles, das nicht nur war, wie sie es sich erträumt hatte, sondern erregender, reicher, erstaunlicher. Seine Arbeit zum Beispiel. Er hatte zwischen ihren Wohnraum und die Werkstatt eine hölzerne Wand gezogen, damit der Gestank sie nicht störte, doch Aita lief um die Hütte herum und schob sich in die offene Tür. Lange stand sie dann unbewegt und sah ihm dabei zu, wie er sich über den Amboss beugte oder mit dem Punziereisen in seinen großen Händen auf eine grazile Form aus Metall einhieb.

Unter seinen Fingern wurden sie alle lebendig – Eisen, Kupfer, Messing, die kostbare Bronze, im Geheimen sogar ein wenig Blattgold und Silber –, und etwas so Inniges, Konzentriertes wie seine Arbeit über einem Werkstück hatte Aita nie gesehen. Sie sah ihm zu und stellte erst, wenn er endlich innehielt und schweißbedeckt eine Pause einlegte, fest, dass sie eine Stunde oder noch viel länger innerlich wie äußerlich stillgestanden hatte.

Oft ging sie dann zu ihm und berührte wie zufällig einen Muskel seines Rückens, der so hart gespannt war wie sein Eisen, ehe er es weich gemacht hatte. Er hatte Krug und Waschschüssel in der Schmiede, und nach ein paar Tagen kam sie auf den Gedanken, den Krug zur Hälfte zu füllen und ihm Wasser über den erhitzten Rücken zu schütten. Unendlich gern hätte sie ihn gestreichelt, seine Schultern, auf denen das nasse Hemd klebte, und den Nacken, in dem sich das verschwitzte Haar kräuselte. Sie lernte jedoch, dass er das nicht wollte, wohingegen die Behandlung mit dem Wasser ihm guttat. Sein Gesicht war vor Anstrengung gerötet und sah nicht aus, als ströme ihm Schweiß aus den Poren, sondern so, als hätte er geweint.

Vielleicht ist Weinen so, als schwitze uns das Herz, dachte sie, als sie das Werkstück betrachtete, eine Art Kelch aus ineinander verkeilten Gliedern. Von dem schwarzen Metall ging eine Kraft aus, als hätte sein Herz sich dafür bis zum Letzten verausgabt.

An diesen Erlebnissen war nichts, das enttäuschte, nicht die kleinste Spur. Aita verteilte so still und sachte, wie sie konnte, Wasser über seinem Rücken, kam sich auserwählt vor und erlebte eine neue Aita, eine, die Francesca und Nunzia, ihre Mutter, der König der Fischer, der Turri und die übrigen Burschen nicht kannten – nur er und jetzt sie.

Einmal kam ihr etwas in den Sinn, und sie fragte ihn: »Dass bei den Dingen, die du machst, nie ganz sicher ist, was sie darstellen, das ist Absicht, nicht wahr? Das willst du so?«

Wie aufgeschreckt fuhr er herum, die Augen nackt, das Gesicht vor Nässe glänzend. Endlich nickte er. »Ich will nicht, dass sie fertig aussehen, als hätte ich erstickt, was noch in ihnen stecken könnte.«

Wie hätte sie daran etwas enttäuschen können? Es war ein Abenteuer, wie sie es sich nicht hätte ausmalen können, eines, von dem sie beide die Grenze nicht kannten. Es schmerzte sie allerdings, dass er den Türspalt, durch den er sie hatte spähen lassen, sofort wieder schloss. Er kaufte sich zwei Straßen von Rosas Haus entfernt in eine Werkstatt ein, wo er ungestört arbeiten konnte. Die Wand in ihrer Hütte riss er nieder, und er lüftete die einstige Schmiede aus, um sie bewohnbar zu machen. »Wir sind jetzt zu viele Leute in dem kleinen Raum«, erklärte er Aita auf ihr Drängen. »Vor allem zu viele Kinder, die Platz brauchen.«

Ich brauche auch Platz!, hätte sie ihn gerne angefahren. *Einen von mir aus schmalen, von mir aus muffigen Platz, wo wir beide – der Herr Stahlhart und seine schöne Frau, die ihn erweichen will – allein sind. Wenn du dieses ganze Menschenvolk, das uns bei Tag wie bei Nacht im Nacken sitzt, nicht zum Teufel schicken willst, dann gib wenigstens diese Hütte Wand an Wand mit deiner einstigen Geliebten auf, und beschaffe uns ein größeres Haus.*

Dass er das gekonnt hätte, war eine weitere Überraschung und ebenfalls keine enttäuschende. Er hatte Geld. Offenbar weit mehr, als ihre Mutter je vermutet hätte, und mehr, als er selbst zu schätzen wusste. Er teilte es auf zwei Gefäße auf: seinen abgegriffenen Beutel und eine neu geschmiedete Schatulle für Aita. »Gib es aus, wie es dir passt«, sagte er. »Was ich für Arabella will, habe ich schon beiseitegelegt.«

Einmal stand Stidda hinter ihnen, und als ihr Bruder den Raum verlassen hatte, Aita aber noch bei der Schatulle wartete, sagte sie mit süffisantem Lächeln: »Du kannst von Glück sagen, weißt du das? Ich wünschte, ich hätte einen Mann abbekommen, in dem so viel Mumm steckt.«

Ich habe ihn nicht abbekommen, dachte Aita, *ich habe ihn mir genommen.* Sie machte sich wenig aus Geld, was kein Wunder war, da sie immer welches gehabt hatte. Aber die Anerkennung, die mit dem Geld einherging, steigerte ihr Verlangen nach ihm. Sie hatte einen Zauberer geheiratet, einen Mann, der etwas konnte, was für den Rest der Stadt unmöglich war. Die Palermitaner mochten ihn ächten und schmähen, aber nach seiner Arbeit waren sie verrückt. Er hatte Werkstücke bis in die Kapelle des Normannenpalastes und in die Residenz des Bischofs von Palermo verkauft, doch über all das verlor der Eisblock nie ein Wort. Wenn Aita ihn darauf ansprach, sagte er: »Mach mit dem Geld, was dir gefällt. Du musst mich nicht fragen, wenn du deinen Eltern oder deinem Bruder welches geben willst.«

Sie hatte ihn am Arm gepackt: »Mir geht es nicht um Geld.«

Er schloss die Brauen über der Nasenwurzel. »Nicht?«

»Warum sprichst du so mit mir? Willst du mich kränken?«

»Nein«, sagte er nach einer Weile. »Ich dachte nur: Wo du mich um des Geldes wegen heiraten musstest, solltest du wenigstens wissen, dass du dich darum nicht sorgen musst.«

Aita lief gegen Wände. An ihn war kein Herankommen. Manche Erlebnisse verstörten und erschütterten sie, doch nicht einmal dabei verspürte sie Enttäuschung. Ebendas machte sie kirre – all das Geheimnisvolle, Wunderbare, was zum Greifen nahe lag und verschwand, sobald Aita die Hände danach streckte.

Zuweilen verbrachten Stidda und die Kinder eine Nacht bei ihrer Schwester, und Aita und ihr Schmied hatten nur die altkluge Kröte Arabella am Hals. Statt sie jedoch nach dem Nachtmahl zu Bett zu schicken, gestattete ihr Vater ihr, sich zu ihm an den Tisch zu stellen, wo er in seiner Unordnung aus Büchern und Papieren blätterte. Mit ihrem dünnen Stimmchen und ihrer Art, sich in den Vordergrund zu spielen, plapperte sie auf ihn ein und tat, als könnte sie in dem Buch lesen, das er aufschlug. Wichtigtuerisch fuhr sie mit dem Finger über die Zeilen und gab ihre frühreifen Ansichten zum Besten. Stiddas drei

Söhne waren laut und übermütig, aber sie waren auch tapsig und herzlich, brachten Aita zum Lachen und erschienen ihr hundertmal liebenswürdiger als das Prinzesschen Arabella, bei deren Gehabe es ihr in den Fingern juckte.

Aita hatte auf ihrem Bett gesessen und gewartet, doch irgendwann war ihre Geduld erschöpft. »Ich finde, du solltest deinen Vater jetzt nicht länger stören, Arabella«, sagte sie und stand auf. »Wasch dir den Mund, und geh zu Bett.«

»Ich störe meinen Vater nicht«, behauptete Arabella. »Und den Mund braucht man sich nur zu waschen, wenn man schmutzig ist. In Arabien und Persien waschen die Menschen sich viel häufiger den Körper, der unreine Flüssigkeiten absondert, als das Gesicht, das schließlich nicht stinkt.«

Aita glaubte ihren Ohren nicht zu trauen. »Meinst du, du darfst mich belehren?«

»Warum nicht? Wenn einer nichts weiß, sollte er froh sein, belehrt zu werden.«

»Du hältst jetzt sofort deinen frechen Mund!«, platzte Aita los. »Und dann gehst du und tust, was Erwachsene dir sagen!«

»Nicht, wenn die Erwachsene dümmer als ein Kleinkind ist«, erwiderte Arabella. »Und meinen Vater, der in Frieden mit mir lesen wollte, störst übrigens du, nicht ich.«

Aita erwartete, dass ihr Mann auffuhr und seine Tochter zurechtwies. Dass er nichts tat, brachte das Fass zum Überlaufen. *Dir werde ich helfen, von wegen dümmer als ein Kleinkind!* Schnurstracks sprang sie hinzu, riss Arabella am Arm von Emidio weg und machte sich ohne Federlesens daran, ihr mit der flachen Hand den Hintern zu versohlen.

Flink verabfolgte Schläge klatschten auf den glatten Stoff ihres Kleides, und Aita konnte nicht leugnen, dass das Geräusch ihr Genugtuung verschaffte. Es tat gut, das überhebliche Prinzesschen, die tückische Intrigantin, als das zu erleben, was sie in Wirklichkeit war: eine verzogene Göre, bei der eine handfeste Tracht Prügel mehr bewirken würde als sämtliche gelehrten Bücher. Allzu hart hernehmen wollte sie das Mädchen dennoch nicht. Das halbe Dutzend Hiebe, durch die Röcke gemildert, würde den Stolz mehr schmerzen als das Hinterteil, und damit wollte sie es genug sein lassen. Arabella aber schrie auf und krümmte den Rücken nach vorn, als bräche Aita ihr die Knochen.

Verärgert holte sie noch einmal aus, dabei riss sie den Arm des Mädchens in die Höhe und spürte unter ihren Fingern, wie dünn er war. Ehe ihre Hand ihr Ziel traf, fiel ein Schatten auf sie, und ihr Mann stieß sie hart von seiner Tochter weg. Er umschlang Arabella, die in bitterliches Schluchzen ausbrach, und hielt sie so innig in beiden Armen, wie Aita von ihm gehalten werden wollte.

Aita war tief erschrocken und fühlte eine nie gekannte Art von Scham. Die beiden benahmen sich, als wäre sie nicht länger im Raum. Er wiegte sie, streichelte ihr den Rücken und begann in einem eigentümlichen Singsang aus fremden Lauten auf ihren Kopf hinunterzuraunen. Sie klammerte sich an ihn, und das Schluchzen schüttelte ihren ganzen Leib.

»*Patri nostru nei cieli*«, murmelte Aita. »Ich habe ihr doch nichts getan.«

Die beiden beachteten sie nicht. Ihr Mann fuhr fort, seine Tochter zu wiegen und in dem fremden Singsang auf sie einzusprechen. In seinen kraftvollen Armen wirkte das Mädchen verschwindend klein.

»Sie ist keine königliche Hoheit, sondern ein Kind!«, rief Aita verzweifelt. »Wenn sie wie alle Kinder bestraft wird, damit sie ihren Platz nicht vergisst und ein ordentlicher Mensch wird, muss sie sich doch nicht betragen, als hätte ich versucht, sie umzubringen.«

Vater und Tochter standen weiter beieinander, als hätte Aita nichts gesagt.

»Sie hat deine Frau beleidigt«, versuchte Aita es ein letztes Mal. »Und ihre Strafe hätte sie von dir bekommen müssen, nicht von mir. Wie soll ich ihre Mutter sein, wenn ihr nicht beigebracht wird, vor mir Respekt zu haben?«

Abrupt brach der Singsang in der fremden Sprache ab. »Gar nicht, Agata.« Ohne seine Tochter loszulassen, drehte ihr Mann ihr den Kopf zu. »Arabellas Mutter sollst du gar nicht sein.«

Das Mädchen weinte noch immer, doch unter den streichelnden Händen seines Vaters beruhigte es sich. »Arabella bekommt keine Strafe von mir«, sagte er zu Aita. »Ich bekomme auch keine von ihr, zumindest keine, die mich kleinmacht, und unseren Platz vergessen haben du und ich eher als sie. Dafür bestraft uns das Leben, das genügt, meinst du nicht? Oder wollen wir Arabella bitten, uns besser auch den Hintern zu versohlen, damit ordentliche Menschen aus uns werden?«

Die tränenüberströmte Arabella lachte auf und zog ihren Vater an sich.

Verwirrt wünschte sich Aita dazuzugehören. Sie spürte die Einsamkeit wie eine hohle Stelle in der Brust und schüttelte den Kopf. »Ich weiß nicht, was du meinst.«

»Ich vielleicht auch nicht«, sagte er müde. »Aber es ist der einzige Respekt, auf den ich mich verstehe: dem anderen seine Ruhe zu lassen, wo es ihm wehtut, und nicht von oben herab noch eins draufzugeben.«

Das Mädchen hob sein nass geheultes Gesicht und warf Aita einen hämischen Blick zu, der ihr die Hitze in die Wangen trieb. »Ich habe das gesehen, Arabella«, sagte ihr Vater. »Und ich verbiete es dir. Ich wollte Agata nicht vor dir bloßstellen, wie ich nicht will, dass sie dich bloßstellt. Wenn ihr einander nicht leiden mögt, dann geht euch aus dem Weg.«

Arabella sah Aita an. Sie hatte große, allzu bleiche Augen, die Aita unschön fand. »Können wir das tun?« Obwohl sie noch schniefte, klang sie bereits wieder hoheitsvoll. »Uns aus dem Weg gehen? Ich brauch' nichts von Euch, ich will mit meinem Vater so weiterleben, wie wir immer gelebt haben.«

Aita hoffte, er würde ihr klarmachen, dass er jetzt verheiratet war und vor allem mit seiner Frau leben würde, aber er sagte: »Komm, *cipuddina*. Wir gehen noch ein Stück, damit du dich beruhigst, und dann legst du dich schlafen.«

»Ich wollte mit dir weiterlesen!«

»Ich weiß. Aber jetzt lesen wir morgen weiter.« Er legte ihr ein Wolltuch um die Schultern, in dem sie wie eine Puppe wirkte, und ging mit ihr aus dem Haus. Als sie wiederkamen, war das Mädchen leise vor Müdigkeit und ließ sich von ihm zu Bett bringen. Er deckte sie zu, und als er sie küsste, fiel eine Strähne seines schweren Haars auf ihr Gesicht. Aita sah ihnen zu und sehnte sich nach ihm, und zum ersten Mal war diese Sehnsucht still.

Er setzte sich wieder an den Tisch und beugte sich über das Buch. Sie passten nicht zusammen, das zierliche, offenbar gelehrte Buch und der große Mann, der es in seinen groben Händen hielt, aber er las mit ganzer Aufmerksamkeit. Es kränkte Aita, dass er sie nicht beachtete, doch was er mit dem Buch tat, fesselte sie. Sie trat hinter ihn. Lesen konnte sie so gut wie gar nicht, wohl aber erkennen, dass die Buchstaben zwischen den verschlungenen Illustrationen nicht lateinisch waren. Die Malerei erinnerte sie an seine Arbeit in Metall: Auf blühenden Ranken tanzten Fabeltiere in fantastischer Vielfalt und Farbe, die ihre Schwänze, Zungen und Fangarme um die Zeilen des Textes wickelten. Die ganze Buchseite kam ihr vor wie ein Garten, in dem aus Bild und Wort eine Geschichte wucherte, eine Kaskade von Geheimnissen, die ihr verschlossen blieben.

»Das hast du mit ihr gesprochen, nicht wahr? Die Sprache der Muselmanen.«

»Welche soll denn das sein?«, fragte er mit einem Anflug von Amüsement. »Ist die Sprache der Christenwelt Sicilianu? Französisch? Vielleicht Deutsch?«

Aita senkte den Kopf. »Wenn man die Muselmanen auf dem Ballarò sprechen hört, klingt es immer gleich«, murmelte sie.

»So geht es uns mit dem Fremden, oder? Es hat keine Seele

für uns, nichts, das eines vom andern unterscheidet. Die Sarazenen auf dem Ballarò sprechen jedoch in der Tat meist Arabisch, wie Christen untereinander Lateinisch sprechen. Dieses Buch ist eine ins Arabische übersetzte Fassung, aber das Original ist in Farsi geschrieben, der Sprache der Perser.«

»Warum liest du das?«

»Warum berauschen sich Leute an der Pracht von Kirchen und Palästen?«, fragte er zurück.

»Das soll ja wohl keine Antwort sein!«

»Ich weiß nicht immer eine«, sagte er. »Wenn du unbedingt eine brauchst, frag nicht mich.«

»Stoffel«, sagte sie zart und strich ihm das Haar zurück, damit es ihm beim Lesen nicht über die Augen fiel. Sie hatte Männer und Frauen miteinander sprechen hören, allen voran ihre Mutter und den Pappalardu, doch das hier war anders und neu, und es gefiel ihr ausnehmend gut. »Aber das erklärst du mir, ja? Warum ein Schmied lernt, Bücher in wildfremder Sprache zu lesen, und was du damit anfangen willst?«

»Du meinst, warum ein Schmied seinen Platz vergisst?«

»Hör auf!«, rief sie. »Sprich mit mir. Warum liest du das?«

Er stützte das Gesicht in die Hände und sprach hinunter auf die Seite des Buchs. »Um nicht allein zu sein.«

Aita sah das Haar auf seinem Hinterkopf an, und ihre Rechte fuhr wie von selbst hinein, um es zu ordnen. Es war dicht, leicht gelockt und weicher, als es aussah. Sie nahm die Linke dazu und streichelte ihn, obwohl er ihr durch nichts zu verstehen gab, dass ihre Hände ihm wohltaten. *Wie allein du warst, habe ich gespürt,* dachte sie. *Du bist jetzt nicht länger allein. Leg das Buch beiseite, du brauchst es nicht mehr. Komm zu mir.* Obwohl sie sich so sehr wünschte, er möge sich nach ihr umdrehen, bedrängte sie ihn nicht, und vielleicht war dies der bisher innigste Moment zwischen ihnen. Sie hatte ihn im Sturm nehmen wollen, doch um zu ihm durchzudringen, würde sie sein müssen wie der Regen: stetig und langsam.

»Lies es mir vor«, sagte sie. »Das Buch, das dich weniger allein sein lässt.«

Er las nicht. Nach einer Weile tippte sie auf eine Zeile wie zuvor das Mädchen, das sich aufgespielt hatte, als könnte es verstehen, was dort geschrieben stand. »Bitte.«

Monoton, ohne aufzublicken, las er:

Wenn du ihn siehst, Madschnūn, meinen Liebsten, so richte ihm von mir eine Botschaft aus. Sag ihm: »In dem Augenblick, da Leila die Kette dieser Welt zerrissen hat, ist sie gegangen mit dem Gedanken an dich. Dein Leid ist hier stets das ihre gewesen, und sie hat es als Wegzehrung mit auf die Reise hinüber genommen. Ihre Sehnsucht nach dir ist mit ihr nicht gestorben. Du kannst ihre Augen hinter dem Schleier von Erde nicht sehen, aber diese Augen halten Ausschau nach dir und folgen dir auf deinem Weg.«

»*Patri nostru nei cieli*, hör mir auf!«, rief Aita. Sie sah, wie der Schmerz, der aus den Zeilen des Buches sprach, seine Schultern zittern ließ, und flüchtig glaubte sie, ihn unter den eigenen Rippen zu spüren. Er war so heftig, als wollte er sie zerreißen. »Wie kannst du so etwas lesen? Davon kannst du ja nur todtraurig werden!«

Sie wollte ihm den Schmerz nehmen, wollte das Buch wegreißen, das daran festhielt, aber er legte beide Hände darauf und schob die ihren weg.

»Midiú …«

»Sag das nicht zu mir.«

»Aber warum denn nicht? Du heißt Emidio, du bist mein Mann, also nenne ich dich bei deinem Kosenamen. Und du solltest mir auch Kosenamen geben oder mich wenigstens Aita nennen, nicht todernst Agata, als wäre ich deine Großmutter.«

»Für meine Großmutter hast du zu viele Zähne«, sagte er und starrte weiter auf die Seite. »Ich kann dich Aita nennen, wenn dir das besser gefällt, und im Gegenzug nennst du mich so, wie es mir gefällt, und du schlägst Arabella nicht mehr.«

»Geschlagen habe ich sie nicht! Ein paar mit der Hand sind doch kein Schlagen …«

»Ich würde lieber mit Knüppeln geschlagen werden als mit Händen, die mich beschützen sollten«, sagte er. »Tu's nicht mehr. Du lässt uns sein, wie wir sind, und wir lassen dich sein, wie du bist, einverstanden?«

Das war grausam, dieses *du* und *wir*, dieses Deutlichmachen: Du gehörst nicht zu uns. Sie ließ ihn dennoch davonkommen, denn nicht einmal seine Grausamkeit konnte verhehlen, dass er ihr an diesem Abend erlaubt hatte, einen Spaltweit in sein Inneres zu blicken. Es kam ihr so vielfältig und rätselhaft vor wie die Seite des Buchs, wie der Meeresgrund, und sie würde tauchen und tauchen, bis sie jeden Becher und jeden Ring zutage gefördert hatte. Wenn nur endlich all diese Leute aus dem zu kleinen Haus verschwinden würden, wenn sie nur Zeit und einen Ort hätten, um allein zu sein!

Aber die Leute blieben. Aita kämpfte um jede Gelegenheit, ihren Mann für sich zu haben, doch da er seinerseits keine Bemühungen anstellte, kam sie nicht voran. Sooft sie sicher war, jetzt bekäme sie ihn zu fassen, entwischte er ihr von Neuem. Dann kam jener düstere Nachmittag nach den Weihnachtstagen, an dem sie es nicht länger aushielt. Sie ließ alles, was sie getan hatte, aus den Händen fallen und rannte ihm quer durch die Stadt hinterher. Auf den Straßen lag eine feine Schneedecke, und sie hatte vor Erregung vergessen, sich das Gebände umzulegen und die Schuhe anzuziehen.

Am Meer holte sie ihn ein, wenige Schritte vor der Stelle, wo der Strand abrupt ein Ende fand und der Aufstieg zum Monte Pellegrino begann. Ihre Sohlen in den Strümpfen schmerzten von der Kälte, und ihre Brust flog mit heftigen Atemzügen. Jäh bemerkte sie, wie erschöpft sie war, wie ihre Kraft sich in diesen Monaten des Kampfes abgenutzt hatte.

»Warum tust du das mit mir?«, keuchte sie.

Er drehte sich um. Dass sie ihm den ganzen Weg gefolgt war, war ihm nicht einmal eine Bemerkung wert. »Was tue ich denn?«

»Mich verhungern lassen. Am langen Arm.«

»Kocht nicht Nunzia?«, fragte er. »Fehlt Geld?«

»Das ist nicht komisch«, warnte sie ihn.

»Nein«, sagte er. »Aber ich tauge nicht zu diesem Spiel.«

»Du versuchst es nicht einmal!«, fuhr sie ihn an. »Vom Weglaufen lernst du es nicht.«

»Ich will ja gar nichts lernen«, sagte er. »Und ich laufe nicht weg.«

»Wohin gehst du dann bei diesem Wetter?«

Der Wind wehte Sand und Schnee auf und peitschte die Oberfläche des Meeres, dass die Gischt wie aus Wunden aufbrach. Wenn man an solchen Tagen über das Meer sah, mochte man meinen, es gäbe um die Insel nur endloses Wasser, nirgendwo eine Küste, einen Ort, an dem andere Menschen lebten. Jäh machte die Vorstellung ihr Angst. Eine Bö kam auf, als wolle sie sie mit sich reißen. Sie packte sein Hemd vor der Brust und klammerte sich an ihm fest.

»Ist ja gut«, sagte er leise und legte zögernd die Arme um sie. »Geh zurück, *babazza.* Ich weiß, das Haus macht nicht viel her, aber es ist warm.«

Sie lehnte den Kopf an seine Brust. Flüchtig genoss sie seine Wärme, seine Stärke, seine ruhige Stimme und sein Herz, das kräftig schlug. »Dass das Haus nichts hermacht, stört mich nicht. Nur die Leute darin. Ich will mit dir allein sein.«

»Ich weiß nicht, warum du das willst. Aber es geht ohnehin nicht. Ich kann ja meiner Schwester und ihren Kindern nicht die Tür weisen.«

»Deine Schwester hat ihr eigenes Heim«, sagte Aita. »Carmelo wünscht sich nichts mehr, als sie wieder aufzunehmen. Und er hat ihr nichts angetan. Dessen bin ich sicher.«

Aita wäre es schwergefallen zu erklären, was sie für Carmelo empfand. Seit der Nacht nach der Vesper hatte er des Öfteren ihre Gesellschaft gesucht, und in der Sache mit seiner Frau erhoffte er sich Hilfe von ihr. Eindringlich beteuerte er, er habe Stidda niemals misshandelt, und Aita glaubte ihm. Dass der unsichere, beinahe servile Carmelo die wehrhafte Stidda verprügelte, war schwerlich vorstellbar. Er himmelte sie an. Warum Stidda darauf beharrte, sie müsse aus Furcht vor ihm unter dem Schutz ihres Bruders leben, hätte Aita gern gewusst, wie sie überhaupt gern gewusst hätte, was von Stidda zu halten war. Eines hatten sie fraglos gemeinsam: Sie suchten beide Emidios Nähe und blitzten beide ab.

Was Carmelo betraf, so war Aita nicht einmal sicher, ob sie ihn überhaupt mochte. Seine Eifersucht war unablässig spürbar, und wann immer sie ihre Mutter nur beiläufig erwähnte, sah er aus wie ein gekränkter Junge von nicht mehr als neun Jahren. Davon abgesehen fühlte er sich von Gott und der Welt schlecht behandelt und war in seiner Rolle des ewig zu kurz Gekommenen nicht leicht zu ertragen. Dennoch mochte sie das Gefühl, auf einmal einen Bruder zu haben, dieses Band zu spüren, das einfach da war, so sehr ihre Mutter sich bemüht hatte, sie und Carmelo voneinander fernzuhalten.

»Stidda hat von Carmelo nichts zu befürchten«, sagte sie zu Emidio. »Sie kann zu ihm zurückgehen.«

»Das ist ihre Entscheidung, nicht meine.«

»Aber was glaubst du denn? Carmelo betet sie an, er ist überhaupt nicht in der Lage, ihr ein Leid zu tun.«

»Ich gebe mir Mühe, von Menschen gar nichts mehr zu glauben«, sagte er. »Und jetzt geh nach Hause, ja?«

»Nur, wenn du mit mir kommst. Wenn nicht, komme ich mit dir.«

Er seufzte. Schließlich ließ er sie los und ging auf den Berg zu, und sie stapfte neben ihm her, obwohl ihre Füße auf dem vereisten Boden bei jedem Schritt höllisch schmerzten. Am

Hang fauchte ihnen der Wind entgegen und trieb ihnen Hagelkörner wie Nadelspitzen ins Gesicht. Aita brauchte alle Kraft, um standzuhalten, und mit jedem Schritt schien der Anstieg steiler zu werden. Der Himmel verdunkelte sich, und die Kronen des Pinienwaldes, die im Sommer weithin dufteten, ballten sich schwarz und undurchdringlich, wie um die Wanderer zu warnen. Ihr Mann aber stieg gleichförmig bergan, als könnte ihn nichts anfechten. Sein Hemd war fadenscheinig, und darüber trug er nur ein abgewetztes Wams, doch von der schneidenden Kälte spürte er offenbar nichts.

Irgendwann kamen Aita vor Schmerz und Schwäche die Tränen, sie fühlte sich gedemütigt und schrie ihn über den Wind hinweg an: »Bleib endlich stehen, und sag mir, was du damit bezweckst! Musst du im Hagelsturm Berge hinaufjagen und am Ende vielleicht noch das Meer durchschwimmen, um mir zu beweisen, dass du mich nicht brauchst?«

Er war bereits zwei Schritte voraus, drehte sich um und sah auf sie herab. »Warum sollte ich dir das beweisen? Ich wollte nicht, dass du mir nachläufst, ich will nicht, dass du mir hier auf den Fersen sitzt, aber was soll ich machen? Dich nach Hause tragen und einsperren?«

Aita sandte ihm einen blitzenden Blick durch das Gestöber des Hagels und nickte. »Anders wirst du mich nicht los.« Ihre Füße fühlten sich an, als würden sie absterben. Sie sprang von einem auf den andern, doch es genügte nicht mehr, um dem Schmerz abzuhelfen.

»*Santa Matri di Diu!*« Mit einem Satz war er bei ihr, drängte sie, damit sie sich niedersetzte, und hob ihren Fuß an. »Du bist ja nicht bei Verstand, du närrisches Mädchen! Und du wagst es, mich zu fragen, ob ich dir etwas beweisen muss?«

Sie senkte den Kopf. »Ich war so wütend, weil du mir wieder entwischt bist, da habe ich vergessen, meine Schuhe anzuziehen.«

Er schluckte die Hälfte von einem Fluch. »Wie alt bist du eigentlich? Arabella ist eine weise Erwachsene gegen dich.«

»Und wie alt bist du selbst? Was hast du überhaupt hier oben zu suchen?«

Es fiel noch ein wenig Hagel, es war kalt, und ihre Füße schmerzten, aber Aita fühlte sich wie von einer Welle des Glücks überschwemmt. Er nahm ihre Füße einen nach dem anderen in seinen Schoß, rieb sie zwischen seinen Händen und blies seinen warmen Atem darauf. »Das geht dich nichts an.«

»Tut es doch. Du bist mein Mann, und wenn du hier die Jungfrauen dem Teufel zum Fraß vorwirfst, dann will ich sehen, wie er sie verschlingt.«

Als sie sah, dass er sich ein Lachen verkniff, warf sie blitzschnell die Arme um ihn und hielt ihn fest. Der große Leib zappelte in ihrer Umschlingung und brachte ihren ganzen Bauch zum Kribbeln. Er befreite sich schließlich, und ihr entfuhr vor Enttäuschung ein Laut.

»Dein Leichtsinn ist nicht zu fassen«, sagte er, rieb sich das Schlüsselbein und kämpfte zugleich noch immer gegen sein Schmunzeln. »Hast du keine Angst, ich könnte als Nächstes dich dem Teufel verfüttern?«

»Habe ich nicht!«, schnauzte sie ihn an. »Der Teufel frisst ja nur Jungfrauen, und ich bin ein ordentliches Eheweib, oder etwa nicht?«

Sie sandte ihm eine wahre Salve ihrer blitzenden Blicke, und als er sich wand und mit keiner Antwort herauskam, sagte sie: »Schließlich wird der Teufel wohl nicht in Schlafstuben spähen und dort feststellen müssen, dass sein Vertreter auf Erden nicht Manns genug ist, seine eigene Frau die Liebe zu lehren.«

»Die Liebe zu lehren«, murmelte er und ließ sich aus der Hockstellung zurück in den Sitz fallen, was alles andere als elegant aussah. Aita lachte hell auf, weil sie ihn so sehr wollte – wenn er tollpatschig herumtapste, noch viel mehr.

»Na, komm schon, zeig mir deinen Höllenschlund.« Sie fror erbärmlich, und ihre Fußsohlen fühlten sich an wie in Fetzen gerissen, aber sie würde ihn jetzt nicht noch einmal entkommen lassen.

»Und wenn ich ihn dir zeige – ist es dann gut und du lässt mir meinen Frieden?«

Niemals, dachte sie und nickte.

Ohne ein Wort stand er auf, beugte sich vor und hob sie auf seine Arme. Sie lehnte ihre Wange an seine, blickte über den verebbenden Hagelsturm und den Berghang auf ihre Stadt hinunter und fühlte sich wie eine Königin.

Eine Zeit lang stieg er stumm mit ihr bergan, dann wandte er sich unvermittelt zur Seite, schlug sich gut hundert Schritte weit durch felsiges Gelände und blieb auf einem schmalen Vorsprung stehen. Vor ihnen teilte sich der Stein und tat sich wie ein Lippenpaar auf. Aitas Herz schlug in heftigen Sätzen.

»Bist du dir sicher?«, fragte er.

»Und ob!«, jubelte sie.

»Aber ich habe dir nichts versprochen. Und Antworten auf deine Fragen habe ich nicht.«

»Nun geh schon.« Sie gab ihm einen Kuss auf die Wange. Er wandte verlegen wie ein Junge das Gesicht ab und trat mit ihr in die Höhle. In der völligen Finsternis, in der er sie zu Boden setzte, hallten alle Geräusche. Sie hörte, wie er an seinem Bündel nestelte und mit einem Stein auf dem Zunder Funken schlug. Kurz darauf züngelte eine Flamme in die Höhe und tauchte das Gewölbe in schwach goldenes Licht.

Aita hielt den Atem an. Die Wände der Felsenhöhle schimmerten in einem rötlichen Ocker, und in den Stein waren Reihen um Reihen von Zeichnungen wie gebrannt: menschliche Körper, die Ranken bildeten, aneinander gefesselte Gefangene, manche mit vor Schmerz gebeugten Rücken und verkrümmten Gliedern, andere mit flehend über den Kopf erhobenen Armen. Sie konnte nur starren, den Blick über Leib um Leib gleiten lassen. Die aneinandergereihten Bilder kamen ihr vor wie ein Gebet. Als schrie die gesamte Menschheit in einen einzigen Himmel um dasselbe: *Schweigende Allmacht, sprich ein Wort. Lass uns nicht mutterseelenallein!*

Emidio hatte sich in einem Stück Entfernung niedergesetzt und den Kopf an die Wand gelehnt. Seine Augen waren halb geschlossen, seine Finger tasteten an einer der Zeichnungen entlang. Er war weit von ihr fort, und trotzdem fühlte sie sich ihm nahe, weil er eines seiner Geheimnisse mit ihr teilte. Nach einer Weile entnahm er seinem Bündel eine lederne Flasche und trug sie zu ihr herüber. Sie fing seine Hand und hielt sie fest, während sie von dem verdünnten Wein trank. »Danke«, sagte sie.

»Du hast mir ja keine Wahl gelassen«, erwiderte er. »Außerdem ist das hier nicht mein Besitz.«

Sie wünschte sich, dass Sommer wäre und dass sie in die weiche rotbraune Decke gewickelt die Nacht in der Höhle verbringen könnten. Stattdessen löschte er bald darauf das Feuer und hüllte sie in sein Wams, um sie den Berg hinunter und zurück in die Stadt zu tragen.

»Die Bilder in der Höhle – hast du die gemacht?«

»Nein. Sie waren schon dort, als ich sie gefunden habe. Ich glaube, sie sind schon sehr lange dort.«

»Wie lange?«

»Wer weiß. Vielleicht so lange, wie es hier Menschen gibt.«

Sie drückte sich an ihn und fühlte sich den Menschen, die die Bilder in den Stein der Höhle geschlagen hatten, verbunden, als hätte sie sie gekannt. Sie hatten zu einer anderen Zeit gelebt, aber sie hatten ihre Nachricht hinterlassen, die bis in ihre Zeit hineinreichte. Sie hatten sich gefangen gefühlt, hatten sich gefürchtet und gesehnt und die Hände in der Nacht zum Himmel erhoben wie sie selbst.

»Erzähl mir, wie du sie gefunden hast.«

»Nein«, sagte er. »Ich habe dir gesagt: Ich habe auf deine Fragen keine Antworten.«

Auf dem letzten Stück, das er mit ihr zu gehen hatte, war alles Licht verloschen, jeglicher Sturm hatte sich gelegt, und der Himmel war übersät vom eisklaren Glitzern der Sterne.

»Emidio, ich will heute Nacht nicht allein sein.«

Leise lachte er. »In dem Haus, in dem du jetzt wohnst, bist du doch nie allein.«

»Doch«, sagte Aita. »Ich will nicht ohne dich sein. Wenn das in dem Haus nicht geht, dann beschaff uns ein größeres. Eines, das du nicht *das Haus, in dem du wohnst,* nennst, sondern *unser Haus.*«

Er hatte sich nach diesem Tag von Neuem verschlossen, und Aita hätte vor Enttäuschung zum Himmel schreien wollen wie die Gefangenen in der Höhle. Aber ihrem Drängen nach einem Haus widersetzte er sich nicht. Er sprach mit Rosa darüber, die in diesem Winter über Gebühr gealtert war und regelrecht gebrechlich wirkte. Als sie ihn bat, sie nicht mit dem großen Anwesen allein zu lassen, kaufte er ihr das Haus ab und richtete das einstige Heim des Verwalters für sie ein.

17

»Aita?«

Eine Hand berührte ihre Schulter. Erschrocken blickte sie auf und sah in Carmelos Gesicht.

»Willst du, dass ich auch gehe?«

Er hatte ihnen geholfen, die Möbelträger zu beaufsichtigen, weil Emidio zu einem Auftrag in den Palast bestellt worden war. Seit einer Woche war ihr Mann schon fort, doch heute Abend würde er zurückkommen. Aita hatte sich vorgenommen, bis zu seiner Rückkehr das Haus wie für einen Festtag herzurichten, und sie hatte ihr Ziel erreicht. Für Häuser und Einrichtungen hatte sie nie Interesse gezeigt, doch dieses würde ihr Heim sein, ihres und Emidios. Sie vergaß, dass es Rosa gehört hatte, sie schlug Nunzias Rat in den Wind und hatte auf einmal eine Vorstellung im Kopf. Es war so geworden, wie sie es gewollt hatte. Sie würde auf Emidio warten, als finge ihre Ehe noch einmal an.

»Aita? Ich habe dich etwas gefragt. Du siehst aus, als würdest du im Sitzen schlafen und gar nicht bemerken, dass ich da bin.«

Es war immer dasselbe mit Carmelo: Sobald er sich im Geringsten missachtet fühlte, war er tödlich gekränkt. »Nein, ich will nicht, dass du gehst«, sagte sie, obwohl sie genau das wollte. »Ich wollte nur die Packer auf den Weg schicken. Setz dich, trink einen Becher Wein mit mir. Es war nett von dir, dass du mir geholfen hast.«

»Das ist selbstverständlich. Du bist meine Schwester, und Geschwister helfen einander.« Carmelo setzte sich neben sie auf den Boden und nahm den angebotenen Becher. »Aita, meinst du, ich könnte bleiben, bis Emidio heimkommt? Ich hätte mit ihm zu sprechen, es wäre wichtig für mich.«

Für gewöhnlich gingen sich die beiden Männer aus dem Weg. Es war Aita dabei durchaus vorgekommen, als suche Carmelo das Gespräch mit ihrem Mann, als verließe ihn jedoch im entscheidenden Moment der Mut. Emidio hingegen sprach mit Carmelo nur, was die Höflichkeit erforderte.

»Geht es um Stidda?«, fragte sie ihn. Sie wollte in dieser ersten Nacht, in der die Verwandten endlich in eigenen Kammern schliefen, keinen störenden Gast. »Darüber ist mit Emidio kein Reden.«

»Ich weiß. Er traut mir zu, sie schlecht zu behandeln. Es gibt wohl nichts, was er mir nicht zutraut.«

»Warum?«, fragte Aita.

»Das weißt du, oder?«

»Dann würde ich nicht fragen.«

Carmelo trank einen großen Schluck Wein und sah zur Seite. »Weil ich ihm sein Erbe genommen habe«, sagte er.

»Du hast *was*?« Warum hatte sie die Frage nicht früher gestellt? Sie hatte sich anfangs darüber gewundert, dass Stidda mit ihrer Familie in ihrem Elternhaus daheim war, während Emidio Rosas Hilfe gebraucht hatte, um sich mühsam auf die Beine zu rappeln, aber wie so viele Dinge hatte sie es bald darauf wieder vergessen.

»Es war nicht so, wie du denkst!« Carmelo stellte den Becher ab und hob die Hände.

»Ich denke gar nichts. Erzähl es mir.«

»Der Alte«, begann Carmelo, »Pietro Maniscalco – er hat Emidio nicht gemocht.«

»Sein Vater?«, fragte Aita verwundert. »Aber warum denn das? Ein jeder Vater mag doch seinen Sohn.«

»Und jede Mutter?«, fuhr Carmelo auf und klang schon wieder beleidigt. »Die unsere hat auf mich auch keinen Pfifferling gegeben und dich in den Himmel gehoben, und genauso war es beim alten Maniscalco auch. Emidio war ihm zu widerspenstig, zu starrsinnig, eigen – du kennst ihn doch selbst.« Bitter lachte er auf.

»Nein, ich kenne ihn nicht«, sagte Aita. »Nicht als kleinen Jungen oder als Heranwachsenden. Nicht als Sohn.«

»Ein guter Sohn war er wahrhaftig nicht«, konstatierte Carmelo. »Er hat seinen Vater bestohlen und belogen, und das ist arg, auch wenn man vielleicht zugestehen muss, dass sein Vater mit zu viel Härte vorgegangen ist.«

»Was heißt das: mit zu viel Härte?«

Carmelo holte aus und versetzte der Luft einen pfeifenden Hieb. »Mit Samthandschuhen hat der Alte ihn nicht angefasst. So störrisch, wie er war, tanzte schon mal der Stecken, oder es hagelte Ohrfeigen vor dem ganzen Gesinde, das täte ich meinen Jungen nicht an. Aber kann ein Sohn nicht von Glück sagen, wenn er überhaupt einen Vater hat, der sich um ihn schert? Emidios Vater war ja nicht ungerecht, er wollte seinen Sohn nur zu einem würdigen Erben erziehen, und unter uns Lehrjungen hätte jeder mit Emidio getauscht. Prügel tun nach ein paar Tagen nicht mehr weh, aber der Sohn von Pietro Maniscalco ist man sein Leben lang.«

»Emidio nicht«, bemerkte Aita.

»Emidio hat ja nie auch nur um einen Zoll nachgegeben!«, fuhr Carmelo auf. »Und als er seinen Vater dann am Ende so tief enttäuscht hat …«

»Wie hat er ihn enttäuscht?«

»Nun, indem er die kleine *baronessa* entführt hat und mit ihr auf und davon gegangen ist.«

»Mit der Prinzessin?«

»Eine Prinzessin war sie nicht. Nur die Nichte von Baron Tusco, aber das genügte. Man vergreift sich nicht ungestraft an einem Mädchen, dem man um Himmelsweiten unterlegen ist. Dass der Palast aus unserer Schmiede keine Ware mehr bezieht, geht im Grunde auf den Skandal von damals zurück. Der Alte hat Emidio eben nicht verzeihen können, er ist nur ein paar Monate später an gebrochenem Herzen gestorben. Stidda dagegen war sein Liebling, und auf mich hielt er auch große Stücke, ob du das glauben kannst oder nicht.«

»Warum soll ich das nicht glauben können?« Innerlich stöhnte sie. Sie war allzu nah daran, etwas über Emidios Vergangenheit herauszufinden; jede Erwähnung der Frau, über die er nie ein Wort sprach, versetzte sie in Erregung, und Carmelos Empfindlichkeiten hätte sie dabei gern beiseitegewischt.

»Nun, ich frage mich nicht selten, was Emidio wohl glaubt«, erwiderte ihr Bruder. »Ich habe versucht, es ihm so zu erklären, wie es sich zugetragen hat, doch ihn kam es allzu hart an, es hinzunehmen. Sein Vater hat mich auf dem Sterbebett gebeten, seine Jüngste, seinen Liebling Stidda zu heiraten und seine Werkstatt weiterzuführen. Emidio sollte ich nicht einmal Nachricht senden. Das kannst du mir wirklich glauben, denn bei Zweifeln hätten die Ältesten ihrer Zunft mir ja wohl kaum ihre Zulassung erteilt.«

Wie eine Zunft in solchen Fällen vorging, glaubte Aita zu wissen, denn ihr Vater war viele Jahre Gildenältester gewesen und hatte ihr erklärt, eine Zunft oder Innung sei eine Art Gilde für Handwerker. »War denn von der Zunft jemand dabei, als der Alte gestorben ist?«, fragte sie aus reiner Neugier, obwohl ihr diese Sache im Grunde nebensächlich erschien.

»Das nicht. Natürlich nicht.«

»Wie haben die Ältesten es dann wissen können?«

Carmelo leerte seinen Becher. Aita musste an ihre Mutter denken. Diese Art, in einem Zug Wein hinunterzustürzen, hatte er von ihr geerbt wie auch das Verschränken der Finger, bis die Knochen knackten. »Durch Zeugen«, murmelte er endlich.

»Was für Zeugen?«

»Mich.«

Sie waren beide kurz still.

»Wenn es so war, dann war es eben so«, brachte Aita endlich heraus und wunderte sich selbst, weil die Worte so schwerfällig tropften. »Und Emidio hätte dir ja wohl kaum das Erbe überlassen, wäre er nicht überzeugt gewesen, dass er damit den Willen seines Vaters erfüllt.«

Es muss wehgetan haben, durchfuhr es sie. Vom eigenen Vater aus der Linie der Familie gestrichen und enterbt zu werden, und wofür? Weil er seinen Platz vergessen hatte. *Dafür bestraft uns das Leben,* hatte er gesagt. Hatte er die Entscheidung seines Vaters damit gemeint?

»Bist du mit ihm glücklich?«, platzte Carmelo in ihre Gedanken. »Ist er glücklich mit dir? Euch fehlt es an nichts. Emidio dürfte der begehrteste Kunstschmied in ganz Paliemmu sein, und ihr könnt es euch sogar leisten, das Haus eines Händlers zu kaufen.« Seine Hände beschrieben im Bogen den Raum, den Aita mit Wandteppichen geschmückt hatte. Sie hatte sie auf dem Ballarò entdeckt, und sie waren das Erste gewesen, was sie für ihr Heim gekauft hatte. »Habt ihr ein gutes Leben miteinander?«

War das eine Frage, die ein Bruder seiner Schwester stellte? Aita entschied sich zu nicken. »Ja, unser Leben ist gut. Wir hatten bisher nur zu wenig Raum und Ruhe, um es uns einzurichten …«

Carmelo sah nicht aus, als hätte er ihr zugehört. »Ich war so froh für ihn«, sprach er vor sich hin. »Als ich hörte, dass er dich heiraten wollte, habe ich gedacht: ›Dem Himmel sei Dank. Er hat es endlich überwunden und versucht, seinen Platz in der Welt zurückzugewinnen.‹ Einer wie Emidio hat es da ja einfacher als unsereins, dem wird irgendwann vergeben, wenn er sich nichts mehr zuschulden kommen lässt.«

»Warum?«, fragte Aita.

Carmelo zuckte die Achseln. »Mich darfst du nicht fragen. Es ist eben so. Ihn nimmt die Stadt in Gnaden wieder auf wie den verlorenen Sohn. Mich dagegen hätten sie auf offener Straße gesteinigt, wenn ich mir dasselbe herausgenommen hätte. Erst das mit der *baronessa* und dann diese abscheuliche Abart mit Rosa. Hätte ich auch nur im Mindesten geahnt, dass es mit den beiden so weit kommt, hätte ich ihn nie und nimmer zu ihr geschickt.«

»Du hast ihn zu Rosa geschickt?«

Carmelo schob seinen Becher so geräuschvoll über die Dielen, dass Aita nicht anders konnte, als das leere Gefäß zu bemerken. Warum hielt er ihn ihr nicht einfach hin und bat sie nachzuschenken, wie es jeder andere getan hätte? Auf Sizilien gab es zwei Dinge, die niemand, weder der Ärmste noch der Geizigste, einem Gast verwehrte: einen Napf *maccaruni* und einen Becher Wein.

Sie füllte ihm seinen auf, und Carmelo trank, ehe er endlich antwortete: »Ja, ich habe ihn zu Rosa geschickt. Kannst du mir das verübeln? Ich hatte Mitleid mit ihm. Er war abgerissen wie ein Bettler, als er in mein Haus kam, betrunken, rüde, zerschunden, als hätte er seit Wochen auf der Gasse geschlafen.«

»Emidio?«, fragte Aita ungläubig.

Carmelo nickte. »Er hatte kein Geld, keine Arbeit, kein sauberes Kleidungsstück am Leib und nichts im Bauch, nur das Kind, vielleicht zwei Jahre alt, das brüllte und für das er nicht sorgen konnte. Es hat mir das Herz umgedreht, Aita. Ich hätte ihn gerne unter meinem Dach behalten, wenngleich er sich betragen hat wie einer, den man mit einem Fußtritt vor die Tür befördert. Aber er wollte nicht bleiben. Und um Rosa hat sich aus unserer sauberen Familie doch kein Mensch gekümmert. Sie war einsam in diesem großen Haus, sie wurde wunderlich und kam nicht zurecht. Also habe ich zu Emidio gesagt: ›Geh zu meiner Tante, die kann einen Hausburschen brauchen, sie ist eine gute Frau, und Platz für das Kind hat sie auch.‹ Ich habe doch nicht ahnen können, dass er und sie …«

»Nein, das hast du nicht ahnen können«, sagte Aita langsam.

»Dich trifft keine Schuld, darum musst du dich nicht sorgen.« Sie wollte ihn loswerden, verspürte den dringenden Wunsch, allein zu sein, bis Emidio kam. Dann würde sie die Arme öffnen und Emidio in ihnen einschließen. Dass er mit ihrer alten Tante gelegen hatte, versetzte ihr noch immer einen Stich, aber das andere Gefühl war stärker: Sie wollte, dass er das, was er durchgemacht hatte, in ihren Armen vergaß. Dass er nicht mehr allein und vor Schmerzen zitternd über einem unsäglich traurigen Buch saß oder in Hundekälte in seine Höhle voller Gefangener pilgerte, sondern tat, was Carmelo gesagt hatte: an ihrer Seite seinen Platz in der Weltordnung wiedererlangen. Nicht mehr allein, sondern glücklich sein.

Und während sie sich so sehr wünschte, dafür zu sorgen, dass er nicht mehr allein war, fiel ihr auf, wie allein sie selbst gewesen war.

»Uns trifft doch alle keine Schuld!«, stieß Carmelo heraus. »Ob ich Emidio beschuldigt habe, weil er der Schmiede das Geschäft zerstört hat, oder er mich, weil sein Vater mich ihm vorgezogen hat, oder meine Frau wiederum mich, weil ich die Schmiede nicht im alten Glanz fortführen kann – das ist doch alles nicht gerecht. Die Franzosen sind schuld. Die Kindermörder. Die haben dieses Durcheinander auf unsere Insel und in unsere Stadt gebracht, sie verschleppen unseren Handel in ihr Neapel, zerstören unsere Handwerksbetriebe mit ihren Steuern, schänden unsere Frauen und hetzen uns gegeneinander auf. Das darf nicht sein, wir dürfen das nicht länger mit uns machen lassen! Statt einer dem anderen an die Gurgel zu gehen, müssen wir gegen die Franzosen zusammenhalten.«

»Sei doch still.« Sie legte ihm die Hand auf den Mund. Er hatte gesprochen wie ein Volksredner, einer der Schreihälse auf dem Ballarò, die für dieses oder jenes warben und sich dabei die Gesichter rot brüllten. »Aufruhr ist verboten. Denk daran, was meinem Vater geschehen ist.«

»Das kommt noch dazu.« Carmelo griff nach seinem Becher

und stellte fest, dass er leer war. »Die Franzosen machen unsere sizilianischen Männer zu Krüppeln. Sie ziehen mit ihrem Kindermord den Hass des Himmels auf uns, sodass dieser ewige Winter unsere Ernten verdirbt …«

Sosehr sein Ton und der Glanz in seinen Augen sie erschreckten, musste Aita doch lachen. »Willst du mir ernsthaft erzählen, die Franzosen verderben uns das Wetter?«

»Das ist nicht zum Lachen, Aita. Deine Eltern haben sie ruiniert, und mich haben sie ruiniert – eines Tages werden sie deinen Mann genauso ruinieren, wenn wir nicht gegen sie zusammenhalten.«

Aita seufzte, füllte seinen Becher noch einmal auf und wünschte sich, es bliebe der letzte. »Ist es das, worüber du mit Emidio sprechen wolltest? Hat sich die Lage für dich nicht gebessert? Bringst du auch in diesem Frühjahr die *Collectio* nicht auf?«

»Selbst Papst Nikolaus hat erklärt, dass dieser König mit seiner Sünde wider die Natur ein Unglück ist, das an der Wurzel geschwächt werden muss!«, wütete Carmelo weiter. Dann hielt er inne, fuhr zu Aita herum und war von dem rebellischen Marktschreier wieder zu dem schmächtigen Mann geworden, der sein Leben lang den Kürzeren zog. »Ich kann nichts dafür, Aita!«, rief er aus. »Ich arbeite Tag und Nacht, um die Schmiede am Laufen zu halten, aber jetzt hat der Franzose dem Chiaramonte verboten, seine Rüstung weiterhin bei mir zu kaufen.«

»Warum denn das?«

»Wer weiß, warum die etwas tun? Sie sind die pure Willkür, und sie hassen alles, was sizilianisch ist. Mich besonders.« Er schnaufte. »Bemerkenswert, oder? Während ich gänzlich erfolglos darin bin, mir Liebe zu verdienen, gelingt es mir schon mein Leben lang spielend, mir Hass zuzuziehen.«

Einen Augenblick lang erwog Aita, ihm zum Trost zu sagen, dass er sich ihre Liebe verdient hatte, aber sie sagte so etwas nicht zu Menschen, sie kam sich damit lächerlich vor.

Carmelo war überdies längst wieder bei seinen Geldsorgen: »Woher soll ich den Betrag für ihre gottverfluchte Steuer denn nehmen, wenn sie mir beständig neue Knüppel zwischen die Beine werfen und jede Frucht meiner Arbeit zunichtemachen? Sie haben gedroht, mir das Haus zu nehmen. Die Werkstatt auch. Ich habe mit leeren Händen angefangen, und diese Verbrecher wollen, dass ich mit denselben leeren Händen meiner Wege ziehen muss. Dass ich wieder allein dastehe und meine Frau und meine Jungen mich verachten.«

Aita stand auf, ging zu dem gerade erst aufgehängten Spind und nahm ihre Schatulle heraus. »Dafür musst du nicht auf Emidio warten. Sag mir, was du brauchst, und ich gebe es dir.« Etwas kam ihr daran falsch vor, dass Emidio Carmelo Geld geben sollte, damit der in seinem Erbteil wohnen bleiben konnte, aber etwas war an alledem falsch, und sie wollte jetzt nicht darüber nachdenken.

Da Carmelo sich schämte, ihr die benötigte Summe zu nennen, hielt sie ihm die Schatulle hin, damit er sich selbst die Münzen herausnehmen konnte. Als er aufblickte, war sein Gesicht von roten Flecken übersät, und seine Augen glänzten nass. »Ich zahle es dir zurück. Emidio braucht nicht davon zu erfahren. Wenn erst der Papst Truppen sendet, um gegen den Franzosenkönig einzuschreiten …«

Aita umarmte ihn. »Zerbrich dir darüber nicht den Kopf. Du hast Sorgen genug, und uns fehlt es ja nicht.«

Sie begleitete ihn nach unten. In der Tür sagte er: »Ich bin froh, dich zur Schwester zu haben, Aita. Unsere Mutter wollte uns auseinanderhalten, weil ich ihr als Bruder für dich nicht gut genug war. Vielleicht bin ich ja auch dir nicht gut genug, aber solltest du je in Not geraten, würde ich alles für dich tun. Auch jemanden töten, der sich an dir vergreift.«

Während Aita die Tür ihres Hauses wieder schloss, musste sie an das Gelöbnis ihrer Mutter in der Nacht vor ihrer Hochzeit denken. Eigenartig, dass ein Mitglied ihrer Familie nach dem anderen ihr schwor, es wäre bereit, für sie zu töten. Sie wollte darüber lachen, doch der Versuch misslang. Stattdessen ging sie hinüber ins Küchenhaus, um nach Nunzia zu suchen, die während der Nacht dafür sorgen sollte, dass Arabella ihnen nicht lästig fiel.

Die Luft in der Küche schien sämig vor Würze zu sein. Kaum hatte Aita das dämmrige Halbdunkel betreten, als ihr ein feuchter Lappen, eine Art schmierige Riesenhand über das Gesicht wischte. Sie sprang zur Seite und fuhr sich ins Haar. Sie hatte sich am Morgen ein paar Tropfen teuren Rosenwassers vom Ballarò hineingewaschen, und jetzt klebten Fäden von Teig in der Pracht, während in den goldenen Platten für die Pasta, die Nunzia kreuz und quer und viel zu tief zum Trocknen aufgehängt hatte, zweifellos Haare staken.

»Was soll das, Nunzia?«, rief sie unwirsch. »Nicht jeder in diesem Haus ist so ein Winzling wie du, und es wird ja wohl in deinen Kopf passen, dass die Leinen höher hängen müssen. Bei meiner Mutter lägst du dafür überm Küchentisch, und der Besenstiel bekäme was zu tun.«

Nunzia stand vor dem Tisch und rollte noch immer Teig aus. Es war merkwürdig, sie so zu sehen, mit hochgerollten Ärmeln bei der Arbeit für Aitas Haushalt, nachdem sie so viele Jahre lang als Gleichgestellte miteinander umgegangen waren. Von der ewigen Munterkeit, die Aita oft zum Wahnsinn getrieben hatte, war Nunzia nichts mehr anzumerken. Sie drehte sich um. Ihr dickliches Gesicht war von der Anstrengung verschwitzt und gerötet. »Es tut mir leid«, piepste sie fast unhörbar. Dann machte sie zögernd Anstalten, den Oberkörper auf die mit Teig beschmierte Arbeitsplatte zu beugen. Ehe sie den Kopf wegdrehte, sah Aita, dass ihr Tränen der Scham in den Augen standen.

»Bist du von Sinnen?«, rief sie. »Ich habe doch nur einen Scherz machen wollen.«

Nunzia blieb halb auf der Arbeitsfläche liegen und hatte die

Arme an den Leib gepresst. Tränen rollten ihr die Wangen hinunter und hinterließen Schneckenspuren auf ihren teigigen Wangen. *Patri nostru nei cieli,* warum war sie von Leuten umgeben, die Worte auf Goldwaagen legten, alles ernst nahmen und grässlich übertrieben?

Es widerstrebte Aita, Nunzia anzufassen. Unverwandt streckte die ihr den unförmigen Hintern hin, der in einer von Flecken übersäten Kittelschürze steckte. *Deshalb habe ich sie trotz ihrer ewigen Nettigkeit nie richtig gemocht,* durchfuhr es Aita. *Sie ist so peinlich unterwürfig. Sie hätte genauso widerstandslos von mir eine Tracht Prügel hingenommen, wie sie früher hingenommen hat, dass Francesca und ich sie zum dritten Rad am Wagen machten. Bei all unseren Gesprächen über Männer und die Zukunft stand immer fest, dass sie keine hat.*

Schließlich überwand sie sich, ging zu Nunzia und legte ihr locker den Arm um die Taille. »Jetzt hoch mit dir, du Dummchen! Statt mir deine Kehrseite vor die Nase zu halten, häng lieber die Leinen höher, bevor mein Mann, diese Blindschleiche, uns auch noch in den Teig stolpert.«

Nunzia richtete sich auf und machte sich ohne ein Wort an die Arbeit, schniefte dabei jedoch fortwährend wie ein Kind und verdarb Aita jeden Appetit auf die Pasta.

»*Diu mio*, jetzt hör schon auf! Du hast ja wohl nicht wirklich geglaubt, dass ich dir wegen dieses blöden Nudelteigs Prügel gebe?«

Nunzia verknotete die Leine mit dem Teig, zuckte die Schultern und klang beleidigt wie Carmelo: »Wer weiß. Deine Mutter ist damit ja schnell bei der Hand.«

»Ich bin aber nicht meine Mutter!«, fauchte Aita. »Und du bist in meinem Haus als Freundin, nicht als Magd.« Nunzias Schniefen und Schulterzucken regte Aita auf. Sie fürchtete, die andere würde jeden Augenblick in Schluchzen ausbrechen, und dem fühlte sie sich nicht gewachsen.

»Oh doch, ich bin in diesem Haus als Magd«, sagte Nunzia im Carmelo-Tonfall. »Das sind nun einmal die Plätze, an die der Himmel uns gestellt hat, so schwer es fällt, es hinzunehmen, wenn man es einmal anders gekannt hatte. Es ist dein Recht, mich zu schlagen oder sogar mit den Füßen zu treten, während es umgekehrt ein unerhörter Frevel wäre. Nur zu. Viel wert war ich ja nie, und ich habe keine Würde zu verlieren. Aber die kleine Arabella ist so zart – der fügst du Schaden zu, wenn du sie mit solcher Härte prügelst, nicht nur am Leib, sondern auch an ihrer Seele.«

»Hat dieses kleine Miststück dir das erzählt?«, platzte Aita ungläubig heraus. »Sie behauptet, ich hätte sie mit dem Besenstiel so hart geprügelt, dass sie an Leib und Seele Schaden nimmt? Damit kommt sie zu dir gerannt und schwärzt mich bei dir an?«

Nunzia schniefte. »Sie war verzweifelt, sie hat einen Menschen gebraucht, um sich auszuweinen, und ihrem armen Vater wollte sie diesen Kummer nicht auch noch aufladen.«

»Um sich auszuweinen?«, schrie Aita. »Das hat sie bereits mehr als gründlich bei dem armen Vater getan, dem sie angeblich nichts aufladen will! Und was war überhaupt so zum Heulen? Dass ich fand, der königliche Hosenboden könnte eine kleine Abreibung vertragen, damit das Prinzesschen wieder auf den Boden kommt? Das nennt sie Prügeln? Deswegen läuft sie durch mein Haus und stellt mich als besenschwingendes Ungeheuer dar, und was tust du? Du glaubst ihr auch noch!«

»Reg dich doch nicht so auf, Aita«, begann Nunzia, aber Aita kannte jetzt kein Halten mehr.

»Rottet ihr euch alle gegen mich zusammen?«, fiel sie ihr ins Wort. »Wem hat das kleine Biest seine Gräuelmärchen noch erzählt? Meiner Tante? Dass die jede Schlechtigkeit von mir glaubt, überrascht mich nicht und schon gar nicht, dass sie alles täte, um meinen Mann gegen mich einzunehmen. So alt und klapprig, wie sie ist, lechzt sie ihm nämlich immer noch hinterher und verfolgt mich mit ihrem Neid!«

Außer Atem hielt sie inne. Sie sah den Schrecken auf Nunzias Gesicht und war selbst nicht minder erschrocken. Ja, Rosa war gegen ihre Heirat gewesen und hatte einmal fallen lassen, sie wünschte, Aita würde ihr Spiel mit einem anderen treiben, Emidio sei zu kostbar dazu. Damals hatte sie über die Missgunst der Alten gelacht und geglaubt, die Gehässigkeit könnte ihr nichts anhaben. Jetzt aber fühlte sie sich auf einmal tatsächlich, als hätte der gesamte Haushalt Arabellas Verleumdungen geschluckt und verbünde sich gegen sie.

Hatte ihr Mann deshalb kein Vertrauen zu ihr? Wurde sein Körper deshalb steif und voll Abwehr, wenn sie ihn berührte? Hielt er deshalb sein Herz vor ihr verborgen? Verbot er sich, seine Frau zu begehren, weil die drei Weiber – Arabella, Nunzia und Rosa – ihm ihr Gift eingeträufelt hatten und er Aita für eine brutale Furie hielt?

»Warum nennst du meinen Mann überhaupt ›Arabellas armen Vater‹?«, brach es aus ihr heraus, ohne dass sie sich Einhalt gebieten konnte. »Weil er sich eine Dienerin des Teufels unters Dach geholt hat? Die Tochter prügele ich grün und blau, und dem Vater mache ich das Leben zur Hölle – ist es das, was du von mir denkst?«

Entgeistert stellte Aita fest, dass sie jetzt selbst gegen Tränen kämpfte. Bis eben war sie glücklich gewesen, hatte sich in dem Haus, das sie eingerichtet hatte, geborgen gefühlt und sich auf die Heimkehr ihres Mannes gefreut. In ihrer Kammer hatte sie das Schachspiel aufgestellt, das ihr Vater ihr überlassen hatte, weil es ihn freuen mochte, dass seine Frau sich auf das Männerspiel verstand; sie hatte edelsten, schwersten Wein gekauft und eine duftende Salbe von seinen geliebten Muselmanen, die sie ihm über die verspannten Muskeln der Schultern streichen wollte. Jetzt aber fühlte sie sich ausgeschlossen, wie ein Tier in die Ecke getrieben und von Feinden umgeben.

»So ist es doch nicht.« Neben ihr tauchte Nunzia auf und berührte ihren Arm. Sie roch nach dem Mehl, mit dem ihre Brust bestäubt war, nach Zwiebeln und verbranntem Fett. »Kannst du zu Arabella nicht ein bisschen netter sein, Aita? Sie ist kein Biest und erst recht kein Prinzesschen, sondern ein kleines Mädchen, das sich nicht anders zu helfen weiß. Hab doch ein wenig Mitleid mit ihr.«

»Und warum?« Aita schüttelte sie ab. »Weil sie so furchtbare Prügel von mir zu erdulden hat?«

»Nein«, sagte Nunzia. »Weil sie keine Mutter hat. Es ist nicht leicht, ein mutterloses Kind zu sein, weißt du? Ein Kind ohne Mutter ist eines, das jeder nach Belieben herumstoßen kann, weil im Grunde niemand es haben will und es immer und überall im Weg ist …«

»In der Tat, mir ist diese kleine Lügnerin im Weg«, versetzte Aita ätzend. Nunzias selbstmitleidige Tirade schien mit der von Carmelo zu zerfließen, und für keinen von beiden empfand sie im Augenblick einen Funken Gefühl. Es war nicht ihre Schuld, dass sie selbst eine Mutter hatte, die mit Affenliebe an ihr hing, und sie hatte weder Nunzia noch Arabella noch Carmelo ihre Mütter weggenommen.

»Bring diese Schweinerei in Ordnung!«, herrschte sie Nunzia an. Eine der schlampig verknoteten Leinen war heruntergefallen, und die Teigplatten lagen im Schmutz des Bodens verstreut. »Und dann nimm deine mutterlose Göre, und sorg dafür, dass sie mir heute Nacht nicht mehr unter die Augen kommt. Du kannst ihr von mir ausrichten: Sollte sie es noch einmal wagen zu verbreiten, sie hätte von mir eine Tracht Prügel mit dem Besenstiel bezogen, dann stelle ich umgehend sicher, dass sie die Wahrheit spricht.«

18

Der Zauber dieses besonderen Tages, die überwältigende Freude auf den Abend war verflogen. Aita saß zwar in ihrem schönen Zimmer, trug das grüne Kleid, das sie sich gekauft hatte, und hatte den schönsten Kandelaber, den ihr Mann je gemacht hatte, samt echter Wachskerzen hinaufgetragen, aber sie fühlte sich verstört und durcheinander, und statt erwartungsvoll auf jedes Geräusch zu lauschen, verlor sie sich in Gedanken.

In ihrer Erregung war sie nach dem Gespräch mit Nunzia in den Hof gelaufen, ohne zu überlegen, was sie dort wollte. Luft schöpfen, sich Wasser ins Gesicht spritzen, mit den Fäusten gegen die Mauer schlagen. Stattdessen hatte sie die eine Spielfigur getroffen, die sie in dem Gewirr aus Zorn und Ratlosigkeit vergessen hatte: Stidda.

Ihre Schwägerin kam mit den Armen voller Gegenstände aus dem kleinen Haus, das fortan Rosa bewohnen würde. Der Kandelaber, den sie noch nicht kannte und der über Stiddas Gesicht hinausragte, sprang Aita auf der Stelle ins Auge.

»Ah«, sagte Stidda. »Agata.«

»Stidda«, sagte Aita, und sie ließen ihre Blicke einander über die Gesichter streifen, als seien sie Kämpferinnen, die nicht wussten, ob sie als Gegner aufgestellt waren oder derselben Seite angehörten.

»Ich habe ein paar Dinge aus dem kleinen Haus geholt«, sagte Stidda. »Dinge, die meinem Bruder gehören. Wenn er sie nicht will, würde ich sie gern nehmen, ehe sie jemandem im Weg stehen.«

Um es in klarem Sicilianu zu sagen: Du wolltest sie stehlen, dachte Aita. Sie war nicht verärgert, sondern eher amüsiert. Warum hatte sie nicht früher bemerkt, dass Stidda ihr in diesem Haushalt mit zu vielen Frauen näherstand als die Übrigen? Zumindest war sie keins dieser edelherzigen Geschöpfe, die hauchzart und leidend durch die Gegend huschten, während sie hinter ihrem Rücken höchst planvoll ihre Lügen verstreuten. Wenn Aita nicht alles täuschte, hatte auch Stidda das Prinzesschen Arabella schon mit Blicken bedacht, als hätte sie ihr lieber einen kräftigen Katzenkopf als eine verwandtschaftliche Umarmung angedeihen lassen.

Vielleicht hat Nunzia nicht unrecht, durchfuhr es sie. *Niemand will dieses Kind, uns allen ist es im Weg, und obendrein ist es dermaßen unliebenswürdig, dass man sich beherrschen muss, um nicht zuzulangen.*

»Den Leuchter nehme ich in unsere Schlafkammer«, sagte sie zu Stidda und pflückte den geschmiedeten Gegenstand aus ihrem Arm. Dass das Werk den Händen ihres Mannes entstammte, stand unzweifelhaft fest, doch genauso, dass er bisher nichts geschaffen hatte, bei dem sein Talent zu so voller Entfaltung gekommen war. Was in seinen bisherigen Schöpfungen höchstens als Ahnung präsent gewesen war, gab sich hier unverhüllt preis: Der Stiel des Leuchters glich einem schlanken Mädchen auf Knien, beide Arme erhoben, die Handflächen, auf denen die Kerzen stehen würden, dem Himmel dargeboten. Die Figur war ganz Schwärze, Schlichtheit und Strenge, jeder Zug asketisch und ohne Verzierung und dennoch angreifend, als schlösse sich eine Hand ums Herz. Sie trug weder Fessel noch Kette, sondern war gefangen in sich selbst, in ihrer metallenen Einsamkeit. Es war seine schönste Arbeit, eines jener Bilder, von denen Aita kaum begreifen konnte, dass sie im Kopf eines gewöhnlichen Menschen entstanden. Und es sagte etwas, das sie in seinen bisherigen Stücken mit angehaltenem Atem vermutet hatte, jetzt aber schneidend klar, wie ausgesprochen wahrnahm: *Du fehlst mir. Ich sehne mich nach dir.*

Hatte er diesen Leuchter mit den Händen über der Glut des Feuers für sie geschaffen?

In Stiddas Augen glomm nacktes Bedauern, während sie das Kunstwerk in Aitas Arm verschwinden sah. »Seid Ihr sicher, dass Ihr den wollt?«, fragte sie. »Er taugt nur für zwei Kerzen und ist eigentlich eher ein Entwurf. Mein Bruder hat andere Stücke, die kunstvoller ausgearbeitet sind.«

Aita hüstelte und war der Verstellung müde. »Vielen Dank für die Belehrung. Ich mag nichts von der Schmiedekunst verstehen, aber ich bin nicht blind.«

Ihre Blicke trafen sich. Stiddas Augen waren so dunkel wie die von Emidio, aber nervöser und ohne Stille. »Ihr wärt mich gern los, habe ich recht?«

»Und Ihr mich.«

Sie mussten beide lachen und waren gleichermaßen davon überrascht.

»Und keine von uns tut der anderen den Gefallen«, konstatierte Stidda mit einem bösen Grinsen, von dem Aita fand, dass es sie anziehend machte. »Leicht hat man es mit uns beiden nicht gerade.«

»Warum habt Ihr meinen Bruder verlassen?«

»Warum habt Ihr meinen geheiratet?«

Dieses Mal blieb ihnen das Lachen im Hals stecken.

»Soll ich sie Euch geben?«, fragte Stidda. »Die Antwort, die Ihr mir und vermutlich auch Euch selbst nicht eingestehen wollt? Ihr habt ihn geheiratet, weil er Euch nicht auf den ersten Blick geliebt hat und weil Euch das krank macht, weil Ihr ihn um jeden Preis dazu zwingen müsst. Er darf auf keinen Fall der einzige Mann in dieser Stadt bleiben, der Euch nicht mit Haut und Haar verfällt, nicht wahr?«

Aita sann fieberhaft auf eine Erwiderung, brachte am Ende jedoch nicht mehr heraus als: »Was geht das Euch an? Warum kehrt Ihr nicht den Dreck vor Eurer eigenen Tür?«

Stiddas Mundwinkel zuckten. »Dass Ihr mir damit schon alles gesagt habt, wisst Ihr selbst, nicht wahr? Dumm seid Ihr ja nicht.«

Nein, dachte Aita. *Nicht dumm genug, um zu lügen, wenn ich weiß, dass du mir sowieso nicht glauben würdest.* Sie hielt inne. War die Wahrheit denn eine Todsünde? Ja, Emidio reizte sie wie keiner vor ihm, weil er keine überreife Feige war, die ihr zermatscht in den Schoß plumpste. Er war ihr Granatapfel, die Frucht, die hoch hing und die sie sich verdienen musste; er wurde verführerischer, je mehr Häute sie von ihm abschälte, und jedes Mal, wenn sie dachte: *Jetzt bekomme ich gleich die ganze Süße zu schmecken*, verschloss er sich erneut. Das trieb sie zum Wahnsinn, es war zum Die-Wände-Hinauflaufen, und es war unwiderstehlich. Sie musste seine Schale knacken. *Ich muss, ich muss, ich muss.*

»Und was ist, wenn Ihr ihn habt, wo Ihr die anderen hattet?«, fragte Stidda. »Wenn Ihr beginnt, Euch mit ihm zu langweilen?« Ihre Jungen kamen in einem Pulk von Kindern von der Straße gerannt und riefen nach ihr. Sie wollten ihr Marco *Naso-storto* zeigen, dem sie die Handkanten auf den Nacken hieben, um ihm den Kopf abzuschlagen. »Jetzt verreckt er, der Franzosenbastard!«, jubelte der kleine Matteo, doch seine Mutter winkte ab und sah aus ihren schönen schrägen Augen unverwandt auf Aita.

Und was ist, wenn ich ihn habe, wo ich die anderen hatte?

Bisher hatte Aita nie weiter gedacht als bis zu diesem berauschenden Moment, der in ihrer Vorstellung größer und überwältigender geworden war, je länger er ihr versagt blieb.

»Das lasst meine Sorge sein«, murmelte sie, sah hinunter auf die bald sinnliche Schönheit des Leuchters und dachte: *Ich muss ihn dorthin bekommen. Alles andere findet sich.*

»Emidio ist mein Bruder«, konterte Stidda. »Soll ich mitansehen, wie Ihr ihn leer saugt und wegwerft?«

»Und was ist mit meinem Bruder?«, rief Aita. »Es geht ihm nicht gut, die Franzosen legen ihm immer wieder Steine in den Weg, und er bräuchte seine Frau an seiner Seite.«

»Ach ja, die Franzosen.« Stidda seufzte. »Irgendwer ist es bei meinem guten Cammelú ja immer. Wäre es einmal er selbst, käme er ja womöglich in die Verlegenheit, etwas ändern zu müssen.«

Aita überhörte das Gesagte und sprach einfach weiter: »Muss ich mich von einer Frau als herzloses Weib hinstellen lassen, die ihren Mann derart im Stich lässt? Dass Carmelo Euch misshandelt hat, glaube ich Euch nicht. Er ist Euch nicht länger gut genug, das ist alles. Ihr seid die, die ihren Mann leer gesaugt und weggeworfen hat, nicht ich.«

Aitas Muskeln spannten sich in Erwartung des Gegenschlages, aber Stiddas Stimme klang beinahe freundlich. »Nicht übel, Schwägerin«, bemerkte sie. »Du hast schon recht: Wir nehmen uns beide nicht viel, aber das macht es eher ärger als besser. Mein Bruder hatte schon mich zu ertragen. Er braucht nicht noch dich obendrein.«

»Glaubst du, er ist besser dran, wenn er alleine bleibt? Wenn sein Leben einzig um das missratene Töchterchen kreist?«

»Nein«, sagte Stidda. »Ich hätte ihm gewünscht, dass er noch einmal eine Frau findet, die ihm Glück schenken will. Die etwas gutmacht und lindert. Stattdessen hat er dich, die es nicht erwarten kann, ihm sämtliche Wunden wieder aufzureißen.«

»Was für Wunden?«

Stidda lachte schnaufend. »Ich werde dir nicht noch helfen, das herauszufinden.«

Wie nicht anders zu erwarten war, dachte Aita und biss sich auf die Lippen. Hätte Emidio vor ihr gestanden, hätte sie ihn schütteln und anschreien wollen: *Weshalb darf alle Welt wissen, was du vor mir verbirgst?*

»Dein Bruder ist ein erwachsener Mann«, sagte sie. »Meinst du nicht, er kann selbst wählen, was er will?«

»Nein, das meine ich nicht«, sagte Stidda und schickte sich an, ihre Kinder, die noch immer die Hinrichtung von Marco *Naso-storto* vollzogen, ins Haus zu rufen. »Es geht dir doch gar nicht um das, was er will, und die Wahl, die er getroffen hat, hast du schon in der ersten Nacht nicht hingenommen.«

Aita war zu überrumpelt, um auf eine Antwort zu sinnen. Ja, Stidda war in jener Nacht nach der Vesper dabei gewesen, aber war sie wirklich der Ansicht, Emidio habe Aita nicht gewollt? Jäh sah sie sein Gesicht im Feuerschein des Festplatzes vor sich, die Furcht, die in seinen Augen flackerte, und die zitternden Lippen. Er war scheu, er hatte mit Frauen offenbar kaum Erfahrung und fühlte sich von ihnen eingeschüchtert, aber das hieß doch nicht, dass er nicht im Innern für sie brannte! Er war ein Mann, oder nicht? Unter all dem Gefuchtel mit dem Höhlenzauber, entführten Prinzessinnen und arabischen Büchern musste letztendlich doch ein Kerl stecken, dem beim Anblick einer schönen Frau wie allen anderen das Blut ins Brodeln geriet!

»Eines noch«, sagte Stidda. »Falls etwas in dir zu Mitleid fähig ist, lass Arabella aus dem Spiel.«

»Die Heuchelei kannst du dir schenken!«, fauchte Aita. »Dass du für die Kröte mehr übrighast als ich, redest du mir nicht ein.«

»Warum sollte ich?« Noch einmal drehte Stidda sich zu ihr um. Aus ihrem Gesicht war alles Schnippische, Scharfe verschwunden und einer müden Traurigkeit gewichen. »Nein, sonderlich liebenswert ist diese Nichte wahrlich nicht, und ich wäre nicht traurig, wenn ich sie bis Ostern nicht zu Gesicht bekäme. Aber für Emidio ist sie die ganze Welt. Er kann sich nicht vorstellen, dass man aufhört, sein Kind über alles zu lieben, es mag geraten sein, wie es will.«

Sie brach ab und wandte sich wieder ihren Jungen zu, die im Gold der Abendsonne vermeintliche Franzosen köpften. »Ich kann es mir auch nicht vorstellen«, murmelte sie viel leiser. »Ein Kind ist die Verlängerung unserer selbst, unser Versprechen von der Ewigkeit auf Erden. Ein Mensch müsste sein eigenes Kind wohl als wahres Monstrum verachten, ehe er es von sich stößt und sich von ihm trennen lässt.«

Aita hatte kein Kind, und es war ihr nie in den Sinn gekommen, sich eines zu wünschen, doch die Worte rührten eine Saite in ihr an. Sie musste an Carmelo denken. War nicht verständlich, dass er ewig und drei Tage in Selbstmitleid verfiel, wo die eigene Mutter ihm solch eine Kränkung angetan hatte?

Und Emidio?, durchfuhr es sie. Sein Vater hatte ihn seines Erbes nicht für würdig befunden und sein Lebenswerk einem Fremden anvertraut.

Sie hätte Stidda gern eine Frage gestellt, doch ihr war klar, dass diese ihr die Antwort schuldig bleiben würde. Stattdessen hatte die Schwägerin sich aus ihrer Schwermut gerissen und fuhr fort, von Arabella zu sprechen: »Emidio braucht dieses Kind mehr, als andere Väter ihre Kinder brauchen«, sagte sie. »Dass er sie durchgebracht hat, ist das Einzige, was er sich zurechnet und was in ihm Hoffnung wachhält. Andernfalls hätte er ihr wohl kaum diesen Namen gegeben, der in unserer Familie nie vorgekommen ist.«

»Warum? Was hat es mit dem Namen denn auf sich?«, fragte Aita, die den Namen Arabella aufgeblasen und nicht sonderlich schön fand.

»Er bedeutet *erhörtes Gebet*«, sagte Stidda. »Die, die mir das erklärt hat, war natürlich die naseweise Nichte in Person. Ich mag sie wahrlich nicht lieber als du, aber ich danke dem Himmel, dass Emidio sie hat. Solange er für sie sorgen und sie mit seiner Liebe einhüllen kann, spricht er sich das Recht zu, selbst am Leben zu bleiben. Wenn du sie zerstörst, zerstörst du ihn mit, und das willst du nicht.«

»Ach nein?«, rief Aita, die eine Welle von Trotz packte. »Bist du dir sicher? Ich dachte, ich bin das Böse in Menschengestalt, das allem und jedem das Übelste zufügen will!«

»Aber nicht doch«, erwiderte Stidda leichthin. »Du bist nur ein unreifes Mädchen, das gern die Welt um seinen Nabel kreisen lässt und schrecklich weinen wird, wenn es erkennt, dass man die Puppe, die es bei seinem Ringelspiel zerbrochen hat, nicht leimen kann. Dass Menschen aus echtem Fleisch echten Schmerz leiden. Dass man sie verliert und dass nicht alles heilt.«

»Du kennst mich doch gar nicht!«, rief Aita.

»Das ist auch nicht nötig«, erwiderte Stidda im Gehen. »Ich kannte ja mich.«

Aita war in das Zimmer gegangen, das sie für die Nacht ihres Triumphes eingerichtet hatte, saß dort still und wusste nicht mehr, auf was sie wartete. Irgendwann hörte sie die Haustür schlagen, vernahm Geräusche und Rufe, die verrieten, dass ihr Mann die Mitglieder des Haushalts begrüßte, dass die Kinder ihn umtanzten und dass sich alle zum Essen setzten. Im Gewirr der Stimmen erkannte sie Nunzia, die als Magd nicht an den Tisch der Familie gehört hätte, und Rosa, deren Platz im Verwalterhaus war. Nach ihr hingegen fragte niemand, und es kam auch keiner, um sie zu holen. Die Glut in ihrer Braciere verlosch. Aita blies die Kerzen aus und lauschte in die Dunkelheit.

Der Lärm verebbte, verstummte, und bis auf die Schreie der Nachtvögel, die durch das offene Fenster drangen, blieb es lange still. Womöglich verstrich eine volle Stunde, ehe sie den schweren Schritt auf der Treppe vernahm. Die Tür wurde aufgeschoben und kreischte in den Angeln auf. Aitas Mann hielt erschrocken inne, dann quetschte er sich durch den zu schmalen Spalt. Auf Zehenspitzen bewegte er seinen raumgreifenden Körper weiter und fuhr zusammen, als eine der Dielen knarrte. Sein Hemd war ein heller Fleck, den er sich über den Kopf zog. Auf die Haut darunter fiel Mondlicht. In Aita ballten sich die Gefühle dieses Tages, weiteten sich aus und sprengten ihre Grenzen.

»Du brauchst nicht zu schleichen«, sagte sie. »Ich schlafe nicht.«

Er hatte das Hemd zu Boden fallen lassen, tastete jetzt unter dem Strick, den er als Gürtel trug, danach und fand nichts. »Oh«, sagte er.

»Du hast mit den anderen gegessen, ja?«, sagte sie. »Du hast mit ihnen geredet, gelacht und Wein getrunken, und nach mir hast du nicht gefragt.«

Er rieb sich die Stirn. »Hätte ich das tun sollen?«

»Managgia al demonio, ich bin deine Frau!«

Der Nachtwind sandte ein Frösteln über seinen Rücken. »Was ist denn los?«, fragte er.

»Deine Tochter verbreitet Lügen über mich – das ist los. Hat sie dir auch erzählt, dass ich sie mit dem Besenstiel verprügle? Und natürlich glaubst du jedes Wort, das von den Lippen des Prinzesschens tropft. Du hast ihr ja schon neulich geglaubt, als sie um ein paar läppische Klapse ein Geschrei veranstaltet hat, als würde ich sie foltern, und jetzt bin ich das Untier, mit dem ihr edelherzigen Menschen euch nicht mehr zum Essen setzt.«

Er wandte sich ihr zu. Seine Brust war noch breiter, als sie es sich vorgestellt hatte, der Bauch flacher und straffer und die Taille seltsam zart. Seine Hosen aus grobem Leinen waren ihm auf die Hüften gerutscht, und in einer Linie von schwarzem Haar sah Aita den Nabel, an dem er mit seiner Mutter verbunden gewesen war. »Nein«, sagte er, »mir erzählt sie das nicht. Das haben wir hinter uns.«

»Was soll das heißen: Das habt ihr hinter euch?«

Als er schluckte, sah sie seinen Kehlkopf zucken. »Arabella hat Angst vor Menschen«, sagte er rau. »Wenn ich sie früher bei jemandem gelassen habe, um mir Arbeit zu suchen, hat sie hinterher geweint und behauptet, derjenige habe sie geschlagen und ihr wehgetan. Ich habe ihr immer geglaubt, bis sie dasselbe von Rosa gesagt hat und ich wusste, es konnte nur gelogen sein.«

»Rosa?«, rief Aita. »Sie hat von Rosa, die ihr jede Frechheit durchgehen lässt und ihr dafür noch Honig ins Mündchen stopft, behauptet, sie würde sie schlagen?«

Emidio nickte. »Ich war ihr sehr böse. Ich habe ihr gedroht, die Schläge bekäme sie stattdessen von mir, wenn sie noch einmal über einen Menschen, der gut zu uns ist, solche Lügen verbreitet.«

»Und hat sie es noch einmal getan?«

»Als ich das nächste Mal heimkam, lag sie auf allen vieren vor unserer Haustür«, antwortete er. »Sie hatte sich die Kleider zerrissen und schrie wie am Spieß, Rosa habe sie mit einem Tragriemen gepeitscht – Rosa, die keinen Landstreicher aus ihrem Schuppen peitscht und keine streunende Katze von ihrer Schwelle scheuchen würde.«

»Und du?« Aita griff nach der weichen rotbraunen Decke, die über das Bett gebreitet lag, und zog sie sich bis an den Hals. »Hast du ihr Schläge gegeben, wie du es ihr angedroht hast, oder ist sie wie üblich davongekommen?«

Wieder lief ein Frösteln über seine Schultern, und er schlang flüchtig die Arme um den Leib. Dann öffnete er sie wieder und starrte in seine Hände. »Sie kommt nicht davon«, sagte er. »Ich mag ihr manches durchgehen lassen, doch zum Ausgleich wird sie täglich für etwas bestraft, das sie nicht getan hat. Ja, ich habe sie damals schlagen wollen, ich habe sie eine Lügnerin geschimpft und habe meine Hand erhoben, aber Rosa hat mich zurückgehalten. Sie behauptet diese Dinge nicht, um zu lügen, hat sie gesagt. Sie behauptet sie, weil sie sich so fühlt. Es kommt ihr vor, als würden alle Menschen ihr wehtun wollen, und wenn ihr Vater nicht bei ihr ist, um sie zu schützen, glaubt sie sich ihnen ausgeliefert.«

»Aber wie kann sie sich denn so fühlen?«, rief Aita. »Ich habe ihr nicht wehgetan, und Rosa hat ihr gewiss nie ein Haar gekrümmt. Sie ist nicht nur eine Wichtigtuerin, sondern eine Intrigantin, Emidio, und du kannst ihr ihre Gräuelmärchen doch nicht auch noch glauben!«

»Doch«, sagte er dumpf. »Ich kann.«

Sein Ton ging ihr bis ins Mark.

»Was ist euch geschehen?«, fragte sie und wünschte sich die Kerzenflammen, die Braciere oder irgendein Licht zurück.

»Nichts. Vergiss es. Mach hier im Haus, was du willst, der Palast hat mir ziemlich viel Geld bezahlt, das du ausgeben kannst, wie es dir in den Sinn kommt, aber lass Arabella ihren Frieden, denn sonst kann ich nicht mehr von ihr verlangen, dass sie ohne mich bei dir bleibt.«

»Aha«, rief Aita höhnisch, »und was tust du dann? Gibst du deine Arbeit auf, weil du bei Tag und bei Nacht deiner kleinen Intrigantin zu Diensten sein musst?«

»Das weiß ich nicht«, sagte Emidio gepresst. »Nur, dass ich mein Kind beschützen muss, dass diese ganze heiliggesprochene Ordnung zusammenbricht, wenn Eltern ihre Kinder nicht beschützen. Bitte rühr Arabella nicht noch einmal an, Aita.«

»Porco Diu«, schrie Aita ihn an. »Ich will dein vergöttertes Prinzesschen überhaupt nicht anrühren! Ich will auch kein verdammtes Geld ausgeben, ich will endlich leben, wie Mann und Frau es miteinander tun!«

Den Ausbruch bereute sie sofort. Wo war die Kunst der Verführung, mit der sie ihn hatte kirre machen wollen, der süße zärtliche Zwang? Niemals hätte sie ihn sehen lassen dürfen, wie verzweifelt, wie bedürftig und allein sie war und wie sehr sie ihn wollte. Sie zog die Decke um sich, so fest sie konnte, und drehte sich zur Wand, damit sie ihm nicht länger auf den Bauch starrte, auf die Linie des Haars, das schwarz und lockig den Leib hinunter bis in die Tiefe unter dem Gürtelstrick wuchs.

Ich werde nicht weinen. Ich habe genug davon, dass dieser Klotz von Schmied, der es nur mit alten Frauen kann, mich zum Heulen bringt.

Wieder knarrte eine Diele. Dicht hinter sich spürte sie ihn, noch ehe er ihre Schulter berührte. »Schach«, sagte er. Das Brett stand auf dem kleinen Tisch vor dem Bett. »Du kannst das spielen, ja?«

Vor Angst, wie Nunzia und das Kind zu schniefen, sprach Aita kein Wort.

»Ich kann's nicht«, sagte er. »Es ist für Leute, die in der Lage sind vorauszudenken, die im Kopf behalten, dass ein Zug einen anderen nach sich zieht und am Ende alle Figuren betroffen sind. Tust du das, Aita? Wenn du dich für einen Zug entscheidest – weißt du dann, dass du willst, was sich daraus ergibt?«

Sie konnte noch immer nur nicken. Aber sie musste sich umdrehen. Seine Stimme, das raue, sachte Dunkel, zog sie zu sich. Kaum hatte ihr Blick den Abstand überwunden, folgte ihr Körper nach. Flach ausgebreitet legte sie beide Hände auf seine Brust. Seine Haut war vollkommen ausgekühlt, sie kam Aita vor wie Eis, das auf ihren Handflächen brannte.

Stille umfing sie, hüllte sie ein und trieb sie zueinander, sodass ihre Körper die Insel formten, auf die Aita sich mit ihm gewünscht hatte. Ihre Hände wanderten seine Rippen hinunter, strichen über die Bauchdecke und spürten, wie er an der tiefsten Stelle den Bauch leicht einzog, weil die Liebkosung ihn kitzelte. In ihrer Kehle löste sich das zarteste Lachen, und sie gab ihm zum ersten Mal einen Kuss auf die bloße Haut am Leib. Es war wundervoll. Das schönste Rätsel, das sich löste und sofort ein neues aufgab. Auf den einen Kuss musste ein zweiter folgen und ein dritter und vierter, auf die Brust, unters Schlüsselbein, in die Grube der Kehle, die Vertiefung zwischen den Rippen und aufs Herz, auf das Herz einen kleinen Hagel von Küssen. Der Geschmack seiner Haut war ein Gericht, das genau für sie gemacht war: Salz und Schärfe und Süße, weiche Verwundbarkeit über festem, sehnigem Fleisch.

Ihre Hände knoteten den Strick auf und strichen ihm die Hosen von den Hüften. Dann schlossen die Hände sich um den Ansatz seiner Schenkel, und Aitas Augen schauten sich fest und wünschten, sie hätte die Kerzen nicht gelöscht.

Seit sie ihn kannte, war in ihrem Verlangen nach ihm immer auch der Wunsch gewesen, ihm ein wenig Schmerz zuzufügen, ihm in die Lippen zu beißen, ihn am Haar rupfen, auf die Wangen zu klopfen und mit dem unbekannten Körper Dinge zu tun, die sie sich noch nicht ausmalen konnte, die sie jedoch in umso erregtere Erwartung versetzten. Als ein Eroberer zu kommen, der nahm und Dinge erzwang, wie die Franzosen in Paliemmu. Jetzt jedoch war davon nichts mehr übrig. Sie wollte ihn, sie war schwach vor Verlangen nach ihm, aber sie wollte ihm alles andere geben als Schmerz.

Die Frau, die deine Schwester dir wünscht, die Frau, die dir Glück schenken will, die bin ich!

Streicheln, küssen, in die Arme nehmen. Unter die weiche Decke ziehen, mit flachen Händen wärmen, trösten, herzen, zart kitzeln. Sein Körper war ihr wie ein Klotz erschienen, eine Art Festung wie der Normannenpalast: massig, groß und unzerstörbar. Jetzt aber, wo sie ihn aus all seinen Schalen gepellt hatte, kamen ihr völlig andere Gedanken.

Du bist ja schön, amuri. Noch schöner als alles, was du mit deinen Händen schaffst.

Amuri. Mein Liebling.

Er war auch unter den Kleidern schwer und kräftig gebaut, ein Bündel Leben aus Sehnen und Muskelsträngen, aber in der Kraft steckte Anmut, die auf Zehenspitzen gehen konnte, und bei all der Fülle war er schlank. Er hatte keine Unze an Leib und Gliedern, die nicht ihren Zweck erfüllte. Seine Haut glitt wie Seide unter ihren Fingern, und hier und da zeugten kleine Narben, verblichene Schnitte und Striemen davon, was für ein Kinderspiel es war, sie zu verletzen. Aita fühlte sich kein bisschen verlegen und fand, sie hätten beide keinen Grund dazu.

Wir zwei sind sehr hübsch, amuri, wir passen perfekt zueinander. Wenn ich uns anschauen würde, würde ich denken: Schau dir die an, dieses bildhübsche Paar, und ich würde ein bisschen neidisch sein.

Sie selbst trug nur noch ihr Hemd, aus dem er ihren Körper sorgsam befreite, als würde er sie mit den Händen eines Künstlers nachgestalten. Dann saßen sie einander in der braunen Decke gegenüber, die ihnen ständig von den Rücken rutschte. Er neigte den Kopf und küsste ihre Brüste, und sie neigte den Kopf und küsste ihm den Nacken. Das ganze quälende Gerede war hinfällig. *Und was ist, wenn Ihr ihn habt, wo Ihr die anderen hattet?*, hatte Stidda gefragt. *Wenn Ihr beginnt, Euch mit ihm zu langweilen?* Aita hatte keine Antwort gewusst, aber sie hatte ihn jetzt dort, und was sollte da sein? Es gab keine anderen, es war erst der Anfang, und es würde zu ihr gehören bis zum Ende.

Wenn ich beginne, mich mit dir zu langweilen, amuri, dann werde ich dich wohl abkitzeln müssen, oder wir zwei müssen lernen, auf den Händen zu laufen, und vielleicht, wer kann da schon sicher sein, drohe ich dir irgendwann an, dir mein Nudelholz an den Kopf zu werfen. Aber ich habe ja keines, ich kann gar nicht kochen, und in deiner Schläfe ist eine viel zu hübsche Grube. Ich glaube, stattdessen reite ich auf dir um den Tisch, wenn ich beginne, mich mit dir zu langweilen, oder ich esse Austern, indem ich sie dir auf den Bauch lege. Der hat bis dahin womöglich ein bisschen Speck angesetzt, und dann schimpfe ich dich aus: »Ahime, ciciottino, du Vielfraß, von deinem Wanst rutscht mir ja die Auster herunter.« Und zwischen Worten und Austern küsse ich dich und sehe uns noch, wie wir heute waren: schlank und schön wie verbotene Götter. Nur eines geht nie: dich wieder loslassen. Und wenn wir uns beide miteinander eines Tages zu Tode langweilen – ich hab dich lieb, amuri. Ich hab dich so sehr lieb.

Der Anflug von Scheu vor seinem Geschlecht, das kerzengerade zwischen seinen Schenkeln aufragte, war amüsant und verflog, sobald sie es am Schaft mit beiden Händen umfasste. Als sie kurz aufblickte, sah sie, dass sich ihm schüchtern ein Lächeln ins Gesicht stahl.

»Ich würde dich dort gern küssen. Ich traue mich nicht. Darf ich doch?«

»Du traust dich nicht? *Du?*« In die Winkel bei seinen Dreiecksaugen grub das Lächeln Fältchen. Aitas Augen schienen jetzt so gut an die Dunkelheit gewöhnt zu sein, dass ihr keine Einzelheit entging. Er umschloss ihr zärtlich mit der Rechten den Nacken, bog sie nieder und ließ sein Geschlecht ihre Lippen streicheln. Nur kurz. Dann legte er sich neben sie und verbarg sein Gesicht an ihrem Hals. Sie schlang den Arm um ihn und streichelte ihn. Dass er kaum Erfahrung besaß und sich dafür schämte, erfasste sie instinktiv, obwohl sie selbst keine hatte. Sie wollte ihm zu spüren geben, dass es ihr nichts ausmachte, ja, mehr noch, dass sie es reizend fand und ihn dafür liebte.

Sie wollte es ihm einmal sagen:

Ti amu, ti vogghiu beni, ich liebe dich.

Aber die Worte waren so groß, sie passten nicht durch ihre von der Liebe enge Kehle. Sie dachte sie ihm in die Ohren, während ihre Hände sich hingerissen in die zähen Muskeln seines Hinterns gruben und ihm halfen, dicht zu ihr und dann in sie hineinzukommen – immer abwechselnd, erst ins linke Ohr, dann ins rechte, dann wieder ins linke, und als es ganz kurz in ihrem Innern wehtat, ein bisschen lauter ins rechte.

Ich liebe dich, mein muschelohriger Eisenbezwinger, ich bin jetzt nie mehr allein, und du schon gar nicht, hörst du? Wenn du es dir wünschst, lerne ich dein arabisches Buch mit dir zu lesen, und wenn es dich glücklich macht, sage ich deiner Zickenprinzessin, mir tun die Schläge leid und ich habe ihr nichts Böses antun wollen. Wenn es dich glücklich macht, amuri. Glücklich, glücklich, glücklich.

Das ist es, was sein wird, wenn ich dich habe, wo ich die anderen hatte, wenn du mich hast, wo mich niemand hatte – wir werden tun, was uns glücklich macht.

Wie hätte es ihr etwas ausmachen können, dass er kein erfahrener, sondern ein schüchterner, staunend entdeckender Liebhaber war? Es war ihr Nuss-Gefühl: Sie hielt seinen kraftstrotzenden Rücken umschlungen und hatte das Gefühl, in ihren Händen hielte sie sein zartes Herz. *Diesen Gegenstand hat noch nie ein Mensch berührt.* Es gehörte ihr allein, und es war frisch und unverbraucht, nicht wie ein neuer Tag, sondern wie ein neu geborenes Leben.

Als sie sich voneinander lösten, strömte ein Schwall verdünntes Blut ihre Schenkel hinunter, aber sie hatte darum keine

Sorge, sondern war sicher, dass es so richtig war. Ihr Inneres war aufgewühlt worden wie der Meeresgrund, und den goldenen Ring, den sie zutage gefördert hatten, hielten sie beide zusammen in den Fingern. In seinen Armen, an seinen warmen, großen, friedvollen Körper geschmiegt, schlief sie ein. Später dachte sie oft: Das war der eine Augenblick, in dem ich an mein Leben keinen Wunsch hatte, an dem ich es hätte so nehmen wollen, wie es kam.

Als sie in der Frühe erwachte, war Emidio fort.

19

Balarm, Madinat Siqilliya«, stand am Kopf des Dokuments, in zweierlei Schrift, Hebräisch und Lateinisch. Der Jude hatte es Carmelo vorlesen müssen, denn selbst entziffern konnte Carmelo auch das Lateinische nicht.

Balarm, Madinat Siqilliya. Das war der Name, den die Juden der Stadt gaben, obgleich der Kindermörder Palermo die Würde einer Hauptstadt entzogen hatte: Paliemmu, Hauptstadt Siziliens. Wie die Muselmanen, so waren auch die Juden, die oft dieselbe Sprache sprachen und ebenfalls Tiere vor dem Essen ausbluten ließen, unter Friedrich II. in Scharen umgesiedelt worden, doch ein Teil hatte sich nicht vertreiben lassen und saß noch immer hier. Es war ein wenig wie mit Flöhen: Man konnte bitteren Beifuß und Blätter vom Feigenbaum zu einem Sud zerkochen, um den Plagegeistern zuzusetzen, aber ein Teil von ihnen blieb einem hartnäckig im Pelz.

Die Juden mit Flöhen zu vergleichen war allerdings im Grunde nicht gerecht, denn im Gegensatz zu dem Ungeziefer war es leicht, sie sich vom Leib zu halten. Sie wohnten in ihrem eigenen Straßengeviert am östlichen Rand von La Kalsa, und die meisten von ihnen hatten Geld. Niemand mochte sie besonders, schon gar nicht jetzt, wo die meisten christlichen Palermitaner kein Geld mehr hatten, aber anders als die Franzosen hatten sie immer hier gelebt. Sie hielten sich für sich und mischten sich nicht in das ehrliche Handwerk der christlichen Bewohner ein. Am Karfreitag durfte jeder Christ, dem der Sinn danach stand, die Häuser der Juden mit Steinen bewerfen, um den Tod des Heilands zu rächen, doch im übrigen Jahr kam es kaum zu Zusammenstößen, und niemand störte sich sonderlich an ihnen.

Carmelo hatte sich dennoch gescheut, die Judengassen aufzusuchen. Wer sich dort blicken ließ, stand kurz vor dem Abgrund, daran gab es nichts schönzureden. *Zum Juden gehen,* das bedeutete Geld zu Zinsen zu leihen, mit denen man sich neben der Franzosensteuer eine zweite Schlinge um den Hals legte, eine Drahtschlinge, die sich mit der anderen verflocht und zu einer Garotte wurde. Und eine Garotte war eine Schlinge am Stock, die sich langsam, aber sicher um die Kehle ihres Opfers zudrehte.

Garotte. Das war auch so eine französische Erfindung! Hatten sie damit nicht die Kinder der Staufer ermordet, indem sie ihnen Schnüre um die zarten Gurgeln gedreht hatten, die so scharf waren, dass sie die Hälse durchschnitten und die Köpfe von den Rümpfen trennten?

Carmelo hätte noch einmal zu seiner Schwester gehen und sie noch einmal um das Geld ihres Mannes bitten können, aber er schämte sich zu sehr. Aita hatte ihre eigenen Sorgen, sie hätte seiner Hilfe bedurft, nicht umgekehrt. Dass die Ehe zwischen ihr und Emidio nicht glücklich verlief, sah ein Blinder. Sie war ständig allein in dem großen Haus und darin so verloren wie einst Rosa, und Emidio war Tag und Nacht unterwegs, so oft, wie auch der arbeitsamste Mann um seiner Aufträge willen nicht unterwegs sein konnte.

Entweder er ging zu den Huren oder er hielt sich eine Witwe als Geliebte, konstatierte Carmelo. Seltsam, keines von beiden schien zu Emidio zu passen. Aber wer wusste das schon zu sagen? Wer steckte so tief in einem andern, wo man oft nicht einmal tief genug in sich selbst steckte! Er, Carmelo, war schließlich auch keiner, der unter gewöhnlichen Umständen je an Hurerei und Treuebruch auch nur gedacht hätte. Seine Ehe mit Stidda, der seine Kinder entstammten, war ihm heilig gewesen, das Heiligste in seinem Leben. Seit seine Frau ihn aber verlassen hatte, was nun bald anderthalb Jahre zurücklag, war er so einsam, dass er in mancher Nacht davon träumte, sich eine Käufliche ins Bett zu holen, nur um der Kälte zu entrinnen, der Stille, dem Gefühl, sein Körper sei lebendig tot.

Er tat es nicht. Das Sakrament seiner Ehe war ihm noch immer heilig, und außerdem kosteten Käufliche Geld. Aber er begann zu verstehen, was einen Mann, der sein Leben einst mit Anstand geführt hatte, so weit trieb.

Uns Geschwistern ist beiden kein Glück beschieden, dachte Carmelo, *nicht einmal Aita, die einmal der verwöhnte Liebling der Stadt war.* Im Hafen gab es eine Spelunke, in der der König der Fischer verkehrte und wo noch immer Lieder auf sie gedichtet wurden.

Oh, du, lilienwangige Schöne von Palermo,
Warum bist du auf den Berg gezogen,
Wo der Herr der Finsternis haust?
Hast du nicht gewusst, dass du mir das Herz brechen würdest?
Hast du nicht gewusst, dass er dir nie gestatten wird zurückzukehren?

Dass Emidio kein Herr der Finsternis war, ließ sich dem Volk, das in der Fischerschenke soff, nicht erklären. Eines aber war er gewiss noch weniger: ein Mann, der etwas Lichtes, Beglückendes ins Leben einer Frau bringen konnte. Ein Mädchen wie die verhätschelte Aita hätte einen hellen, heiteren Burschen zum Mann bekommen müssen, nicht einen, der sich das Herz mit einer Last totschleppte, von der sie nichts begriff. Ihr flirrendes, flatterhaftes Wesen schien mit jedem Tag schwerer und dumpfer zu werden. Sie verlor sogar einen Teil ihrer Schönheit, den Schimmer auf Haut und Haar, das Leuchten in den Augen, den kecken Schwung des Schritts.

Carmelo sah alldem zu und quälte sich vielleicht noch mehr als sie. Jetzt war August, die Sonne schien vom Himmel und brachte alle Farbe zum Brennen, doch die Farben seiner Schwester, die vor sinnlichem Leben geglüht hatten, wurden stumpf und matt. Das Schlimmste dabei war die gehässige Stimme, die in seinem Schädel wisperte, er könne den beiden helfen, und die sich durch nichts zum Schweigen bringen ließ.

Er hätte es versuchen können, ja, jedoch um welchen Preis? Nicht nur sich selbst hätte er einem gnadenlosen Urteil ausliefern müssen, sondern auch Stidda und die Jungen. Nicht nur er selbst hätte vernichtet, ohne Rückhalt und Ehre dagestanden, sondern auch seine Familie, für die er vor allem anderen verantwortlich war. Und wofür? Niemand garantierte ihm, dass sein Opfer Emidio überhaupt zu sich zurückgebracht und in die Lage versetzt hätte, Aita ein leidlicher Gatte zu sein. Eigen und störrisch war Emidio immer gewesen, daran führte kein Weg vorbei, und an der Wunde, die nicht zu bluten aufhörte, trug Carmelo keine Schuld. Als sein eigener Handstreich ins Spiel gekommen war, war doch Emidio längst erledigt gewesen, war aus einem hoffnungsvollen, hochbegabten Jungen ein verdreckter Säufer geworden, der nicht nur sich selbst ruiniert hätte.

Nein, nicht Carmelo hatte ihm den furchtbaren Schlag versetzt, und wenn Emidio ehrlich mit sich war, trug er einen Gutteil der Schuld selbst. Carmelo hatte nicht mehr tun können, als er getan hatte – er hatte den einstigen Freund zu seiner eigenen Blutsverwandten geschickt, damit er samt dem Kind ein Dach über den Kopf bekam. Ohne seine Hilfe würde Emidio heute kaum als gemachter Mann dastehen, während Carmelo weder ein noch aus wusste, und überdies ließ sich die Zeit nicht zurückdrehen. Es stand nicht in seiner Macht, aus Emidio den Mann zu machen, der er hätte sein können, und somit stand es auch nicht in seiner Macht, seiner Schwester zu helfen.

Eben deshalb gehörte es sich aber, dass er nicht noch einmal sie um Hilfe bat. Er brauchte Geld, daran war nicht zu rütteln, er musste den Ausstand für die *Collectio generalis* bezahlen, oder er würde das Haus und die Schmiede verlieren. Stiddas Elternhaus. Das unschätzbare Pfand, für das er seinen Seelenfrieden hergegeben hatte. Zudem brauchte er Geld, um Material einzukaufen, wenn er die Hoffnung auf bessere Tage nicht aufgeben wollte. Und er gab die Hoffnung nicht auf. Der Papst war gegen Karl von Anjou, der Papst wollte nicht noch länger einen Kindermörder auf dem Thron Siziliens dulden, und wenn der Papst erst Truppen aus Rom schickte, war es mit der Herrschaft des Tyrannen vorbei. Dann würde Carmelo zu denen gehören, die noch Kraft in sich hatten, um sich selbst und Paliemmu wiederaufzubauen.

Auch dafür brauchte er Geld. Aber nicht von Aita. Es kam ihn hart genug an, ihr das vormals Geliehene, das er ihr bereits seit dem Ende des Winters schuldig war, nicht zurückerstatten zu können, und dabei half es wenig, dass sie nie ein Wort darüber verlor.

Also hieß es für ihn, den Weg in die Judengassen anzutreten, und als wäre das nicht genug, versperrte ein Israelit nach dem anderen ihm die Tür. Die Zeiten seien schlecht, hieß es, der verehrte Herr Maniscalco möge das verstehen. Ohne Sicherheit könne man kein Geld mehr herleihen, man hätte ja selbst keines mehr, um es sich unter das Kopfkissen zu legen. Dass eine große Helmerschmiede, die noch vor gut zehn Jahren zu den angesehensten Werkstätten von ganz Paliemmu gezählt hatte, als Sicherheit hätte genügen müssen, tat der Wucherjude mit einem Wiegen des Kopfes ab: »Ja, ja, mein Herr, ohne jede Frage, aber in zehn Jahren, die ins Land gehen, fließt den Oreto viel Wasser hinunter, oder meint Ihr nicht?«

Letzten Endes tat Carmelo einen Juden auf, der nicht allein vom Geldverleih lebte, sondern mit exotischen Hölzern, Färbemittel und Schmucksteinen, vornehmlich dem blau schillernden Lapislazuli handelte. Er betrieb sein eigenes Kontor an der Küste des unvorstellbaren Afrika und musste in Geld schwimmen. Dennoch gab er sich zunächst so skeptisch und kopfwiegend wie seine schläfenlockigen Glaubensbrüder und erklärte, er könne Carmelo die lebensnotwendige Summe nicht aushändigen, wenn dieser sich nicht bereitfände, gesonderte Bedingungen zu akzeptieren. Somit war Carmelo gezwungen, in einen noch höheren Zinssatz einzuwilligen und das Dokument zu unterzeichnen, das den jüdischen Namen seiner Stadt im Kopf trug. Es brannte ihm unter den Händen.

Ein Schuldschein, wo für einen Mann seines Standes ein schlichter Handschlag hätte genügen müssen. Es war eine Beleidigung, zumal der Jude ihm das Schriftstück hatte vorlesen müssen, und für Carmelo war es weit mehr als das. »Möchtet Ihr mir damit unterstellen, ich wollte Euch um Euer Geld betrügen?«, fuhr er den Wucherjuden an. »Ist mein Wort Euch nicht gut genug?«

Der Jude, der Ezra Blaustein hieß, wiegte von Neuem den Kopf. »Ach, wisst Ihr, Euer Wort«, sagte er. »Euer gutes Wort in allen gebührlichen Ehren …«

»Es ist mehr wert als lebloses Papier!«, rief Carmelo. »Ja, ich mag heute hier bei Euch als Bittsteller stehen, aber ich weiß aus sicherster Quelle, dass Papst Nikolaus mit der Anjou-Herrschaft nicht mehr lange Geduld üben wird. Und wenn vor der Porta Sant'Agata erst einmal römische Truppen stehen, dann wendet sich das Blatt –«

Erschrocken brach er ab, verschränkte die Finger und ließ die Knochen knacken. Was redete er da? Hatte er vergessen, dass drakonische Strafen auf Aufruhr standen und wie fieberhaft die Franzosen in allen Nischen und Luken der Stadt nach Aufrührern suchten?

Glücklicherweise ging der Jude auf seinen Ausbruch nicht ein. »Aber gewiss doch«, sagte er. »Unter Euresgleichen ist Euer Wort ohne Frage Gold wert, und zählte ich dazu, würde ich es höchst freudig annehmen. Wenn Ihr vor Euresgleichen falsch schwört, wisst Ihr schließlich, was für empfindliche Strafen Euch drohen. Selbst in einer nicht öffentlichen Sache wie einer Schuld oder einer Erbschaftsfrage gäbe es für Euch vor aller

Augen die vollen vierzig Staupenschläge, was nicht nur dem Rücken übel bekäme, sondern den Verlust Eurer Ehre nach sich zöge. Hinterher würde Euch die Hand oder wenigstens doch das Paar Schwurfinger abgehackt, und es ginge mit noch mehr Schlägen aus der Stadt. Derlei würdet Ihr nicht auf Euch nehmen wollen, da könnte ich völlig beruhigt sein – den Schwur, den Ihr mir gäbt, den hieltet Ihr mir.«

Carmelo war zum Speien übel. Vor seinen Augen verlief die Tinte des Dokuments, und er glaubte zu spüren, wie die Knechte des Henkers ihn packten, wie sie ihm das Hemd vom Rücken zerrten, ihm das Gelenk auf den Block ketteten und seine Finger in eiserne Schließen zwangen. Wie oft hatte er davon geträumt? Wie oft hatte er Stiddas von Entsetzen gezeichnetes Gesicht in der Menge gesehen, und wie oft war er in Schweiß gebadet aufgewacht, ehe der erste entehrende Peitschenhieb seine entblößte Haut traf.

Was wusste der verfluchte Jude? Wieso faselte der von Eiden? Was wollte er ihm zu verstehen geben? Wieso hatte der überhaupt das Recht, den Namen der christlichen Stadt Paliemmu auf seine Schuldwucher zu setzen, noch dazu in seine obskure Sprache und seine Schrift übersetzt, die den Zeichen schwarzer Magie glich?

»Und dabei wäre es mit der Züchtigung und Verstümmelung auf Erden ja noch nicht einmal getan.« Der Zinsjude lächelte und spielte an seinem Ring, einer Goldfassung, die ein riesiges, wie ein Käfer geschnittenes Exemplar seiner blauen Schmucksteine trug. »Ein Christ, der einem anderen Christen durch falsches Schwören Schaden zufügt, wird vom Teufel aus dem Grab gerissen, er findet keine Ruhe, sondern muss in Tiergestalt auf Erden wandeln, habe ich recht?«

Carmelo würgte. Sein Großvater hatte einem erlegten Wolf den Kopf abgeschnitten und ihn sich ausgehöhlt an die Wand gehängt. Wann immer sein erstgeborener Enkel in seinen Augen eine Strafe verdient hatte, hatte er den stinkenden, schimmelnden Wolfskopf übergestülpt bekommen und damit in der Ecke stehen müssen. Seiner Erinnerung nach hatte Carmelo seine halbe Kindheit unter dem Wolfskopf verbracht, weil seine bloße Existenz eine Strafe verdiente. Wenn die Magd ihm die widerliche Maske abgezogen hatte, als der Rest des Haushalts längst im Bett lag, war er als wimmerndes, aus der Nase blutendes Etwas auf dem Boden zusammengesackt und hätte die Suppe, die er hingestellt bekam, für den Preis seines Lebens nicht anrühren können.

In seinen Albträumen hing er mit dem Wolfskopf über dem Gesicht an der Staupsäule und konnte dennoch jede Einzelheit klar sehen: die Peitschenschnur mit den angeknoteten Metallscherben, die ihn wie ein würdeloses Rotzbalg zum Heulen bringen würde, das Beil, das ihm die Hand vom Arm trennen und ihn bis ans Lebensende als Schmied unbrauchbar machen würde, und Stiddas Gesicht, immer wieder Stiddas Gesicht.

Ich habe dich so geliebt, meine Stidda. Ich wollte Heldentaten für dich vollbringen und Werke von ehrfurchtgebietender Größe schaffen. Im Normannenpalast, wo mich Emidio einmal mit Ware hingeschickt hat, damit ich ihn mir ansehen kann, steht eine ganze Welt aus Silber. Die hätte ich dir fertigen wollen, eine Welt, um sie in deiner schmalen Hand zu halten, aber mir war nichts davon gegeben. Emidio hat mir von diesem Kerl erzählt, ehe er ging, von irgendeinem König aus versunkenen Zeiten, der aus Liebe zu dem Gesicht einer Frau tausend Schiffe aufs Meer schickte. »Wozu soll einer wie ich tausend Schiffe brauchen?«, hat mich Emidio mit dieser schlafwandlerischen Art, seiner selbst sicher zu sein, gefragt. »Aber wenn ich Mariannas Gesicht ansehe, wünsche ich mir, ich hätte Abertausende.«

Ich auch, Stidda. Für dich. Emidio setzt seiner Marianna in jedem kleinsten Türknauf, den er formt, ein Denkmal, und in mir, der ich nichts formen und nichts schaffen kann, ist deines. Abertausende Male.

»Oh ja, mein Liebewerter«, sagte der Wucherjude, »wenn

ich Euresgleichen wäre, ließe ich Euch den kleinen Eid gleich hier auf Eure Heilige Schrift schwören. Ich würde Euch einen guten Tag wünschen und mir keinen Kopf darüber machen, dass Ihr pünktlich wie ein Maurer samt Geld wieder auf meiner Schwelle stündet. Aber, mein Bester, ich bin ja nicht Euresgleichen. Und Meinesgleichen wird seit Jahr und Tag allmonatlich vor das Tor Eures königlichen Palastes beordert, um dort im Vorhof den Dreck aufzukehren – nur, um uns und der Welt vorzuführen, wer an welchen Platz gehört.«

»Was werft Ihr das mir vor?«, rief Carmelo. »Ich habe die göttliche Ordnung nicht gemacht, ich habe die Gerichtsbarkeit in dieser Stadt nicht gemacht, ich bin nur ein Mann, ein redlicher Handwerker, der mit allen Kräften darum kämpft, sein Leben in Anstand zu führen.«

»Gewiss, gewiss.« Der Zinsjude entblößte beim Lächeln ein schönes Gebiss mit nur einer einzigen Lücke. »Ihr habt die Gerichtsbarkeit nicht gemacht, und ich habe sie auch nicht gemacht, weder Ihr die eine für Euch, noch ich die andere für uns, aber halten müssen wir uns beide daran in unserer Welt mit zweierlei Maß. Wenn ein Christ einem Juden falsch schwört, dann gibt's keine harschen Schläge mit der Peitsche, sondern sanfte auf die Schultern, und dazu wird gefeixt, weil man's dem fiesen Wucherjuden doch von Herzen gönnt. Nein, mein Freund, ich will kein Verbrüdern und kein Palavern über die Schlechtigkeit der Welt, wir sitzen ja hier nicht am Schanktisch. Eure Unterschrift unter dieses Dokument ist alles, was ich will. Falls Ihr nicht schreiben könnt – drei Kreuze genügen bekanntlich. Solange ich es damit auch ohne Taufschein und Hostie beweisen kann, wenn mich ein Mann belügt.«

Carmelo hatte die schändliche Unterschrift geleistet, hatte die Münzen voll Scham in den Beutel geschoben und es danach nicht über sich gebracht, nach Hause zu gehen. Er wusste, er hätte von dem Geld keinen Halbpfennig ausgeben dürfen, aber die Stille in seinem Haus begann zu schwellen und zu hallen, sobald er ohne Beschäftigung darin alleine saß. Er kam sich ausgeschlossen vor, während draußen die Stadt mit ihren Möglichkeiten wartete. Vor seinen Füßen, auf dem gelblichen Boden, tanzten Sonnenflecken, und in der Luft waberten Pinienwürze und süßliche Fäulnis. Im hohen Sommer, wenn das Licht endlos in den Nischen der Gassen nistete, war seine Einsamkeit schmerzlicher denn je.

Als er den *Bufalu mutu* betrat und bei Beppe eine Kanne Wein bezahlte, hatte er sich schon fast überzeugt, dass der Betrag gut angelegt war. Zwar gab es wie üblich niemanden, der ihm zurief: »He Cammelú, setz dich zu uns!«, obwohl die Schenke voller Bekannter war; zwar musste er sich wie üblich allein an einen Ecktisch hocken, wie es sonst nur der Totengräber und der Bader taten, aber solange er hier war, statt sich in seinem Haus zu vergraben, konnte noch immer etwas geschehen, das sein Schicksal zum Besseren wendete.

Es geschah etwas. Gerade als er aus seinem Weinkrug die letzten Tropfen geschüttelt hatte und ins Rechnen geriet. Jemand setzte sich zu ihm.

»Ihr gestattet, mein Herr? Darf ich Euch mit dem meinen aushelfen?«

Ohne Carmelos Antwort abzuwarten, hatte der Neuankömmling ihm aus seiner eigenen Kanne den Becher randvoll geschenkt. Nicht mit dem wässrigen, billigen Roten, den die Opfer der Franzosensteuer samt und sonders tranken, sondern mit goldenem Süßwein, der wie Honig floss und ein Vermögen kostete. Gewürzt mit dem Teuersten: Vanille und Nelken.

Die Duftwolke benebelte Carmelo, als hätte er schon getrunken. Er und Stidda hatten diesen Wein geliebt. In einem Frühling, nicht lange vor ihrer Heirat, hatten sie aus der Schatulle ihres Vaters eine Münze gestohlen und waren kichernd Hand in Hand in diese Schänke gerannt, um sich eine Kanne zu teilen. Ohne Becher. Aus der Tülle getrunken. Mund an Mund.

Sie hatte ihn angestiftet. Daran hatte er sie immer wieder erinnert, und sie hatte sich ausschütten wollen vor Lachen und hatte ihn dazwischen geküsst.

»Und wenn mein Vater uns erwischt? Würdest du dann auch sagen, ich hätte dich angestiftet? Würdest du die Strafe nicht auf dich nehmen?«

Für dich würde ich jede Strafe auf mich nehmen, hatte er damals gedacht. Aber man dachte so viel dummes Zeug, wenn man jung war und vergaß, was eine Strafe bedeutete: mit dem Wolfskopf laufen, das Gesicht in der Fäulnis des Todes.

Damals hatten sie keinen Grund gehabt, sich ernsthaft zu fürchten. Der Alte, Stiddas überlebensgroßer Vater, lag schon seit Wochen zu Bett, der Arzt hatte Calogera geraten, den Priester zu holen, und wenn er starb, würde Emidio zurückkommen. Emidio war Carmelos Freund, er hatte Stidda seinem Schutz anvertraut. Wenn Emidio erst Meister in der Schmiede war, würde Carmelo ein gutes Auskommen haben, und Emidio würde ihm nicht verweigern, seine süße Schwester zur Frau zu nehmen.

Das Leben war schön gewesen damals. Schmelzend wie *marzapane*. Ein Versprechen.

Wenn er diesen Wein wieder trank, und wenn er ihn schnell trank und in reichlicher Menge – würde er dann all das Elend vergessen und noch einmal schmecken, wie verliebt sie gewesen waren, seine Stidda und er?

Der Spender des Weines war ein schlanker, ausnehmend hübscher Kerl in städtischer Kleidung. Einer der Fernhändler, die Gesellschaft suchten, vielleicht ein Engländer – bei denen fanden sich gelegentlich auch bei Männern so eine zarte Mädchenhaut und Haare wie Kinderlöckchen in einem so schönen, rotblonden Ton. Womöglich war er genau das, was Carmelo sich erhofft hatte. Wenn der Mann nun mit Reisigen in der Stadt war, wenn deren Rüstung eine Überholung brauchte …

Es wäre so leicht gewesen zu glauben, dass selbst ihm, Carmelo, das Glück einmal ein Lächeln schenkte. Der Mann hätte auch ein Lombarde aus dem Piemont sein können, die oft Anschluss an christliche Einwohner suchten, weil sie diese Scharen von fremden Gesichtern – Sarazenen, Juden, Franzosen – aus ihren eigenen Breiten nicht kannten und sich mit denen nicht mischten. Die Kleidung hätte gepasst. Die helle Tönung von Haut und Haar passte auch. Aber eines passte nicht.

»Habt Ihr Appetit? Der Wirt sagt, vom Braten kann er nichts mehr reichen, aber ich könnte uns einen Napf von dieser Grütze mit Kichererbsen auftragen lassen.«

Ciciri.

Richtig auszusprechen wusste dieses Wort allein ein Sizilianer. Aber ein Engländer, ein Lombarde, ein Spanier, sogar ein Sarazene oder Jude konnte es halbwegs verständlich herausbringen und mit ein wenig Übung darin geläufiger werden. Es gab nur einen, der es niemals lernen konnte, und wenn er sich sein Leben lang daran versuchte.

Jetzt hörte Carmelo auch das Getuschel in seinem Rücken, das gehässige Zischen.

»Carmelo *Senza-nome*. Wen überrascht das noch? Der würde sich selbst von einem Schwein den Wein bezahlen lassen.«

»Ein Schwein mag angehen. Aber kein Kindermörder.«

»Wer sich nicht zu gut ist, sich mit denen zum Saufen zu setzen, ist nicht besser als die.«

Carmelo sprang auf, packte den Becher und schleuderte ihn in die Höhe, dass der goldene Inhalt dem Franzosen vor die Brust spritzte. »Ich bin ein Mann aus Paliemmu!«, rief er. »Ich zahle Eure Steuern, die uns das Blut abbinden, und nehme Eure Münze, mit der Ihr uns zugrunde richtet, ich muss meine Straßen mit Euch teilen und sogar meine Schänke. Aber zwei Dinge gibt es, die teilt ein Mann, der in dieser Stadt geboren ist, mit einem von Eurer Art niemals: seine Frauen und seinen Wein.«

Das Gejohle übertönte das Rauschen in seinen Ohren.

Schweiß schien ihm aus allen Poren gleichzeitig zu brechen, um ihn drehten sich die Tische und Bänke der Taverne, und sein Magen drehte sich mit. Er musste die Augen zukneifen. Was würde jetzt geschehen? Würde der Franzose seine Bewaffneten hereinrufen, die zweifellos vor der Tür in der Sonne lungerten, damit sie den Aufrührer an den Armen aus dem Schankhaus schleiften? Würden die Übrigen lachen – Beppe, Giovanni, Davide, all das Volk, mit dem er sein Leben verbracht hatte und zu dem er doch nicht gehörte?

Jemand klatschte ihm so deftig auf den Rücken, dass er ein Stück vornüberkippte und nach der Tischplatte hangeln musste.

»*Bravo,* Cammelú, *bravissimo!* So macht das ein Kerl, der über dem schwarzen Wein vom Mungibeddu das Strampeln gelernt hat.«

Ach was, dachte Carmelo, *ach was!* Ja, die kleinen Jungen, die die Augäpfel ihrer Väter waren, wurden allesamt in die Bottiche mit den frisch verlesenen Trauben gehalten, damit sie mit patschenden Füßchen darauf herumtrampeln konnten. Das verlieh Kraft, dem kleinen Jungen wie dem neuen Wein. Falls einer dieser wonnigen Lieblinge sein Schwänzchen reckte und in den Bottich pinkelte, brach alles in Johlen aus und applaudierte – von seinem Stammhalter trank so ein seliger Vater auch Pisse, da kannte er nichts. Das war der Stolz eines Mannes aus Paliemmu: sein strammer Junge, sein Erbe und sein Wein.

Aber mein Großvater hatte doch gar keinen Wein, dachte Carmelo. *Und wenn er welchen gehabt hätte, hätte er als Letztes seinem ungeliebten Enkel gestattet, die dreckigen Füße reinzuhalten.*

Carmelo bekam noch einen Klaps auf den Rücken, wandte den Kopf und zwang sich, die Augen zu öffnen. Neben ihm stand Davide, der König der Fischer, und legte ihm wie einem Bruder den Arm um die Schultern. Ein wenig war es wie damals, in der Nacht nach der Vesper. Die Übrigen – die gesamte Schar der Zecher aus der Schenke – drängten sich dahinter, lachten, riefen Carmelos Namen und reckten zum Zeichen ihrer Anerkennung die Fäuste in die Luft.

»*Forza,* Cammelú!«

»Zeig's denen.«

»So gibt ein Sizilianer Antwort, wenn ein Kindermörder ihm den Schneid abkaufen will!«

Sie lachten alle. Niemand schien sich Sorgen zu machen. Der blonde Franzose strich sich verdutzt und sinnlos ein paar Tropfen Wein vom triefenden Hemd. »Ich bin kein Kindermörder.«

»Und ob du's bist! Kannst du etwa ordentlich sprechen, oder mümmelst du das Kauderwelsch der Kerle, denen das Blut der Stauferkinder an den Händen klebt?«

»Ich weiß nicht, was mit Euch los ist, ich habe Euren Freund doch nicht beleidigen wollen. Nur meinen Wein mit ihm teilen. Ein wenig reden. Man wohnt doch nun einmal in derselben Stadt, und die warmen Abende sind lang.«

»Wir und Ihr wohnen nicht in derselben Stadt«, hörte Carmelo sich sagen. »In dieser Stadt wohnen wir, die Leute aus Paliemmu. Schon immer. Ihr gehört nicht hierher.«

Applaus brandete auf, und auf seine Schultern prasselten noch mehr Schläge. Die Wellen schlugen höher, bis man kaum noch ein Wort verstand. Carmelo hielt seine Hände verschränkt und knackte mit den Gelenken. Eine dunkel behaarte, elegante Hand griff nach ihm, flocht ihm sachte die Finger auseinander und drückte ihm einen Becher mit demselben sämigen Wein in die Rechte wie den, den er verschüttet hatte. »Ich darf's mir doch erlauben? Ihr seid ein Mann nach meinem Herzen, *compar.*«

Der Mann, der sich zwischen Carmelo und den Fischerkönig gedrängt hatte, hatte sehr schön frisiertes, an den Schläfen ergrautes Haar. Er war auch sehr schön gekleidet: in einen zu warmen Mantel aus Samt sowie ein altmodisches Barett mit weiter Krempe. Sein Italienisch war ebenfalls schön – so schön, wie es keiner sprach, der es mit der Muttermilch eingesogen hatte, sondern nur die, die es mit Mühe erlernt hatten. Also noch ein Fremder. Aber mit Sicherheit kein Franzose.

Der Fischerkönig hatte sich inzwischen an den Rotblonden herangemacht und hielt ihm die Faust unter das Kinn. »Das eine lass dir gesagt sein, *cialtrone*: Solltest du auf die Idee kommen, meinen Freund hier bei deinen Oberen anzuschwärzen, kriegst du es mit uns allen zu tun, verstanden? Mit dem ganzen Viertel. Mit ganz Paliemmu.«

»Und demnächst mit den römischen Truppen von Papst Nikolaus!«, rief Carmelo. Er hatte den Becher in einem Zug bis zur Hälfte geleert, doch sein Triumph berauschte ihn mehr als der Wein.

Der Fremde im Samtmantel legte ihm die gepflegte Hand auf den Arm. »So leid es mir tut und sosehr ich es Euch gönnen würde – ich fürchte, daraus wird nichts. Aus den römischen Truppen, meine ich.«

»Ich denke, da muss ich Euch widersprechen!«, rief Carmelo, der in Fahrt war und endlos hätte weitermachen können. »Papst Nikolaus ist die Anjou-Herrschaft hier in Sizilien seit Langem ein Dorn im Auge, von dem er sich nicht mehr lange quälen lassen wird.«

»Was Papst Nikolaus betrifft, könntet Ihr nicht richtiger liegen«, erwiderte der Fremde. »Nur bezweifle ich, dass sein Nachfolger diese Sichtweise teilen wird. Bedenkt man die Fuchtel, die König Karl von Anjou über den Köpfen der Kardinäle schwingt, so ist es mehr als wahrscheinlich, dass das Konklave in Viterbo den ihm genehmen Kandidaten wählt: Simon de Brion – eine Marionette, die an den Fäden des Franzosen zappeln wird.«

»Nachfolger?«, stammelte Carmelo. »Konklave?« Jäh bemerkte er, wie schwerfällig seine Zunge sich in seinem Mund bewegen ließ.

Sein Gegenüber nickte und ergriff seine Hand. »Gestattet Ihr, dass ich mich bekannt mache?« In einem raschen Atemzug nannte er drei Namen, von denen Carmelo nur den ersten – Alfredo – verstand.

»Carmelo Maniscalco«, murmelte er.

»Maniscalco? Der Helmer?«

Carmelo nickte verwundert.

Der Mann drückte seine Hand. »Sehr erfreut, *compar* Carmelo. Nur was Papst Nikolaus betrifft, habe ich Euch leider nichts Erfreuliches zu berichten. Der Heilige Vater wird Eurer orangenduftenden Insel in ihrer Not nicht mehr zu Hilfe eilen können. Er ist vor drei Tagen während eines Landaufenthaltes dem Schlagfluss erlegen.«

»Das ist nicht möglich! Es muss eine Falschmeldung sein, die der Franzose in Umlauf gebracht hat, um uns die Hoffnung zu nehmen.«

Der Fremde namens Alfredo neigte sich zu ihm und wisperte betrübt an seinem Ohr: »Zu meinem Leidwesen stammt es aus der verlässlichsten denkbaren Quelle.«

»Und welche ist die?«

»Giovanni da Procida.«

Atto quarto

Palermo,
Vor der Karwoche 1281

O, du mein Seelenfriede, wo bist du? Warum raubst du mir mein Leben? Was ist die Sünde meines um Verzeihung flehenden Herzens außer seiner Liebe zu dir? Schenke mir von tausend Nächten nur eine einzige Nacht! Denn, sieh, ich habe sonst alles, alles verspielt und verloren …

Nizami, persischer Dichter des 11. christlichen Jahrhunderts
Leila und Madschnūn

20

Santa war alt geworden. Sie spürte es in jedem Knochen und noch mehr im Herzen. Das Alter, so fand Santa, durfte keinesfalls in ganzen Jahren, sondern nur in durchwachten und durchweinten Nächten bemessen werden. Alter war Müdigkeit. Aber alt und müde werden durfte nur, wen niemand mehr brauchte.

Nicht Santa.

Ihre Aita brauchte sie doch noch!

Wenn es ihrer Tochter nicht gut ging, hatte Santa es immer gespürt. Als sie ein kleines Mädchen gewesen war, hatte sie ihr die Lippen auf die Stirn gelegt und erkannt, wann sie Fieber hatte; sie hatte sie in Decken gehüllt und den Mägden befohlen, ihr aus Saft von Zitronen und Rosmarin einen heilenden Trank zu bereiten. Sie hatte an ihrem Bett gesessen und sie mit kandierten Trauben gefüttert, als ein Schwarm Bienen ihr das süße Gesicht zerstochen hatte, und hatte ihr das Fußgelenk gekühlt, das sie sich beim Springen im seichten Meerwasser verstaucht hatte. Dann aber war Aita älter geworden, und es war Santa vorgekommen, als wäre sie aus ihren Armen herausgewachsen. Sie spürte noch immer, wenn es Aita nicht gut ging, aber sie konnte ihr mit Rosmarin, kandierten Trauben und schmerzlindernden Wickeln nicht mehr helfen.

»Sag mir doch, was dich so quält.«

»Nichts. Was soll mich denn quälen?«

Gar nichts, dachte Santa. *Nichts auf der Welt. Auf jeden, der dich quält, wünsche ich das Böseste herab, das sich denken lässt: höllische Schmerzen, entstellende Krankheiten, Hohn und Erniedri-*

gung, und das alles ist noch immer nicht gut genug für den, der meinem Mädchen ein Leid zufügt.

Santa hatte Aita alles geben wollen, was sie sich wünschte. Um ihr Zuckermandeln zu beschaffen, hatte sie einst die Existenz der gesamten Familie riskiert, und sie hätte es wieder getan. Jetzt aber wünschte Aita sich keine Zuckermandeln mehr. Sie wünschte sich etwas, das Santa nicht besaß, und seither sann sie bei Tag und bei Nacht darüber nach, wie sie es beschaffen konnte.

Nur hätte sie dazu erst einmal in Erfahrung bringen müssen, was es überhaupt war.

»Sie sieht so traurig aus«, sagte sie zu dem Pappalardu, der ihr sowieso nie zuhörte. Der Pappalardu saß am Fenster in seinem abgewetzten Lehnstuhl und machte aus alten Seilen Werg. Das wurde im Hafen in rauen Mengen benötigt, um die Boote der Fischer und Händler zu kalfatern, und Santa hatte die Seile ins Haus genommen, damit ein wenig zusätzliches Geld hereinkam. Man musste die harten kleinen Fäden einzeln aus dem Flechtwerk zwirbeln, was schwieriger war, als Santa vermutet hatte, und den Fingerspitzen schmerzhafte Schnitte zufügte. Außerdem hatte Santa mit dem Schinken, der Wurst und dem Granatapfelwein, die sie für Markttage zubereitete, alle Hände voll zu tun, und sie war – das musste sie sich eingestehen – mit ihren Händen nie besonders emsig gewesen.

Sie hatte die Sache mit den Seilen aufgeben und nach einer anderen Quelle suchen wollen, um ihr Einkommen aufzubessern. Aita gab ihr Geld, das im Haushalt fehlte, doch es war Santa verhasst, es anzunehmen. Es war zu teuer erworben. Für das lumpige Geld, das Santas Feuerholz und ihr Salz bezahlte, musste ihre kleine Taube so furchtbar leiden. In manchen Nächten erzählte Santa sich selbst Geschichten, um sich in den Schlaf zu lullen. Sie dachte sich aus, wie sie dem teuflischen Mann, den ihre Tochter geheiratet hatte, in den Wein oder die Suppe Gift träufelte, stellte sich vor, wie er sich vor Schmerzen krümmte und endlich daran starb und wie dann sie – Aita, Santa und der Pappalardu – das Geld nehmen könnten, das er von Rosa ergaunert hatte, und wieder zusammenlebten, geschützt in ihrem Haus und keinem Menschen mehr verpflichtet.

Zu ihrem Erstaunen hatte derweil der Pappalardu die Seile aufgenommen. Mit dem sonst nutzlosen Stumpf stemmte er ihr Ende gegen seine Hand, und mit den Fingern zerteilte er die Fäden. Er war ein Naturtalent. Santa wäre nie auf die Idee gekommen, der Pappalardu könnte bei irgendetwas ein Naturtalent sein, doch er war es beim Bereiten von Werg. Es brachte kaum etwas ein, aber immerhin war der Pappalardu beschäftigt. Er saß über seinen Seilen, und sie stand am Tisch und rührte im Wurstkessel; sie redete, und er hörte nicht zu, aber er widersprach ihr auch nie und mischte sich in ihre Entscheidungen nicht ein. Im Grunde, so stellte Santa verblüfft fest, war ihr Leben so übel nicht. Wäre Aita bei ihnen gewesen und der *Diavúlu* aus der Welt, wäre sie zufrieden gewesen und hätte nie mehr gewagt, sich mehr zu wünschen.

»Sie sieht so traurig aus.«

Der Pappalardu zupfte sein Werg und sagte nichts.

Santa stand vor dem Küchentisch, den sie in die Stube gerückt hatte, und lud ein paar Köstlichkeiten, die sie zubereitet oder eingekauft hatte, in einen Korb für Aita: eine sehr schön gewürzte Wurst, einen Tiegel Sirup aus Maulbeeren, eine Schachtel Cobaita vom Süßbäcker. Aita brauchte all diese Dinge nicht, aber solange Santa Geschenke für sie in den Korb zu legen hatte, durchströmte sie wenigstens für kurze Zeit das Gefühl, sie könne für ihr Mädchen etwas tun.

»Warum sind Männer eigentlich so?«, fragte sie den Pappalardu.

»Wie?«

»Grausam. Brutal. Ohne Mitleid und Herz.«

Der Pappalardu blickte von seinem Gezwirbel auf. »Bin ich so?«

Perplex starrte Santa ihn an. »Wie kommst du denn bei der Frage auf dich?«

Sie nahm den Korb und ging. Der Tag war schön. Frühlingshaft duftend und endlich so warm, dass man die Ärmel hochrollen und die Sonne auf der wintermüden Haut spüren wollte. Wiederum hatte die Zeit der Kälte viel zu lang gedauert und noch härter gewütet als im Jahr davor. Umso beklemmender war die Leere in den Gassen. Für gewöhnlich hätte sich an einem Tag wie diesem halb Paliemmu vor den Türen herumtreiben müssen, um zu feiern, dass die endlose, lähmende Macht des Winters gebrochen war. In diesem Jahr aber blieb, wer konnte, in seinem Haus. Niemand hatte Geld, um es auszugeben, niemand fand einen Grund, sich zu freuen, und viele hatten Angst, sich bei etwas erwischen zu lassen, das den Franzosen als Bruch ihrer Gesetze galt. Es war, als ginge die Stadt auf Zehenspitzen und ducke den Kopf, als hielte sie sich fortwährend einen Finger an die Lippen.

Seit der neue Papst gewählt worden war, war es noch ärger geworden. Martin IV. nannte er sich. Er stammte aus Frankreich und war angeblich ein Greis, der längst jenseits von Gut und Böse lebte. Dem Gerede in der Stadt zufolge hatte Karl von Anjou sich seine Wahl gekauft. Santa verstand nichts von Politik und von Religion noch weniger, weil man davon nichts verstehen sollte, aber sie dachte sich immerhin eines: Wenn das eine die Politik war und das andere die Religion, wie durfte dann eins das andere kaufen? Welchen Zweck erfüllte es dann noch, die beiden voneinander zu trennen? Wenn der Franzosenkönig den Papst kaufte – wieso war der Franzosenkönig dann nicht zugleich auch Papst?

Sonderlich interessierte es sie nicht. Alle regten sich darüber auf, tuschelten, schlugen die Hände über den Köpfen zusammen, aber in Santa bohrte eine andere Frage: Und wenn der andere Papst nicht gestorben wäre – der, von dem Carmelo sagt, er hätte die Franzosen aus Sizilien vertrieben und ihnen allen die Rettung gebracht –, hätte das ihrer Aita geholfen? Carmelo sah sie jetzt häufiger, weil sie ihn traf, wenn sie Aita besuchte. Er schien sich ständig in ihrem Haus herumzutreiben. Auch jetzt kam er ihr von dort entgegen, kaum dass sie einen Fuß in die Gasse gesetzt hatte. Sie wich ihm nicht länger aus, auch wenn das Zusammensein mit ihm sie noch immer peinlich berührte, sie konnte auf solche Dinge keine Kraft mehr vergeuden.

»Warst du bei Aita?«

»Vielleicht könntest du wenigstens so höflich sein, mir guten Morgen zu wünschen«, sagte er.

»Wie geht es ihr?«

»Nicht anders als in der letzten Woche.«

»Du musst ihr helfen, Carmelo!«, rief Santa. »Sie ist deine Schwester, sie braucht einen Bruder, der ihr zur Seite steht.«

»Jetzt auf einmal?«

»*Porca miseria,* wirst du nie aufhören, irgendwelche längst verblichenen Geschichten aufzuwärmen? Ich mache mir Sorgen um meine Tochter, ich habe für dein ewiges Mitleid mit dir selbst keine Zeit. Also schön: Du warst bei deinen Großeltern nicht auf Rosen gebettet, aber du hast weder hungern noch frieren müssen, oder doch?«

Er zuckte die Schultern und verzog die Lippen wie ein schmollendes Kind. »Manchmal auch das. Wenn ich im Keller eingesperrt wurde, wo andere Männer ihren Wein keltern, gab es keine Decke und nur einen Kanten Brot.«

Santa schüttelte sich, damit die Vorstellung sie nicht heimsuchte. »Wer ein Kind bestraft, meint es ja nicht schlecht mit ihm«, sagte sie. »Gestorben bist du daran immerhin nicht, und irgendwann warst du erwachsen und durftest selbst deines Glückes Schmied sein. Einem Mädchen hingegen ist das nie vergönnt, ganz egal, wie innig seine Mutter es liebt.«

Was hatte sie sich erhofft? Dass von allen Leuten ausgerechnet Carmelo sie verstand? Der sah wie üblich aus, als wäre er tödlich beleidigt worden und brächte vor Entrüstung kein Wort heraus.

»Ich will, dass du mir sagst, was dieser Kerl mit ihr macht!«, herrschte sie ihn an. »Mit meiner Aita. Du warst mit ihm doch einmal so dick wie Pech und Schwefel, damals, als Rosa dich in der Werkstatt seines Vaters untergebracht hat. Du musst doch wissen, wie er mit Frauen ist … Schlägt er sie? Tut er ihr weh? Sagt er Dinge, die sie kränken? Oder ist es schlimmer?« Ihre Stimme wurde leiser. »Ist es noch viel schlimmer, Carmelo?«

»Was soll das heißen?«

Santa senkte den Blick auf die Fahrrinne im Schlamm der Gasse. »Dass er … dass er's nicht kann wie gewöhnliche Männer. Du musst es mir sagen, ich bin ihre Mutter. Hat er deshalb mit meiner alten Schwester gelegen, weil er es nicht richtig kann? Und tut er jetzt mit meiner kleinen Taube etwas, das widerlich und gegen die Natur ist und eine Frau so weit treibt, dass sie sich wünscht, der Allmächtige würde ihr das Leben nehmen?«

»Emidio?« Carmelo klang, als könnte er nicht glauben, was er gehört hatte. »Du denkst, mein Schwager Emidio tut seiner Frau etwas an, das gegen Gottes Gebote verstößt? So wie die, die auf dem Marktplatz entmannt werden, weil sie Frauen wie Tiere nehmen?«

»Die auf dem Marktplatz sind nicht verheiratet«, krächzte Santa ohne Stimme. »Eine Frau, die verheiratet worden ist, ist ihres Mannes Besitz, und er kann mir ihr tun und lassen, was ihm gefällt. Das Blutgericht entmannt ihn dafür nicht. Aber du kannst mir glauben, wenn ich erfahre, dass dieser Kerl ihr das zugefügt hat, dann tu ich's.«

»Du bist ja verrückt«, murmelte Carmelo. »Dir muss jemand im Kopf einen Schaden angerichtet haben, dass du dir so etwas ausdenken kannst.«

Santa hätte das Gespräch gern beendet, weil sie Rosa entdeckt hatte, die aus dem Tor ihres einstigen Hauses trat und die Gasse hinunter auf sie zukam, aber etwas schien in Carmelo eine Schleuse geöffnet oder einen Grenzzaun durchbrochen zu haben. Er platzte los wie ein Rasender: »Verbreitest du das in deinen sauberen Kreisen? Dass ein Mann, der versucht, seine Arbeit zu tun und ein ehrliches Leben zu führen, ein Dreckschwein ist, weil er deinem süßen Zuckerschnäuzchen nicht jeden Wunsch von den Augen abliest? Weil er nicht auf Knien rutscht und ihr stündlich erklärt, dass die Welt um sie kreist und er sie über alles liebt? Sie wollte ein Haus, und er hat ihr eines gekauft. Sie hat gejammert, sie sitze dort wie eingesperrt fest, und weißt du, was heute früh in ihrem Hof stand? Ein Pferd. Ein neapolitanischer Rappe. Was soll ein Mann noch tun? Sich seiner Frau zu Füßen werfen, bis sie sich genug mit ihm vergnügt hat, ihm einen Tritt verpasst und ihm erklärt: ›Ich brauch dich nicht mehr‹?«

Er hatte geschrien. Vermutlich gab es auf der Gasse keinen, der ihn nicht gehört hatte. Jetzt stand er mit hängenden Armen vor ihr, rang nach Atem und kämpfte gegen die Tränen.

Santa war so überrumpelt, dass ihr keine Erwiderung einfiel, doch inzwischen hatte Rosa sie erreicht und legte Carmelo den Arm um die Schultern. »Danke, mein Junge«, sagte sie.

»Wofür?«

»Dafür, dass du deinen Freund gegen diese abscheuliche Verleumdung verteidigt hast.«

»Er ist ja nicht mehr mein Freund«, sagte Carmelo mit hängendem Kopf. »Für mich war er der einzige Freund, den ich je hatte, aber du weißt besser als jeder andere, dass er der schon lange nicht mehr sein will.«

»Nein, wohl nicht«, erwiderte Rosa. »Carmelo, ich weiß, ich habe seine Partei ergriffen und dich angeschuldigt, aber ich begreife jetzt, wie wenig gerecht das war. Du hattest die Wahl, entweder deinen Freund zu verraten oder den letzten Willen deines Meisters zu missachten, und bei Gott, vor diese Wahl will ich nicht gestellt sein. Um eure Freundschaft tut es mir leid. Sei aber versichert: Emidio würde dich gegen jeden Vorwurf in Schutz nehmen, wie du eben ihn in Schutz genommen hast.«

»Würde er das?« Carmelos Stimme war einmal mehr so bitter wie Radicchio. »Warum sagt er dann nicht Stidda, dass ein Mann nicht an allem schuld ist, was einer Frau widerfährt? Sie behauptet, ich hätte sie misshandelt, und vielleicht habe ich das in diesem einen Augenblick tatsächlich. Aber zuvor hatten die Franzosen mich misshandelt, und ich wusste nicht mehr, was ich tat.«

Er fuhr zu Santa herum. »Ja, so geht es in der Welt: Gerecht ist gar nichts, und eine Frau kann nicht Schmiedin ihres Glückes sein. Weißt aber du, weiß irgendeine von euch, was für eine herbe Last es ist, das Glück einer Frau auf den Schultern zu tragen?«

Er war so dicht vor sie getreten, dass sie auf den Wangen seinen zu schnellen, zu warmen Atem spürte. »Was willst du von mir?«, fuhr sie auf. »Lass mich vorbei. Ich schäme mich, weil ich so dumm war, dich um Hilfe zu bitten, denn bei allem, was du sagst, geht es dir am Ende doch immer nur um dich selbst.«

»Und worum geht es dir? Um dein Täubchen, dein kostbares Töchterchen, als wäre der Rest der Welt nur geboren, um Aita Pappalardu zu Diensten zu sein. Das ist doch die Todsünde, für die du Emidios Ruf zerstören möchtest, nicht wahr? Keine Gewalt, keine Abscheulichkeiten, nur die unerhörte Frechheit, dass er das holde Goldkind nicht liebt!«

Sie zeterten noch eine Weile weiter, Carmelo ebenso wie Rosa, aber Santa hörte nichts mehr. In ihrer Kehle bildete sich ein Klumpen, und ihre Augen sahen nicht mehr klar. Wie war das möglich? Wie konnte ein Mensch dazu in der Lage sein? Sie sah Aita vor sich und konnte nicht fassen, dass ihnen beiden, ihrer Tochter wie ihr, diese Schmach zugefügt wurde. *Kein Mensch,* befand sie. *Ein Unmensch oder noch eher ein Tier.* Was glaubte dieser Schmied, wer er war? Hatte nicht die ganze Stadt sich nach Aita verzehrt? Hatten die Fischer nicht ihren Booten ihren Namen gegeben und sie die Lilie der Albergheria genannt?

Mit erheblicher Mühe straffte sie den Rücken. »Spart euren Atem«, beschied sie Rosa und Carmelo, die noch immer krakeelten. »Ich gehe zu meiner Tochter. Dass sie in einem Bruder wie dir keine Hilfe hat, hätte ich mir denken können. Vermutlich lachst du dir noch ins Fäustchen, wenn sie leidet und in ihrer Ehre gekränkt wird, so zerfressen von Missgunst und Selbstmitleid, wie du bist.«

Hoch erhobenen Hauptes rauschte sie an den beiden vorbei und war schon drei Schritte weiter, als Carmelo noch einmal das Wort ergriff. »Du irrst dich«, sagte er leise. »Ich habe Aita lieb. In ihr steckt kein übler Mensch, auch wenn sie durch deine Schuld glaubt, sie sei der Nabel der Welt, und dass sie sich so quält, tut mir weh. Wenn ich etwas wüsste, womit ich ihr helfen könnte, dann würde ich es tun, aber ich kann Emidio nun einmal nicht zwingen, sie zu lieben. Kein Mensch kann das.«

Doch, dachte Santa, der übel vor Wut war. *Ich kann, und darauf darf der Herr Schmied sich verlassen: Für das, was er meiner Tochter antut, bekommt er seine Rechnung serviert. Jede Träne, die Aita geweint hat, jede schlaflose Nacht zähle ich ihm doppelt und dreifach auf.* Ohne ein weiteres Wort ließ sie die beiden stehen und ging auf das Haus zu, während in ihr die Wogen hochschlugen. *Wenn dieser Grobian meint, er bräuchte meine Aita nicht zu lieben, werde ich es ihn lehren. Er wird um ihre Liebe noch winseln, und am Ende wird sie es machen, wie der Tropf von Carmelo gesagt hat: Mit einem Fußtritt wird sie ihn seines Weges schicken und ihm erklären: Ich brauche dich nicht mehr.*

21

Die Tür öffnete ihr die Spitznase, von der Santa inzwischen wusste, dass sie einst Aitas wenig passende Freundin gewesen war. Das Haus konnte Santa nur bewundern, es machte wesentlich mehr her als zu Rosas Zeiten, und der Schmied konnte von Glück sagen, dass seine Frau eine Gabe dafür hatte und ihm einen solchen Rahmen schuf. Weder er noch sein unleidliches Kind ließen sich blicken, und ihre Tochter fand sie im Hof. Sie stand dort mit dem Pferd, das Gesicht an den Hals des Tieres geschmiegt, und Santa musste stehen bleiben, um die Schönheit des Bildes in sich aufzunehmen.

Aita trug ihr Haar offen, sodass der ganz leichte Wind es ein wenig hob. Das Fell des Tieres war nur wenig dunkler und wies ebenfalls einen rötlichen Schimmer auf. Es war kein gewöhnlicher Gaul, wie ihn sich gutgestellte Handwerker zuweilen zulegten, um ihre Ware auszuliefern, sondern ein prachtvoller Neapolitaner, wenn er auch schlanker, eleganter und ein wenig niedriger wirkte als die gewöhnlich schwer gebauten Vertreter dieser Rasse. Die seidige Mähne fiel ihm bis hinunter auf die Flanke und bedeckte Aitas Gesicht. Das Pferd musste ein Vermögen gekostet haben, und es wäre eines Reiters von Adel würdig gewesen.

Als junges Mädchen habe ich mir ein Pferd gewünscht, fiel Santa jäh ein. In den Nächten hatte sie davon geträumt, sich in den Sattel des Pferdes zu schwingen und irgendwo hinzureiten, wo niemand sie fand. Später hatte sie einmal mit dem Gedanken gespielt, eines für Aita zu kaufen, doch der Pappalardu hatte sich damals bereits mit dem Schatzamt um den Carlino gestritten, und ein Pferd zum reinen Vergnügen hätte ihre Mittel überstiegen. Zumindest eines, wie es Aita zu Gesicht gestanden hätte. Eines wie dieses.

Der Anblick berührte Santa und löste einen der schmerzenden Knoten in ihrer Brust. Wenn der Schmied seiner Frau ein solches Pferd kaufen konnte, wenn es ihm möglich war, sein Haus mit solch einem Luxus auszustatten, dann war die Heirat vielleicht doch kein so fataler Fehler gewesen. Unter den Händlern von Paliemmu war nach all den Repressalien kaum noch einer, der nicht ums Nötigste kämpfen musste. Von den Töchtern der Gildebrüder, die standesgemäß geheiratet und auf Aita Pappalardu herabgeblickt hatten, konnte sich keine einzige leisten, ein großes Haus zu führen, geschweige denn ein edles Reitpferd zu halten. Santa betrachtete ihre Tochter, die die Arme um den Hals des Rappens schlang, und sah den Mann, zu dem sie nun einmal gehörte, jäh mit anderen Augen.

Ein Mann brauchte nicht schön zu sein. Der Schmied besaß obendrein kein Ansehen, doch wenn er so viel Geld scheffelte, war das womöglich nur eine Frage der Zeit. Loswerden konnten sie ihn nicht, denn eine Frau hatte sich damit abzufinden, dass ihr der Mann wie ein Klotz am Bein hing, aber wenn sie ihn kleinkriegte, wenn er ihr aus der Hand fraß, mochte er ihr ein besseres Leben bieten als Kandidaten, die Santa weit begehrenswerter erschienen waren.

Und kleinkriegen würde sie ihn. Letzten Endes blieb er ihr um Meilen unterlegen.

»Aita«, rief sie leise und zärtlich, »*bimba, palummella!*«

Sehr langsam, wie aus einem Traum gerissen, drehte ihre Tochter sich um. Santa besuchte sie jede Woche, doch sie erschrak jedes Mal. Ihr schönes Mädchen verfiel. Sie war bleich, übernächtigt, die Augen glanzlos und umringt von tiefen Schatten. Heute hatte sie obendrein geweint. Das gab Santa den Rest. Ihr Schwiegersohn konnte von Glück sagen, dass er in diesem Moment nicht hier vor ihr stand.

»Mamma.« Aitas Stimme war klein wie die eines Kindes, das sich im Dunkeln fürchtete. Dabei war sie als Kind ein Bündel aus Mut und Sicherheit gewesen und hatte über Furcht im Dunkeln gelacht.

Santa kannte kein Halten mehr und lief zu ihr. »Vorsicht!«, rief Aita, doch es war zu spät. Das Pferd scheute und bäumte sich. Aita packte es mit beiden Händen am Halfter und rief ihrer Mutter zu, sie solle fernbleiben, als diese ihr zu Hilfe kommen wollte. Mit einiger Mühe brachte sie das Tier zum Stehen, klopfte ihm die zitternde Flanke und lehnte die Stirne an die weiße Blesse. »Ist ja gut, Idrisi. Meine Mutter ist ein bisschen stürmisch, aber sie tut dir nichts.«

»Wie heißt das Pferd?«, fragte Santa.

»Idrisi«, erwiderte Aita. »Das war irgendein entsetzlich weiser arabischer Gelehrter, der für den Normannenkönig Roger eine Welt aus Silber geformt hat.«

»Was heißt ›arabisch‹? Ein Sarazene?«

»Ich glaub'«, sagte Aita.

»Warum hat das Pferd einen Sarazenernamen? Es ist doch ein Neapolitaner, oder nicht?«

»Nicht ganz.« Aitas Auflachen klang so traurig, dass es Santa einen Stich versetzte. »Emidio fand einen Neapolitaner zum Reiten für eine Frau zu schwer, also hat er einen gekauft, der Araberblut in sich hat, was ihn auch schneller und wendiger macht.«

»Ich dachte, es ist verboten, Neapolitaner zu kreuzen«, sagte Santa.

Aita streichelte die Stirn des Pferdes. »Emidio hat gesagt, so etwas lässt sich schwer verbieten. Es entzieht sich der Vernunft, bei Pferden wie bei Menschen.«

»Dein Emidio braucht gar nicht so siebengescheit daherzuschwatzen, als wäre er ein Priester oder etwas Besseres als wir«, entfuhr es Santa. »Mein Vater war ein Syndikus, und er ist nur ein Schmied, die in meiner Kindheit noch vor den Mauern der Stadt zu wohnen hatten.«

»Für Helmer gilt das nicht und für Emidio schon gar nicht«, sagte Aita in dem traurigen Tonfall, in dem Santa ihre Tochter kaum wiedererkannte.

»Warum nicht? Was ist so Besonderes an ihm?«

»Die Innung der Gold- und Silberschmiede hat ihm gestattet, Silber zu bearbeiten«, sagte sie tonlos. »Keinen Schmuck. Wohl aber Korpusstücke und Gebrauchsgegenstände.«

Das war in der Tat etwas Besonderes. Santa verstand nichts vom Handwerk, doch sie wusste, dass jede Innung, Zunft und Gilde eifersüchtig über ihre Pfründe wachte und einen Fremden, der darin zu wildern versuchte, schmerzhaft in die Schranken wies. Der Schmied schien wahrhaftig ein gemachter Mann zu sein. Ein Glücksgriff, wie er ihrer Tochter zukam.

»Außerdem schwatzt er nicht gescheit daher«, fuhr Aita fort. »Er *ist* gescheit. Ihn interessiert alles, und er bringt es sich bei. Daherschwatzen tut er mit mir so gut wie nie. Ich bekomme ihn ja kaum zu sehen, und wenn doch, dann kann ich froh sein, ein paar Worte aus ihm herauszubekommen.«

Santa hatte genug. Alles ertrug sie besser als diesen unterwürfigen Ton, mit dem ihre Tochter von dem Kerl sprach, der so von ihr hätte sprechen sollen! Es wurde Zeit, dass sie es ihn lehrten – auf die eine Art, die Männer dort spürten, wo sie empfindlich waren, und mit der einen Waffe, die sie den Frauen nicht abnehmen konnten.

»Ich habe mit dir zu reden«, sagte sie. »Vielleicht kann dir das Pferd jemand abnehmen, damit es nicht wieder scheut. Hat dein Mann keinen Knecht eingestellt, der sich um diese Dinge kümmert?«

»Doch«, sagte Aita. »Martino. Aber ich möchte lernen, für mein Wüstenpferd selbst zu sorgen. Ich hätte gern irgendein Wesen, das mich braucht.«

»Jetzt ist Schluss mit diesem Gerede, *basta!*«, schimpfte Santa. »Jeder braucht dich. Du bist noch immer Aita Pappalardu, die

Lilie von ganz Paliemmu, und dass dieser Kerl dich kleinmacht, erlaube ich nicht länger.«

»Er macht mich ja nicht klein«, sagte Aita, als könne sie die Tränen kaum noch zurückhalten. »Er mag mich nur nicht.«

Santa ballte die Fäuste. Sie wollte das Pferd loswerden und ihre Tochter in die Arme schließen. »Ruf jetzt diesen Knecht. Wir müssen endlich reden, *bimba.*«

Aita drehte sich um. »Arabella«, sagte sie. »Willst du kommen und Martino helfen, Idrisi zu versorgen?«

Jetzt sah auch Santa das unerquickliche Kind, das sich in der Tür der neu errichteten Stallung herumdrückte. Dass ihre Tochter dieses unerzogene, womöglich in Sünde geborene Balg am Hals hatte, war Santa von Anfang an ein Dorn im Auge gewesen. *Sie sollte längst ein eigenes haben,* zuckte es durch ihre Gedanken. *Ein schönes, kräftiges, mit vollem Haar.* Santa hatte sich nie Kinder gewünscht, sie liebte nur ihre Aita, sonst keines, und sie war ihr Leben lang froh gewesen, wenn sie den Akt, aus dem die Kinder entstanden, vermeiden konnte. Männer aber verlangten ja nach diesem Akt, selbst ein solcher Glücksfall wie der faule Pappalardu. Und wie der faule Pappalardu sah der Schmied nicht aus, eher wie ein Ausbund jener dunklen Sinnlichkeit, die Santa das Fürchten lehrte.

Etwas lief in der Ehe ihrer Tochter ganz entschieden falsch, noch falscher, als sie es nach Carmelos Eröffnung befürchtet hatte. Sie würden es ändern müssen, und dass Carmelo so vollmundig seine Hilfe versprochen hatte, kam ihnen letzten Endes doch noch zupass.

»Bitte komm, Arabella. Idrisi fühlt sich noch fremd, ich glaube, er hätte es gern, wenn jemand aus der Familie bei ihm bliebe.«

Jetzt machte ihre Tochter sich sogar noch vor dem Gör zur Bettlerin! Der Knecht, ein großer, vertrauenswürdig wirkender Bursche, war schon aus dem Dunkel der Stallung getreten, bereit, das Pferd davonzuführen, doch Aita gab ihm durch ein Zeichen zu verstehen, dass sie auf das Mädchen warten wollte.

Sich zierend, mit winzigen Trippelschritten kam es heran. Es war wahrhaftig unansehnlich, dürr und bleich wie ein Arme-Leute-Kind, und es hielt sich fürchterlich, ging mit nach vorn gezogenen Schultern, als hätte ihm nie jemand erklärt, was *bella figura* bedeutete. *Bella figura* – die schöne, stolze Haltung, die eine Sizilianerin auch dann noch vor der Welt an den Tag legte, wenn sie sich am Boden zerstört fühlte.

Mit wem hatte der Schmied dieses Kind gezeugt, mit irgendeiner blutleeren Fremden? Bekäme jemand, der sie nicht kannte, Aita mit dem Mädchen zu Gesicht, würde er ihr einen mitleidigen Blick schenken und sich fragen, wie eine so schöne Frau zu einer so hässlichen Tochter komme.

Santa war es selbst so ergangen, und Aita war viel schöner, als sie je gewesen war. Wenn sie ihr eigenes Kind hatte, würde sie nicht voll Mitleid, sondern voll Neid betrachtet werden, wie es Santa ergangen war, als sie endlich Aita in den Armen gehalten hatte. Sie hatte jeden dieser Blicke unendlich genossen.

Das Mädchen war endlich bei dem Pferd angekommen und streckte verzagt die Hand nach dem Halfter aus. Aita half ihm und wollte ihm die Finger um den Riemen legen, an dem das Kind das Pferd führen musste, doch die Kleine fuhr wie eine Natter herum und schrie auf: »Fass mich nicht an! Ich mag nicht, wenn deine Hand an mir ist.«

Santa hätte das unsägliche Balg dafür an Ort und Stelle über ihr Knie gelegt und ihr mit der nicht gemochten Hand eine Portion hintendrauf serviert. Aita tat nichts dergleichen. »Ich weiß das«, sagte sie unvermindert freundlich. »Ich wollte dir nur zeigen, wie du ihn am besten im Zaum hältst, so wie Martino es heute früh mir gezeigt hat.«

Das Mädchen sagte nichts mehr, sondern zog endlich mit dem Knecht und dem Pferd seines Wegs. Kaum waren sie hinter der Stalltür verschwunden, ließ Santa ihren Geschenkekorb zu Boden fallen, stürmte zu ihrer Tochter und schloss die Arme um sie. »*Per l'amor di Diu, ma fia,* wenn ich gewusst hätte, in was für Zuständen du hier leben musst …«

»Was hättest du dann getan?«, fragte Aita verloren. »Mich hier weggeholt und jeden aus dem Weg geprügelt, der dich daran hindern wollte?«

»Ich glaube schon«, musste Santa zugestehen.

»Das hättest du nicht gebraucht«, erwiderte Aita. »Denn niemand hätte dich gehindert. Sie wären alle froh, wenn sie mich wieder los wären. Rosa, meine eigene Freundin Nunzia, Arabella –«

»Meine Schwester Rosa ist eine neidische alte Ziege«, fiel Santa ihr ins Wort, »diese Nunzia ist deine Magd, die von Glück sagen kann, dass sie in deinem Haus so eine schöne Stellung hat, und das Gör braucht den Hintern voll, nur nicht zu knapp, sonst hast du ständig damit zu tun.«

»Den hat sie von mir schon bekommen, und es war das Falsche«, sagte Aita. »Alles, was ich mache, ist falsch und dazu angetan, die Menschen in meinem Haus immer weiter von mir wegzutreiben. Allen voran meinen Mann, der wohl am glücklichsten wäre, wenn du mich mitnähmst und er mich wieder los wäre. Aber ich gehe nicht.«

Mit ihrer Beherrschung war es vorbei. Fassungslos musste Santa mitansehen, wie sich aus den schönen Augen ihrer Tochter Tränen lösten. »Ich bleibe hier, auch wenn er mich nicht anfasst. Ich bin krank vor Sehnsucht nach ihm, und wenn ich nicht wenigstens unter seinem Dach leben würde, wäre ich noch kränker.«

»*Porca miseria!*« Santa hatte Mühe, nicht auszuspucken. »Dieser Kerl versündigt sich. Höchste Zeit, dass jemand ihm ein bisschen Verstand in den Schädel schüttelt.«

»Er ist nicht ›dieser Kerl‹«, sagte Aita. »Er heißt Emidio, er ist mein Mann, und er gefällt mir so, wie er ist. Ich will nichts in ihn hinaus- und hineinschütteln. Ich wollte ihm guttun, ich dachte, ich könnte das lernen: wie man gut zu einem Menschen ist.«

»Du bist ja verrückt, mein armes Mädchen«, murmelte Santa, drückte sie fest und wiegte sie, sosehr sie sich sträubte. »Das ist ein Mann, von dem du sprichst, und ich hätte es dich um jeden Preis lehren müssen, ehe du aus meinen Armen in dieses Haus gekommen bist: Einen Mann musst du beherrschen, oder er beherrscht dich. Und dann ist es hart.«

»Was willst du mir also raten?«, herrschte Aita sie an. »Soll ich ihm dein Nudelholz an den Kopf werfen? Meinst du, dadurch lernt er, dass er mich liebt?«

»Männer lernen schwer und nur dort, wo es ihnen wehtut«, konterte Santa unbeeindruckt. »Aber ein Nudelholz wirkt bei meinem Pappalardu, der zahm wie ein Schafsbock ist. Bei deinem musst du andere Geschütze auffahren.«

»Was für Geschütze?«

»Es wird heiß«, sagte Santa. »Die Mittagssonne hat jetzt schon Kraft. Lass uns ins Haus gehen und etwas trinken.«

Sie gingen in die schöne Stube, die Aita sich eingerichtet hatte und in der überall diese seltsamen Dinge standen, die ihr Mann fertigte. Aita nahm einen der Leuchter, obwohl reichlich Tageslicht in den Raum fiel, und stellte ihn mit einer streichelnden Bewegung auf den Tisch. Die Magd, die Santa von Herzen zuwider war, wollte ihnen Wein servieren, aber Aita schickte sie in den Hof, um das schöne Wetter zu genießen und sich auszuruhen, als spräche sie mit einer Gleichgestellten. Den Wein holte sie selbst.

»Wenn du so mit deinen Leuten umgehst, kennen sie ihren Platz nicht«, sagte Santa. »Du lässt dir in deinem eigenen Haus von einem jeden auf der Nase herumtanzen.«

»Nein«, erwiderte Aita müde. »Ich bettle in meinem eigenen Haus um einen Freund.«

»Ich ertrage das nicht länger. Was hat dieser Mann aus dir

gemacht? Was hat er getan, um dir all dein Strahlen zu nehmen? Dich gedemütigt?«

Aita presste die Lippen aufeinander und schüttelte den Kopf. Wieder füllten sich ihre Augen mit Tränen, und ihre Hände umklammerten den Leuchter so fest, dass sie zitterten. »Er spricht doch gar nicht mit mir!«

Was hat so ein Mann auch zu sprechen?, dachte Santa, aber sie sagte nichts, sondern wartete, bis ihr Mädchen fortfuhr, froh, dass sie sich nach all den Monaten der Qualen wenigstens endlich öffnete.

»Ich habe mir eingeredet, er ist eben scheu und hat keine Erfahrung mit der Liebe«, begann sie stockend. »Dass er so schüchtern mit Menschen umgeht, hat mich gereizt. *Dich werde ich schon knacken*, habe ich gedacht, *warte nur ein paar Wochen ab, dann singst du mir Balladen wie die anderen.* Jetzt ist weit mehr als ein Jahr vergangen, und er geht mit jedem anderen vertrauensvoller um als mit mir. Mit Nunzia höre ich ihn manchmal in der Küche lachen und flachsen, als würde er lieber zu ihr gehören als zu mir.«

Santa krampfte die Hände umeinander, bis die Gelenke knackten, und stellte sich vor, sie hätte die Gurgel ihres Schwiegersohns dazwischen. »Erzähl weiter, *palummella*«, forderte sie mit trockener Kehle ihre arme Tochter auf.

»Die hier«, murmelte Aita und hob den Leuchter in die Höhe. »Die waren mein Trost. Seine Bilder, diese wunderschönen Dinge, die er macht und die alle, auch wenn sie ganz etwas anderes darstellen, eine Ahnung von einer Frau enthalten. Damit zeigt er mir, dass er mich doch liebt, habe ich gedacht. Er hat immer noch Angst vor mir, der Dummkopf, aber in seinem innigsten, in seinen Bildern, ist er immer bei mir.«

Das klang schön, bemerkte Santa. Aber es machte ihr auch Angst und war ihr gänzlich fremd. *Mann und Frau gehen so nicht miteinander um, meine Kleine,* dachte sie. *Solche Zärtlichkeit, solch selbstlose Liebe und Achtung gibt es nur zwischen Müttern und Töchtern, und einmal, vor einer ganzen Ewigkeit, dachte ich, es gebe sie vielleicht auch zwischen Schwestern. Männer sind anders. Solcher Respekt für eine Frau ist ihnen fremd, und ich wollte, ich hätte dich das gelehrt.*

»Einmal dann, kurz nach Weihnachten, habe ich das alles nicht länger ertragen«, sagte Aita. »Vielleicht habe ich dasselbe gedacht wie du: Ich muss ihm etwas Härteres an den Kopf werfen als ein Nudelholz, damit die Schale endlich aufbricht. Beleidigungen. Schläge gegen den Stolz. Ein Wort ergab das nächste, und am Ende habe ich ihn angeschrien, er käme wohl mit einer schönen jungen Frau nicht zurecht, sondern brauche eine alte Vettel wie Rosa. Als die Worte ausgesprochen waren, wollte ich sie auf der Stelle zurücknehmen, ich habe mich womöglich noch mehr erschreckt als er, aber es war zu spät. Er zog sein Wams vom Haken und verließ das Haus, und ich stand da, hier in der Stube, und als ich mich umdrehte, sah ich, dass Rosa in der Tür stand. Sie hatte jedes Wort mitangehört.«

Scharf sog Santa Luft ein. Sie war sich sicher, dass sie nicht hören wollte, was jetzt kam, aber wenn sie ihre Tochter mit all dem Scheußlichen nicht alleinlassen wollte, wie sie selbst allein gewesen war, hatte sie keine Wahl.

Stockend und abgewandt sprach Aita weiter: »›Du glaubst nicht, dass es wahr ist, oder?‹, hat Rosa mich gefragt. ›Dass ein schöner junger Mann sich zu einer hässlichen alten Frau ins Bett legt, das darf in deiner Welt nicht wahr sein, oder die beiden sind krank.‹«

Und genau das sind sie, dachte Santa. *Ich will mein Mädchen nehmen, mich mit ihr auf das schwarze Pferd setzen und vor all dem Kranken fliehen.*

»Ich habe es mir überlegt, und in dem Augenblick war ich mir ganz sicher«, fuhr Aita fort. »›Nein‹, habe ich gesagt, ›es ist nicht wahr. Ich habe es gesagt, um ihn zu kränken, aber es ist nicht wahr.‹ Rosa hat mich mit ihren runden Augen angesehen und gesagt: ›Doch, das ist es. Wir waren beide so einsam, wie zwei Menschen nur sein können, uns war kalt, und wir hatten wie in den meisten Nächten kannenweise Wein getrunken. Wir haben uns aneinander festgehalten, und es war zärtlich und schön und nichts Krankes daran. Liebe kommt auch an Orten vor, von denen deine hübsche, glatt polierte Welt sich mit Grausen abwendet, und sie ist auch dort heilsam und schenkt Menschen ein wenig Wärme.‹«

Santa hatte endgültig genug und spuckte ihren Wein in den Becher zurück. »Widerlich!«, stieß sie heraus. »Und das ist meine Schwester, die ich einst für die ehrenhafteste Frau dieser Insel gehalten habe. Ein altes Weib, das sich besoffen einem jungen Kerl hingibt und das vor ihrer eigenen Nichte auch noch rechtfertigt. *Ahime, ma fia.* Warum steht es denn nicht in meiner Macht, dich aus diesem Sündenpfuhl herauszuholen?«

»Weil du mich aus keinem Sündenpfuhl herausholen musst«, erwiderte Aita. »Und ich bin auch nicht zart, Mamma. Ich weiß seit Langem, wo bei der Kuh der Euter hängt.«

»Was das heißen soll, weiß ich nicht.«

»Doch, du weißt es, und damit lass es gut sein. Rosa hat erzählt, am nächsten Morgen habe Emidio sie um Verzeihung gebeten und von dem Tag an habe er mit dem Trinken aufgehört. Er ist ins Verwalterhaus gezogen und hat sich darangemacht, sich ein Leben aufzubauen. Aus eigener Kraft. Die halbe Stadt zerreißt sich das Maul, er habe sich für seine Liebesdienste von ihr entlohnen lassen, und etwas Ähnliches habe ich auch geglaubt, aber er hat von ihr keinen Pfennig genommen und für das Haus hat er ihr Miete gezahlt.«

Ich habe es auch geglaubt, dachte Santa. *Und wenn die halbe Stadt so etwas glaubt, dann tut sie es wohl kaum ohne Grund.* »Rosa hat doch aber zu uns gesagt, sie hat kein Geld«, erinnerte sie Aita. »Wo ist es denn geblieben, wenn sie es nicht ihm gegeben hat?«

»Vielleicht hat sie ja wirklich nie viel gehabt«, erwiderte Aita. »Oder es ist wie bei so vielen anderen den Steuern zum

Opfer gefallen. Einer ihrer Schuldner kann ihr die Leibrente nicht mehr auszahlen, und ihr Geld geht mich ohnehin nichts an. Zu mir hat sie damals gesagt, sie habe mir das alles erzählt, damit ich Emidio nie wieder damit quäle. ›Vor mir kannst du gern versuchen, es in den Dreck zu ziehen‹, hat sie gesagt, ›denn das gelingt dir ohnehin nicht. Für mich waren es die schönsten Stunden meines Lebens, und daran, dass ein junger Mann, der so viel Schmerz erfahren und alles verloren hat, was ihm teuer war, sich danach sehnt, eine Nacht lang die Arme eines Menschen um sich zu spüren, finde ich nichts Verwerfliches. Aber Emidio schämt sich, ihm tust du damit weh. Willst du das? Hast du noch immer nicht begriffen, dass du von keinem Menschen erzwingen kannst, dass er dich liebt?‹«

»Aita. Kleine …«

Aita schüttelte den Kopf und ließ sie nicht zu Wort kommen. »Ich war außer mir«, sagte sie. »Ich wollte auftrumpfen und ihr beweisen, dass ich gar nichts zu erzwingen brauche. ›Und ob er mich liebt‹, habe ich ihr entgegengeschleudert, ›er ist verrückt nach mir. Siehst du dir nie die Sachen an, die er schmiedet und die die ganze Stadt ihm aus den Händen reißt? Er kann nichts davon machen, ohne an mich zu denken, selbst bei seiner Arbeit ist er immer bei mir.‹ Heute weiß ich nicht mehr, wie ich das glauben konnte. Vielleicht, weil ich es mir so sehr gewünscht habe.«

»Und Rosa?«, fragte Santa ganz leise.

»Rosa hat mich angestarrt, als könne sie nicht begreifen, was ich ihr gesagt habe. Dann aber hat sie begriffen. ›Du glaubst, das bist *du*?‹, hat sie gefragt, als wäre es das Absurdeste auf der Welt, so etwas zu glauben. Ich stand da wie erstarrt, und ihre Stimme wurde auf einmal fast weich. ›Du bist ja noch verblendeter und verliebter in dich selbst, als ich befürchtet habe, du armes Ding‹, hat sie gesagt. ›Nein, Agata, die Frau, die in all seinen Bildern, in all seinen Gedanken, in seinem Kind und in seinem Herzen ist, bist nicht du, so hart es dich ankommt. Das ist *sie.* Seine Liebste. Und *sie* wird es immer sein, einerlei, was du dir einfallen lässt, um diesen Mann endlich doch noch unter deine Fuchtel zu bekommen.‹«

Sie schwiegen beide und hörten einander in der Stille atmen. In ein paar Tagen begann die Karwoche, und dann folgte Ostern. *Mala Pasqua,* dachte Santa, obwohl sie wusste, dass man mit dem Teufelsfluch nicht leichtfertig umgehen durfte. Er brachte den Tod. Sie sah das Gesicht ihres Schwiegersohnes vor sich und dachte: *Mala Pasqua. Die blutigen Ostern auf dich.*

Dann beherrschte sie sich. Santa wollte alles lieber, als über das Gehörte nachzudenken. Das durfte man nie tun, wenn man etwas vorgesetzt bekam, was alles Bestehende, mühsam Erlernte umzustoßen drohte; es kostete Kraft, es verwirrte, und die Welt war verwirrend genug. Sooft es in ihrem Leben solche Augenblicke gegeben hatte, hatte Santa sich gezwungen, nach vorn zu schauen, nur nach vorn, und nicht das Labyrinth, das hinter ihr lag, zu entwirren zu versuchen, sondern darum zu kämpfen, ihm zu entrinnen. Wein half dabei. Da sie ihren eigenen, in den sie gespuckt hatte, nur im Notfall noch einmal in den Mund genommen hätte, schnappte sie sich Aitas Becher.

»Aita, meine kleine Taube«, begann sie zärtlich, doch in ihrem Innern war alles hart. Sie würde diesem *Diavûlu* und seinem verdorbenen Volk, zu dem gewiss auch die ihm hörige Nunzia zählte, nicht gestatten, ihrer Tochter die Brüste abzuschneiden, wie es ihrer Namenspatronin, der heiligen Agata, geschehen war. Sie selbst war ja damals gleich gegen diesen Namen gewesen, der Pappalardu hatte stur darauf bestanden. »Meine kleine Taube, dir ist so übel mitgespielt worden, dass es mir das Herz zerreißt. Wir könnten diesen Mann vor Gericht zerren, weil er dir die Treue gelobt hat, während er wie ein Muselmane mit einer anderen gelebt hat. Aber das wird uns nichts nützen. Richter sind Männer. Sie schützen nicht das Sakrament der Ehe, sondern das Besitzrecht des Mannes. Täte eine Frau ihrem Mann an, was dein Mann dir antut, so würden sie auf

Verlangen des Mannes über sie den Tod verhängen. Dein Mann hingegen bekäme im schlimmsten Fall eine Rutenstrafe und eine Geldbuße auferlegt. Erhielte er die Schläge öffentlich, wäre er entehrt wie mein Pappalardu, und wer hätte wie üblich den Schaden? Seine Frau.«

»Bist du von Sinnen?«, rief Aita. »Mein Mann erhält von niemandem Schläge, und niemand nimmt ihm die Ehre! Er tut ja nichts Unrechtes. Er bricht mir nur das Herz.«

»Das ist das Unrechteste, was er tun kann!«, fuhr Santa auf. »Er betrügt dich, und dafür muss er bestraft werden, und diese Nunzia genauso, nur nicht von einem Gericht, denn –«

»Mamma, bist du jetzt bitte still und hörst mir zu?«, unterbrach Aita sie und rieb sich die Schläfen. »Er betrügt mich nicht. Oder doch, aber nicht mit Nunzia, *patri nostru nei cieli.* Auch nicht mit einer anderen Frau, die irgendwo kerngesund durch Paliemmu spaziert. Sondern mit einer Toten, dieser Adligen, die er entführt hat und die ihm dann irgendwie gestorben sein muss. Der gedenkt er in einem Bildnis nach dem andern, und er trägt ein albernes Pilgerzeichen des heiligen Vito, das sie ihm gegeben hat, auf dem Herzen. Mich, seine lebendige Frau, findet er so abstoßend, dass er, statt sich in mein warmes Bett, in meine warmen Arme zu legen, lieber bei seiner verblichenen Geliebten in der eisigen Totengruft bleibt.«

Die letzten Worte hatte sie geschrien, und Santa atmete verstohlen auf. Zum einen, weil sich die obskure Tote viel leichter aus dem Weg räumen lassen würde als eine Lebende. Zum zweiten, weil Aita endlich wütend wurde. Wut war hilfreicher als Trauer, Wut war angebrachter, und mit Wut kam Santa besser zurecht.

»Weißt du, woran ich gerade denken muss?«, fragte sie Aita, als wäre ihr das tatsächlich gerade erst eingefallen. »Wie gern du immer auf dieses Fest nach der Vesper in Santo Spirito gegangen bist. Im letzten Jahr hätte ich eigentlich erwartet, dass dein Mann mit dir dort hingeht.«

Aita zuckte die Schultern. »Arabella wollte nicht hingehen. Sie war wütend, weil er im Jahr zuvor nicht mit ihr getanzt hatte, und mit Fremden tanzen mag sie nicht.«

»Deshalb ist dieses Kind so verzogen!«, spie Santa aus. »Weil das ganze Haus nach den Wünschen der kleinen Signurina buckelt und springt. Was ist mit den Wünschen seiner Frau? Sind die dem feinen Herrn Gemahl einerlei?«

»Nein.« Aita seufzte. »Er hat gesagt, ich soll mit Stidda gehen, aber das wollte ich nicht und Stidda genauso wenig.«

Santa schnappte nach Luft. Dieser Kerl war kaltblütiger, als sie es für möglich gehalten hätte, und ein wenig fürchtete sie, dass sie würden weiter gehen müssen als von ihr geplant. Natürlich hatte sie Aita ebendies vorschlagen wollen: dass sie allein, ohne ihren Mann, auf das Fest gehen sollte, doch dass ihn der Gedanke offenbar gar nicht störte, missfiel ihr. »Du gehst in diesem Jahr auf die Vesper«, sagte sie dennoch so entschlossen wie möglich. »Mit deinem Bruder. Mit Carmelo.«

Aita ließ einmal mehr ihr trauriges Lachen hören. »Das ist etwas Neues, dass du mir Carmelo zur Gesellschaft andienst«, sagte sie. »Aber Carmelo hasst dieses Fest. Und mir selbst ist auch nicht danach.«

»Ob dir danach ist, spielt keine Rolle«, erwiderte Santa. »Du willst diesen Mann für dich gewinnen, richtig? Du willst ihn aus seiner Totengruft, aus dieser Umarmung mit einem Leichnam herausholen?«

»Ich habe mir nie etwas mehr gewünscht als das«, antwortete ihre Tochter. »Aber inzwischen habe ich alles ausprobiert, was mir eingefallen ist, und habe nichts erreicht, außer ihn immer weiter von mir wegzutreiben. Es hat keinen Sinn. Ich sehne mich danach, an seiner Seite zu sein, und sage ihm, ich will nicht in diesem Haus versauern, und was tut er? Er kauft mir ein Pferd.«

»Was ich dir geraten habe, hast du noch nicht ausprobiert«, bemerkte Santa listig.

Aitas Mundwinkel zuckten und verliehen ihr einen bitteren Zug, für den sie zu jung und zu liebreizend war. »Was denn? Ihm dein Nudelholz an den Kopf zu werfen? Du hast selbst gesagt, dass das bei Emidio nicht wirkt.«

»Ich habe gesagt, dass es für ihn nicht schmerzhaft genug ist«, stellte Santa richtig. »Und dass du stärkere Geschütze auffahren musst.«

»Was für stärkere Geschütze?«

»Der empfindlichste Teil eines Mannes ist seine Eitelkeit«, antwortete Santa. »Gib dem Herrn Gemahl von seiner eigenen Medizin zu kosten, und bemiss die Dosis nicht zu knapp. Er demütigt dich, indem er dir zeigt, dass er dich nicht braucht und dir eine andere vorzieht. Demütige du ihn, indem du ihm zeigst, dass du ihn noch weniger brauchst und dass es in dieser Stadt vor Männern wimmelt, die um Etliches begehrenswerter sind als er.«

22

Roger LeFouet, der *Inquisitor Curiae*, hatte seinen Justitiar Jean de Saint-Remy bekannt geben lassen, dass für die Kriegsleute in den umliegenden Türmen und Burgen das Osterfest im Normannenpalast begangen werden würde. Ein großes in diesem Jahr. Mit dem neuen Papst Martin, der aus dem von König Karl geliebten Garten Frankreichs stammte, hatte man endlich wieder einen Grund zu feiern. In der *Cappella Palatina* würde der königliche Haushalt vereint die feierlichen Messen begehen, und nach dem Fastenbrechen würden die Ritter in einer der weniger prunkvollen Hallen des Palastes beköstigt. Obendrein erhielten alle, die sich um des Königs Sache verdient gemacht hatten, ein Geschenk.

Thierry fand die Einladung zu dieser Art der Feierlichkeit in etwa so verlockend wie ein morgendliches Bad in Eiswasser. Was war ein königlicher Haushalt wert, wenn es in ihm gar keinen König gab und vor allem keine Königin? Keine Königin, das bedeutete: keine Hofdamen, keine Tänze, keine Musikanten, keine charmante Verspieltheit, wie sie allein mit der Präsenz von Frauen einherging, kein Tändeln und Turteln, sondern die geballte Ruppigkeit von Männern, die sich um schmucklose Holztische scharten und beim Essen schlürften und rülpsten.

Das Essen selbst – zäher Braten ohne Saft und Würze – würde ebenfalls nicht der Rede wert sein, denn inzwischen hatte Thierry begriffen, dass König Karl mit Fug und Recht als Geizhals verschrien war. Sein Inquisitor LeFouet galt als geldgierig wie ein Israelit und schob sich von den knapp bemessenen Mitteln lieber einen Teil ins eigene Säckel, statt es auf Süßwein und

Leckerbissen für die Krieger zu vergeuden. Die durften sich mit Raufereien, Zoten und im besten Fall mit ein paar billigen Huren begnügen, und die meisten von Thierrys Kameraden begnügte sich tatsächlich damit.

Seit Antoines Heimkehr war ein Jahr vergangen, doch Thierry hatte unter den Männern keinen rechten Anschluss gefunden. Gesellig und einfach im Umgang, wie er war, gab es niemanden, der ihn nicht mochte, doch durch Guibours' Auftrag hatte er zu wenig Gelegenheit, mit einem der anderen Ritter wirklich vertraut zu werden. Hinzu kam, dass ihm dieser Auftrag zutiefst zuwider war.

Gern wäre er den Einheimischen ein gütiger, beliebter Schutzherr gewesen; er hätte womöglich den einen oder anderen, der im Stand zu ihm passte, zum Gefährten gewonnen, sich aber auch nicht gescheut, eine Strafe zu vollstrecken, wo es nottat. Die Leute jedoch auszuspionieren, wo sie sich sicher und unter ihresgleichen fühlten, widerstrebte seiner Natur.

Er mochte die Sizilianer. Ihre Maßlosigkeit, der Hang zu überbordenden Gefühlen, der Antoine so an den Nerven gezerrt hatte, amüsierten ihn, und ihre alle Sinne umfassende Neigung zu den kunstvollen, lieblichen Seiten des Lebens rührte an seine eigene Empfindsamkeit.

So hätte er dem Schmied, der in den Palast kam, um in den dortigen Werkstätten Nutz- und Ziergegenstände von erlesener Anmut zu fertigen, stundenlang zusehen können, obwohl seine Lehrer geklagt hatten, er habe kein Sitzfleisch und könne keine drei Augenblicke die langen Beine still halten. Der Schmied war ein grobschlächtiger, maulfauler Bursche, dem man zugetraut hätte, ein massiges Schlachtross zu beschlagen, doch er war ein Zauberer, der Metall nicht durch die Gewalt des Feuers, sondern durch das Streicheln seiner Hände zum Schmelzen zu bringen schien. Was dabei entstand, war von einer verletzlichen, rätselhaften, durch und durch sinnlichen Schönheit, die Thierry im Innersten berührte.

Der Mann sprach nie ein Wort, zu dem er nicht aufgefordert war, aber er hatte nichts Unfreundliches an sich, sondern eher etwas Stilles, als lebte er getrennt vom Rest der Menschheit auf einer eigenen Insel. Es schien, als erschöpfte er sich, indem er sich ohne Rückhalt, geradezu nackt, in seinen Werken gab, und als hätte er dann nichts mehr übrig, um es in Worten zu geben.

Wenn ich mir mein eigenes Heim geschaffen habe, dachte Thierry, *und wenn ich die Frau, die meine Kinder haben soll, gefunden habe, möchte ich diesen Mann bitten, mir etwas zu schaffen, das ich meiner Braut am Hochzeitsmorgen als Pfand meiner Liebe und Treue schenken kann.*

In einer Schmiede herrschte zu allen Zeiten eine Hitze, die den Schweiß in Strömen aus den Poren trieb, und in der sengenden Sonne des sizilianischen Hochsommers wurde diese Hitze unerträglich. Der Schmied, der sich ohne Pause von früh bis spät über seine Arbeit beugte, hatte Thierry leidgetan. Einmal war er hinüber an die Tür des Küchentrakts gegangen und hatte sich einen Becher Wein abfüllen lassen, um ihn dem Mann zu bringen. Für einen Handwerker genügte der billige Wein, den die Küchenmägde zum Kochen verwendeten, aber Thierry gab der Schankmagd Geld und bat um den dunklen Tischwein der Herren. Er wusste selbst nicht, warum. Es schien ihm nicht recht zu sein, den Mann, der seine ganze Seele in seine Arbeit legte, mit Minderwertigem abzuspeisen.

»*Compar Firraru*«, hatte er ihn angesprochen, als er an die Tür der Schmiede getreten war. »Ich dachte, Ihr könntet bei der Hitze eine Erfrischung nötig haben.«

Den Blick des Schmiedes, der seinen schweren Körper halb drehte und ihm das schweißüberströmte Gesicht zuwandte, würde er nie vergessen. In ihm lag weit mehr als Dankbarkeit für ein Getränk, das er längst hätte bekommen sollen. »Ist der für mich?«

»Allerdings, mein Herr«, sagte Thierry, dem es peinlich war, dass der Schmied ihn ansah, als hätte er ihm eine unglaubliche

Wohltat erwiesen, wo es in Wahrheit um etwas ging, das man in Sizilien genauso wie im hohen Süden Frankreichs jedem Mitmenschen gewährte: einen Becher Wein. »Ich bitte im Namen des Haushalts um Verzeihung. Jemand hätte eher daran denken müssen, Euch etwas zu trinken anzubieten.«

»Ich bin kein Herr«, sagte der Schmied.

Thierry überlegte. Nein, von Rechts wegen betrachtet, war der Schmied natürlich keiner, und sein Vater hatte Thierry oft davor gewarnt, Untergebene wie Ebenbürtige zu behandeln, weil es Menschen nicht guttat, wenn sie ihren Platz vergaßen. Dieser Schmied aber erschien ihm wie ein Mann, der seinen Platz genau kannte und gegen die Ordnung der Welt nicht aufbegehrte – und das, obwohl er Dinge schuf, die für jegliche Ordnung zu weit und zu allumfassend zu sein schienen. »Ihr macht sehr schöne Dinge, wie sie niemand von uns machen könnte«, sagte Thierry. »Ich finde, Ihr habt Euch Respekt verdient, und mein Vater hat mich gelehrt, jedem Mann den Respekt zu zollen, der ihm gebührt.«

Mit erstaunlichem Geschick nahm die klobige Hand des Schmiedes den Becher aus der schlanken von Thierry. Ehe er ihm zutrank, lächelte er. »Wenn ich Euer Vater wäre, würde ich mir auf die Schulter klopfen«, sagte er.

An diesen Schmied musste Thierry denken, wenn Guibours ihn zum Rapport bestellte, sich erspitzelte Einzelheiten aus dem Leben der Sizilianer berichten ließ und über sie herzog, als wären es schädliche Tiere, Maulwurfsgrillen, die die Knechte seines Vaters in ihren Höhlen ausräucherten, ehe sie sich ins Wurzelgemüse fressen konnten. Als Junge hatte Thierry darüber geweint, weil die Maulwurfsgrillen im Lavendel so schön sangen. Inzwischen war er ein Mann, der über Notwendiges nicht länger heulte, aber noch immer fand er, wenn ein Christenmensch ein Geschöpf seines Herrgotts töten musste, dann sollte er es Auge in Auge und nicht feig und verstohlen durch Ausräuchern tun.

Wie nicht anders zu erwarten, war Guibours mit seinen Berichten nie zufrieden. Zuweilen kanzelte er Thierry ab wie einen Knecht und versetzte dabei der schönen Weltkugel Stöße, dass sie wie ein Kinderkreisel um sich selbst spann. Auch heute, am Morgen des heiligen Gründonnerstags, hagelte es nichts als Tadel, Flüche und Drehungen der Weltkugel. Thierry hielt sich so würdevoll wie möglich, obwohl ihm im Verlauf der Standpauke das Herz in die Hose rutschte. Weil er nicht die Ergebnisse brachte, die der Vicomte sich erhoffte, war er allzu oft leer ausgegangen, doch zu diesen Ostern musste er einfach auf der Liste der Begünstigten stehen! Die Aussicht auf das von König Karl abgesegnete, von Herbert d'Orléans ausgestellte und von Roger LeFouet zugeteilte Geschenk war das Einzige, was ihn auf die Osterfeiern des Hofes zog, ja, das Einzige, was ihn in Sizilien hielt.

Nein, so war es nicht – ganz und gar nicht!

Sizilien war wundervoll, eine schöne, üppige Frau mit vollen Lippen, die Thierry in seinen Armen halten wollte. Orangenbäume, Trauben von schwarzblauen, pflaumengroßen Weinbeeren, der Kegel des Feuerbergs, die roten Kuppeln, Dächer und Türme, die Mädchen mit den schwarzen, feuchten Augen – er konnte sich vorstellen, hierzubleiben und Wurzeln zu schlagen, einen neuen Faden im tausendfältig geknüpften Teppich von Paliemmu zu bilden. Wie aber sollte er das anstellen? Die Palermitaner akzeptierten auch nach bald fünfzehn Jahren keinen Franzosen als einen der Ihren, obgleich sie sonst bekannt dafür waren, sich fremde Einflüsse, die ihrer Stadt von Nutzen waren, regelrecht einzuverleiben. Thierry war immer ein Teil der Gesellschaft gewesen, in der er gelebt hatte; und wenn sie ihm noch so öde und reizlos vorgekommen war, er hatte dazugehört. Das Gefühl, ausgeschlossen und zur Einsamkeit verdammt zu werden, war er nicht gewohnt, und es verletzte ihn.

In der Nacht, nachdem er von dem Helmer, auf den Mathieu de Guibours ihn angesetzt hatte, in der Taverne gedemütigt worden war, hatte er in seiner Turmkammer wach gesessen und seinem Vater einen Brief geschrieben. Kein Sohn schrieb seinem Vater gern so einen Brief. Als Sohn wollte man seinen Vater stolz machen, wie der Schmied es gesagt hatte – und Thierry war der jüngste von fünfen, und sosehr sein Vater alle seine Jungen liebte, war er doch immer der Kleine, der Kindskopf geblieben, dem niemand etwas zutraute.

Er wollte dem Vater nicht schreiben, dass er recht behalten hatte, dass sein kleiner Tunichtgut gescheitert und das Geld für Pferd und Rüstung verschwendet war. Als er aber mit der Hand seine Hemdbrust streifte, die noch vom Wein klebte, überwältigten ihn Elend und Einsamkeit. Er wollte nur noch eines: nach Hause, zu seinen Neffen und Nichten, die in ihm keinen dämonischen Kindermörder, sondern den besten Spielgefährten sahen; er sehnte sich unter Menschen, die ihn kannten und liebten.

Lieber Vater, schrieb er, *bitte lass mich nach Hause kommen. Ich habe es hier in Sizilien nicht angetroffen, wie ich es erwartet habe, und denke, ich kann der Familie in der Heimat von mehr Nutzen sein.*

Natürlich wusste er, dass er in der Heimat niemandem von Nutzen sein würde, weil dort bereits zu viele Hände und Münder versammelt waren. Seine Heimkehr hatte er sich alles andere als glorreich vorgestellt, doch was der Vater zur Antwort schrieb, übertraf seine schlimmsten Erwartungen: Er bat ihn, auf Sizilien zu bleiben. Es ging der Familie schlecht. Das üble Wetter, auf das niemand vorbereitet gewesen war, hatte zweimal die Ernte vernichtet, und an der Burg wie im Dorf gab es Sturmschäden. *Sei ein Mann,* schrieb sein Vater, *gib nicht beim kleinsten Widerstand klein bei, sondern wachse daran. Du hast gewollt, dass ich an dich glaube. Jetzt enttäusche mich nicht.*

Seinen Vater zu enttäuschen war das Letzte, was Thierry wollte. Also kam eine Heimkehr als Habenichts nicht länger infrage. Wenn er zurück zu seiner Familie in Frankreichs bergigen

Süden wollte, musste er so gut gestellt sein, dass er sich dort Besitz kaufen und ein Auskommen verschaffen konnte. Der Kreuzzug nach Byzanz, von dem er geträumt hatte, war in greifbare Nähe gerückt, denn der neue Papst hatte in seiner ersten Amtshandlung die Union mit der Ostkirche aufgekündigt. Ein Heer Karls würde demnächst nach Albanien verschickt werden, und die Sizilianer waren noch einmal neu besteuert worden, um Geld zur Bemannung der Schiffe aufzubringen, aber Mathieu de Guibours hatte Thierry bereits klargemacht, dass er nicht zu den Auserwählten zählen würde. Der König legte auf seine Verpflichtung keinen Wert, und die Kosten für die Reise hätte er selbst nicht bestreiten können.

Blieb als letzte Möglichkeit, sich auf Sizilien einzurichten und eine eigene Familie zu gründen, um nicht länger einsam zu sein. Der Weg war verlockend, doch um ihn einschlagen zu können, fehlte ihm dasselbe wie zur Heimkehr und für den Kreuzzug: Geld.

Ein Platz auf der Liste der Kriegsleute, die zu Ostern ein Geschenk erhalten sollten, würde das auf einen Schlag ändern. Roger LeFouet hatte die Befugnis, einen Mann, der sich um die Krone verdient gemacht hatte, zum Freisassen zu erklären und ihn mit einem Stück Land auszustatten, das zu einem ordentlichen Gut taugte. Er hatte seine ganze Hoffnung auf diesen Tag gelegt und sich mit seinem Bericht die größte Mühe gegeben, doch während er sich jetzt von Mathieu de Guibours ausschimpfen lassen musste und dem Schwirren der Weltkugel zusah, zerstob alles, was er sich vorgemacht hatte.

Die paar Informationen, die er dem Vicomte gebracht hatte, waren aus den Fingern gesaugt und wertlos. Unter dem Strich ergab sich immer dasselbe Ergebnis: Er taugte nicht zum Spitzel. Um etwas in Erfahrung zu bringen, das Guibours für ihn einnahm, hätte er das Vertrauen der Leute zuerst gewinnen und dann missbrauchen müssen, und auf beides bestand nicht die geringste Aussicht.

»In dieser Taverne, dem *stummen Büffel*, habe ich den Namen Giovanni da Procidas nennen hören«, probierte er es lahm.

»Ach ja?«, bemerkte Guibours. »Tatsächlich? Und gibt es irgendein Loch in dieser Stadt, wo der verdammte Procida nicht erwähnt wird? Haben sie vielleicht auch ihre ewigen Kichererbsen und ihren Berg, wo der Teufel wohnen soll, erwähnt? Oder die Feigenblätter, die ihnen der heilige Fiacrius segnet und die sie sich gegen ihre Blindadern in die Ärsche stopfen? Und die Hexe Befana, die ihnen als Kindern Kohle in die Betten gestopft hat? Wie faszinierend, *Chevalier!* Und Ihr seid der Ansicht, für diesen hübschen Einblick in die Untiefen dieser Volksseele kommt Euch ein Zitronenhain in bester Lage und wenn möglich noch ein kleinerer Weinberg zu?«

Niedergeschlagen schüttelte Thierry den Kopf. Wenigstens ließ Guibours ihn nicht lange zappeln, wenigstens ersparte er ihm die Schmach auf dem Bankett. Er würde nicht auf der Liste der zu Beschenkenden stehen. Er hockte ein weiteres Jahr in seinem einsamen Turmzimmer und starrte auf die leeren Wände.

»Wir wissen, dass Procida sich hier herumtreibt«, sagte Guibours. »Jedes Kind weiß es. Was wir nicht wissen und über Euch in Erfahrung bringen wollten, ist, wer ihm hilft, Aragons Leute anzulanden, und wann und wo sie in Empfang genommen werden.«

»Aber wie soll das denn ausgerechnet ich in Erfahrung bringen?«, rief Thierry. »In mir hat noch immer jeder sofort den Ausländer erkannt, einerlei, in welcher Kleidung ich mich unter die Leute gemischt habe.«

»Für wie dumm haltet Ihr mich eigentlich?«, fragte Guibours. »Dass Euer Goldschöpfchen als sizilianischer Krautschädel durchgeht, habe ich mir wohl kaum eingebildet. Warum bringt Ihr den Leuten nicht bei, Ihr wäret in Ungnade gefallen und hättet die Seiten gewechselt? Wenn Ihr weiter so pfuscht, ist ja nicht auszuschließen, dass Euch genau das blüht.«

Er lachte meckernd, brach aber sofort darauf ab und versetzte der Kugel einen Stoß. Binnen Kurzem würde das Silber sich abnutzen und nicht länger glänzen. »Warum heuert Ihr nicht ein paar von den palermitanischen Hungerleidern an und stellt sie vor die Wahl: entweder das Schuldgefängnis oder ein kleiner Verrat? Dieser abgerissene Helmer zum Beispiel, Carmelo Maniscalco, der dürfte ja wohl langsam reif sein.«

Der Vorschlag war so ungeheuerlich, dass Thierry schwieg. Vermutlich gab es das: Männer, die ihr eigenes Land, ihr eigenes Volk, ihre eigene Familie verrieten, um ihre Haut zu retten. Er aber war einem solchen nie begegnet, und er wollte es auch niemals tun.

»Und dann gibt es ja wohl noch eine dritte Möglichkeit, die mehr Erfolg verspricht als die zwei anderen zusammen«, predigte der Vicomte mehr zu der Weltkugel als ihm: »Weiber. Ich habe Euch das auch nicht zum ersten Mal empfohlen. Ein hässlicher Vogel seid Ihr nicht gerade, oder? Na also. Schnappt Euch eines dieser breithüftigen Weiber, und Ihr bekommt alles, was wir wissen wollen, auf dem Tablett serviert. Wer weiß, vielleicht wird es ja dann doch noch etwas mit Euren Zitronen. Der Statthalter hat uns Zwanzigerführer bereits wissen lassen, dass es auch zu Pfingsten noch einmal eine Anerkennung für besonders verdiente Männer geben wird.«

Thierry war entschlossen, den Mann nicht merken zu lassen, wie sehr er sich oft wünschte, sich eines der breithüftigen Weiber zu schnappen. Wenn er daran dachte, schämte er sich. Er hatte nicht nur Brüder, sondern auch zwei Schwestern, und er hätte jedem Kerl die Faust unter die Nase gehalten, der mit solchen Gedanken auf seine Schwestern blickte. Aber er war kein Klosterbruder, sondern nur ein Mann, und zwar einer, der Nacht für Nacht von den sirenenhaften Frauen Siziliens träumte.

»Den Sizilianerinnen ist nicht gestattet, sich mit französischen Männern abzugeben«, sagte er zu Guibours.

»Nicht gestattet. Aha. Und was kratzt das Euch?«

»Ihre Familien ächten sie, wenn sie sie erwischen«, sagte Thierry. »Sie werden verstoßen, verlieren ihr Auskommen und haben keine Wahl mehr, als sich in einem Frauenhaus Männern anzudienen.«

»Na, dann steht sich doch alles zum Besten«, bekundete Guibours zufrieden. »Vorher waren sie Huren, und hinterher verdienen sie mit ihrer Hurerei wenigstens Geld. Hört zu: Auf das Bankett am Ostermontag werdet Ihr ja wohl kaum gehen wollen, habe ich recht?«

Thierry schüttelte den Kopf, obwohl der andere ihn nicht ansah.

»Geht stattdessen zur Vesper nach Santo Spirito. Zu den Zisterziensern von Sant'Orsola. Das klingt höchst christlich und österlich fromm, aber sobald der letzte Glockenschlag verstummt ist, lassen die aus Palermo dort auf dem Platz vor dem Kirchhof die Heiden und Teufelsanbeter raus, die noch immer in ihnen toben. Da wird die halbe Nacht hindurch gehurt, gesoffen und nackt um Feuer getanzt. Sodom und Gomorrha ist nichts dagegen, und wer in diesem Sündenbabel etwas auf sich hält, der ist dabei. Wenn Ihr da nichts in Erfahrung bringt, dann fürchte ich, Euch ist nicht mehr zu helfen. Na los. Auf mit Euch! Geht vorher zur Beichte, und lasst Euch das Sakrament spenden, und dann sorgt dafür, dass Ihr Euch gebührend amüsiert.«

Es war keine Bitte. Es war eindeutig ein Befehl.

Mit hängendem Kopf, wie kein Ritter, erst recht kein Rossillon, hätte gehen dürfen, trottete Thierry hinaus in den Hof. Die schwarzen Gedanken, die sich in seinem Schädel ballten, waren verboten, nahezu ketzerisch. Es war Gründonnerstag, und er fühlte sich wie Jesus in Gethsemane: *Herr, lass diesen Kelch an mir vorübergehen.* Dabei war er nicht einmal ganz sicher, was für einen Kelch der Sohn Gottes damit meinte, aber woher wussten die Priester eigentlich so genau, dass Jesus sich dessen sicher gewesen war? Jesus war doch der Mensch gewordene Gott, der alles Leid des Menschenlebens auf Menschenart durchleben musste, oder nicht? Wie konnte er sich denn da einer Sache sicher sein?

Warum hatte er niemanden, mit dem er hätte sitzen und reden können? Überdies war der Tag so schön. Er hätte mit den Kindern seiner Brüder einen Hang hinunterjagen, vor Lachen stolpern und kopfüber ins Tal kugeln wollen. Das schlimmste Leid des Menschenlebens war die Einsamkeit, befand Thierry. Dazu war kein Mensch gemacht, und doch war man aus heiterem Himmel dazu verurteilt. Auch Jesus hatte das erleben müssen: Er hatte seine Freunde angefleht, in dieser einen Nacht, in der er sich fürchtete, mit ihm wach zu bleiben, aber die Freunde hatten sich umgedreht und waren eingeschlafen.

Jesus tat Thierry von Herzen leid und er selbst sich auch, obwohl sich das für einen Mann nicht gehörte.

Von den Werkstätten her hörte er Schläge, im Grunde nicht laut genug für den Kreuzschlaghammer des Schmieds, aber er glaubte doch, dessen gleichmäßigen Rhythmus zu erkennen. Ohne nachzudenken, änderte er die Richtung. Er hatte ohnehin nicht gewusst, wohin er gehen und was er bis zur Abendmesse mit sich anfangen sollte.

Die Tür der Schmiede, die sonst immer offen stand, weil die Dämpfe im Innern sonst nicht zu ertragen waren, war heute angelehnt. Thierry zog die Tür auf und sah den ausladenden Mann tief über den Amboss gebeugt. Die Esse brannte kaum. Das Werkstück, das er mit der Linken hielt und streichelnd immer wieder glättete und formte, konnte nur schwach erwärmt sein. In der Rechten hielt er nicht den Kreuzschlaghammer, sondern ein Punziereisen mit hauchfein zugeschliffener Spitze, und er setzte treibende Schläge in rascher Folge, wobei er ständig die Richtung wechselte.

Als er Thierrys Schritt vernahm, zuckte er heftig zusammen, griff nach einem Wolltuch und warf es über das Werkstück. Erst dann drehte er sich um.

Thierry hatte das Stück jedoch bereits gesehen und war selbst erschrocken. War der Schmied, den er in seiner stillen Art gemocht hatte, ein Dieb? Hatte er die Kostbarkeit aus dem Palast gestohlen? Bereits vor Monaten hatte Thierry sich umgetan und in Erfahrung gebracht, dass die silberne Weltkugel das Geschenk eines sarazenischen Kartografen an den Normannenkönig Roger und unermesslich wertvoll war. Schlimm genug, dass Mathieu de Guibours sie sich angeeignet hatte, um seine Übellaunigkeit daran auszuleben. Jetzt aber war sie auch noch einem Langfinger in die Hände gefallen, der sie unkenntlich zu machen versuchte!

»Was verbirgst du da?«, schrie er den Schmied an. »Nimm sofort das Tuch herunter, und gib die Kugel mir.«

Der Schmied zog das Tuch von der Kugel, machte aber keine Anstalten, sie Thierry zu übergeben. Der atmete durch und besann sich. Natürlich war dies nicht die silberne Welt König Rogers! Wie hätte sie es denn sein können – er war doch selbst eben noch Zeuge gewesen, als Guibours damit spielte. Die Kugel, die der Schmied auf seinem Amboss festhielt, war nicht einmal halb so groß, und das Silber wirkte dunkler. Auch war die Rundung noch nicht perfekt, und statt der Inseln, Meere und Kontinente waren die Umrisse von Menschenfiguren in ihre Oberfläche geprägt: gefesselte Gefangene, deren Körper einer in der Nähe des anderen Halt suchten. Manch einer beugte vor Schmerz den Rücken, der nächste hob die Arme flehend über seinen Kopf.

Thierry konnte nur starren, ließ den Blick über Leib um Leib gleiten. Die aneinandergereihten Bilder kamen ihm vor wie ein Gebet, die verzweifelte Bitte der gesamten Menschheit, die zu dem Feiertag von Gethsemane passte: *Meine Seele ist zu Tode betrübt, bleibt bei mir, und wacht mit mir.*

Die über die silberne Weltkugel verteilten Figuren waren erst teilweise ausgeführt. Aber sie waren atemberaubend, sie mussten das Schönste sein, das der Mann je gemacht hatte.

Thierry glaubte zu zittern. »Bitte verzeiht mir«, stammelte er. »Ich kann nicht fassen, dass ich das zu Euch gesagt habe.«

»Unsinn«, sagte der Schmied. »Es wäre ja gut möglich gewesen, dass Ihr recht gehabt hättet.«

»Ich hätte Euch nicht verdächtigen dürfen«, sagte Thierry. »Es würde mich tief beleidigen, wenn es jemand mit mir täte.«

»Es ist schon gut«, sagte der Schmied. Die Wärme in seiner Stimme tat Thierry unverhofft wohl. »Ich bin nicht tief beleidigt. Ihr kennt mich nicht, und Ihr seid hier in einer fremden Stadt, die Euch nicht freundlich gesinnt ist. Ich könnte ein Aufrührer sein, der der Ansicht ist, die Kunstschätze in diesem Palast gehörten den Sizilianern, nicht den Franzosen, die sie uns gestohlen haben.«

»Seid Ihr dieser Ansicht?«

Er verzog den Mund. »Weshalb sollte ich? Die in diesem Palast gewohnt und ihre Kunstschätze in aller Welt zusammengeklaubt haben, waren doch auch vor Euch keine Sizilianer.«

»Ihr meint also nicht, die Franzosen seien die satanischsten Herrscher, unter denen Eure Insel je gelitten hat?«

»Das weiß ich nicht. Ich habe ja unter den anderen Herrschern nicht gelitten.«

»Diese Feindseligkeit ist so schwer zu ertragen!«, brach es aus Thierry heraus. »Ich habe mir eingebildet, ich könnte diese Stadt dazu bringen, mich zu lieben, doch stattdessen hasst sie mich. Wenn ich ein Schankhaus betrete, eine Marktgasse, sogar eine Kirche – sofort verstummt jedes Gespräch und verwandelt sich in Getuschel. Niemand grüßt mich, aber alles zeigt mit dem Finger auf mich, einmal bin ich angespuckt worden und ein anderes Mal mit Wein überschüttet. Ja, ich bin hier, um darauf zu achten, dass die Gesetze eingehalten werden und dass an der Regierung des vom Papst gesalbten Königs nicht gerüttelt wird, aber doch nicht, um Menschen Böses zu tun. Ich bin hergekommen, weil das mein Handwerk ist, so wie Eures das Schmieden. Und jetzt scheint es mir, als wäre ich gar nicht mehr ich, Thierry de Rossillon, den alle Welt gut leiden konnte, und wenn ich das nächste Mal einen Spiegel vor mir hätte, müsste eine Dämonenfratze mir entgegenstarren.«

Der Schmied griff nach einer dünnen Metallplatte, polierte sie mit seinem Wolltuch und hielt sie Thierry vor. »Alles in Ordnung«, sagte er. »Kein Dämon zu finden.«

Thierry starrte auf sein Gesicht, das sich in der blank polierten Platte spiegelte. »Danke.«

»Keine Ursache.«

»Ich glaube, Ihr seid der erste Sizilianer, der mit mir wie mit einem Menschen spricht«, sagte Thierry. »Und Ihr denkt auch nicht, dass alle Franzosen … Kindermörder sind, nicht wahr?« Er konnte die Antwort nicht abwarten, sondern musste sofort hinterherwerfen: »Ich war ein Dreikäsehoch von noch nicht einmal zehn Jahren, als das mit den Kindern des Staufers geschehen ist, ich habe mit meinem Bruder aus Stöcken Schiffe gebaut und sie im Bergbach schwimmen lassen, ich habe doch gar nichts davon gewusst, dass in irgendeinem anderen Teil der Welt ein Landsmann von mir in unser aller Namen ein Kind umbringt.«

Er hätte noch mehr sagen wollen, doch der Anblick des anderen ließ ihn erschrecken. Der Mann war regelrecht erstarrt. Nur seine Oberlippe bebte, und darüber bildeten sich Schweißperlen. Aus dem dunklen Gesicht war alle Farbe gewichen.

»Ich schwöre, ich habe noch nie einem Kind ein Haar gekrümmt!«, rief Thierry. »Ich liebe Kinder, ich wünschte, ich hätte selbst welche, und ich kann es nicht ertragen, dass Menschen, die mich gar nicht kennen, mit dem Finger auf mich zeigen und mich einen Kindermörder schimpfen. Ihr glaubt es auch, richtig? Ich sehe Euch an, dass Ihr es glaubt, auch wenn es völliger Unsinn ist.«

Der Schmied sammelte Kraft, dann schüttelte er seinen Körper, um sich aus der Starre zu befreien. »Zurzeit sollen etwa zwanzigtausend Franzosen in Sizilien sein«, sagte er. »Wenn die alle Kindermörder wären, dürften in Paliemmu keine Kinder mehr herumlaufen, oder?«

»Aber Ihr habt ausgesehen, als hättet Ihr einen Geist gesehen!«, stammelte Thierry.

»Ich habe einen Geist gesehen«, sagte der Schmied. »Aber nicht Euch.«

»Wen denn sonst?«

Der Schmied legte seine großen Hände flach auf den Amboss. Sie zitterten heftig, und an den Armen, die aus den hochgeschobenen Hemdsärmeln ragten, schwollen die Sehnen wie Seile, weil er so viel Kraft aufwandte, um sie still zu halten. »Ich möchte darüber nicht sprechen«, sagte er, und ihm brach über der Schläfe der Schweiß aus. »Und Sorge macht mir anderes.«

»Was?«

»Dieses Hochschaukeln. Die einen nennen die anderen Kindermörder, die anderen nennen die Ersten Rebellen gegen die göttliche Ordnung. So oder so wird ein jeder für einen anderen zum Teufel, und im Sommer ist es heiß auf Sizilien, da kommt das Blut in den Adern ins Brodeln. Ich mache mir Sorgen, weil sich mehr als zwanzigtausend Franzosen auf dieser Insel befinden, von der man schlecht fliehen kann, darunter nachgeholte Frauen und bereits hier geborene Kinder. Diese Hetze gegeneinander ist, als würde man in den Krater des *Mungibeddu* Zunder schütten, wieder und wieder, bis dieser friedlich dösende Krater sich an das erinnert, was er ist. Ein Vulkan.«

Es ging dem Mann sichtlich so elend, dass Thierry sich fieberhaft nach etwas umsah, das helfen konnte. Er hätte gerne Wein gehabt, aber nirgendwo stand welcher. Dann sah er das Mädchen. Es lag zusammengerollt auf dem Strohlager, das im Winkel für den Fall aufgeschlagen worden war, dass der Schmied in der Werkstatt die Nacht verbrachte. Offenbar hatten sie es mit ihrem lauten Reden geweckt, denn es kämpfte sich verschlafen aus der Decke und rekelte sich.

»Wenn ich glauben würde, Ihr wärt für Kinder eine Gefahr,

würde ich Euch nicht erlauben, mit meinem im selben Raum zu stehen«, sagte der Schmied.

»Die Kleine ist Euer Kind?« Thierry sah dem Mädchen zu, das mühsam blinzelte, um zu sich zu kommen. Es hatte ganz hellblondes, vom Schlaf zerzaustes Haar.

»Meine Tochter, ja. Arabella.«

»Das ist kein Name, den man oft hört.«

Der Schmied lächelte. »Arabella ist ja auch kein Kind, das man oft sieht.«

»Sie ist reizend!«, rief Thierry. Durch die Gegenwart des Kindes hatte sich seine Anspannung völlig gelöst. »Ich beneide Euch. Es muss schön sein, mit seinem Kind zusammen an die Arbeit zu gehen und es von morgens bis abends um sich zu haben. Bringt Ihr sie jeden Tag mit?« Was mit der Mutter der Kleinen war, wagte er nicht zu fragen, weil er nicht an Wunden rühren wollte. Gewiss war sie gestorben, hatte dieses ein wenig zerraufte, berührende Gespann aus Mann und Tochter allein zurückgelassen.

»Nein«, sagte der Schmied. »Für gewöhnlich bleibt sie zu Hause, aber in der Nacht hat sie nicht gut geschlafen und sie wollte heute bei mir bleiben.«

»Ihr beiden braucht nicht über mich zu reden, als wäre ich gar nicht da«, platzte die hoheitsvolle Stimme des Mädchens dazwischen. »Gutes Benehmen wäre es, wenn Ihr mit mir selbst reden würdet.«

Thierry musste lachen. »Das konnten wir ja nicht. Du hast bis eben geschlafen.«

»Habe ich nicht«, versetzte das Mädchen patzig. »Ich habe Euch belauscht.«

Thierry amüsierte sich königlich, er fühlte sich wohl und in seinem Element. Was die Kleine, die der Stimme und Sprechweise nach deutlich älter sein musste, als ihre zarte Gestalt vermuten ließ, mit ihm versuchte, war eindeutig: Sie wollte ihn reizen, sehen, wie weit sie bei ihm gehen konnte. *Sehr weit,* dachte

Thierry gelassen. Marie, seine kleinste Nichte, liebte dieses Spiel. Sie war erst vier Jahre alt gewesen, als Thierry sein Heimatdorf verlassen hatte, und das Mädchen Arabella musste mindestens zehn sein, aber das machte keinen Unterschied. Große Kinder brauchten es zuweilen ebenso dringend wie kleine: das Gefühl, von Herzen gern gemocht zu werden, so unausstehlich sie sich auch betrugen.

Nicht nur Kinder brauchen das, dachte Thierry. *Wir alle.* Seine Nichten und Neffen nannten ihn den Lieblingsonkel, und seine Schwägerin schimpfte, er betrage sich mit ihnen und dem gefleckten Hund Pelleas selbst noch wie ein Kind, aber dabei vergaß sie, dass ein Kind nicht gegen ein anderes Geschöpf ausgetauscht wurde, sobald es ins Erwachsenenalter eintrat, sondern einfach nur noch ein kleines Stück wuchs.

»So, so«, sagte er zu Arabella. »Du hast uns also belauscht. Geschickt gemacht. Vielleicht könntest du für mich arbeiten? Ich soll nämlich Sizilianerinnen einstellen, die ihre Umgebung für mich ausspionieren.«

Aus dem Augenwinkel warf er einen vorsichtigen Blick nach dem Vater der Kleinen, doch der schien ebenfalls amüsiert und entspannt.

»Ist das Euer Ernst?«, fragte Arabella perplex.

»Das wird sich zeigen«, erwiderte Thierry. »Erst einmal müsstest du mir sagen, was du überhaupt gehört hast. Am Ende bist du eine von denen, die nie etwas Wichtiges herausbekommen und die ich nicht brauchen kann.«

»Ihr müsst nicht mit mir reden, als wäre ich drei Jahre alt«, empörte sie sich. »Ich bin zwölf. Ich kann Lateinisch und Arabisch lesen, ich weiß fünfzehn Gedichte der sizilianischen Schule und ein ganzes *Chamsa*-Epos von Nizami auswendig herzusagen und auch noch einen von den *Lais* von Marie de France, weil nämlich nicht nur Männer Gedichte schreiben können.«

»Sehr erfreut«, erwiderte Thierry. »Ich bin einundzwanzig, ich kann vielleicht zwölf Worte Lateinisch, aber gewiss kein einziges auf Arabisch lesen. Gedichte hersagen kann ich auch nicht, geschweige denn welche schreiben, aber ich könnte auf einem Grashalm pfeifen, wenn du einen hast.«

»Wozu soll ich einen Grashalm haben? Und wozu soll man darauf pfeifen?«

»Ich weiß nicht«, sagte Thierry. »Es hätte Spaß machen können, aber da wir keinen haben, können wir's auch nicht ausprobieren.«

»Und warum habt Ihr nichts Richtiges gelernt?«

Fröhlich zuckte Thierry die Schultern. »Mein Lehrer hat gesagt: weil ich nicht lange genug auf meinem Hosenboden sitzen konnte und lieber mit meinem Hund herumtoben wollte. So habe ich dumm bleiben müssen, aber was mir im Kopf fehlt, habe ich in den Beinen. Erzählst du mir trotzdem, was du von unserem Gespräch mitangehört hast?«

»Dass Ihr Franzose seid und wie ein Kleinkind plärrt, weil keiner Euch mag«, erwiderte das Mädchen.

»Arabella!«, rief ihr Vater die Kleine erschrocken zur Ordnung, aber Thierry sandte ihm ein Lächeln und winkte ab.

»Ich mag Euch auch nicht«, fuhr Arabella fort. »Aber nicht, weil Ihr Franzose seid. Sizilianer mag ich genauso wenig. Niemanden.«

»Das ist wenigstens gerecht«, stellte Thierry fest.

»Und dann habt Ihr noch gesagt, dass die Leute Euch Kindermörder schimpfen und dass Euch das ärgert, weil Ihr gar keine hübschen, netten Kinder morden wollt …«

»Ich glaube, ich kann dich doch nicht brauchen«, unterbrach Thierry. »Mit deinen Ohren stimmt etwas nicht. Das mit dem hübsch und nett habe ich nicht gesagt. Solche Kinder würde ich manchmal doch morden. Die sind langweilig und können schrecklich lästig sein, findest du nicht auch?«

»Ich finde alle Kinder schrecklich lästig«, versetzte Arabella. »Und ob Ihr Kinder mordet, ist mir egal. Ich mag Kinder so wenig wie Erwachsene.«

»Niemanden. Ich weiß«, sagte Thierry.

Ihre Blicke trafen sich. Thierry hielt den ihren eine Weile lang fest, dann wandte er sich ihrem Vater zu. »Wenn ich an Ihrer Stelle wäre, würde ich mir auf die Schulter klopfen«, sagte er. »Ihr und Arabella habt mir heute geholfen. Ich habe über die Feiertage einen Auftrag zu bestehen, vor dem mir graut, aber jetzt scheint es mir nicht mehr so arg. Darf ich in der nächsten Woche wiederkommen und mit Euch sprechen? Und die *Signurina* Arabella auf ihre Begabungen als Spionin testen?«

»Ich will gar nicht für Euch als Spionin arbeiten«, sagte Arabella. »Ich will nicht, dass Ihr wiederkommt, ich will mit meinem Vater allein sein.«

»Arabella, jetzt ist es genug«, sagte ihr Vater. »*Signur'* de Rossillon war sehr nett zu uns, und ich hätte gern, dass er wiederkommt. Hat das, was ich will, für dich überhaupt keine Bedeutung?«

Thierry sah, wie das Mädchen erschrak. Es hatte unglaublich schöne, fast perlmuttfarbene Augen, die sich augenblicklich mit Tränen füllten. »Aber willst du denn nicht mit mir allein sein?«, presste sie heraus. »Sind dir die Fremden wichtiger als ich? So wie die Frau?«

Durch den großen Körper des Mannes ging eine Bewegung. »Komm her zu mir«, sagte er rau. Er legte sein Werkzeug aus der Hand und öffnete die Arme. Das Mädchen, das wirklich ungewöhnlich zart war, schnellte wie ein kleiner Springteufel aus den Decken, flog im nächsten Augenblick in seine Arme und schmiegte sich an seine Brust. »Tu mir den Gefallen, und sei ein bisschen vernünftiger, *cipuddina*«, murmelte er zärtlich in ihr Haar. »Dass mir niemand wichtiger ist als du, weißt du doch. Aber wir sind keine Insel, du und ich.«

»Ich will aber eine Insel mit dir sein.«

Der Schmied seufzte. »An Inseln legen Schiffe an«, sagte er. »Zuerst erschrickt man, aber dann kommen all die schönen Dinge zum Vorschein, die es auf der Insel nicht gibt: Weihrauch und Zucker, Lapislazuli, Seide und Gold. Geh jetzt Wasser holen, damit ich die Esse kühlen kann. Und hinterher entschuldigst du dich bei *Signur* de Rossillon.«

»Und wenn ich das nicht mache?«

»Was soll dann sein? Dann hole ich mir mein Wasser selbst.«

»Wasser hol ich dir. Ich meinte: Was ist, wenn ich mich bei dem da nicht entschuldige?«

Er küsste ihr Haar. »Geh jetzt. Nimm dir Zeit, es dir zu überlegen. Stell mir nicht so dumme Fragen.«

Das Mädchen drückte sich noch einmal an ihn, dann schwang es herum und rannte mit wehendem Haar aus der Schmiede.

»Es tut mir leid«, sagte der Schmied zu Thierry.

»Muss es nicht«, beeilte der sich zu versichern. »Nicht im Geringsten. Ihr wisst nicht, wie gut es mir getan hat, dass Ihr und Eure Tochter wie mit einem Menschen mit mir umgegangen seid. Ich würde wirklich gern wiederkommen. Und ich würde Euch gern die Kugel abkaufen, die Ihr macht, wenn sie fertig ist.« Erschrocken hielt er inne. Er hatte die Worte rasch dahingesprochen, weil er die Kugel unendlich gern besessen hätte und dem Schmied zu verstehen geben wollte, wie schön er sie fand. Dass er überhaupt kein Geld hatte, um silbernen Zierrat zu bezahlen, hatte er dabei vergessen.

»Bitte seid mir nicht böse«, sagte der Schmied. »Ich weiß Eure Freundlichkeit zu schätzen, doch die Kugel steht nicht zum Verkauf. Ich habe sie seit Langem machen wollen, aber ich weiß noch gar nicht, ob ich überhaupt die Hände dazu habe. Ich habe mit Silber nicht viel Übung, und bisher bin ich kein bisschen zufrieden.«

»Seid getrost«, sagte Thierry, trat zu ihm und klopfte ihm zweimal leicht auf die Schulter. »Ihr habt die Hände dazu, und ich wäre stolz, wenn ich die Kugel sehen dürfte, sobald sie fertig ist. Wollt Ihr mir das erlauben?«

Der Schmied senkte den Kopf so tief, dass sich aus dem

stierhaften Nacken ein Wirbel bohrte, und es kam Thierry vor, als würde er über den Wangen ein wenig rot. »Ich sollte eine so freundliche Bitte wirklich nicht abschlagen. Aber wenn ich es überhaupt hinbekomme … dann soll es ein Geschenk sein. Für nur einen Menschen.«

Thierry wusste nicht, wann er sich zuletzt einem anderen Mann so nah gefühlt hatte. »Es ist schon gut«, sagte er wie zuvor der andere zu ihm und gab seiner Schulter sacht noch einen Klaps. »Gesegnete Ostern. Und bitte zwingt Euer Mädchen nicht, sich bei mir zu entschuldigen. Es hat wohl mit etwas Schwerem zu kämpfen, aber es ist ein feiner kleiner Mensch.«

»Ich zwinge sie nie«, murmelte der Schmied dem Boden zu. »Ich kann es nicht. Ich habe ein einziges Mal etwas von ihr erzwingen wollen, ich habe auf Knien gelegen und sie angebettelt, und sie hat es mir gegeben. Seither lasse ich sie tun, was sie glaubt, tun zu müssen.«

»Was habt Ihr von ihr erbettelt?«

»Bleib am Leben«, sagte der Schmied, wandte sich ab und begann, mit beiden Händen fahrig die erhitzte Oberfläche der silbernen Kugel zu glätten.

Thierry sah seinem Rücken, den zuckenden Muskeln noch einen Herzschlag lang zu, dann ging er. Vom Brunnen her kam ihm das Mädchen mit einer Kanne entgegengerannt. »Tut mir leid!«, rief es im Vorbeihasten und war schon in der Werkstatt seines Vaters verschwunden.

Thierry trat durch das Tor hinaus auf den Weg, der auf den Cassaro, die belebteste Straße Palermos, führte. Er fürchtete sich noch immer vor dem Auftrag, den Guibours ihm für die Vesper des Ostermontags aufgezwungen hatte, aber er freute sich darauf, hierher zurückzukommen und jemanden zum Reden zu finden. Dem Mädchen konnte er das Rhitmomachie-Brett mitbringen, das sein ältester Bruder ihm bei der Abreise geschenkt hatte. Sein ungeduldiger Geist war mit dem komplizierten Zahlenspiel überfordert, doch das aufgeweckte Kind mochte seine Freude daran haben.

Am Morgen nach Ostern aber kehrte Thierry nicht in die Werkstatt des Schmiedes zurück und vergaß, dass er der kleinen Arabella ein Brettspiel hatte bringen wollen. In jener Nacht begegnete ihm nämlich eine Frau, in die er sich auf den ersten Blick verliebte und die vorerst alle anderen Gedanken auslöschte.

23

Während sie dem Mann nach der Seite folgte, wo die Weinfässer standen, dachte Aita an nichts. Ihre Mission, der Auftrag, den sie zu erfüllen hatte und der angeblich der Befreiung ihres Landes dienen würde, war ihr gleichgültig. Der Mann war vor sie hingetreten, hatte sie gebeten, mit ihm einen Becher Wein zu teilen, und sie hatte mit völlig kaltem Blut festgestellt: *Er ist der schönste Mann auf diesem Platz, ach was, der schönste Mann in dieser Stadt, der König der Fischer ist unscheinbar gegen ihn. Ich war in dieser Stadt einmal die schönste Frau. Was wir sonst sind, schert mich nicht. Tun wir, was meine gewitzte Mutter rät, stellen wir sicher, dass alle zu sehen bekommen, wer mit dem schönsten Mann der Nacht zum Trinken geht.*

Sie schlängelten sich zwischen den Tanzenden hindurch. Francesca quiekte, um auf sich aufmerksam zu machen. Sie tanzte mit dem Turri, der nun ihr Ehemann war. Mit den Geschäften von Turris Vater war es wie mit der ganzen Stadt bergab gegangen, er hatte kein anderes Mädchen gefunden, das ihn genommen hätte, und so hatte er zu Beginn des Jahres doch noch Francesca geehelicht. Aita hatte ihn so kurz geraten nicht in Erinnerung, sein Gesicht war nicht hässlich, aber dümmlich, und er trug Hosen mit geflickten Mottenlöchern. Francesca hatte sich das Gebände so bauschig um den Kopf gewickelt, dass keinem entgehen konnte, wie fest sie verheiratet war. Sie reckte sich im Tanzschritt und ruderte mit beiden Armen, aber Aita ging mit dem schönen Rotblonden weiter, ohne den Kopf zu drehen.

Sie hatte nicht auf dieses Fest gewollt. Sie wollte im Grunde nirgendwohin, am wenigsten dorthin, wo sie vor zwei Jahren *Curdedda* mit Emidio Maniscalco getanzt und kalt lächelnd angenommen hatte, es bedürfe nicht mehr als eines Handstreichs, um die Festung zu erobern. Was ihre Mutter ihr riet, glaubte sie keinen Herzschlag lang: Sie solle Emidio wehtun, indem sie anderen Männern schöne Augen machte, sie solle sein Inneres wie im Höllenfeuer zum Glühen bringen, damit er die blassen Knochen seiner Toten vergaß.

Wie aber sollte sie Emidio damit wehtun, wenn er gar nicht hier war und sie nicht sah? Zudem wollte sie Emidio nicht wehtun. Sie hatte es damals gewollt, hier auf dem Platz, beim *Curdedda*-Tanzen. Hatte ihn erobern, unterwerfen, den Sieg auskosten wollen, und sie hatte es nicht gekonnt, als er mit vor Angst flackernden Augen vor ihr stand. Danach hatte eine Art Wahn von ihr Besitz ergriffen wie bei diesem Madschnūn aus Emidios arabischem Buch. Sie hatte ihn sich nehmen müssen, umso heftiger, je mehr er sich ihr entzog, und als sie ihn hatte, hätte sie ihm all das Entziehen gern ein wenig heimgezahlt.

Doch die eine Nacht, in der er sie geliebt hatte, hatte alles verändert. Nein, nicht nur die Nacht. Das Leben mit ihm, seine Art, Dinge zu betrachten und Menschen zu begegnen. Aita hatte einen gewaltigen Paukenschlag erwartet, eine Sensation, eine Nussschale, die unter dem Hieb eines Hammers platzte. Bekommen hatte sie etwas ganz anderes, und beinahe unmerklich hatte sie begriffen, dass sie es mochte, dass das Geheimnis der untersten Tiefe nicht durch einen gedankenlosen Sprung zu enthüllen war, sondern nur durch langsames Gründeln. Mit ungläubigem Staunen hatte sie erkannt, dass es schön war, mit ihm zu leben, selbst wenn er unfügsam blieb, sich nicht aufzwingen ließ, was sie von ihm wollte. Es war schön, ihm zuzusehen, an seiner Klugheit teilzuhaben, an der Welt in seinem Kopf. In der Nacht, in der er sie geliebt und sie sich so vollständig, so am richtigen Platz gefühlt hatte, hatte sie endgültig beschlossen, dass es das war, was sie wollte:

Bring es mir bei, Emidio. Dich achtsam und zärtlich zu lieben, nicht gebieterisch. Dir mit Respekt zu begegnen und dich nicht mit Verachtung zu strafen, sooft du dich meinem Willen nicht fügst. Lass mich dir zeigen, dass ich das Zeug dazu habe, dass ich mir einen Mann wie dich, eine Gemeinschaft wie unsere verdienen kann. Und wenn ich es mir verdient habe, bitte erlaube mir, dich Midiú zu nennen. Mein Liebling. Amuri.

Sie hatte sich so sehr bemüht. Seine Bücher, seine Arbeit, seine Bilder – alles hatte sie verstehen lernen wollen, um ihm näher zu sein. Und sie wollte, dass er ihr anvertraute, wo er verletzt worden war, was ihn menschenscheu und einsam gemacht hatte und was sie tun konnte, um seine Wunden zu heilen. Er aber sperrte sich, sagte kein Wort und verschwand. Es war, als werde sein mächtiger Brustkorb zur Mauer, an der sie mit ihren Liebesmühen abprallte.

»Wenn du nicht willst, dass ich mit Carmelo verkehre, musst du es mich wissen lassen, Emidio«, hatte sie gesagt.

»Weshalb sollte ich nicht wollen, dass du mit Carmelo verkehrst?«

»Weil er … weil dein Vater … *patri nostru nei cieli*, weil es dich sichtlich quält, ihn um dich zu haben, und weil das verständlich ist. Es muss dir wehgetan haben, dass dein Vater ihn dir vorgezogen hat.«

»Und selbst wenn.« Sein stolzes Gesicht verschloss sich. »Dafür, dass mein Vater fand, ich bin ein Idiot, kann ja wohl Carmelo nichts.«

»Nein, dafür kann er wirklich nichts, und es tut ihm in der Seele weh. Er hat mir erzählt, wie hart dein Vater mit dir umgegangen ist.«

»Carmelo soll sich um seinen eigenen Dreck scheren«, versetzte Emidio und drehte sich um, um sein Wams vom Haken zu nehmen und aus dem Haus zu gehen. »Ob du mit ihm verkehrst, kratzt mich nicht. Ich bin ja ohnehin nicht oft hier, nur mit Stidda musst du sprechen.«

Oh, der Anblick seines Rückens, diese breite, gerade, abweisende Fläche, die sie begehrenswert fand und zu hassen gelernt hatte! So sehr, dass sie manchmal mit den Fäusten darauf hätte eintrommeln wollen, und gerade das wollte sie doch nicht! Sie wollte, dass er zu ihr kam und bei ihr blieb, weil er in ihren Armen glücklich war.

Stidda hatte ebenfalls nichts dagegen, dass Carmelo ins Haus kam. Sie wich ihm zwar weiterhin aus, aber dieses Ausweichen kam Aita seltsam aufgesetzt vor, nicht echt und oft so durchgeführt, dass die beiden sich erst recht über den Weg laufen mussten. Stidda blieb ihr ein Rätsel, aber in einem waren sie beinahe Verbündete: Sie beide blitzten bei Emidio ab. Stidda suchte beinahe so oft wie Aita das Gespräch mit ihm und handelte sich ebenso viele nichtssagende Floskeln, wenn auch weniger zugekehrte Rücken ein.

Aita hatte weitergekämpft. Sie hatte sich sogar bemüht, nett zu Arabella zu sein, doch das Kind blieb unversöhnlich. Es ließ Rosa und Nunzia und zuweilen auch Stidda an sich heran, doch wenn Aita ihm nahekam, es gar berühren wollte, schrie es auf, als drohte ihm Unsägliches. Erst in der furchtbaren Winternacht, als Rosa mit ihr gesprochen hatte, hatte Aita begriffen, dass es nicht der alberne versohlte Hintern war, den die Zwölfjährige ihr noch immer tödlich übel nahm, sondern etwas viel Profunderes, etwa Unüberwindliches: Aita bedeutete Gefahr, weil sie versuchte, die Totengruft aufzubrechen, in der Arabellas Familie noch immer vereint war. Emidio legte sich Nacht für Nacht dort nieder und schloss die tote Geliebte in die Arme, und ihr Kind schmiegte sich zwischen beide.

»Sag mir, wie sie war!«, hatte sie Rosa beschworen, dann Stidda und Carmelo. »Was hatte sie denn Wundersames an sich, dass die beiden ihr noch immer verfallen sind und nicht einmal erwägen, ins Leben zurückzukehren?«

»Ich habe sie nicht gekannt«, sagte Rosa. »Aber sie muss ein wunderbarer Mensch gewesen sein. Ihre Eltern haben über ihren

Verlust den Verstand verloren, und ihr Onkel, der *barone* Tusco, beschützt sie. Sie haben ihren Palazzo bis in die Höhe von weißen Rosen überwuchern lassen und kommen nie mehr heraus.«

»Hat Emidio je versucht, mit ihnen zu sprechen?«, fiel es Aita ein.

Rosas Blick wurde so hart, dass Aita sie kaum erkannte. »Das hat er in der Tat. Er weiß nicht, dass ich es weiß, aber ich weiß es und ich kann es diesen Leuten nicht vergeben, bei allem Kummer nicht. Ihr Onkel hat ihm gesagt, er sei ihr Mörder, auch wenn kein Gericht der Welt es je beweisen kann. Von Arabella will dieser harte Mann nichts wissen. Nicht von dem Kind eines Mörders, sagt er.«

Stidda behauptete ebenfalls, die Frau kaum gekannt zu haben, aber sie wusste immerhin ihren Namen. *Marianna.* Der Name hallte wie Hohngelächter durch Aitas Träume.

»Die beiden blieben ja immer für sich, und es durfte auch niemand davon wissen. Baron Tusco hatte noch immer Einfluss genug, er hätte Emidio umbringen lassen.«

»Du hast sie also nie zu Gesicht bekommen?«

»Ein, zwei Mal«, bekannte Stidda. »Mit Emidio zusammen und nur für ein paar Augenblicke.«

»Und wie war sie?«

Stidda lachte auf. »So wie er. Ich weiß, das klingt zum Lachen, weil er so ein Berg von Kerl ist, der vor Leben strotzt, und sie ein so matter Halm war, den der nächste Windstoß umknickt. Aber im Innern waren sie zwei, die ihre eigene Welt teilen, füreinander gemacht – wenn die zusammen waren, war für keinen Dritten Platz. Sie waren beide klug und sich selbst genug, scheu und stur und still. Sie lachten über Worte, die sonst niemand begriff, sie verständigten sich in geheimen Zeichen, hielten sich an den Händen und waren eigentlich gar nicht da. Ach ja, und sie sahen hübsch aus. Jeder einzeln nicht sonderlich auffällig, aber zusammen …« Sie verdrehte verklärt die Augen und ließ den Satz in der Luft hängen.

Es tat unglaublich weh. Wie ein Schlag nach dem andern und jeder ins Gesicht, dass es in den Ohren hallte. *Marianna, Marianna, Marianna.* Aita biss die Zähne aufeinander. »Wie ist sie eigentlich gestorben?«, zwang sie sich zu fragen. »Ist sie krank geworden?«

Stidda zuckte die Achseln. »Ich weiß es nicht. In der Stadt hieß es: Wenn er sie nicht umgebracht hat, hat sie es selbst getan. Das ist aber nur die übliche Gehässigkeit von Leuten, die es aus ihren Reihen keinem erlauben können, nach den Sternen zu greifen und einen zu erwischen. Und inzwischen haben sie ihn ja in Gnaden wieder aufgenommen.«

»Er ist zu gut, um ihn länger auszustoßen«, sagte Aita. »Selbst die Lästerzungen kommen nicht daran vorbei, dass das, was er mit seinen Händen schafft, bleiben wird, wenn sie längst nicht mehr da sind. Also wollen sie ihn behalten. Zum Ruhm von Paliemmu.«

»Sicher trifft das zu«, erwiderte Stidda müde. »Aber es ist nicht einmal der halbe Grund. Viel mehr zählt, dass er reich ist, wo alle anderen arm sind. Er ist begabt, als hätte er sich mit dem Teufel verbündet, und ihm ist noch eine Frau in den Schoß gefallen, nach der sich die anderen verschmachten. Aber es hat ihm kein Glück gebracht. Er hat gelitten und wird immer weiter leiden, er lässt sie sehen, was sie sehen wollen: dass man mit so etwas nicht ungeschoren davonkommt, sondern die verdiente Strafe bezieht. Eine Höllenstrafe. Mein Bruder kommt mir vor wie ein Riese aus einem dieser Gräuelmärchen, die man Kindern erzählt, damit sie brav auf ihrem Platz bleiben: Er ist dazu verurteilt, den ganzen Tag in der Gluthitze, ohne einen Schluck Wein, einen Stein einen Berg hinaufzurollen, weil oben seine Liebste wartet. Und wenn er ankommt, fällt ihm der Stein aus den Händen, rollt ins Tal, und seine Marianna ist immer noch tot.«

»Hast du ihn nie gefragt, wie sie wirklich gestorben ist?«

Stidda lachte bitter. »Fragen ist das eine. Eine Antwort erhalten etwas anderes. Ich glaube, er hat nur Carmelo erzählt, was tatsächlich passiert ist, aber das war, bevor …«

»Bevor was?«

Wie so oft gab es auf diese Frage nichts mehr, nur die hingeworfenen Worte: »Frag deinen Bruder, nicht mich.«

Also hatte Aita ihren Bruder gefragt, jedoch erst am Karsamstag, als er vor ihrer Tür gestanden und sie geglaubt hatte, er wolle wieder einmal Geld. Er hatte einem Juden einen Schuldschein unterzeichnet, und der Jude saß ihm beständig mit Drohungen im Nacken. Aita hatte ihm bereits einmal ausgeholfen, doch die Schuld wuchs weiter an. Eine neue Steuer, behauptete Carmelo. Die Franzosen. Die schickten ein Heer nach Albanien, wo immer das liegen mochte, und Sizilien musste bluten. Am Karsamstag aber hatte er kein Geld gewollt.

»Unsere Mutter hat gesagt, ich soll dich einladen. Nach Santo Spirito. Zum Fest nach der Vesper.«

Aita hatte sich sträuben wollen, aber ihr Bruder wirkte trotz der für ihn üblichen Empörung und Leichenbittermiene so stolz, so erregt, weil die Mutter ihm das Wohl der Tochter anvertraut hatte, dass Aita es nahezu unmöglich fand, ihn abzuweisen.

»Unsere Mutter meint, es wäre meine Pflicht als Bruder, von Emidio zu fordern, dass er dich besser behandelt.«

»Er behandelt mich nicht schlecht, Carmelo.«

Carmelo schnaufte und war sogleich bei seinem Thema: »Nein, ich weiß, er schlägt dich nicht, wie ich es angeblich mit meiner Frau getan habe, und anders als der Versager Carmelo setzt er auch nicht das Dach über deinem Kopf aufs Spiel, sondern scheffelt vorbildlich Geld, auch wenn es von den Feinden seiner eigenen Stadt kommt, um dein Haus auszustatten wie einen Palast. Aber weißt du was? Ich habe meine Frau geliebt. Jeden Tag. Wenn sie wirklich eine Maulschelle bekommen hat, an die ich mich nicht erinnere, dann wird es mir bis an mein Lebensende leidtun, und wenn es ihr an etwas gefehlt hat, dann tut es mir noch mehr leid, denn das, was Emidio dir vor die Füße rotzt, hätte ich meiner Stidda an jedem Tag meines Lebens auf Knien, begleitet von Liebesworten und Küssen, servieren wollen.«

Sie würde sich nie an ihn gewöhnen. Ständig musste man ihm erst einmal über die Stirn streichen und ihn beruhigen – »Natürlich Carmelo, ich weiß, du liebst Stidda und du hast ihr nichts Böses tun wollen« –, ehe man zum Thema zurückkehren konnte.

»Die Franzosen«, stieß er heraus wie das Glockenspiel von Santo Spirito, von dem man eben wusste, dass es zu bestimmter Zeit in bestimmter Tonfolge läutete. »Die Franzosen sind schuld! Hätten die nicht unsere Stadt zugrunde gerichtet, hätte ich Stidda und den Kindern ein glückliches Leben geboten, und niemand hätte sagen können, es war alles falsch.«

Aita hatte das alles schon so oft gehört, dass ihr an jenem Tag schlicht die Kraft dafür gefehlt hatte. »Hör zu, Carmelo, ich finde diese Sache, die die Mamma sich ausgedacht hat, sinnlos. Ich weiß es zu schätzen, weil du mir helfen willst, aber in der Tat: Wenn mein Mann mich schlagen oder mich hungern lassen würde, wäre die Hilfe eines Bruders vonnöten. So jedoch nicht.«

Carmelo missverstand sie wieder einmal und kniff die Augen zu tückischen Schlitzen. »Ich begreife. Emidio ist ein tadelloser Gatte, ich dagegen bin ein Schwein. Aber immerhin hat meine Frau drei Kinder von mir, drei kräftige, wohlgeratene Söhne. Was hast du? Eine Stieftochter, die nicht mehr beweist, als dass Emidio Kinder zeugen kann.«

»*Managgia!* Ich habe nicht über Stidda und dich oder Kinder geredet, sondern nur darüber, dass ich nicht zur Vesper nach Santo Spirito will«, platzte sie heraus. »Ich bin müde. Ich fühle mich wie eine alte Frau. Meine einstige Freundin Nunzia blüht als Magd in meinem Haus so sehr auf, dass sie mit den Kunden meines Mannes schäkert, aber ich erschrecke vor meinem Bild im Spiegel. Meine Mutter meint, ich müsste meinem Mann den Stachel der Eifersucht ins empfindlichste Fleisch jagen, und gewiss hat sie recht – ihr eigener Mann, der eine seiner Hände nicht mehr hat, frisst ihr schließlich aus der ihren, und sie hat ja sonst auch immer recht. Aber dann muss sie sich eben eine andere Tochter suchen. Mit mir hat sie eine Niete gezogen. Ich bin nicht einmal reizvoll genug, um die bleiche Knochenfrau aus dem Feld zu schlagen.«

»Welche bleiche Knochenfrau?«

Aita schwieg. Nein, sie würde den gottverfluchten Namen nicht aussprechen, eher bekäme sie zwölf komplette Seiten des arabischen Buches hergesagt wie die *Principessa,* als dass dieser Name über ihre Lippen ging.

Ihre Blicke trafen sich. Gott sei Dank stellte sich Carmelo dieses eine Mal nicht begriffsstutzig. »Aita …«, hauchte er.

»Was ist?«

Hatte sie Trost erwartet? Von Carmelo?

»Du bist nicht reizlos«, nuschelte er lahm, ehe er sich straffte und ihr bettelnd wie einer von Rosas Straßenkötern in die Augen sah. »Und Aita, bitte – du musst mit mir auf dieses Fest gehen. Deine Mutter hat es doch gesagt, und daraufhin habe ich Vereinbarungen getroffen, und wenn ich mich jetzt nicht daran halte … Der Wucherjude sitzt mir im Nacken, und über dessen Nacken sitzt wie ein riesiger blutgeiler Lindwurm der Franzose mit seiner Flottensteuer …«

Ehe es ins Uferlose ging, unterbrach sie seine Tirade: »Und was hat das mit mir zu tun?«

Er sagte lange nichts, wand sich und blickte schließlich zum Fenster, ehe er sagte: »Es geht doch um die Franzosen, Aita. Um unsere ganze Stadt. Ich muss auf dieses Fest, und ich muss es unauffällig tun – als ein Bruder, der seiner Schwester Schutz und Geleit gibt, wie es jeder Mann in Sizilien täte, wenn der Gatte verhindert ist.«

»Ich verstehe«, sagte Aita. »Um meine Ehe und den Vorschlag meiner Mutter geht es also gar nicht.«

Carmelo hatte bereits seine Hände verschränkt und knackte wieder mit den Gelenken. »Doch, natürlich«, presste er krächzend heraus, fing sich dann aber: »Ich denke, die Mutter hat recht, und Emidio hat eine Lektion nötig. Ich habe es satt, dass wir alle ewig und drei Tage vor ihm als die Schuldigen auf Knien liegen, während er mit blütenreinem Wams dasteht!«

»Sprichst du jetzt von mir?«, fragte Aita. »Oder sind wir einmal mehr bei dir gelandet?«

Carmelo stöhnte. »Du bist meine Schwester.«

»Das weiß ich. Und was hat jetzt eins mit dem anderen zu tun?«

»Ich kann nicht hinnehmen, dass Emidio meiner Schwester das Leben einer Ehefrau vorenthält«, druckste er. »Ich denke, der Plan unserer Mutter ist so schlecht nicht: Du lässt ein wenig deine Blicke spielen … erlaubst einem Mann, dir in allen Ehren den Hof zu machen … Stidda hat es immer so gehalten, und mehr als das. Es könnte ihn lehren, was für ein Glückspilz er ist.«

»Und wie erkennt er das, wenn er gar nicht auf dieses Fest geht?«

»Ich …«, begann Carmelo, »ich werde es ihm zutragen.«

»Hör endlich auf!«, herrschte sie ihn an. »Sag mir, worum es in Wahrheit geht, und wenn ich kann, werde ich dir helfen, aber für dumm verkaufen kann ich mich allein.«

»Nicht ich brauche Hilfe«, stammelte Carmelo. »Es geht um Paliemmu, um Sizilien – du kannst deinem ganzen Land helfen.« Er beugte sich weit vor und flüsterte an ihrem Ohr: »Wenn du mit irgendwem darüber sprichst, bin ich ein toter Mann, aber dir vertraue ich. Giovanni di Procida ist in der Stadt. Wir landen Männer und Waffen an, die Peter von Aragonien schickt, um einen Aufstand gegen die verfluchte Franzosenbrut zu stützen. Es dauert lange, denn mit den kleinen Booten lässt sich nur bei günstigen Wetterverhältnissen übersetzen, aber für die nächsten Wochen sind mehrere Landungen geplant. Die Franzosen versuchen herauszubekommen, wo und wann unsere Leute erwartet werden, um sie abzufangen und niederzumetzeln wie die Kinder von Neapel. Wir wissen aus guter Quelle, dass sie versuchen werden, Spitzel an unserer verwundbarsten Flanke einzuschleusen. Auf unseren Festen, wo es allzu zügellos hergeht. Unter unseren Frauen, die im Nu vergessen, wer sie sind, sobald ihnen ein stattlich gebauter Verräter den Kopf verdreht.«

»Weiter!«, bellte Aita, der das Herz schlug. »Was habe ich damit zu tun?«

»Frauen wie dich brauchen wir«, murmelte Carmelo kleinlaut. »Frauen, die schön sind, aber nicht leichtherzig. Die einen Mann um den kleinen Finger wickeln können, dabei aber selbst einen kühlen Kopf bewahren. Du könntest zwei blutsaugende Stechmücken mit einer einzigen Klappe erschlagen, Aita. Als Erstes bekäme dein Emidio einen gehörigen Schrecken, und zwar dort, wo es wehtut. Dafür, dass er alles brühwarm erfährt, würde ich schon sorgen.«

»Und du meinst, das sollte ich tun? Ihn dort treffen, wo es wehtut, um zu erreichen, was ich von ihm will?«

Carmelo dachte lange nach, ehe er die Schultern zuckte. »Bei diesen Maniscalcos weiß ich nicht mehr, was richtig und falsch ist. Ich wollte mit Stidda anders leben, ich wollte –«

»Genug«, unterbrach Aita. »Die zweite Stechmücke.«

Wieder zögerte er und sah sie nicht an. »Du könntest dem französischen Spitzel falsche Informationen zuspielen«, sagte er dann. »Sodass die Männer des Kindermörders zur falschen Zeit am falschen Ort sind und unsere Leute sicher anlanden können. Du tätest es für Paliemmu, Aita. Für Sizilien. Für uns alle.«

»Ich verstehe«, versetzte sie scharf. »Und kommen Paliemmu, Sizilien und ihr alle mir auch zu Hilfe, wenn die Horden aus dem *Bufalu mutu* über mich herfallen, um mich als Franzosenhure zu ächten – die Haare vom Schädel und die Röcke über den Kopf? Das halte ich nicht aus, Carmelo, dafür bin ich nicht stark genug. Nicht für Paliemmu, nicht für die halbe Welt und auch nicht für dich. Du bekommst Geld dafür, nicht wahr? Geld, um deinen Juden zu bezahlen und wer weiß was noch, um dich endlich aus diesem Sumpf von Sorgen herauszukämpfen?«

Carmelos flackernder Blick bohrte sich in ihren. Dann sprang er auf und riss sie so fest an sich, dass es ihr wehtat. »Glaub mir, Aita, wenn jemand versuchen würde, meine Schwester zu scheren und zu entehren, würde er es keinen Herzschlag lang überleben. Ich liebe dich. Ich weiß, die Mutter wollte es anders, aber du bist meine ganze Familie. Die Männer aus dem *Bufalu mutu* sind unsere eigenen Kameraden, die wissen, dass du dich mit solchem Dreck nicht einlassen würdest, sondern nur zum Schein und für unsere Sache darauf eingehst.«

»Solange sie das wissen, ist es gut.«

Noch einmal drückte Carmelo sie an sich. »Dir geschieht nichts, meine kleine Schwester, und ich vergesse dir nie, dass du mir wieder aus der Not hilfst.«

»Dann hilf du mir auch aus einer Not«, sagte Aita. »Sag mir, wie Emidios Frau gestorben ist.«

»Die *baronessa?*«

Aita nickte.

»Das weißt du nicht?«

»Nein, nein, nein!«, schrie sie los. »Ich weiß nichts, denn der Mann, mit dem ich lebe, sagt mir nichts, und solange ich nichts weiß, tappe ich im Dunkeln und finde keinen Weg. Also sag's mir: Wie ist sie gestorben?«

»Bei Arabellas Geburt«, sagte Carmelo.

»*Patri nostru.* Dann war Emidio vom ersten Tag an mit Arabella allein? Arabella hat ihre Wundermutter gar nicht gekannt?«

Die Woge von Mitleid mit dem Kind, die sie überfiel, war das Letzte, was Aita erwartet hatte, doch auf einmal hatte sie das Gefühl, Arabella und sie selbst seien auf unerklärliche Weise zwei Betrogene.

»Aita, ich weiß nicht mehr darüber«, sagte Carmelo. »Das alles ist ja in Neapel geschehen, nicht hier, und als Emidio nach Paliemmu zurückkam, war die Kleine schon zwei Jahre alt und schrie in einem fort. Mir hat er nur dieses Wenige erzählt. Im Suff. Als er am nächsten Tag aus seinem Rausch erwachte, um sich sofort den nächsten anzutrinken, ist ihm klar geworden, dass sein Vater mich zum Erben bestimmt hatte, und er hat nie wieder mehr als das Notwendigste mit mir gesprochen.«

»Warum ist er denn nicht früher nach Hause gekommen?«, fragte Aita gedankenverloren. »Sein Vater war doch tot, und Marianna war tot – er hätte doch bei seiner Familie Hilfe finden können.«

Carmelo zuckte die Achseln. »Das alles ist so lange her. Ich weiß nicht mehr viel, und wir haben eine Aufgabe vor uns, die unsere ganze Kraft erfordert. Die Franzosen ...«

»Ja, natürlich, die Franzosen«, murmelte Aita, wohl wissend, dass sie nicht mehr aus ihm herausbekommen würde.

Letzten Endes war Aita nicht sicher gewesen, warum sie eingewilligt hatte. Vielleicht, weil es nichts Besseres zu tun gab. Carmelo war kaum, dass sie nach der Messe die Kirche verlassen hatten, von einer Traube Männer beiseitegenommen worden, von denen einer einen teuren Hut trug, wie er in Sizilien schon seit einem guten Jahrzehnt aus der Mode war. Aita hatte sich überrumpelt in der Traube von Matronen wiedergefunden, die alle ein wenig abgerissener, müder und sogar magerer wirkten, die aber redeten wie wohl schon seit hundert Jahren.

»*Signura* Tardelli, wie schön, Euch zu sehen, ist denn alles wohlauf?«

»Ach wohlauf, meine Beste – was heißt das schon? Wer dieser Tage seinen Lieben noch gebutterte *maccaruni* hinzustellen hat, darf ja nicht klagen.«

Aita war versucht, schreiend davonzulaufen. Stattdessen fühlte sie, wie sie am Arm gepackt wurde.

»Und Ihr, meine Liebe? Gesund und munter? Der Herr Gemahl kommt wohl später? Und wie sieht es hier drinnen aus?« Mit dem Handrücken patschte ihr die Frau des Süßbäckers, die sie ihr Leben lang kannte, auf den Bauch. Aita brauchte drei oder vier Atemzüge, um zu begreifen, dass sie sie nicht nach ihrem Appetit fragte, sondern nach einem Kind. Emidios Kind. Nicht nach Mariannas, sondern ihrem eigenen, das sie sich nicht vorstellen konnte und das es nicht geben würde.

»Ja, alles wunderbar«, erwiderte sie unnatürlich hoch.

»So findet man sich nun also bei uns verehelichten Damen, nicht mehr bei dem ausgelassenen Jungvolk. Mit dem Schlagen über die Stränge ist's im Nu vorbei.«

Ich bin eine verehelichte Dame ohne Ehemann. Ich bin ein Nichts, ich bin im Grunde unsichtbar.

Und dann stand der Mann vor ihr. Gertenschlank, hochgewachsen, Löckchen wie der Erzengel Gabriel, in denen sich die letzte Spur Abendröte fing, und ein Gesicht, als hätte bei seiner Geburt ein ganzes Dorf gelächelt.

»Verzeiht, dass ich Euch störe.« Ein Akzent, bei dem man immer lachen musste, weil man sich zwangsweise vorstellte, wie jemand mit diesem Akzent *ciciri* sagte.

Du störst mich nicht. Ich habe dich ja erwartet. Allerdings – das gestehe ich zu – kein ganz so prächtiges Exemplar wie dich.

»Ich wollte Euch bitten, Euch von mir zu einem Becher Wein einladen zu lassen. Mir wurde erklärt, in der Nacht nach der Ostermontagsvesper dürfte ich das tun, ohne eine Dame in ihrer Ehre zu kränken.«

»Zum Wein darf man eine Sizilianerin in jeder Nacht einladen«, sagte Aita. »Tut man es nicht, so kränkt man den Wein.«

Sein Lachen war entzückend. Er war eigentlich noch kein Mann, sondern in dem Alter, in dem ein Junge zu erkennen gibt, was für ein herrlicher Mann aus ihm werden könnte, wenn er weiterwachsen dürfte wie die Pinien – ohne das Banale, das Gewöhnliche, das erniedrigt und zerbricht.

Woher kamen ihr derart hochfliegende Gedanken? *Vielleicht gehen mir zu viele Verse schmachtender arabischer Dichter im Kopf herum*, dachte sie mit einem bitteren Lachen. Sie wollte mit dem hübschen Jungen einmal quer über den Platz ziehen, vorbei an Francesca, Turri und allem, was Mäuler zum Klatschen hatte. Sollte Carmelo diesen kleinen Teil seines Versprechens zumindest halten und dafür sorgen, dass Emidio erfuhr: *Das Ding, das du wie einen Sack Abfall in der Gasse abgestellt hast, hat ein anderer mitgenommen. Einer, der dem nutzlosen Ding ins Gesicht gelächelt hat, als wäre daran noch ein Zauber.*

Rosa fiel ihr ein, die über ihre Nacht mit Emidio gesagt hatte: »Wenn du als Knäuel welker Blätter am Dornbusch baumelst – ist es verwerflich, glücklich zu sein, weil jemand die Hände um dich legt und erkennt, dass du einmal eine Knospe und dann eine Rose warst?«

Ich bin keine Rose, nicht einmal eine welke, sondern eine Strandlilie, die als unverwüstlich gilt und ohne Blüte nur mehr wie struppiges Kraut wirkt. Es gibt aber Menschen, die wissen, dass Strandlilien Knospen treiben, und wenn diese Menschen sie ansehen, vielleicht erinnern die Lilien sich dann selbst.

Der junge Mann war nicht nur hübsch, sondern höchst charmant und hervorragend erzogen. Er berührte Aita nicht mehr, als es nötig war, doch sobald sie andernfalls angerempelt worden wäre, führte er sie mit sanftem Druck seines Armes beiseite. Offenbar ließen sich die Franzosen die Ausbildung ihrer Spione etwas kosten. Er steuerte zielstrebig den Ausschank an, an dem der Wein nicht kostenlos ausgeteilt wurde, und ließ sich eine Kanne und zwei Becher geben. Dann führte er Aita ein Stück weit hinter die Stände ins Dunkel, hinter den Stamm der ältesten Pinie, wo das Flussrauschen laut war und niemand sie hörte.

»Ihr werdet Euch sicher fragen, warum ich um jeden Preis Euch einladen wollte«, sagte er.

Nein, du Unschuldsengel, dachte Aita, *das frage ich mich nicht.*

Ich bin bestens im Bild, aber spiel mir ruhig trotzdem etwas vor. Warum soll ich an dir mit deinen entzückenden Manieren nicht ein bisschen Spaß haben? Ich hatte eine Ewigkeit lang keinen.

»Ich könnte Euch jetzt viel erzählen«, sagte der Franzose.

Und genau das wirst du auch tun, montonino, mein kleiner Schafsbock. Tu dir keinen Zwang an.

»Ich könnte Euch sagen, ich habe Euch ausgewählt, weil Ihr die schönste Frau seid, die ich je gesehen habe, und weil ich in dem Augenblick, als ich Euch auf Eurem langmähnigen Rappen vor der Kirche einreiten sah, dachte: ›Wenn ich dieses Mädchen nicht kennenlerne, habe ich nicht gelebt.‹«

Aita musste lachen. »Ja, das könntet Ihr sagen, aber das wäre ein bisschen sehr dick aufgetragen, selbst in der Nacht nach der Ostervesper, meint Ihr nicht?«

»Nein«, erwiderte das Bürschlein todernst und sah ihr in die Augen. »Das wäre nicht das Problem.«

Patri nostru nei cieli, dachte Aita, *ist bei euch in Frankreich nicht verboten, dass ein Mann, selbst noch ein ganz junger, solche Augen hat?* Die Augen des Franzosen unter aufgebogenen rötlichen Wimpern schillerten in jeglicher Spielart von Blau.

»Das Problem ist, dass Ihr mir nicht glauben würdet.«

Nein, das würde ich nicht, aber was macht das schon?

»Es wäre nämlich gelogen.«

Tatsächlich?

»Aber die Wahrheit wäre es zugleich auch, und weil ich um jeden Preis will, dass Ihr mir glauben könnt, will ich Euch die ganze Wahrheit sagen.«

Er gab Aita einen der Weinbecher und strich dabei federzart über ihre Finger. Dann senkte er den Kopf und strich ihr ebenso federzart mit den Lippen über die Wange. Es war viel zu dezent, zu charmant und auf eigentümliche Weise zu echt, um unverschämt zu sein. Es gab keinen Grund, sich zu empören, auch wenn es einen hätte geben müssen.

»Ich bin Franzose.«

Wahrhaftig? Ich habe gedacht, du wärst Befana, die Weihnachtshexe, die bösen Buben, die lügen, Kohle unters Kissen stopft.

»Und ich habe von meinem Zwanzigerführer den Auftrag, auf diesem Fest eine schöne sizilianische Frau zu verführen und auszuhorchen. Sie dazu anzustiften, mir ihre Brüder, ihren Vater oder Verlobten auszuliefern, wenn die mit Giovanni da Procida Männer und Waffen des Aragoniers übers Meer bringen.«

Was immer Aita hatte denken wollen, blieb ihr – obwohl es doch gar kein zu sprechendes Wort war – in der Kehle stecken. Der Wein auch. Sie behielt ihn im Mund.

»Bitte glaubt nicht von mir, ich wäre ein schlechter Franzose. Ich will meinem Land dienen, ich will helfen, die Ordnung in Sizilien zu bewahren, und ich will strenge Sorge dafür tragen, dass Aufrührer ihrer gerechten Strafe zugeführt werden. Aber ich will nicht Menschen ausräuchern wie Maulwurfsgrillen und am Ende mein eigenes Gesicht in keinem spiegelnden Stück Metall mehr ertragen.«

Aita hob den Kopf, blickte geradewegs in die blauen Augen des Mannes und wandte sich nicht mehr ab.

»Ich bin Thierry«, sagte er. »Chevalier aus dem Vaucluse, wo im Frühjahr an allen Hängen Lavendel blüht, hier im Rang eines Sergeanten. Ich bin einsam in dieser Stadt, und ich habe keine Übung im Einsamsein. Ich habe Euch angesprochen, weil Ihr die schönste Frau seid, die ich je gesehen habe, und weil Ihr auf Eurem schönen Pferd ausgesehen habt, als wärt Ihr so einsam wie ich.«

Atto ultimo

Palermo,
Februar 1282

Du sollst mich, wenn ich tot bin, schmücken wie eine Braut. Mache mich schön – womit? Nimm als Augensalbe Staub von den Wegen Madschnūns, bereite mir Indigo aus seiner Not, besprenge meinen Scheitel mit dem Rosenwasser seiner Tränen, hülle mich in den Duft seines Grams ... Ein blutrotes Totenkleid wünsche ich mir, denn ich bin ein Blutzeuge wie die Märtyrer. Man trägt Rot zu den Festen, und ist mein Tod nicht mein Fest?

Nizami, persischer Dichter des 11. christlichen Jahrhunderts,
Leila und Madschnūn

24

Die Luft war schwarz und schneidend, eine Neumondnacht, und wenn sie auf Sterne gehofft hatten, wurden sie enttäuscht. Falls der Bootsführer tatsächlich von der Insel Procida aufgebrochen war, wie es Alfredo in geschmuggelten Briefen angekündigt worden war, würde er für die Navigation kein Licht haben, denn es wäre einem Selbstmord gleichgekommen, eine Schiffslaterne zu benutzen. Karls Schiffe lagen vor Neapel und ebenso vor Messina, eine stetig wachsende Anzahl von Schiffen, die der Franzose auf Kosten des ausgebluteten Inselreiches rüstete, um sie gen Konstantinopel zu jagen. Dort hoffte der Tyrann, den Palaiologenkaiser niederzumachen und endlich seinen Traum vom Weltreich einzuläuten. Wäre das kleine Boot von einem der Schiffe aus gesehen worden, hätte man es im Nu eingeholt und versenkt.

Seit Beginn des Winters hatten sie etliche Boote durch Karls Leute wie durch den Seegang verloren, und jeder einzelne Verlust wog schwer. Die Waffen, die König Peters Leute in Italien aushoben und bei Nacht an Siziliens Küste verschifften, waren ihr kostbarstes Pfand. Schwerter, Dolche, Messer. Als Schmied wusste Carmelo, was es den Aragonier kosten musste, Paliemmus Rebellen auf diese Weise auszurüsten, und an ihnen war es, die Waffen so sicher wie möglich an Land zu bringen und auszugeben. Nur, wenn es ihnen gelang, genügend Bewaffnete im Stadtgebiet zu verteilen, würden sie für den großen Tag, an dem die Rebellion losbrechen würde, bereit sein und die Truppen Peters von innen heraus unterstützen können. Nur dann könnten sie ihren Teil beitragen, um ihre Insel von der Tyrannei zu befreien, die so viele Leben zerstört hatte.

Ja, die Waffen waren ihr kostbarstes Gut, doch überdies trieb kein beladenes Boot von selbst von einer Inselküste zur andern, sondern ein jedes wurde von einem Mann gelenkt, der in der Nachtkälte fror und um sein Leben bangte. Vor ein paar Wochen hatte Carmelo von seinem Versteck in der Bucht von Monreale aus mitansehen müssen, wie bei wildem Seegang eine sich jäh bäumende Welle eines ihrer Boote verschlang. In einem Augenblick war es noch da gewesen, und er hatte in der Schwärze deutlich die Umrisse des Mannes erkannt, der an der Ruderbank stand und gewiss bald den Arm zum Winken erhob. Im nächsten waren sie beide nicht mehr da – der Schiffer und sein Boot samt den Waffen waren von der Welt getilgt, als hätte Carmelos übernächtigte Fantasie sie sich nur erdacht.

Der Gedanke an den Schiffer, der unbestattet, ohne jegliche Segnung und Begleitung durch Menschengebräuche, auf dem Meeresgrund verrottete, war grauenerregend, zumal in einer so eisigen Nacht. Carmelo schauderte und musste an die Nächte denken, in denen sein Großvater ihn in seinem weinlosen Weinkeller eingesperrt hatte. *Nächte in Ungeborgenheit.* In seiner Not, der Kälte und der Furcht vor den Ratten hatte Carmelo sich stundenlang ausgemalt, was ihm damals als das Schönste erschienen war: ein warmes Bett mit weichen Decken und ein Mensch, der ihm eine Kerze hinstellte, ihm übers Haar strich und ihm versicherte: »Alles ist gut. Du bist in Sicherheit, dir kann nichts geschehen.«

Als er jetzt versuchte, sich gegen die Bilder des Schiffers zu wehren, indem er sich dasselbe ausmalte, scheiterte er. Sein Leben verlief schon zu lange in Ungeborgenheit, obwohl er in seinem Haus ein solches Bett sein Eigen nannte und dank der Unterstützung durch die Männer des Aragoniers den Juden hatte ausbezahlen können. Das Haus war wieder sein. Doch seit Stidda mit den Kindern fort war, fühlte es sich nicht mehr so an.

Würde Stidda zu ihm zurückkommen, wenn die Rebellion gelungen und Sizilien befreit war? Die Hoffnung war alles, was er besaß, alles, woran er sich festhalten konnte.

Das Geräusch der Wellen, die an den Strand leckten, war während der letzten halben Stunde ruhig und gleichmäßig geblieben, doch jetzt merkte Carmelo auf. Etwas schien ihm verändert. Er kroch ein Stück weit aus seinem Versteck und sah den nackten, hoch aufragenden Felsen hinauf, der sich vor der Nachtschwärze kaum abzeichnete. Dort oben, von seinem Platz aus schwerlich erkennbar, stand das Castellaccio, eine kleine Festungsanlage, die benediktinische Mönche dort als Verteidigungsposten errichtet hatten. Der Südturm bot einen perfekten Aussichtspunkt, von dem aus Alfredo die Bucht überblickte, so gut es bei den Lichtverhältnissen möglich war. Wenn das Boot in Sicht kam, würde er einen Wimpernschlag lang eine Kerze in ein der Seeseite abgewandtes Fenster halten. Das war das Signal.

Carmelo hätte es vorgezogen, den Mönchen nicht zu trauen, da sich Karl beim Klerus anzubiedern pflegte, indem er jegliche kirchliche Einrichtung von seiner horrenden Besteuerung ausnahm. Zudem waren Klöster an die Haltung des Papstes gebunden, aber Alfredo hatte ihm versichert, dass die frommen Brüder die Franzosen mit Verve hassten und so verlässlich waren wie Kalfatererpech. Der Spanier war Carmelo in diesem Jahr, in dem sie gemeinsam für die Befreiung Siziliens ihr Leben riskierten, so etwas wie ein Freund geworden – der einzige nach dem Verlust von Emidio, der dem nahe kam.

Es tat Carmelo gut, dass Alfredo, immerhin ein spanischer Hidalgo und Beauftragter König Peters, so große Stücke auf ihn hielt und ihn mit verantwortungsvollen Aufgaben betraute. Wenn Peter erst mit Fug und Recht König von Sizilien war, würde sich das auszahlen. Nichts war ausgeschlossen. Zumindest würde der Name Maniscalco wieder für die erste Helmerschmiede am Platz stehen, und der Königspalast würde sämtlichen Kopfschutz aus seiner Werkstatt beziehen. Was würde Stidda dazu sagen? Würde sie anerkennen, dass Carmelo das Erbe ihres Vaters gerettet hatte, dass er der richtige Mann gewesen war, um in harter Zeit die Schmiede und ihr Elternhaus zu bewahren? Und wenn sie es tat – würde es ihnen beiden helfen, die Geister der Vergangenheit endlich zu bannen? Immerhin hatte ihn kein Albtraum über abgehackte Hände und Schläge an der Staupsäule mehr heimgesucht, seit er an Alfredos Seite gegen die Franzosen kämpfte.

Wie er es drehte und wendete und an welchem Punkt er auch begann, er landete immer wieder bei Stidda. Sie war sein Leben und würde es immer bleiben. Zudem hatte sie seine Kinder bei sich. Das eine hatte er sich mehr als alles andere gewünscht: dass seine Kinder nie das Gefühl durchleben müssten, verlassen zu sein, dass sie nicht aufwachsen mussten wie er, sondern Eltern hatten, die sie schützten.

Der volltrunkene Emidio fiel ihm ein, der mit seiner kleinen Tochter in Rosas Schuppen im Heu gelegen hatte, laut schnarchend, vor Dreck starrend und widerlich. Es hatte Carmelo schockiert, dass dieser kraftvolle Kerl, der einst mit solcher Vehemenz um die Erfüllung seiner Wünsche gekämpft hatte, jetzt in der Lage war, sich mit derselben Vehemenz zugrunde zu richten. Das Kind aber hatte er nicht losgelassen, sosehr Rosa und Carmelo auf ihn eingedrungen waren und ihn bestürmt hatten, es an sie abzugeben.

»Das ist das Tödlichste an unserer Zeit«, hatte er gelallt. »Eltern, die ihre Kinder nicht schützen.«

Und er hatte sein Kind beschützt. Um des Kindes willen hatte er sich wieder aufgerappelt, und dieses seltsame, wenig liebenswürdige Kind, das kaum hatte gedeihen wollen, hatte überlebt. Carmelos gesunde, umsorgte Jungen hingegen waren vaterlos und mochten sich fragen, welche Sünde sie begangen hatten, um zu verdienen, dass ihr Vater sie verstieß. Sie würden in ihren Herzen dieselben Risse mit sich herumtragen wie Carmelo selbst.

Da! Das Signal! Das kurze Blitzen des Kerzenschimmers in der Lichtlosigkeit verscheuchte die trüben Gedanken. Vorsichtig sah sich Carmelo nach den Seiten um, während er auf allen vieren aus seinem Versteck kroch. Mit den Spitzeln des Franzosen musste man in jeder Lage rechnen, denn es ließ sich nie ausschließen, dass sich ein Verräter unter ihnen befand – nicht der Kamerad selbst, aber sein Mädchen oder seine Schwester. Bei jedem ihrer nächtlichen Einsätze mussten sie darauf vorbereitet sein, überwältigt zu werden und den Morgen nicht zu erleben, denn wenn die Kriegsleute aus den Wachtürmen sie erwischten, würden sie kurzen Prozess machen. Vielleicht dachte er deshalb in jeder dieser Nächte an Stidda und an seine Kinder.

Bisher jedoch schien die Luft rein zu sein, und Carmelo sah, dass aus den anderen drei Felsenhöhlen die Kameraden gleich ihm ins Freie krochen. Ein paar Zoll weit hielten sie sich noch auf Händen und Knien, dann schnellten sie alle vier zugleich in die Höhe und eilten auf leisen Sohlen über den Strand. Dies war der Moment, den er am meisten fürchtete und hasste. Für die entscheidenden Augenblicke waren sie in voller Sicht, und ein Armbrustschütze hätte ihrem Leben in einem einzigen Herzschlag ein Ende machen können. Der Einsatz von Armbrüsten galt als feig und war von einem kirchlichen Konzil für den Kampf zwischen Christen sogar verboten worden, aber Karl, der Kinder mordete, scherte sich nicht darum. Er hatte bereits seine Schlachten mit den rechtmäßigen Erben Siziliens mit tausend Armbrustschützen gewonnen und würde sich nicht scheuen, die unedle Waffe auch gegen Siziliens Volk einzusetzen.

Zudem mussten sie in das seichte Wasser hineinlaufen, das Carmelo zu dieser Jahreszeit wahrlich wie Eis erschien. Es half nur, sich innerlich steif zu machen und an etwas zu denken, das wärmte. Ein befreites Sizilien. Er, Carmelo, auf Knien vor König Peter. Stidda in seinen Armen, seine Söhne, für die er einen kleinen Amboss neben seinen großen stellte, wie Pietro Maniscalco es für Emidio getan hatte. Der kleine Amboss war noch da. Der alte Mann hatte davorgestanden und ihn gestreichelt, als sein Sohn fortgegangen war, und als Carmelo ahnungslos in den Raum geplatzt war, hatte er gesehen, dass er weinte. Nachdem er gestorben war, hatten er und Stidda den kleinen Amboss unter Ächzen in eine Seitenkammer geschoben und abgedeckt, aber dort stand er noch, und Carmelo könnte ihn jederzeit wieder hervorholen.

Wie durch Zauberhand löste sich die Form des kleinen Bootes aus dem Dunkel. Die Wellen wurden höher, gischtiger, klatschten Carmelo schon bis an den Bauch, aber gleich hätten sie es geschafft. Der Schiffer verzog den Mund zu einem breiten Grinsen und winkte mit einer Hand. Es war ein wundervoller Moment. Wieder einmal waren Nacht und Gezeiten besiegt, und der Tod ging ohne Beute aus. Carmelo und seine Kameraden packten zu und schleppten das Boot an Land, wo eine Transportkiste und Tücher zum Einschlagen auf die kostbaren Waffen warteten. Die Ausbeute war Grund zur Freude: Zwischen den Kurzschwertern, Dolchen und Spießen befanden sich auch zwei ausgezeichnete Halbschwerter, wie sie vor allem für eine kräftige Führung im Handgemenge von Nutzen waren.

Carmelo war stolz auf sich. Er war kein Ritter, sie alle waren keine, aber er nutzte jede Gelegenheit, sich vorzubereiten.

Zwei der Männer, beides Spanier, trugen die Waffen in eines der geheimen Lager, und der dritte, ein Mann aus der Albergheria, kümmerte sich um die Versorgung des Schiffers. Carmelo hingegen trat den langen Weg auf den Monte Caputo an, um mit Alfredo die Verteilung der neuen Ausrüstung abzusprechen.

Carmelo genoss diese Besprechungen. Wie üblich hatte Alfredo in dem kleinen Turmzimmer eine Braciere für seine inzwischen zu Eisklumpen gefrorenen Kameraden bereitgestellt, und auf dem Tisch warteten Süßigkeiten und gewärmter Wein. Seine Lebensgeister kehrten zurück.

»Ich denke, wir dürfen wieder einmal zufrieden mit uns sein, meint Ihr nicht, *compar*?« Alfredo strahlte. »Trinken wir auf Sizilien, das seine Leidenszeit bald hinter sich hat.«

Carmelo hob seinen Becher. In einer dieser Nächte würde er Mut fassen und Alfredo bitten, ihn nicht länger *compar* zu nennen, sondern Cammelú.

»Ah, so ein schönes Land«, sagte Alfredo. »Das Korn ist golden, der Wein ist wie Blut, und die Herzen der Mädchen sind unergründlich. Trinken wir noch einmal auf die Bruderschaft unserer Länder, die schon bald untrennbar sein werden.«

»Schon bald? Es bleibt also dabei? König Peter hat sich entschlossen, und diesmal wird sich nichts ändern?«

»König Peter weiß wie jeder erfahrene Kriegsherr und Kenner der Weltlage, dass er Karls Flotte unter keinen Umständen im April in See stechen lassen darf«, sagte Alfredo. Der ein wenig unwirsche Beiklang entging Carmelo, der ein Ohr für solche Zwischentöne hatte, nicht. »Ist der Angioviner erst einmal vor Byzanz, gibt es kein Aufhalten mehr. Den Palagioten überrennt er leichthin, und danach macht er sich daran, sein Weltreich zu begründen. Die Befreiung Siziliens wäre dann nur noch eine Legende aus entrückender Zeit. Wir haben also gar keine Wahl, als loszuschlagen, solange sich die Flotte noch im Hafen befindet.«

Carmelo schlug das Herz. Der ersehnte Tag war nah. In diesem Jahr würde es wahrhaftig einen Frühling für seine Insel geben. »Ich kümmere mich dann morgen sofort um die Verteilung.«

Alfredo winkte ab. »Um die Verteilung sorgt Euch nicht, das ist alles geregelt. Es geht ja auch nicht darum, sofort ziellos loszuschlagen. Wir müssen planvoll vorgehen, denn der gewählte Zeitpunkt hat natürlich auch einen erheblichen Nachteil: Karls Flotte liegt, wo sie liegt. Vor Neapel und Messina. Eine offene Seeschlacht wird sich also nicht umgehen lassen, sobald König Peter unsere eigene Flotte aus Barcelona überführt. Und welche

Unsummen Karl in seine Rüstung gesteckt hat, wisst Ihr selbst aus leidvoller Erfahrung.«

Carmelo nickte bitter. »Jetzt schröpft er die Bauern, bis niemand mehr aufrecht gehen kann. Dieses Land galt durch Jahrhunderte als Kornkammer Europas, aber Karl nimmt den Leuten, die es bearbeiten, nicht nur ihr Schlachtvieh, sondern sogar die Zugtiere, um seinen Kriegszug auszustatten.«

»Uns ist das alles bekannt.« Alfredo winkte ab. »Wir haben auf diese Säulen schließlich unser Netz aufgebaut, das nun bereit und schlagkräftig ist. Das haben wir Männern wie Euch zu verdanken. Jetzt, wo unsere gemeinsame Arbeit abgeschlossen ist, möchte ich Euch dafür noch einmal meine Anerkennung zollen.«

»Abgeschlossen?«

»Ja, es ist alles bereit.« Wieder schwang in Alfredos Stimme der unwirsche Ton mit. »Wichtig ist nun, dass unsere Männer, Boten wie Bewaffnete, sich zur Verfügung halten. Ihr hört von uns unter den vereinbarten Parolen, und wir werden dafür sorgen, dass jedem von Euch der Anlass bekannt ist, den wir stiften, um den Aufstand zum Ausbruch zu bringen.«

»Was für einen Anlass?«, fragte Carmelo verstört.

Wieder winkte Alfredo ab, was ihm allmählich lästig war. »Lasst das unsere Sorge sein. Wir haben Leute, die sich darum kümmern. Die stellen uns irgendwo ein Mädchen hin, an dem sich einer der französischen Kriegsleute vergreift – und eine verzweifelte Mutter dazu, die für ihre Tochter um Hilfe schreit. Das ist doch etwas, das die Leute in Empörung bringt. Für die Rolle des Franzosen verwenden wir einen Kerl, den wir vor Pozzuoli gefangen gesetzt haben, auf diese Weise sparen wir uns die Kosten für die Hinrichtung. Sagt bloß, das ist keine hübsche Idee?«

Im Grunde sind wir Menschen keine schön anzusehende Rasse, durchfuhr es Carmelo. *Weshalb brennen wir so sehr darauf, dem Gott ins Antlitz zu schauen, der uns nach seinem Ebenbild geschaffen hat?*

Der Spanier hatte schon weitergesprochen: »Unser Ziel muss es dann sein, mindestens Palermo, wenn nicht gar die ganze Insel unter unsere Kontrolle zu bringen, ehe König Peters Truppen einrücken. Auf diese Weise gehen wir sicher und halten unsere Verluste gering. Ihr macht Euch auf den Heimweg und wartet gemeinsam mit Euren Landsleuten darauf, dass Ihr den entscheidenden Befehl erhaltet. Wann das geschehen wird, kann ich Euch leider nicht sagen, denn natürlich sind diese Dinge streng geheim. Aber Ihr werdet rechtzeitig in Kenntnis gesetzt, dessen seid gewiss.«

Gemeinsam mit Euren Landsleuten? Ihr macht euch auf den Heimweg und wartet? Streng geheim?

Etwas lief hier ganz und gar falsch, und Carmelo brauchte nicht lange, um zu durchschauen, worum es dabei ging. Er war es schließlich nicht anders gewohnt. Man wollte ihn abschieben. Er hatte seine Schuldigkeit getan, mit nassen Füßen die Drecksarbeit erledigt und Nacht um Nacht seinen Hals riskiert, und jetzt, wo es zum entscheidenden Schlag ging, wurde er nicht mehr gebraucht. Andere würden den Ruhm ernten, der ihm gebührte, würden die Früchte von den Bäumen pflücken, die er gesät hatte.

Und Stidda? Seine Kinder? Sein Leben?

Alfredo war aufgestanden, als könne er es kaum erwarten, Carmelo loszuwerden. Beim Lächeln zeigte er hübsche Zähne. »Für Euch wird es ja gewiss auch höchste Zeit, an Eure Arbeit zurückzukehren, habe ich recht? So ein Handwerksbetrieb muss ja am Laufen gehalten werden, und wir wollen nicht, dass Euch Schaden entsteht. Ich hoffe, durch unsere kleinen Zeichen der Anerkennung konnten wir da ein wenig Ausgleich schaffen.«

Sollte das heißen, die spanische Führung würde ihn für seine Dienste nicht länger bezahlen? Aber wovon sollte er denn sein Leben bestreiten, er hatte sich in den Monaten des nächtlichen Waffenschmuggels doch so gut wie nie um seine Arbeit kümmern können!

Carmelo wollte auffahren, doch Alfredo hatte sich einem kleinen Spind zugewandt und entnahm ihm einen Gegenstand. »Ich habe mir allerdings noch erlaubt, mich mit einem besonderen Geschenk bei Euch erkenntlich zu zeigen. Seht nur. Ich hoffe, Ihr seid so entzückt wie ich.«

Er drehte sich um und reichte Carmelo mit beiden Händen eine große Korbschüssel, in der sich einige Zitronen und Orangen der Novemberernte befanden. »Für Euch«, sagte er. »Meine ersten, von dem Gut, das ich mir hier in Monreale angeschafft habe. Ah, ein Mann muss an einem Land, das er einnehmen will, auch seinen Anteil haben, sonst wird er nicht heimisch, habe ich recht?«

»*Ciciri*«, murmelte Carmelo, dem nichts anderes übrig blieb, als wie ein Bauer die Schüssel zu nehmen.

»Wie bitte?«

»Nichts.«

»Ich verstehe. Das ist dieses Wort, das kein Christenmensch aussprechen kann, der nicht von dieser Insel stammt, nicht wahr?«

»Bei Euch klingt es erkennbar. Bei einem Franzosen niemals.«

»Umso besser.« Der Spanier rieb sich die Hände. »Das sollten wir uns zunutze machen. Sollten die französischen Läuse sich irgendwo im dicksten Pelz verkriechen, brauchen wir sie nur aufzufordern, dieses Wort auszusprechen, und wer es nicht kann, wird zerquetscht, was meint Ihr dazu?«

Carmelo gab keine Antwort, und der Spanier erwartete keine.

»Dann wünsche ich Euch eine gute Nacht, mein Freund«, sagte er. »Ach, eines noch: Eure Kumpane aus der Schenke, dieser Davide, Giovanni, all die Burschen, die uns hier geholfen haben, die haltet ein bisschen am Zügel, wollt Ihr? Das sind alles brave, wackere Kerle, ohne Frage, aber ich möchte nicht, dass sie in ihrem Übereifer losschlagen, ehe wir bereit sind, versteht Ihr?«

Carmelo verstand viel besser, als ihm lieb war. Ein Letztes fiel ihm ein. Wie üblich würde seine Rettung von demselben Menschen kommen, in dessen Schuld er inzwischen tief steckte. »Ihr könnt doch die Verbindung zwischen uns nicht einfach kappen«, sagt er.

»Ich muss, mein Freund. Leider muss ich. Ich habe mich sehr gern mit Euch hier oben oder sogar in Eurer Schänke zum Plaudern getroffen, doch jetzt drängt die Zeit.«

»Und was ist mit meiner Schwester?«, trumpfte Carmelo auf. »Damit ich sie weiter darüber instruieren kann, wie sie den Franzosen auf den Leim zu führen hat, werde ich ja von Euch meine Anweisungen brauchen.«

»Ah, Eure Schwester, gut, dass Ihr es erwähnt. Eine unerfreuliche Angelegenheit, die kein Mann gern einem anderen mitteilt, weshalb es mir wohl vorübergehend entfallen war. Aber, wie dem auch sei, durch Schweigen ist ja niemandem geholfen: Wir wünschen, dass Ihr diese Sache mit Eurer Schwester möglichst lautlos beendet. Wir hätten uns darum längst kümmern sollen, denn der Verdacht besteht nicht erst seit gestern.«

»Was für ein Verdacht?«

»*Compar*«, sagte Alfredo, »Ihr gehört zu den ersten Männern, die mir auf dieser Insel zu Diensten waren, und ich wünsche Euch nichts Schlechtes. Dass man mit den Frauen in der Familie manchen Ärger nicht vermeiden kann, ist auch mir bekannt, also sorgt Euch nicht. Auf Eure Schwester solltet Ihr allerdings ein Auge haben, sonst kann das böse enden. Mir ist gerade in der vergangenen Woche ein Fall aus Corleone bekannt geworden, wo aufgebrachte Städter ein leichtsinniges Ding, das sich als Franzosenliebchen hergegeben hat, so lange geprügelt haben, bis es daran verblutet ist. Keine schöne Sache, so etwas.«

»Meine Schwester ist doch kein Franzosenliebchen!«, schrie Carmelo dem Mann ins Gesicht. »Sie ist eine verheiratete Frau, die sich zum Schein mit diesem Menschen abgibt, um unserer Sache zu helfen.«

»Ob sie unserer Sache hilft oder das Gegenteil tut, möchte ich um Euretwillen nicht überprüfen«, sagte Alfredo ohne jede Wärme, trat zurück und wischte sich einen Tropfen von Carmelos Speichel von der Wange. »Euch allerdings rate ich, dafür zu sorgen, dass aus der Angelegenheit kein Schaden entsteht. Ich fürchte, von Schein kann bei Eurer Schwester und diesem Rossillon keine Rede sein, eher von Scheinheiligkeit und einer süßlich-schwülen Romanze. Vielleicht solltet Ihr Eurem Schwager ja mal einen Rat geben, wie man so ein Weibsstück an die Kandare nimmt, ehe es mit dem gesamten Karren durchgeht.«

»Ihr täuscht Euch!«, rief Carmelo. »Meine Schwester täte so etwas nie, das beschwöre ich …«

»Ich nehme das zur Kenntnis«, erwiderte der Spanier. »Und der Schwur eines verdienten Mannes wird von mir gewiss nicht geringgeachtet. Solltet Ihr erkennen, dass Ihr Euch in einem bedauerlichen Irrtum befindet, müsstet Ihr uns davon in Kenntnis setzen, nicht wahr? Andernfalls wärt Ihr schließlich wortbrüchig, und ich bin sicher, das liegt Euch fern.«

»Ich weiß nicht, was Ihr damit sagen wollt«, begann Carmelo heftig. Dann aber brach er jäh ab, sein Atem wurde flach, und aus dem Unterleib bis in die Kehle stieg ihm eine dunkle, kalte Angst.

25

Thierry war gutmütig wie ein junger Hund, dem man auch einmal einen Knuff verpassen und den man sogar vor dem Tor der Bäckerei vergessen durfte, ohne dass er es übel nahm. Er war verspielt und ideenreich, überschwänglich und fröhlich, und er überschüttete Aita mit Zärtlichkeit. Der Allmächtige musste eines Tages heftiges Mitleid mit den Frauen gehabt haben, und um sie über die Last zu trösten, die sie schleppten, hatte er ihnen Thierry geschenkt. Ein großzügiges Geschenk.

Wäre ich Gott, dachte Aita, *hätte ich mich von Thierry nicht trennen können.* Sie war nicht Gott. Aber auch als Mensch war es schwierig.

Nach dem Ostermontag hatte sie ihn nicht wiedersehen wollen. Natürlich nicht. Diese Intrige von Carmelo war ohnehin schiefgelaufen, und die Franzosen mussten sich bei der Auswahl ihrer Leute ja wohl Granatäpfel auf die Augen legen. Wie konnte man ausgerechnet einen Mann zum Spion machen, der an das Gute im Menschen glaubte und im wahrsten Sinne des Wortes blauäugig war? Ihn wiederzusehen hatte somit seinen Sinn verloren, es war gefährlich, und es konnte keinerlei Nutzen bringen.

»Ich will Euch wiedersehen.«

»Ich Euch nicht.«

»War es nicht schön? Habe ich etwas falsch gemacht? Ich würde mir nie verzeihen, wenn ich Euch gekränkt hätte.«

»Ihr habt nichts falsch gemacht. Oder doch. Bei uns sieht man es nicht gern, wenn eine Frau sich mit einem Franzosen einlässt.«

»Ich würde es an der Stelle Eurer Männer auch nicht gern sehen. Ich würde mir nicht ausgerechnet die schönste Blume wegpflücken lassen. Es gibt aber Sizilianerinnen, die Franzosen heiraten, sogar in meiner Zwanzigerschaft ist ein Kamerad …«

»Seid Ihr noch verrückter, als ich es ohnehin befürchtet habe? Ihr wollt mich heiraten?«

»Ich will alles tun, um Euch wiederzusehen«, erwiderte er ernst. »Um Euch jeden Tag zu sehen.«

»Ich bin verheiratet.«

Daraufhin hatte sie ihn acht Wochen lang nicht wiedergesehen. Es war Frühling, die Aprilnächte waren schwer von unerfüllten Sehnsüchten, doch die Luft in ihrem Haus schien ihr geballt vor Feindseligkeit. Womöglich bildete sie es sich ein, doch es kam Aita vor, als verfolge Rosa jeden ihrer Schritte mit argwöhnischen Blicken und als stifte sie Nunzia als Handlangerin dazu an. Stidda und Carmelo stritten im Hof um ihre Kinder, und Arabella versteckte eine tote Ratte in ihrem Bett.

»Findest du das nicht albern? Du bist bald schon eine junge Frau, Arabella, kein kleines Kind mehr, das so lange mit dem Fuß stampft, bis es seinen Willen bekommt!«

»Tue ich das denn?« Arabella straffte den schmalen Rücken, warf ihr Haar zurück, das zu fein war, um im Netz zu halten, und sah nun wahrhaftig aus wie eine Frau. »Dann muss ich es wohl von Euch gelernt haben. Man sieht sich eben nicht nur von feinen Menschen etwas ab.« Damit drehte sie sich in ihrer stolzen Frauenhaltung um und flitzte davon wie ein kleines Mädchen.

Fahrt alle zum Teufel!, dachte Aita. Ihr einziger Freund im Haus war das Pferd Idrisi, aber sie kannte niemanden, der sie es richtig reiten lehrte. Also hätte sie auf dem Rücken des Rappen höchstens im langsamen Schritt die Gasse auf und ab schaukeln können, und dazu scheute das Tier mit seinem Araberblut zu schnell. Gerade dieser Tage, wo ständig Kriegsleute in Horden durch die Stadt marschierten, war die Gefahr zu groß, dass Idrisi erschrak und ihr durchging. Wieder einmal blieb ihr nichts zu tun, als zu warten und nachts in ihrem leeren Bett wach zu liegen. Selbst die rotbraune Decke, die sie so liebte, mochte sie nicht mehr zum Trost benutzen, weil sie sicher war, so sorgsam wie Emidio damit umging, musste er sie von *ihr* bekommen haben, von Marianna. Allmählich war das ganze Haus bevölkert von Mariannas, die sie umtanzten und voll Spott mit dem Finger auf sie zeigten.

Ihr Mann verbrachte die Tage bei seiner Arbeit in der Werkstatt des Palastes, kam nur nach Hause, um seine Kleider zu wechseln, und manchmal, um Arabella, aber nie um Aita abzuholen. Als bereits Frühsommer war, als alles flirrte und tanzte, ging sie selbst in den Palast, um ihn zur Rede zu stellen. *Patri nostru,* dachte sie, *wir müssen doch zusammen sein, wir vergeuden ja unser Leben, und was tun wir, wenn es zu Ende ist? In diesem Buch, das du so sehr liebst, weil vermutlich Marianna es dir geschenkt hat, steht: »Über diese Schwelle geht jeder, und es kehrt keiner zurück.«*

Am Abend zuvor war ihre Mutter noch einmal bei ihr gewesen und hatte sie bedrängt. »Wenn du diesen jungen Mann kennengelernt hast, wenn er nett zu dir ist und dein eigener Mann ist es nicht – warum sollst du ihn dann nicht noch einmal treffen? Es ist doch nichts dabei, ein wenig reden, spazieren gehen, Höflichkeiten tauschen. Du bist jung, *bimba,* und dein Mann, der dir die Jugend wegnimmt, ist es nicht mehr. Du bist auch wieder schön. Als ich dich das letzte Mal sah, warst du so traurig, dass von deiner Schönheit gar nichts mehr übrig zu sein schien. Dieser junge Mann ist wohl auch recht ansprechend anzusehen, ja?«

Aus schierer Wut beschrieb sie ihrer Mutter Thierry de Rossillon in allen Einzelheiten: die glänzenden rotblonden Locken, die schlanke Statur eines Tänzers, die hinreißend blauen Augen. Nur eine Einzelheit ließ sie weg: dass das berückende Blauauge Franzose war.

In den nicht blauen Augen ihrer Mutter glomm ein Frohlocken, als hätte ihre Tochter eine Trophäe gewonnen – als Frühlingskönigin oder als Schönste des Hafens, die sich unter den Burschen, die von der Felsenzunge ins Meer sprangen und um ein Haar ertranken, einen aussuchen durfte, um ihn zurück ins Leben zu küssen. Etwas in Aita fühlte sich so.

An einen schönen Mann mit blauen Augen zu denken, der ihr zauberhafte Komplimente machte, war erquicklicher als an Stieftöchter, die ihr Ratten im Bett versteckten. Ihr eigener Mann war ein Stoffel vor dem Herrn. Erst jetzt fiel ihr auf, dass sie in bald zwei Jahren Ehe kein einziges Kompliment von ihm bekommen hatte. Alles in ihr kribbelte, und sie wusste, sie würde so nicht weiterleben können. Sie war selbst ins Meer gesprungen, sie hatte den tiefsten Grund berührt, und sie wollte noch einmal dorthin zurück.

»Du willst doch reiten lernen«, sagte ihre Mutter. »Ich wollte es auch immer lernen, aber ich hatte kein Pferd, und es hätte sich auch niemand die Mühe gemacht, es mir beizubringen. Bei dir sieht das anders aus. Vielleicht könnte dieser junge Mann es dich ja lehren?«

Am nächsten Morgen hatte Aita ihr Lieblingskleid im tiefen Grün von Pinienkronen angezogen, bei dem sie immer einen Zipfel anhob, als liefe es Gefahr, in der Jauche auf der Gasse zu schleifen. In Wahrheit sah sie einfach gern ihren sandweißen Beinen zu. Nicht einmal wegen des Kleides oder ihrer hübschen Beine hatte ihr Mann ihr je ein Kompliment gemacht. Aita ging aus. Sie hätte Carmelo, der Verbindungen hatte, fragen können, wo Thierry de Rossillon zu finden sei, hätte ihm irgendeinen Bären über Fakten aufbinden können, die sie herausfinden wollte, doch stattdessen ging sie zum Palast, zu ihrem Mann.

Zwar war das Feuer in seiner Esse verloschen, doch wie üblich war er in seine Arbeit versunken. *Es wird schlimmer*, stellte Aita fest. Als er sie endlich bemerkte, weil sie seinen Namen rief, zuckte er mächtig zusammen, fuhr herum und starrte ihr entgegen, als hätte sie ihn bei einer Todsünde erwischt. Über das Werkstück hatte er in aller Hast ein Tuch geworfen. Sie fand ihn kindisch. Er war verschwitzt und sah aus, als hätte er sich seit Wochen das Haar nicht gekämmt, geschweige denn es ordentlich schneiden lassen.

Managgia al demonio!, dachte sie. *Du bist kein bisschen hübsch und kein bisschen charmant, du hast grässliche Manieren, und ich will doch nur dich.*

»Ist etwas nicht in Ordnung?«, fragte er.

»Weshalb muss etwas nicht in Ordnung sein, wenn ich meinen Mann bei seiner Arbeit besuche? Vielleicht habe ich nur plötzlich Lust bekommen, dir einen Kuss zu geben, auch wenn du gar keinen verdient hast. Was dann?«

»Du hast recht«, sagte er. »Ich habe keinen verdient.«

»Es ist dein Glückstag. Du bekommst trotzdem einen.«

»Ich bin nicht sauber.«

»Um das zu bemerken, bedarf es keiner Worte, mein Herr.« Sie wollte sich an den Werkbänken vorbei zu ihm durchschlängeln, doch er umfasste sein Werkstück mit beiden Armen und wich bis an die Wand zurück. Sie fand ihn unerträglich kindisch. Und unerträglich kränkend.

»Einen Kuss, habe ich gesagt«, murmelte Aita und hasste den Kleinmut und die Traurigkeit in ihrer Stimme. »Keinen Hieb mit der Faust.«

Er wollte auch etwas sagen, und einen weiteren Herzschlag lang hoffte sie, es werde noch alles gut. Aber zwischen seinen Lippen kam nichts heraus. Er hielt nur das Werkstück umklammert, und in seinen schwarzen Augen flackerte die Spiegelung des Lichts.

»Sag mir nur eines«, bat sie ihn. »Warum hast du mich geheiratet?«

Als er keine Antwort gab, fragte sie ihn noch einmal, und beim dritten Mal schrie sie.

Er wartete, bis sie verstummte, dann sagte er: »Weil du gesagt hast, du hast keinen besseren Ausweg mehr.«

Den Hieb mit der Faust hatte sie bekommen. Dafür, dass sie an einem schönen Sommertag ihrem Mann ihre Zärtlichkeit hatte schenken wollen. Es tat so weh, dass ihr ganzes Gesicht sich schief anfühlte. Ohne ein weiteres Wort ließ sie ihn stehen und verließ die Schmiede, ehe ihr die Tränen kamen.

So war es gewesen, im Juni des Jahres 1281. Während der Franzosenkönig die Gesetze verschärfte und täglich Steuerschuldner auf dem Cassaro verprügeln ließ, während der König von Aragon Versprechungen machte, aus denen nichts wurde, und während sich an der Küste täglich mehr Schiffe einfanden, stand Aita Pappalardu, einst die Lilie der Albergheria, im sonnenbeschienenen Werkhof des Normannenpalastes, halb blind und tränenüberströmt. War das ein Grund? War es nur eine Ausrede? Wenn eine Frau, die gerade von ihrem Mann bis ins Tiefste gekränkt worden ist, heulend aufblickt und dem schönsten Mann der Stadt in die Augen sieht – ist das Zufall, Versuchung, eine Fügung des Himmels?

Welche verwirrte, grausame Spielart göttlichen Humors hatte an jenem Junimorgen Thierry de Rossillon in den Werkhof des Normannenpalastes gestellt? Mit welchem Zweck und zu wessen Nutzen oder Schaden?

»Signora Agata.«

Sie blickte auf, das Gesicht wie frisch aus dem Regen.

Thierry hatte getan, was jeder freundliche, blutwarme, mit Liebe erzogene Mann getan hätte, der eine schöne Frau weinen sah: Er nahm sie fest in die Arme, streichelte ihr den Rücken und küsste ihr durch das Gebände den Scheitel. »Nicht weinen, meine süße, schöne Palermitanerin«, flüsterte er an ihrem Ohr. »Du bist schön wie der Tag – und soll es denn an einem so schönen Sommertag von früh bis spät regnen?«

So hatte es angefangen.

Dass vielleicht fünf Schritte hinter ihnen ihr Mann in seiner düsteren Werkstatt stand und kindisch sein Werkstück liebkoste, seine ewige Götzenverehrung der toten Marianna betrieb, verlieh der Sache eine noch pikantere Note. Als Kind hatte Aita sich auf ihre *maccaruni* gern Zucker und Pfeffer zugleich gestreut. Der Vater hatte sie dafür gescholten: »Was soll denn das – zwei Gewürze für einen Fürstenhaushalt, und dann passen sie noch nicht einmal zueinander.« Die Mutter aber war sofort mit erhobener Teigrolle eingesprungen: »Missgönnst du dem Kind jetzt das Essen im Napf? Soll es ihr doch schmecken – süß und scharf zugleich, es muss ja nicht für jeden alles gänzlich fad sein.«

Süß und scharf zugleich.

Die Süße gab der wundervolle Mann, der sie hielt und ihr zärtlichen Unsinn ins Ohr säuselte, und die Schärfe der, der hinter ihr vor sich hinbrütete, sowie die Tatsache, dass der eine nicht wusste, wer der andere war. Der Geschmack war so betäubend, dass er die Bitterkeit übertünchte, die sie gerade noch geschmeckt hatte, und in ihr erwachte der Wunsch, etwas wirklich Schlechtes zu tun.

Ich bin immer ein bisschen schlecht gewesen, ein Mädchen, dem man eine Schlechtigkeit zutraute. Ich hatte Vergnügen daran, meinen Freundinnen die Freude auf ihre Hochzeit zu verderben, meinen Verlobten sitzen zu lassen und einem von Rosas aufgelesenen Kötern die Schnauze zuzubinden. Ich war ein kleines Biest, und ich hatte meinen Spaß, bis ich auf die glorreiche Idee gekommen bin, nur noch Gutes zu tun.

Bis ich auf die gottverdammt idiotische und gar nicht glorreiche Idee gekommen bin, wenn ich nur lernte, genug Gutes zu tun, könnten

eine missgelaunte Tante, die mich nicht mag und sich meinen Mann in ihr Bett wünscht,

eine zerknautschte, schmuddelige Magd, die bei jeder Kleinigkeit losheult,

ein ewig selbstmitleidiger Nörgelbruder ohne Geld, dafür mit gigantischen Versprechungen, eine kecke, aber nicht ganz koschere Schwägerin mit drei Söhnen, die täglich Marco Naso-storto morden,

eine unsäglich altkluge Mischung aus Prinzessin und Rotzbalg

und ein maulfauler, stoffeliger Klotz von einem Kerl, der mir die Welt zu Füßen legen könnte, wenn er nur wollte,

am Ende meine Familie werden.

Seit ich diese idiotische Idee hatte, hatte ich keinen Spaß mehr. Nur ein Herz, das mir wehtut. Und damit es mir nicht mehr wehtut, will ich jetzt das Schlechteste, Verbotenste, Gefährlichste tun, was mir in den Sinn kommt.

Aita war in Paliemmu bekannt wie eine bunte Hündin. In jedem Gasthaus hätte man auf der Stelle gewusst, wer sie war. Verstecken konnten sie sich deshalb nur dort, wo es so dreist war, dass ihnen niemand auf die Schliche kommen würde: in ihrem eigenen Haus. Sie hatte ein hübsches, behagliches Schlafzimmer für die Liebe eingerichtet und die Tür im Innern mit einem Riegel ausgestattet, um jetzt Nacht für Nacht darin wie eine alte Jungfer allein zu liegen. Warum sollte sie es nicht endlich so nutzen, wie es gedacht war?

In ihrem Haus gab es Wein und Süßigkeiten, Käse, Fleisch und Fisch, alles in Hülle und Fülle. Thierry und sie, so fand sie, waren zwei, die nichts Böses im Sinn gehabt hatten und denen ohne Grund übel mitgespielt worden war – ihm von seinem Zwanzigerführer und ihr von dem, der sie hätte lieben, ehren und verwöhnen sollen. Warum sollten sie sich also nicht gegenseitig verwöhnen und lieben und ehren, bis es ihnen beiden wieder besser ging?

Es spielte sich recht bald eine Routine ein:

Zuerst schmuggelte Aita Thierry nach oben, vorbei an der kleinen Heerschar der Intrigantinnen. Anfangs sann sie absichtlich auf Wege, ihn so nah wie möglich an ihnen vorbeizubugsieren, und hätte sich dabei vor Lachen ausschütten wollen. Nunzia war er einmal sogar über den Weg gelaufen und er hatte sie höflich gegrüßt, doch zu ihrem Glück war Nunzia nicht die Aufgeweckteste und hatte in der ihr eigenen Unterwürfigkeit die Behauptung geschluckt, der Herr sei ein Kunde, der die Schmiede suchte. Sobald sie Thierry in ihrem Schlafzimmer hatte, das sie zuvor mit süßen Dufthölzern, Wachskerzen und frischen Blumen geschmückt hatte, umarmte sie ihn auf dem Bett, fragte ihn, wonach ihm der Appetit stand, und ging wieder nach unten, um alles zu holen.

Nunzia in der Küche erklärte sie, sie fühle sich nicht wohl und wolle allein in ihrem Zimmer essen, während sie Köstlichkeiten für eine liebeshungrige Heuschreckenhorde auf ein Tablett türmte. Auch an Nunzias Blick hatte sie in diesen ersten Wochen ihre diebische Freude gehabt. Einmal bemerkte die einstige Freundin: »Wie schön, dass es dir so schmeckt, Aita. Du legst ein bisschen Gewicht zu, oder? Und du wirst noch schöner.«

Aita warf den Kopf in den Nacken und lachte schallend los. »Du meinst, ich werde fett?«

»Aber nicht doch!«, rief Nunzia erschrocken. »Ich würde mir nie erlauben, so etwas auch nur zu denken.«

Aber es stimmte. Es schmeckte ihnen beiden – ihr wie Thierry. Sie verbrachten Stunden damit, sich gegenseitig zwischen Liebkosungen zu füttern, sich alles in den Mund zu stopfen oder es sich von den Leibern zu küssen. Sie hatten beide gedarbt und prassten jetzt maßlos. Aita nahm überall zu, alles ging auf, wurde richtig rund – Schenkel, Hintern, Brüste –, und es stand ihr prächtig. Sie war eine Lilienknospe, die endlich aufplatzte und in der Fülle lebte. Thierry war so verliebt in sie, dass er seine Hände nicht stillhalten konnte, sondern beständig über ihre prallen Formen streicheln musste. Dabei seufzte er andächtig und säuselte ein Kompliment nach dem anderen.

Der Liebe mit ihm fehlte eine Spur Pfeffer, aber sie war endlos süß. »Mein Zimt-und-Vanille-Franzose«, nannte sie ihn, und er schmolz, schloss die schönen Augen und gab die Laute einer großen, zufriedenen Katze von sich. »Meine *marzapane*-Palermitanerin, meine bezaubernde Sirene, du weißt nicht, wie glücklich du mich machst.«

Es war schön, einen Menschen so glücklich zu machen, und Thierry war der dankbarste Empfänger. Dass ihre ewige Krankheit, ihr Hang zur Langeweile, sich recht bald in ihre Liebesstunden schlich, machte nicht viel aus. Sie hatte Thierry deswegen nicht weniger lieb.

Ich habe in diesen seltsamen schweren Monaten, seit ich mich verheiratet habe, lieben gelernt, aber die, die ich liebte, wollten mich nicht, also lag diese ganze Liebeslast auf meinen Schultern. Dann bist du gekommen und hast sie mir abgenommen. Dass ich dich glücklich mache, gibt mir meine Kraft zurück.

Der Sommer war zu Ende gegangen, und das Leben der anderen, das, was außerhalb der Insel tobte, schlich sich ein. Immer häufiger kam es zu Situationen, in denen sie beide atemlos hinter der Tür ihres Liebesnests landeten, den Riegel vorschoben und sich vor Schrecken umklammerten, weil eine der Intrigantinnen sie um ein Haar erwischt hätte. *Warum belauern die mich eigentlich?*, dachte Aita wütend. *Die wollen mich doch los sein, die wollen, dass ihr heiliger Emidio mich los ist. Weshalb lassen sie mich also nicht tun, was ich will?*

Die intriganten Weiber schnüffelten weiter, und König Karl schickte sich nun tatsächlich an, die Welt zu erobern. Die Steuern wurden weiter angehoben, die Strafen noch drakonischer, die Menschen noch erboster und aufgebrachter. Häufig drangen das Pfeifen von Peitschenhieben und die Schreie von Gequälten von der Straße in ihr Fenster und machten jegliche Süßigkeit der Liebe sauer. Thierry hatte nicht mehr so viel Zeit. Er litt unter seinem Zwanzigerführer, der gewiss neidisch war, weil Thierry hübsch war und den Frauen gefiel, und der ihn deshalb schikanierte. Gemeinsam dachten sie sich Dinge aus, die sie angeblich einer vom anderen ausspioniert hatten und die er seinem Zwanzigerführer und sie Carmelo erzählen konnte, irgendwelchen Unsinn, von dem sie hofften, er würde beide Fronten ruhig halten. *Links und rechts von uns entstehen Kriege, und in der Mitte sitzen wir mit unserer Liebe, die Zeit bräuchte, um langsam zu verblühen.*

Aber es war nur Aitas Seite der Liebe, die langsam verblühte. Die von Thierry blühte erst richtig auf. An einem Dezembertag, als er mit den ersten Schneeflocken im Pelzbesatz seines hübschen Mantels zu ihr kam, sagte er mit schreckensweiten Augen zu Aita: »Es geht so nicht weiter.«

Aita legte ihm die Hand aufs Herz und fühlte, wie es wie ein Kinderherz raste. »Was ist denn los, *panpepatu,* mein Honigkuchen?«

»Ich habe eine Frau gesehen, die mit Riemen gepeitscht wurde«, stieß er noch immer entsetzt heraus. »Von sechs Männern gleichzeitig. Sie hat geschrien wie ein Tier auf dem Schlachthof.«

»Ach, mein armes Liebchen.«

Sie küssten sich, ehe er weitersprach. »Ich habe die Kerle davongejagt und der Frau geholfen, aber sie hat gesagt, es wird ihr gar nichts nützen. Die Kerle sind ihre Brüder und Nachbarn, und sie werden ihr keine Ruhe lassen, bis sie sie mitten im Winter aus der Stadt gejagt haben. Und weißt du, warum?«

Aita nickte.

»Weil sie einen meiner Kameraden liebt.«

»Und was macht der, dein Kamerad?« Aita versuchte, sich auf das Gesicht ihres Lieblings zu konzentrieren, um das Bild der geschorenen Hure loszuwerden, die sie als Kind gesehen hatte, aber es half ihr nicht.

»Das sage ich dir lieber nicht«, erwiderte Thierry. »Ich schäme mich für ihn. Was für ein Mann lässt zu, dass die Frau, die er liebt, auf offener Straße gepeitscht wird? Aber ich bin nicht so, Aita, ich ließe dich nie so im Stich. Ich ertrage es nicht länger, dass ich dich in solche Gefahr bringe, und dieses Spiel mit der Heimlichkeit habe ich auch satt. Wenn wir hier nicht zusammenleben können, müssen wir eben nach Frankreich gehen. Ich will, dass wir heiraten, *mon amour.*«

Er war so liebenswert. Er hätte ihr Jawort verdient. Der andere, den sie jetzt kaum noch zu Gesicht bekam, weil er meist in der Werkstatt im Palast schlief, hatte ihr nicht einmal einen Antrag gemacht. Stattdessen hatte er ihr ins Gesicht geworfen, er habe sie nie gewollt, sondern nur aus Mitleid zur Frau genommen.

Sie gab Thierry einen Kuss. »Ich würde das auch gern wollen, *tesoru.* Leider bin ich aber schon verheiratet – hast du das vergessen?«

»Dein Mann ist entweder ein Idiot oder ein Verbrecher!«, sagte Thierry zornig. »Warum ließe er sonst eine Frau wie dich Tag und Nacht allein?«

Aita küsste ihm die vom Zorn geröteten Wangen. »Er ist weder das eine noch das andere. Er liebt mich nur nicht.« Es tat immer noch weh. Auch nach sechs Monaten tröstlicher Verhätschelung aus dem Liebesfüllhorn von Thierry de Rossillon.

»Dann ist er beides«, sagte ihr Liebeszauberer. »Ein Idiot und ein Verbrecher.«

»Ach, Thierry. Meine Zuckermandel. Weißt du, dass du alles Gold des Orients wert bist? Dass die Frau, die dich bekommt, dem Allmächtigen jeden Tag auf Knien danken kann?«

»Die Frau bist du!«, rief er verzweifelt. »Aita, ich liebe dich. Ich kann nicht ohne dich nach Frankreich gehen und dich bei dem verbrecherischen Idioten lassen.«

Darüber, dass ihm nichts übrig bleiben würde, als zurück nach Frankreich zu gehen, hatten sie schon mehrmals gesprochen. Thierry liebte Sizilien, er wäre gern hiergeblieben und hatte daheim kein geregeltes Auskommen, aber die Stimmung in der Stadt wurde beständig feindseliger. Zwei Kameraden von ihm waren auf offener Straße angegriffen worden, ein weiterer hatte den Inhalt eines Nachttopfs über den Kopf bekommen, und das, obwohl jeder in Paliemmu wusste, was ihm dafür blühte.

»Komm mit mir«, sagte er jetzt zu ihr. »Es wird ein bisschen eng werden, aber meine Mutter wird dich lieben.«

Trotz allem Ernst der Lage musste Aita lachen. »Mich? Das ist ja wohl nicht dein Ernst.«

»Warum denn nicht? Sie wird stolz sein, dass ihr Kleinster, ihr Liebling, die Schönste aller Frauen für sich gewonnen hat. Meine Nichten und Neffen werden dich vor Liebe auffressen, weil du ihnen ihren Lieblingsonkel nach Hause bringst, und mein alter Hund Pelleas wird dir entgegenhumpeln und dir die Hände lecken. Du bist nicht die erste Frau, die einen lieblosen Mann verlässt, *chérie,* und im Vaucluse weiß niemand, dass du einmal verheiratet warst.«

»Aber du weißt es«, sagt Aita. »Hast du mich so sehr lieb, dass du mich heiraten würdest, obwohl du weißt, dass der Himmel es verbietet, dass es dich das Heil deiner Seele kostet?«

Er nickte. »Wie kann meine Seele denn ein Heil haben ohne dich? Wenn der Himmel mir verbietet, mit dir zu leben, habe ich die Hölle schon auf Erden.«

Das war der Moment, in dem Aita begriff, dass sie sich an dem jungen Mann versündigt hatte, dass sie ein Spiel gespielt hatte, bei dem er als Verlierer dastand. Sie musste sich von ihm trennen. Sie musste ihm klarmachen, dass er sie vergessen musste und dass sein Platz in Frankreich war. Als sie jedoch aufblickte und sein flehender Blick sie traf, brachte sie es nicht über sich.

Eine Woche später brachte er ihr ein Geschenk mit, eine zierliche Öllampe aus Messing. »Ich dachte, sie ist für unser wundervolles Zimmer wie gemacht.«

Aita erkannte die Arbeit sofort. »Woher hast du das?«

»Im Werkhof des *palazzo* arbeitet ein Schmied, der solche Stücke fertigt«, sagte er. »Ist sie nicht wundervoll? So etwas sieht man nirgendwo sonst, und die Leute sind verrückt danach.«

Aita konnte nur nicken.

»Ich mag diesen Mann sehr gern«, sagte Thierry. »Ich gehe

manchmal zum Reden zu ihm. Ehe ich dich gefunden habe, waren er und seine kleine Tochter die Einzigen, die mit mir gesprochen haben. Das kleine Mädchen ist zauberhaft: so ein pfiffiger Trotzkopf, der sich die Butter nicht vom Brot nehmen lässt und dem man ständig einen Kuss auf das entrüstet schnaufende Näschen drücken möchte. Und außerdem eine kleine Dichterin, auch wenn es dauert, bis sie sich das anmerken lässt.«

Aita glaubte, sie höre nicht richtig. Offenbar gab es kein Exemplar der Gattung Mensch, das widerwärtig genug war, um von Thierry de Rossillon nicht geliebt zu werden.

»Der Mann sieht aus wie ein grober Kerl, der sich mit seinen riesigen Händen in Kneipen herumschlägt«, fuhr er fort. »Aber er ist ein kluger Mann und hat eine unerhört zärtliche Seele. Und ein Genie ist er obendrein. Er singt Liebeslieder in Metall.«

Nur keine für mich, dachte Aita und verspürte eine nie gekannte Verzweiflung. Was hatte sie getan? Sie hatte mit Menschen Schach gespielt, und jetzt war sie selbst in dem Zug gefangen, der Fesselung hieß.

Sie musste sich von Thierry trennen, musste ihm sagen, dass der Schmied, den er so gern mochte, ihr Mann war, und zwar ehe er Emidio oder Arabella in ihrem Haus über den Weg lief und sich von allen betrogen fühlte. Bei dem Gedanken an Arabella wurde ihr schwindlig. Nicht auszudenken, wenn die kleine Intrigantin ihr auf die Schliche käme und ihr daraus einen Strick drehte! Ehe ein Steinschlag ins Rollen kam, musste sie Thierry nach Hause schicken. Die Kriegsvorbereitungen waren in jedem Winkel der Stadt spürbar, und etwas schien sich zusammenzubrauen. Carmelo hatte das auch gesagt: »Es kann jetzt nicht mehr lange dauern.«

Sie musste endlich tätig werden!

Sie verschob es von Woche zu Woche.

Auch heute hatte sie kein Wort von all dem Drängenden gesagt, sondern lag nach der Liebe still und hielt ihn im Arm. Ihr war zum Weinen zumute. Es war nicht so, dass sie nicht auf ihn hätte verzichten und wieder allein sein können. Sie hatte sich an der Liebe ein bisschen übergessen, wie es einem mit Süßigkeiten oft erging: Man schlang zu schnell zu viel davon herunter und bemerkte erst, wenn schon der Bauch drückte, dass man den Nachgeschmack nicht sonderlich mochte. Auf den eigenen Bauch, der seit Langem drückte, gab sie sich einen kräftigen Klaps. Sie wurde wirklich fett. *Ciciottina.* Speck am Hintern mochte ja seinen Reiz haben, doch Speck am Bauch ging zu weit. Und dennoch mochte sie sich gern.

Das verdankte sie Thierry. Nachdem sie an dem anderen fast verhungert war, hatte sie sich an Thierry satt geliebt und würde irgendwie mit dem zurechtkommen, was von ihrem Leben übrig war. Er war es, um den sie sich sorgte. Er musste nach Frankreich, ehe es zu spät war.

Sie wusste selbst nicht, was sie damit meinte, und das machte ihr Angst. Sie war sein Klotz am Bein, seine Kette, die ihn hier zurückhielt. Sogar seinen Plan, doch noch um einen Platz in Karls Feldzug nach Byzanz zu kämpfen, hatte er aufgegeben: »Ich kann doch in keinen Krieg gehen, ohne zu wissen, was aus meiner Blume wird.«

Sie hätte ihm sagen müssen: *Doch, Thierry, du kannst, denn ich wünschte zwar, ich wäre deine Blume, aber ich bin es nicht. Wir erleiden beide dasselbe Schicksal – der Mann, den ich liebe, liebt eine Tote, und die Frau, die du liebst, liebt einen Mann, der sich totstellt. Sich mit dir zu trösten war eine Wohltat, aber wir dürfen dafür nicht länger uns und andere gefährden.*

»Du siehst so traurig aus, Liebste.« Er beugte sich zu ihr und gab ihr winzige Kinderküsse auf Nacken und Hals. Flaumweich. Lächelnd.

Ich liebe dich, Thierry. Auf meine Art. Deine Eltern hätten dich Teodoro nennen sollen. Gottesgeschenk.

»Jetzt weinst du auch noch! Wo ist denn all deine Fröhlichkeit hin, meine Süße?«

Er versuchte, ihr die Tränen von den Wangen zu küssen, und sie hielt sein Gesicht fest und drückte ihm einen Kuss auf den Mund. »Ich weiß es selbst nicht. Aber um dich steht es auch nicht viel besser, oder? Es wird Zeit, dass Frühling wird. Zu dieser Jahreszeit bekommt man einfach nicht genug Licht.«

Er lachte und gab ihr noch mehr Küsse. »Eine Sizilianerin, die sich über mangelndes Licht beklagt – ihr wisst doch gar nicht, wie verwöhnt ihr seid, hier auf eurer Orangeninsel! Und wenn ich in die Augen meiner Schönen schaue, dann ist Mangel an Licht das Letzte, über das ich mich beklagen kann.«

»Jetzt hör auf! Das ist albern und Süßholzgeraspel. Ich habe dunkle Augen: mein Vater hat immer gesagt: ›Hast du dir die Augen wieder nicht gewaschen, *topolina*?‹«

Aita wunderte sich. Von allen Menschen, die sie kannte, mochte ihr Vater der sein, an den sie am seltensten dachte. Sie hatte ihn nie sonderlich ernst genommen, er war zumeist nicht mehr als der Kopf unter der Teigrolle ihrer Mutter gewesen. Aber bei all seiner trägen Unterwürfigkeit hatte er darauf beharrt, der Augustalis dürfe nur gegen gutes Geld getauscht werden, um das Vertrauen in Siziliens Wirtschaft nicht aus den Angeln zu heben. Er hatte daran festgehalten, dass das Hoheitsrecht der Gilde heilig sei. »Wenn die großen Festungen wanken«, hatte er gesagt, »der Kaiserthron wie der Stuhl des Papstes, dann brauchen wir die Kleinen. Die Gilden, die Innungen die Zünfte und über allem die Familien. Gehen die verloren, bleibt dem Menschen nichts, an dem er sich vertäuen kann, und er treibt haltlos durch unbegrenzten Raum.«

Weder Aita noch ihre Mutter hatten es je für nötig befunden, auf seine Worte zu achten. Er war eben der Pappalardu, der Fettfresser, der vor sich hin nuschelte, bis er in seinem Lehnstuhl anfing zu schnarchen. Jetzt musste Aita an ihre Schachpartien denken und an die Nächte, in denen sie beide nicht hatten schlafen können und in denen er mit ihr an der Hand noch einmal vor die Tür getreten war, um ihr die sternenübersäte Weite des Himmels zu zeigen.

»Jetzt siehst du noch trauriger aus, *ma chérie.* Ich hätte eigentlich längst zurück in meinem Wachturm sein müssen, aber ich kann dich so nicht verlassen. Ich muss dich noch einmal glücklich machen.«

Er wollte sie an sich ziehen, von seinem nackten Brustkorb rutschten die Laken, doch Aita schüttelte den Kopf. »Nein, Thierry, du musst mir jetzt zuhören. Es wird Zeit, dass wir beide vernünftig werden, wir können so nicht weitermachen.«

Die blauen Augen wurden weit, der Mund sperrte sich auf, und der Ausdruck auf seinem Gesicht rührte Aita zu Tränen wie zum Lachen. Im selben Atemzug hörte sie, wie jemand auf der Treppe ihren Namen brüllte, dazu donnernde Schritte und gleich darauf Fausthiebe, die auf das Holz der Tür einprasselten.

»Aita! Aita! *Per l'amor di Diu,* mach mir auf!«

Carmelo.

Er war so ein dürrer Kerl, aber er war Schmied, und er hatte ihr einmal erzählt, dass seine Kraft ihn oft selbst überraschte. Der Riegel brach krachend, und die Tür sprang auf. In Aitas Ohren gellte über allem ein Kreischen, das von einer oder mehreren Frauen stammte.

Statt ihres Bruders und der übrigen Leute, die die Treppe hinaufstürzten, glaubte sie, sich selbst zu sehen: halb entblößt in den Armen eines halb entblößten Mannes, ihre Brüste nackt und zum Platzen prall, Thierrys Hand darauf. Thierry rief irgendetwas auf Französisch. Carmelo schrie.

»Das kann nicht sein, nein nein nein, das kann doch nicht sein!«

Mit Sätzen, die ihr riesig vorkamen, sprang er zum Bett, riss sie am Arm in die Höhe und ohrfeigte sie. Ihr Kopf flog von einer Seite zur andern, vor ihren Augen zerbrach der Raum in glitzernde Schwärze, und in ihren Ohren knallten die Schläge wie Peitschenhiebe. Der Schmerz war atemberaubend, völlig unerwartet. Irgendwann gelang es Thierry, Carmelo kurz von ihr wegzureißen, aber ihr Bruder schien sich in einen Riesen verwandelt zu haben, der über endlose Kraft verfügte. Die Ohrfeige, die Thierry abbekam, schleuderte seinen Kopf an die Wand.

»Hör auf, Cammelú! Das hat doch keinen Sinn!«

Aitas Wangen schmerzten, ihr Kopf dröhnte, und die Ohren rauschten. Sie konnte noch immer nicht klar genug sehen oder denken, um zu erfassen, wie viele von den Weibern, von den Feindinnen, mit denen sie das Haus teilte, inzwischen im Raum versammelt standen, um ihre Schande zu beglotzen. Vermutlich alle. Rosa, Stidda, Nunzia und Arabella, die sich vor Häme nicht zu halten wissen würde. Eine von ihnen, Stidda, schaffte es jedoch, Carmelo von Aita und Thierry wegzureißen. Mit einer Hand hielt sie ihn am Arm, mit der zweiten hob sie Thierrys Bündel Kleider vom Boden auf und warf es ihm zu. »Zieht Euch an, und macht, dass Ihr wegkommt!« Sie wandte sich Aita zu, die auf ihrer Lippe Blut schmeckte. »Und du, zieh dir die Decke hoch.«

Als Aita nicht reagierte, warf sie ihr etwas von der Kommode hin. Es war die rotbraune weiche Decke, die Marianna Emidio geschenkt haben musste. Unendlich langsam zog Aita sie sich bis an den Hals. Ihre Hände kamen ihr vor, als seien sie aus Blei, obwohl sie heftig zitterten. Sie glaubte, Schritte zu hören, die sich stolpernd und polternd die Treppe hinunter entfernten.

»Ich kann das Schwein doch nicht gehen lassen!«, rief Carmelo. Schwer atmend und mit hängenden Armen stand er neben Stidda.

»Das wirst du müssen. Willst du, dass sie nach ihm suchen, dass irgendwer in dieser verfluchten Stadt sieht, wie er zu deiner Schwester ging?«

»Ich bleibe hier, ich lasse Aita nicht allein«, verkündete

Thierry, der noch immer nackt, mit wirren Löckchen und geröteter Wange dasaß, die Beine gekreuzt, die Hände verlegen auf dem Geschlecht. Aitas Wangen brannten auch, umso mehr, als die tausend kleinen Lügen ihr durch den Kopf schossen, die sie Carmelo aufgetischt hatte – albern zusammenfantasierte Nichtigkeiten, die sie angeblich von »dem französischen Sergeanten« ausspioniert hatte.

»Und ob du das tust, *Franciscu!*«, versetzte Stidda in ihrer unglaublichen Kaltschnäuzigkeit. »Und zwar schneller, als ich *ciciri* sagen kann.«

»Ich werde nicht zulassen, dass ihr sie auch nur anrührt!«

»Das wirst du müssen. Oder hast du dein Schwert im Lotterbett versteckt und stichst uns alle ab?«

Thierry hatte sein Schwert nirgendwo versteckt. Er war ohne Waffen und Pferd gekommen, sooft er sich zu ihr geschlichen hatte, gekleidet wie irgendein Fernhändler, und doch stand ihm ins Gesicht geschrieben, was er war.

Aus dem Augenwinkel registrierte Aita, dass neben Stidda und Carmelo nur noch Rosa im Raum stand, nicht aber Arabella. Das war ein winziger Segen, den es zu nutzen galt. »Geh«, sagte sie zärtlich zu Thierry und strich ihm die verklebten Löckchen von der Wange. Als sie Carmelos zornigen Laut hörte, der klang wie das Knurren eines Hundes, ließ sie die Hand wieder sinken. »Es ist besser so. Ich komme zurecht.«

»Aber sie werden dich bestrafen«, stammelte er. »So wie die Frau auf der Straße … Das erlaube ich nicht, ich nehme dich mit mir.«

»Jetzt verschwinde schon!«, sagte Stidda. »Eine Strafe von uns wird sie vermutlich überleben, aber wenn die Leute da draußen sie mit dir erwischen, dann gnade ihr Gott. Hast du eigentlich eine Ahnung, was in dieser Stadt los ist, *Sergeant,* oder hast du den ganzen Winter selig im Bettchen meiner Schwägerin vor dich hin geseufzt? Dann lass dir gesagt sein: Du sitzt hier unter dem Schlund eines Feuerbergs, und wenn du in diesem Augenblick mit einer stadtbekannten Sizilianerin am Händchen aus dem Haus taumelst, dann bricht er aus und zerreißt sie – und dich womöglich gleich mit.«

Thierrys Standfestigkeit geriet sichtlich ins Wanken. »Ihr liefert sie nicht aus? Aber was ist mit ihrem Mann? Er wird sie auf die Straße zerren und darauf bestehen, dass man sie vor aller Augen entehrt …«

Aita spürte ihr Herz wie eine Eisenkugel, die gegen ihre Rippen geschleudert wurde. In ihren Ohren gellten die Schreie der Hure, das Klatschen der Hiebe auf dem nackten Fleisch, die obszönen Beleidigungen, die die Männer gebrüllt hatten.

»Ha. Ihr Mann!« Stidda seufzte. »Wer weiß. Wenn Ihr jetzt aufhört zu palavern und macht, dass Ihr hier wegkommt, braucht er von der Sache nicht unbedingt etwas zu erfahren.«

»Das kommt nicht infrage!«, rief Carmelo. »Was immer geschehen ist: Emidio war einmal mein Freund. Ich bin ihm die Wahrheit schuldig, er hat ein Recht darauf zu erfahren, was seine Frau getan hat.«

»Ach ja?« Stidda stemmte die Hände in die Hüften und sah ihn höhnisch an. »Bist du ihm dann gleich die ganze Wahrheit schuldig? Hat er auch ein Recht darauf zu erfahren, was sein Freund getan hat?«

»Das ist nicht dasselbe«, brach es aus Carmelo heraus. »Ich hatte nie etwas, für mich hat nie jemand einen Pfifferling gegeben, und er hatte alles und hat es weggeworfen. Wer hat sich denn um seinen sterbenden Vater gekümmert, während er glückstrahlend mit seiner *baronessa* davonzog und den Trottel Carmelo mit der Schmutzarbeit sitzen ließ? *Ich* musste diesem Vater beibringen, dass sein feiner Herr Sohn sich um ihn einen Dreck scherte, dass er zu mir gesagt hat: ›Schick mir Nachricht, wenn mein Vater gestorben ist und ich zurückkommen kann!‹«

»So ist es nicht gewesen, und du weißt es. Emidio glaubte, er habe kein Recht, dem Vater noch einmal vor Augen zu treten.«

»Das hatte er ja auch nicht!«, schrie Carmelo.

»Was hat er denn getan?«, fragte Stidda ruhig. »Ein Mädchen geliebt, das ihm nicht gegeben worden wäre. So wie du.«

Carmelo, dem die Adern wie Seile aus der Stirn traten, wollte noch etwas schreien, aber Stidda hinderte ihn. Sie trat vor ihn hin, legte ihm die Hände um die Wangen und küsste ihn auf den Mund. Vor Verblüffung vergaß Aita einen Atemzug lang alle Angst.

»Jetzt gib Ruhe, *amuri*«, sagte Stidda, als ihre Lippen sich lösten, und strich ihm über die Wange. »Was wir zu tun haben, können wir besprechen, sobald wir den hüllenlosen *Franciscu* los sind. Und am besten wischen wir dabei den Dreck, der frisch auf der Hand liegt, genauso auf wie den, der seit bald vierzehn Jahren stinkt.«

26

Sobald feststand, dass Stidda und Carmelo ohne ihre Hilfe mit dem französischen Schwein fertig werden würden, verließ Rosa das Zimmer und ging in den Hof, um ihr Frühstück aus *maccu* und Feigenbrot wieder auszuspeien. Sie war sonst kein solcher Mensch: Weder war ihr Magen empfindlich, noch bezeichnete sie in Gedanken andere Menschen als Schweine. Was sie soeben gesehen hatte, sprengte jedoch jedes Maß. Vor Zorn liefen ihr beim Erbrechen die Tränen herunter, sodass sie keine Luft mehr bekam und hustend zu ersticken glaubte. Es dauerte lange, bis sie zumindest so weit wiederhergestellt war, dass sie ins Haus zurückkehren konnte.

Ins Haus zurück wollte sie um jeden Preis. Es war ihr Haus – oder mehr noch: Es gehörte den beiden Männern, die sie geliebt hatte. Lucio und Emidio. Ihre Liebe zu Emidio hatte ihre Nichte Agata mit Worten, die schmerzten, in den Dreck gezogen. Zwei Menschen, die sich in ihrer gottverlassenen Einsamkeit aneinander festhielten, einander Kraft schenkten, um danach ihr Leben wieder in den Griff zu bekommen, glaubte sie, mit gerümpfter Nase verachten zu dürfen. Dass Emidio und Rosa einander seither nie mehr anders als freundschaftlich berührt hatten und dass ihre Freundschaft ihnen womöglich beiden das Leben gerettet hatte, von der kleinen Arabella ganz zu schweigen, zählte nicht. Manche Menschen wussten nicht, was Freundschaft war, weil sie in sich keine Güte hatten.

Und was hatte sie selbst getan, dieses selbstsüchtige Schoßkind, das sich einbildete, es hätte Grund, sich über andere Menschen zu erheben?

Rosa ging ins Haus zurück, obwohl ihr noch immer sterbensübel war, weil sie sicherstellen wollte, dass sie bestraft wurden. Agata ebenso wie Stidda und Carmelo. Was sie gehört hatte, rumorte in ihrem Innern wie ein Sturm auf See. Sie würde diesen dreien nicht erlauben, einen feigen Pakt des Schweigens zu schließen, bei dem sie alle drei wiederum mit heiler Haut davonkamen.

Dieses Mal nicht.

Dieses Mal würde die Haut ihnen bluten.

Ich will das hören, dachte Rosa, und ein wenig wurde ihr von ihren eigenen Gedanken übel. *Ich will hören, wie sie vor Schmerzen schreien, und dabei werde ich kein Mitleid haben, weil sie keines hatten.* Sie hätte gern Emidio und Arabella bei sich gehabt und sie beide in die Arme genommen, doch zugleich war sie froh, dass Emidio nicht da war, dass ihm diese Schmach nicht auch noch angetan wurde. Was Arabella betraf, so machte sie sich allerdings Sorgen. Das Mädchen war mit ihnen auf der Treppe gewesen. Hatte sie es rechtzeitig zurückgeschoben, ehe es einen Blick ins Zimmer erhaschen konnte? Und wo war es jetzt, wie ging es ihm? Rosa würde Arabella schleunigst suchen müssen, sobald das andere erledigt war.

Der Franzose war fort, und das war ein Glück. Zwar neidete Rosa Carmelo die Ohrfeige, die er dem Lackaffen hatte verpassen können, doch ansonsten mochte er seine Tat mit seinem Herrgott abmachen. Ihr ging es um die anderen – um die, die Emidio Liebe geschuldet hätten und stattdessen alles taten, um ihn zu zerstören. Wie stark sollte ein Mann denn sein, um auszuhalten, dass ihn die verrieten, die ihm am nächsten standen? Seine Schwester. Sein Freund. Seine Frau.

Agata saß auf dem Bett wie zuvor, das wallende Haar offen und um sich die Decke, in der Emidio vor all den Jahren seine kleine Tochter in Rosas Haus gebracht hatte. Sie war ihr von den Schultern gerutscht, als ließe sich ihr weiß schimmerndes üppiges Fleisch darin nicht halten, sondern wuchere daraus hervor. Rosa musste die Hände ineinander verkrallen, weil sie sich so sehr wünschte, sie zu schlagen.

An der Wand lehnte Carmelo, als könnte er sich vor Entkräftung nicht länger auf den Beinen halten. Er hatte die Arme vor der Brust verschränkt, und seine Frau hatte sich in ein paar Schritten Entfernung auf einen Schemel gesetzt. »Hast du Arabella gesehen?«, fragte sie, als Rosa eintrat.

»Nein.«

»Einer von uns sollte nach ihr suchen. Sie war in dem ganzen Durcheinander vorhin irgendwie zwischen unseren Beinen, und ich würde mich gern versichern, dass es ihr gut geht.«

»Ich suche sie, sobald ich weiß, was hier gespielt worden ist und was für Folgen sich daraus ergeben«, sagte Rosa. »Wie es Arabella geht, interessiert dich sonst schließlich auch nicht.«

»Damit liegst du falsch, aber an deiner Stelle würde ich mir das auch nicht glauben«, sagte Stidda. »Kommen wir also zum Tribunal, ja? Machen wir endlich reinen Tisch.«

»Ja«, sagte Rosa.

»Nein!«, rief Carmelo. »Was hat denn das, was meine Schwester getan hat, mit uns zu tun? Weshalb sollen wir dafür bezahlen, dass sie ihr Land, ihren Mann und uns alle verraten hat?«

»Ihr habt euren eigenen Verrat begangen, für den ihr zu bezahlen habt!«, rief Rosa dazwischen. »Ich habe versucht, dein Verhalten zu verstehen. ›Der alte Mann hat Carmelo zu seinen Erben bestimmt‹, habe ich mir gesagt. ›Es war sein letzter Wille, wie hätte Carmelo ihm den abschlagen können? Und Emidio hat ja Carmelos Angebot abgelehnt, das Erbe gemeinsam zu verwalten, was hätte Carmelo da tun sollen?‹ Aber so war es nicht. In Wirklichkeit müsst ihr ein Verbrechen verübt haben, das ich im Augenblick nicht einmal in Worte fassen kann, weil es mir den Atem verschlägt.«

»Vielleicht bekäme es uns allen gut, trotz allem mit den Füßen auf dem Boden zu bleiben«, sagte Stidda ruhig. »Agata hat sich einen Kerl in ihr Bett genommen, einen in der Tat ziemlich hübschen, auch wenn er zuletzt ein wenig lädiert aussah – über mehr wird sie kaum nachgedacht haben. All das andere – Verrat am Land, Verrat an uns – kann man sich dazudichten, aber was erreicht man damit? Waschen wir uns weißer, indem wir Aita schwarz malen?«

»Ich will mit ihr nicht verglichen werden!«, spie Carmelo aus. »Sie leidet keine Not, sondern lebt in diesem Haus wie eine Königin. Sieh sie dir doch an! So sieht ein Mensch aus, der sein Leben lang aus dem Vollen schöpft. Ich dagegen war in der höchsten Not, die ein Mensch durchleben kann. Ich hatte nie etwas. Kein Mensch ist je für mich eingestanden, keinen Menschen hat gekümmert, was mir angetan wird – auch nicht meine über jeden Tadel erhabene Tante, die sich jetzt zu meiner Richterin aufschwingt. Das einzige Geschenk, das mir je zuteil wurde, warst du. Du weißt nicht, wie sehr ich dich geliebt habe, Stidda, wie ich dich immer noch liebe. Was hätte ich denn tun sollen? Dich aufgeben, nur weil mir im Leben kein Glück beschieden war, weil ich von niemandem je etwas bekommen habe?«

»Mich fragen«, erwiderte Stidda kaltschnäuzig. »Zu mir kommen und sagen: ›Stidda Maniscalco, ich bin zwar ein armer Schlucker, dem die Hosen vom Hintern rutschen, und ich werde dir mein Leben lang mit meinem selbstmitleidigen Gesülze auf die Nerven gehen, aber willst du mich heiraten?‹«

Carmelo warf den Kopf auf und starrte sie an, als könnte er sie nicht klar erkennen. Sie stand auf, ging zu ihm und gab ihm einen Streich auf die Wange. Dann küsste sie ihn wie zuvor auf den Mund. »Ich habe dich auch geliebt, Cammelú. Wir hätten warten müssen, bis mein Vater gestorben war, aber das mussten wir ja so oder so. Ich war verrückt nach dir, und ich war die eselssture Stidda Maniscalco, ich hätte mir den Burschen, den ich wollte, nicht ausreden lassen.«

»Aber …«

»Nichts aber.« Sie gab ihm einen Streich auf die andere Wange.

Ungläubig entdeckte Rosa, dass Stidda dabei weinte. In der kühlen Stimme war davon nichts zu merken gewesen. »Wir wären zurechtgekommen. Wir hatten uns lieb, uns ging es besser als den meisten, und mein Bruder hätte uns keinen Stein in den Weg gelegt. Stattdessen haben wir diese schlimme Sache angefangen, und als der Stein erst einmal ins Rollen gekommen war, haben wir uns nicht getraut, ihn aufzuhalten. Wir sind zwei kleine feige Schweinchen, mein Liebling. Ein jeder von uns hat dem andern die Schuld zugeschoben, und ein jeder hat gehofft, der andere würde dem Spuk ein Ende machen, bis wir uns und unsere Ehe zugrunde gerichtet hatten. Deshalb bin ich gegangen, Cammelú. Dass du mich über die Schwelle gestoßen hast, kam mir vor wie ein Zeichen. Ich dachte, wenn ich bei Emidio bin, finde ich endlich den Mut – oder du findest ihn, weil du mich zurückhaben willst.«

»Stidda.« Carmelo weinte auch. »Ich will dich zurückhaben, meine Stidda, ich will dem Spuk ein Ende machen, aber ich habe solche Angst.«

»Ich auch«, sagte Stidda und streichelte ihm beide Wangen. »Aber das stehen wir zwei feigen kleinen Schweinchen jetzt zusammen durch.«

Sie nahm ihn bei der Hand und drehte sich mit ihm zu Rosa um. Wie zwei Kinder, die etwas ausgefressen hatten, standen sie vor ihr. »Wir haben einen Meineid geleistet«, sagte Stidda. »Vor der Zunft. Alle beide. Wir haben geschworen, wir wären bei meinem sterbenden Vater gewesen, als er verfügt hat, sein Sohn Emidio solle aufgrund seiner schweren Verstöße gegen das Gebot der Sohnesliebe und die Traditionen der Schmiedezunft enterbt werden und zu seinem Erben bestimme er stattdessen seinen Gesellen Carmelo …«

»Ich kenne den Wortlaut«, sagte Rosa mit einer Kehle wie ein Reibeisen. »Emidio hat sich das Dokument zeigen lassen.

Er kennt es auswendig. Jedes einzelne Wort. Damit hat er gelebt – mit dem Glauben, er sei seinem Vater so verhasst gewesen, dass der lieber seiner Linie ein Ende setzte, als den missratenen Sohn mit dem Erbe zu betrauen. Weißt du, wie ein Mensch sich fühlt, nachdem er für zu wertlos erklärt worden ist, um der eigenen Familie anzugehören?«

»Ja«, sagte Stidda. »Wenn jemand es weiß, dann Cammelú.«

Einen Augenblick lang fühlte Rosa sich zu verwirrt, um zu antworten. Was Stidda gesagt hatte, ließ sich nicht bestreiten, und der Gedanke an Santas verlassene Kinder hatte Rosa immer Schmerz bereitet. Aber gab das einem Menschen das Recht, sich an einem anderen schadlos zu halten? War Schuld ein Dominostein, der einen nach dem anderen umstieß und am Ende ihr zufiel? »Ich habe versucht, mich nach Kräften um Carmelo zu kümmern«, begann sie. »Bei der Kleinen war nichts möglich, als Geld zu schicken, mit diesen Leuten ließ sich ja nicht reden, und das tut mir von Herzen leid. Aber welche Schuld hat Emidio daran? Was gibt Carmelo das Recht –«

»Nichts!«, fiel ihr Stidda ins Wort. »Wir sind nicht hier, um uns herauszureden, denn dass daran die Seele kaputtgeht, haben wir zwölf Jahre lang erlebt. Nur steht eben niemand für sich allein. Es geht uns wie Sizilien: Man möchte meinen, es ist eine Insel, es könnte hier seine Ruhe haben, doch in Wahrheit reichen die Fäden des Netzes, in das es eingeknüpft ist, von Schwaben bis nach Jerusalem, und ein Topf *maccaruni*, der in Paliemmu umfällt, kann in Byzanz einen Kaiser stürzen. Das ist Menschenart, oder? Tiere sind so nicht. Es macht uns Angst, aber es gibt uns auch das Gefühl, nie unverbunden zu sein, nie wie Treibgut durchs Leere zu trudeln.«

»*Du* machst mir Angst«, sagte Carmelo und sandte ihr einen Blick von der Seite. »Als Emidio mir damals von Marianna erzählte, hat er gesagt: ›Warum liebt die klügste Frau der Welt einen Trottel wie mich?‹ Genauso fühle ich mich jetzt.«

»Weil die klügste Frau der Welt einen Trottel braucht, neben dem sie sich noch klüger ausnimmt«, sagte Stidda und drückte seine Hand an ihre Wange.

Carmelo entzog ihr seine Hand und streichelte über ihren Kopf mit dem schlampig gewickelten Gebände und sagte: »Das, was Stidda dir erzählt hat, ist nicht alles, Rosa. Nur alles, was sie weiß. Ich habe noch etwas getan. Emidio hat einen Brief dagelassen, den Toni, der Schreiber, seinem Vater vorlesen sollte. Einen Brief, in dem er versucht hat, seinem Vater zu erklären, warum er nicht anders konnte, als Kunstschmied zu werden und Marianna Tusco zu lieben.«

»Einen Brief?«, rief Stidda. »Aber Emidio hat doch damals noch gar nicht schreiben können, oder doch?«

»Er hat Marianna gebeten, ihn für ihn zu schreiben«, sagte Carmelo. »Sie war eine Künstlerin mit Worten, diese Marianna, und sie wusste bis ins Kleinste, was in ihrem Künstler der Bilder vorging. Es war ein wunderbarer Brief. Ich hatte Toni gebeten, ihn mir vorzulesen, um sicherzugehen, und als ich alles gehört hatte, ist mir übel geworden, weil zu viel darin war, was ich nie besessen hatte.«

»Arabella ist auch so!«, entfuhr es Rosa, in deren Kopf Gedankenfetzen umeinanderkreisten und sich miteinander verknoteten wie die Bänder beim Tanz, bei dem sie als junges Mädchen ihren Lucio gefunden hatte. »Eine Künstlerin mit Worten. Sofern jemand Geduld hat und ihr lang genug zuhört.«

»Matteo sagt das auch«, murmelte Stidda. »Er will nur noch von Arabella Geschichten hören, sonst von keinem. Was ist mit dem Brief geschehen?«

»Ich habe ihn weggeworfen«, sagte Carmelo. »Beim Monte Pellegrino. Ins Meer. Diesen Brief, in dem mein Freund seinem Vater erklärte, was er mir nie erklärt hat, habe ich nicht ertragen. Wenn die Zunft mir die Hand abhacken will, weil ich einen Meineid geschworen habe, soll sie's tun. Gegen das, was ich noch getan habe, ist dieser Meineid läppisch. Ich habe diesen alten Mann, der nach seinem Jungen weinte, sterben lassen, ohne ihm zu sagen: ›Euer kleiner Junge liebt Euch sehr, er kommt zurück und wird der größte Schmied von Paliemmu.‹ Stattdessen habe ich gesagt: ›Ja, Euer Sohn hat sich davongemacht. Aber Ihr habt noch mich.‹«

Rosa zog scharf den Atem ein. So abscheulich die Tat war, so sehr nötigte der Mut, sie zu bekennen, ihr gegen ihren Willen Bewunderung ab.

»Der Alte hat mir nicht einmal zugehört«, fuhr Carmelo fort. »Er wollte seinen Midiú, nicht irgendeinen Carmelo, von dem er sich kaum den Namen merken konnte. Er hat geweint, weil er seinen Sohn zum Abschied nicht umarmt hat, und ich habe ihm die Umarmung dieses Sohnes nicht überbracht. Dafür kann mich niemand bestrafen. Ebenso wenig dafür, dass ich seinen Sohn zwei Jahre lang mit seinem Kind in den Gewölben unter den Straßen von Neapel habe hausen lassen, statt ihm an die vereinbarte Adresse zu schreiben: ›Komm nach Hause.‹ Dafür bin ich bestraft, bis ich sterbe. Und wenn mit der Kleinen etwas nicht in Ordnung ist, wenn sie das alles nicht heil überstanden hat, dann halte ich die Strafe nicht mehr aus.«

»Das hast du doch nicht wissen können!«, rief Stidda. Ihr Gesicht war tränenüberströmt und ihre Stimme dünn, alle Kühle fort. »Zu der Zeit wussten wir doch nicht einmal, dass es Arabella gab und dass Emidio allein war. Damals, als wir das alles getan haben, habe ich mir immer vorgestellt, dass seine Marianna ihn in den Armen hielt, und habe mir gedacht: ›Na komm, *fratellinu,* das kann dir doch wohl nichts anhaben. Mein Carmelo braucht ein bisschen Wind im Rücken, der ihn an sich selbst glauben lässt, aber du? Du bist unverschämt begabt und wirst unverschämt geliebt, du hast Kraft genug, um die Welt aus den Angeln zu heben.‹«

»Doch«, sagte Carmelo. »Doch, ich hab das gewusst. Marianna hatte Emidio schreiben gelehrt, und er hat mir mit eigener Hand einen Brief geschrieben. Der Toni hat ihn mir vorgelesen. Darin stand, wie Marianna gestorben ist, auf dem Platz, wo sie den Erben der Staufer ermordet haben. Wie sie von Reitern niedergemäht worden ist und er sich zu ihr knien und das Kind aus ihr herauszerren musste, obwohl er wusste, dass das sie umbringt. Wie sie dort lagen, auf dem Platz, während es Nacht wurde, Emidio mit der toten Marianna und das Kind zwischen ihnen. Wie er versucht hat, das Kind der Toten an die Brust zu legen, weil er Angst hatte, der Wurm verhungert ihm. Wie es kalt war. Wie ihnen ein Fremder eine Decke gebracht hat. Wie sie dort lagen bis zum Morgen, und wie er dann gehen und Marianna zurücklassen musste, weil das Kind Milch brauchte und weil er nicht mehr genügend Kraft hatte, um sich beide zugleich auf die Arme zu laden.«

Sie waren so lange still, dass Rosa glaubte, es würde keiner von ihnen mehr sprechen. Schließlich sagte sie selbst, was ihr gerade in den Sinn kam: »Wie sehr muss er dir vertraut haben, um dir das zu erzählen? Mir hat er kein Wort davon gesagt, nicht einmal in der Zeit, als er jede Nacht trank, bis er zu Boden sackte und sich die Glieder prellte.«

»Was noch?«, fragte Stidda.

»Nicht mehr viel«, sagte Carmelo. »Nur dass er ein Schwächling ist, der säuft und das Leben nicht erträgt, dass sein Kind nicht gedeiht und dass ich seinen Vater bitten soll, ihn wieder aufzunehmen. In den Stall. Nur irgendwohin, wo ein bisschen Licht ist für das Kind.«

»Hast du den Brief auch ins Meer geworfen?«

Carmelo schüttelte den Kopf. »Ich heb ihn auf. Ich geb ihn der Kleinen. Irgendwann.«

»Aber du hast keine Antwort geschickt?«

»Ich wollt'«, murmelte Carmelo. »Ich hatte den Toni schon bestellt.«

»Wer ist überhaupt dieser Toni?«, fragte Rosa, weil ihr in ihrem Versuch, die grausigen Bilder zu verdrängen, die unwichtigsten Details auffielen.

»Ein Kranker«, sagte Stidda und tippte sich an die Stirn, um anzuzeigen, unter welcher Art von Krankheit jener Toni litt. »Einst war er ein kleiner Vikar, doch seit zwanzig Jahren bildet er sich ein, er sei von Stauferanhängern zum Gegenpapst ernannt worden. Solange man ihn an sein Gelübde erinnert und ihm versichert, die Guelfen hörten alles mit, schweigt er wie ein Grab, und das hat ihn zum beliebtesten Schreiber von ganz La Kalsa gemacht.«

»Was für seltsame Blüten unsere Zeit treibt.«

»Strandlilien«, sagte Stidda. »Kraut, das sich den Notwendigkeiten anpasst.« Sie wandte sich ihrem Mann zu. »Du hast den Toni bestellt, du wolltest einen Brief diktieren, um Emidio nach Hause zu holen, aber du hast ihn wieder weggeschickt, weil die Angst stärker war, ja?«

Carmelo nickte und starrte auf sein Handgelenk. »Unser Federico war gerade geboren worden, und ich konnte den Gedanken nicht ertragen. Ich habe nächtelang davon geträumt, wie mich die Schergen verschleppten und an die Staupsäule banden, während mein kleiner Junge in Schande zurückbleibt, ohne Erinnerung an mich. Ich hätte meinen Vater so gern kennengelernt. Ich wollte, dass mein Sohn seinen Vater kennenlernt.«

»Edle Beweggründe veredeln keine üblen Taten«, sagte Rosa, obwohl alles in ihr, das so standfest gewesen war – ihr Zorn, ihre Entrüstung, ihr Wunsch nach Vergeltung –, längst ins Wanken geriet.

»Menschen sind nicht edel!«, fauchte Stidda und fuhr zu ihr herum. »Sie müssen zu viel kämpfen. Hast du mal gesehen, wie ein Kind geboren wird, wie viel Schmerz und Blut und Mühe es kostet, um überhaupt nur in dieser Welt anzukommen? Carmelo und ich stehen nicht hier, um uns unsere Taten veredeln zu lassen, und dir steht es frei, jetzt den Ältesten der Zunft zu holen, meinen Schwager Enzu, vor dem ich gern jedes Wort wiederhole, das hier gesprochen worden ist. Im Grunde frage ich mich aber: Was ermächtigt ausgerechnet dich, über uns zu Gericht zu sitzen? Hätte nicht jeder von uns Grund, vor seiner eigenen Tür zu kehren und das Richten dem zu überlassen, der von uns geschädigt worden ist?«

Carmelos Gesicht nahm einmal mehr die kalkige Färbung an. »Ich weiß nicht, ob ich das kann«, stammelte er. »Hier stehen und ihm in die Augen sehen, während er sich das anhören muss.«

»Und ob du kannst«, sagte Stidda. »Wo also steckt der Herr dieses Hauses?«

»Im Palazzo«, murmelte Rosa. »Arabella hat gesagt, er schmiedet einen Ringkronleuchter für die Palastkapelle, der in der Ostermesse enthüllt werden soll. Er arbeitet Tag und Nacht und kommt erst nach den Feiertagen wieder her.«

»Erst nach den Feiertagen?«, fragte Stidda verwundert. »Womit haben wir ihn denn derart verstimmt, dass er seinem eigenen Haus nicht einmal zu Ostern die Ehre erweist?«

»Womöglich durch die reizenden Besucher in seinem Bett«, versetzte Carmelo ätzend.

Ehe noch jemand etwas sagen konnte, ging Stidda quer durch den Raum zum Bett und zog Agata die rotbraune Decke, die ein Fremder auf einem Richtplatz in Neapel Emidio geschenkt hatte, über die Schultern. Die wirkten nicht länger üppig und aufreizend, sondern zitterten vor Kälte oder Angst. »Jetzt sind wir also abgehandelt und die Spieße der Gerichtsdiener richten sich gegen dich«, sagte sie beinahe liebevoll. »Emidio hat Rosa zum Fürsprecher, und Carmelo und ich haben einander. Dich aber lassen wir alleine sitzen und uns allen das Ungeheuer geben, damit wir einander die Schultern tätscheln und uns versichern können: Wir waren ein bisschen ungezogen, die Befana soll uns ein Stück Kohle und einen Klaps mit der Rute geben – aber hinterher bekommen wir einen Kuss und ein Geschenk, denn so schlecht wie Aita waren wir ja wohl nicht!«

»Ich habe nie ein Geschenk von der Befana bekommen«, sagte Carmelo dumpf. »Geschweige denn einen Kuss.«

Stidda stöhnte. »Vermutlich nicht einmal einen Klaps, du armer *picciuriddu,* nichts als dein Bett voller Kohle. Bei uns dagegen mussten sich die kleinen Missetäter, die Kohle gefunden hatten, ihren Klaps abholen, die freche Stidda manchmal auch zwei, und wenn sie dann ein paar Tränchen herausdrückte, konnte sie sich vor Küssen nicht retten und musste zappeln, damit endlich das Geschenk drankam. Bei Aita ging es vermutlich ähnlich zu. Wenn also du straffrei ausgehst, weil die Befana dich so schmählich vernachlässigt hat, sitzen wir beiden Hätschelmädchen übel in der Tinte.«

Das Lachen, das Rosa entfuhr, klang geradezu irr. Diese Stidda wusste ihren Carmelo fraglos zu nehmen – und wenn der nicht erkannte, dass er letzten Endes vom Leben doch noch eine Glückskarte zugespielt bekommen hatte, war ihm nicht zu helfen. Aber manche Menschen fanden ihr Glück ja auch darin, sich in ihrem Unglück zu wälzen, und solange sie damit keinen Schaden anrichteten, war es schließlich auch nur eine Marotte, die Menschen offenbar brauchten, um sich unverwechselbar zu machen. Ungläubig erkannte Rosa, dass sie die beiden mochte, dass sie sich wünschte, sie könnten mit Kohle und Klaps davonkommen, ihre drei Jungen aufziehen und die Kette der Dominosteine, die immer mehr Schmerz und Schuld und zerstörtes Leben verursachte, zum Stillstand bringen.

Ihr Blick wanderte zu Agata, deren gefährlicher Zauber jäh verpufft schien. Übrig war ein noch ziemlich junges Mädchen mit verheulten Augen, ungekämmtem Haar und einem Gesicht, das regelrecht abgewatscht aussah. Vor Rosa verschwammen die Züge der Nichte, und aus dem Nebel lösten sich die ihrer Schwester. Wie oft hatte sie Santuzza warnen wollen, ihre Tochter nicht allzu sehr zu verwöhnen, ihr nicht beizubringen, sie sei der Nabel der Welt, um den der Rest der Menschheit zu tanzen hatte! Die Entwicklung des Kindes hatte ihr Angst gemacht, und dennoch hatte sie geschwiegen, weil Santuzza mit diesem Kind endlich glücklich zu sein schien.

Und weil sie selbst sich schuldig fühlte.

Santuzza war ein so zartes Kind gewesen, im Innern wie im Äußern, ein wenig wie Arabella – warum hatte sie sie nicht beschützt, als der Kerl sich im Heu an ihr vergriff? Warum hatte sie ihr nicht beigestanden, als ihr Vater sie als Hure beschimpfte und sie zwang, ihren Peiniger obendrein zu heiraten? Nach dessen Tod hatte sie einen Augenblick lang aufgeatmet, viel zu jung und zu verstört, um eine ordentliche Mutter abzugeben, doch womöglich hätte sie es für Carmelo gelernt. Stattdessen hatten ihre Schwiegereltern sie an den nächstbesten Bewerber verscherbelt, und statt aufzuschreien, hatte Rosa ihr ein Säckchen Hochzeitsmandeln geschenkt. Hinterher war es so leicht gewesen zu sagen: Wie hätte ich wissen können, dass der Mann ein Monstrum war? Und was hätte ich denn tun können? Und überhaupt – ich hatte doch mein eigenes Leben.

Ehe Santuzza ein drittes Mal einem Unmenschen ausgeliefert werden konnte, war der Pappalardu gekommen und hatte sie in seinen dicken Armen in Sicherheit gebracht. Mit einem gutmütigen Schulterzucken hatte er sich von ihr traktieren und sie ihren rasenden Zorn am gesamten Hausstand austoben lassen, und mit seinem Geld hatte er ihr ermöglicht, künftig zu treten, statt getreten zu werden. Eines aber hatte er ihr nicht wiedergegeben: ihre Kinder, die sie nicht einmal kannte.

Rosa sah Emidio und Arabella vor sich und begriff, dass nichts ihre Schwester hatte entschädigen können, dass diese Wunde nicht zu heilen war, dass sie nur den Schmerz hatte übertünchen können – mit einem neuen Kind, das mit allem überschüttet wurde, was sie den anderen nie hatte geben dürfen.

Von dem heftigen Wortabtausch, den Stidda und Carmelo führten, war Rosa ein Teil entgangen. »Der Mann ist ein Feind dieses Landes«, hörte sie Carmelo jetzt sagen. »Und ich bin bei Peter von Aragoniens Leuten im Wort. Ich bin es, der sich dafür verbürgt hat, dass meine Schwester vertrauenswürdig ist, und ich bin heute gekommen, um den Verdacht auszuräumen, der gegen sie aufgekommen ist. Ich habe alles in diese Sache gegeben, das Zeichen zum Aufstand kann jeden Augenblick erfolgen, und ich hatte berechtigte Hoffnung, nach der Befreiung meinen Lohn von König Peter zu erhalten. Endlich Land zu sehen. Stattdessen stehe ich jetzt mit den Scherben da, gehe wieder einmal leer aus und kann von Glück sagen, wenn man mich nicht noch selbst des Verrats verdächtigt.«

Die Enthüllung dieser Umstände stellte alles auf eine neue Grundlage. »Sag mir, was das heißt«, forderte Stidda und sah auf ihre Hände.

»Dass ich sie nicht decken kann«, sagte Carmelo. »Versteh doch: Ich habe geschworen, sie ist unschuldig und ich würde es melden, wenn ich nur den kleinsten Verdacht hätte. Ich habe keinen kleinen Verdacht. Ich habe meine eigene Schwester mit ihrem französischen Hurenbock auf frischer Tat ertappt!«

Stidda überlegte. Dabei streichelte sie wie gedankenverloren Aita die heftig zitternden Schultern. Nach einer Weile sah sie ihren Mann wieder an. »Darf ich dir eine eigenartige Frage stellen?«

Jeder Mensch mit der geringsten Spur Humor hätte angemerkt, dass bereits das eine eigenartige Frage war, aber Carmelo nickte nur.

»Deine Schwester – liebst du sie noch?«

»Wie kann sie mich denn überhaupt je geliebt haben, wenn sie mir das antut?«, fuhr Carmelo auf.

»Das habe ich dich nicht gefragt«, versetzte Stidda scharf. »Ich habe dir die Frage gestellt, die mein Bruder sich wird stellen müssen: Die Schwester, die mich um mein Erbe betrogen und den Segen meines Vaters betrogen hat – habe ich die noch lieb?«

»Diu mio.« Carmelo stöhnte und presste sich die Hände auf den Magen. Dann sah er geradezu furchtsam von seiner Frau zu Agatas Gesicht.

»An Franzosen und Sizilianer hat sie bestimmt nicht gedacht«, warf Stidda ein. »Sie war einsam. Hilflos. Ihr Mann hat sie an seiner kalten Schulter abblitzen lassen und sie damit tief gekränkt. Vielleicht wollte sie ja anfangs nur, dass er von seinem verfluchten Amboss doch noch aufschaut und sein Herz an sie verliert.«

»Damit sie es nehmen, auswringen und zu ihrem übrigen zerbrochenen Spielzeug werfen kann?«, rief Rosa. Weichheit und Milde, die sich Wort um Wort in ihre Gedanken geschlichen hatten, waren ausgelöscht. »Er hat ihr nicht gestattet, mit ihm zu spielen, und daran ist sie rasend geworden. Ist er dafür zu verurteilen? Darf es nicht *einen* Mann geben, der Aita Pappalardu widersteht?«

»Doch, natürlich«, sagte Stidda. »Was Emidio tut, ist sein Recht, und wie es aussieht, beschützt seine Marianna ihn noch immer. Aber der armen Aita hat das Schicksal eine gehässige Nase gedreht, oder nicht? Sie hat doch gar nicht mit ihm gespielt. Anfangs sicher, sie hat ja nie etwas anderes gelernt als ihr Menschenfischerspiel, aber sobald sie merkte, dass er nicht anbiss, hat sie die Angel beiseitegeworfen und die Arme geöffnet. Nur das. Ich hätte nie gedacht, dass ich einmal erlebe, dass mein Bruder grausam sein kann.«

»Ich verstehe nicht, was du sagen willst«, behauptete Carmelo.

»Sie liebt ihn«, sagte Stidda. »Sie hat sich diesen rotgelockten *Franciscu* nicht in ihr Bett geholt, um dir eins auszuwischen oder Rosa in Rage zu bringen, sie hat an uns alle überhaupt nicht gedacht. Alles, was sie wollte, war, ihrem Mann in die Ohren zu schreien: ›*Managgia al demonio,* hol mich hier weg, und nimm mich endlich in die Arme!‹ Und das Traurigste daran ist: Wir haben sie alle gehört, wir bringen vermutlich damit unser Haus zum Einsturz, nur Emidio hängt im Palazzo in irgendeinem Kronleuchter und bleibt taub.«

»Das ist nicht wahr«, sagte Rosa, aber es war keine Feststellung, sondern eine Frage. Die Augen ihrer Nichte, die zum ersten Mal die ihren trafen, antworteten ihr. Rosa wollte das nicht. Von allen Menschen hatte nicht ausgerechnet dieses selbstsüchtige, oberflächliche Biest ein Recht darauf, Emidio zu lieben. Aber das selbstsüchtige, oberflächliche Biest war ihre Nichte, und das Recht, das sie nicht hatte, war vielleicht ihre einzige Chance. »Was soll denn nun werden?«, fragte sie.

»Ich warte auf Cammelús Antwort«, sagte Stidda.

»Ja«, presste Carmelo heraus. »Ja, ich habe Aita noch lieb. Sie ist meine Schwester, ich hatte nie eine, und von meiner ganzen Familie hat nur sie sich um mich geschert.«

»Dann deck sie«, sagte Stidda. »Lass uns das Risiko eingehen und uns endlich betragen wie eine Familie. Wir liefern Aita nicht aus, und du versuchst, das Vertrauen deiner Kameraden auf eine andere Weise zurückzugewinnen. Du sagst, der Aufstand steht vor der Tür. Wenn er Erfolg hat, haben wir vielleicht Glück und das alles ist anschließend hinfällig. So lange halten wir still. Wir suchen Arabella und geben uns Mühe, sie zu beruhigen. Und wenn Emidio zurückkommt, legen wir die Karten auf den Tisch und liefern uns alle drei seinem Urteil aus.«

Aita gab einen kleinen Schrei von sich, einen gepressten Laut des Entsetzens. Stidda zog die Decke höher über ihre Schultern und legte den Arm um sie. »Ja, ich weiß, das ist jetzt nicht leicht auszuhalten«, sagte sie. »Mir wird auch mulmig, wenn ich mir ausmale, was uns alles geschehen kann. Aber irgendwo in mir steckt wohl immer noch das Kind, das sich mit der Kohle in den Händen vor der Befana herumdrückt und seinen Klaps hinter sich haben will, damit es sein Geschenk bekommt.«

»Wir reden nicht von Kohle und Klaps«, murmelte Carmelo und starrte auf sein Handgelenk.

»Wir sind ja auch keine Kinder mehr«, erwiderte Stidda. »Gehen wir Arabella suchen – oder, nein, könnte vorher vielleicht jemand unsere Fußmatte bitten, uns eine Kanne Wein einzuschenken? Ich hätte, um ehrlich zu sein, einen Becher bitter nötig.«

»Unsere Fußmatte?«, fragte Carmelo.

Stidda hob die Hände. »Das ist nicht böse gemeint, jedenfalls nicht allzu sehr. Ich spreche von Aitas komischer kleiner Magd, die immer herumläuft, als hätte die halbe Gasse sich an ihr die Füße abgetreten.«

»Nunzia«, murmelte Rosa.

»Genau die«, bestätigte Stidda. »Sie geht nie mit geradem Rücken, und sobald einem danach ist, irgendwem einem Tritt zu versetzen, taucht sie auf und bietet sich dafür an.«

27

Der Pappalardu schlief. Santa atmete auf. Die ganze Nacht hindurch hatte er sich mit Schmerzen von einer Seite zur anderen gewälzt, hatte die Bettlaken nass geschwitzt und dabei doch gefroren. Santa hatte neben ihm gelegen, ihm zugesehen und gespürt, wie die Angst in ihr hochkroch. Wenn er starb, was wurde dann aus ihr?

Sie wusste nicht einmal, was mit ihm nicht stimmte. Der Stumpf machte ihm wohl Probleme, und er bekam kaum noch Essen geschluckt, sondern fiel vom Fleisch. Jetzt aber schlief er. Das Wetter draußen war strahlend, jeder Rest Winter wie weggeblasen. Vielleicht würde das wärmere Wetter ihn gesund machen.

Santa stand auf, kleidete sich an und versorgte das Vieh. Es war Ostermontag. Schon gestern hatte sie Aita in der Messe zu sehen gehofft, jedoch nur deren Schwägerin zu Gesicht bekommen, Stidda Maniscalco mit ihren drei Jungen, die wie Kraut in die Höhe geschossen waren. Erst als sich am Kirchentor zwei ihrer einstigen Bekannten darüber ausließen, wie wohlgeraten diese drei Kinder waren, war Santa aufgefallen, dass es sich um ihre Enkel handelte.

Sie hielt die Frau samt Kindern an der Pforte des Kirchhofs auf. »Ich will meine Tochter sprechen«, sagte sie. »Warum war sie nicht in der Messe?«

»Gesegnete Ostern auch Euch«, sagte die Frau mit süffisant verzogenem Mund. »Aita fühlt sich dieser Tage nicht recht wohl. Kein Grund zur Sorge, nur eine leichte Verkühlung, doch wir fanden es ratsamer, dass sie im Bett bleibt und sich auskuriert.«

»Aita ist krank?« Dass diese wenig vertrauenswürdige Fremde davon wusste, während sie selbst ahnungslos gewesen war, verletzte Santa. »Richtet ihr aus, ich komme sie nachher besuchen. Ich hole nur erst Sirup von zu Hause, der ihr bei Krankheiten immer gut bekommen ist, und Geschenke.«

»Danke, aber das ist nicht nötig«, beschied die andere sie unverfroren knapp. »Und Aita möchte es nicht. Wir haben alles im Haus, was sie brauchen könnte, und sie will sich einfach gern ein paar Tage lang ausruhen.«

Natürlich hatte Santa nicht vorgehabt, sich nach den Anweisungen dieser Wichtigtuerin zu richten. Die war schließlich im Haus ihrer Tochter nur eine Flüchtige, der Unterschlupf gewährt wurde; Aita dagegen war die Herrin des Hauses. Unverzüglich hatte sie einen Korb füllen und zu ihrem Besuch aufbrechen wollen, dann aber war es dem Pappalardu elend ergangen und sie hatte nicht gewagt, das Haus zu verlassen. Früher hatte sie sich keine Gedanken darüber gemacht, ob den Pappalardu ein Zipperlein plagte, erst recht nicht, wenn es um ihre Tochter ging. Jetzt aber fühlte sie sich zerrissen zwischen einem Kranken hier und einem Kranken dort, und in der Mitte stand sie und war mit allem allein.

Letzten Endes war sie nicht zu Aita gegangen, heute aber würde sie gehen. Noch einmal schlich sie sich in ihre Schlafkammer und versicherte sich, dass der Pappalardu völlig ruhig, mit tiefen, schnarchenden Atemzügen schlief. Klapprig war er geworden, das bisschen Haar, das auf seinem Kopf verblieben war, federig und durchscheinend, die Lappen am Kehlkopf faltig wie Eidechsenhaut. Santa zog ihm die Decke höher, ohne ihn zu berühren, und schlich sich aus dem Zimmer. Vielleicht sollte sie sich heute zwar die Zeit vertreiben, indem sie den Korb für ihre Tochter mit besonders viel Liebe packte, den Besuch jedoch erst morgen antreten, wenn der Pappalardu wieder auf den Beinen war. Womöglich war es ja wirklich auch für Aita besser, wenn sie erst ein wenig genesen konnte, ehe sie Besuch bekam.

Schließlich beschloss Santa, am Abend wie üblich zur Vesper zu gehen, den Rest des Tages aber daheim zu verbringen. Die Vesper war unumgänglich, um die Flüche der Osternächte von ihrer Familie abzuwenden, doch sie würde dazu dieses Mal nicht Santo Spirito aufsuchen, sondern mit der verschlafenen Kirche ihrer Gemeinde vorliebnehmen.

Nach Santo Spirito wollte sie nie wieder gehen. Damals, in jener verhängnisvollen Nacht, hatte eine der Frauen auf das Rudel Franzosen die blutigen Ostern – *Mala pasqua* – beschworen, und damit musste man vorsichtig sein, weil die Kraft des Fluchs so groß war. Allzu leicht konnte ein Funke der bösen Macht auf jemanden überspringen, der lediglich arglos dabeistand. Mit Grauen fiel Santa ein, wie sie selbst *Mala pasqua* auf ihren Schwiegersohn beschworen hatte, während ihre Tochter, ihre geliebte *palummella*, ihr gegenübergesessen hatte. Und dann hatte sie auch noch ihre Tochter angestiftet, mit ihrem Mann ein Spiel zu spielen, obwohl der nicht umsonst im Ruf stand, im Bund mit dem Teufel zu stehen und ein unschuldiges Mädchen auf dem Gewissen zu haben!

Ihr wurde bange, wenn sie an die Kraft des Mannes dachte. *Der Eisenbezwinger, der in einer Gruft mit einer Toten haust.* Santa zwang sich, die Gedanken abzuschütteln und in die Küche zu gehen, um sich mit den Geschenken abzulenken. Im nächsten Augenblick hämmerte der Klopfer gegen die Tür.

Aita!

Es konnte nur ihre Tochter sein, die spürte, dass ihre Mutter sich Sorgen machte, und die deshalb zu ihr eilte. Dass Aita dergleichen nie getan hatte, kam ihr nur flüchtig in den Sinn.

Sie lief zur Tür und zog sie auf. Draußen stand eine eher unförmige Kreatur in einer schmuddeligen Kittelschürze, die Santa vage bekannt vorkam. Ihr Anblick rührte an eine dieser Erinnerungen, die beklommen machten, weckte Bilder in ihr, die keine klare Form oder Farbe aufwiesen und von denen man gar nichts wusste, als dass etwas Ungutes mit ihnen verbunden war. Dann fiel es ihr ein. Sooft sie die spitze Nase der Kreatur zu sehen bekam, erging es ihr so, doch in Wahrheit war das unansehnliche Mädchen lediglich Aitas Magd.

»Was gibt es denn?«, blaffte sie sie an, unwirscher als nötig, weil jähe Angst um Aita in ihr hochstieg.

»Darf ich ins Haus kommen?«, fragte das dreiste Ding.

Das war eine der Wurzeln von Aitas Problemen: dass sie sich diesen ganzen Haushalt nicht ordentlich erzog. Die Mägde, das Kind, die Verwandtschaft und erst recht der unsägliche Mann – alle tanzten ihr auf der Nase herum. »Nein, du darfst am heiligen Ostermontag nicht in mein Haus kommen«, wies sie die Spitznase zurecht. »Das hier ist noch immer das Handelshaus von Iacopo Pappalardo, und wir bekommen am Feiertag keinen Besuch von Mägden. Du hast mir gewiss eine Nachricht von meiner Tochter zu überbringen, also richte sie mir aus, und dann verschwinde, bevor ich dir Beine mache.«

»Ja«, sagte die Magd mit einem dummfrechen Lächeln. »Eine Nachricht habe ich Euch in der Tat zu überbringen, aber ich sage sie Euch nicht hier auf der Schwelle, sondern behaglich im Haus, bei einem Becher Wein.«

»*Porca miseria!*«, entfuhr es Santa, ehe sie bis ins Mark erschrak. An Ostern zu fluchen beschwor Übel auf das ganze Haus. »Du machst jetzt besser, dass du wegkommst«, sagte sie zu der unglaublichen Kreatur. »Und meiner Tochter kannst du ausrichten, sie möchte dir mit meiner Empfehlung eine Tracht mit einem ordentlichen Stock kredenzen, und zwar die vollen drei Dutzend, keinen Hieb weniger.«

Das Geschöpf lächelte. »Sagt's ihr selbst. Ich glaub nicht, dass ich sie noch einmal zu Gesicht bekomme, um die freundliche Botschaft auszurichten.«

»Du bist nicht mehr bei ihr? Sie hat dich auf die Straße gesetzt? Zeit wurde es. An solche wie dich ist die Mühe mit dem Besenstiel ja verschwendet.«

Sie wollte die Tür zustoßen, doch die Kreatur war schneller, quetschte sich durch den Spalt und stand in Santas Haus. Deren erster Impuls war, nach dem Knecht zu rufen, aber es gab hier schon seit Jahren keinen Knecht mehr. Dann wollte sie den Pappalardu anfahren, weil er die Weibsperson nicht an die Luft setzte, aber der Pappalardu lag krank, und überdies war er nur noch ein dünnes Männlein mit nur einer Hand.

»Raus mit dir!«, schrie sie, hörte, wie ihre Stimme brach, und bekam Angst. »Mein Mann wird gleich herunterkommen, der zeigt dir unverschämtem Ding, wo dein Platz ist.«

»Das träfe sich gut«, sagte die Kreatur. »Ich weiß es nämlich nicht. Aber Euer Mann ist alt und verstümmelt. Er wird mit mir kaum fertigwerden.«

»Mein Sohn kommt!«, rief Santa, die die Kontrolle über sich selbst verlor. »Wenn du nicht sofort verschwindest, zieht er dich über den Küchentisch und serviert dir deine drei Dutzend gleich hier, dann weißt du, wohin du gehörst.«

»Ja«, sagte die Kreatur, »das mag sein. Aber ich glaub's nicht. Carmelo, deinen Sohn, empfängst du hier kaum herzlicher als mich, obwohl er sich doch nicht schlecht herausgemacht hat mit seiner Heirat und seinem Erbe. Dass es einen Meineid gekostet hat, schadet ja nichts, solange niemand es weiß. Ich tauge weit weniger. Aber in deinem Haus haben willst du uns beide nicht.«

Santa starrte sie an, und die Erinnerung fiel an ihren Platz. Ihr Magen, den sie in all den Jahren mit so viel Mühe gepolstert hatte, ballte sich. Fast gelbe, fast wimpernlose Augen unter dünnen Brauen und ein Blick, in dem die Bosheit nackt war. Sie wich zurück. »Was willst du von mir? Ich habe nichts ausrichten können, ich war damals jünger als du heute, und was dein Vater mir angetan hat, weißt du nicht …«

»Nein«, sagte das Mädchen, das ihres Vaters und ihres Großvaters Gesicht geerbt hatte, »denn er ist ja gestorben, ehe ich ihn hätte kennenlernen können.«

»Dafür kannst du deinem Schöpfer danken!«, herrschte

Santa sie an. »Und im Übrigen war es nicht dein Vater allein, der war ein Waisenknabe gegen meinen Schwiegervater, bei dem …«

»Bei dem du mich zurückgelassen hast«, sagte das Mädchen und setzte sich an den Tisch, an dem Santa in den vielen guten Jahren ihrer Familie das Essen hatte auftischen lassen. Dabei wandte es den Blick nicht von Santa, und auch Santa konnte den Blick nicht von ihm wenden.

»Willst du mir wirklich keinen Becher Wein anbieten? Nicht ein einziges Mal?«

Santa brachte kein Wort heraus.

»Das ist eigenartig, oder? Da malt man sich jahrelang aus: Wenn meine Mutter mir einen Becher Wein anbieten würde, ich würde ihn ihr ins Gesicht schütten. Und dann sitzt man da und wartet, und am Ende denkt man: ›Ich würde ihn sogar trinken, wenn sie ihn mir nur gäbe.‹ Aber lassen wir das. Ich muss ohnehin gleich gehen, und es wäre schade um den Wein.«

»Du heißt …«, stammelte Santa, »du heißt Nunzia, richtig?«

Das Mädchen nickte. »Hattest du das vergessen? Oder gibt es einfach allzu viele Nunzias in Paliemmu?«

Santa gab keine Antwort. Sie starrte in die gelben Augen und konnte nur an eines denken: *Sie hat jahrelang in Aitas Haushalt gelebt. Wenn sie meint, ich sei schuld an dem, was sie durchgemacht hat, wenn sie zu verblendet ist, um zu sehen, dass wir beide Opfer sind, was tut sie dann meiner Aita an?*

»Nunzia«, begann sie und bekam den Namen nur mit äußerster Mühe aus der Kehle gezwängt, »ich bin keine reiche Frau, aber wenn es am Nötigsten fehlt … Mein Mann und ich, wir könnten versuchen zu helfen. Du magst glauben, dir sei übel mitgespielt worden, aber so ist nun einmal das Leben. Zumal für ein Mädchen. Glaubst du, für mich war es nicht die Hölle? Ich habe nicht weniger gelitten als du, und dir zu helfen stand nicht in meiner Macht.«

»Ich weiß das«, erwiderte das Mädchen, noch immer mit

diesem kein Wässerchen trübenden Lächeln. »Und diese Legende, dass eine Mutter sich lieber vor ihre Kinder werfen und sterben würde, als sie auszuliefern, ist gewiss von Männern erfundener Unsinn.«

Ich würde mich vor dich werfen und sterben, meine Aita. Oder töten. Alles lieber, als dich auszuliefern. »Meine Tochter hat damit nichts zu tun!«, stieß sie heraus. »Was immer du vorhast – bitte lass meine Tochter aus dem Spiel.«

»Deine Tochter«, murmelte das Mädchen und zupfte sich über den Knien das schmuddelige Kleid zurecht. »Noch eigenartiger, dass ich mir einmal ausgemalt habe, du könntest das sagen und mich damit meinen.«

»Meine *kleine* Tochter«, stieß sie heraus. »Meine Tochter Aita … Sie kann nichts dafür. Und sie hat es selbst so schwer, mit diesem Mann.«

Das Mädchen lachte auf. Nein, ein Lachen war das nicht, eher ein Kichern, und es klang nicht gesund. »Ihren Mann nehme ich der ärmsten Aita gern ab, falls ihr das hilft. Er ist schön, wenn man lange hinsieht, und wenn man noch länger hinsieht, ist er so schön, dass man die Augen nicht mehr abwenden kann. Nicht das Richtige für das Honigpüppchen natürlich, zu wenig Glanz und Lärm um nichts. Aber darum musst du dich nicht sorgen. Deine Lilie hat doch einen anderen gefunden, den Prinzen auf hohem Ross, den du dir immer für sie gewünscht hast. Wie hat die arme eifersüchtige Francesca damals gesagt? ›Und wäre der Prinz ein Franzose, einer von den Handlangern des Kindermörders, würde es euch beiden auch nicht viel ausmachen, solange er dem Goldkind den Weg vor den Füßchen mit Goldstaub bestreut.‹«

»Das ist nicht wahr!«

»Tatsächlich nicht?«

Santa sprang vor, packte das Mädchen an den schmuddeligen Schultern und schüttelte es. »Du bist eine Verleumderin, eine Natter, die meine Aita ins Verderben stürzen will! Weißt du, was meiner kleinen Taube geschieht, wenn jemand das Gift glaubt, das du verspritzt?«

»Wer weiß es nicht?« Als Santa Atem holte, befreite sich das Mädchen, stand auf und strich sich etwas vom Kleid. »Ich muss jetzt gehen. Meine Nachricht habe ich ja beinahe vollständig ausgerichtet. Nur ein Letztes: Wenn du glaubst, ich lüge, warum überzeugst du dich dann nicht selbst?«

»Von was?«

»Von dem, was dein zuckriges Täubchen mit ihrem Franzosenprinzen in der lauen Frühlingsluft treibt.«

»Sie ist da draußen?«, schrie Santa wie von Sinnen. »In der Stadt, wo jeder sie sehen kann?«

»Aber nicht doch. Nur vor der Stadt«, erwiderte das Mädchen mit seinem Lächeln, das Santa Schauder über den Rücken jagte. Sein Vater hatte so gelächelt. Und sein Großvater. »Dort, wo für gewöhnlich kein Mensch hinkommt. Nicht weit vom Kirchhof vor Santo Spirito, hinter der ältesten Pinie am Fluss. Ich selbst habe dem edlen Prinzen den Treffpunkt vorgeschlagen. Ein lauschiges Plätzchen, oder nicht? Zumindest, wenn nicht gerade Ostermontag ist und halb Paliemmu zur Vesper zusammenläuft.«

»Sie geht *jetzt* dorthin? Heute? Sie trifft ihn?«

»Vielleicht«, sagte das Mädchen, lief zur Tür und winkte. »Wenn ich giftige Schlange mir das alles nicht nur ausgedacht habe. Auf Wiedersehen, Mamma. Ich darf dich doch ein Mal so nennen? Wenn nicht, verzeih's mir. Es ist ja schon vorbei.«

28

Sie musste dorthin. Zu ihm. Es gab keine Wahl. Sie hatte diesen völlig arglosen Mann als Bauernopfer in ihr Spiel gezogen, sie durfte nicht zulassen, dass er zwischen zwei Königen darin zermalmt wurde. Sie wollte nicht einmal, dass er erfuhr, wer ihr Mann war. Wie sehr sie ihn benutzt und belogen hatte.

»Ich weiß, du willst nicht gestört werden«, hatte Nunzia gesagt und nur die Spitze ihres Gesichts in den Spalt geklemmt. »Aber mir ist aufgetragen worden, dir etwas auszurichten. Von jemandem, der mich auf der Gasse hinter dem Ballarò ansprach, weil er sich nicht anders zu helfen vermochte. Ich weiß nicht, was ich tun soll, Aita. Diese Männer sind unsere Feinde, gewiss – aber ein Mann, der aus Liebe leidet und so innig bittet, dauert mich. Einerlei, woher er kommt.«

Im Nu hatte Aita sich im Bett aufgesetzt. »Um wen geht es?«

»Um den Chevalier. Sergeant Rossillon. Er will dich sprechen, Aita. Er sagt, es muss sein.«

»Aber er weiß doch, wie gefährlich es ist!«

»Dasselbe habe ich ihm auch gesagt. Aber er hat nicht aufgehört, mich zu bestürmen.«

»Er soll nach Frankreich zurückgehen. In Sicherheit. Schnell.«

»Das kann er nicht, sagt er. Nicht, ohne von dir Abschied zu nehmen und von dir selbst zu hören, dass es dir gut geht, dass niemand dir ein Leid tut.«

Das klang nach Thierry. Aita überlegte blitzschnell. Es war gefährlich, und der Treffpunkt, den er Nunzia genannt hatte, war der schiere Wahnsinn, aber sie schuldete es ihm. Sie musste ihn heimschicken, zu seiner Mutter, seinen Brüdern, dem alten Hund und all den Kindern, die ihn ihren Lieblingsonkel nannten. Sie musste sich bei ihm bedanken und ihn um Verzeihung bitten. Nunzia konnte ihm keine Nachricht überbringen – er hatte ihr gesagt, wo er Aita zu treffen wünschte, ohne um Antwort zu bitten.

»Ich werde an dem Ort auf sie warten, der ihr bekannt ist. Wenn ich Eurer Herrin nicht völlig gleichgültig war, soll sie mich dort ein letztes Mal treffen.«

Das klang noch mehr nach Thierry. Anfangs hatte sie ihn manchmal verspottet, weil er mit Worten so dick auftrug, als wollte er sein Haus weißeln. Dann aber hatte sie begriffen, dass die Kaskade aus Worten ein Teil seiner Großzügigkeit war. Und dass sie ihr wohltat, nachdem der andere sie beinahe ausgehungert hatte.

Der andere.

Emidio.

Es tat so weh, und es hörte keinen einzigen Herzschlag lang auf wehzutun. Sie würde ihn nicht mehr sehen, nur noch einmal, wenn er über sie zu Gericht sitzen würde, aber nicht, um ihm zu sagen, wie leid es ihr tat. In den Nächten lag sie wach und sah ihn in einer fremden Stadt, die sie sich riesenhaft und steinern vorstellte, auf einem menschenleeren Platz liegen, seine tote Frau in den Armen und sein neugeborenes Kind.

Warum habe ich euch nicht euren Frieden gelassen? Damals, in der Nacht nach der Vesper, als du mir erlaubt hast, in deinen Augen deine Angst zu sehen, deine Schutzlosigkeit – warum hatte ich nicht genug Achtung vor einem anderen Menschen, um mich umzudrehen und zu gehen? Jetzt wünsche ich mir nichts mehr, als dass du bei alledem nicht noch mehr verletzt, nicht gedemütigt wirst.

Nein.

Nicht ganz.

Ich wünschte, ich dürfte dich noch einmal berühren. Sacht. Nicht besitzergreifend. Und dir sagen, dass ich gern gelernt hätte, dich so zu lieben, wie es dir gutgetan hätte. So, wie ein Mensch es verdient.

Stidda, Rosa und Carmelo hatten sie in diesen Tagen regelrecht belauert, auch wenn sie ihr Bestes taten, um es sich nicht anmerken zu lassen. An den beiden hohen Feiertagen aber waren sie zu beschäftigt, um Aita im Auge zu behalten. Vermutlich gingen sie mit ihren Kindern zur Kirche. Arabella war natürlich zu ihrem Vater in den Palast geflüchtet. Wenn sie während der furchtbaren Szene etwas gesehen hatte, so würde sie es ihm bereits berichtet haben.

Ich wollte dich leiden lassen, ich wollte, dass du vor Eifersucht die Wände hochgehst, so wie ich die Wände hochgegangen bin. Jetzt hoffe ich, es tut dir nicht weh. Auch deinem Stolz nicht. Wenn du mich dafür ausliefern und so bestrafen lassen musst wie die Käufliche damals auf der Straße, dann will ich, dass du es tust.

Seit Tagen hatte sie sich nicht mehr vollständig angekleidet, und sie verwendete auch jetzt wenig Mühe darauf. Als sie das Kleid an ihrem Körper herunterstreifte, bemerkte sie, dass es an ihr beinahe aus den Nähten platzte, obwohl sie seit dem Schrecken kaum noch hatte essen können. Sie und Thierry hatten wahrhaftig geprasst wie zwei, die am Verhungern waren. Sie hatten sich so gefühlt. Voll unstillbarer Gier nach Nähe. Ihr sandweißes Bein erschien ihr plump. Sie hatte Tage im Bett verbracht, und doch fühlte sie sich zu Tode erschöpft und kaum fähig, die schweren Glieder zu schleppen, als sie das Haus verließ. Nie war sie so dankbar für das Pferd gewesen, das sie selbst sattelte und vom Hof lenkte. In dem Jahr, das verstrichen war, hatte sie unter Thierrys Anleitung recht ordentlich reiten gelernt.

Paliemmu zur Osterzeit war immer eine Stadt im Rausch gewesen, eine Liebeskünstlerin, die sich von ihrer leuchtenden, lautesten Seite zeigte, die keine Hemmungen kannte und den ganzen Tag sang. Heute aber schien sie still wie eine lauernde Schlange. Zwar wurden in Prozessionen die Heiligenfiguren der Gemeinden mit Blumen geschmückt durch die Gassen getragen, zwar stiegen Schwaden vom Weihrauch auf, und da und dort erhoben sich die alten Gesänge, doch über allem schien eine Spannung zu liegen, die sich nicht benennen, wohl aber mit den Händen greifen ließ.

Der Weg bis hinaus in die kleine Schlucht des Flusses, wo sich der Kirchhof von Sant'Orsola erstreckte und die Kirche von Santo Spirito stand, kam Aita endlos vor. Sie konnte nicht geradewegs reiten. Sobald sie von Weitem jemanden zu entdecken glaubte, den sie kannte, lenkte sie Idrisi in eine Seitenstraße, nahm einen Umweg oder hielt sich samt dem Rappen hinter einem Mauervorsprung versteckt, bis die Gestalt verschwunden war. Sie duckte den Kopf in die seidige Mähne des Tieres und war froh über dessen warme, atmende Gegenwart.

Es musste viel später sein als die Zeit – eine Stunde vor Beginn der Vesper –, die Thierry Nunzia genannt hatte, als Aita endlich ihr Ziel erreichte. Ein paar Männer waren bereits damit beschäftigt, einen hölzernen Stand für ein Weinfass zu errichten, ein Podium zu zimmern und den Pfahl für die *Curdedda* hochzuziehen, doch noch waren es nur wenige, deren Blicken Aita auf dem leichtfüßigen Rappen ausweichen musste.

Sie kannte die Männer – natürlich kannte sie sie. Einer von ihnen war Davide, der schöne König der Fischer, der stets in vorderster Reihe zu finden war, wenn sich in Paliemmu etwas zusammenballte. So hatte er einst auch die Schar ihrer Verehrer angeführt und war sich sicher gewesen, er müsse der Auserwählte sein, wenn Aita, die Herzen brechende Lilie, je einen erhörte. Seit sie ihm den *Diavúlu* vorgezogen hatte, hatte er sie mit Verachtung behandelt wie eine Käufliche, jedoch nicht ohne das Glimmen des Begehrens in den Augen.

Wir sind uns so unähnlich nicht, dieser Fischerkönig und ich, dachte sie bitter. Wir sind beide miese Verlierer. Dass ich Verliererin sein sollte, hat mich so in Zorn gebracht, dass ich dafür Menschen zerstört habe.

Am Hang sprang sie ab, führte Idrisi die paar Schritte hinunter und knotete ihn an einen jungen, kaum mannshohen Mandelbaum. Das Rauschen des Flusses schien sie wie ein Schutz zu umfangen. Gleich darauf sah sie Thierry. Er stand in dem schon langen Schatten der Pinie und trug ein viel zu helles Hemd und Wams. Aita sah an sich hinunter. Auch sie hatte nicht daran gedacht, bei ihrer Kleidung ein wenig Vorsicht walten zu lassen. Er hielt nach ihr Ausschau und sah sie sofort.

»Aita. Liebste. Ich dachte, du kommst nicht mehr.«

Mit dem nächsten Herzschlag lag sie in seinen Armen. Es tat so gut, ihn zu sehen, festzustellen, dass er gesund und unversehrt war, ein wenig blass und übernächtigt, doch sonst ganz heil. War ihr während der Monate ihrer Liebe je aufgefallen, wie jung er noch war? Beinahe ein Kind. Er würde nach Hause zurückkehren, in die Arme seiner Familie, und einer hübschen, liebenswerten Frau ein reizender Gatte sein.

»Ich bin so froh, dich bei mir zu haben«, raunte er an ihrem Ohr. »Aber es ist so gefährlich, du dumme, süße Liebste. Als ich diese endlose Stunde lang hier stand und auf dich gewartet habe, hat mich die Angst fast umgebracht, dir könnte etwas geschehen sein.«

»Es war nicht leicht, durch die Stadt hierherzukommen. Es ist Ostern, jeder ist unterwegs. Das hier ist nicht der klügste Treffpunkt, Thierry.«

»Dasselbe dachte ich auch. Aber deine Magd bestand darauf: Hier und nirgendwo anders wolltest du auf mich warten. Am Ende dachte ich: ›So sind eben die Frauen. Wir haben uns hier gefunden, und also ist dies der Ort, den du auswählst, einerlei, welche Gefahr uns droht.‹ Das war ganz furchtbar dumm, *mon amour*, aber ich liebe dich dafür.«

»Augenblick!«, rief Aita, obwohl es längst sinnlos geworden war und sie mit jagendem Herzen begriff, dass sie in eine Falle getappt war. »Es war ganz furchtbar dumm – aber doch von dir, nicht von mir.«

Sie sahen sich an, die Augen vor Entsetzen weit.

Warum Nunzia?, hallte es in Aitas Schädel. *Wir haben sie aufgenommen, nachdem ihr Onkel sein Einkommen verloren hatte. Wir haben sie ordentlich behandelt – was habe denn ich, und was in aller Welt hat Thierry dieser bedeutungslosen, immer netten Nunzia getan?*

Er umfasste ihre Taille fester, und ihre Hände krallten sich in seine Schultern. Rasend schweiften ihre Blicke. Unten schnitt ihnen der Fluss den Weg ab, oben wartete der Festplatz. Vorn lag der Kirchhof, über den jetzt bereits die ersten Gläubigen dem Portal und der Vesper zuströmen würden. Jeden Augenblick konnten die Glocken zu läuten beginnen. »Wir müssen uns trennen«, wisperte sie ihm zu. »Schnell, ehe jemand uns entdeckt! Du gehst zurück in Richtung Stadt, und ich gehe in die Messe, als wäre dies ein Osterfest wie jedes andere.«

»Und dann?«, fragte er und klang wie ein Kind.

»Dann nimmst du das nächste Schiff heim, in dein Frankreich, mein Liebling«, flüsterte Aita über den Klumpen in der Kehle hinweg. »Zu deinem vielen Lavendel und deinem Hund, zu deinen Nichten und Neffen und zu den schönen Frauen aus dem Vaucluse.«

»Das heißt, ich sehe dich nicht mehr wieder? Du kommst nicht mit mir?«

Aita ließ die Tränen laufen und schüttelte den Kopf. Mochte dies hier nur gut gehen, nur schnell vorüber sein, ohne dass etwas geschah! Sie würde bestraft werden, gepeitscht, geschoren und entwürdigt, ob heute Nacht oder morgen, wenn Emidio zurückkam. Sie hatte es verdient, und sie wünschte sich, dass sie dabei starb. Thierry aber durfte nichts von alledem widerfahren, er hatte nichts verbrochen und sollte unbeschadet zu seiner Familie zurück.

»Aber was wird denn aus dir?«, rief er. »Deine Verwandten, was haben sie dir getan?«

»Nichts«, sagte Aita. »Sie sind mir böse, das war nicht anders zu erwarten, aber sie nehmen mich in Schutz, bis mein Mann nach Hause kommt und eine Entscheidung trifft.«

»Und dein Mann? Aita, auf Ehebruch kann für eine Frau der Tod stehen, selbst wenn sie ihn mit einem Mann ihres eigenen Volkes begeht!«

»Nur auf Verlangen des Ehemannes«, sagte Aita.

»Dein Mann wird es verlangen!«, rief Thierry viel zu laut und hielt sie mit der ganzen verzweifelten Kraft seiner Liebe fest. »Ich erlaube das nicht, meine Liebste! Ich lasse dich nicht unter lauter Feinden allein.«

»Ich bin nicht unter Feinden«, sagte Aita, der die Tränen jetzt ohne Unterlass liefen. »Ich bin unter meinen Leuten.« Es entsprach nicht der Wahrheit, sie war mutterseelenallein, doch zum ersten Mal wurde ihr klar, dass es der Wahrheit hätte entsprechen können, hätte sie auf Menschen mehr gegeben als einen Pfifferling, einen Eidechsenschwanz. Ihre Eltern, Rosa, Stidda, Carmelo. Sie küsste Thierry in den Mundwinkel. »Mach dir keine Sorgen, Süßmaul. Mein Mann ist kein Verbrecher und auch kein Idiot. Ich habe seine Ehre verletzt. Die Strafe, die er mir dafür erteilen will, nehme ich hin.«

»Das darfst du nicht!«, rief Thierry.

»Doch«, sagte Aita und war auf einmal sicher, dass sie dazu in der Lage sein würde. Die Glocken begannen zu läuten, und sie spürte, dass sie Emidio vertraute, dass die Angst nicht mehr unerträglich war. Was immer er über sie, über Stidda und Carmelo entschied, würde auszuhalten sein. »Geh jetzt, Thierry. *Bona partuta, bona furtuna.* Danke für alles, mein kleiner *Franciscu.*«

Sie gab ihm seinen Kuss für den Weg – noch einmal lang und ausgiebig, so wie er es liebte. Dabei löste sie schon die Hände von seinen Schultern und benutzte ihr kräftiges Becken, um ihn von sich wegzuschieben. Der Fluss rauschte, und die Glocken läuteten zur Vesper. Noch einen einzigen Augenblick lang war sonst alles still.

Dann gellten die Rufe über die Ebene hinweg, so laut, so hoch und schrill, als wollte die Ruferin die gesamte Stadt in Alarm versetzen: »*Ma fia, ma fia, ma fia!*«

Idrisi bäumte sich auf und stieß ein helles Wiehern in die Luft. Instinktiv schlang Thierry seine Arme fester um Aita. Die drehte sich um und riss die Arme in die Höhe. »Mamma, nein!«, glaubte sie zu rufen, doch vielleicht blieben die Worte ihr in der Kehle stecken. Es war noch nicht dunkel, die Vesper hatte noch nicht begonnen, doch von oben, vom Festplatz her leuchtete das Feuer von Fackeln auf.

»Ma fia, ma fia, ma fia!«

Wie eine Woge Lava aus dem Höllenschlund des *Mungibeddu* ergoss sich eine Schar Männer den kurzen Hang hinunter. Ungläubig starrte Aita auf das, was in ihren Händen blitzte: Messer. Dolche. Spieße. Sogar Schwerter. Paliemmus Männer waren bewaffnet. Nicht mit Knüppeln und Stangen wie von jeher, sondern mit Klingen, die mit einem Hieb töten würden.

»Das Franzosenschwein hat sich an der Frau vergriffen!«

»Und diese arme Mutter – vor ihren Augen tut er der Tochter das an.«

»Moranu li Francischi!« – *»Tod den Franzosen!«*

»Wer in dieser Stadt das Wort *Ciciri* nicht aus dem Mund bekommt, dem verpasst das Schwert!«

Das Donnern der Sohlen ließ den Boden erzittern, die Glocken läuteten so laut, wie Aita sie nie zuvor gehört hatte, und über allem schrillte noch immer die Stimme ihrer Mutter, die inzwischen bei ihnen war und mit ihren kleinen dicken Händen versuchte, Thierry von Aita wegzuzerren: *»Ma fia, ma fia, ma fia!«*

Drei, vier oder auch fünf Männer erreichten gleichzeitig ihre Gruppe. Einer zog mit einem Ruck Aitas Mutter von Thierry weg, zwei weitere packten die zappelnde, mit den Armen rudernde Aita und rissen sie ebenfalls zurück. Einer von denen, die sie hielten, verbog ihr die Arme, dass sie aufschrie. Es war Davide, der König der Fischer. *»Putana!«*, zischte er. »Du bekommst deinen Teil, wenn wir mit deinem verdammten Rammler fertig sind.«

Aita sah ihn nicht an, sondern starrte nur auf Thierry.

»Nicht doch, nicht!«, brüllte jemand vom Kamm des Hangs her. Ihr Bruder Carmelo. »Es ist noch zu früh, es ist nicht das Zeichen – das sind nur meine Verwandten, die zur Kirche gehen!«

Niemand hörte auf ihn. Der Blick aus Thierrys blauen Augen bohrte sich in Aitas Augen, grub sich in ihr Gedächtnis und würde dort bleiben, solange das Gedächtnis blieb. Einer der Männer, der Sohn von Beppe vom *Bufalu mutu*, der Beppe hieß wie sein Vater, hob seinen Dolch und schnitt Thierry durch den Hals. Thierrys Hals war leuchtend weiß, und als das Rot herausquoll, wirkte die Haut darum noch weißer. Solange es dauerte – ein, zwei Herzschläge lang und die ganze Ewigkeit –, hielt er den Blick auf Aita gerichtet. Dann sackte er zu den Füßen der Männer in sich zusammen.

29

Die Glocken, die zur Vesper riefen, läuteten unaufhörlich weiter, sie läuteten in sämtlichen Kirchen der Stadt, doch zur Vesper ging niemand. Es war die Feier zur Auferstehung des Herrn, aber von denen, die fielen, stand keiner wieder auf. Mit ihren Dolchen und Messen, Schwertern und Spießen zogen die Männer von Paliemmu durch die Gassen ihrer Stadt und metzelten jeden nieder, der das Wort für Kichererbsen nicht aussprach, wie ein Sizilianer es tat.

Der Schlachtruf, der durch die hereinbrechende Nacht gellte, lautete »*Ma fia, ma fia, ma fia!*«, und die Parole, die über Leben und Tod entschied, lautete »*ciciri*«.

Ein kleiner Trupp Männer und eine wogende Menge Frauen waren auf dem Platz vor dem Kirchhof zurückgeblieben. In anderen Jahren hatten sie hier ihr wildestes, rauschhaftestes Fest gefeiert, doch in diesem Jahr galten Rausch und Wildheit einem anderen Zweck. In diesem Jahr, in dieser Nacht der Vesper, bestraften die Leute von Paliemmu Aita Pappalardu dafür, dass sie ihre Nase zu hoch getragen und sich nicht mit dem begnügt hatte, was ihnen allen genügen musste. Sie bestraften sie, weil sie immer wieder auf den Meeresgrund hinuntergetaucht war und den Hals nicht vollbekommen hatte.

Aita sah sie um sich stehen wie das heitere Gericht der *Curdedda.* Nur stiller waren sie. Gespannter. Gieriger. In der Menge erkannte sie das dickliche Gesicht von Nunzia, vor Genuss verklärt, als müsste ihr Speichel von den Lippen tropfen. Francesca stand ebenfalls dort, die Augen vom Glotzen weit. *Ich habe nie viel Mitleid gehabt,* dachte Aita, *aber ich habe mich auch nie an der*

Qual von anderen ergötzt. Dagegen schien es außer ihrer Mutter auf dem Platz keine Frau zu geben, die ihr Prügel und Demütigung nicht mit frohlockendem Herzen gönnte.

Die Mutter hatte geheult wie ein Tier. Aita hatte Carmelo und Stidda zurufen können, sie sollten sie wegbringen, doch was danach mit ihr geschehen war, entzog sich ihr. Carmelo war noch da. Sie hörte ihn einmal aufweinen. *»Ti vogghiu beni, Aita, sorellina.«*

Ja, Brüderchen. Ich hab dich auch lieb.

Der König der Fischer hatte sich ihr prachtvolles Haar, auf das er einst Lieder gedichtet hatte, zweimal um Hand und Gelenk geschlungen. Mit der anderen Hand packte er ihren Nacken und zwang sie auf Hände und Knie. »Franzosenhure«, sagte er nach all der Aufruhr kalt. »Schert sie!«

Der junge Beppe trat mit seinem Messer hinzu und hackte grimmig auf Aitas Haar ein, doch die anderen, die nach vorn mehr gestoßen als geschoben wurden – Giovanni, Turri –, agierten zögerlich, als täte es ihnen um das schöne Haar ein wenig leid. Es war eine lange, quälende Prozedur, die Aita die Tränen in die Augen trieb. Sie sah die zerfetzten Strähnen zu Boden gleiten und glaubte, auf der aufgeschürften Kopfhaut noch vereinzelte Büschel zu spüren, als die drei Männer von ihr abließen.

Der König der Fischer stand nun schräg vor ihr und zog sich mit entsetzlicher Langsamkeit den Riemen vom Leib. Er sandte ihr ein Lächeln, das die Hälfte seiner Zähne enthüllte, dann trat er hinter sie zurück. »Gebt ihr, was Huren gebührt, die ihr Volk verraten! Peitscht sie durch, wie ihr's bei euren Weibern tätet, wenn die euch mit dem Feind zum Hahnrei machten!«

Aita spürte seine Hand durch den Stoff, ehe er ihre Röcke nach vorn über ihren Kopf warf und ihren Hintern den lechzenden Blicken preisgab. Sie war sicher gewesen, nach Thierrys Tod könne ihr dies nichts mehr anhaben, ja, im Gegenteil, die Prozedur werde ihr willkommen sein. Aber so war es nicht. Die Erniedrigung war so überwältigend, dass ihr ganzer Körper sich zusammenzog, als wollte er in sich hineinkriechen. Sie war nichts mehr wert, gar nichts mehr. Der Haufen Jammer und Elend, der von ihr übrig war, hatte keinen Platz mehr in der Welt. Die Arme knickten ihr ein, und sie stürzte vornüber. Die Männer ließen sie so liegen – Kopf und Brust auf den Boden gepresst und den Hintern absurd gen Himmel gereckt.

»Die kann wohl ihre Prügel nicht abwarten!«

»Gebt's ihr deftig! Verdient hat die's hundertmal, und das Prachtstück von Arsch ist dafür wie gemacht!«

Gelächter hallte auf. Von weiter entfernt gellten Schreie, Zornesrufe und das schrille Kreischen der Todesangst.

Sie hatte sich darauf einstellen, sich auf den Schmerz vorbereiten wollen, und sie hatte zum Allmächtigen gefleht: *Patri nostru nei cieli, bitte lass mich nicht auch noch schreien.* Aber es gab ja kein Vorbereiten, nur den Schmerz. Der Riemen sauste klatschend nieder, biss sich in ihre Haut, und sie schrie aus Leibeskräften. Der Schmerz verhallte nicht, nur ihr Schrei, der in klägliches Wimmern überging. *Nicht noch mehr Hiebe,* hätte sie bar jeder Würde betteln wollen, *bitte alles, nur nicht noch einmal schlagen.* Aber das Leder traf bereits wieder auf und verwandelte das Fleisch, das Teil ihres Körpers gewesen war, in eine Masse aus Schmerz. In ihren Ohren mischte sich ihr eigenes bitterliches Weinen mit dem wiehernden Gelächter der Menge.

Gleich darauf hörte sie Schritte und eine Stimme, unter der das Lachen verstummte. Zwei Paar Füße, eines schwer, eines leicht, beide schnell. »Aufhören. Lasst sie los!«

»Loslassen? Davon träumst du wohl nachts.«

»Wer ist denn der?«

»Weißt du das nicht? Das ist ihr Mann, dem sie mit dem Kindermörder ein gewaltiges Paar Hörner aufgesetzt hat.«

»Komm her zu uns, *compar' Firraru!*«, rief der König der Fischer launig. »Meinen Riemen borge ich dir gerne. Wer sonst hätte das Recht, der den Arsch zu versengen, wenn nicht du.«

»Keiner«, sagte Emidio. »Das Recht hat niemand, sie ist mein, und du gibst sie mir los.«

»Haha!«, rief Beppes Sohn Beppe. »Das haben wir alle gesehen, wie die dein ist – die hat den *Franciscu* noch abküssen wollen, als das Schwein längst abgestochen war. Dein ist, was der Hund macht, mein Guter.«

Geh weg, dachte Aita. *Lass dir das nicht antun.* Aber sie wollte, dass er blieb und ihr half.

Jemand trat neben sie, griff nach ihren Röcken und breitete sie über ihre Blöße.

»He, Kleine!«, grölte der König der Fischer. »Wirst du das wohl bleiben lassen? An dem saftigen Schinken gibt's so viel zu pfeffern, damit haben wir die ganze Nacht unseren Spaß.«

Dumpf dröhnte ein Schlag, gefolgt von dem polternden Geräusch, mit dem ein Körper zu Boden sackte. »Es tut mir leid«, sagte Emidio beinahe freundlich. »Wo ich hinschlage, wächst kein Gras mehr, und so redet kein Mann von meiner Frau.«

Um sie senkte sich Schweigen. Ob der König der Fischer sich aufrappelte oder liegen blieb, bekam Aita nicht mit. »Ich bringe Aita jetzt nach Hause«, sagte Emidio. »Und ihr denkt nicht einmal im Traum daran, euch je wieder an ihr zu vergreifen, hört ihr? Das Blutbad, das ihr dort drüben hinter den Mauern anrichtet, kann kein Mensch mehr aufhalten, aber Aita ist meine Frau. Sie bekommt mein Kind, und sie hat in dieser abscheulichen Nacht schon zu viel erlebt.«

An ihrer Seite kniete er nieder, nahm sie am Arm und stützte ihr den Kopf. Ihm gegenüber hatte bereits Arabella Aitas zweiten Arm ergriffen, richtete mit ihren geringen Kräften jedoch nicht viel aus. Das war auch nicht nötig. Emidio hatte keine

Schwierigkeiten, ihren schweren, schlaffen Leib allein in die Höhe zu hieven. Sobald sie stand, legte er ihr den Arm um die Taille, sah ihr fest, wie um Vertrauen bittend, in die Augen und küsste sie auf den Mund. Dann legte er den anderen Arm um Arabella, und zu dritt verließen sie den Platz.

30

Sich bäumend und scheuend, hatte Idrisi den Mandelbaum, an den er angebunden war, halb aus der Erde gerissen, doch dann war er offenbar müde geworden und hatte am zerrissenen Zügel auf sie gewartet. Emidio hob Thierrys Leichnam auf, lud ihn dem Pferd über den Widerrist und deckte die rotbraune Decke über den Toten.

»Weshalb habt ihr die mit?«, fragte Aita, froh, das Schweigen zu brechen.

»Wir haben die immer mit«, sagte Arabella. »Man weiß ja nicht, wann man mal eine gute Decke brauchen kann.«

»Schaffst du das?«, fragte Emidio. »Dich hinter ihn zu setzen? Oder willst du zu Fuß gehen? Wir haben es weit. In der Stadt ist die Hölle losgebrochen und wird nicht zur Ruhe kommen, solange noch ein Franzose am Leben ist. Wer weiß, ob ein jeder dort in seinem Blutrausch noch darauf achtet, wie wer Kichererbsen ausspricht, ehe er zusticht. Es ist mir lieber, wir gehen zum Berg und bleiben dort bis zum Morgen.«

»In der Höhle?«

Er nickte. »Wir können das Pferd nicht bis ganz nach oben mitnehmen, aber es wird wohl zufrieden sein, auf halber Höhe Flechten zu rupfen. Wir haben Zunder für Feuer und noch eine Decke. Kalt wird es trotzdem.«

Aita kam es warm vor. Die Höhle, die weit weg vom Mordsgeschrei in Stille und Sicherheit lag, die zwei Menschen und das Pferd bei ihr und der Tote, den sie nicht zurückgelassen hatten. Sie wäre gern zu Fuß gegangen und hätte Arabella reiten lassen, die zart und müde aussah, aber als sie es versuchte, wurde ihr klar, dass ihr die Kraft fehlte. Nicht nur der gepeitschte Hintern und die zerschundene Kopfhaut schmerzten, sondern ihr ganzer Körper, und beim kleinsten Schritt sackten ihr die Knie ein. Sie ließ sich von Emidio in den Sattel helfen. Emidio und Arabella führten Idrisi, sodass Aita sich nur mit einer Hand am Sattelknauf festhalten musste, und mit der freien Hand streichelte sie Thierrys Rücken. *Es tut mir so leid, Lieblingsonkel, so leid, so leid, so leid. Deinen alten Hund wirst du nicht wiedersehen, ich habe schon seinen Namen vergessen, und ich wünschte, ich könnte wenigstens schreiben und deiner Familie in ihrem Lavendelland Nachricht senden.* Sobald der Kirchplatz hinter ihnen lag, begann sie zu weinen, und sie hörte nicht mehr auf, bis sie den Berg und dann das Plateau auf halber Höhe erreicht hatten, wo Idrisi die Nacht verbringen sollte.

Ehe Emidio ihr aus dem Sattel half, wollte sie sich die Tränen wegwischen. Sie würde noch endlos um Thierry weinen, aber es kam ihr nicht richtig vor, es vor Emidio zu tun. Als er sich ihr jedoch zuwandte und ihr die Hand gab, um sie beim Absteigen zu stützen, sah sie, dass sein Gesicht so nass war wie ihres. Sie ließ sich zu Boden gleiten, landete neben ihm und berührte flüchtig seine nasse Wange.

Er lud sich Thierry auf die Arme und trug den leblosen Körper ihnen voran. Arabella fasste Aita beim Ellbogen, um sie zu stützen. Ihr Körper besaß wenig Kraft, doch der entschlossene Griff der kleinen Hand rief Überreste von Aitas eigenen Kräften wach, und gemeinsam schafften sie es bis zum Eingang der Höhle. Dort bahrte Emidio den Toten auf, strich ihm Haar und Kleidung zurecht und schlug ein Kreuz über seiner Stirn, nahm ihm die Decke jedoch ab. In der Kälte der Märznacht würden die Lebenden sie bitter nötig haben. Er führte Arabella und Aita tief in den Rachen des Felsens, wo sie vor dem Nachtwind geschützt sein würden. Das furchtbare Schreien der Stadt, die als Schauplatz eines Massakers herhalten musste, war jetzt weit weg und nicht mehr zu hören.

Emidio entzündete das Feuer mit einem Geschick, das seine Übung verriet: Er war hier zu Hause, in der Muschelschale, in der er sich so vertraut fühlte, dass er vielleicht etwas hörte, das in ihm schon immer da war und die Muschel zum Klingen brachte. Aita sah ihm zu und liebte ihn, ohne ihn zu stören. Seine Schulterblätter, die sich bei der Arbeit mit Flintstein und Zunder bewegten, fand sie schön, doch dem Drang, sich selbst zum Teil dieser Schönheit zu machen und danach zu greifen, widerstand sie. Anschließend entnahm er seinem Bündel eine lederne Flasche und einen in Tuch gewickelten Gegenstand und machte sich daran, aus dem leeren Bündel, einer der Decken und seinem Wams ein Lager für seine Tochter zu bauen. Arabella sah zum Umfallen müde aus. Irgendwann, nachdem er alles etliche Male umgeschichtet hatte, nahm sie es ihm weg und richtete es sich selbst.

»*Babbo*«, sagte sie, »ich bin dreizehn. Du brauchst mir nicht mehr jeden Abend das Bett zu richten.«

»Nein«, sagte er, »du bist jetzt sehr groß. Aber dieses Bettenmachen rettet mir den Verstand, weißt du?«

Arabella lachte und klang wie ein kleines Mädchen, das ein großes Mädchen wurde, nicht länger wie eine zu kurz geratene Klosterschwester. »Ist daran noch etwas zu retten?«

Er lachte auch. Sie lachten einander in die Gesichter wie zwei, die voreinander nichts zu fürchten haben. »Nicht viel. Aber wenn alles um mich rast und schlägt und tötet, ist es ziemlich beruhigend, sich um dein Bett zu kümmern. Etwas zu tun, das nichts kaputt macht und das Tiere auch tun: ihre Kinder aufziehen. Als Junge wollte ich unbedingt ein Wort für den Schrecken finden, der nicht geschieht. Dann aber ist der Schrecken geschehen, und ich habe das Wort nicht länger gesucht. Stattdessen habe ich das Wort für Leben gefunden, das nach dem Schrecken weitergeht. Es heißt Arabella, und ich muss mich jeden Abend versichern, dass ich es noch weiß.«

Sie gab ihm einen Kuss auf die Wange, der schnalzte. Dann einen zweiten. Und noch einen. »Du bist ein Spinner.«

»Und du warst schon mal höflicher.«

»War ich nicht«, sagte Arabella und rollte sich unter der Decke zusammen. »Ich hab dich lieb, *babbo cipudda.*«

»Und ich dich, *fia cipuddina.*«

Emidio saß nahe beim Gesicht seiner Tochter und streichelte eine Strähne ihres Haars, bis sie eingeschlafen war. Dann wandte er sich zu Aita um, nahm die Lederflasche, die er aus seinem Bündel geholt hatte, und gab sie ihr. Der Wein war nur wenig verdünnt und tat gut. Während sie trank, breitete er die große rotbraune Decke um sie.

»Und was ist mit dir?«, fragte sie.

Die schweren Schultern zuckten. Unsicher sah er sie an und dann wieder von ihr weg.

»Ich will nicht, dass du frierst«, sagte sie und hob einen Zipfel der Decke. »Davon wird mir nicht warm.«

Er zögerte, dann kroch er zu ihr, und sie stopfte hastig die Wolle um ihn fest, tat einen Funken von dem, was sie ihm hätte geben wollen. »Ich kann nichts zu dir sagen«, murmelte sie. »Nicht ›Danke‹, nicht ›Verzeih mir‹, das ist alles zu klein.«

»Dann sag nichts. Versuch, dir keine Gedanken zu machen. Wir wissen nicht, wie unsere Stadt in der Frühe aussehen wird, wir haben einen Toten zu bestatten, den sie uns abjagen und zerreißen wollen werden, und wir sind viel zu erschöpft, um Entscheidungen zu treffen.«

Aita wartete eine Zeit lang, dann fragte sie: »Glaubst du, dass dieses Gemetzel irgendeinen Sinn hat, dass es danach besser wird für Sizilien?«

»Das musst du mich nicht fragen«, antwortete Emidio. »Ich bin Schmied, ich verstehe nichts von Staatsführung, und ob Peter von Aragonien der bessere König ist oder Karl von Anjou, weiß niemand so wenig wie ich. Ich wusste auch damals nicht, ob Konradin von Hohenstaufen der bessere König gewesen wäre. Ich denke nur, dass nie etwas besser wird, wenn Menschen vergessen, dass sie ein Teil der Menschheit sind und dass sie mit jedem Menschen, den sie ums Leben bringen, ein Stück von sich selbst verlieren. Was ein Volk, das unter einer Regierung erstickt, stattdessen tun soll, kann ich dir aber auch nicht sagen, und damit ist es genug. Meine Tochter hat recht: Ich bin ein Spinner.«

Aita berührte seinen Handrücken und musste sich zwingen, ihn wieder loszulassen. »Ich finde es schön, dir zuzuhören. Ich fand es schön, mit dir zu reden. Mit mir hat nie jemand so geredet, und als du es nicht mehr getan hast, habe ich dich vermisst. Deine Tochter ist klug, und ich schäme mich, weil ich ihren Stolz verletzt habe, aber wenn sie dich einen Spinner nennt, liegt sie falsch.«

»Sie hat mir erzählt, was geschehen ist«, sagte er. »Erst heute. Sie bekommt alles mit, sie hat das ganze Jahr mit Thierry Spion gespielt. Heute ist sie zu mir gekommen – nicht, um es mir zu erzählen, sondern um aufzupassen, dass es mir kein anderer erzählt. Jetzt aber musste sie es mir sagen, weil sie Angst um dich hatte.«

»Ich kann nicht begreifen, warum. Ich war ekelhaft zu ihr, sie hätte doch froh sein müssen, mich los zu sein.«

»Sie war zu dir auch ekelhaft«, sagte er. »Willst du sie los sein?«

Sein Blick bat sie um etwas. Sie legte ihm weich die Arme um die Schultern, lehnte kurz ihre Wange an seine und sagte: »Nein.«

»Vielleicht macht das Familien aus«, sagte er. »Ekelhaft zueinander zu sein und sich trotzdem behalten zu wollen.«

»Du bist kein Spinner«, sagte Aita. »Du bist mindestens so klug wie deine Tochter.«

»Nein«, sagte Emidio und verzog das Gesicht zu einer Art von zerknautschtem Grinsen. »Nur erfahren. Ich habe Stidda zur Schwester.«

Das Lächeln, das sich ihr aufzwang, hielt kaum einen Herzschlag lang. »Warum hast du mich mitgenommen?«, fragte sie. »Warum zählst du mich zu deiner Familie noch immer dazu?«

»Weil du zu mir gehörst«, sagte er. »Weil du gesagt hast, dass du das willst. Weil ich schon einmal die Frau, die zu mir gehörte, vor rasenden Menschenhorden nicht beschützt habe.«

»Wie hättest du das denn tun sollen?«, fuhr sie ihn an, um ihn vor sich selbst in Schutz zu nehmen. »Und dass ich zu dir gehöre, wolltest du nicht, also erwächst dir daraus auch keine Pflicht.«

Seine schwarzen Augen sahen aus wie mit Glas überzogen und warfen ihr Bild zurück. »Ich?«, fragte er und schloss die Brauen über der Nasenwurzel. »Oh doch, das wollte ich, und wie ich es wollte! So sehr, dass ich meinen Kopf in einen Käfig hätte einschmieden und doch keinen einzigen klaren Gedanken hätte fassen können. Nur ein Spielzeug wollte ich nicht sein, das du wegwirfst, sobald du herausgefunden hast, wie man es zum Kreiseln bringt. Um das zu riskieren, war ich zu feige. Stattdessen habe ich dich für etwas bestraft, das du mir noch gar nicht angetan hattest, und ich kann mich kaum beklagen, dass du zurückgeschlagen hast.«

»Ich wollt's dir nicht antun«, sagte Aita heiser. »Dir nicht.«

Nur noch einen Atemzug lang wagten sie, einander anzusehen. Dann wandte er sich ab und langte nach dem in Tuch gehüllten Gegenstand aus seinem Bündel. Er wickelte ihn aus und rollte die silberne Kugel zu ihr hinüber. »Ich hätte dir ziemlich gern meine Welt zu Füßen gelegt«, sagte er. »Aber den Mumm dazu habe ich nicht aufgebracht. Ich hatte Angst, du lachst mich aus und rollst sie mir wieder zurück, weil sie dir zu läppisch ist.«

Aita fing die Kugel ab und drehte sie so behutsam, als wäre sie aus dünnem Glas. Über die silberne Oberfläche verteilten sich die Menschenfiguren von den Wänden der Höhle, aber sie waren nicht länger gefangen und gebeugt. Sie hielten die Köpfe erhoben und tanzten *Curdedda*. »Zu läppisch war ich«, sagte sie.

»Nein, Aita.«

Sie drehte die Kugel und weinte. »Aber ganz anders als Marianna.«

Ohne zu ihr hinzusehen, streckte er die Hand aus und strich ihr über die Wange, dann über den Kopf, von dem das Haar heruntergehackt worden war, so zart, dass sie keinen Schmerz spürte. »Du warst lebendig«, sagte er. »Gierig. Du hast mich zum Lachen gebracht, hast mir Höllenangst gemacht und mir gezeigt, dass das noch immer nicht geht – eine Insel zu sein.«

Aita hob die silberne Kugel in ihren Schoß. Als er seine Hand zurückzog, fing sie sie, führte sie zu Boden und legte ihre darüber. Er hatte recht: Sie waren zu erschöpft, um Entscheidungen zu treffen, und mit all den Toten, über deren Körper sie würden steigen müssen, um in ihre Stadt zurückzukehren, sprach es sich elendig schlecht über Liebe. Auch wenn man sich umso mehr danach sehnte.

Es ließ sich nur denken.

Ti amu, ti vogghiu beni.

»Ich will deine Welt«, sagte sie und begann, mit einem Finger seine Hand zu streicheln. »Aber nicht zu meinen Füßen. Ich würde gern lernen, sie behutsam in den Händen zu halten. Irgendwann. Wenn ich lange genug geübt habe. Bitte üb mit mir, Emidio.«

Er sah sie nicht an, hielt nur seine Hand unter ihrer still und wärmte ihren Körper mit seinem. »Bitte üb du mit mir. Und wenn du noch willst, sag zu mir Midiú.«

»Geht das noch? Dass wir zusammen üben? Habe ich noch nicht alles verspielt?«

»Habe ich noch nicht alles totgeschwiegen?«

Ihre Finger verschränkten sich.

»Bekomme ich wirklich ein Kind?«

»Wenn du das nicht weißt, bist du vermutlich in der Stadt die Einzige.«

Sie sog die Luft ein, legte ihre freie Hand auf ihren Bauch und wusste es. »Halten wir das aus, Midiú? Hältst du es aus?«

»Das weiß ich noch nicht«, sagte er. »Und du weißt es auch nicht. Aber morgen früh, wenn wir nach Paliemmu zurückmüssen, rettet es uns vielleicht den Verstand.«

ENDE

Glossar

Ahime	Häufig verwendeter italienischer Ausruf, etwa »Ach herrje«.
Albergheria	Eines der vier ursprünglichen Stadtviertel von Palermo, im 13. Jahrhundert vorwiegend von Beamten und Händlern, die den Palast belieferten, bewohnt.
Amuri	Sizilianisch. Liebling.
Augustalis	Goldmünze, die Kaiser Friedrich II. 1231 in Messina mit seinem Bildnis prägen ließ, um das Münzwesen in Sizilien neu zu ordnen.
Babazzu/a	Sizilianisch. Narr/Närrin.
Ballarò	Unter arabischer Herrschaft begründeter, nach orientalischem Vorbild betriebener Marktplatz im Herzen der Albergheria.
Befana	Altes Weib der süditalienischen Folklore, das Kindern am Dreikönigstag Geschenke oder – wenn das Benehmen des Kindes im Vorjahr nicht einwandfrei war – ein Stück Kohle bringt. Der Legende nach war die Befana eine Mutter, der ihr geliebtes Kind starb und die verwirrt vor Schmerz den neugeborenen Jesus für ihren Sohn hielt. Als sie vor ihm

stand, erkannte sie in ihm den Heiland und übergab ihm die für ihren Sohn gedachten Geschenke. Dafür sollte sie fortan die Mutter aller Kinder in Italien sein.

Blindadern Hämorrhoiden.

Blutgericht Im Gegensatz zur niederen und mittleren Gerichtsbarkeit durfte einzig eine Stadt, die Blutsgerichtbarkeit innehatte, Todesstrafen und sogenannte peinliche Strafen – zumeist Verstümmelungen – für schwere Verbrechen (u.a. Mord, Raub, Vergewaltigung, Brandstiftung, Rebellion) verhängen.

Bonu a nulla Sizilianisch. Nichtsnutz.

Braciere Kohlebecken, gern zum Wärmen der Füße verwendet.

Campo del Muricino Platz in Neapel, der in der zweiten Hälfte des dreizehnten Jahrhunderts zum zentralen Marktplatz aufstieg, die heutige *Piazza del Mercato.* Herkunft des Namens zweifelhaft, möglicherweise nach der Nähe der Mauern – *Muri* – benannt.

Carlino Silbermünze, die vermutlich Karl von Anjou prägen ließ, um den von Friedrich II. geprägten Augustalis als Hauptzahlungsmittel des Fernhandels abzulösen. Verbürgt erst unter Karl II. (seit 1303) und unter drakonischen Strafmaßnahmen durchgesetzt. Ich habe für die Romanhandlung eine frühere Prägung und Einführung –

die durchaus möglich ist – als gegeben angenommen.

Cassaro Vom Palazzo Reale – dem Normannenpalast – in die Stadt hinunterführende Hauptstraße Palermos.

Chamsa Persisch. Fünf. Obertitel der fünf Hauptepen des persischen Dichters Nizami, zu denen *Leila und Madschnūn* gehört.

Cialtrone Italienisch. Kanaille.

Ciciottino Italienisch. Dickerchen.

Ciciri Sizilianischer, schwer auszusprechender Dialektausdruck für *Ceci*, Kichererbsen.

Cipuddina Sizilianisch. Kleine Zwiebel.

Cobaita Sizilianische Süßigkeit, die auf die arabische Küche zurückgeht. Fester Krokant mit Orangenschalen, Sesam und Honig.

Collecta generalis Auch *Subventio*. Allgemeine außerordentliche Steuer, die Friedrich II. zwar des Öfteren in Sizilien erhob, die jedoch erst Karl von Anjou alljährlich und ohne Zustimmung des Parlaments einführte. Der Klerus, den Friedrich ebenfalls besteuert hatte, blieb aufgrund von Karls Vereinbarung mit der Kurie davon ausgenommen, was die Bevölkerung erzürnte.

Compar' Formlose Anrede, etwa »Kumpel«.

Conca d'Oro Italienisch. Goldenes Becken. Ebene um Palermo.

Cuddureddi Sizilianisches Süßgebäck.

Curdedda Sizilianische Tarantella, wilder Volkstanz, häufig mit Bändern um einen Pfahl getanzt.

Esse Feuerstelle in der Schmiede, die dem Anwärmen der Metallteile dient.

Farsumagru In ganz Sizilien, jedoch vor allem in Palermo beliebte Bratenzubereitung, bei der mageres Fleisch nach Belieben (oder nach Vorratslage in der Speisekammer) gefüllt wird. Der sizilianische Dialektausdruck bedeutet denn auch so etwas wie »gefüllte Magerkeit«. Obgleich das Gericht erst im 15. Jahrhundert mit Sicherheit belegt ist, ist es wahrscheinlich, dass bereits während der Herrschaft der Anjou dieser Braten verbreitet war. Der Ausdruck könnte französische Wurzeln haben.

Feldscher Wundarzt/Chirurg im militärischen Einsatz.

Finne Abgerundetes oder keilförmiges Ende des Hammerkopfes.

Firraru Sizilianisch. Schmied.

Florin Florentinische Goldmünze, ab Mitte des 13. Jahrhunderts geprägt und als Zahlungsmittel vor allem im Fernhandel verwendet.

Gebände Kopfbedeckung, ab dem 12. Jahrhundert von verheirateten Frauen getragen.

Ghibellinen Nach der Stadt Waiblingen benannte Parteigänger der Staufer.

Grape Bauchiges Kochgefäß auf drei Bei-

	nen, häufig aus Metall – z. B. Bronze – gefertigt.
Griddu	Sizilianisch für »Grille«.
Guelfen	Nach dem Geschlecht der Welfen – den Rivalen der Staufer – benannte Parteigänger des Papstes. Die sogenannten weißen Guelfen strebten dabei durchaus nach einer versöhnlichen Lösung mit dem Kaiser, während die schwarzen Guelfen keinerlei Kompromisse dulden und eine harte Politik der Konfrontation fahren wollten.
Halsberge	Teil der mittelalterlichen Ritterrüstung, der zum Schutz der Halspartie diente.
Helmer	Auch Helmschmied. Angesehenste Spezialisierung des Schmiedehandwerks. Der Helmer fertigte den Kopfschutz der Ritterrüstung.
Hidalgo	Angehöriger des niederen spanischen Erbadels, ohne gesonderten Titel.
Inquisitor Curiae	Von Karl von Anjou eingesetzte hohe Beamte, die nach dem Vorbild der französischen *Enquéterus* mit weitreichenden Vollmachten ausgestattet waren, den Justiziaren und Vikaren vorstanden und häufig diese Ämter regelrecht versteigerten, um sich zu bereichern.
Kreuzschlaghammer	Spezielle Art des Vorschlaghammers mit zum Hammerstiel verlaufender Finne, wird vor allem im Schmiedehandwerk benutzt.

La Kalsa Von Sarazenen errichteter, befestigter Bezirk von Palermo, arabischer Name *Al-Khalisa,* die Reine, die Auserwählte.

Lais Zwölf in Versen verfasste Novellen der Marie de France.

Maccu Püree aus Bohnen, Zwiebeln, Knoblauch, nach Geschmack und Vermögen auch Gewürzen und Kräutern, traditioneller Bestandteil der sizilianischen Küche, der zu Brot und Teigwaren verzehrt wird.

marzapane Italienisch. »Märzbrot«. Marzipan, das vermutlich mit den Arabern nach Sizilien kam und wegen der extrem hohen Preise für Mandeln und Zucker ein außerordentlicher Luxus war.

Mungibeddu Sizilianisch. Schöner Berg. Euphemistischer Beiname des Ätna.

Muquarnas Elemente der islamischen Architektur, ineinander übergehende Spitzbögen, die bevorzugt zur Begrenzung von Nischen und zum Übergang in Kuppeln verwendet werden.

Napoli sotterranea Unterirdisches Gewölbe Neapels, zunächst in der römischen Antike durch den Bau von Zisternen entstanden und im Verlauf des Mittelalters beim Abbau des als Baumaterial genutzten Tuffsteins erweitert. Die Kammern und Gänge unter den Häusern der Stadt wurden zur Bewässerung, als Lager, als Abfallhalde,

	aber auch als Wohnraum für die ärmsten Bewohner benutzt.
Palummella	Sizilianisch/Neapolitanisch. Kleine Taube.
Pappalardu	Sizilianisch. Fettfresser. Häufig Beiname für einen dicken Mann.
Picciotta	Sizilianisch. Kleines Mädchen.
Picciriddu	Sizilianisch. Kleiner Junge.
Pirla	Sizilianisch. Idiot.
Punziereisen	Kleines Werkzeug zum Punzieren – Treiben – von Mustern und Zeichen in Metall.
Reisiger	Gerüsteter Bediensteter, auf Reisen zum Schutz eingesetzt.
Rennofen	Kleiner, aus Lehm errichteter Schachtofen zur Gewinnung von Eisen aus Eisenerz.
Rithmomachie	Auch Zahlenkampfspiel. Vor allem in Frankreich und in gebildeten Kreisen beliebtes Brettspiel, bei dem es um Arithmetik und Harmonielehre ging.
Scharren	Bude, Marktstand.
Schindanger	Gemeinschaftlich verwalteter Platz einer Ortschaft, auf dem Tierkadaver zur weiteren Verwertung vorbereitet wurden.
Senza-nome	Namenlos.
Sicilianu	Sprache Siziliens. Obwohl es sich um eine Verwandte des Italienischen handelt, ist es falsch, von einem Dialekt zu sprechen.
Syndikus	Stadtbeamter mit beratender Funktion.

Tizio, Caio e Sempronio	Italienisches Äquivalent von Hinz und Kunz, Tom, Dick and Harry etc.
Welsche Falle	Fallbeil. Vorläufer der Guillotine.

Die Waringham-Saga geht weiter

Rebecca Gablé
DER PALAST DER MEERE
Ein Waringham-Roman
960 Seiten
ISBN 978-3-431-03926-9

London 1560: Als Spionin der Krone fällt Eleanor of Waringham im Konflikt zwischen der protestantischen Königin Elizabeth I. und der katholischen Schottin Mary Stewart eine gefährliche Aufgabe zu. Ihre Nähe zur Königin schafft Neider, und als Eleanor sich in den geheimnisvollen König der Diebe verliebt, macht sie sich angreifbar. Unterdessen schleicht sich ihr Bruder Isaac als blinder Passagier auf ein Schiff. Nach seiner Entdeckung wird er an Pflanzer auf der Insel Teneriffa verkauft. Erst nach zwei Jahren kommt Isaac wieder frei – unter der Bedingung, dass er in den Dienst des Freibeuters John Hawkins tritt. Zu spät merkt Isaac, dass Hawkins sich als Sklavenhändler betätigt – und dass sein Weg noch lange nicht zurück nach England führt ...

Bastei Lübbe

»Lerne ... finde die Wahrheit ... deine eigene Wahrheit ... «

Jeremiah Pearson
DIE TÄUFERIN
Der Bund der Freiheit
Historischer Roman
Aus dem amerikanischen
Englisch von
Axel Merz
608 Seiten
ISBN 978-3-7857-2537-5

Böhmen, 1517. Kristina ist noch ein Kind, als ihre Eltern auf dem Scheiterhaufen verbrannt werden. Sie seien Ketzer, so das Urteil, Feinde der katholischen Kirche. Weil sie daran glaubten, dass jeder Mensch das Recht hat, Lesen zu lernen. Jahre später will Kristina ihr Werk fortführen. Mit einer kleinen Gruppe Gleichgesinnter macht sie sich auf die gefährliche Reise nach Deutschland, um Verbündete in Mainz zu unterstützen. Doch unterwegs lauern nicht nur Ketzerjäger, sondern auch der Krieg. Bald liegt Kristinas Schicksal in der Hand eines einzigen Mannes: des hitzköpfigen Bauernkriegers Lud. Auftakt einer fulminanten historischen Saga in der Tradition von Ken Follett und Noah Gordon

Bastei Lübbe

Von der entführten Braut zur Königin der Diebe

Sabine Martin
DIE KÖNIGIN
DER DIEBE
Historischer Roman
512 Seiten
ISBN 978-3-404-17402-7

Bayern, 1324: Am Tag vor ihrer Hochzeit fällt die Grafentochter Marijana dem gefürchteten Raubritter Robert Megling in die Hände, dem Mann, der angeblich versucht hat, den König zu ermorden. Als das für sie geforderte Lösegeld ausbleibt, schwebt Marijana in Lebensgefahr. Ihr einziger Trumpf: ihr Wissen über Sprengpulver, das Robert sich zunutze machen will. Wie lange werden die Räuber ihr Leben schonen? Warum versuchen Marijanas Vater und ihr Bräutigam nicht, sie zu befreien? Und weshalb kehrt Robert von einer geheimen Mission nicht zurück?

Bastei Lübbe